O LADO NEGRO DA LUA DE AVALON

Anna Elliott

O lado negro da lua de Avalon

Tradução
Ebréia de Castro Alves

PRUMO
leia

Título original: *Dark Moon of Avalon*
Copyright © 2010 by Anna Grube

Todos os direitos reservados. Nenhuma parte desta obra pode ser reproduzida ou transmitida por qualquer forma ou meio eletrônico ou mecânico, inclusive fotocópia, gravação ou sistema de armazenagem e recuperação de informação, sem a permissão escrita do editor.

Direção editorial
Soraia Luana Reis

Editora
Luciana Paixão

Editor assistente
Thiago Mlaker

Assistente editorial
Elisa Martins

Preparação de texto
Rebecca Vilas-Bôas Cavalcanti

Revisão
Ana Cristina Garcia

Capa, criação e produção gráfica
Thiago Sousa

Assistentes de criação
Marcos Gubiotti
Juliana Ida

Imagem de capa: John Atkinson Grimshaw\Getty Images

CIP-Brasil. Catalogação-na-fonte
Sindicato Nacional dos Editores de Livros, RJ

E43L   Elliott, Anna
        O lado negro da lua de Avalon / Anna Elliott ; tradução Ebréia de Castro Alves.
- São Paulo : Prumo, 2010.

        Tradução de: Dark moon of Avalon
        ISBN 978-85-7927-083-3

        1. Tristão (Personagem lendário) - Ficção. 2. Isolda (Personagem lendário)
- Ficção. 3. Romance americano. I. Alves, Ebréia de Castro, 1937-. II. Título.

10-1395.
                                                                                                CDD: 813
                                                                                CDU: 821.111(73)-3

Direitos de edição para o Brasil: Editora Prumo Ltda.
Rua Júlio Diniz, 56 – 5º andar – São Paulo/SP – CEP: 04547-090
Tel: (11) 3729-0244 - Fax: (11) 3045-4100
E-mail: contato@editoraprumo.com.br
Site: www.editoraprumo.com.br

Para Nathan.

Personagens

Mortos antes do começo da história

Artur, Rei dos Reis da Inglaterra, pai de Modred e irmão de Morgana. Morto na batalha de Camlann.
Constantino, herdeiro de Artur como Rei dos Reis da Inglaterra, primeiro marido de Isolda.
Guinevere, esposa de Artur. Traiu Artur para se tornar Rainha de Modred*. Mãe de Isolda.
Modred, filho traidor de Artur e pai de Isolda. Morto ao lutar contra Artur na batalha de Camlann.
Morgana, mãe de Modred, que muitos julgavam ser feiticeira.
Merlim (Merlin) ou Middrin, principal sacerdote druida e cantador de versos da corte de Artur.

Governantes da Inglaterra

Cynlas, rei de Rhos.
Dywel, Rei de Logres.
Isolda, filha de Modred e Guinevere, Rainha das Rainhas de Constantino, Lady de Cammelerd.
Madoc, Rei de Gwynned e Rei dos Reis da Inglaterra.
Mark, Rei da Cornualha, e agora um traidor aliado a Octa, saxão Rei de Kent.

*Ou Mordred. (N.T.)

Governantes Saxões

Cerdic, Rei de Wessex.
Octa, Rei de Kent.

Outras Personagens

Fidach, líder de um grupo criminoso de mercenários.
Eurig, Piye e Daka, três dos comparsas de Fidach, amigos de Tristão.
Goram, rei irlandês.
Hereric, saxão amigo de Tristão.
Kian, ex-bandido e amigo de Tristão, e agora membro do grupo guerreiro do Rei Madoc.
Nest, prima e ex-castelã do Rei Mark.
Márcia, criada pessoal de Nest.
Madre Berthildis, abadessa da Abadia de São José.
Taliesin, irmão do Rei Dywel de Logres e cantador de versos.
Tristão, mercenário saxão e fora da lei, filho do Rei Mark da Bretanha de Isolda.

A Grã Bretanha de Isolda

- Rhegged
- Ynys Mon
- Gwynedd
- Mercia
- Anglia
- Powys
- Dyfed
- Gwent
- LONDRES
- Camelerd
- Kent
- TINTAGEL
- Dumnonia
- Wessex
- Cornualha

Prólogo

Fui uma lágrima no ar,
Fui a estrela mais fosca das estrelas.

Fui um caminho. Fui uma águia.
...Fui um barquinho de pesca nos mares.

Da sabedoria dos antigos pouco resta hoje além de palavras. Uma sabedoria que outrora permitia aos homens ler o futuro no voo dos pássaros ou caminhar ilesos por um leito de carvões fumegantes. Isso é tudo o que resta de Avalon, que agora já não existe neste mundo, e é somente o nome de uma balada de um tocador de harpa. Um eco indistinto e escondido pela neblina do que antes foi o solo mais sagrado da Inglaterra. Escondido como o Outro Mundo[1], atrás de uma cortina de vidro.

Houve época em que os deuses da Inglaterra governaram essa terra: Cernunnos, o deus cornífero das florestas, pai de todas as formas de vida, e sua consorte, a grande deusa mãe, conhecida por muitos nomes: Arianhod, deusa das estrelas e da reencarnação, deusa da roda de prata; Donn, deusa do mar e do ar; Morrigan, deusa da noite, da batalha, da profecia, da mágica e da vingança.

Há quem diga que meu nome foi inspirado nela: Morgana.

Na minha época, os homens me chamaram de muitos outros nomes também: feiticeira, bruxa, prostituta...

E agora estou à beira de um penhasco, considerando a batalha que em breve será travada até minha extinção.

---

1 Na mitologia celta, provavelmente o lugar dos mortos e das divindades. (N.T.)

A batalha será chamada de Camlann. A última e sangrenta luta entre Artur, o Rei Supremo da Inglaterra, e Modred, seu herdeiro traidor. Entre Arthur, meu irmão, e Modred, meu filho e também de Artur. Tudo porque Modred apossou-se do trono da Inglaterra e com ele Guinevere, a esposa de Artur.

Ou será porque não consegui superar a mágoa de tantos anos? Embora eu tenha cumprido minha palavra dada a Artur e nunca tenha divulgado que ele era o pai do meu filho. Este foi o preço que paguei para que Modred fosse criado como herdeiro de Artur: permitir que Morgana, tão filha de Uther, o Pendragon, quanto o é Artur, ficasse marcada como meretriz, vadia, amante do demônio.

Nunca revelei a terrível verdade sobre o fato de o filho de Artur me ter estuprado de modo violento e estando bêbado, após uma batalha por ele travada e vencida.

Nunca disse isso em voz alta para ninguém, pelo menos, exceto para meu próprio filho. Se eu não tivesse...

Era tarde demais para esse tipo de ponderação. Tarde demais para alterar a trajetória de qualquer de nossas vidas.

Mas seria bom, enquanto olho os cabelos de ébano da única filha do meu filho, acreditar que o poder dos deuses da Inglaterra não foi interrompido quando as sandálias dos romanos pisaram o solo inglês pela primeira vez. Quando as legiões de armaduras prateadas como escamas de peixes profanaram as cavernas sagradas dos sacerdotes druidas, emporcalharam as lagoas sagradas e construíram suas estradas retas e templos de mármore como cicatrizes na terra.

Seria bom, nesta véspera da batalha, acreditar que a voz da deusa e de seu consorte, o chifrudo, ainda possa ser ouvida, como o eco silencioso após o trovão.

Sempre achei que um dom desses mesmos deuses fosse a Visão. O poder de ouvir a voz de todas as coisas vivas. De perceber lampejos de *pode ser* ou *será* em hidromancia, como as águas que eu via à minha frente agora.

Repetidas vezes essas águas me mostraram a batalha que seria travada nos campos de Camlann. E certa vez não me importei com nada mais. Nada a não ser a luta que testemunharia a derrocada final de Artur.

Agora, porém, vejo, além da batalha, uma sombra de escuridão se elevando em toda a Inglaterra como a obscuridade da lua.

E meu próprio fim não demorará a chegar. Já vi os sinais. A visão de certa mulher, lívida e vestida de branco, agachada num rio que flui rapidamente, e lava um vestido ensanguentado que sei ser meu. Um grande cão de caça negro que fica ao lado da minha cama à noite e me observa com olhos vermelhos reluzentes.

Não temo minha própria morte. Na verdade, há ocasiões em que até ficaria satisfeita ao ser seu alvo, mas agora, quando levanto o olhar das águas que preveem o futuro e olho para a menina ao meu lado, sinto medo. Pavor. Não adianta negar.

Minha neta. Filha de Modred e Guinevere. Seu nome é Isolda, que significa *A Linda* no idioma antigo. E ela **é** linda. Assustadoramente linda, mesmo aos doze anos. Sua pele é alva, e tem o brilho luminoso da lua. Os traços são delicados e requintados. O cabelo negro macio é cacheado, e os olhos cinzentos têm grande espaço entre si. É uma garota que se destaca; é mesmo uma beleza.

Seu rosto permanece sério e tranquilo enquanto ela se inclina para examinar um corte na palma da mão. Corte esse feito por mim, em pagamento de sangue pelo poder de mantê-la a salvo em meio às trevas que surgiam.

Mas nesse momento eu daria cem vezes o pagamento com meu próprio sangue para saber que o amuleto de proteção não adiantaria de nada.

Isolda. Nos últimos doze anos ela tem sido minha luz na escuridão. Mas qual será a dela quando eu partir?

Meu olhar se vira para a tigela das previsões, com seu desenho em relevo de serpentes. Dragões da eternidade, sempre engolindo as caudas. E, muito lentamente, uma imagem aparece na superfície da água. Ondeando, girando, tremendo e ficando cada vez mais nítida. O rosto de um menino, embora já apresente a promessa do homem que será em breve, dali a um ou dois anos. Um rosto magro e bonito, com queixo decidido, e olhos firmes e intensamente azuis, sob sobrancelhas castanho-douradas enviesadas. Um rosto franco. Não vejo crueldade nele, e isso é muito mais raro do que se pode supor.

Não tencionei deixar Isolda ver a imagem que a hidromancia me concedeu dessa vez, mas, antes que esta se dissolvesse, ela ergueu os olhos da atadura que amarrou na mão – num trabalho bem feito, eu lhe ensinei bem – e viu o rosto do garoto. Percebi seu olhar intenso absorvendo a sombra dos olhos azuis dele, e a linha firme e sombria de sua boca flexível.

Ela não pergunta por que o rosto do menino apareceu agora no lugar onde as sombras de Artur, Modred e Guinevere estavam antes; ela só inclina a cabeça e diz:

– Isso é típico. Ele quase nunca sorri.

Nem ela poderia sorrir, se seu pai fosse Mark da Cornualha. Nem eu sorriria.

Mark da Cornualha, que daqui a pouco tempo vai trair meu filho e perder para ele a batalha de Camlann. Pelo menos não preciso carregar o remorso da morte do meu filho e a derrocada da Inglaterra inteiramente sozinha.

Sinto solidariedade por poucas pessoas nesta vida, onde tantos se lamentam por pesares que eles mesmos provocaram, mas esse garoto, filho de Mark, faz-me sentir compaixão, e até tristeza, embora provavelmente não gostaria de saber disso. Acho que ele tem orgulho, assim como força de caráter e discrição, muito mais do que sua idade faria supor.

Mas percebi os hematomas que ele carregava debaixo das roupas – marcas dos punhos do pai – desde a época em que tinha menos da metade de seus atuais quinze anos. Sei que tenta proteger ao máximo a mãe da cólera de Mark, apesar de ela ser uma casca oca e vazia para reparar nisso ou sequer se importar.

Ainda assim, compaixão ou não, respondo numa voz totalmente diferente da minha, como se de repente eu fosse uma dessas meninas bobinhas que me imploram poções de amor antes de se deitar com os namorados nos bosques de Beltane. É... a idade deve estar amolecendo-me o coração.

— É porque ele não tem ninguém na vida que o ame – ouço-me dizer à menina ao meu lado.

— Eu o amo. – Seu rosto está muito sério, seus olhos cinzentos muito firmes, embora ela mal tenha idade para compreender o significado do que está dizendo. Ela não tem nem idade para que as palavras lhe provoquem medo. – Eu vou amá-lo.

Livro I

Capítulo 1

Quando ela se permitiu ser conduzida ao grande leito esculpido em carvalho, eles a deixaram, embora ela soubesse que esperariam do lado de fora da porta. Mark queria garantir que houvesse testemunhas.

Ela enfiou as unhas com força nas palmas das mãos. E pensou: "É apenas meu corpo. Não vou permitir que ele toque as demais áreas de que sou feita".

Ela introduziu furtivamente a mão debaixo do colchão. O pacote embrulhado em tecido continuava onde ela o havia deixado na noite da véspera, e ela o retirou, desamarrou os barbantes que o mantinham fechado e de lá tirou uma bola de lã, untada com pasta de cedro e mandrágora. Se Mark descobrisse o embrulho, ela seria morta, e isso era tão certo quanto ela estar lá agora. Mas, se ela concebesse um filho – filho de Mark – ...

De repente ela pensou em Con. No que Con pensaria se soubesse que ela estava prestes a se entregar a outro homem. E não a qualquer homem, mas a Mark, o traidor que havia causado a morte de Con.

Por um instante, ela achou que fosse vomitar, mas reprimiu essa ânsia, sussurrando as palavras através dos dentes cerrados:

— Você pode enfrentar isso. Você precisa.

Suas mãos vacilaram, mas Isolda pegou a bola untada de pasta e a engoliu fundo. Na escuridão além da cama, ela ouviu a porta abrir e...

Isolda despertou com um sobressalto e permaneceu imóvel por um momento, com o coração disparado e a respiração doída na garganta inchada e seca. Ela comprimiu as têmporas com as mãos, respirou de modo trêmulo, e gradativamente o pesadelo bateu em retirada. Os batimentos frenéticos do seu coração reduziram o ritmo. Apesar de não haver sido um pesadelo – ou melhor, não apenas um pesadelo –, ela teve de fechar os olhos e contar até cem, estremecendo enquanto o suor lhe secava na pele, antes de conseguir obrigar-se a se mexer.

Cinco meses. Quase cinco meses desde o dia em que ela proferira os votos matrimoniais ao assassino de Con e fugira desse homem no dia seguinte. Três meses desde que o Conselho do rei havia declarado nulo seu casamento com Mark da Cornualha, baseado na traição deste. E agora ela estava quase conseguindo esquecer esse acontecimento e manter afastadas as lembranças que a atormentavam. Até o pesadelo reaparecer e ela ser atirada de volta àquela noite, sentindo a repercussão nos próprios ossos. Sentindo-se aviltada e viscosa no corpo inteiro, mesmo que se escovasse inúmeras vezes e sua pele sangrasse em carne viva, jamais voltaria a se sentir limpa.

Isolda abriu os olhos. Estava quase amanhecendo; uma claridade tênue e aperolada se insinuava pela única e estreita janela do quarto, mostrando os juncos e as ervas frescas espalhadas no chão, os pesados móveis entalhados e as paredes cobertas por tapeçarias. Ela havia adormecido no banco de madeira ao lado da lareira; seus membros sentiam câimbras, e os músculos das costas e do pescoço estavam doloridos e duros.

Isolda respirou firme mais uma vez, depois se obrigou a levantar-se, aproximou-se da janela, afastou a veneziana e olhou para fora, respirando o ar primaveril úmido e cheirando a terra que lhe chegou num ímpeto.

A grande fortaleza montanhosa de Dinas Emrys[2] era um lugar lúgubre, cercado, além da paliçada de madeira externa, por neblina e silêncio, e árvores nodosas que cresciam no solo rochoso da montanha. Agora, porém, com o amanhecer cin-

---

2 Em galês, significa "Fortaleza de Ambrosius", localizada em Gwynned, no noroeste do País de Gales. (N.T.)

zento irrompendo sobre os morros a leste, e com uma leve e penetrante chuva primaveril originando manchas cinzentas entrecortadas de nevoeiro sobre o dossel das árvores, o forte na montanha estava à parte, fora do mundo além dos morros. Fora do mundo além dos morros... Fora até mesmo do tempo, um espaço em algum lugar entre verdade e narrativa.

    Debaixo dessa montanha e no período passado de uma vida de um homem – assim diziam as canções dos bardos e das narrativas contadas ao lado das lareiras –, Merlin, o Mago, havia desenterrado uma lagoa sagrada, sendo-lhe concedida a visão de um par de dragões beligerantes, um branco, e outro vermelho. E, na última e desesperada batalha entre ambos, Merlin havia profetizado o triunfo do estandarte do dragão vermelho dos exércitos da Inglaterra sobre o inimigo saxão invasor.

    Isolda pensou que esse era o tipo de folclore a que as pessoas se agarram em ocasiões como aquela, assim como às histórias de Artur, rei que foi e sempre será. Que não havia morrido em Camlann com todo o resto da esperança da Inglaterra, mas que, em vez disso, dormira entre os sinos das maçãs de prata na Ilha de Avalon e retornaria na época da maior necessidade do seu país.

    Isolda teve uma lembrança repentina e impressionantemente nítida de Con, perguntando certa vez a Merlin se a história dos dragões beligerantes era verdadeira. Con teria, talvez, catorze anos, ela achou. Catorze anos e era o Rei Supremo da Inglaterra já fazia dois longos anos; faltavam apenas dias antes que ele voltasse para enfrentar sua primeira batalha, com um profundo corte de espada na lateral do corpo.

    Mesmo agora, Isolda conseguia visualizá-lo deitado no leito atapetado de rei, irrequieto, porque detestava ficar imóvel. O rosto estava tenso por causa da dor que ele não admitia, e os olhos escuros continuavam fixos na lembrança de tudo o que viu e fez. Isolda deu pontos no ferimento e passou a noite sentada ao seu lado, acordando-o quando ele revivia o sangue e as mortes em pesadelos e gritava durante o sono, como faziam todos os homens, durante algum tempo. Tinha quinze anos na época – ou seja, fazia quase cinco anos –, e ela e Con estavam casados havia dois anos, desde que ele fora coroado.

Merlin havia permanecido à cabeceira de Con usando o manto de couro de touro dos sacerdotes druidas, uma pena de corvo trançada em seu cabelo branco como a neve, e Isolda percebera nos olhos dele um reflexo do sofrimento de Con. Embora sua voz, quando ele falou para responder à pergunta de Con, estivesse áspera.

– Dragões? Ah, com certeza! Eu guardo um par em casa, para assar pernis de caça na cozinha...

Então, quando Con se mexeu impaciente e começou a falar, Merlin levantou uma das mãos e disse, com o rosto subitamente sério:

– Você quer ouvir o que sei sobre dragões? Está bem. – Sua voz de repente assumiu a cadência de uma canção tocada em harpa, ou de uma profecia. Um eco indistinto e musical que fez suas palavras tremeluzirem no ar um momento quando ele acabou de falar. – Nunca vi dragões batalhando, nem numa visão nem na vida, mas certa vez, faz muitos anos, vi um casal de criaturas – um dragão fêmea e um macho – executar sua dança de acasalamento. – Ele balançou a cabeça, e manuseou o cordão de ossos de serpente que usava no cinto. – Suponho que você já tenha ouvido falar sobre como os dragões se acasalam...

Con estava recostado no travesseiro, olhos fechados mascarando um novo espasmo de dor e um brilho de suor na testa, e balançou a cabeça sem muito interesse, com o queixo cerrado.

– Muito cuidadosamente. – A voz ritmada de Merlin continuava tranquila, e os olhos azuis da cor do mar permaneciam sérios. – Dá para entender por quê, com todas aquelas escamas e exalando respirações de fogo...

Con riu com tanta força que arrebentou metade dos pontos, e Isolda teve de refazê-los. Naquela noite ele dormiu sem sonhar pela primeira vez, embora nunca, depois disso, a tristeza nos olhos de Merlin quando olhava para Con tenha desaparecido completamente.

Agora, rememorando o rosto sorridente de Con e o rosto feio de Merlin, de fronte alta e feições desarmoniosas mas suaves de uma dor que não se esvaía, Isolda sentiu lágrimas quentes lhe comprimirem os olhos. Fazia também cinco meses que Con e Merlin haviam morrido, mas Isolda se deu conta, então, de que essa era a natureza do sofrimento. Ela havia aprendido isso nos últimos sete anos. Num dado momento você pensava que a dor estava finalmente – finalmente – começando a amenizar com a passagem do tempo, mas no momento seguinte você estava chorando como se sua perda só tivesse acontecido há algumas horas.

Pelo menos, entretanto, os meses desde que Merlin e Con morreram nas mãos de Mark facilitavam pôr o pesar de lado em razão do que precisava ser feito agora. Isolda reprimiu as lágrimas e examinou a amplitude das montanhas além das muralhas da paliçada.

Mas nada havia a ser visto a não ser árvores, morros rochosos e neblina. Não havia nenhuma coluna agourenta de fumaça negra e gordurosa acima da linha das árvores. Tampouco algum sinal de alarme no pátio externo da fortaleza debaixo da janela de Isolda.

"Embora isso" – ela pensou – "só significasse que o ataque da noite da véspera não acontecera em um lugar próximo dali".

Lentamente ela se virou para a bacia de rosto para lavar as mãos e para o jarro de cerâmica de água localizado ao lado da lareira, onde o calor do fogo impedia que a água congelasse nas noites gélidas em que continuavam sofrendo com o frio. Era um risco muito grande manter a taça de previsões, com seus desenhos em relevo e serpentes de eternidade gravadas nas laterais de bronze suavizadas pelo tempo.

Isolda sacudiu a cabeça. Há muito ela desistira de questionar o fluxo e refluxo da Visão que lhe corria nas veias, dom de sangue da época em que os antigos haviam regado as árvores com leite e vinho e azeite, e atirado prata nos rios e regatos. Pelo menos foi isso que Morgana lhe contou há anos. Ela, porém, às vezes achava que a Visão não era nem bênção nem maldição, mas uma grande piada da parte de quem quer que fossem os deuses, os demônios do ar ou os poderes da Mãe Terra que governavam essas coisas.

Ela havia sido chamada Bruxa-Rainha durante os sete anos em que fora a esposa de Con, e havia sido julgada sob a acusação de feitiçaria fazia cinco meses. E, nesse tempo todo, Isolda não tivera sequer um lampejo da verdadeira Previsão, do que sua avó certa vez chamara de espaço interior, onde se podia ouvir a voz de todas as coisas vivas, ressoando como as cordas de uma lira não vista de um tocador de harpa.

Somente agora, quando escapara por pouco de ser queimada viva como bruxa, quando ela caminhava na ponta de uma faca entre os que restavam do Conselho do rei: de um lado, o único membro entre eles a expor a traição de Mark, e, do outro, ainda a filha de Modred, o filho traidor do Rei Artur. Ainda a neta de Morgana, a sedutora, a bruxa, a amante do demônio.

"Só que agora" – ela pensou –, "quando até mesmo um boato infundado provocará uma segunda acusação de feitiçaria e uma sentença de morrer na fogueira, da qual eu não poderia esperar escapar de novo, volta a Visão".

O chão juncado farfalhou e lançou um fôlego de ar com cheiro de erva aromática quando Isolda se ajoelhou, levantou o jarro de cerâmica e cuidadosamente derramou água na bacia, enchendo-a até a borda, para que a superfície reluzente da água subisse acima da beira da bacia. Ela repôs o jarro no lugar e então fixou intensamente o olhar na superfície d'água dentro da tigela.

Até algumas semanas atrás a água estava congelada de manhã, e ela precisava colocar o jarro ao lado da lareira para derreter parte suficiente do gelo e ela poder tomar banho, e não para fazer a previsão. Porque, se a água de lavagem estivesse congelada, assim também estariam as passagens pelas montanhas e as estradas, e os exércitos de Mark e Octa se abrigariam do inverno nos quartéis. Mas agora, com o degelar da primavera, a neve havia derretido e os riachos estavam mais uma vez fluindo; os ataques de surpresa e as lutas que haviam ensanguentado o outono tinham recomeçado.

Olhando para a bacia com água, a princípio Isolda viu apenas o próprio reflexo: cabelo negro como ébano trançado até o meio das costas, com alguns anéis do cabelo cacheado soltos na testa, olhos cinzentos muito separados no rosto oval harmonioso e pálido. Manteve-se imóvel, desanuviando a mente, afastando todos os pensamentos, e conscientemente relaxando o corpo inteiro: os batimentos cardíacos, as pulsações sanguíneas, a ascensão e a queda da respiração, forçando todos a se movimentar no mesmo ritmo estável. Para dentro e para fora. Para fora e para dentro. Estendendo para dentro de si mesma até o lugar onde os cordões trêmulos da harpa da Visão estavam amarrados, o espaço onde ela poderia ouvir a voz do que a água escolhesse dizer.

E, gradativamente, uma imagem se formou na superfície da água, do mesmo modo que os dragões de Merlin poderiam ter assumido forma na lagoa dos contos do trovador. A princípio vacilantes e indistintos, sobrepostos, imóveis, pelo seu rosto refletido. Então a imagem clareou, e ela viu as ruínas fumegantes de uma cabana, com a estrutura de proteção de sapê enegrecida e destruída, as paredes caindo, e uma coluna soturna e suja de fumaça erguendo-se no ar.

Outro estremecimento perpassou-a, mas a moça manteve os olhos fixos na imagem vacilante, e forçou sua respiração a permanecer profunda e lenta. Ela agora podia ver pequenos vultos lesionados na terra enlameada à frente da choupana e ouvir o balir distante e assustado de um bode. Havia um cheiro de...

Estava de pé na chuva, na estreita trilha de bodes que percorria o vilarejo, e o cheiro causticante de fumaça e carne queimada lhe penetrava a garganta. Um homem jazia na terra à sua direita, com a garganta cortada; uma poça de sangue lhe cercava o corpo inteiro, misturada à terra molhada e suja. Um abutre já o tinha encontrado e lhe picava os olhos.

Dois outros corpos jaziam por perto, um de mulher e o outro, de criança. Era de uma garota, talvez de seis, talvez de oito anos. Era difícil dizer. A boca da mulher estava aberta. O rosto, atônito e surpreso. Saia rasgada. As coxas da mulher e da menina estavam oxidadas de sangue.

Um momento para se lamentar. A garota era uma criança bonita. Deve ter sido atingida antes do resto dos homens.

Isolda recusou-se a ver mais, e ouviu-se falar numa voz rouca que era sua, mas, ao mesmo tempo, não era:

— Não há mais nada para nós aqui. Vamos. Podemos chegar a Cadar Idris[3] se formos a cavalo...

Então, com um movimento repentino que foi como um ribombo, a visão desapareceu, e Isolda uma vez mais se ajoelhou ao lado da bacia de rosto e olhou para o próprio reflexo trêmulo, as palmas pegajosas de suor e a náusea atingindo-a em ondas. Ela exalou um respirar irregular e comprimiu as mãos contra os olhos, engolindo bile e se perguntando se valeria a pena desistir da Visão mais uma vez, como fizera há sete anos.

---

[3] Cadar Idris, montanha que em galês significa "Cátedra de Idris", em homenagem ao poeta guerreiro gigante da lenda galesa. Sua crista tem 11km de comprimento. (N.T.)

Ou se essa percepção escorregadia e insistente permaneceria inevitavelmente com ela até o resto dos seus dias.

Embora, pensando bem, essa visão não fosse pior do que a última, quando ela viu Octa, rei saxão de Kent e recém-descoberto aliado de Mark, matando uma idosa que fugia da casa em chamas. Ela o vira nitidamente: era um grandalhão, com cabelos louros grisalhos e barba trançada, que ria enquanto atravessava a mulher com a espada.

E essa visão era muito melhor do que a que ela teve ao deslizar para dentro dos pensamentos de Mark e o sentir sonhando com o pai, Merchion, morto havia trinta anos. No sonho, ela percebeu Mark sentindo dor causada pelas pancadas do pai e mordendo os lábios até sangrar, num esforço para não chorar. Ele tinha a esperança de que um dia seu pai o amaria, se conseguisse ser forte o bastante. Isolda havia visto Mark da Cornualha acordar chorando muito, reprimindo soluços como uma criancinha antes que finalmente essa imagem se interrompesse.

Isolda respirou firme e tentou deixar de lado todas aquelas lembranças. *As estrelas brilharão amanhã, seja lá o que...*

E então ela se deteve. Não queria lembrar das palavras de Tristão. Se ele não estava morto como Merlin e Con, tinha desaparecido, de qualquer maneira. Era mais um a ser esquecido. Entretanto, isso doía muito ainda, todos os dias.

Um gemido vindo da cama atrás de Isolda a assustou e a fez levantar-se; ela se deu conta de que era o mesmo som que havia interrompido a visão por um instante. Empurrou a bacia para o lado e rapidamente se virou.

A moça deitada sob os cobertores forrados de pele era da mesma idade de Isolda, vinte anos, ou talvez um ou dois anos a mais ou a menos. Seu rosto, mesmo quando saudável, devia ser muito magro e de feições marcantes nada bonitas; os olhos escuros eram astuciosos e muito próximos um do outro, a pele era lívida e exibia cicatrizes de varíola. Agora, contudo, a carne estava quase amarela, comprimida sobre os ossos das faces e do queixo, e os olhos eram ao mesmo tempo encovados, e brilhavam irrequietos.

Sob o efeito alienante da febre alta, um fedor de carne pútrida pairava em redor da cama, o fedor da ejeção pela qual Márcia havia eliminado um bebê não nascido do seu corpo com uma faca suja, deixando seu ventre adquirir o aspecto de uma massa de cicatrizes transformada em veneno que se espalhou, apesar de todas as tentativas de Isolda.

Agora, ao ver Isolda, ela passou a língua pelos lábios secos e fez um gesto frágil para a jarra de vinho numa mesa próxima.

Isolda foi até a mesa, serviu vinho num copo e ajudou a moça a beber, sustentando a cabeça e os ombros de Márcia, e levando-lhe o copo à boca. Depois de tomar vários goles, Márcia empurrou o copo e se mexeu inquieta, apertando os lábios porque o movimento lhe causou dor no útero dilacerado.

– Por que é bondosa comigo? Você devia me odiar depois do que fiz. Eu tentei fazer com que você fosse queimada viva por bruxaria, e acreditar que essa criança era filha do Rei Constantino!

Isolda pôs o copo na mesinha de cabeceira, depois de limpar uma gota de vinho da beira, e disse:

– É verdade.

– E então?

Isolda calou-se, e recordou por um instante o julgamento por feitiçaria, tão vivamente que quase conseguiu sentir o cheiro da fumaça da grande lareira central do vestíbulo do Conselho. Ela se reviu de pé perante o Conselho do rei, com o corpo inteiro machucado e doendo violentamente com as marcas dos punhos dele. Lembrou também da voz dele, condenando-a a ser amarrada a um pelourinho no solo, e a ser queimada viva.

E então olhou para o rosto nervoso e rubro de febre da outra moça, para suas mãos inquietas, que pegavam impacientes a beira do lençol de linho. A lembrança da fumaça e dos ferimentos e dos olhos vigilantes dos conselheiros desapareceu gradualmente, e ela baixou a cabeça e disse:

— Eu não odeio você.

Isolda raciocinou que ela mal precisaria da Visão para sentir a dor que atormentava Márcia noite e dia. Mas, na situação atual, toda vez que ela ficava ao lado da cama de Márcia podia sentir o âmago em estado natural de raiva e pesar e solidão que Márcia protegia ciosamente e com toda a sua força, como uma criança agarrando um brinquedo favorito, ou como os dragões que se dizia dormiam sob as montanhas vizinhas, onde acumulavam seu ouro.

Ela jamais gostara de Márcia e continuava, se fosse sincera, a não conseguir gostar da moça agora, embora ela tivesse permanecido quase três semanas sob seus cuidados. Porém, era capaz de lamentar muito aquela moça, deitada lá e lentamente expulsando pelo sangue os deploráveis fragmentos da vida que carregava, e mantinha dentro de si uma necessidade tão ávida, desesperada e voraz de amor que acabava afastando toda a esperança de consegui-lo com seus acessos de mau gênio, olhares intensos e zombeteiros e uma língua venenosa.

— Sou uma curandeira, e você está sofrendo. Se puder ajudá-la, vou fazer isso.

Até mesmo isso, porém, fez Márcia franzir o cenho e dirigir a Isolda mais um olhar mal-humorado, voz petulante e aguda, cheia de antipatia:

— Quer dizer que eu não passo de uma obrigação para você, não é? Uma questão de piedade?

Isolda nada disse; apenas alisou os travesseiros para que Márcia pudesse se deitar de novo. Quando afastou a mão, porém, seus dedos tocaram em algo debaixo do travesseiro inferior, algo afiado o bastante para lhe pinicar a pele.

— Não!

Márcia tentou virar-se, agarrando a mão de Isolda, mas, quando esta retirou o objeto, ela parou e se sentou, olhando fixo, com o rosto sério – com marcas de varíola – e os olhos escuros desafiadores e, ao mesmo tempo, assustados.

– E então? Suponho que você saiba o que é isso.

Isolda olhou para o objeto que segurava.

– Sei mesmo.

O que estava na mão de Isolda era uma tosca boneca de pano, pouco mais de um monte de trapos com o rosto pintado de castanho-escuro que Isolda imaginava ser sangue seco. O corpo da boneca estava perfurado com várias agulhas de ossos e espetado no pescoço por dois grandes alfinetes com ponta de bronze.

– É uma boneca vodu.

Isolda pegou um retalho amarrado ao corpo da boneca e perguntou:

– Feita para mim?

Márcia afundou nos travesseiros, encarou Isolda com um olhar meio assustado, meio raivoso, e perguntou:

– Você só vai dizer isso?

Isolda lembrou-se de repente de algo que sua avó lhe dissera certa vez, à cabeceira de um velho caçador, um homem rabugento idoso com um braço fraturado que xingava e atirava o próprio urinol contra elas todas as vezes que Morgana ou Isolda se aproximavam. *É preciso ter a paciência de um santo para cuidar dos enfermos sem se descontrolar. E que o Deus Cornífero[4] nos ajude, criança, porque é provável que nenhuma de nós seja consagrada santa pelo Cristo ou por seu Deus.*

Isolda olhou do pequeno vulto ensanguentado para o rosto taciturno e os olhos raivosos de Márcia e disse:

– Não sei o que dizer. Márcia, você tem tentado assegurar que eu morra com uma agonia intensa? Seja sincera, por favor.

---

[4] Uma das duas divindades primárias encontradas na religião neopagã Wicca. (N. T.)

Márcia não disse nada, apenas estreitou os lábios numa linha fina e dura. Isolda sabia, porém, que a moça estava, ao mesmo tempo, com medo e dor. Ela exalou a respiração e disse, mais suavemente:

— Tudo bem. Só porque estou cuidando de você não quer dizer que precise ser grata, nem mesmo que goste de mim. Pode continuar a me odiar se quiser. Não me importo.

Fez-se silêncio e então Márcia perguntou, com a voz ligeiramente alterada:

— Você vai deixar de cuidar de mim?

Ainda uma vez Isolda percebeu a mistura de oposição e medo no tom de Márcia e respondeu:

— Claro que não. Enquanto você precisar de mim, estarei aqui. — Ela se levantou, serviu uma dose de infusão de licor de ópio no copo de vinho, e disse: — Beba isto. Vai diminuir a dor.

Márcia engoliu a poção e ficou calada, olhando para as mãos, voltando a segurar a beira do lençol. Então, de repente, cerrou os dedos, olhou para Isolda e disse, com violência:

— Olhe, eu não tive escolha. A culpa não foi minha. Mark e *Lady* Nest me obrigaram a testemunhar contra você. — Seu rosto se crispou, os olhos brilharam de febre e sua voz se elevou ao dizer: — Eu não pude evitar. Eu não pude. Eu...

Sua voz assumiu um tom histérico; Isolda pôs a mão no ombro da moça, fez com que ela voltasse a se reclinar nos travesseiros, e disse:

— Calma, está tudo bem. Não pense mais nisso. As pessoas fazem o que devem, e depois precisam viver com isso. É assim com todo mundo.

Os olhos de Márcia começaram a piscar de sono devido à infusão de papoula, mas a moça disse, com a voz novamente rabugenta:

— Como se você soubesse sobre o que está falando...

A lembrança do sonho formigou novamente na pele de Isolda, e ela se deu conta de que estava inconscientemente esfregando o lugar no pulso onde manchas roxas haviam aparecido cinco meses antes. Deliberadamente, obrigou as mãos cerradas a se descontrair, pegou um pano úmido e começou a limpar o rosto de Márcia, a testa, as faces avermelhadas e com marcas de varíola e o pescoço magro e amarelado.

— Sei pelo menos tanto quanto você.

Quando terminou de limpar o rosto de Márcia, Isolda soltou o trapo e apanhou mais uma vez a boneca de mau-olhado. Retirou os alfinetes, atravessou o cômodo e jogou a boneca agora flácida nas toras das chamas da lareira. Às suas costas, Márcia disse, com voz fraca e ressentida:

— Paguei um bom dinheiro por isso.

Isolda se controlou para não comentar: "Então a fumaça vai ser cara", e pensou: "O pior quando se perdia o controle com uma pessoa gravemente doente era isto: quase na mesma hora a pessoa se arrependia". Ela ficou calada e depois de um instante Márcia perguntou:

— Você não tem medo disso?

Isolda observou a boneca pegar fogo e encolher e respondeu:

— Acho que, se minha segurança depender de alfinetes enfiados num pequeno maço nojento de trapos, é mais ou menos uma causa perdida de qualquer maneira.

— Então por que está queimando a boneca? — Um tom duro e maldoso se insinuou na voz de Márcia. — Você tem medo de que alguém veja e culpe você?

— É mesmo provável que isso aconteça — disse Isolda. Ela pensou então: "É a Bruxa-Rainha voltando ao seu velho estilo". — Ela se virou para a cama e disse: — Mas eu não estava achando que alguém pensaria que a boneca era minha. Se Garen vir isso, vai ficar assustada, e pesarosa. E, seja lá o que você achar de mim — disse Isolda tranquilamente, com os olhos no rosto magro de Márcia –, Garen merece coisas melhores de você do que...

Ela se interrompeu quando a porta atrás dela se abriu, e a mulher sobre quem tinha falado entrou. Isolda pensou: "Ninguém acreditaria que essa mulher foi amante de Artur quando moça, e que era linda, segundo diziam".

A mulher era pequena, da mesma altura de Isolda, e seu corpo era rechonchudo e suave; o rosto redondo de bochechas coradas poderia ter sido bonito no passado, mas agora estava amarrotado como o de uma maçã murcha, embora ela não pudesse ter mais de quarenta, quarenta e cinco anos. Seu maxilar era débil, indefinido e grande, os olhos azuis eram imprecisos, e ela usava um vestido de roxo intenso entremeado de fios de ouro que a fazia parecer ainda mais velha.

Seus dedos reluziam com anéis de ouro, e os ralos cabelos grisalhos estavam presos para trás com um par de grampos guarnecidos de joias. Várias correntes de ouro e prata lhe pendiam do pescoço, uma delas ostentando uma pesada cruz de Cristo de prata engastada com lascas de uma pedra verde luminosa. Todas as correntes eram provavelmente produzidas com troféus de batalha derretidos, retirados de comandantes militares saxões mortos.

Mas Garen usava as joias quase despreocupadamente, sem nenhum traço de vaidade, e, se seu rosto era suave e ligeiramente tolo, era também meigo e muito generoso. Ao observá-la, Isolda pensou que deveria ter marido e filhos dos quais cuidar, e um bando de netos agrupados ao redor dos joelhos. Em vez disso, porém, ela só tinha uma vida como pupila da coroa em Dinas Emrys, uma vida inteira de ornamentos acumulados no pescoço e nos pulsos, e a lembrança irrelevante de seu único filho – filho de Artur –, Amhar[5]. Amhar havia se reunido a seu

---

5 Ou Amr, Amrou ou Anir. (N.T.)

meio-irmão Modred na guerra civil contra seu pai, e havia morrido pelas mãos do próprio pai.

Isolda conseguiu visualizar uma imagem do rosto de Amhar, embora ainda fosse esquisito ser capaz de fazê-lo. Era estranho ter novamente lembranças, quando antes só havia uma escuridão vazia em sua mente. Amhar havia sido um menino bonito de cabelo preto, sete ou oito anos mais velho que ela. Isolda conseguiu visualizá-lo agora, ajoelhado à frente do pai dela, tocando com os lábios a lâmina de uma espada, bebendo o copo de ale[6] que o tornou por juramento um homem de Modred. Na época ela estava talvez com sete anos, e achou que Amhar parecia o herói da canção de um trovador.

Isolda nunca ouviu Garen falar do passado, de Artur ou do filho morto, e jamais percebeu alguma amargura na mulher mais velha, embora, como mãe de Modred, Garen certamente tivesse razões para odiá-la mais do que qualquer pessoa. E Isolda supunha que o destino de Garen poderia ter sido muito pior. Se ela tivesse sido amante de outro homem que não Artur, quase certamente teria sido humilhada e obrigada a seguir o exército como uma prostituta comum, depois da morte do grande rei.

Agora, quando entrou, Márcia levantou os olhos; um breve clarão de alguma coisa parecida com esperança lhe iluminou os olhos ardentes de febre. Então, ao ver Garen, ela se recostou novamente nos travesseiros e virou o rosto para a parede.

Isolda, ao perceber o olhar triste e desesperado no rosto da moça, sentiu um ímpeto de raiva. Ela sabia quem Márcia havia esperado ver.

Márcia era criada pessoal de *Lady* Nest, que havia sido amante de Mark antes de ele abandoná-la para se transformar em traidor e jurar fidelidade aos aliados saxões. Nest era prisioneira em Dinas Emrys – prisioneira por assim dizer,

---

6 Cerveja escura e amarga. (N.T.)

embora tivesse liberdade na fortaleza, como Garen e Isolda. Entretanto, *Lady* Nest não saía de seus aposentos e nunca havia ido à enfermaria onde estava Márcia, nem sequer, segundo era do conhecimento de Isolda, indagado sobre o estado de saúde de sua criada.

Garen também deve ter visto o olhar de Márcia, porque observou a moça febril por um instante, e a suave boca rósea se estreitou quase imperceptivelmente antes de se dirigir a Isolda:

— O rei está aqui, *Lady* Isolda. — Sua voz era balbuciante e levemente irritadiça, e ela tinha uma forma ofegante de falar, como se as palavras se embaralhassem rapidamente demais para que pudesse acompanhá-las. — Ele chegou a cavalo junto com os homens de sua guarda de honra, antes do amanhecer.

Isolda aprumou-se, surpresa, e perguntou:

— Madoc está aqui? Por quê?

Garen sacudiu a cabeça e respondeu:

— Não sei dizer, mas ele mandou pedir uma audiência com a senhora. Está à espera na sua sala de atendimento.

— Na minha sala de atendimento? — Isolda começou a prender as mantas ao redor de Márcia mais uma vez, mas, ao ouvir isso, ergueu os olhos rapidamente. — Quer dizer que ele está ferido?

Garen sacudiu a cabeça de novo:

— Ele não, mas um soldado dele, segundo me disseram. Nem sei qual deles, nem a gravidade dos ferimentos. Só sei que Madoc lhe pede que vá o mais depressa possível.

— Claro.

Isolda fez menção de se virar, mas Garen pegou-lhe a mão. Isolda sentiu-lhe os dedos roliços, secos e frios, mas surpreendentemente fortes.

— Espere. Tenho uma coisa para a senhora.

Garen retirou de uma dobra no vestido um pequeno embrulho amarrado com um nó e o comprimiu na mão de Isolda, dizendo: — É um amuleto contra os demônios, entende?

Desembrulhado, o pacote continha um anel de ferro pobremente produzido, engastado em uma lasca de osso ou pedra branca e gravado em todo o círculo com palavras latinas.

– É um osso de carneiro – disse Garen, apontando para a lasca branca. – E os diabos entram nele, atraídos pelo cheiro da morte, segundo me disse o homem que me vendeu essa peça. E então o ferro frio e as palavras sagradas aprisionam os demônios.

Isolda revirou o anel para poder ler as palavras latinas toscamente gravadas. *Que o fogo de Deus capture o mal*, Isolda achou que diziam as palavras, embora várias delas estivessem escritas errado e quase ilegíveis.

Nos meses que havia passado em Dinas Emrys em companhia de Garen, Isolda aceitara presentes de pedras brancopérola, ramilhos de orelha de leão e prímula e água benta por santos andarilhos. Garen era sempre um alvo fácil para os vendedores ambulantes de encantos ou magias que passassem pelos portões de Dinas Emry. Provavelmente fora de um deles que comprara o anel de ferro feito de modo tosco. E foi por isso que Isolda queimou a boneca de vodu manchada de sangue antes que Garen a visse.

Isolda deixou Garen pendurar um pé de coelho na cama de Márcia e colocar um sapo seco debaixo do colchão porque, como disse em voz baixa e meio constrangida, não faria mal; talvez até fizesse bem. Até aquela data, Isolda havia visto um número incontável de guerreiros morrer em agonia prolongada – independentemente dos muitos amuletos que levassem ou das palavras gravadas nas suas espadas –, de modo que não acreditava nesse tipo de coisa. Mesmo assim, não discutia o assunto.

Garen, apesar de sua fala meio infantil e arfante e do rosto rechonchudo e ligeiramente tolo, deixava transparecer certa sensação inacessível. Um âmago de sofrimento interno profundo, onde ninguém estava autorizado a penetrar. Além disso, Garen tinha boas razões para temer, assim como todos na Bretanha, aliás. Talvez o motivo nem fossem os demônios, pensou Isolda, embora sob muitos aspectos o termo fosse bastante semelhante.

— A senhora vai estar com ele sempre perto, não vai? — perguntou Garen.

Isolda colocou o anel no quarto dedo da mão direita e sentiu um leve formigar do ferro toscamente martelado irritar-lhe a pele.

— Claro que vou — respondeu. — Obrigada.

~

Isolda sentiu a dor em primeiro lugar. Um solavanco ardente que perpassou por todos os seus nervos e fez o estômago girar e a visão embaçar-se momentaneamente. Haviam-se passado cinco meses, e mesmo assim a violência da percepção a pegou desprevenida, como se estivesse saindo da cela de uma prisão e penetrando no sol estonteante do meio-dia.

Ela, contudo, sorveu a respiração e bloqueou a sensação num lugar onde ela pudesse ser suportada, e entrou no seu laboratório.

O cômodo que usava para preparar plantas e ervas medicinais ficava no andar térreo da fortaleza, e tinha uma única e estreita janela que dava para a horta cercada por um muro. O sol do início da manhã que penetrava inclinado mostrava um aposento frio e quadrado com piso de laje, um teto de caibros com maços de ervas secas e uma sólida mesa de madeira, cuja superfície marcada estava lisa pelo uso e escurecida pelo tempo.

Lá se encontrava um homem de pé, descansando uma das mãos no parapeito da janela enquanto olhava para onde ficavam os tenros brotos verdes e descorados de cenouras, feijões e ervilhas começando a surgir da terra. Seu corpo estava delineado contra a luz, mas, mesmo com seu rosto na sombra, Isolda reconheceu a compleição larga e extremamente musculosa de Madoc, governante de Gwynned e agora também Rei Supremo da Bretanha. Ele ainda estava usando o equipamento de montaria, botas de couro de cano alto que lhe chegavam às coxas, e um manto forrado de pele preso no ombro por um pesado broche de bronze.

Um grande cão de guerra castanho e branco estava deitado aos pés de Madoc, com a cabeça apoiada nas patas esticadas. Quando Isolda surgiu à porta, o enorme animal pulou e aproximou-se para cumprimentá-la, a cauda batendo furiosamente no ar. Isolda estendeu a mão, cuja palma o cão farejou.

– Cabal é um bom cachorro, um bom cachorro. Agora se deite.

Ela pensou que Garen tinha razão. Não foi de Madoc que viera a sensação forte de dor; ele estava ileso, pelo que Isolda pôde ver. Embora ninguém que tivesse conhecido Madoc um ano atrás segundo ela pensou, o reconhecesse agora. As queimaduras que lhe haviam coberto o rosto havia cinco meses se transformaram em densas e viscosas cicatrizes que lhe repuxavam a pele e lhe deixavam os traços ligeiramente enviesados. Ele havia deixado a barba crescer, de modo que a pior parte dos danos causados ao pescoço e à pele estava coberta, mas ainda assim seu rosto causava medo, como a boneca de Márcia pintada de sangue. Ou como um ídolo dos antigos, toscamente modelado em barro.

Isolda nunca, entretanto, havia visto o próprio Madoc denunciar a menor percepção das cicatrizes, fosse por um olhar, fosse por uma palavra. Ele ainda não tinha mais de trinta anos, e era um homem de ação; sua natureza fora moldada por anos de guerra, e ele era rápido para enraivecer e lento para perdoar. Não era pessoa que desse muita importância ao rosto que exibia ao mundo, exceto que esse rosto não expressava qualquer medo de uma batalha a ser travada e vencida.

Agora, contudo, o contorno soturno de sua boca se amenizou, ainda que ligeiramente, quando viu Cabal obedecer ao comando de Isolda.

— Esse cachorro continua a obedecer à senhora muito mais depressa do que a mim.

Isolda viu Cabal deitar-se mais uma vez aos pés de Madoc, com o corpo curvado num arco harmonioso, sacudiu a cabeça e disse:

— Ele sabe que sinto falta de tê-lo comigo, só isso.

Ela pensou nas semanas depois da morte de Con, quando Cabal, o cão de guerra dele, recusou-se a sair do lado dela e permaneceu deitado num canto dos seus aposentos com uma expressão quase humana de sofrimento nos olhos escuros e fluidos. Agora Cabal pertencia a Madoc. E ela pensou que não desejaria que o grande animal estivesse em nenhum outro lugar. Era um cão de guerra, treinado para caçar e lutar. Ela, porém, sentia muita falta dele, mais do que havia pensado.

Madoc endireitara o corpo após haver se curvado um instante para cumprimentá-la, e disse, nesse instante, com a rudeza que sempre caracterizava suas palavras:

— Então a senhora vai ficar contente de saber que ele não se machucou nas lutas que travamos, mas lamento dizer-lhe, *Lady* Isolda, que ainda não temos novidades a respeito de Cammelerd[7].

Isolda sentiu um desapontamento debilitante, e um medo gélido se espalhou em seu corpo, embora não tivesse realmente esperança de que Madoc conseguiria saber como Cammelerd, o próprio país dela, se saíra na guerra cruel que fora travada além da solidez das montanhas e das elevadas muralhas de pedra de Dinas Emry.

Cammelerd lhe pertencia, era sua propriedade por direito de nascença, por menos que sua posição como Rainha Suprema de Con lhe houvesse permitido dedicar-se a governá-la. E agora ela não podia ver nada do reino; o próprio Mark não estava lá.

---

[7] Era o reino de Leodegrance, pai de Guinevere, situado em algum lugar entre a Bretanha e o País de Gales. (N.T.)

Lembrava-se, entretanto, com uma sensação de que agulhas gélidas estivessem ferroando todas as partes de sua pele, da visão que tivera antes na bacia de seu quarto. Choupanas incendiadas derrubadas com selvageria, mãe e filha mortas no próprio sangue. Se Mark não estava em Cammelerd, seus aliados saxões lá permaneciam. E Cammelerd era um país rico demais para esperar que esses aliados não atacariam, espalhando destruição da mesma espécie em todos os recantos da terra.

Contudo, o rosto de Madoc estava cendrado de exaustão sob as cicatrizes salientes, e Isolda continuava sentindo uma dor incômoda e implacável que irradiava como o calor de uma fogueira na extremidade do aposento à sua direita.

Ela inclinou a cabeça e disse apenas:

— Eu lhe agradeço, Milorde Madoc, por seus esforços.

Madoc fez um movimento breve e impaciente, para dispensar os agradecimentos, mas sua resposta, se é que ele deu alguma, não foi percebida por Isolda. Seu corpo estava tenso com uma espécie de terrível premonição, e ela se virou para onde um segundo homem estava sentado de maneira desleixada no banco que ficava no canto do aposento; seus traços estavam ainda mais à sombra do que os de Madoc, sob a luz obscura. Mesmo assim, porém, Isolda reconheceu-o imediatamente.

Era *Kian*.

Ele usava o distintivo verde e a armadura de couro da guarda de honra de Madoc. Toda a sua atitude parecia tão habituada ao equipamento de soldado como se ele nunca tivesse vivido como um fora da lei, nunca tivesse caçado e lutado pelo bando de Tristão de homens livres. Mas era verdade, pensou Isolda, que Kian havia passado mais de metade da vida sendo soldado, nos anos que precederam a batalha de Camlann.

Devia estar perto dos cinquenta: era um homem de peito largo e rosto soturno e sem piedade sob um penacho de cabelo grisalho. Seu rosto era um conjunto de ferimentos arroxeados, a boca, inchada e rasgada, um corte sobre uma sobrancelha seguindo uma linha de sangue seco. Ele se segurava como se as costelas lhe doessem. E também um olho – Isolda viu – estava coberto por um tapa-olho, preso por uma tira de couro.

Era ali, de sob o tapa-olho de couro, que Isolda podia perceber que doía mais, e uma sensação acentuada de remorso a percorreu. Não fosse por ela, Kian nunca teria abandonado Tristão, nunca teria jurado fidelidade a Madoc, e não estaria largado numa cadeira no laboratório dela agora, com um olho perdido. Porque o olho já não enxergava. Mesmo sem examinar, Isolda tinha certeza disso.

Entretanto, o corpo inteiro de Kian estava comprimido, e ele a observava da sombra onde estava, com um olhar definido e rígido que ela vira incontáveis vezes antes nos soldados que eram tratados por ela. Homens gravemente feridos, que haviam perdido braços, mãos, ou os membros inferiores – e abominavam quando sua deficiência era observada pela primeira vez. Mais do que isso, eles detestavam todos os sinais de compaixão ou solidariedade quando era preciso esfregar-lhes sal num ferimento em carne viva.

Isolda virou-se para apanhar sua sacola de unguentos e pomadas, antes de dizer suavemente:

– Deusa Mãe! Espero que o outro homem esteja com pior aparência, pelo menos...

Kian gemeu, levantou as sobrancelhas até o penacho de cabelo grisalho e disse:

– A senhora não acredita muito em mim, não é? Pensa que houve só um ferido?

Isolda sorriu brevemente. Sob os hematomas, o rosto de Kian era de um velho, grisalho e no último grau de exaustão. Isolda perceber que ele estava denso, que se esforçava para manter o controle e evitar se despedaçar. Ainda assim, como estava brincando, isso era pelo menos um sinal auspicioso.

Ela o analisou, perguntando-se se deveria procurar nessa hora toda a extensão dos ferimentos. Olhou de relance para Madoc, porém, e resolveu esperar. Kian era um soldado, e Madoc era seu senhor. Isolda já havia tratado de homens suficientes como Kian e sabia que ele simplesmente odiaria ter seus ferimentos examinados sob a vista de Madoc.

Ela então rompeu o lacre de uma jarra de ale e a entregou a Kian, dizendo:

— Beba isto aqui. É o que de melhor lhe posso oferecer para diminuir a dor.

Kian deu um grande gole na cerveja e depois se recostou na cadeira, limpando a boca com o dorso da mão, enquanto a olhava com o único olho que enxergava.

— Bem, tenho de confessar que eu não gostava nada de ser medicado, mas afinal de contas não é tão ruim assim.

Isolda, porém, viu quando ele fez uma careta ao pôr a jarra ao seu lado no banco.

Mesmo sem olhar, ela podia sentir as marcas de uma bota pesada nas costelas dele, onde havia recebido vários pontapés violentos enquanto jazia enroscado no chão, mas Isolda se deteve antes de poder dizer mais alguma coisa. Kian não havia de querer verificar a raiva que a consumia por quem quer que tivesse feito aquilo, assim como ele não seria receptivo ao ônus da solidariedade.

Ela tirou a rolha de um frasco que continha uma infusão de hidraste[8] e, apanhando um pano limpo de linho, começou a limpar a sujeira e secar o sangue dos muitos cortes e escoriações nas mãos e antebraços de Kian. Isolda julgou que ele não se importaria se ela fizesse só isso na frente do rei a quem servia.

Olhou então de relance para Madoc, que continuava de pé junto à janela, e perguntou:

---

[8] Planta medicinal. (N.T.)

– Que aconteceu?
– Uma emboscada. – Madoc soltou as mãos de trás das costas e esfregou uma delas no maxilar. – Muito bem executada. – Ele contraiu a boca. – Atingiu nossos vagões de suprimentos, na traseira do nosso comboio. Desgraçado filho da... – ele se controlou e interrompeu o que dizia. – Os desgraçados sabiam que nosso regimento precisaria retroceder, pois os mantimentos estavam se esgotando.

Isolda pegou um pote de unguento de confrei[9] na prateleira mais alta. A moça tinha uma norma: nunca se permitia hesitar ao pronunciar o nome de Mark, nunca permitia que sua voz vacilasse ao dizer o nome dele. Portanto agora, ao passar suavemente o unguento nas juntas esfoladas de Kian, ela perguntou:

– São os homens de Mark?

Madoc mexeu a cabeça, em breve confirmação:

– São. Eficazmente, de qualquer modo. Sei que alguns usavam as cores de Mark. Outros eram saxões. Ainda outros ostentavam insígnias de Owain, Rei de Powys. Nós os rechaçamos, mas eles eram muito mais numerosos. Apossaram-se de dois dos nossos carroções tão facilmente quanto deve ser pegar varíola de uma prostituta do vilarejo. – Um leve rubor surgiu no rosto de Madoc, que acrescentou: – Perdão, *Lady* Isolda.

– Concedido.

Madoc inclinou mais uma vez brevemente a cabeça, em sinal de reconhecimento, e então seu rosto se retesou:

– Eles fizeram doze prisioneiros, e pegaram os carroções. Kian – Madoc mexeu bruscamente a cabeça na direção de Kian – foi um deles.

Isolda pensou então: "Isso explica as marcas salientes que cordas apertadas deixaram nos pulsos de Kian, em carne viva". Ela olhou de relance para o rosto maltratado de Kian. – Mas você escapou?

---

9 Erva medicinal originária da Europa. (N.T.)

O olhar de Kian era impassível sob os edemas, e o contorno da boca, soturno. Ele mexeu os ombros repentinamente. E disse:
— Era isso ou minhas tripas iam virar comida de abutre.
— E os outros homens?
Kian arqueou os ombros e respondeu rapidamente:
— Ah, sim! Eu os libertei também.
Isolda pensou: "Mas nenhum dos outros deve ter se machucado tanto quanto Kian, ou estaria aqui também". Ela sabia, porém, que não podia perguntar por que Kian havia sido o único a se ferir tão seriamente, nem por que não poderia falar dos edemas nas costelas dele.
Já vira homens arrasados pela tortura ou pelas batalhas – muitos. Suficientes para saber que Kian não era um deles, mas tinha certeza da dor causticante de seus músculos, das palpitações da órbita vazia do seu olho. E também podia sentir como era frágil e quebradiça a aparência de tranquilidade daqueles fragmentos de lembranças dispersas.
E Kian não era do tipo de homem que se reconfortasse ao discutir suas lembranças ou temores. Isolda o conhecia suficientemente bem para ter certeza disso. Achava que, se Kian quisesse desabafar, ela perceberia, mas perguntar serviria apenas para que ele revivesse a surra que levara, sem nenhuma razão fundamental.
Madoc voltou a falar, com o corpo meio desviado, para olhar fixamente a silenciosa horta murada uma vez mais. Um ajudante de cozinha usando uma túnica rudimentar não tingida e meias de lã estava ajoelhado num dos canteiros sulcados, retirando ervas daninhas das fileiras de plantas com puxões rápidos e eficientes.
— Mas pelo menos obtivemos algumas informações.
Seu rosto também estava impassível e soturno sob o cansaço, mas a postura dos ombros e costas e a compressão da boca expressavam a fúria tensamente controlada que a captura de seus soldados havia provocado.

— Soubemos que Mark ofereceu uma recompensa em ouro em troca de informações sobre o paradeiro do filho.

Isolda estava espalhando unguento nos pulsos de Kian, de modo que essas palavras a pegaram desprevenida. Embora, segundo pensou, ela devesse ter esperado alguma coisa desse tipo. Ela sabia — mais do que qualquer pessoa — a espécie de homem que era Mark.

Mesmo assim, suas mãos fizeram um movimento brusco involuntário, e ela quase perdeu o controle do pote de unguento. Mas Madoc continuava com o corpo virado em outra direção, e Kian estava encostado de qualquer jeito na parede; o olho que enxergava estava meio caído e fechado, de modo que nenhum dos dois viu que Isolda quase deixara o pote cair. Isolda esperou um momento e perguntou:

— Sobre o filho dele?

Ela manteve o nível da voz, mas mesmo assim alguma coisa fez com que Madoc a olhasse de relance e dissesse:

— A senhora deve tê-lo conhecido, não? Mark fez um juramento de fidelidade ao seu pai, isto é, antes de virar a casaca em Camlann.

Isolda baixou a cabeça lentamente, concordando, e virou de costas para começar a enrolar uma tira limpa de linho ao redor das marcas acentuadas de corda nos braços de Kian, e, lembrando-se da própria norma, disse:

— Mark sempre foi bom em mudar sua fidelidade segundo o lado que os ventos indicavam seria vencedor. E é verdade, conheci o filho dele, mas isso foi há anos, quando nós dois éramos crianças. — Ela fez uma pausa, deu um nó na atadura e perguntou: — O senhor sabe por que Mark estaria procurando por ele agora?

Ela sentiu os músculos de Kian se contraírem na sua mão, e ele começou a falar, mas se deteve. Após um instante, Madoc disse:

— Por isso a informação é valiosa. Dizem por aí que o Rei Octa de Kent está procurando se aliar com Cerdic, Rei de Wessex, que já se aliou a Octa. Essa aliança daria às forças unidas deles o controle efetivo de todo o maldito leste do litoral saxão.

O punho de Madoc golpeou as pedras do parapeito da janela, e Cabal, que continuava deitado a seus pés, se enrijeceu e levantou as orelhas ao ouvir o tom irado do dono. Madoc, porém, respirou fundo e prosseguiu, mais calmo:

— Mark e Octa já são aliados. E Mark e Cerdic também já foram aliados, quando seu pai era rei, *Lady* Isolda. Mark traiu essa aliança na batalha de Camlann. Isso é uma coisa que Cerdic vai demorar a perdoar, se estiver considerando uma aliança conjunta entre ele, Octa e Mark. Por outro lado, porém, Mark já foi casado com a filha de Cerdic. O filho dele seria também neto de Cerdic, por isso Mark está oferecendo ouro a quem lhe levar informações sobre o filho. — Madoc levantou uma das mãos e a deixou cair. — Isso basta para me fazer pensar que são verdadeiros os boatos de que Octa está procurando a amizade de Cerdic. E de que Mark está agindo para encontrar qualquer coisa — nesse caso, qualquer pessoa — que possa inclinar os pratos da balança da boa vontade de Cerdic em seu favor.

Isolda ficou calada, olhando fixo para a parede à frente. Também era estranho conseguir agora lembrar da filha de Cerdic. Mulher de Mark. Relembrar, através dos anos, para ver Aefre, filha de Cerdic, como Isolda se lembrava dela. Loura e pálida, voz lenta e suave, encolhendo-se deliberadamente quando alguém falava com ela e adotando uma atitude como se as costelas lhe doessem.

Isolda também conseguiu lembrar-se de ter sido chicoteada por esbofetear uma nobre que estava debochando da fala dolorosamente gaguejante de Aefre. E Morgana, sua avó, aplicando hamamélis nas marcas das fustigações em suas mãos e dizendo-lhe para poupar seu mau gênio para aqueles que tinham possibilidade de se unir numa luta, porque Aefre não tinha a menor chance.

Embora até Morgana tivesse aplicado unguento nos edemas de Aefre sem nada dizer e com mãos muito suaves. E dado a Aefre uma poção especial[10] diária para garantir que ela nunca pudesse conceber mais filhos.

Mais uma ondulação na memória perpassou impetuosamente pelo próprio alívio vertiginoso quando sua menstruação chegou, cinco meses antes. Apesar de sua norma de princípios, seus lábios se mantiveram cerrados e foi difícil conseguir pronunciar as palavras. Ela sacudiu a cabeça, porém respirou fundo e firme, e disse:

— Sim, é claro que me lembro. E o casamento fazia parte do juramento de fidelidade de Mark ao meu pai. Era uma forma de solidificar a aliança de ambos com Cerdic na guerra contra Artur e os que permaneceram leais a ele.

Madoc riu com desdém e disse:

— Casamento ou não, Cerdic teria feito qualquer coisa, até... — Ele se deteve — fazer um pacto com o diabo, se o demônio oferecesse travar uma guerra contra Artur para beneficiar Cerdic. O exército de Cerdic foi esmagado pelas forças de Artur em Badon Hill, e ele não perdoou nem esqueceu a derrota, mas Octa de Kent deve ter a esperança de que Cerdic perdoe a traição de Mark em Camlann. Ou, pelo menos, tolerá-la o suficiente para se unir a ele contra nós.

Isolda teve um lampejo súbito da imagem de Octa de Kent rindo enquanto esporeava o cavalo em direção à anciã que fugia. E de como ele a atravessou com a espada. Superposta à imagem estava a lembrança do rosto de Mark ao falar de seu aliado saxão há cinco meses. Seus olhos eram os de um homem encurralado e mantido a distância, como se ele tivesse desenca-

---

10 Bebida temperada de leite coalhado quente adoçado com cerveja ou vinho. (N.T.)

deado os acontecimentos que agora saíam do seu controle. O Rei Octa de Kent seria um inimigo terrível, e, se decidisse que a aliança com Mark era menos importante do que a feita com o Rei Cerdic de Wessex, Mark teria bons motivos para temer.

Isolda piscou os olhos para afastar a imagem do rosto de Mark, e bloqueou os sentimentos que o pensamento havia provocado. Já era ruim o bastante que ele penetrasse nos sonhos dela; não podia tolerar que também a perseguisse durante as horas em que estava acordada.

Ela se voltou para Kian, e começou a amarrar uma atadura em volta do outro pulso do homem. Sabia que o filho de Mark gerado pela filha de Cerdic podia representar a maior ameaça a uma aliança com Cerdic. Provavelmente ele sabia exatamente como sua mãe, Aefre, havia morrido pouco antes da batalha de Camlann, quando Mark planejou passar para o lado de Artur. E o vínculo de um casamento com um rei saxão poderia ter prejudicado fatalmente sua oportunidade de aceitação por Artur e seus homens.

Ela deduziu que seria essa a razão de Mark estar agora procurando o filho. Isso porque Mark derramaria sua última gota de sangue – e abriria mão de seu último anel de ouro – para acossar e castigar quem quer que o tivesse derrotado numa luta.

Isolda sentiu o olhar de Madoc sobre ela; ele perguntou, após um instante:

— A senhora não sabe onde poderia estar o filho de Mark?

Isolda deu um nó na atadura antes de perguntar, sem levantar os olhos:

— Por quê?

— Porque isso poderia representar um refém, um ponto de barganha para negociar com Mark. Só Deus sabe como precisamos de qualquer vantagem que possamos conseguir.

— Compreendo. – Isolda ficou calada por um momento, e então finalmente se levantou do lugar ao lado de Kian e devolveu o pote de unguento à prateleira. — Mas infelizmente não posso ajudá-lo. Não sei onde o filho de Mark poderia estar agora; pode estar em qualquer lugar. — Ela silenciou, e manteve os olhos na fileira arrumada de frascos e potes. — Ele pode até mesmo estar morto.

Houve uma breve pausa silenciosa no aposento, e então Isolda voltou a encarar Madoc:

— Foi por isso que o senhor veio? Para me perguntar sobre o filho de Mark?

Os olhos de Madoc eram escuros e fundos, e muito atentos, no rosto cheio de cicatrizes. Ele sacudiu a cabeça e respondeu:

— Apenas em parte. — Calou-se por um instante, com o cenho franzido, imerso em pensamentos, e disse: — Mais dois destacamentos virão a cavalo amanhã ou depois. Espero a chegada de Cynlas de Rhos e Dywel de Logres, com seus bandos de soldados.

Isolda começou a rasgar em tiras folhas secas de confrei para fazer um cataplasma e aplicar nas costas e nas costelas feridas de Kian, mas, ao ouvir isso, levantou os olhos, surpresa. Ela havia encontrado Cynlas, governante do reino setentrional de Rhos, algumas vezes. Era um homem gigantesco, de quarenta, quarenta e cinco anos, rosto brutal e traços grosseiros, e cabelo ruivo flamejante.

— O Rei Cynlas de Rhos? Não é ele...

— Meu inimigo que jurou fidelidade? — Madoc concluiu a frase de Isolda, comprimindo a boca rapidamente, sob a barba negra. — É ele mesmo. — Ele deu uma risada breve e áspera. — Não é isso que é uma praga da Bretanha desde a época em que os romanos interromperam o poder das tribos? Que nós sempre preferimos nos destruir em separado em lugar de nos unirmos para enfrentar um inimigo em comum?

Isolda viu um músculo se salientar no maxilar de Madoc, mas ele voltou a rir brevemente.

— E que é mesmo que dizem? Mantenha seus inimigos mais perto do que seus amigos, se quiser viver?

Ele se calou de novo, o olhar intenso momentaneamente abstraído, como se seus pensamentos mais uma vez seguissem um caminho interior próprio, e então sacudiu a cabeça:

– Precisamos de novos aliados, principalmente desde que Owain de Powys uniu seus exércitos às forças de Mark e Octa. – Deu as costas à janela para olhar para Isolda. – A senhora vai se lembrar do que aconteceu. Owain já nos havia traído uma vez, quando se aliou a Mark e depois afirmou ter se arrependido. Eu não tive escolha a não ser acreditar nele. Powys tem como formar um exército de duzentos soldados, e nós precisamos de todos os homens, de todas as lanças, pois estamos com Mark e Octa respirando em nossos pescoços.

Madoc fez uma pausa: o rosto com cicatrizes se endureceu e os olhos escureceram à proporção que ele prosseguiu, batendo com um punho cerrado na palma da mão e dizendo:

– E a senhora sabe o que aconteceu. Há três meses Owain mandou um de seus malditos mensageiros afeminados para me informar o custo, em ouro, para que ele mantivesse sua aliança; se não recebesse o montante, ele levaria seus duzentos soldados para se unir a Octa e Mark. Mandei o mensageiro voltar e dar a Owain o seguinte recado: que ele podia levar seus lanceiros para Mark e ir para o inferno, porque eu nunca lhe pagaria nem mesmo uma única moeda de cobre, e que eu arrancaria o fígado de qualquer outro mensageiro que ele mandasse falar comigo.

Cabal ganiu e começou a se levantar, mas Madoc o tranquilizou ao pôr uma das mãos na cabeça do grande animal. Isolda quase conseguia sentir a cólera irradiando dele em ondas, mas no final ele somente susteve a respiração, levantou uma das mãos e a deixou cair, dizendo:

– Eu acreditava – e ainda acredito – que uma aliança que pode ser comprada não vale a pena ter sob preço algum. Entretanto... – Ele se interrompeu, contorceu a boca, e deu mais um daqueles risinhos desagradáveis – entretanto estou propondo tentar comprar a amizade de um homem em quem confio ainda menos do que em Owain...

Isolda começou a falar, mas Madoc levantou de novo uma das mãos e a deteve:

– Vou explicar, mas permita-me expor o que pretendo. Não temos muito tempo, e preciso lhe pedir um favor, *Lady* Isolda.

Isolda sentiu seus músculos se retesarem, mas se virou para pôr uma panela de cobre com água sobre os carvões do braseiro e disse:

– Diga.

– O Conselho do rei se dividiu nos últimos meses. Existem os que – Cynlas e Dywel entre eles – dizem que jamais deveríamos ter saído da Cornualha, que deveríamos ter reconstruído as antigas fortificações, escavado e nos preparado para o cerco de Octa e Mark.

Kian continuava sentado em silêncio, a cabeça inclinada contra a parede, os braços cruzados no peito e o único olho fechado, mas, ao ouvir isso, riu com desdém:

– Reconstruir os fortes na Cornualha? Por quê? Para que a gente pudesse morar no quentinho e no conforto quando as forças de Mark nos massacrassem? Seria o mesmo que cavar nossas próprias sepulturas, deitar e usar pás para jogar terra por cima de nossas cabeças.

Por um momento Madoc permaneceu com os braços apoiados nos marcos de pedra da janela, e Isolda percebeu que os músculos de suas costas e ombros se uniram e retesaram sob o tecido da túnica. Madoc aceitara o título de Majestade Suprema porque sua liderança era a maior esperança do Conselho em virtude da traição de Mark e do ataque iminente; Isolda sabia que ele havia aceitado essa honraria apesar de nunca haver pedido nem desejado a coroa de Rei Supremo.

E agora – Isolda pensou – ele carrega o ônus não apenas de defender o reino contra Octa e Mark, mas também de unir todas as facções guerreiras do Conselho. Manter sob controle não só as querelas e animosidades entre os demais pequenos senhores da guerra e reis membros do Conselho, como também as ambições dos outros conselheiros. Se Madoc fosse a Majestade Suprema apenas por dever, haveria muitos outros que se apoderariam do cargo em benefício próprio. Não era de admirar que o rosto de Madoc se mostrasse macilento e preocupado sob as cicatrizes.

Nesse instante Madoc fez um esforço deliberado para afrouxar seu aperto sobre as pedras e virou-se para Kian, com leve inclinação de cabeça.

– É a sua opinião. Nós também poderíamos escavar as pedras aqui mesmo e ficar na expectativa de encontrar os dragões de Merlin e achar que poderíamos aguentar um cerco prolongado, da mesma forma que poderíamos enfrentar as forças de Mark e Octa numa batalha e não apenas regar a terra com nosso sangue. Eles têm muitos soldados. Portanto, em vez disso...

Ele se deteve; seu tom de voz expressou raiva e frustração uma vez mais. – ... em vez disso, nós nos retiramos para as montanhas de Gales, onde o solo é muito áspero, e a comida e os suprimentos são escassos demais para que as tropas de Mark e Octa permaneçam juntas num ataque simultâneo. Defendemos fortes como este nas montanhas, deparamo-nos com grupos invasores de vez em quando e atacamos tantos soldados deles com nossos arqueiros quantos podemos.

Ele parou de falar e de novo golpeou a palma de uma das mãos.

– Esperamos e vigiamos quando eles invadem um assentamento aqui, incendeiam uma fazenda acolá... como lobos atacando os franzinos filhotes de uma manada de cervos.

Uma visão do vilarejo incendiado que tivera na água da bacia se materializou ante os olhos de Isolda mais uma vez. Contudo, a água que colocara no braseiro estava fervendo; ela a derramou na tigela com folhas de confrei picadas, observando o vapor aromático elevar-se e tentando impedir o eco dos pensamentos sobre Mark de reaparecer sem cessar na sua mente. Faça o que for preciso, ela dissera à Márcia. E depois conviva com isso. Exceto que ela às vezes achava que aquela noite a havia marcado, como uma das tatuagens espiraladas azuis que os Antigos gravavam com agulhas na pele. Uma tatuagem envenenada que lhe estava lentamente devorando os ossos. Ela pensou: "Eu tenho sorte; poderia ter nascido na linhagem de Aefre e passado quinze anos casada com Mark, em vez de apenas uma noite".

Madoc falou de novo, as mãos cerradas às costas, os pés ligeiramente separados e a voz mais baixa:

— Isso me remete à razão pela qual vim, e ao favor que lhe quero pedir, *Lady* Isolda. O que a senhora sabe sobre o Rei Goram da Irlanda?

Isolda descansou a panela de água vazia e levantou os olhos, surpresa. Esperava tudo, menos isso.

— Sobre o Rei Goram? — repetiu.

— Houve um tempo em que ele foi...

— Mais um aliado do meu pai na sua guerra com Artur — disse Isolda. — Sim, eu sei alguma coisa. Meu pai tinha três aliados: Cerdic de Wessex, como o senhor já disse, Goram da Irlanda e Mark. Mark era casado com a filha de Cerdic. E Goram, com uma filha de Mark. O nome dela era Carys. Uma filha bastarda, pois ele não teve filhos com Aefre, a não ser seu filho. De qualquer forma, era um vínculo de sangue.

Isolda olhou para Madoc e disse:

— Não cheguei a conhecer a menina. Mark a mandou para um convento para ser criada pelas mulheres cristãs, e eu tinha apenas sete ou oito anos quando ela foi enviada para a Irlanda para desposar o Rei Goram. Mas me lembro de que depois de Camlann, depois que Mark traiu meu pai e seus outros aliados, ele passou para o lado do Rei Artur e assim sobreviveu à batalha do lado vencedor...

Isolda se deteve e ficou calada um instante, esforçando-se para manter a voz firme e calma, dizendo-se raivosamente mais uma vez que não se esquivava de pronunciar o nome de Mark. Nem de recordar aquela época, agora que sua lembrança do caso retornara.

– O Conselho do Rei – ou, pelo menos, o que restava dele – fez de Mark o tutor de minha avó e de mim mesma. Então eu estava lá quando o mensageiro chegou de Goram. Isso aconteceu... não sei. Talvez uma semana ou duas depois da batalha em Camlann. O mensageiro de Goram levou uma sacola para Mark, um alforje de couro finamente trabalhado, com os cumprimentos do seu rei.

Isolda pegou a tigela de folhas de confrei e disse:

– E, quando Mark e seus soldados o abriram, encontraram a cabeça de Carys. Acondicionada em sal, para conservá-la na estrada desde a Irlanda. Embora mesmo assim a carne estivesse começando a apodrecer e se soltar do crânio.

Madoc ficou calado um momento, com o rosto inexpressivo cheio de cicatrizes, e então disse:

– Entendo. Eu gostaria de dizer que não me importa merda nenhuma se Goram...

Ele então se deteve e, olhando arrependido para Isolda, disse:

– Mais uma vez lhe peço que me perdoe, *Lady* Isolda.

– Concedido – disse Isolda de novo. *Não me importa merda nenhuma.* Ela às vezes se perguntava se os homens eram ensinados a dizer palavras de baixo calão ao mesmo tempo em que aprendiam a cavalgar, caçar e lutar com espadas. De qualquer maneira, Madoc teria sido aprovado nas aulas. Ele tinha a boca tão suja quanto qualquer soldado de infantaria ou ferreiro. Entretanto, o simples fato de que ele se controlava para não dizer palavrões na frente dela expressava quanto ele havia mudado desde que o Conselho o escolhera Rei Supremo.

Por outro lado, Madoc de Gwynned era um homem de contradições, sob muitos aspectos. Assistia à missa cantada todas as manhãs, e fazia até um padre cavalgar com suas tropas nas campanhas. Isolda se lembrou de que uma vez Con lhe contara que Madoc andara descalço em redor de uma capela sete vezes, no auge do inverno, como penitência por dizer o nome de Cristo em vão.

Isolda olhou de relance para Madoc antes de voltar a atenção para a tigela em suas mãos e disse:

— O senhor pode falar livremente, Lorde Madoc. Já dei pontos e cauterizei ferimentos em um número incontável de homens desde os meus treze anos. Posso quase garantir que já ouvi pelo menos o equivalente a quaisquer palavrões que o senhor possa dizer.

Os traços duros de Madoc se tranquilizaram e ele deu uma risadinha, desta vez mais afável.

— Então está certo – ele disse. – Gostaria de dizer que não dou a mínima se Goram devorar os próprios filhos ou precisar de um mapa e das duas mãos para encontrar o próprio traseiro, desde que esteja disposto a emprestar seus lanceiros para lutar contra Octa e Mark. Eu gostaria de dizer isso, mas estaria mentindo se dissesse.

Madoc calou-se, ergueu uma das mãos e a soltou.

— Eu também estaria mentindo, *Lady* Isolda, se afirmasse que fiquei feliz em lhe pedir o favor de que já lhe falei. De qualquer maneira, acho que não temos outra opção. Mark e Octa juntos têm o poder de esmagar a Bretanha inteira. E o Rei Goram concordou com uma reunião em Ynys Mon[11] daqui a quatro dias, para escutar nossa proposta para conseguir a lealdade dele.

— Ynys Mon? – repetiu Isolda.

---

11 Nome galês da Ilha de Anglesey, no País de Gales. (N.T.)

Madoc concordou com a cabeça e disse:

— Fica na metade do caminho entre Gwynned e a Irlanda. A senhora nunca foi lá?

Isolda sacudiu a cabeça:

— Não, nunca.

De repente ela se lembrou vividamente de sua avó falando daquela ilha, quando Isolda não tinha mais de oito anos: era uma imagem de Morgana contorcendo a boca e cuspindo antes de contar a história de Suetônio de Roma e Ynys Mon.

Ynys Mon, a Ilha Escura, fora outrora solo santo, a ilha sagrada dos druidas, antes que as legiões romanas esmagassem as tribos de bretões sob os pés com sandálias, marcassem a terra com cicatrizes com suas estradas retilíneas, derrubassem as árvores e arassem a terra para erigir templos de sólidas paredes com reluzentes pedras brancas. E Suetônio, desesperado para romper o poder dos druidas, marchou com suas tropas até a ilha santa, incendiou as matas sagradas, profanou e violou os lagos naturais. E isso, dissera Morgana, com um breve e irado tremeluzir de lágrimas nos olhos turvos pela idade, fincara a lâmina de uma faca entre a Bretanha e os deuses para todo o sempre.

Madoc continuou a falar; a voz continha, mais uma vez, um toque melancólico de amargura:

— Goram não sairá barato, estou certo disso, mas o que a senhora me disse... — Ele se calou e olhou para Isolda; os olhos escuros eram severos e meio melancólicos no rosto desfigurado. — Acho que eu preferiria ter uma cama num chiqueiro e dormir num leito de mer... sujeira do que me aliar a Goram. Mas o que a senhora me falou quer dizer que ele pode odiar Mark o suficiente para enviar seus lanceiros em nossa ajuda.

— É possível.

Isolda ficou em silêncio; uma imagem do rei irlandês se formou na sua cabeça ao lembrar-se do punhado de vezes que o viu quando criança. Era um homem de pernas tortas e peito largo, olhos cinzentos e cabelos negros soltos até os ombros, vestindo um pesado manto de pele de urso e usando uma gargantilha de ouro tão grossa quanto o pulso dela em redor do pescoço extremamente musculoso. Sem dúvida, Goram era homem que custava a perdoar um insulto ou um erro.

Madoc passou a mão pelo cabelo negro à escovinha e disse:

— E eu já vi o que restou dos vilarejos atacados por Octa e suas tropas.

Isolda pensou então: "Não foi só o senhor que viu", mas ficou em silêncio enquanto Madoc prosseguia, com o rosto cada vez mais soturno:

— Há quem diga que ele é louco. Não tenho certeza. Mas, louco ou não, ele luta apenas pelo prazer de matar, porque gosta de sangue e de observar homens morrendo. Já vi corpos num campo de batalha que ele retalhou com a espada por puro prazer. E houve um lugar, um assentamento no sul, onde ele havia perdido alguns homens numa batalha. Ele reuniu todas as mulheres do lugar — velhas e jovens, e até as meninas pequenas —, mandou que as enterrassem vivas na sepultura que havia sido cavada para seus guerreiros, para que fossem "felizes" na vida após a morte.

— Eu sei. Octa foi também inimigo do meu pai, antes de Camlann. Os soldados do meu pai, justificadamente, o chamavam de "Octa do Facão Sangrento".

Isolda pensou em Emyr, um dos guerreiros do seu pai feito prisioneiro por Octa em uma batalha. Ele conseguiu sobreviver; fugiu do acampamento de Octa e deu um jeito de voltar à sala de reuniões de Modred. Isso foi realmente um milagre, porque ele foi torturado até a demência. Quando Isolda o viu, ele era a sombra deplorável e servil de um homem, gemendo de dor de maneira incompreensível, evacuando e urinando a qualquer movimento súbito ou barulho" alto.

Sua avó Morgana, ao vê-lo assim, dera-lhe, sem hesitar, uma poção que garantiu que adormecesse e nunca mais acordasse.

O rosto de Isolda deve ter expressado parte dessa lembrança, porque Madoc abriu a boca, indicando que ia fazer uma pergunta. A moça balançou a cabeça e olhou de relance para Kian.

– Não, não pergunte nada. Não lhe diria nada além do que o senhor já sabe.

Madoc a observou por um momento, inclinou a cabeça e disse:

– De qualquer modo, estamos de acordo em que uma aliança até mesmo com o Rei Goram pode ser justificada se impedir Mark e Octa de cometerem genocídios em toda a zona rural. Cynlas de Rhos e Dywel de Logres já prometeram comparecer à reunião em Ynys Mon, por isso estão chegando a cavalo hoje, com suas tropas, para que possamos viajar até lá como um só regimento. Este é o favor que lhe peço, *Lady* Isolda: que a senhora nos acompanhe a Ynys Mon, para falar com o Rei Goram em nome da Bretanha. Ele talvez fique mais inclinado a ouvir a senhora, em razão do juramento de lealdade que fez a seu pai.

Isolda acenou lentamente com a cabeça e respondeu:

– Concordo, embora ele não se lembre de mim. Eu não devia ter mais de sete ou oito anos na última vez em que o vi.

Ela se calou e olhou de relance para Kian, que permanecia largado no canto. Seus olhos continuavam fechados, mas Isolda sabia que não estava dormindo. Havia se retirado para um espaço no seu íntimo, onde pudesse tolerar a dor que ela sabia que continuava a atingi-lo como ondas batendo no litoral.

Os olhos dela fixaram brevemente o frasco de infusão de papoula que mantinha na prateleira mais alta. Isso faria com que ele dormisse, mas o ópio também o encurralaria em sonhos dos quais não poderia despertar, o que nesse momento seria quase certamente mais cruel do que a dor.

Ela se virou para Madoc:

— Diga-me uma coisa: os demais conselheiros aprovaram minha presença nas reuniões com o Rei Goram?

Madoc a olhou intensamente, como se a estivesse avaliando, e em seguida deu um risinho de desdém:

— Vou ser franco. Vários dos meus conselheiros foram contra a ideia da sua presença. Cynlas de Rhos disse que as mulheres só servem para aquecer o corpo de...

Madoc interrompeu mais uma vez o que ia dizer, e Isolda percebeu um pequeno rubor sob a barba no pescoço.

Madoc sacudiu a cabeça bruscamente e disse:

— Mas a opinião dele é irrelevante. Acredito que valha a pena a senhora participar das negociações em Ynys Mon. E, como Rei Supremo do seu país, peço-lhe que compareça. — Os olhos escuros e fundos no rosto devastado fixaram-se nos dela. — Isso, porém, é um *pedido* — ele ressaltou a palavra —, não é uma ordem. Ynys Mon fica a apenas meio dia de viagem daqui, mas qualquer jornada pode ser perigosa na época atual.

— Eu não esperava uma temporada segura, mesmo neste lugar. E, se o senhor quiser, irei sim a Ynys Mon.

Isolda calou-se. As folhas de confrei eram agora de um verde viçoso mais atenuado, e ela apanhou uma bolsa de olmo americano em pó para acrescentar à tigela. Podia bem imaginar quais teriam sido as palavras de Cynlas de Rhos, palavras que nem Madoc seria capaz de repetir. Pelo menos, desde que ela não ouvisse.

Ela havia previsto frequentemente ter essa conversa ou uma semelhante nos últimos cinco meses, desde que o Conselho anulara seu casamento com Mark. Baseado na traição de Mark, evidentemente, e não porque ela havia sido obrigada a se casar contra sua vontade.

Isolda pegou um pilão para misturar o confrei e o olmo americano e fazer uma pasta, e precisou se esforçar para afrouxar a mão no cabo de pedra.

Era por isso, todavia, que ela havia concordado com a proposta do Conselho de ser enviada para aquela região remota. A razão pela qual viera, sem discutir, para Dinas Emrys, e se desprezasse por sua covardia, e ainda se desprezava, resumia-se a isso.

Ela amassou as ervas na tigela com alguns golpes harmoniosos e giratórios do pilão antes de perguntar:

— Ainda há mais coisas, não é verdade?

Madoc hesitou, e Isolda percebeu uma expressão de dúvida ou desconfiança assomar brevemente o rosto com marcas de cicatrizes, viu-o recuar com uma espécie de aversão instintiva, como um cavalo quando fareja lobos próximos. Ela disse, esforçando-se para não demonstrar impaciência no tom de voz:

— Fui rainha de Constantino durante sete anos, Milorde Madoc. Desde meus treze anos não preciso me utilizar de feitiçaria para adivinhar que existe algo mais referente à minha presença em Ynys Mon do que simplesmente a esperança de que Goram possa enternecer-se com a lembrança de sua amizade com meu pai. O senhor lhe ofereceu um vínculo matrimonial para fortalecer alguma aliança proposta? Talvez a *Lady* de Cammelerd em troca pelo número de lanceiros que ele decida enviar?

Madoc ficou calado por um longo momento antes de responder; os olhos escuros fixaram intensamente o rosto dela. Finalmente ele disse:

— A senhora é jovem, *Lady* Isolda, para ter essa aparência.

— E qual é minha aparência?

— Já vi olhos como os seus, devolvendo-me o olhar de um inimigo que atravessa a linha divisória de uma parede escudo.

Isolda desviou o olhar e disse:

— Talvez, mas tenho idade suficiente, Milorde Madoc, para ter sido casada duas vezes por vontade do Conselho. Idade suficiente também para escolher minhas batalhas, e só entrar numa luta quando tenho possibilidade de vencer.

Ela olhou de relance para Kian, que continuava sentado de olhos fechados, e para o bem dele – e porque não era inteiramente justo culpar Madoc pela situação do mundo – fez um esforço para manter a voz baixa.

— Eu poderia chorar – ela disse – ou poderia pegar esta tigela de folhas de confrei e atirá-la com a maior força possível contra a parede. Eu poderia também dizer que preferiria mendigar à beira da estrada do que me casar com Goram da Irlanda ou qualquer outro homem. Ainda assim, eu me depararia com a mesma opção. Posso casar com o homem escolhido pelo Conselho e manter o controle pelo menos em relação a Cammelerd e em como as terras sob minha responsabilidade são governadas. Ou posso ser trancafiada atrás dos portões de um convento, como aconteceu com minha mãe, e ver Cammelerd retalhada, dividida entre vocês todos. Isso se restar alguma parte da terra, depois do incêndio e da carnificina executados pelos soldados de Octa e Mark.

Madoc exalou um suspiro; os ombros se curvaram como se estivesse subitamente cansado:

— Eu bem queria negar a verdade disso tudo, mas não posso. Foi feita realmente uma proposta de lhe oferecer em casamento a Goram, junto com o controle de Cammelerd. E lhe peço, *Lady* Isolda, para considerar quais poderiam ser os benefícios de uma aliança desse tipo.

Madoc se deteve; os olhos escuros e atentos fixos nos de Isolda.

— Mas jurei aos conselheiros do rei – disse ele – e lhe juro também, neste instante, que a senhora está sob minha proteção como Rei Supremo. E que não lhe vou pedir que se case se a senhora não o quiser de sua própria vontade.

Antes que Isolda pudesse responder, Madoc se virou para onde Kian continuava sentado, imóvel, com a cabeça inclinada contra a parede, e disse tranquilamente:

– O olho dele já não existe, mas sei que a senhora fará o possível por ele quanto ao mais. Eu o entrego aos seus cuidados.

Capítulo 2

Sem o tapa-olho de couro, a órbita vazia do olho de Kian estava sangrenta, vermelha, irritada e inflamada. Isolda já tratara de ferimentos muito mais graves do que esse nos últimos sete anos. Mesmo assim, ainda sentia um movimento abrupto de náusea combinada com raiva impotente ao ver aquilo, o que sempre acontecia quando se confrontava com um ferimento; por mais competente que fosse, a cura nunca seria total.

Mas Kian estava sentado com os ombros curvados e rígidos, e o queixo determinado como se previsse um golpe. Madoc já fora embora, mas ainda assim ela sentia que Kian detestava a necessidade de ter sua fraqueza e seus ferimentos expostos. Embora Cabal, que permanecera no local seguindo um comando de Madoc, estivesse agora sentado ao lado de Kian, com a cabeça de manchas escuras apoiada no joelho do homem ferido.

Isolda fechou os olhos por pouco tempo e, propositadamente, bloqueou todos os pensamentos da entrevista com Madoc – todos os pensamentos de Mark – e todos os pensamentos de qualquer mundo que estivessem além das quatro paredes de pedra de sua oficina. Ela esperou até que existisse um lugar apenas com Kian, suspenso no tempo. Depois abriu os olhos. Isolda começou a avaliar os ferimentos dele, apalpando-o o mais suavemente que pôde nas costelas quebradas, analisando as mãos e os braços à procura de outros ossos fraturados, e sentindo também mentalmente a origem de cada ferimento e dor.

Isso significava que ela também, de vez em quando, captava lampejos breves e interrompidos de lembranças, recortados como cacos irregulares de cerâmica. Na cabeça de Kian. *Um homem com um narigão e uma barba engordurada e cheia de pulgas... um facão sem corte esquentado na fogueira... o fedor do próprio vômito quando ele jazia no chão e...*

Isolda sentiu as mãos pegajosas antes mesmo de chegar ao meio do que estava fazendo, e pausou por um instante, afastando dos olhos um cacho solto de cabelo, com as costas das mãos. Ela achava que era mais fácil, sob muitos aspectos, cuidar dos feridos quando ainda não tinha a Premonição. Mas, na época, era uma curandeira muito mais habilidosa quando conseguia perceber todos os ossos fraturados, todos os cortes, todas as partes de pele contundida, e sentir-lhes as dores quase como se fossem dela própria.

Ela acabou se apoiando nos calcanhares. Os ferimentos de Kian eram graves, principalmente porque haviam sido causados com a intenção premeditada de causar dor, mas nenhum deles era letal. Se o olho mutilado permanecesse livre de infecção e nenhum dos ferimentos piorasse, ele sobreviveria.

– E então?

Kian tinha permanecido sentado e em silêncio enquanto ela o examinava; o olhar fixo nas botas de cavalgar enlameadas, uma das mãos apertando e soltando a grossa coleira de couro de Cabal. Sua voz expressou algo semelhante a raiva, embora Isolda soubesse que isso era devido mais a ele mesmo e aos homens que o haviam machucado tanto, e não a ela.

Isolda respondeu:

– Não há nada fraturado que eu tenha detectado, embora você ainda vá sentir, durante semanas, como se um rebanho inteiro de gado o tivesse pisoteado nas costas. Há talvez uma pequena área da sua pele sem edemas roxos e esverdeados ou que não esteja em carne viva.

Ela pronunciou as palavras deliberadamente em tom normal, para que não houvesse qualquer sinal de raiva ou piedade na sua voz. Isso pareceu ajudar, pois Kian resmungou, deu um tapinha desajeitado na cabeça de Cabal e então pegou a jarra de cerveja uma vez mais. Enquanto bebia, seu rosto voltou a exibir um certo colorido.

— Pequena área, é? Nem notei...

Cabal deixou-se cair com um suspiro profundo no chão aos pés de Kian, e Isolda se obrigou a sorrir. Embora estivesse olhando para a órbita sangrenta do olho, o sorriso estava à beira das lágrimas. Apesar disso, ela piscou os olhos, levantou-se e se virou para o lugar na mesa onde colocara o cataplasma de confrei ainda morno; pegou uma colher de chifre e começou a espalhar a mistura entre camadas de pano limpo.

Já vira homens feridos, homens com marcas de tortura, incontáveis vezes, o suficiente para saber que, embora Kian não tivesse fraturas, o pior para ele ainda estava por vir.

— Que você pensa da ideia de procurar uma aliança com o Rei Goram?

Pelo canto do olhar atento, ela viu os ombros de Kian relaxarem à pergunta, e se transformarem numa atitude de simples análise. Seu rosto estava danificado de um lado por uma comprida cicatriz, causada há anos nos campos de Camlann, e ele levantou uma das mãos, esfregando a marca inconscientemente com o lado interno do polegar.

— Bem, existe um velho ditado: se você encontrar um lobo raivoso e um irlandês, mate primeiro o irlandês.

Isolda não pôde evitar um sorriso, e os cantos dos lábios finos de Kian também se levantaram ligeiramente, embora o rosto machucado voltasse mais uma vez a se mostrar soturno quase imediatamente.

— Mas, como diz Lorde Madoc, acho que não temos outra saída a não ser tentar fazer um acordo com Goram, embora eu só confiasse num pacto com ele se fosse escrito no próprio sangue daquele homem. Mesmo assim, há outro ditado entre os soldados: o de que o inimigo do seu inimigo também é seu amigo. Se Goram odeia Mark o bastante para lutar contra ele a nosso favor, então, bem... – Ele se calou, deu de ombros, depois estremeceu a esse movimento. – Acho que a maioria dos membros do Conselho pensa da mesma forma.

Isolda assentiu com a cabeça. Pegou o cataplasma de confrei e comprimiu o pedaço quadrado de pano saturado de ervas medicinais suavemente na órbita vazia do olho, depois substituiu o tapa-olho de couro para prendê-lo bem. Ela sentiu Kian exalar a respiração num ímpeto explosivo, e suas mãos agarraram uma dobra do manto de viagem que ainda usava. Ele, porém, não falou nada e, após um instante, ela perguntou, procurando distrair os pensamentos de Kian:

– E quanto ao próprio Madoc?

– A senhora quer saber o que penso dele?

Kian calou-se, esfregando mais uma vez a antiga cicatriz de batalha; algumas rugas de dor em seu rosto se amenizaram enquanto ele avaliava suas palavras:

– Bem, ele não é muito de falar. Duvido que algum de nós que lutamos com ele tenha ouvido mais do que uma dúzia de palavras. Mas ele também não fica se gabando, como os soldados gostam que um líder faça. E os deuses sabem que não estamos conseguindo vitórias sob o comando dele, mesmo assim...

Kian movimentou bruscamente o ombro mais uma vez e sacudiu a cabeça:

– Duvido que algum dos seus homens não seguisse ele até para uma caverna de lobos acenando um pedaço de carne crua. Não dá pra entender, mas ele é assim. É até possível – a voz de Kian ficou amarga – que ele pudesse vencer, se dispusesse da quantidade apropriada de soldados, armas e comida.

Ele fez uma pausa e ficou calado um momento antes de levantar os olhos e deparar-se com o olhar de Isolda, na verdade respondendo à pergunta que ela havia feito em silêncio.

– Não se preocupe – ele disse, ríspido. – Não me arrependo de ter usado minha espada para lutar por ele nem por lhe ter jurado lealdade. – Ele tocou o tapa-olho e disse: – Mesmo com isso, mesmo se eu tivesse morrido... não me arrependeria.

Kian permaneceu sentado em silêncio enquanto Isolda aplicava mais um cataplasma nos horríveis edemas em suas costelas, fixando uma atadura e passado unguento no resto de suas esfoladuras e cortes em carne viva.

– Você pode ficar aqui por algum tempo – ela disse, quando terminou os curativos. – Se quiser vou embora, e você pode descansar tranquilamente onde está.

O rosto de Kian estava ligeiramente acinzentado sob os edemas e as cascas das feridas, mas ele sacudiu a cabeça e disse:

– Acho que consigo chegar até minha cama.

Contudo, ele não se mexeu e permaneceu sentado, olhando fixo para as mãos, apoiando os dedos de pontas rombudas nos joelhos. Então, abruptamente, ergueu os olhos e perguntou:

– Quer dizer que a senhora conhecia *ele*, o filho de Mark? Quero dizer, conhecia bem?

A pergunta pegou Isolda de surpresa, de modo que suas mãos ficaram imóveis sobre a pilha de roupa suja que estava juntando para ser lavada. Ela conseguiu sentir, porém, uma estranha intensidade nas palavras de Kian, e achou que estava ligada às lembranças que continuavam zunindo como abelhas sob a superfície do seu controle.

Ela respondeu lentamente:

– Mark era aliado do meu pai, como eu disse ao Lorde Madoc. Ele vivia na sala de reuniões de meu pai, Mark, sua mulher e seu filho.

Ela parou e contemplou sem ver os farrapos manchados de sangue quando uma lavagem de lembranças vívidas com as quais não se habituara ainda a atingiu como um recuo de ondas. O filho de Mark era parte do período que ela banira de sua mente, trancara num pequeno esconderijo dentro de si e esquecera até cinco meses antes. Depois de esquecer por tanto tempo, a recordação várias vezes a atingia como um golpe, maculando o período intermediário, de modo que aquilo a que ela se referia podia ter acontecido havia apenas um dia e não sete anos.

— E é verdade — ela disse afinal. — Eu conheci mesmo o filho dele.

Isolda não tencionava prosseguir, mas de alguma forma a qualidade do silêncio de Kian e o olhar intenso do olho não danificado era o que em outro homem quase poderia ser um apelo para que continuasse. Isolda se perguntou por um momento se ele suspeitava da verdade sobre o filho de Mark e sua noiva saxônica. Ela, porém, percebeu que isso era importante para ele, embora ainda não tivesse certeza — total certeza — de que maneira. Pensou que, além disso, contar a ele já não fazia mais diferença.

Ela se calou; seu olhar intenso percorreu as sólidas pedras cinzentas na parede em frente, seguindo as sombras projetadas pelas réstias de ervas pendentes:

— Nós crescemos juntos, quase desde a idade em que aprendi a andar; eu me lembro de brincar com ele.

Ela fez uma pausa e olhou de relance para Kian, dizendo:

— Você vai conhecer a história. Atualmente é cantada por trovadores em todos os cantos do país. Fala de como minha mãe, Guinevere, traiu Artur e se casou com Modred — meu pai — quando ele tentou se apossar do trono de Artur. Não me lembro dela, que fugiu para um convento logo que eu nasci. E meu pai não era do tipo que se preocupa muito com uma filha, por isso fui criada por Morgana, minha avó.

Isolda fez uma pausa, tentando achar palavras que pudessem definir a mulher arrebatada, terna, de olhos claros e vontade férrea que, quando conheceu, conservava traços da beleza da juventude. Não conseguiu, porém, encontrar essas palavras, e depois de um instante disse:

— Tenho certeza de que você deve ter ouvido histórias sobre ela. Ela é chamada de feiticeira ou bruxa em quase todas as canções dos bardos. E talvez tenha sido mesmo, não sei. Ela me ensinou tudo o que sei sobre herbário e cura por ervas medicinais e...

Isolda se calou e respirou fundo antes de continuar:

— Ela me amava – disse, após um momento. — Nunca duvidei disso, mas, de qualquer forma, era uma... vida solitária para uma criança. É claro que havia outras crianças na construção onde meu pai governava: os filhos dos nobres, dos criados e dos soldados. Mas todas tinham medo de brincar com uma menina que era feiticeira.

Ela ergueu os olhos para Kian de novo e disse:

— Já me disseram que sou muito parecida com minha avó, quando jovem. E as crianças podem ser criaturinhas cruéis. — Ela fez uma pausa, relembrando anos passados, e acrescentou: — Embora, para ser justa, eu também tivesse culpa. Encontrei um grupo dos meninos mais velhos dando uma surra em um dos meninos mais novos só por brincadeira, e porque achavam que podiam. Eles o deixaram de olho roxo e fizeram-no perder um dente. Acho que eu tinha sete anos. Perdi a cabeça, obriguei todos a implorar o perdão do garoto e lhes disse que, se eu os pegasse fazendo a mesma coisa novamente, jogaria uma praga em cima deles e os transformaria em caramujos.

Isolda se deteve e dirigiu um breve simulacro de sorriso a Kian:

— Não surpreende que as outras crianças no salão tenham ficado tão apavoradas que deixaram até de falar comigo depois daquele fato. E eu não tinha irmãos nem irmãs; em lugar disso, eu tive...

Ela se controlou e disse:

— ... o filho de Mark. Ele era – é, suponho, se ainda estiver vivo – um ano mais velho do que eu.

Kian se mexeu no banco, mas não disse nada. Isolda podia ouvir, vindo do pátio externo além da horta, o ruído surdo dos cascos de cavalos e os gritos dos homens. Uma tropa de um dos dois reis – de Cynlas ou Dywel – havia chegado.

Ela continuou:

– Ele nunca teve medo de mim, nem de minha avó, não sei por quê, mas me lembro de brincarmos juntos quando ele tinha, digamos, uns quatro anos, e eu, três. Muito antes ele deixou os aposentos das mulheres para treinar com os homens, de qualquer forma, e isso deve ter sido quando ele tinha sete e eu, seis anos.

Isolda se calou, observando as partículas de poeira dançarem num raio de sol enviesado que entrava pela janela. Do lado de fora, ela podia ouvir o débil zumbido atarantado das abelhas e o trinado rouquenho de um pombo matinal.

– Mesmo então, eu costumava segui-lo a todos os lugares, em todas as oportunidades que tinha. – Ela deu um pequeno sorriso de novo. – Eu provavelmente o atrapalhava, embora ele nunca tivesse dito isso. Às vezes ele me levava para pescar, quando tinha folga das aulas de equitação e esgrima e tudo o mais. E me mostrava coisas, por exemplo, como atirar uma faca, pegar peixes, fazer uma fogueira na mata.

Ela se deteve quando outra lembrança repentina e vívida lhe assomou na mente. Ela se viu, aos nove anos de idade, debruçada na beira de um pequeno barco de pesca, avançando com a mão na água e guinchando surpresa quando a boca escorregadia e de ossos estranhamente duros de um peixe mordiscou-lhe as pontas dos dedos.

– Eu sabia que você não ia conseguir – dissera o menino de cabelos castanhos ao seu lado.

Ela levantou os olhos e perguntou:

– Conseguir o quê?

– Ficar parada tempo suficiente para eu poder pegar um peixe. – Ele puxou uma das tranças dela e arreganhou os dentes.

— Agora veja se fica quieta, ou jogo você na água e você vai ter de ir nadando até a praia.

Isolda fechou os olhos um instante. Se não estava ainda habituada a conviver com as lembranças, tampouco estava acostumada às ondas de saudade daquele período, trazidas por todas as lembranças individuais. Era capaz de bloquear como sendo covardia o desejo de poder voltar à segurança do mundo antes da batalha de Camlann; o que era muito mais difícil de ignorar era o quanto sentia saudade de si mesma, da maneira como era então.

Kian se mexeu de novo, como se procurasse amenizar a tensão nas costas feridas, e o barulho do movimento dele a trouxe de volta ao presente:

— Também tínhamos nossa linguagem secreta, sinais que criamos para deixar recados um para o outro com pedras, galhos ou folhas secas, esse tipo de coisa. Chegamos até a fazer um juramento de sangue de amizade, quando eu tinha onze e ele doze anos. Principalmente... — ela deu um sorriso tímido — principalmente porque ele disse que as garotas morriam de medo de sangue, e eu quis provar que não tinha medo nenhum.

Ela fez uma pausa, olhou para as mãos entrelaçadas e disse:

— Mas nós éramos amigos, amigos de verdade. Todo mundo gostava dele; era muito popular com os outros meninos. E também com os homens, porque sabia usar uma espada, e não tinha o menor medo nas batalhas. Ele obteve essa reputação antes mesmo dos quinze anos. — Isolda dirigiu um sorriso unilateral a Kian. — Talvez fosse completamente imprudente. Dependia da pessoa a quem se perguntasse. Eu me lembro que uma vez, numa batalha, ele lutava ao lado dos soldados do meu pai. Eles estavam num forte numa montanha, e sob cerco, sem possibilidade de fuga, enfrentando as forças combinadas de Artur. E eram suplantados em número de, pelo menos, dois por um. Nenhum deles achou que fosse viver até o dia seguinte. E T..., o filho de Mark, levantou-se e se ofereceu para ir sozinho ao acampamento de Artur, fingindo ser um escravo fugido com informações para oferecer sobre as tropas do meu pai. Isolda prosseguiu:

— Para que acreditassem, ele precisava ter a aparência de quem havia sido maltratado. Golpeou o rosto e os braços com uma pedra, para que ficasse cortado e machucado, depois saiu direto do forte do meu pai e chegou ao acampamento inimigo, até a barraca de Artur. Contou uma história para Artur, afirmando ser um dos escravos do meu pai, e que havia conseguido passar pela guarda e escapulir das muralhas da fortaleza. E se ofereceu para mostrar a Artur e seus comandados como havia conseguido isso. Por uma quantia em ouro, é claro. Só que, evidentemente, era uma armadilha. O grupo de soldados — trinta dos melhores comandantes de Artur — foi feito prisioneiro. Artur só os teria de volta se recuasse — e cancelasse o cerco. — Isolda sacudiu a cabeça e disse: — Até hoje não sei como ele — o filho de Mark — ficou livre. Artur certamente deve tê-lo deixado sob vigilância, com ordem de ser morto se descobrissem que havia mentido.

Ela ergueu os olhos e verificou que Kian a olhava, com as sobrancelhas levantadas:

— E ele lhe contou isso tudo, o filho de Mark?

— Claro que não. — Isolda balançou a cabeça, e a boca se curvou em mais um sorriso torto. — Eu soube da história pelos outros soldados do meu pai; eles só falaram nisso durante meses. O filho de Mark jamais me teria contado isso; ele sabia que eu ficaria furiosa com ele por ter se arriscado, e diria: *"Tinha mesmo de ser feito por alguém... Por que não por mim?"*. E eu teria ficado ainda mais zangada com ele por estar certo, e não por perder a cabeça e também gritar comigo. — Ela olhou de relance para Kian mais uma vez. — Ele quase nunca fazia isso, isto é, perder a cabeça. Ele era...

Isolda deixou de sorrir ao procurar uma palavra que descrevesse o filho de Mark. Do lado de fora ouviu-se mais uma vez o suave trinado dos pássaros na horta próxima à janela, e o relinchar de cavalos e os gritos dos homens no pátio externo além da horta.

— ... reservado, suponho — ela acabou dizendo. — Discreto. Muito contido. Acredito que por causa da mãe.

A conversa estava se encaminhando novamente para tudo sobre que ela abominava falar, e Isolda sentiu o estômago se contrair, como de costume. Ela se obrigou a falar, porém, e levantou os olhos para se deparar com o olhar atento e magoado de Kian.

— A mulher de Mark teve uma vida desgraçada, infernal. Nem sei direito se eu desejaria que o próprio Mark tivesse o mesmo destino. Quando éramos crianças, no processo de crescimento, o filho dela costumava tentar protegê-la ao máximo das surras de Mark. E geralmente o garoto acabava sendo chicoteado ou espancado por fazer isso. À medida que ele crescia, a coisa só piorou, porque então ele já tinha idade para lutar. Ele reagia quando o pai lhe batia, e isso, é claro, enfurecia Mark ainda mais.

As mãos de Isolda se apertaram involuntariamente, mas, afrouxando-as, e prosseguiu:

— Duvido que outra pessoa além de mim soubesse disso. Ele, o filho de Mark, jamais contou a ninguém. E nunca, nunca mesmo chorou ou deixou alguém perceber que suas costas e costelas, na maior parte do tempo, viviam muito machucadas debaixo da sua camisa. Acontece que minha avó sabia curar, e, quando eu tinha seis ou sete anos, ela começou a me ensinar. Só de olhar para uma pessoa eu já sabia que ela estava ferida. Então fazia com que o filho de Mark me deixasse passar unguento nos ferimentos dele. Ou aplicar-lhe uma atadura nas costelas se Mark fosse mais violento do que de costume e lhe fraturasse um osso. Ele odiava isso. Quero dizer, o filho de Mark é que odiava. E nunca falava sobre o pai comigo, nem me dizia diretamente que seu pai o espancava. Ainda assim, ele era menos reservado comigo do que com qualquer outra pessoa.

Isolda se calou. Durante um momento, Kian continuou sentado sem nada dizer; o silêncio gelado e tranquilo da oficina avançou sobre eles. Então Kian disse:

— A senhora está falando de Tristão, não é? Ele é o filho de Mark.

As palavras foram mais uma afirmativa que uma pergunta, e Isolda percebeu quando ele falou que ela não ficou surpresa, que estava esperando isso desde o momento em que Madoc mencionara a recompensa que Mark oferecia pela captura do filho.

Ela deu mais um pequeno sorriso enviesado e perguntou:

— Foi a expressão "completamente imprudente" que denunciou a verdade?

Kian riu com desdém, apesar das rugas de dor que lhe apertaram a boca:

— Bem, não digo que não há o que discutir quanto às atitudes de Tristão. Existe coragem e existe loucura, e Tristão está numa linha tênue entre as duas mais do que ninguém que já conheci. Mas não, os sujeitos que nos atacaram usaram o nome dele, Tristão. Além disso...

Kian se deteve, e arqueou os ombros. Isolda percebeu que ele se controlava com grande esforço, mas prosseguiu, sem alterar o tom de voz:

— Um deles tinha sido soldado de Owain de Powys. Ele me reconheceu da época em que passei em Tintagel, há cinco meses, e se deu conta de que me havia visto com Tristão.

Isolda reviu os fragmentos de lembrança que percebera de relance ao tratar dos ferimentos de Kian.

— Então foi por isso que o homem barbado levou você para ser torturado, e não algum dos outros que foram capturados?

Os músculos de Kian se retesaram; uma das mãos tocou, num reflexo, o tapa-olho, e Isolda sentiu uma rápida pontada de compunção misturada com raiva de si mesma. Estava cansada, entretanto, com o esforço de bloquear a percepção da dor que seu tratamento dos ferimentos de Kian havia inevitavelmente causado. Embora isso, pensou, mal servisse de justificativa.

Ela disse depressa:

— Lamento muito, Kian. Não precisa responder; esqueça que eu perguntei.

Cabal levantou-se, gemeu baixinho e encostou a cabeça no braço de Kian, que acariciou a cabeça do grande cachorro, pegou a jarra de cerveja e a levou à boca, dando vários e longos goles antes de finalmente recolocá-la onde estava. Ela sabia, entretanto, que não havia absolutamente nada que pudesse fazer para facilitar a luta ou amenizar o efeito de suas palavras. Observou, impotente, durante o que pareceu um momento infinito antes de ele voltar a olhá-la e perguntar abruptamente:

— Então a senhora sabia quem era ele quando *o viu* há cinco meses?

Uma lembrança de Tristão impactou Isolda quando ela o viu há cinco meses, sujo e barbudo, os olhos vermelhos de cansaço, encostado de qualquer maneira na parede de pedra de uma cela na prisão de Tintagel. Capturado pelo exército de Con como espião saxão, interrogado e espancado por homens que não tinham a menor ideia, assim como Isolda, de que estavam vigiando o filho de Mark.

Ela sacudiu a cabeça e respondeu:

— Não. Pelo menos, não a princípio. Eu tinha bloqueado quase todas as lembranças do que aconteceu antes de Camlann. Porque doía muito recordar-me delas depois. Além disso... – ela mexeu um dos ombros –, ele mal tinha quinze anos na última vez que o vi. E agora está com... vinte e dois. Ele estava mudado. Aliás, nós dois mudamos.

Ela fez uma pausa, e olhou fixo para a parede bem à sua frente:

— No final é que eu me lembrei.

— Quando a senhora voltou para libertá-lo da prisão de Mark?

Isolda assentiu com a cabeça:

— Isso mesmo. Foi aí que me dei conta de quem era ele.

Ela se deteve de novo, rememorando a última cena com Tristão, quando ele teria saído de fininho sem falar com ela, sem nem se despedir, se a moça não se tivesse deparado com ele pouco antes de ele ir embora. Foi aí que ela acrescentou Tristão, seu companheiro de infância e único amigo verdadeiro, à lista de todos os outros que desapareceram e jamais voltariam.

Ela cerrou as mãos, depois as abriu, e então olhou para Kian uma vez mais:

— Por que você pergunta?

Kian tomou mais um gole de cerveja e se sentou um instante sem falar. E então levantou uma das mãos para tocar de novo o tapa-olho e, em vez de responder, perguntou:

— Como a senhora soube que o homem que fez isto tinha barba?

Isolda se calou por um longo instante antes de responder, depois finalmente disse:

— Cada um de nós vai fazer uma pergunta que o outro não precisa responder, certo?

Ela julgou perceber um leve lampejo divertido no olhar atento de Kian, mas em seguida ele sacudiu a cabeça e olhou para a jarra de cerveja pela metade. Respirou fundo, depois disse, sem levantar o olhar:

— Dizem que a senhora consegue... ver coisas.

Os olhos de Isolda se dirigiram uma vez mais às prateleiras da oficina, para as fileiras ordenadas de jarras de cerâmica e as ervas medicinais penduradas, e o braseiro de cobre com carvões ainda em brasa.

— É, eu sei que dizem isso.

Kian curvou os ombros, e Isolda viu os dedos apertarem a coleira de Cabal mais uma vez e então levantar a cabeça; único olho que lhe restava encarou os dela:

— A senhora poderia ver Tristão se tentasse?

Isolda pensou novamente: "Se houver mais uma acusação de feitiçaria, vou me deparar com uma sentença de ser queimada viva de que não poderei escapar, entretanto...".

Isolda enfrentou o olhar intenso, cansado e toldado pela dor outra vez e pensou: "É estranho que eu confie em Kian". Há menos de cinco meses ele cuspiu nos pés dela, chamou-a de diabo e quase a degolou. Ela, contudo, confiava nele, mais do que em qualquer outro. Mesmo que não confiasse, sabia que não podia ignorar o olhar de má vontade e constrangido de ansiedade no fundo do olhar fixo. Não quando ele ainda podia sentir o pulsar esfarrapado de lembrança que sua pergunta irrefletida de há pouco havia provocado.

Ela respondeu lentamente:

– Posso tentar.

Merlin certa vez disse que há um fluxo e um refluxo em todas as coisas, e que a única constante neste mundo e também no Outro era a própria mudança.

Isolda encheu d'água uma panela rasa de cobre e colocou-a na mesa de madeira marcada; pelo seu campo de visão periférica percebeu que Kian se sentara reto no banco e a observava com uma estranha combinação de inquietude, descrença e surpresa, além de certa curiosidade, no rosto machucado.

A Premonição estava mudada, pois havia vagado como neblina marinha de volta para ela, aos pouquinhos, nos meses anteriores. Talvez porque ela mesma tivesse mudado. Ou talvez, ela pensou, simplesmente porque a Premonição havia tido fluxo e refluxo como todo o resto.

Ela teve o sonho, e pôde sentir a dor daqueles que se esforçava para curar, captar lampejos de lembrança, às vezes, como tinha de Kian, se estivessem ligados à dor. Entretanto, não conseguiu captar outros pensamentos, e até agora só vira a trilha reprimida de ódio da destruição de Mark em vidência por água de qualquer tipo.

Kian observava e por isso Isolda esvaziou a cabeça e focalizou o olhar atento fixamente para a superfície espelhada da água, até algo além. Tornou a respiração mais lenta, o coração estável, e buscou dentro de si mesma o lugar onde estivessem presos os elementos da Premonição. Deixou as repercussões se insinuarem na sua cabeça, primeiro dos Antigos, a voz suave e cadenciada que se manifestou de algum lugar profundo sob as pedras da fortaleza, tão profundo quanto se dizia que ficavam as cavernas onde se refugiavam os dragões de Merlin. E então...

Ele se movimentou na floresta com a facilidade obtida por sua grande experiência, parando aqui e ali para escutar quaisquer sinais de perseguição, e ignorando a dor que aumentava constantemente. Ele pensou: "Devo estar amolecendo. Os guardas da pedreira teriam precisado de pelo menos mais quatro noites de trabalho de um homem com sua forma física".

Contudo, a essa altura ele provavelmente teria conseguido andar para trás e no seu sono por um acampamento do exército completamente montado sem ser ouvido nem visto. Muito menos num caminho silencioso de matas, com a lembrança do rosto sofrido em sua mente, para fazê-lo prosseguir.

Ouviu-se um farfalhar de folhas úmidas pisadas, e ele gelou, escondendo-se atrás do tronco de uma faia; uma das mãos tocou automaticamente o punho da espada. Provavelmente o barulho vinha de um texugo ou um cervo, mas ele não queria morrer se maldizendo por haver sido tão negligente.

Isolda recuperou a própria identidade e descobriu que Kian lhe agarrava o braço; o rosto lívido se destacava sob os terríveis edemas e arranhões. Ela comprimiu os olhos com as mãos e respirou arfante, como um nadador que vem à tona em busca de ar.

– Tudo bem, estou bem.

Kian exalou uma respiração impetuosa e afundou de novo no banco, gemendo involuntariamente quando os ferimentos encostaram na parede:

– São os poderes de Satã. A senhora parecia estar tendo uma visão dos condenados no inferno.

Cabal também estava ao lado de Isolda, enfiando o nariz em sua palma e emitindo um gemido alto e ansioso. A moça tocou o pescoço do grande animal e respirou devagar:

– Não, não foi nada disso, eu não vi nada, nada de concreto. Foi apenas...

Ela sacudiu a cabeça e estremeceu um pouco: uma pontada gélida lhe deslizou pela espinha quando tentou relembrar a sensação que tivera. Como se a mão gelada a agarrasse pela nuca, e ela visse...

– Havia um homem, e uma sensação de que ele estava... em perigo, acho. Com alguma dificuldade.

– Era Tristão?

Ela percebeu a tensão na voz de Kian quando ele fez a pergunta, mas a moça só conseguiu voltar a sacudir a cabeça e dizer:

– Não sei, sinceramente não sei. Eu...

Pensou então: "Fora mais uma daquelas piadas significativas e cruéis. A de que a Premonição nada lhe mostrara que pudesse ser realmente utilizado, e servira apenas para trazer o medo da incerteza, que era sempre o medo mais desgastante de todos". Embora Kian não lhe agradecesse – ela pensou – por tentar poupá-lo de preocupações e dores.

Ela enfrentou diretamente o olhar de Kian e disse:

– Não tenho certeza, mas, se você me pergunta se acredito que era, respondo que sim, acho que era Tristão.

– Em perigo. – Kian esfregou as costas do polegar na cicatriz irregular e resmungou: – Acho que a Premonição não ajudou muito em saber disso.

– Lamento.

Kian sacudiu a cabeça e disse:

– Tudo bem. Decerto eu não devia ter lhe pedido para tentar saber.

Isolda percebeu a tristeza apática na voz dele, viu as rugas de exaustão e dor aprofundar-se nos cantos da boca. Ajoelhou-se à frente da pequena arca de madeira ao lado do banco de Kian, levantou a tampa e de lá tirou duas mantas dobradas.

— Agora se deite e descanse — ela disse. — Você precisa dormir e pode fazer isso aqui mesmo.

Para sua surpresa, Kian não protestou, o que — segundo ela — demonstrava a extensão de sua dor e cansaço. Ele girou os pés e, mesmo estando as botas enlameadas, colocou-as no banco, sibilando devido ao esforço, mas tirou as mantas de Isolda antes que ela o cobrisse, jogou uma descuidadamente sobre as pernas e com a outra fez um montinho onde apoiar a cabeça.

— Pode deixar, já faz tempo que saí do jardim de infância e sei muito bem fazer minha cama.

Ele então se deitou; os olhos curvados se fecharam, ele cruzou os braços no peito e disse:

— A senhora não precisa ficar tomando conta de mim, ouviu? Pode ir embora.

— Eu sei — disse Isolda. — Deite-se, Cabal.

O grande animal virou-se três vezes antes de deitar-se novamente no chão ao lado da cama de Kian, e Isolda pegou um banquinho de madeira. Pensou que era mais uma prova da profundidade da exaustão de Kian contra a qual ele não protestou, mas o primeiro dia sempre era o pior, quando homens como Kian sonhavam com o sangue e a matança da batalha ou com o terror da captura. Isolda sempre se sentava ao lado deles para acordá-los caso gemessem ou gritassem no sono, como fizera no caso de Con.

A moça pegou um ramo de alfazema seca, cujos pequenos botões roxo-escuros estavam prontos para ser colhidos sem as hastes, e sentou-se, pensando em Con rindo com Merlin há cinco anos. E, quando ele terminou, o olhar sombrio e perturbado escapara dos olhos de Con e, de alguma forma, se expressara no de Merlin, como se o ancião tivesse capturado as lembranças encharcadas de sangue do menino-rei e as tomado para si.

Mas a mágica de Merlin – se fora isso que acontecera – estava além dos poderes dela agora, como haviam estado naquela época. Ela não conseguia eliminar as lembranças de Kian nem escoá-las para sua cabeça, da mesma forma que não era capaz de restaurar o olho dele. Isolda só podia curar os ferimentos dele da melhor maneira possível, e tentar impedir que revivesse, em pesadelos, a agonia que os causara, enquanto descansava.

Durante muito tempo depois que Isolda se sentou, nenhum dos dois falou; o silêncio da oficina só era interrompido pelo suave farfalhar das folhas secas enquanto ela trabalhava, e pelo respirar lento e ligeiramente áspero de Kian. Pelo ritmo desse respirar, porém, ela sabia que ainda não estava dormindo.

Afinal ele disse:

– É bem capaz de ele ter seguido para o norte quando saiu de Tintagel.

– Tristão?

Ela assentiu com a cabeça e acrescentou:

– Deve ter se unido às tropas de quem pagasse mais por soldados. E os chefes das terras dos pictos[12] estão sempre à procura de soldados para acrescentar às suas tropas. Era isso que eu teria feito no lugar dele.

– Então ele deve estar muito longe do alcance de Mark ou de qualquer dos seus soldados.

Kian mexeu-se no banco e disse:

– É isso mesmo. Ele deve estar bem longe, a não ser que tenha menos juízo do que eu acho que tenha.

---

12 Antigos habitantes da Escócia, guerreiros famosos que se pintavam de azul e lutavam contra os romanos nos séculos VIII e IX. (N.T.)

Isolda se obrigou a não fazer a pergunta óbvia, mas Kian a respondeu mesmo assim; os lábios finos se enrijeceram de breve satisfação:

— Mas os sujeitos que fizeram isto — apontou para o olho — não sabem mais nada do que já sabiam. Eu não contei nada a eles.

— Tenho certeza de que isso é verdade. — Isolda largou um punhado dos minúsculos brotos de alfazema seca numa sacola de pano costurada com pontos, o que exalou um aroma de ar floral picante. Então levantou os olhos e perguntou de súbito: — E Madoc? Ele sabe que Tristão é filho de Mark?

Kian ficou em silêncio tanto tempo antes de responder que ela pensou que finalmente tivesse dormido, mas então, lentamente, ele balançou a cabeça e respondeu:

— Não, não sabe. Pelo menos penso que não; se ele soubesse, acho que teria comentado.

— Mas você não contou a ele, não é?

Kian exalou um respirar e voltou a sacudir a cabeça:

— Não, eu não contei a ele. — O olho de Kian se abriu e ele fitou o teto: — Sabe, eu vivi como fora da lei com Tristão durante três anos. Lutei ao lado dele e na sua retaguarda muitas e muitas vezes. E olhe que nunca jurei lealdade a ele, e o deixei há cinco meses, para prestar serviços ao Lorde Madoc. Eu bebia sua cerveja, usava minha espada em seu favor e lhe jurei lealdade até a morte, essa coisa toda. Então devo ter errado por não contar a história toda quando ele perguntou o que os desgraçados que nos capturaram queriam saber. Mas...

Kian se deteve e ficou sem falar algum tempo, o olhar turvado pela dor contemplando o teto.

— Bem, Tristão e eu nos protegíamos muito antes de eu conhecer Madoc, só isso.

Isolda observou-o se mexer, estremecer e depois voltar a se mexer, como se estivesse tentando encontrar a posição certa para descansar. Disse então:

— Suponho que não adianta eu lhe perguntar se você não podia pedir ao Lorde Madoc para lhe conceder um mês de licença das batalhas. Não, está certo. Sei que é a mesma coisa que tentar lhe ensinar a bordar com lãs coloridas. Isso talvez fosse até mais fácil...

A risada de Kian foi nada mais do que um áspero intervalo de alegria, mas *foi* uma risada. Ele então virou a cabeça, deu um tapinha desajeitado nela com a enorme mão calejada, e disse, com a voz rouca:

— Não se importe comigo, moça. Já estive mais perto da morte do que estou agora. Não sou tão fácil assim de matar.

Já era noite quando Isolda finalmente voltou para o lado de fora da enfermaria de Márcia; as mãos e a saia do vestido ainda exalavam vagamente o aroma dos brotos de alfazema que ela havia colhido das hastes. Kian havia adormecido, acordado para fazer uma refeição de pão e queijo e voltara a dormir, sonhando apenas da segunda vez, quando resmungou e acordou com um grito entrecortado.

Isolda convidou-o a passar a noite no banco da oficina, mas ele recusou com a cabeça e se levantou com esforço, dizendo precisar respirar ar fresco. Ele saiu para caminhar nos taludes de pedra e depois descansar da melhor maneira possível com os outros homens, em estrados espalhados no piso do salão da lareira da fortaleza. Isolda observou-o abrir caminho ao longo da passagem e fora de vista, arrastando-se com passos lentos, e voltou a sentir um aperto de medo gelado pelo que ele enfrentou.

Pelo menos Cabal estava com ele. O cachorro acordou com Kian e enfiou a cabeça ao lado do seu corpo até que o homem disse que ia levá-lo para fora também. Isolda sabia que não podia impedi-lo sem que isso lhe magoasse o orgulho ferozmente entesourado. Ela só pôde lhe dizer para recorrer a ela se a dor ficasse insuportável e o viu sair, mancando levemente, apoiando uma das mãos no pescoço de Cabal, que seguia a seu lado.

Márcia dormia quando Isolda entrou na enfermaria. A mulher estava deitada imóvel debaixo das mantas no grande leito entalhado; o rosto corado de febre ligeiramente amarelado pela luz da vela na mesa de cabeceira. Garwen também adormecera, e sua cabeça estava inclinada numa cadeira perto da lareira. Ela despertou à entrada de Isolda e se sentou, fazendo menção de se levantar.

– Não, tudo bem, não se levante.

Isolda foi primeiro até a cama e pôs a mão na testa de Márcia, que continuava escaldante e seca, sem um traço de suor para aliviar. Márcia se mexeu ligeiramente ao toque; um vestígio de dor se manifestou no rosto adormecido, mas a mulher não acordou. Isolda sentou-se no banco baixo de madeira ao lado da cadeira de Garwen e disse:

– Obrigada por ficar com ela.

Garwen rejeitou o agradecimento. Apesar de todos os anéis de ouro, suas mãos se mexiam habilmente, enrolando a roca e as linhas de lã que haviam caído do seu colo enquanto dormia.

– Fico sempre satisfeita em ser útil.

Havia uma bandeja com os restos de uma refeição noturna ao lado da cama: uma tigela do que parecia ter sido um caldo e um pão redondo comido pela metade.

– Quer dizer que ela comeu, então? – perguntou Isolda.

– Comeu. – Garwen guardou o tecido numa cesta a seu lado. – Antes, é claro, ela me mandou ir embora e deixá-la sozinha. Disse que não queria nem caldo, nem pão, nem qualquer tipo de alimento. Isolda conseguiu escutar na voz de Garwen o eco dos tons ásperos e rabugentos de Márcia.

Garwen ergueu os olhos, e um raro lampejo de humor lhe surgiu nos olhos azuis pálidos:

— Eu disse a Márcia que o que ela podia querer e o que ela ia ter eram duas coisas diferentes, e que ela ia tomar o caldo nem que eu precisasse obrigá-la a ficar de boca aberta e despejá-lo dentro.

Ela então parou de falar, e uma sombra lhe surgiu no rosto ao olhar para a cama.

— Pobre moça! Ela não tem culpa de ter nascido com humor de leite azedo e rosto combinando... A senhora acha que ela vai sobreviver?

Isolda pensou na gota nociva castanha que havia começado a se misturar com a descarga de pus e sangue do ventre de Márcia e sacudiu a cabeça:

— Não. Ela perfurou a bacia e as paredes do útero quando se livrou da criança. Duvido que dure mais do que alguns dias.

Garwen suspirou e assentiu com a cabeça:

— Eu pensei isso mesmo só de olhar para ela, mas ainda assim...

Seus olhos estavam fixos no rosto de Márcia, mas sua aparência se modificou, como se a manifestação interna de dor lhe escapasse brevemente do controle.

— Talvez seja melhor. Ela não vai deixar ninguém para lamentar sua morte quando se for, pobre garota. — Fez uma pausa e acrescentou, como se falasse mais consigo mesma do que com Isolda: — E é até uma sorte quando se perde um filho antes de ele estar crescido o bastante para partir seu coração.

Estranhamente, por um momento, Isolda percebeu um tênue vislumbre, no rosto da mulher mais velha, da beleza que ela tivera um dia, e pensou no filho que Garwen perdera, Amhar, morto pelo próprio pai porque se havia aliado a Modred, pai de Isolda, na sua revolta trágica contra o Rei Supremo.

— Lamento — disse Isolda. — Eu me lembro de seu filho Amhar: era um bravo guerreiro, e um bom homem.

Quase imediatamente desapareceu o lampejo de amargura e juventude do rosto de Garwen, deixando-a mais uma vez simplesmente uma mulher rechonchuda de meia-idade, com a riqueza de uma vida de ouro saxão espoliado em redor do pescoço, e uma crença meio constrangida em amuletos da sorte.

Os olhos de Garwen se turvaram por trás de uma névoa de lágrimas, mas a mulher sacudiu a cabeça e disse:

— Obrigada, minha cara, mas não se lamente. Os deuses — isto é, Deus — sabem que as mulheres já toleram ônus suficientes sem assumir a culpa pelos costumes dos homens de guerrear e matar. E isso aconteceu há muito tempo.

Ela ficou calada, e então levantou os olhos e encarou os de Isolda:

— Mesmo assim é um sofrimento que não cessa nunca, não é? Quando se perde um filho, é...

Por um instante Isolda visualizou um minúsculo túmulo do lado de fora do átrio da igreja na Cornualha, onde também Con jazia enterrado, e se lembrou de haver ficado ao lado da sepultura, sentindo-se como se lhe houvessem arrancado um pedaço do coração e enterrado no solo rochoso.

— É como um lugar despedaçado dentro de você que jamais voltará a ser inteiro.

Garwen a observou e concordou com a cabeça, fazendo com que os grampos de ouro nos seus cabelos grisalhos reluzissem à luz do fogo.

— Eu achei mesmo que você era mais uma que havia perdido um bebê. Seus olhos expressam essa dor.

Isolda abriu as venezianas da janela e olhou para o pátio da fortaleza, como havia feito no amanhecer. A noite não tinha lua, o céu brumoso e cinzento apresentava nuvens luminosas, mas o pátio abaixo era iluminado por tochas encravadas nas paredes acima de portões e portas. Ela podia ver as sentinelas no caminho arborizado no alto da paliçada externa, seus emblemas com o leão dourado de Gwynedd. Dinas Emrys era uma das propriedades de Madoc, defendida, se ele estivesse ou não, por uma tropa de seus soldados.

Isolda virou-se e viu que Márcia estava acordada, virando a cabeça de modo inquieto no travesseiro, olhos brilhando de febre, e o rubor costumeiro nas bochechas.
— Você quer tomar alguma coisa para dormir?
Márcia sacudiu a cabeça e apertou os lábios:
— Não. Nada. Não vou tomar nada, mesmo que você tente.
— Então não vou tentar — disse Isolda, calmamente. Em vez disso, ela serviu água num copo, que levou aos lábios de Márcia.

A moça suspirou sem querer quando a água gelada lhe tocou a boca, e esvaziou o copo antes de afastá-lo, depois virou a cabeça e olhou para a janela onde Isolda estivera um pouco antes. Ficou calada um momento, então disse:
— Você nunca me perguntou quem era o pai.
Isolda pôs o copo na mesinha de cabeceira e disse:
— Você teria me contado?
— Não.
— Então...
Márcia virou a cabeça, inquieta, os dedos finos se contorcendo.
— Ele também não sabe. — Ela ficou em silêncio, o olhar atento e sombrio concentrado no seu interior, depois disse com violência, a voz subitamente áspera: — Ele não merece saber. Eu podia ter contado a ele e ia até ficar feliz em carregar a criança, se...
— Se? — repetiu Isolda.
Mas Márcia sacudiu a cabeça. E voltou a apertar os lábios.
— Nada. E não importa mesmo. A criança morreu.

Ela se deteve. A voz continuava amarga, mas lágrimas brilharam nos olhos escuros pouco separados, em um tom rígido de sofrimento. Ela olhou fixa e tristemente para a frente.
— A criança morreu — ela repetiu.
Isolda a observou um instante, tocou seu ombro e disse:
— Lamento de verdade.
Márcia ficou rígida, mas então curvou os ombros e começou a chorar em silêncio; as lágrimas lhe escorreram lentamente

pelo rosto, mas a moça as sufocou, repeliu o toque de Isolda e ficou sentada olhando para as mãos nervosamente cerradas, que se contorciam.

— Não era para você — resmungou, a voz tão baixa que Isolda mal conseguiu entender as palavras: — A boneca de vodu. — Márcia levantou a cabeça e encarou os olhos de Isolda. — Não era destinada a você, era para...

Ela interrompeu, e, embora Isolda esperasse a conclusão, apenas sacudiu a cabeça. Depois de um instante, porém, Márcia se mexeu na cama e perguntou:

— É verdade que você combinou com Lorde Madoc ir a Ynys Mon?

Quando Isolda assentiu com a cabeça, Márcia calou-se de novo.

— Não confie neles.

Márcia ergueu a cabeça subitamente, e sua mão agarrou o braço de Isolda.

Esse ato de Márcia fez Isolda sentir como se fossem as garras de um pássaro na sua pele: quentes, secas e afiadas.

— A quem você se refere? — perguntou Isolda.

— Aos homens do Conselho. Não confie neles, em nenhum deles. — A garganta de Márcia se contraiu quando engoliu em seco, e, ao continuar a falar, sua voz era um sussurro, débil e tênue. — Já houve traição entre eles. E vai acontecer de novo. Não — ela acrescentou, quando Isolda começou a falar. — Não pergunte. Não me pergunte mais nada. Apenas... tome cuidado, só isso.

Márcia soltou o braço de Isolda e se recostou, virando o rosto para a parede. Então, da mesma forma abrupta, virou a cabeça e olhou para Isolda mais uma vez.

— Eu vou morrer, não vou? — Suas mãos apertaram a beira do cobertor, e ela disse, antes que Isolda pudesse responder: — Não minta, posso ver no seu rosto que é verdade. Eu vou morrer e arder no inferno por ter matado o bebê.

Isolda fez menção de se aproximar da moça, mas se conteve: Márcia consideraria seu toque um insulto ou algo irritante. Em vez disso, ela falou:

– Acredito que Deus ou qualquer outra entidade acharia que você já sofreu o bastante.

Capítulo 3

O salão de banquetes estava iluminado por tochas de pinheiro presas em suportes ao longo das paredes; a fragrância da resina permeava fortemente o ar. A fortaleza de Madoc em Caer Gybi[13], na ilha de Ynys Mon, fora construída recentemente; as paredes de madeira do grande salão de banquetes ainda não tinham a experiência dos anos, embora delas pendessem tapeçarias e troféus de guerra: elmos e machados de lâminas duplas de guerras saxônicas, hastes emplumadas de flechas e espadas lustradas, mesmo uma espada romana, com a lâmina fosca pelo tempo.

Não havia nada, pensou Isolda, indicando que ali já fora um lugar sagrado. Tivessem sido esmagados por Roma ou apenas pelo tempo, os deuses de Ynys Mon já não existiam. Nem seus ecos permaneceram.

Ela se perguntou se foi aquele vazio onde devia haver pelo menos um tênue vestígio permanente que lhe tinha dado certeza, desde o instante em que pisou no saguão, de que essa reunião estava condenada ao fracasso. Ou se tinha sido apenas a presença lúgubre e taciturna do Rei Goram, da Irlanda, que lançava um pálio de futilidade sobre cada palavra pronunciada até então nesse local.

Isolda tomou um gole de vinho doce do copo à sua frente; seu olhar atento se fixou no homem sentado na extremidade da mesa principal do salão. Ela achou que o tempo fora cruel com o rei irlandês. Mal teria reconhecido o Rei Goram como o homem que vira há mais de dez anos.

---

13 Pequeno fortim em Anglesey, no País de Gales. (N.T.)

Todos os que estavam sentados à mesa principal usavam ricas vestimentas formais; a própria Isolda usava um vestido escarlate, com o decote e as mangas bordadas com fios de ouro, e seu cabelo estava preso numa rede de ouro entremeada de pérolas. O Rei Goram, da Irlanda, portava uma túnica pesada, trançada de ouro, as mangas e a gola ornadas de arminho, e um manto prateado de pelo de lobo estava preso a um ombro com um broche de rubi do tamanho do pulso de uma criança. Outrora vigoroso e de estrutura harmoniosa, contudo, seu corpo agora estava intumescido, pesado e flácido sob as roupas caras, e camadas de gordura se derramavam sobre a espessa corrente de ouro em redor da sua garganta. Seu cabelo apresentava faixas grisalhas e o rosto também se mostrava destruído; a pele estava inchada e cheia de veias rompidas, e os olhos escuros quase se perdiam em cavidades de carne.

Isolda pensou: "Entretanto, na presença dele todos sentiam sua força, a vontade férrea sob a estrutura arruinada. Madoc estava falando com ele, e, embora Goram estivesse escarrapachado com aparente indolência no seu lugar, comendo da travessa de javali assado, seu olhar atento era agudo e astuto, e jamais deixou de encarar o rosto de Madoc".

Um harpista de cabelos pretos se sentou num banquinho de madeira ao lado da mesa principal. Apoiou no joelho o instrumento entalhado em madeira. Isolda, ao escutá-lo, tentou concentrar os pensamentos no panorama à sua volta, e eliminar a hostilidade do sonho que tivera na noite da véspera. Também tentou livrar-se da lembrança do que as águas lhe haviam mostrado na hora antes do amanhecer, embora precisasse das informações que a visão lhe trouxera, antes de partir com Madoc e o resto da comitiva na extensa cavalgada pelas florestas e na jornada pelos lagos até Ynys Mon.

A canção do harpista elevou-se bem acima da algaravia dos homens até o teto de vigas, e por um momento Isolda conseguiu esquecer todo o resto, ao lhe vir à mente a lembrança repentina e sofrida de Merlin, embora o harpista quase não tivesse nada em comum com o velho e grisalho sacerdote druida que ela conhecera.

Taliesin[14] era irmão e trovador do Rei Dywel de Logres, que estava sentado à mesa principal, do outro lado de Goram. Mas, enquanto Dywel era um homem alto, moreno e bonitão, de queixo quadrado e listras grisalhas nas têmporas do cabelo negro cacheado, Taliesin estava untuosamente rechonchudo na túnica requintada de lã creme e calções amarrados abaixo do joelho, com barba escura oleosa e rosto bochechudo. Isolda pensou que esse rosto devia ter sido bem-humorado outrora, mas fora de alguma forma danificado pela boca torta e a expressão de amargura taciturna e abrasadora nos olhos escuros.

Entretanto, sua voz era estranhamente nítida e autêntica, e as mãos roliças se movimentavam nas cordas do seu instrumento como aves gêmeas, com incrível velocidade e graça.

Quem limpa a parte rochosa da montanha?
Qual é o lugar em que ocorre o pôr do sol?
Quem buscou a paz sem medo sete vezes?
Quem dá nome às cachoeiras?[15]

A canção e o barulho da Câmara Baixa eram suficientes para abafar as vozes dos homens, de modo que Isolda só podia adivinhar o que Madoc estava dizendo ao rei irlandês, mas a moça o viu fazer uma pausa, como se estivesse esperando resposta do outro homem. Goram estava em silêncio, tentando extrair dos dentes, com a ponta da faca, um fragmento de cartilagem. Continuava recostado desleixadamente na cadeira, mas Isolda, ao

---

14 Poeta mais antigo da língua galesa, autor do *Livro de Taliesin*, coletânea de poemas escrita na Idade Média. (N.T.)
15 *Imbas Forosnai*, estudos gálicos de vidência da autoria de Nora Chadwick. (N.T.)

observar-lhe o rosto, achou que a expressão nos olhos negros transmitia haver pensamentos atrás da aparente indolência de sua atitude, pensamentos que calculavam todos os seus gestos com efeito deliberado.

O rei irlandês levantou uma das mãos e rosnou uma ordem para um dos escravos às suas costas. Em seguida, tomou um grande gole do chifre de beber que o homem reabasteceu antes de se recostar na cadeira e fixar o olhar em Madoc mais uma vez, para responder.

O Rei Goram havia trazido com ele para Ynys Mon cerca de quarenta lanceiros, que ocupavam os bancos na extremidade inferior do salão, junto com as sentinelas de Madoc e os bandos de guerra dos dois homens que se sentavam, depois de Dywel de Logres, do outro lado do Rei Goram.

Cynlas de Rhos era um grandalhão com rosto comprido e magro, de cerca de cinquenta anos, corpo largo e alto; a pele desgastada do rosto começava a desprender-se dos ossos abruptamente proeminentes; o cabelo e o bigode estavam avermelhados, pontilhados de fios grisalhos. Ele havia trazido consigo o filho Bedwyr, um espelho mais jovem do pai, embora o cabelo ruivo de Bedwyr fosse talvez um tom mais claro, e o nariz houvesse sido fraturado e reconstruído de modo incompetente.

Pai e filho pareciam zangados. Cynlas estava sentado imóvel, com os braços cruzados no peito, enquanto Bedwyr se mexia inquieto no assento, virando e revirando o copo de vinho nas mãos, os olhos se movimentando rapidamente de um lado para outro. O queixo de Bedwyr era estendido para a frente; o rosto, beligerante, o que o fazia parecer mais jovem do que os dezoito ou dezenove anos que tinha. Mesmo da extremidade da mesa, Isolda sentia a tensão emanar de ambos os homens, embora não soubesse dizer se a raiva era dirigida a Goram ou a Madoc. Cynlas havia perdido grandes extensões de terra – terras férteis – para Madoc, numa série de atritos de fronteira; seu gado fora atacado, seus homens chacinados e seus assentamentos incendiados. Esses eram os mesmos sentimentos, evidentemente, de Madoc em relação aos lanceiros de Cynlas.

Isolda pensou então, ao observar a expressão taciturna de Cynlas, que ele tinha sofrido o vexame da derrota, e Madoc havia conquistado o posto de Rei Supremo. Portanto, devia ser amargo como fel ser obrigado a sentar-se à mesa com Madoc, bebendo sua cerveja e comendo a carne por ele fornecida, independentemente da grande necessidade da aliança.

A tensão também se espalhara pela área inferior do salão, onde as sentinelas dos reis à mesa se sentavam em bancos de madeira, comendo e bebendo *mead*[16]. Estavam quase em completo silêncio; não se ouviam os gritos nem as risadas costumeiras num salão de banquetes, e estavam nitidamente divididos: os homens de Madoc num lado do salão, os de Cynlas no outro, e as próprias tropas de Goram acomodadas no fundo do aposento.

Isolda, ao observar os homens se entreolhando no lado oposto da lareira central, achou que o ambiente do espaçoso salão parecia ser de vidro incandescente, pronto para rachar e se espatifar em violência a qualquer minuto. Dois dos homens – um de Cynlas e outro de Madoc – já haviam trocado uma série de insultos, que progrediu para uma briga turbulenta. Os dois combatentes tiveram de ser separados por seus companheiros porque estavam atracados se socando, mas a noite havia começado com o empilhamento de armas num monte do lado de fora das portas, sinal de que a reunião era de paz.

O harpista acabou sua canção, e Isolda pôde então ouvir as últimas palavras de Goram.

– ... dizem de Mark e Octa pode ser verdade, mas o que isso significa para mim? O senhor, o senhor mesmo, Lorde Madoc,

---

[16] Bebida alcoólica feita de água e mel, por meio de fermentação alcoólica de leveduras. Seu teor alcoólico varia entre o de uma cerveja leve e o de um vinho forte. (N.T.)

encharcou a terra debaixo deste mesmo salão com o sangue dos meus melhores guerreiros. Portanto, eu lhe pergunto: por que devo me importar se Mark e Octa juntos incendiarem seus assentamentos ou se apossarem de suas esposas e as fizerem suas prostitutas, exceto porque isso diminui a quantidade de reses – e mulheres – que meus homens podem conquistar com um ataque de surpresa?

Isolda percebeu o maxilar de Madoc endurecer, como se estivesse cerrando os dentes sobre a resposta que poderia ter dado. Ela pensou que isso era uma característica de quanto Madoc havia mudado na época em que foi Rei Supremo. Há cinco meses, ele teria socado o irlandês na boca pelo que disse.

Entretanto, Cynlas fez um movimento rápido e convulsivo; a mão se dirigiu para onde o cabo de sua espada estaria se não tivesse retirado a lâmina e a colocado na pilha de armamentos do lado de fora do salão com o resto dos homens. O movimento não passou despercebido a Goram. O rei irlandês mexeu-se na cadeira com velocidade parecida com a de uma cobra, o que era surpreendente em vista da sua corpulência. Ele então se deteve, e o olhar atento e dissimulado dirigiu-se rápida e indiferentemente a Cynlas antes de ele falar.

– Ah, sim, Cynlas de Rhos – ele disse. – E seu filho. – O olhar fixo do rei irlandês se transferiu para Bedwyr ao lado do seu pai, e ele fez uma pausa. – Acredito que o senhor já teve outro filho, não é mesmo? No seu lugar, Milorde de Rhos, eu seria cuidadoso.

Durante um instante, Cynlas ficou completamente imóvel, e depois fez menção de se levantar da cadeira. Seu rosto ficou lívido até os lábios, o que lhe deixou a pele mosqueada de vermelho e branco.

– O senhor... – ele começou, com voz rouca.

Dywel de Logres, ao seu lado, pôs uma das mãos, à guisa de advertência, no braço de Cynlas:

– Não, não vale a pena.

Dywel era um homem alto e corpulento, rosto bonito de traços ligeiramente rudes, olhos escuros e sorriso espontâneo, embora raro. Era um homenzarrão simples e bem-humorado, equilibrado, que cortava o alimento em pedacinhos minúsculos e falava com um leve constrangimento em virtude do sibilar provocado pela perda da maioria dos dentes em batalhas ou em razão da idade. Mesmo assim, Isolda lembrava-se de Con lhe contando histórias de como, ao pôr o pé no campo de batalha, Dywel se transformava, como um dos guerreiros *skin-walkers*[17] das lendas de antanho, que mudavam de forma para adquirir aparência animal.

Ela mesma havia reparado o braço fraturado de um dos combatentes de Dywel, depois da luta do ano anterior em Gwent. O homem havia sido ferido pelo próprio Dywel, porque, no calor da batalha, com a visão turvada pela névoa sangrenta do guerreiro, ele mal podia distinguir amigo de inimigo. Mas ocorre – pensou Isolda – que Dywel é um rei sem terras. O reino de Logres havia sido perdido para os saxões nos anos posteriores à batalha de Camlann, deixando Dywel sem nada mais a perder num combate a não ser a própria vida.

Cynlas mexeu-se abruptamente ao toque de Dywel, virou-se e olhou fixo para o outro homem, como se tivesse esquecido que Dywel existia, e então disse:

– O senhor acha que eu...

O ato havia chamado a atenção da área inferior do salão; Isolda viu os homens da tropa de Cynlas se virarem para observar seu senhor e começar a resmungar raivosamente entre si. Por um momento ela sentiu uma repugnância já conhecida e quase física sobre tudo o que dizia respeito ao salão de banquetes: a fumaça acre do fogo, o cheiro de suor, e de corpos sujos, carne assada e cerveja dos chifres de beber.

---

17 Criaturas lendárias, semelhantes ao lobisomem. (N.T.)

E para homens que, bretões, irlandeses ou saxões, só sabiam fazer uma coisa, assim parecia: como lutar, matar, ferir, trinchar uns aos outros em pedaços sangrentos e dolorosos e mandar os fragmentos para casa para serem enterrados ou costurados da melhor maneira que suas mulheres conseguissem.

– O senhor deve se sentar, Milorde Cynlas. – Madoc também se levantou do assento e interrompeu antes que Cynlas pudesse terminar, assinalando com firmeza cada palavra. – E, a não ser que o senhor peça desculpas a Lorde Goram, acho melhor ficar calado.

Houve uma longa pausa, durante a qual os olhares dos dois homens se cruzaram. Então, lentamente, Cynlas voltou a afundar na cadeira e Madoc se virou para o Rei Goram, embora ele tenha levantado tanto a voz que seria ouvida em todos os cantos do salão agora silencioso.

– O senhor pergunta, Milorde Goram, o que a ameaça de Octa e Mark tem a ver com o senhor, do outro lado do mar, mas a distância entre o mar da Irlanda e o da Bretanha não é grande. – Madoc calou-se e depois acrescentou, tranquilamente: – O senhor, entre todos nós, deve estar a par disso.

Isolda julgou perceber um lampejo meio relutante de humor no olhar taciturno do irlandês ao ouvir isso, mas ele se manteve calado, e depois de um instante Madoc prosseguiu:

– Se tropas de guerra podem atravessar da Irlanda à Bretanha, também podem fazer o caminho inverso. E – Madoc se deteve –, como também já expliquei, a Bretanha está disposta a pagar pelos serviços dos lanceiros que o senhor puder enviar para lá.

O rosto de Madoc, marcado por cicatrizes, estava determinado quando ele disse as últimas palavras, e Isolda sabia bem o que lhe custava a humilhação da proposta bretã. Apesar disso, ele continuou a falar, após uma pausa rápida.

– Eu e os homens do meu Conselho concordamos que um décimo dos impostos arrecadados em cada uma de nossas terras será pago ao senhor por cem homens que nos sejam enviados por vez.

Goram alisou a barba grisalha com os dedos e resmungou:

— Então, mande mil homens e eu ficarei com tudo o que o senhor arrecadar.

Madoc lhe dirigiu mais um olhar longo e direto, inclinou a cabeça e disse:

— Será como o senhor quiser.

Goram ficou calado por vários segundos e em seguida disse, lentamente:

— Uma decisão de peso. Com sua permissão, Milorde Madoc, vou procurar a aprovação dos deuses sobre o assunto.

Madoc hesitou, mas nada podia fazer, a não ser consentir. Mexeu a cabeça brevemente, e o Rei Goram virou-se para onde Isolda agora via um ancião na túnica de um druida ficar ao lado dele.

— Está certo. Que dizem os seus deuses? Se eu mandar meus lanceiros para combater Octa e Mark, eles serão vitoriosos ou derrotados?

O druida era um homenzinho de costas arqueadas e recurvado pela idade; o rosto era o de um crânio vivo, e a carne amarelada se agarrava aos ossos acima de uma barba grisalha rala e malcuidada. Usava um manto esfarrapado de druida, cuja cor branca se encontrava cinzenta de poeira e uso, e o cabelo encanecido estava corduroso e amarrado em grande número de tranças minúsculas. Ele olhava fixamente para o chão; os ombros magros curvados e os lábios se mexendo silenciosamente, como se estivesse meditando ou rezando. À pergunta de Goram, contudo, Hywell se sobressaltou, levantou a cabeça e dirigiu um olhar rápido — e, na opinião de Isolda, nervoso e humilde — para o rei irlandês. Em silêncio, fez uma reverência, primeiro para o Rei Goram, e depois para todo o salão.

Em seguida Hywell dirigiu-se para a porta com cortina na parte traseira do salão de banquetes e gritou uma ordem.

Isolda se enrijeceu ao reconhecer o som: ouviu-se o balir assustado de um carneiro ou de um bode.

Era um bode. O animal foi arrastado para o aposento por um menino tão maltrapilho e imundo quanto o próprio Hywell. O cabrito era marrom e branco, tinha meigos olhos castanhos e pescoço delgado. Agarrado à corda no pescoço do cabrito, o menino puxou o animal até onde Hywell estava, no espaço aberto entre a mesa de banquetes e o salão inferior, mas o druida nem sequer olhou para o bode ou o garoto.

As mãos de Hywell, semelhantes a garras, estavam erguidas, o rosto barbudo virado para o alto, os olhos fechados, e os lábios se mexeram uma vez mais, como se estivessem em silenciosa oração. Depois, lentamente, ele começou a girar, primeiro em uma direção, depois na outra, a princípio devagar, depois mais depressa, até que o cabelo e a barba emaranhados esvoaçaram, e a roupa esfarrapada se tornou um único borrão indistinto. Ele deu um guincho alto e penetrante que lançou calafrios na espinha de Isolda, embora ela duvidasse de que Hywell pudesse ter captado a vontade dos deuses, mesmo que essa vontade tivesse trovejado no salão.

Então, de repente, Hywell parou, cambaleou, firmou-se e tirou de uma dobra da túnica uma faca de lâmina de bronze.

Gesticulou novamente, e o menino puxou a corda mais uma vez, provocando um novo balido assustado do bode, quando foi forçado a ficar de joelhos. Hywell levantou a faca e murmurou algumas palavras na língua antiga, com os olhos no animal à sua frente e um filete de saliva no canto da boca.

Isolda, ao observar a cena, percebeu estar muito mais angustiada do que estaria se a discussão entre o Rei Goram e Cynlas de Rhos tivesse terminado numa luta de espadas. Ela pensou que provavelmente aquilo refletiria muito nela como curandeira, mas era verdade, de qualquer maneira.

Ela baixou a vista e fixou os olhos nas mãos cerradas, mas não conseguiu bloquear o som. O ruído surdo quando a faca de Hywell atingiu o alvo, os balidos amedrontados e dignos de piedade quando o animal balançou para lá e para cá no chão, nos estertores da morte. As unhas de Isolda se cravaram nas palmas das mãos, as juntas brancas, antes que, afinal, depois de um derradeiro balido, o silêncio dominasse o salão.

Quando ela olhou, viu que o bode havia caído perto da parede mais afastada, com as pernas finas espalhadas, e que Hywell já estava agachado ao lado do corpo, com as mãos molhadas e vermelhas até os pulsos ao separar as entranhas.

– Os sinais são óbvios. – Hywell ficou de pé, limpou as mãos ensanguentadas na túnica e se virou para todo o salão. – Milordes, Mark e suas tropas estão se preparando para atacar, vindos do norte. É um grande contingente. – Ele se virou, os olhos remelentos fixos em Goram, a voz rachada e árida se atenuando no espaço aberto do grande salão. – Milorde Goram, o senhor não deve enviar tropas para ajudar a Bretanha. Uma luta contra Mark só vai causar morte e derrota.

Por um longo momento depois que o druida acabou de falar, ninguém se mexeu nem falou. Em seguida, um burburinho dominou o salão, quando os soldados dos dois reis começaram a se movimentar, lançando olhares de relance inquietos para lá e para cá, trocando resmungos raivosos.

Isolda, sentada com as mãos ainda cerradas numa dobra do vestido, não tencionava discursar, mas então olhou sem querer para o Rei Goram e observou seus olhos escuros com um olhar satisfeito e complacente quando vistoriava o salão e o corpo do bode manchado de sangue.

– Então os deuses estão errados – ela disse.

Isolda viu as cabeças dos homens nos bancos inferiores se virarem na sua direção, e viu o próprio Hywell enrijecer e estremecer, o que pode ter sido de raiva ou de medo no rosto semelhante a um crânio. Goram também se havia virado e a avaliava de cima a baixo, com um olhar de cálculo tão especulativo quanto seu olhar taciturno.

– Já ouvi falar de *Lady* Isolda, neta de Morgana, a feiticeira de Avalon – ele disse afinal. – Quer dizer que a senhora é a Bruxa Bretã?

Isolda percebeu o buraco que sua pergunta abriu a seus pés e se perguntou por quê – após uma vida de assistir calada a ocasiões como aquela –, em nome de todos os companheiros de Artur, ela não havia conseguido controlar seu mau gênio mais uma vez. Mas a moça continuava zangada pela morte do bode – e pela lembrança da filha de Mark – e porque ela deveria estar analisando o benefício que poderia obter para a Bretanha ao se casar com esse homem. Ela devolveu o olhar atento de Goram e disse:

– Talvez eu seja mesmo. E o senhor é o Tirano Irlandês?

Ela viu várias sentinelas de Goram assumirem uma atitude rígida nos bancos inferiores, e por um instante o próprio Goram ficou completamente imóvel. Então, abruptamente, atirou a cabeça para trás e deu uma grande e sonora risada; o corpo inteiro se sacudiu sob o manto prateado de pele de lobo.

– Tirano Irlandês – ele repetiu. – Talvez eu seja mesmo. – Ele se deteve e examinou Isolda novamente, o olhar taciturno e astuto fixo no rosto dela ao se reclinar de novo na cadeira. – Então, *Lady* Bruxa, o que a senhora me diz? Promete-me uma vitória se eu enviar meus lanceiros para combater Octa e Mark?

– Não, eu nunca prometo resultados.

Goram alisou a barba e disse:

– Parece que seus poderes de previsão são menos úteis do que os de Hywell.

– Pode ser.

– Mesmo assim a senhora me diz que os deuses de Hywell estão errados?

Isolda quis se livrar da lembrança do seu sonho da véspera e da visão na água daquela manhã. Se essa lembrança a dominasse agora, ela não teria condições de equiparar o tom uniforme do Rei Goram.

Ela ergueu um ombro e disse:

— Ou isso ou Hywell se enganou quanto aos sinais. Deve ser difícil ler o futuro nos intestinos de um bode.

Pelo canto do olhar atento, ela viu o velho druida fazer um movimento rápido e espasmódico e então se deter ao receber um olhar tranquilizador do Rei Goram. Ela julgou perceber certa expressão divertida uma vez mais nos olhos do irlandês, embora ele levantasse as sobrancelhas e levasse aos lábios seu chifre de beber, sem deixar de olhar o rosto da moça.

— A senhora fala como se tivesse certeza.

— E tenho.

Goram ficou um instante calado; o olhar atento se estreitou e ele disse de súbito:

— Dizem que a senhora foi casada com Mark.

— E fui mesmo.

— Então é por isso que a senhora pode *adivinhar* – a voz de Goram enfatizou essa última palavra – o que ele vai fazer em seguida?

Isolda percebeu mais uma vez a armadilha que ele jogou aos pés dela, mas, já que havia provocado esse desconforto ao não controlar o temperamento, ela podia, pelo menos, recusar-se a ser atraída.

Ela voltou a levantar um ombro e disse: — Talvez.

Durante longo momento, os olhos de Goram se encontraram com os dela, e ele sacudiu a cabeça:

— De qualquer forma, a senhora é inteligente, tanto que quase lamento recusar o que a senhora e seu grupo solicitam, mas não o suficiente para me fazer mudar de ideia. – Ele mudou o peso de um lado para outro, e transferiu o olhar fixo de Isolda para onde Madoc estava sentado, ao seu lado. – Lamento, Milorde Madoc, mas minha resposta é negativa.

Ele deslocou os dedos anular e médio da mão direita; ficou óbvio quando o inchaço começou a diminuir. Isso já acontecera antes, embora só com um dedo. Na ocasião ele mesmo repusera os ossos no lugar.

Ele não estava ansioso para repetir o processo, mas suas opções eram limitadas. Devia fazê-lo ele mesmo ou o quê? Pedir a Isolda, se conseguisse passar pela sentinela posicionada.

A noite chegou; o ar estava frio, o luar pálido penetrava enviesado através do espesso pálio de galhos no alto. Tristão bateu de leve a cabeça no tronco de árvore às suas costas e tentou pensar que merda de explicação daria se conseguisse passar pelos portões da fortaleza. Se conseguisse realmente ver Isolda e falar com ela de novo. Essa ideia era parte como engolir espíritos inferiores, parte como uma ferida em carne viva.

Tristão olhou de novo para a mão e exalou um respirar. Não via por que não devesse resolver logo o assunto.

A dor fez com que pontos reluzentes de fogo dançassem diante de seus olhos e o suor lhe irrompesse na testa, mas ele conseguiu repor o primeiro osso no lugar. Cerrou os dentes e então mirou o segundo dedo.

Esse foi mais difícil, mas afinal ele sentiu a articulação voltar ao lugar, diminuindo a dor. Baques indistintos se espalhavam para a parte superior do braço. Ele limpou o suor dos olhos, quebrou alguns gravetos para servir de tala e rasgou uma tira da bainha do manto de viagem para usar como atadura. Terminou de cobrir os dedos machucados e precisou segurar a ponta da atadura com os dentes para poder amarrá-la com a mão livre.

Levantou a mão enfaixada até a altura dos olhos; o luar era suficiente apenas para que ele examinasse o trabalho feito. Isolda teria feito muito melhor, mas o que ele fez bastaria.

Tristão olhou fixamente para as sombras que se aprofundavam à medida que o vulto que entrava e saía de seus sonhos noite após noite se levantava à sua frente. Uma garota pequena e frágil e de ossatura delgada, cabelo negro como ébano, pele leitosa e olhos cinzentos amplamente espaçados.

Ele pensou: "Pelo sangue de Cristo! Pareço uma dessas malditas canções de harpistas. E das menos inspiradas".

Um fora da lei e um mercenário saxão – para usar as palavras menos maculadas a que ele poderia recorrer para se chamar – e *Lady* Isolda de Cammelerd. Era – quais eram mesmo as palavras que ele procurava? Risivelmente fútil?

Tristão estendeu as pernas, reclinou-se e fechou os olhos. O solo debaixo dele estava duro e úmido, mas ele já havia dormido em locais muito piores. Sua vida era assim, a vida de um homem mercenário e bandido. Lutava-se do lado de quem pagasse mais, estava-se sempre em atividade, nunca se permitia dormir profunda ou demoradamente, a não ser que se quisesse acordar com uma faca na garganta – ou no coração.

Nessa noite, porém, mesmo o leve cochilo que exercitara realizar segundo sua vontade enganou-o, e ele se viu olhando fixo para as nesgas do céu noturno visíveis através das folhas e pensando em Isolda, imaginando seu rosto.

Contra a vontade, visualizou os olhos cinzentos da moça arregalando-se ao vê-lo, viu-a correr até ele, atirar-lhe os braços em volta do pescoço, rindo como ria em criança.

Tristão resmungou uma blasfêmia indignada. Tudo bem. E Artur talvez acordasse dos mortos e voltasse atacando das montanhas para combater os saxões de novo. Tristão sacudiu a cabeça. Devia ter se dedicado a repor no lugar as articulações de dedo deslocadas. Isso teria sido um passeio num dia de verão, comparado à percepção de que ele, dali a pouco tempo, ia ter de vê-la e falar-lhe mais uma vez. E não lhe dizer que estivera apaixonado por ela a vida inteira.

O pio suave e pesaroso de uma coruja vindo de um lugar nas árvores próximas o fez endurecer e depois se acalmar, embora, pelo longo hábito, mantivesse a mão no cabo da espada no cinto e examinasse a escuridão em redor, em busca de um sinal de que não estava sozinho.

Tristão mudou de lugar novamente, acompanhando o padrão dos galhos prateados pelo luar, e tentando lembrar de quando ele não se havia sentido apaixonado por Isolda. Eles se conheciam praticamente desde que começaram a andar, de modo que ele supunha que nem sempre tivesse tido aquele sentimento por ela, mas, de acordo com o que se recordava, ele sempre a amara, como sua mão ou seu braço direito.

Ele arfou e disse:

— E que os deuses me ajudem, e a todos os idiotas que não reconheçam uma causa perdida.

Da escuridão, uma voz perguntou:

— Posso ajudar, amigo?

Tristão deu um pulo à frente, perguntando-se se estava enlouquecendo. Ele jamais encontrara um deus que respondesse a uma invocação cinicamente resmungada, tossindo educadamente e oferecendo ajuda, mas presumiu que sempre havia uma primeira vez.

— Calma, seu maldito animal!

O cavalo de Kian, um animal marrom castrado, havia parado subitamente ao ouvir o cantar de um pássaro nas árvores, resfolegando e atirando a cabeça e se mexendo sem sair do lugar. Kian puxou as rédeas fortemente e o cavalo se acalmou, com um último estremecer da cabeça. Então, limpando a névoa dos olhos com o dorso da mão, Kian olhou de relance para Isolda, montada ao seu lado na sua égua negra.

— Maldita criatura! Quem mandou ser um soldado de infantaria? Nunca me sinto bem em qualquer coisa com quatro pernas.

Eles haviam saído de Caer Gybi ao amanhecer, junto com Madoc, Dywel, Cynlas e todo o resto de suas tropas, atravessando desde Ynys Mon até o continente nos cabriolés redondos de barqueiros do litoral. Madoc havia deixado cavalos sob vigilância na costa do continente dois dias antes, e, cavalgando, eles haviam atravessado as dunas de areia que se movimentavam e os reluzentes desertos de sal onde ribeirões desaguavam no mar. Isolda tinha olhado para trás uma vez, para as águas azul-prateadas resplandecentes que levavam à costa de Ynys Mon. A maré estava na vazante, a extensão de cascalhos e areia ao longo do litoral, uma tira amarela sob a planície verde de terra que fora outrora – mas já não era – o lugar dos bosques de carvalho e dos lagos sagrados dos druidas.

Já estavam fora de vista da ilha santa. Haviam atravessado um vale arborizado e avançado o bastante para que a profunda extensão verde-azulada já não pudesse ser vista e de modo que o ar já não recendia a um odor tênue de lama e um cheiro pronunciado de sal. À frente de Isolda, uma comprida fila de cavaleiros abria caminho cautelosamente pela trilha sinuosa que levava de volta a Dinas Emrys. Os homens – soldados e conselheiros – apertavam os olhos para enxergar através da chuva brumosa que era carregada pela espessa cobertura de folhas acima.

Isolda pensou, ao observar Kian, que ele se havia recuperado muito melhor e mais nitidamente do que ela jamais se permitira esperar. Isolda pouco o havia visto nos dias que ele havia passado em Dinas Emrys antes da reunião em Ynys Mon. Kian se mantivera reservado, e só aparecia brevemente na oficina de Isolda quando os curativos no olho perdido precisavam ser trocados, com o rosto macilento e tenso. E, se tinha pesadelos sobre o olho, não contava a Isolda.

Mas, quando Madoc lhe ofereceu a opção de permanecer em Dinas Emrys, Kian recusou, e insistiu estar bem o suficiente para andar a cavalo. E agora, cavalgando ao lado de Isolda, embora ele se mantivesse meio retesado, os edemas em seu rosto estavam desbotando para tons amarelos e verdes; o único olho estava alerta quando virava a cabeça, examinando o caminho dos dois lados antes de incitar o cavalo.

O animal castrado, porém, recusava-se a se mexer, e, nervoso, trocava de posição e batia as patas, as orelhas se contraindo.

– O que... – Kian começou a dizer. Então, lá da frente, Isolda ouviu um lamento estridente e depois um ruído sólido e substancial, e viu um dos homens à sua frente ser derrubado da sela, com as mãos agarrando a haste de uma flecha alojada na sua garganta. Antes que ela pudesse reagir, antes que sequer tivesse tempo de sentir medo, um grito longo e prolongado fez-se ouvir de um lugar nas árvores à sua direita, e homens irromperam na trilha.

– Desçam!

Num instante, Kian desmontou, arrastou Isolda da sela e lhe entregou as rédeas dos cavalos de ambos, mesmo ao sacar a espada do cinto.

– Recuem!

Então desapareceu, arremessando-se para o local de onde os homens haviam surgido das árvores, brandindo espadas e grandes machados de lâmina dupla em arcos sibilantes. Eram soldados saxões de infantaria, usando peles de lobo cinzentas e sujas sobre equipamentos de couro de combate, o cabelo claro emaranhado solto nos ombros enquanto arremessavam.

A trilha foi tomada de repente pelo estrépito das espadas, com o relinchar apavorado dos cavalos, grunhidos e gritos irados quando a fila de cavaleiros se virou para defrontar o ataque dos saxões. Isolda viu Kian ajustar os ombros, com a espada pronta, antes de se lançar na luta, e, mesmo com medo, a moça ficou atônita com a atitude de tirar o fôlego, abnegada e temerária daquele homem, de combater mesmo no seu atual estado de saúde.

Mas então ela pensou que Kian certamente preferiria morrer de espada na mão a recuar diante de uma batalha. Nem ela poderia tê-lo impedido, não sem insultar-lhe o orgulho, algo que ele nunca perdoaria.

Com o coração disparado, Isolda arrastou os cavalos para trás, longe de onde se travava a luta. Por cima das largas costas dos animais, ela podia captar lampejos da batalha: Madoc, com o rosto de cicatrizes determinado, trocando golpes de espada sonoros com dois dos atacantes. Cynlas e Bedwyr, de costas um para o outro, as espadas reluzindo enquanto três ou quatro saxões os rodeavam e desferiam golpes ferozes e cruéis com as lâminas dos machados.

Subitamente, um dos atacantes estava à frente dela, com a espada levantada. O tempo pareceu parar quando, por um momento infindável e extremamente emocionante, os olhos do saxão, claros e descorados como neve, fixaram-se nos de Isolda, e os músculos dele se retesaram, preparando-se para atacar. Então, aparentemente de nenhum lugar, um grande cão de guerra marrom e branco saltou sobre o saxão, desequilibrando-o e fazendo com que cambaleasse e desse um passo vacilante para o lado.

Cabal se interpôs entre Isolda e o agressor, com a cabeça baixa e as pernas dianteiras espalhadas, o pelo do pescoço eriçado e os dentes arreganhados num rosnado. O saxão gritou e ergueu a espada mais uma vez; Isolda sustou a respiração ao esperar a lâmina sibilante se abater sobre o pescoço de Cabal, mas o golpe não foi concluído. Uma ponta de espada atravessou a barriga do saxão, dividindo o couro de sua vestimenta de guerra num jorro borbulhante escarlate, e ele desmoronou no chão.

Atrás dele, Kian pôs um pé nas costas do homem, preparando-se para golpeá-lo com sua lâmina. Seu peito se elevou com o esforço, e o rosto com cicatrizes ficou manchado de sangue, provocado por um corte acima da sobrancelha.

Ele pegou no braço de Isolda e perguntou:

– Você está bem?

Isolda ficou paralisada, olhando intensamente para o cadáver à frente deles; o sangue lhe martelava os ouvidos à medida que as ondas de choque se encrespavam nela da cabeça aos pés. Cabal estava a seu lado, fungando, enfiando a cabeça na mão dela, que afagou as sólidas costas do cachorro. Então sacudiu a cabeça, com os olhos ainda no saxão morto aos pés deles.

– Não estou ferida.

E disse a Cabal:

– Está tudo bem, amigo Cabal. Você é um bom cachorro.

Kian limpou o suor dos olhos com o dorso da mão e disse:

– Temos baixas de três homens: dois mortos, outro precisa dos cuidados de uma curandeira.

Isolda levantou os olhos. Sua visão estava vertiginosamente brilhante; cada detalhe em separado das matas ao redor deles lhe perfurava o olhar atento como caco de gelo, mas a luta terminara. Mais três ou quatro dos agressores saxões jaziam mortos à beira do caminho. Um homem – o mais próximo – estava de rosto para cima, com uma flecha na garganta ensanguentada e o cabelo louro trançado espalhado no chão. Um dos cavalos também estava morto, caído numa poça de sangue da garganta cortada. Isolda ouviu colisões distantes na vegetação rasteira quando o resto dos agressores fugiu, sem dúvida perseguidos pelos homens a quem Madoc ordenara fossem atrás deles.

O próprio Madoc estava ajoelhado na terra arrasada e lamacenta a uma pequena distância à frente, ao lado do corpo de outro homem. Ao ver Isolda, ele fez um movimento abrupto com a cabeça, gesticulando para que fosse ao encontro dele. Ela se aproximou, e Cabal a seguiu. Ao vê-los, Madoc sacudiu a cabeça, e algumas das rugas soturnas de seu rosto se abrandaram por um instante.

— Nem sei por que ainda dou ordens a esse cão. Ele disparou para ficar do seu lado como a flecha de um arco no momento em que começou a luta.

Isolda apoiou a mão no pescoço de Cabal, e lhe disse novamente:

— Cabal é um bom cachorro. Agora vá se deitar, amigo.

Cabal obedeceu, e Isolda virou-se para o grupo que cercava o homem ferido. Cynlas de Rhos também se debruçou sobre o corpo prostrado; seu peito ainda arfava do combate recente, e só quando ele se mexeu ligeiramente para deixar Isolda passar ela reconheceu o homem no chão: era Bedwyr, filho de Cynlas.

— Ainda está vivo — disse Madoc rapidamente quando Isolda segurou a saia e ficou de joelhos ao lado dele. — E é o único dos feridos que sobreviveu.

Isolda assentiu com a cabeça. O cabelo de Bedwyr estava molhado de suor, os olhos cerrados com força e os lábios repuxados, numa careta de dor. O coração de Isolda continuou disparado, e todo o seu corpo ficou frio à medida que o suor nas suas costelas a pinicava e secava, mas a moça começou a avaliar os ferimentos do homem. Entretanto, suas mãos tremiam e ela precisou fechar os olhos, obrigar-se a respirar fundo duas ou três vezes, e só então pôr mãos à obra.

Ele estava ferido no antebraço; Isolda viu o músculo e o tendão abertos quase até o osso. Alguém — Madoc ou Cynlas — havia amarrado um pedaço de pano toscamente rasgado logo acima do ferimento, retardando o sangramento. Ainda assim, contudo, o sangue saía em jorros acentuadamente escarlates a cada batimento do coração de Bedwyr.

— *Lady*. — A voz de Bedwyr era um sussurro entrecortado, e Isolda viu que os olhos dele, fixos nos dela, expressavam dor e súplica. Haviam desaparecido a energia inesgotável e a beligerância, e o jovem parecia aterrorizado. Seu peito arfava à medida que ele se esforçava para respirar. — *Lady*, não me deixe morrer, por favor, não me deixe morrer!

Um espasmo o sacudiu, fazendo-o curvar as costas e gemer através dos dentes cerrados. – Como dói, meu Deus! – Os músculos salientes do pescoço pareciam cordões.

– Eu sei. – Isolda mal conhecia Bedwyr, mas já havia presenciado uma quantidade incontável de homens naquele estado nos últimos sete anos. – Eu sei que dói. Faça o que digo. – Ela deslizou a mão para dentro da mão dele, do lado que não estava machucado. – Pegue minha mão e a aperte com tanta força quanto a dor que está sentindo.

Bedwyr fechou os olhos de novo, e seus dedos, pegajosos de sangue e terra, entrelaçaram-se com os dela, com força bastante para triturar os ossos. Isolda, porém, mal reparou, ao se virar para terminar a avaliação dos ferimentos do rapaz. O braço podia ser cauterizado. "Se o corte não inflamar" – pensou Isolda – "ele pode até sobreviver, embora provavelmente nunca mais vá poder embainhar uma espada, mas o resto..."

O olhar fixo da moça concentrou-se nas pontas de flechas ornadas que se salientavam no meio da túnica do ferido. Uma flecha o atingira no fundo da barriga e penetrara profundamente, deixando visível apenas um pedacinho de madeira acima da túnica de couro ensanguentada. A outra seta o atingira mais acima, e penetrara na caixa torácica.

Mais um espasmo fez Bedwyr estremecer, seus tornozelos se afundaram no solo enlameado e ele apertou com força a mão de Isolda novamente. O rapaz respirava em intervalos curtos e sibilantes; os lábios estavam levemente azulados, e, quando Isolda lhe tomou o pulso, alternava batidas fortes e rápidas como os batimentos frenéticos de asas de um pássaro. Isolda pensou então: "Eu poderia cauterizar o ferimento do braço dele. Poderia até mesmo retirar as flechas, embora fosse precisar da ajuda de pelo menos um dos outros homens. Mesmo assim, Bedwyr morreria".

Ele talvez não morresse naquele mesmo dia. Nem talvez no dia seguinte, mas Isolda já vira ferimentos semelhantes inúmeras vezes, e sabia qual seria o fim inevitável. A existência de Bedwyr se arrastaria em lenta e crescente agonia à medida que as feridas infeccionassem e sangrassem dentro dele, e sua respiração ficasse cada vez mais interrompida e difícil.

— A senhora pode fazer alguma coisa por ele? — perguntou Madoc.

Isolda retirou a mão das batidas agitadas do pescoço ferido do homem. Durante várias respirações forçadas e sibilantes, ela observou o subir e descer do peito dele. Então, sem nada dizer, sacou a própria faca do cinturão do vestido, deslizou a lâmina sob o comprimento de pano acima do ferimento no braço e, com um rasgar dilacerante, cortou a faixa de tecido. Cynlas fez um movimento rápido e agitado e depois parou. Isolda pensou: "Ele é um soldado, além de ser um rei, e já deve ter visto ferimentos de flecha como o seu, de modo que deve saber seu fim inevitável".

Isolda repôs a faca na bainha, inclinou-se e pegou de novo a mão de Bedwyr; tirou-lhe o cabelo castanho-avermelhado da testa e lhe disse:

— Aperte minha mão tão fortemente quanto for a dor. Garanto que ela vai logo diminuir.

Capítulo 4

"Pai Nosso que estais no céu, santificado seja o Vosso nome." A voz de Madoc estava ríspida e melancólica, ressoando no silêncio da floresta úmida e em meio ao suave trinado dos pássaros das árvores acima.

Madoc havia ordenado que esperassem o retorno das sentinelas que ele enviara para perseguir os saxões fugitivos antes de prosseguirem, embora houvesse colocado seus homens num círculo defensivo, alerta para outros ataques. Agora, cercado por Cynlas e um punhado de seus soldados, o rosto ainda manchado de sangue da luta recente, Madoc rezava junto ao corpo inanimado de Bedwyr.

Isolda sentou-se num tronco caído a pequena distância da trilha, tentando concentrar-se nas palavras de Madoc, embora continuasse ouvindo a voz de Bedwyr: "Lady, *por favor, não me deixe morrer, não me deixe morrer*".

Ela olhou de relance e viu que Kian estava agora ao seu lado. Ele ficou em silêncio por um instante, observando-a, e então perguntou:

— Você o conhecia?

— Não. — Isolda sacudiu a cabeça. — Acho que nunca falei com ele antes de hoje.

Kian assentiu com a cabeça.

— Ele teve uma boa morte.

— Uma boa morte?

Isolda ainda podia sentir o fedor das entranhas de Bedwyr no momento da morte, ainda podia sentir na cabeça o eco do sofrimento de Bedwyr. Ela conseguiu sufocar as palavras que lhe subiram aos lábios, entretanto, e conteve a respiração.

Isolda perguntou a Kian:

— Você está se sentindo bem?

— Eu? Sim, estou bastante bem. — Kian se inclinou com um gemido para o tronco ao lado dele e esfregou o braço da espada. — Ainda está retesado, claro, como todos nós.

Ele retirou do alforje uma das pequenas esculturas de madeira nas quais trabalhava nos momentos de lazer. Dessa vez Isolda viu que era um tordo, com o corpo roliço equilibrado em pernas frágeis e delicadas, a cabecinha inclinada para o lado, como se estivesse escutando alguma coisa.

Kian puxou a faca do cinto e começou a trabalhar nas penas da cauda do tordo, com a escultura equilibrada num joelho, embora Isolda visse que ele também levantava a cabeça de vez em quando, examinando as árvores que os rodeavam à procura de um sinal de alarme, com a espada ao seu lado no chão, pronta para ser usada.

"É uma coisa típica do mundo", pensou Isolda, com um breve toque de amargura, "ou talvez apenas o estilo dos homens, que uma emboscada sangrenta e uma luta de espada até a morte possam fazer mais para curar Kian do que qualquer habilidade ou poder que eu possa ter".

Contudo, ao observá-lo trabalhar com o formão a escultura do tordo, Isolda sentiu que parte da amargura se dissipou. As mãos dele eram firmes, e a linha da boca, tranquila. Essa era a primeira vez que ela o via retomar as atividades de escultura desde sua volta a Dinas Emrys com Madoc, há quatro dias.

Kian era um guerreiro dos pés à cabeça. E saber que podia continuar a lutar, embora só com um olho, evidentemente ajudaria muito para banir da cabeça dele os fantasmas remanescentes da tortura.

Isolda ficou calada por um tempo, observando os cavacos de madeira formarem uma pequena pilha aos pés de Kian, depois perguntou:

— Você acha que foi por acaso que os soldados saxões investiram contra nós?

— Que era apenas um bando guerreiro vagando? Que estava reconhecendo o terreno e por acaso viu a luz da fogueira do nosso acampamento? — Kian olhou para cima e esfregou o queixo com o dorso da mão. — Suponho que fosse possível.

— Mas você não acredita nisso, não é?

Kian sacudiu a cabeça e, por um momento, deixou a faca apoiada ociosamente no joelho:

— Não parece fazer sentido. Além disso, bandos guerreiros não fazem reconhecimento à noite, a não ser por uma boa causa. — Ele fez uma pausa e deu um piparote em mais uma minúscula farpa de madeira da cauda do tordo. — Foi uma sorte termos tido apenas um morto em nosso grupo. A gente provavelmente perderia muito mais soldados não fosse pela bebida.

— Pela bebida? — repetiu Isolda.

Kian riu com desdém e assentiu com a cabeça.

— Sim, claro. Dava para sentir o bafo de cerveja a quarenta passos de distância. — Ele fez uma pausa e franziu o queixo, olhando fixo para o chão, como se procurasse as palavras antes de olhar de relance para Isolda. — É preciso ter um motivo muito importante para um homem atacar um inimigo que ele sabe que está armado, sabe? — disse afinal. — Mesmo que ele tenha feito isso muitas vezes antes.

Ele mudou de posição, e o olhar ficou subitamente distante ao contemplar as árvores verdes da primavera:

— Eu me lembro de minha primeira batalha, a primeira vez em que vi uma parede de escudos de saxões do outro lado de um campo. Gritavam palavrões, batiam nos tambores. Eu estava lá de pé, suando que nem um porco e rezando como nunca tinha rezado na vida. Prometi que, se Deus me livrasse daquela, eu ia virar monge. E que nunca mais na vida ia usar o santo nome Dele em vão.

Kian fez uma pausa e a olhou de relance de novo; um canto da boca se contorceu num sorriso torto:

— Tem pouca gente que não acredita em Deus antes de uma batalha. E tem menos gente ainda que acredita Nele quando termina a luta. Ainda assim... – sacudiu a cabeça – eu pensei que ia morrer antes de dar um só passo em direção aos saxões.

Era quase o maior número de palavras que Isolda já ouvira Kian proferir nos cinco meses em que o conhecia.

— E o que foi que você fez? – ela perguntou.

Kian fez um movimento rápido com o ombro e pegou a faca de novo.

— Eu sabia que se virasse e corresse iam me derrubar de costas. E aí pensei: "Bem, se vou morrer, quero saber quem me matou", por isso arremeti para a frente e lutei. Sobrevivi para enfrentar mais uma batalha, mais um dia, mais um ano.

Ele ficou em silêncio; o polegar tocou ociosamente o comprimento da lâmina do facão, e o rosto assumiu uma expressão distante mais uma vez.

— A gente pensa que com o tempo fica mais fácil, mas não fica. É a mesma coisa em todas as batalhas, todas as vezes. Tem um momento logo antes do começo em que a gente daria tudo que tem para poder dar as costas e sair correndo.

Kian sacudiu a cabeça e continuou:

— Por isso a gente fica bêbado de cair, se puder. Nada como a cerveja para fazer um homem se sentir... bem, se não o próprio Deus, pelo menos Seu primo em primeiro grau. – Deu uma risadinha. – E, se a gente conseguir ficar bêbado o bastante depois que acabar a batalha, tem uma chance de espantar os pesadelos.

Ambos ficaram em silêncio, escutando o murmúrio de vozes à frente. Madoc terminou de rezar, e seus soldados começaram a aprontar os cavalos, preparando-se para prosseguir. Isolda pensou em Márcia, que muito provavelmente estaria morta quando chegassem a Dinas Emrys. Ela havia dito: *Já houve traição. E vai haver de novo.*

– Quer dizer que você acha que aquilo foi uma emboscada, e não apenas um ataque casual? – perguntou Isolda.

Kian ficou calado de novo, olhando com os olhos apertados para a ponta da asa do tordo, então deu de ombros novamente, e seu único olho encarou o de Isolda:

– Vai ver estou errado, e, pra falar a verdade, espero estar, porque não gosto do jeito como estão as coisas, se for verdade. Mas foi isso mesmo que eu disse: alguém sabia o dia e o rumo que a gente tomaria ao sair de Ynys Mon.

Tristão esticou-se no espesso tapete de folhas caídas debaixo de um carvalho, as costas apoiadas no tronco nodoso. Não era uma cama tão confortável quanto a que o velho eremita – um homem santo cristão de cabelos brancos, não um deus – lhe oferecera na noite da véspera, mas, como ele havia tentado matar o pobre infeliz, não podia, em sã consciência, aceitar.

Tristão fez uma careta, relembrando que quando acordou descobriu que o homem cuja garganta ele havia agarrado não era um dos seus captores saxões e, sim, seu anfitrião rechonchudo e idoso, arfante de terror. O idoso ficou quase comicamente aliviado quando Tristão foi embora.

Tristão fechou os olhos. Pelo rabo peludo de Satanás! Tudo o que precisava fazer era permitir-se pensar em Isolda – e naquela época –, e os pesadelos recomeçavam.

Afinal de contas, essa era a razão pela qual ele partira fazia cinco meses. Sua cabeça podia ser uma desgraçada de uma câmara mortuária com a lembrança de tudo o que havia visto e feito. Contudo, ele era mais ou menos capaz de conviver consigo mesmo, se conseguisse chegar ao fim de cada dia, e não permitisse a intrusão nem do passado nem do futuro. Entretanto, rever Isolda... saber por que não era digno nem de que ela cuspisse nele...

Tristão olhou para os dedos mutilados da mão esquerda. Ele agora tinha a obrigação de ser um maldito especialista em superar tortura.

Falando nisso, também tinha sido uma tortura ir embora. Pelo menos ele sabia que Kian estaria com ela. Kian, que, com a graça dos deuses, tinha uma tendência específica para guerrear, acreditava sinceramente que havia tido a ideia de que deveria jurar lealdade a Madoc e assim ficar perto de Isolda.

Tristão permitiu-se cochilar mais ou menos uma hora, e depois se levantou com esforço. Seus olhos estavam arenosos de cansaço, mas, se não havia dormido, pelo menos o velho eremita lhe oferecera unguento e ataduras limpas para aplicar no corte ao lado do corpo, e ele já não tinha febre.

Afora isso, sentia-se bem. Bem o suficiente para prosseguir, o que era uma sorte, porque não tinha escolha.

Ele quase tropeçou numa coisa caída no caminho e que não vira: um manto de pele de lobo. Cabelo louro emaranhado. Um machado ensanguentado de guerra. O cabo de uma adaga saindo do peito do homem.

Em todo o redor, o chão estava revolvido e enlameado, e, quando seus olhos examinaram a trilha à frente, ele se deparou com mais um corpo estendido debaixo de uma árvore no outro lado do caminho. Devia ter havido uma luta no local.

Ele sacudiu a cabeça. *Brilhante. Um saxão morto com uma adaga no coração, e você conclui que houve uma luta. Afinal de contas, é bem capaz de a febre não ter desaparecido.*

⌇⌇

Isolda saiu do pátio externo e entrou na capela, carregando uma bacia d'água e uma pilha de panos limpos. A capela de

Dinas Emrys se encontrava fria e silenciosa, embora o pátio do lado de fora estivesse animado com os gritos dos homens à medida que as sentinelas que Madoc acrescentara se misturavam às demais em seus postos. O crepúsculo estava se aproximando, e as velas nas tochas das paredes foram acesas, lançando uma luz bruxuleante no aposento estreito e no corpo sem vida do homem que jazia numa mesa em frente ao altar, usando uma tosca mortalha feita de um manto de viagem cinzento.

Isolda pôs a bacia na mesa, encharcou um dos trapos e começou a preparar Bedwyr para o enterro, limpando a terra e o sangue do rosto de mármore branco. Também isso ela já havia feito muitas vezes antes.

Eles haviam chegado a Dinas Emrys sem ser mais atacados, embora os nervos de todos estivessem à flor da pele durante toda a longa jornada. Logo que Madoc desceu da sela, ordenou que grupos de sentinelas avançadas examinassem os arredores para garantir que tudo estivesse seguro.

Nessa altura, Madoc permaneceu a pequena distância com o Rei Dywel de Logres, com Cynlas de Rhos entre os outros dois.

– O senhor está certo de que quer que seu filho seja enterrado aqui, e não nas suas terras? – perguntou Madoc.

Isolda havia visto um reflexo de lágrimas nos olhos de Cynlas horas atrás no caminho da floresta, quando ele contemplou o corpo do filho, mas agora seu rosto, embora com vestígios da poeira da viagem, estava imóvel, severo e quase sem vida, como o de seu filho.

– Quando um guerreiro morre, você o enterra e vai embora. Meu filho não se importaria com o local de sua sepultura. – Cynlas ficou calado, com o olhar fixo adiante, então se virou para Madoc e disse, com súbita violência: – Eu só não entendo por que o senhor continua a confiar *nela*.

As mãos de Isolda pararam de se mexer, ela olhou para cima e viu o olhar intenso que Cynlas lhe dirigia. O rosto dele continuava quase imóvel, embora isso estranhamente tornasse sua fúria mais fortemente sentida, como se um animal selvagem enjaulado olhasse atrás de olhos assustadoramente perplexos.

Ao seu lado, Dywel pôs uma das mãos no ombro de Cynlas para contê-lo, e falou com o ceceio ligeiramente constrangido e sem dentes:

— *Milorde* Cynlas, esta não é hora de...

Sua voz foi tranquila, e Isolda pensou como era estranho que mais uma vez Dywel fosse a voz da paz. Ela vira o rosto dele na floresta, quando ele combatia os atacantes saxões junto aos outros homens, e compreendeu que o que Con lhe dissera era verdade. Dywel lutava como um homem possuído por demônios, o rosto bonito tão deformado pela cólera que quase se tornava irreconhecível, exceto pela cabeça de cabelos negros encaracolados.

Agora, porém, foi a boca de Cynlas que se contorceu num espasmo de ira, e ele se livrou da mão do outro homem:

— Sim, a senhora. — A voz de Cynlas tinha um tom ríspido e metálico, e as mãos se cerraram até os pulsos quando ele avançou um passo até Isolda. — A senhora foi casada com Mark, como disse o Rei Goram. E sabia onde Mark estava. Como podemos saber que não é uma traidora, enviada até aqui por Mark para nos trair?

Isolda, de pé ao lado do cadáver do filho de Cynlas, o toque da carne inanimada do homem ainda nas pontas dos seus dedos, percebeu que não podia ressentir-se da desconfiança de Cynlas, nem mesmo ficar zangada com o tom de voz que ele usou. Embora de repente se tenha dado conta do quanto estava cansada, com todos os músculos rijos e doloridos após a longa cavalgada do dia. Parecia ter se passado uma vida desde que ela se sentara no cabriolé redondo do barqueiro e sentira a brisa marinha no rosto enquanto a caravana atravessava o mar, vinda de Ynys Mon.

— O senhor está certíssimo — ela disse a Cynlas. — O senhor não tem nenhuma razão para confiar em mim, nenhuma. E, se acredita que eu seja uma traidora, sei que há pouco que eu possa dizer para mudar sua opinião, mas posso garantir que, se Mark tivesse sabido que eu faria parte da comitiva que cavalgou até aqui vinda de Ynys Mon, se ele teve alguma participação no ataque de hoje, eu estaria aqui, morta, ao lado do seu filho. E afirmo que não tenho palavras para expressar como gostaria de ter salvado a vida de Bedwyr.

Por um longo momento, os olhos de Cynlas fixaram-se nos dela. Então, sem aviso, a soturna imobilidade do seu rosto se desfez, contorcida num espasmo de dor, e ele se deixou cair num dos bancos de madeira da capela, a cabeça enterrada nas mãos.

Madoc e Dywel mantiveram o olhar no outro homem, enquanto seus ombros se curvaram. Dywel mudou de um pé para outro, as mãos cerradas às costas, como se desejasse estar em qualquer outro lugar que não ali, e disse, depois de um instante, a voz levemente constrangida:

— É sempre melhor para um homem procurar vingar-se do que se entregar ao sofrimento.

Entretanto, os olhos de Madoc estavam circunspectos e expressavam piedade, e Isolda o viu hesitar, como se pensasse que Cynlas talvez interpretasse como insulto uma palavra ou gesto seu.

Mas, antes de Madoc se mexer ou falar, Cynlas se sentou reto, passou uma das mãos nos olhos vermelhos de lágrimas e exalou uma respiração entrecortada.

— Perdão, *Lady* Isolda. — Ele falou rigidamente, e com uma tentativa de dignidade que poderia ter sido patética num homem menos autossuficiente, mas o olhar dele era muito direto. — A senhora deu ao meu filho uma morte rápida e decente, o tipo de morte que todo mundo espera ter. E a senhora facilitou o falecimento dele, por isso eu lhe sou devedor.

O rosto de Isolda deve ter refletido seu choque ao ouvir essas palavras, pois Cynlas perguntou, quase ferozmente:

— A senhora pensou que eu não acreditaria, não é?

— É verdade, pensei mesmo — ela respondeu.

Cynlas fez um movimento abrupto com o queixo, em confirmação. Debaixo do emaranhado do cabelo castanho-avermelhado, o rosto continuava rigidamente controlado, mas sua voz, quando ele falou, estava baixa e áspera de pesar.

— A senhora disse, *Lady* Isolda, que não tinha palavras para expressar como gostaria de ter salvado a vida do meu filho, mas suas palavras eram desnecessárias: a expressão do seu rosto enquanto falava me disse tudo.

Ele voltou a passar uma das mãos no rosto, e Isolda viu um arranhão longo e irregular no pulso dele, que havia levado sangue à manga.

— Sei que minha reputação é de ter mau gênio — e devo confessar que é justificada. Eu não sofro pequenos reveses, eu não protejo fraquezas. E eu não — seu maxilar se enrijeceu, e Isolda percebeu que ele olhou muito rapidamente na direção de Madoc — perdoo os que me traem nem os que me fazem mal. — Cynlas fez uma pausa, exalou um respirar e fixou os olhos em Isolda. — Mas eu seria um rei incompetente, *Lady* Isolda, se não reconhecesse a verdade quando ela me atinge diretamente ou se apresenta a mim segundo os atos de uma mulher.

Isolda quase chegou a desejar que ele tivesse permanecido zangado. A desconfiança era mais fácil de tolerar do que a confiança, naquela situação. Ela sentiu a garganta engasgar, mas permitiu que Cynlas lhe pegasse a mão, e disse apenas: — Obrigada, *Milorde* Cynlas.

Ela recordou a energia irrequieta e beligerante de Bedwyr no banquete em Ynys Mon, e ainda conseguia ouvir o eco da voz dele: *Lady, não me deixe morrer.* Ela pensou então: "Será que todos os homens que lutam realmente esperam morrer assim, ou será isso apenas uma história da Carochinha para consolar as crianças quando elas choram?".

As palavras quase a fizeram sufocar, mas a moça se obrigou a dizer:

— Se o senhor acha que tornei a morte de Bedwyr mais suportável, então fico satisfeita.

Ela se virou pegou de novo o trapo molhado e retirou suavemente o sangue e a terra das mãos e braços de Bedwyr. Os três homens ficaram em silêncio por algum tempo, e então Madoc pigarreou e se voltou para Cynlas de novo:

— Sei que esta é uma ocasião inadequada para minha pergunta, mas preciso saber. O que Goram quis dizer quando revelou que o senhor havia perdido outro filho?

Ao olhar de relance, Isolda reparou que o pescoço de Cynlas ficou rubro e depois voltou à cor natural, deixando-lhe o rosto acentuadamente pálido em contraste com o cabelo castanho-avermelhado. Por um instante ela achou que ele se recusaria a responder, mas ele respirou fundo, e parte da máscara severa e imóvel surgiu mais uma vez no rosto.

— Foi há três anos, quase quatro agora.

Cynlas olhou para as mãos apoiadas nos joelhos. As articulações da mão direita estavam esfoladas e ele as esfregou distraidamente antes de continuar a falar:

— Goram e seus homens estavam investindo de surpresa contra os assentamentos ao longo da nossa costa. Aliás, isso não era surpresa. — Os lábios de Cynlas se afinaram: — Toda primavera traz mais lobos do mar aos nossos litorais. Tentamos proteger a costa, mas não temos tropas suficientes para abranger toda a extensão. E eles atacam rapidamente, chegam de barco às praias. Quando nossos soldados chegaram lá, todo um assentamento tinha sido completamente incendiado, os homens foram assassinados, assim como o gado. As mulheres e as crianças foram levadas presas por grilhões para serem vendidas como escravas.

Cynlas fez uma pausa.

— Meu filho... meu filho mais velho, Gethin... insistiu que só cessaríamos os ataques de surpresa se atacássemos primeiro, ao invés de estarmos sempre nos defendendo. Ele levou a luta até o litoral de Goram e, para executar a campanha, contratou um bando de mercenários, lutadores de aluguel que se aliavam a quem lhes pagasse mais. Eu fui contra essa providência. Uma aliança comprada é uma aliança que pode ser igualmente vendida a alguém que pague mais, mas Gethin estava determinado, e contratou os serviços dos tais mercenários de que falei. Homens selvagens, sem nenhuma categoria, e mestiços. Eram saxões, bretões, homens da Irlanda e da Gália. Seu líder...

Cynlas fez outra pausa, e os olhos se dirigiram uma vez mais ao corpo do seu segundo filho; seu queixo retesado indicava que ele se obrigava a dizer as palavras através dos dentes cerrados:

— Seu líder era um desses. A aparência era de saxão, mas sua fala era de bretão. Ele afirmou que podia conduzir nossas naus até as praias de Goram, e que conhecia o país de Goram, portanto sabia quais seriam as defesas dele. — A boca de Cynlas se repuxou mais uma vez e ele deu uma risada curta e melancólica. — Quanto a isso, ele estava dizendo a verdade.

— Chegamos à Irlanda, e acampamos no espinhaço de uma montanha. Era uma boa posição para guerrear, como ressaltaram os mercenários de meu filho. Armamos nossas barracas e designamos uma sentinela quando o sol estava se escondendo.

Cynlas interrompeu-se de novo e ficou em silêncio por tanto tempo que Dywel perguntou:

— E aí?

Cynlas olhou para cima e repetiu:

— E aí? — Deu mais uma risadinha dura. — Aí que quando acordamos na manhã seguinte descobrimos que os desgraçados dos mercenários tinham fugido do acampamento à noite, e que o exército em massa de Goram estava concentrado na base da montanha. Toda a campanha foi um embuste, e nós caímos direitinho. Tínhamos sido traídos pelos homens que trocam sua lealdade da mesma forma que outros homens trocam de prostitutas.

Os olhos de Cynlas continuavam fixos no cadáver de Bedwyr, mas estavam turvados, como se, perdido nas lembranças, ele mal conseguisse ver o próprio filho morto.

— Não tínhamos opção: precisávamos lutar. Arremetemos, e foi uma chacina. Mais de duzentos de nossos homens foram mortos, e outros cem foram feitos prisioneiros; Gethin foi um deles. Ordenei que batêssemos em retirada, e nos retiramos para o espinhaço da montanha. Mandei um mensageiro até Goram, oferecendo resgate por meu filho e pelos meus outros homens que ele capturara. Isso foi no pôr do sol. Esperamos a noite inteira, observando as fogueiras do acampamento irlandês e esperando uma resposta de Goram. E essa resposta chegou ao raiar do dia: Goram havia construído uma forca na terra de ninguém entre nossos dois acampamentos.

Cynlas parou de falar. Isolda viu suas mãos se cerrarem de novo, mas sua voz, à medida que ele prosseguiu, ficou monótona e quase inexpressiva.

— Ele enforcou primeiro meu mensageiro, depois os soldados e, por último, meu filho. A forca ficava a alguma distância, mas eu reconheci Gethin pela cor do cabelo. Castanho-avermelhado, igual ao meu.

Durante o longo momento depois que Cynlas deixou de falar, a capela ficou em silêncio; o único som que se ouvia era o das vozes dos homens do lado de fora e o latido ocasional de um cão de guerra vindo do pátio externo.

Então Madoc pigarreou e disse:

— Lamento. Se eu soubesse, nunca o teria convidado a fazer parte da nossa delegação a Goram.

O rosto de Cynlas estremeceu rapidamente, e depois mais uma vez se endureceu, quando ele disse:

— O que Goram fez foi guerra. Homens são capturados, homens morrem. É assim que as batalhas são travadas, mas o desgraçado mercenário que nos traiu...

Cynlas fez uma pausa, e depois prosseguiu, no mesmo tom monótono:

— Eu sou capaz de reconhecê-lo, e um dia vou encontrá-lo e fazê-lo pagar pelas mortes de meus filhos e de meus soldados.

Nesse instante ele endireitou os ombros e virou-se para Madoc; o rosto sofrido parecia de granito, embora seus olhos estivessem novamente vivos e brilhantes:

— As mortes de meus dois filhos devem ter um objetivo, Milorde Madoc. – O tom de sua voz tornou as palavras quase uma ameaça. – Se não fosse assim, eles não deveriam ter nascido.

Capítulo 5

Isolda passou um minuto olhando para o rosto de Bedwyr, e pensou, como já acontecera muitas vezes, que qualquer afirmação de que a morte se assemelhava ao sono era mais uma história da Carochinha. O semblante de Bedwyr estava tranquilo, e todos os traços de dor foram suavizados pela morte, mas a moça nunca teria achado que ele estava adormecido. Ela já não tinha mais o que fazer ali. O corpo do rapaz estava lavado e vestido com calções limpos e uma túnica com barra de arminho; sua mortalha era um longo manto branco. O corpo estava pronto para ser enterrado.

Ela havia pensado que a silenciosa capela estava vazia, a não ser por Bedwyr e ela mesma, mas, ao virar-se para ir embora, viu um homem sentado num dos bancos na extremidade do aposento, o rosto na sombra. Ela estava cansada demais para sentir medo ou surpresa, de modo que apenas pegou a bacia e o monte de trapos sujos e começou a caminhar pela nave central da capela. Já caíra a noite, e a capela estava iluminada apenas pelas velas da parede, mas, quando Isolda se dirigiu à porta, o homem se levantou e ela reconheceu o vulto dele.

– Milorde Madoc! Pensei que o senhor tinha ido embora com o Rei Cynlas.

Madoc fez uma breve reverência e se pôs ao lado dela.

– E eu tinha mesmo. Mas ele de repente se lembrou por que eu seria o último homem em Dinas Emrys que ele teria escolhido para partilhar seu sofrimento, de modo que voltei para cá. Além disso, é melhor para ele ficar sozinho neste momento.

Madoc permaneceu em silêncio quando saíram da capela e chegaram ao pátio externo. Os principais portões da fortaleza estavam iluminados por um par de tochas de resina queimando, o céu noturno estava cinzento e luminoso com nuvens de chuva. Aqui e ali, ao longo do volume distorcido dos baluartes exteriores, uma sentinela com capacete estava alerta, com lança e escudo prontos, perscrutando a noite.

— Gostaria de falar-lhe em particular, *Lady* Isolda. Se for possível.

— Claro.

Isolda estava muito cansada para se perguntar o que Madoc poderia querer dizer-lhe, mas mesmo assim as primeiras palavras dele a surpreenderam: — A senhora acredita, *Lady* Isolda, que haja vida após a morte?

Isolda levantou uma das mãos, esfregou os músculos doloridos na nuca e perguntou: — O senhor esperou na capela esse tempo todo para me perguntar isso? — Ela se deteve. Ainda podia ver o rosto inerte de Bedwyr toda vez que fechava os olhos. — Acabei de preparar o corpo de um homem para ser enterrado, e, se o senhor me perguntar se senti que ele estava presente, se senti que restara alguma coisa de Bedwyr a não ser uma casca vazia, terei de lhe responder que não. Por outro lado...

Isolda fez mais uma pausa; seu olhar fixo no céu luminoso acima:

— Há ocasiões em que sinto como... como se o mundo fosse uma roda que não para de girar e que às vezes — raramente — se detém e se apoia numa balança, de modo que não sei a resposta. Talvez exista um deus — ou alguém mais além do véu até o Outro Mundo — pensando em mim...

Madoc a olhou com curiosidade e perguntou então:

— A senhora tem fé nos deuses, *Lady* Isolda?

Isolda silenciou um momento antes de responder, mas isso era, afinal de contas, porque ela se forçava a ver Mark na hidromancia uma série de vezes. Porque ela queria acreditar que estava destinada a usar o poder de ver Mark para a defesa da Bretanha. Porque ela preferia crer que havia um objetivo no fato de a Percepção lhe haver voltado num fluxo.

Olhou para Madoc e disse:

— Talvez esperança, se não propriamente fé. — O silêncio pairou entre eles um instante e então ela falou: — Mas por que o senhor me perguntou isso? O senhor acredita no Deus cristão. E o seu Livro Santo não promete fé a todos os crentes?

— É verdade.

Os ombros largos de Madoc fizeram um movimento brusco.

Eles estavam passando por baixo de um par de tochas fortemente inculcadas na parede e, sob a luz laranja bruxuleante, Isolda viu a aridez estampada no rosto com cicatrizes de Madoc.

— A Bíblia também diz *Não matarás* e em épocas como esta isso às vezes me parece tão útil quanto dizer a um homem que urine em meio a uma ventania.

Ele passou uma das mãos pelo cabelo escuro e resistente, e sua boca se contorceu num sorriso rápido e desanimado:

— Sabe...pensei em vestir o hábito e o capuz e me tornar monge quando minha mulher faleceu, há três anos, mas, em vez disso...

Ele se interrompeu e depois disse, com uma risadinha amarga:

— O Rei Artur é um homem de sorte. Está eternamente cavalgando ao crepúsculo para dar livre curso à vingança contra seus inimigos, enquanto o resto de nós, pobres mortais idiotas, foi designado para combater entre os destroços que ele deixou para trás.

Isolda pensou, como antes, nos antigos, que haviam construído seus salões de madeira naquele lugar há muito tempo e haviam matado um rei por morte tripla[18] a cada sete anos, de maneira que seu sangue pudesse molhar a terra e renovar o solo. "Talvez" — ela pensou, ao observar o rosto de Madoc,

---

18 Ao espancá-lo, afogá-lo e apunhalá-lo. (N.T.)

deformado por cicatrizes –, "afinal de contas, pouco tenha mudado desde aquela época".

Então Madoc sacudiu a cabeça, como se quisesse expulsar o pensamento:

– Mas, respondendo à sua pergunta, não: não esperei na capela apenas para dizer bobagens sobre o destino dos mortos. O que eu queria falar com a senhora era sobre a reunião em Ynys Mon.

Eles estavam passando pelas construções dos profissionais: os galpões do armeiro e do ferreiro, do padeiro e das tecelãs, todos escuros e desertos àquela hora da noite. Madoc apontou para um banco de pedra, protegido por baluartes de palha, e perguntou:

– A senhora quer se sentar? Ou prefere ficar lá dentro, protegida da chuva?

A chuva diminuiu, agora era apenas uma garoa, e o ar estava mais quente do que antes, com o aroma de terra que era uma promessa de primavera. Isolda sacudiu a cabeça e respondeu:

– Não, assim está ótimo. – Ela se sentou, fechou o manto ao redor do corpo e então olhou para Madoc. – Lamento o que eu disse, isto é, por ter me descontrolado com o Rei Goram e Hywell.

Madoc também se sentou, encostou-se na parede atrás deles e sacudiu a cabeça:

– Não lamente. Não teria feito diferença o que a senhora disse. Meu palpite é que a decisão de Goram já estava tomada mesmo antes de ele pôr os pés em Ynys Mon. Além disso...

Durante todo o tempo em que ela o conhecia, Isolda raramente vira Madoc sequer sorrir, mas nesse instante ele deu uma risada súbita e pareceu mais jovem, e sem o ônus habitual de preocupações.

– Além disso, devo dizer que gostei de ver Goram e seu velho bode sacerdote druida expostos como mentirosos que são. – Ele sacudiu a cabeça. – A expressão no rosto de Hywell. Achei que ele emporcalharia aquela túnica nojenta que usa.

E então Madoc se acalmou e disse:

— Mas não. Isso tampouco era o que eu queria dizer. — Ele fez uma pausa e ficou silencioso um instante, depois se virou para Isolda. — O Rei Goram me enviou um mensageiro hoje de manhã, antes de sairmos de Ynys Mon, declarando que havia reconsiderado a recusa de ontem e informando o preço de sua aliança conosco.

— Sei... — Isolda se calou. — Suponho que não precise perguntar qual era o preço.

— Não, não precisa.

Isolda esperou até estar certa de que podia confiar na firmeza de sua voz e perguntou:

— Então é isso que o senhor quer de mim? Que, como o Conselho resolveu que meu casamento com Mark era inválido, eu agora me case com o Rei Goram para garantir uma aliança?

Em vez de responder, Madoc a observou por um instante e depois disse, com voz muito baixa:

— Lamento muito mesmo, *Lady* Isolda, que a senhora tenha sido forçada a se casar com Mark.

Havia pesar, piedade e compreensão genuínas nos olhos negros. Os músculos de Isolda se retesaram e ela cerrou os dentes, dizendo a si mesma que Madoc não merecia que ela retrucasse que ele devia reservar sua solidariedade para quando fosse desejada ou pudesse ser útil.

Isolda detestava que tivessem pena dela quase tanto quanto odiava sentir pena de si mesma, mas Madoc estava inconsciente, quase morto pelas queimaduras que lhe marcaram o rosto na noite em que ela se casou com Mark. Ela não podia culpá-lo por não a ter ajudado.

Por isso disse, tranquilamente:

— A culpa não foi sua, e o senhor me salvou depois, Milorde Madoc. Não esqueci disso.

— Talvez. — Ela achou que ainda havia piedade nele, que turvava o olhar atento de Madoc, porém ele sacudiu a cabeça. — De qualquer forma eu lhe dei minha palavra, *Lady* Isolda, de que não a obrigaria a se casar contra sua vontade. – Ele se deteve e suspirou, esfregando uma das mãos na nuca. – Embora, para dizer a verdade, talvez eu lhe pedisse isso. Sem nenhuma alegria, mas sim, se eu acreditasse que Goram fosse honrar um pacto desses, poderia implorar-lhe que pusesse seus sentimentos de lado quanto ao casamento. Mas não creio numa palavra que Goram pronuncie, muito menos acredito quando ele diz que vai mandar suas tropas para nos ajudar se eu lhe ceder a senhora e Cammelerd primeiro. – Madoc deu uma risadinha. – Seria a mesma coisa que colocar uma raposa tomando conta do galinheiro. É só permitir que Goram domine Cammelerd como ponto de partida na Bretanha e ele vai mandar suas tropas atacarem de surpresa todas as áreas do país ao seu alcance. Mas, de qualquer forma...

Madoc interrompeu-se e sacudiu a cabeça:

– Mas eu devo ter uma razão... uma razão crível... para recusar o casamento, e que não dependa da minha má vontade de confiar em Goram não mais do que uma criança poderia arremessar a lança de um guerreiro. De outra maneira, a recusa seria interpretada como um insulto, o que faria com que ele se transformasse de força neutra em inimigo. E só Deus sabe que já temos inimigos suficientes. – Novamente o silêncio pairou entre eles, e então Madoc prosseguiu: – Pensei, com a sua permissão, em dizer a ele que a senhora já está comprometida. Comigo.

Nas sombras envoltas em névoa, Madoc era pouco mais do que uma sombra mais profunda no banco ao lado dela; com seu perfil de ombros largos, e homem alto. Isolda percebeu ter feito um movimento abrupto involuntariamente, porque, antes que pudesse responder, ele disse, com voz melancólica e, segundo pareceu a ela, meio tristonha:

– Está certo. A senhora não precisa me contar sua reação inicial à ideia. – Ele se deteve e desviou o olhar dela um instante antes de perguntar: – É por causa disto? – Ele ergueu a mão e apontou para as marcas de queimaduras no rosto, agora quase invisíveis na escuridão.

Isolda ficou comovida com o gesto e a inesperada vulnerabilidade que ele traiu, e disse, rapidamente:

— Claro que não. O senhor se engana comigo, Milorde Madoc. Eu fiquei... surpresa, só isso.

Algo na qualidade do silêncio de Madoc fez Isolda pensar que ele havia reconhecido mais na reação dela do que uma simples surpresa. Apesar disso, ela nada disse, e depois de um instante continuou:

— Mas pedir ao seu Conselho que me aceite como sua rainha só pode enfraquecer sua posição como Rei Supremo. O senhor acabou de constatar que as desconfianças de Lorde Cynlas surgiram rapidamente.

— Mesmo assim a senhora conquistou a confiança dele.

— Desta vez.

Isolda lembrou de estar na capela com Cynlas e o corpo do seu filho, e quase desejou que ele continuasse zangado com ela. Por quê? Por causa de Bedwyr? Ou talvez porque, após sete anos de desconfianças e dúvidas a seu respeito em todas as ocasiões, era quase perigoso achar que ela poderia às vezes ser capaz de relaxar sua guarda?

— Mas já fui Rainha Suprema antes, Milorde Madoc — ela prosseguiu. — Desde que eu tinha treze anos até cinco meses atrás, quando Constantino foi morto. Sei exatamente a reação do Conselho; a maioria dos conselheiros nunca vai conseguir me olhar sem ver meu pai, o traidor da Bretanha, ou recordar o Rei Artur, morto em Camlann.

Ao lado dela no banco, Madoc franziu o cenho e então disse, escolhendo as palavras com dificuldade:

— Sei que eu disse várias coisas lamentáveis, *Lady* Isolda. Fiz acusações contra a senhora. Eu não esperava que a senhora tivesse... esquecido, mas talvez que as tivesse perdoado.

A voz de Madoc pareceu tão triste que Isolda sentiu uma pontada de compaixão e disse rapidamente:

— Eu já as perdoei, e lhe sou grata por sua proposta mais do que consigo expressar. — Ela se virou para encarar o rosto de Madoc; os olhos escuros dele eram apenas um lampejo da luz refletida. — Mas o senhor é o Rei Supremo, talvez o único homem capaz de assegurar que a Bretanha sobreviva além de alguns meses mais. Não lhe posso pedir que arrisque isso tudo apenas para me proteger, o senhor deve compreender isso. Foi o senhor que o Conselho escolheu como Rei Supremo quando Mark se transformou em traidor. E foi uma escolha merecida. A Bretanha precisa do senhor.

— A Bretanha precisa de mim? — A voz de Madoc estava impregnada de ironia, e ele sacudiu a cabeça. — Pode ser, mas já fiquei ao lado de sepulturas de muitos outros homens que se julgavam inestimáveis para a Bretanha nos últimos anos. Mas isso é outro assunto. A senhora... — Ele passou uma das mãos na nuca, e de repente sua voz pareceu mais jovem de novo. — Eu não estou sabendo me expressar direito. Eu...

Ele se interrompeu, como se estivesse procurando palavras. — Tenho poucos amigos, *Lady* Isolda... menos ainda desde que assumi o trono como rei. E é uma vida dura — e árdua — passar dia após dia em batalhas e grupos de ataques de surpresa e guerras. Agora já me acostumei, é tudo que conheço desde que tinha idade bastante para brandir uma espada. Mesmo assim, desejei... o que quero dizer é que seria bom ter... alguém me esperando, depois de uma batalha. — Ele se deteve de novo e depois disse, no mesmo tom tranquilo: — Eu ficaria... muito feliz, *Lady* Isolda, se esse alguém pudesse ser a senhora.

Isolda sentiu a cabeça ficar perplexa momentaneamente, com o choque dessas palavras. Porque até então ela não diria que Madoc, sinceramente, simpatizasse com ela ou nela confiasse mais do que em qualquer um de seus conselheiros. Nas palavras de Madoc, contudo, Isolda pôde perceber a dor da solidão desesperada e o sofrimento pela esposa que morreu ao dar à luz há três anos. E ela sabia quanto devia estar custando a ele expor seu íntimo daquela maneira.

— Estou... honrada pelo seu pedido, Milorde Madoc. De verdade. Eu...

Ela precisou parar, porque, apesar da compaixão que sentia pelo homem ao seu lado, uma pontada lancinante de pânico surgiu-lhe no peito e a fez querer saltar do banco e ir embora para qualquer lugar, menos ficar ali. Era uma daquelas ocasiões em que ela desejou mais do que nunca que não a magoasse tanto, agora, relembrar as palavras que Tristão lhe dissera anos atrás:

As estrelas brilharão amanhã, independentemente do que me acontecer.

De súbito, Isolda disse:

— O senhor nunca me perguntou como eu podia saber que Hywell e seus deuses estavam enganados sobre onde Mark está agora.

— É verdade. — Estava muito escuro para ver a expressão de Madoc, mas Isolda pôde perceber o lampejo de um sorriso nas palavras dele. — Estou aprendendo, sabe? — E então, antes que a moça pudesse responder, ele disse: — A senhora não precisa... a senhora não precisa me responder agora. Posso esperar até amanhã de manhã; de qualquer forma, não vou poder mandar uma resposta a Goram até então, por isso... pense no assunto esta noite.

— Será possível que ela volte a despertar?

Isolda desviou o olhar do rosto de Márcia, imóvel e cor de sebo como uma vela, e concentrou-se em Garwen, sentada numa cadeira, que ela balançava ao lado da cama. A moça sacudiu a cabeça e respondeu:

— Duvido.

Voltou a olhar para Márcia. Sua respiração subia e descia e mal levantava as mantas que lhe cobriam o peito; o rosto com marcas de varíola de traços acentuados estava, só dessa vez, tranquilo, as rugas de rancor, raiva e tensão suavizadas talvez por certa mão invisível.

Isolda completou a frase:

— Pelo menos já não sente dor.

Garwen inclinou a cabeça, concordando, e fazendo as pesadas joias que lhe ornavam as orelhas reluzir à luz da lareira, que era a única fonte de iluminação do aposento. O suave brilho laranja também era generoso com o rosto de Garwen, harmonizando-lhe as marcas da idade e trazendo-a mais para perto de Isolda, que pôde vislumbrar a encantadora moça que ela devia ter sido há anos.

— Você quer que eu me sente aqui com ela um pouco? Se quiser descansar...

Mas Garwen sacudiu a cabeça; os dedos continuavam habilmente a dar feitio a um fio macio e fino de lã creme.

— Não, eu vou ficar aqui, talvez até tire um cochilo ao lado dela, mas vou ficar aqui, mesmo que ela se dê conta disso. — Ela olhou para Márcia e disse: — Pobre menina! Como a senhora disse, ela já não está com a gente, mas ninguém deve morrer sozinho.

Por um momento, o único som no aposento foi o sibilar e o crepitar do fogo, e o suave zunido da roca de Garwen. Então Garwen olhou novamente para Isolda e disse:

— Sabe que eu conheci sua mãe, Guinevere?

Depois de um longo e atarefado dia e da morte de Bedwyr, Isolda estava mais ou menos à deriva numa fadiga atordoada, e as palavras repentinas de Garwen a pegaram totalmente desprevenida. Ela sequer conseguiu pensar numa resposta, e, depois de um instante, Garwen sorriu:

— Você se parece muito com sua avó Morgana; acho que já deve ter ouvido isso, mas tem os olhos de sua mãe.

Isolda conseguiu dizer:

— Também já me disseram isso.

Fez uma pausa, sem saber se faria a próxima pergunta, sem saber sequer se queria fazer essa pergunta, mas Garwen, como se lhe estivesse lendo os pensamentos, sorriu de novo. Um sorriso levemente impiedoso desta vez, muito diferente do habitual.

– Se está se perguntando como a amante de Artur acabou conhecendo a esposa dele, posso lhe contar, além de muitas outras coisas sobre as quais você deve ter curiosidade. Mas Artur sempre foi um homem incapaz de enxergar as coisas por outros olhos que não os dele mesmo. E, se lhe era conveniente manter sua prostituta e sua dama debaixo do mesmo teto, então ele não admitia ser persuadido de que isso talvez não fosse conveniente para o resto de nós como era para ele.

Durante um instante a voz de Garwen ficou quase raivosa, mas então ela suspirou, e olhou para a roca e as linhas agora ociosas no seu colo.

– Possa Deus me ajudar e me perdoar, mas eu amava muito *ele*. Demais, talvez. Ele era teimoso, e podia ser duro e às vezes até cruel, mas era também... – Garwen interrompeu-se, apertou os lábios, os olhos azuis grandes e turvados reluziram com lágrimas não derramadas, mas então ela piscou, sacudiu a cabeça e focalizou o olhar mais uma vez em Isolda. – Você não conheceu sua mãe, não é?

Isolda sacudiu a cabeça e respondeu:

– Não. Ela fugiu para um convento e morreu lá pouco depois que eu nasci. Artur havia voltado para a Bretanha. Ela sentia medo de enfrentá-lo, depois de tudo o que fez; pelo menos foi isso que minha avó me contou.

– E você talvez tenha culpado *ela* por isso?

Isolda estava contemplando o fogo, mas, ao ouvir isso, levantou a vista e verificou que Garwen a observava, com a cabeça inclinada para um lado. Isolda sacudiu a cabeça e afirmou:

– Não, eu nunca a culpei.

Para ela, sua mãe nunca havia sido mais do que um nome nas trovas dos bardos. Guinevere das mãos alvas e do cabelo dourado. Rainha linda ou meretriz traidora, dependendo da narrativa.

Isolda ainda conseguia lembrar o desprezo reprimido que acentuava a voz de sua avó nas raras ocasiões em que havia persuadido Morgana a lhe falar dela. Mas Isolda sempre soubera que, sob o desprezo que Morgana nutria por qualquer tipo de fraqueza, a avó ocultava uma compaixão, embora de má vontade, em relação a Guinevere.

Isolda observou uma tora pegar fogo e depois desmoronar em cinzas, lançando uma saraivada de fagulhas na lareira. Ela pensou em si própria aos treze anos, deixada completamente sozinha depois da batalha de Camlann, e então negociada para desposar Con pelo Conselho do rei, em nome da paz. Guinevere era pouco mais velha do que ela quando se casou com Artur, um guerreiro que tinha quase o dobro da sua idade, ao invés do menino generoso de doze anos, embora desastrado, que fora Con.

Também pensou em si mesma sendo julgada por bruxaria, após a morte de Con. E forçada a se casar com Mark para escapar da morte.

Não, ela não podia culpar Guinevere por qualquer das escolhas feitas por ela.

Ergueu os olhos para Garwen e disse:

– Já ouvi dizer que a batalha de Camlann não teria acontecido não fosse por minha mãe. E que Artur ainda estaria vivo, e a Bretanha, sem nenhum dano, mas nunca acreditei nisso. Os homens lutam porque querem, não por causa da honra ou desonra de uma mulher. Além disso – sua boca se contraiu num pequeno sorriso –, se ela não tivesse escolhido se casar com Modred, meu pai, eu nunca teria nascido. Como posso culpá-la? – Sacudiu a cabeça e continuou: – Às vezes eu desejava ter tido a oportunidade de conhecê-la, especialmente quando pequena. Eu costumava fingir que ela não havia morrido de verdade, que isso era invenção para mantê-la a salvo de Artur. E que ela um dia chegaria montada num cavalo branco para me ver, mas nunca a culpei ou senti outra coisa que não piedade por tudo que aconteceu a ela.

Houve um momento de silêncio e então Garwen disse tranquilamente:

– Ela rezava todos os dias para engravidar quando a conheci. Tinha um grande desgosto por nunca ter dado um herdeiro a Artur. – O olhar de Garwen se distanciou e o rosto se suavizou quando ela recordou metade de uma vida. – De qualquer modo, ela sempre foi boa comigo, apesar de eu ter dado a Artur o filho que ela não pôde dar. Sua mãe nunca me desrespeitou, nunca me fez sentir que me menosprezava ou se ressentia pelo que eu era. E ela amava meu filho Amhar. Ainda me lembro dos dois brincando juntos com um jogo de cavalos de madeira que um dos soldados de Artur tinha esculpido. Guinevere era linda. Tinha um sorriso adorável e um cabelo muito bonito, que parecia tecido de ouro.

Garwen se calou um instante, o olhar ainda distante, depois piscou e se virou para Isolda:

– Você sabe se Modred chegou a amar sua mãe de verdade? Ou se se casou com ela apenas para subir ao trono?

Lentamente, Isolda sacudiu a cabeça e respondeu:

– Eu também já me perguntei isso, mas não tenho a menor ideia. Meu pai nunca falou dela, ao que me lembre. Suponho que isso possa significar que a amava muito, ou que simplesmente não a amava.

Garwen exalou um arfar e pegou de novo a roca e as linhas.

– Bem, sempre tive a esperança de que ele a amasse, e ainda tenho.

A luz da lareira reluziu nos colares de ouro, nos sólidos broches e nas joias que ela usava. Por um instante, ela e todos os seus ornamentos não pareceram absurdos, mas régios, como a rainha de uma daquelas mesmas narrativas impossíveis, e ela disse:

— Todo mundo merece conhecer esse tipo de amor pelo menos uma vez na vida.

Isolda reprimiu lágrimas inesperadas que lhe surgiram. Não sabia direito por quem eram as lágrimas. Se por Garwen, Guinevere, Márcia, Morgana... Teria nojo se estivesse chorando por si mesma como uma criança. Como se chorar tornasse mais fácil trilhar um caminho ou facilitasse carregar um ônus.

Ela sentiu que voltou a olhar atentamente para o rosto de Márcia, imóvel e pálido como os lençóis de linho nos quais jazia, já pairando entre este mundo e o outro. E pensou em Bedwyr, que morreu encharcado de sangue num leito de terra e folhas secas.

— Talvez todo mundo mereça mesmo essa graça — ela disse calmamente. — Mas acho muito raro que uma pessoa realmente encontre esse tipo de amor. E acho também que é mais raro ainda conseguir conservá-lo.

Casualmente, ele conseguiu ultrapassar a muralha externa sem ser visto por nenhuma sentinela localizada em intervalos ao longo do estreito caminho. Presumiu que era bom saber que não havia perdido a destreza, mesmo a inadequada, nesse caso. Não era possível que ele se movimentasse por ali pelo resto da noite, esperando o acaso de se deparar com Isolda. Então era melhor resolver logo o assunto.

Ele precisou praticamente golpear a cabeça das três sentinelas postas no portão principal para chamar-lhes a atenção, depois passar o que pareceu uma pequena eternidade respondendo às perguntas dos homens e ao seu interrogatório sobre a história que inventou. Finalmente, um dos soldados — um sujeito troncudo, de bigode e barba negros — foi buscar ajuda, deixando os dois colegas no local.

Os dois homens eram mais jovens do que o que se afastou. À luz das tochas acima, tinham um semblante rosado e asseado, com barbas ralas e malfeitas, e mantinham as lanças apontadas para o peito de Tristão. Como um homem nervoso era mais perigoso do que um homem zangado, Tristão se manteve praticamente imóvel. Mas abruptamente um dos homens olhou de relance para o cinto da espada de Tristão e deu uma investida para a frente, fazendo com que a ponta da sua lança espetasse o coração de Tristão.

— Não tente sacar sua espada.

Tristão sentiu um filete de sangue começar a escorrer-lhe da camisa e arfou, exasperado:

— Ora, pelas chagas de Cristo! Eu tive tempo bastante para matar vocês dois e dançar nas suas sepulturas antes que vocês notassem que eu me aproximava da muralha. Mesmo agora eu provavelmente poderia abrir um buraco na garganta de um de vocês antes que o outro me golpeasse as costas. Então por que querem arriscar a sorte em vez de aceitar minha palavra e afastar as lanças?

Isolda saiu do estreito vão da escada e subiu no parapeito. Estava tão cansada que adormeceu quase no momento em que se deitou, mas acordou algumas vezes durante a vigília noturna e ficou olhando fixo para o quarto escurecido, sem conseguir voltar a dormir. Por isso se vestiu à luz das brasas reluzentes da lareira, pôs o manto de viagem e saiu.

A chuva havia parado, e o céu noturno estava agora negro e profundamente insondável, coalhado de estrelas. As formas das montanhas próximas tinham aspecto curvado e escarpado, vastas e avultantes, como se fossem os dorsos de dragões adormecidos, como nos contos antigos.

Isolda caminhou até o parapeito e olhou para fora, deixando que a brisa noturna lhe acariciasse o cabelo solto. Ela havia dito a Madoc que não sentira o espírito de Bedwyr ter sobrevivido à morte nem penetrado no Outro Mundo, e isso era verdade. De qualquer maneira, de pé sozinha no topo escuro da fortaleza na montanha, ela podia imaginar ter ouvido a voz daqueles que já não estavam neste mundo e se encontravam agora a oeste das *Sunset Isles*[19], ou fosse lá onde ficasse a terra dos mortos.

A voz não era de Merlin, nem do encantador dos contos do harpista cujos olhos viam o futuro e cujos feitiços podiam encurralar o vento em nós de cordas. Nem mesmo o sacerdote druida de cabelos brancos ela havia conhecido. Para ela, pelo menos, Dinas Emrys falava numa voz que continha a cadência harmoniosa e ondulante de um regato, borbulhando das profundezas da terra, e falava de histórias contadas não por trovadores, mas por mulheres que fiavam lã ou cantavam para os filhos dormir.

Nessa noite Dinas Emrys parecia, mais do que nunca, um lugar dos Antigos, pessoas que há muito tempo haviam construído baluartes nessas montanhas, que já haviam desmoronado. Pessoas que haviam carregado lanças de bronze contra as armas de ferro frio[20] dos invasores que erigiam construções de pedra e que há muito tempo foram expulsos e hoje são pouco mais do que uma lembrança nas montanhas ocas.

A voz nos ouvidos dela estava cheia dessas lembranças, um conto de perda e sofrimento há muito desaparecido na neblina serpeante do tempo. "Embora essa voz possa, obviamente" – pensou ela –, "estar dentro de mim, e eu esteja apenas imaginando seu eco nos lados das montanhas".

Isolda debruçou-se no parapeito de pedra e recordou Cynlas, de pé ao lado do corpo do filho, exigindo de Madoc – e, pensou ela, de quem estivesse presente na capela – que houvesse um objetivo na morte do filho. Depois ela virou o rosto para cima em direção ao céu da noite e pensou, um por

---

19 Ilhas do Pôr do Sol. (N.T.)
20 Termo arcaico para significar apenas "frio". Modernamente a expressão é associada a crenças antigas de que o ferro era capaz de afastar fantasmas, bruxas e outras criaturas sobrenaturais malignas. (N.T.)

um, em todos que presenciara serem arrancados da vida nos últimos anos.

Morgana, com o cabelo escuro que ficou branco e com o rosto praticamente irreconhecível, inchado com as purulentas chagas da Peste Negra; Merlin, caído numa poça do próprio sangue, a garganta transpassada pela sentinela de Mark; e Con, descansando no caixão de carvalho, com moedas de ouro lhe sobrecarregando os olhos.

Isolda apertou os olhos para fechá-los. O que foi mesmo que Madoc dissera? *Já vi olhos como os seus olhando para mim...*

Ela pensou em Con aos doze anos, logo depois que se casaram: um menino alto de ombros largos, um topete de cabelo castanho como o de um bebê, olhos claros, corajoso e desesperadamente temeroso de demonstrar não estar à altura de seu lugar como herdeiro de Artur. Ela o visualizou novamente, o rosto pálido contra os travesseiros, rindo de Merlin ao refazer os pontos do ferimento que carregava desde sua primeira batalha. Um ferimento que poderia facilmente tê-lo matado se tivesse infeccionado. Ou se lhe tivesse atingido um centímetro mais perto do coração.

De algum lugar bem distante lá embaixo, Isolda captou o murmúrio de vozes de homens, que lhe chegou pelo ar nítido e silencioso da noite. Algumas das sentinelas, talvez, rompendo o tédio de sua vigília com uma canção ébria ou um jogo de dados. Isolda escutou um momento e depois se virou, abaixando-se de maneira que suas costas se apoiaram no parapeito de pedra, levantando os pés e abraçando os joelhos.

Ela estava com treze anos quando desposou Con. Logo depois que a Bretanha tinha sido derrotada nos campos de batalha de Camlann. Quando o Rei Artur morreu pelas mãos de Modred, um pai assassinado pelo próprio filho traidor.

Modred amava Guinevere de verdade? – perguntara Garwen. Ela não sabia, e provavelmente agora nunca saberia. E não tinha certeza se devia, por sua mãe, desejar que ele a tivesse amado ou não. Contudo, ela sabia que Con a havia amado, à sua maneira, embora tivesse uma criada roliça e bonitinha à sua disposição na cama, chovesse ou fizesse sol.

Entretanto, nunca se permitira pensar em amar Con. Quando os dois se casaram, ela já havia sofrido tantas vezes que erguera uma muralha secreta mental para expulsar as lembranças e a dor. Mas depois, mesmo assim, depois que ele morreu e foi enterrado, a dor involuntária dentro do seu peito lhe indicou que ela o amara, afinal de contas. Como companheiro e amigo, e talvez como um irmão mais novo também, mais do que como marido. De qualquer forma, ela o havia amado.

Isolda abriu os olhos, sentindo o peito começar a se contrair com o mesmo pânico que sentiu com Madoc no banco de pedra abaixo. A ideia de se casar com o Rei Goram fez sua pele se arrepiar e lhe trouxe ânsias de vômito já conhecidas. De certa forma, a ideia de casar-se com Madoc era pior. Porque ela não sentia amor por Con quando eles se casaram, mas isso não lhe serviu de proteção quando ele morreu. E Madoc era um homem bom, e Con também havia sido.

"Com o tempo" – ela pensou – "é possível que eu venha a amar Madoc também".

Então ela inclinou a cabeça quando outra lembrança a atingiu e pairou no ar imóvel da noite como o eco silencioso depois de um trovão. *É um sofrimento que nunca termina,* dissera Garwen sobre a morte de um filho. E mesmo agora Isolda enxergava, com dolorosa nitidez, o minúsculo rosto de cera e mãozinhas que pareciam flores de sua filhinha natimorta. Ainda conseguia sentir debaixo das pontas dos dedos a penugem serpeante de cabelo no crânio frágil e redondo.

E ainda podia sentir um eco do sofrimento que a destroçara, tão forte quanto as próprias dores do parto que pareceram dilacerar seu corpo em dois. Mais um estremecimento a sacudiu da cabeça aos pés. Naquele exato momento, ela compreendeu o pânico do lobo que rói a própria perna para escapar das armadilhas de caçadores.

Claro que havia as plantas medicinais. As mesmas que ela havia usado com Mark há cinco meses, mas as ervas não funcionavam sempre. Isolda pensou que Márcia provavelmente conhecia as ervas.

Isolda apoiou a testa nos joelhos levantados e tentou deter o tremor interno. Ela sempre poderia entrar para um convento, como fizera sua mãe, Guinevere. Juraria dedicar-se a Cristo como razão para rejeitar Madoc e Goram.

Cerrou os olhos com força. Nunca poderia ter culpado Guinevere por haver feito a escolha que fez, por fugir do mundo deixando sua filha bebê para trás. Mas, de qualquer modo, fugir para o santuário do convento agora era tão obviamente uma opção covarde que só de pensar nisso ela se menosprezava.

Ela pensou então que poderia entrar para um convento e ficar a salvo atrás das sólidas paredes de pedra. E Cammelerd seria dividida entre os conselheiros do rei. Homens que poderiam governar bem e exercer justiça, ou comprovar ser da mesma laia de Goram e Mark.

Uma imagem do assentamento incendiado e saqueado surgiu na mente de Isolda, e ela levantou a cabeça, contemplando sem conseguir ver o céu da noite. "Eu poderia entrar para um convento, e aí outra pessoa explicaria às pessoas de Cammelerd que suas casas tinham sido incendiadas, suas crianças feitas escravas e seus vilarejos saqueados porque Isolda, a *Lady* de Cammelerd, não queria mais ter filhos. Nem voltar a amar – nunca."

Isolda não sabia por quanto tempo permanecera sentada lá quando um passo perto dela a assustou e fez seu coração pular, ao forçar os olhos para examinar as sombras. Ela ficou rápida e desajeitadamente de pé, depois se tranquilizou ao reconhecer o trovador Taliesin, irmão de Dywel de Logres, que havia tocado no banquete em Ynys Mon. Por baixo de um manto escuro, Taliesin ainda usava a túnica e os calções até os joelhos de lã fina cor de creme, e o tecido brilhava ao luar com um tom perolado. Ele mancava, a perna esquerda se arrastando ligeiramente para trás, e, quando se aproximou, Isolda verificou que seu pé esquerdo estava aleijado, espancado com um porrete, e virado para dentro, dentro de uma bota de fino couro escuro especialmente confeccionada.

Ele a viu e fez uma breve reverência antes de caminhar lentamente, mantendo a distância entre eles para postar-se ao lado de Isolda. Ficou calado um momento, olhando por cima do parapeito como Isolda havia feito; depois se virou e disse:

— *Lady* Isolda, acredito que não nos tenhamos sido formalmente apresentados. Sou Taliesin, irmão e trovador do Rei Dywel de Logres.

Isolda permitiu que ele se inclinasse novamente sobre sua mão, tentando voltar a se acalmar e controlar, e disse:

— Apreciei muito quando o senhor tocou em Ynys Mon. O senhor tem um talento raro para a música.

— Um talento raro. — Houve um tom zombeteiro na voz de Taliesin, e Isolda percebeu no rosto dele a mesma amargura latente que já havia observado. Ele apontou com uma das mãos macias e alvas para o pé esquerdo aleijado e disse: — Suponho que se possa dizer isso. Se não posso lutar ao lado do meu irmão, que é forte como um touro, posso pelo menos acompanhá-lo até a batalha e observar a matança e a dilaceração de homens em pedacinhos sangrentos, e depois ir para casa e transformar tudo que vi numa canção.

Isolda olhou de vislumbre para o pesado colar de ouro no pescoço de Taliesin e para a pequena joia em forma de harpa dourada que usava presa ao cinto. Não disse nada, mas o bardo rapidamente lhe notou o olhar, e deu uma risadinha levemente áspera:

— É, a senhora tem toda a razão. Pagam muito bem. Os guerreiros do meu irmão se encarregam de me pagar muito dinheiro e de se manter nas minhas boas graças, se quiserem aparecer de modo favorável nas canções que componho. A forma pela qual um homem é lembrado nesta vida é quase tão importante quanto o que ele realmente faz.

Taliesin virou o rosto para o céu noturno; a lua perpassava fios prateados na sua barba elegantemente untuosa.

— E então, *Lady* Isolda, que preocupações a trazem para a vigília tão escura da noite e a sentar-se sob as estrelas?

Isolda voltou a ouvir fragmentos de vozes masculinas abaixo, vindo — ela pensou — da direção do portão leste da fortaleza.

— Nenhuma preocupação — ela respondeu afinal. — Vim permanecer sentada calmamente por um tempo, só isso.

— E ficar sozinha, sem dúvida.

O leve tom zombeteiro era perceptível na voz de Taliesin de novo, mas seus olhos fixaram o rosto de Isolda com um olhar sério e pensativo que desmentia o desdém. Ele ficou em silêncio por algum tempo, observando-a, e Isolda estremeceu, sentindo como se o olhar frio e taciturno do homem a estivesse interpretando, avaliando e julgando de acordo com uma balança estritamente particular de Taliesin.

Então o trovador pegou a pequena harpa dourada no cinto e disse:

— Como interrompi o seu sossego, eu lhe devo um presente. Uma canção. Para compensar minha presença aqui.

Ele tirou abruptamente o manto e se ajoelhou, apoiou o instrumento no joelho, levantou mais uma vez a cabeça em direção ao céu e começou a tocar. As notas eram suaves e nitidamente claras no silêncio da noite, como gotas de chuvas de cristal. Em seguida o homem abriu a boca e começou a cantar; a voz não era áspera nem debochada, e sim suave, harmoniosa e muito verdadeira; a canção quase fazia parte do luar que os cercava.

— Numa época de antanho, que desapareceu para sempre e logo voltará, o amante de uma jovem lhe foi roubado pelos duendes para pagar o dízimo de sete anos aos deuses da terra.

Isolda debruçou-se na balaustrada de pedra e deixou que as palavras a purificassem. A história era antiga, e ela a conhecia: falava de uma rapariga expulsa pelo pai e de quem todos debochavam e escarneciam, porque ela carregava no ventre o filho do seu amante, mas seu amante havia desaparecido e ninguém conseguia encontrá-lo.

Mas o amor da moça pelo homem era forte e verdadeiro. Ela não acreditava que ele fosse inconstante, e, embora fosse outono e o inverno gelado se aproximasse, ela partiu para procurá-lo em montanhas e vales, florestas e campos. E, sempre que ela duvidava ou se cansava tanto que achava não conseguiria prosseguir, sentia o minúsculo palpitar de vida do bebê dentro dela. E ia adiante.

Afinal, então, ela avistou seu amor. Ele estava lamentavelmente mudado; não era mais o homem que ela havia conhecido. Seu rosto estava pálido e magro, as roupas em andrajos e o cabelo, emaranhado e comprido. Mesmo assim a moça o reconheceu imediatamente, apesar das mudanças de aparência. E atirou os braços em redor dele, alegre por tê-lo encontrado vivo.

Mas seus braços escorregaram como se estivessem abraçando o ar. E seu amor recuou e lhe contou o que lhe acontecera: fora feito prisioneiro pelos duendes, como um sacrifício mortal para que eles pagassem o dízimo aos seus deuses em Samhain[21].

E adorável é o Mundo das Fadas,
Mas é um conto lúgubre de contar,
Porque, depois de um período de sete anos,
Ao pagar o dízimo o inferno vamos encontrar.

---

21 Festival em que se comemorava a passagem do ano dos celtas e o início do inverno. (N.T.)

E a moça chorou ao ouvir a narrativa do seu amor, mas enxugou as lágrimas e disse que o salvaria, se isso fosse possível. E o homem suspirou e disse haver uma possibilidade, apenas uma, mas que não lhe podia pedir isso, pois era uma provação muito dura. Ela, porém, implorou a ele que lhe contasse o que era, com as manchas das lágrimas ainda nas maçãs do rosto e as mãos cerradas em torno do feto no seu ventre. E finalmente seu amor lhe disse o que ela precisaria fazer.

E assim, na noite do Samhain, quando o véu entre o Além e este mundo se levanta, a moça observou a fada anfitriã passar por ela a cavalo na estrada. Ela deixou passar um cavalo tão negro quanto a noite, e outro tão castanho quanto a terra. Depois passou um homem montado num cavalo tão branco quanto a neve, e ela o reconheceu como sendo seu amor e pegou-lhe a mão para fazê-lo descer do cavalo.

Ao redor dela, os Seres Mitológicos gritaram furiosos, mas a moça se agarrou ao seu amor, abraçou-o, e não o soltou. Então, a forma do homem que ela segurava começou a se movimentar e mudar. A pele se tornou escamosa e pegajosa, o corpo se contorceu, e ela se viu segurando nos braços uma enorme cobra sibilante e agitada, cuja boca escancarada mostrava as presas.

O coração da moça disparou de terror, porém ela repetiu para si própria o que seu amor lhe havia dito, pois ele conhecia a magia dos Seres Mágicos e o que eles fariam:

Eles vão me transformar nos seus braços, moça,
Num tritão ou numa víbora,
Mas segure-me com força, e não tenha medo de mim,
Pois sou o pai do seu bebê.

E ela segurou a cobra com força. E mais uma vez sentiu a forma nos seus braços começar a mudar até que ela viu estar segurando um urso grande que rosnava. O animal a atacou com as patas e bramiu com raiva, e ela sentiu o cheiro de sangue de uma presa na boca e do pelo da besta. Contudo, mais uma vez ela segurou com força, e o corpo do urso começou a se mexer e a mudar de aspecto.

Então a rapariga segurou nos braços uma vareta de ferro incandescente que lhe queimou os braços e mãos até ela quase gritar de dor. Ela, porém, continuava a manter no coração a lembrança do rosto do seu amor, o sentimento do verdadeiro "eu" do homem ainda seguro nos braços dela. E não cedeu.

Os Seres Mágicos soltaram mais um uivo de cólera tão violento que um arrepio de medo percorreu a espinha da moça, e ela pôde sentir a vareta de ferro incandescente nos seus braços se movimentando e mudando mais uma vez. E então ela viu estar segurando o seu amor, e os Seres Mágicos desapareceram, ninguém sabia para onde. Porque ela havia libertado o homem que amava.

Taliesin parou de tocar e, por um momento, tudo ficou completamente imóvel; nem mesmo uma brisa agitou o ar noturno. "*Às vezes*" – Isolda dissera a Madoc – "*sinto como se tudo parasse e se apoiasse numa balança, então talvez isso seja um deus, ou alguém mais além do véu para o Outro Mundo, pensando em mim?*".

– Obrigada – ela disse. – Isso foi...

Um grito vindo lá de baixo a interrompeu. Era um grito de alarme originário de algum lugar ao longo da paliçada externa da fronteira. Quando voltou a olhar para Taliesin, viu que ele a observava de novo como se a estivesse avaliando, e a fez sentir como se o olhar atento dele a elevasse e depois a colocasse de volta num lugar diferente de onde já estivera.

Isolda pensou de repente em Merlin. Merlin, que nunca na vida havia usado anéis de ouro como Taliesin e cujo corpo magro sempre fora de ombros ossudos, mas que cantava como Taliesin e também andava arrastando a perna e mancava.

O momento se estendeu entre eles. Quando finalmente Taliesin falou, sua voz, como a própria montanha, mantinha a cadência ritmada de um riacho fluindo de sob as profundezas.

– Sim – disse ele. – A senhora deve ir.

A labareda das tochas no grande pátio era estonteante, depois da escuridão em cima dos baluartes. Isolda saiu do vão da escada, piscando para um grupo de sentinelas de Madoc reunido perto do portão principal. Ela chegou ao pátio quase na mesma hora que Kian, que saiu das sombras da passagem que levava ao alojamento onde os homens comiam e dormiam.

– Você sabe o que aconteceu? – Isolda lhe perguntou.

O único olho de Kian estava injetado de sangue, o cabelo despenteado e a roupa e a espada pareciam ter sido apanhadas com pressa e postas no lugar sem o menor cuidado. Ele sacudiu a cabeça e respondeu:

– Não tenho ideia. Ouvi alguém tocar a corneta de alarme, isso é tudo que eu...

O resto das palavras, porém, não foi sequer ouvido por Isolda. Seus olhos se haviam adaptado à luz e ela viu, entre o grupo de sentinelas de Madoc, outro homem. Um homem vestido com uma camisa simples de pano, calções até os joelhos e um manto de viagem verde-mato, em vez do manto azul e dourado dos soldados de Madoc.

Era alto e encorpado, o rosto magro e duro, e a boca, fina e flexível. Os olhos eram impressionantemente azuis, debaixo de sobrancelhas castanho-douradas enviesadas. E parecia mais impaciente do que zangado ou temeroso, apesar das lanças das sentinelas de Madoc apontadas para seu peito. Havia uma ruga de aborrecimento entre suas sobrancelhas, como se estivesse controlando rigidamente o mau humor, e Isolda achou que parecia muito tenso, como se se houvesse proposto cumprir uma tarefa e agora culpasse os homens ao seu redor pelo atraso.

Durante vários batimentos cardíacos, Isolda permaneceu olhando fixo para ele, incapaz de se mover. Ao seu lado, ouviu Kian engolir em seco e dizer, com a voz debilitada pelo choque:

– Pelo sangue de Jesus!

Ao mesmo tempo em que Kian falou, os próprios lábios de Isolda pronunciaram um nome inconscientemente:

– Tristão!

Capítulo 6

– Quem é esse homem?

Isolda virou-se e viu que Cynlas de Rhos se posicionara ao seu lado e lhe fizera a pergunta, com voz aflita e rouca. Ela sentiu como se um paredão de água lhe houvesse desmoronado em cima, temporariamente lhe bloqueando a audição e a visão. Com esforço, Isolda manteve a voz uniforme e despreocupada:

– Um mensageiro de minhas terras, Milorde Cynlas. Como ele e eu dissemos ainda há pouco. E teve sorte de passar pelas patrulhas de Mark e Octa nas áreas delimitadas. Há meses não recebo notícias sobre como vão indo as coisas em Cammelerd.

Ela escutou Tristão contar sua história, sua voz soando distante e longe. Da mesma forma distante, ela ouviu a própria voz dando as respostas apropriadas, confirmando a história de Tristão em resposta às perguntas de Madoc.

Madoc ouviu, fez uma ou duas perguntas, às quais Tristão respondeu sem esforço, embora Isolda tenha tido a impressão de que ele estava controlando ao máximo a tensão para manter a aparência de tranquilidade.

Cynlas ignorou a resposta de Isolda e sacudiu, impaciente, a cabeça:

– Não foi isso que eu quis dizer. De onde ele vem? Há quanto tempo está a seu serviço?

Isolda sentiu um leve tranco premonitório de advertência e olhou em volta, procurando por Kian. Ele, porém, desaparecera, quase no momento em que avistou o rosto de Tristão, e não voltara durante o breve relato de Tristão a Madoc e o resto sobre quem ele era e por que estava em Dinas Emrys. E agora

Kian continuava sem ser visto entre os homens agrupados acerca do pátio.

Isolda devolveu o olhar de Cynlas e perguntou:

– Por que o senhor quer saber?

A garganta de Cynlas se agitou antes de ele levantar os olhos, piscando, como um homem que acorda de um tétrico pesadelo:

– Eu... – sua voz continuava rouca, e ele passou a língua pelos lábios antes de recomeçar. – Eu falei na capela, *Lady* Isolda, do desgraçado que nos traiu e me custou a vida do meu filho mais velho. Eu disse que um dia o reencontraria, e foi isso que aconteceu: esse aí é o culpado.

Isolda havia esperado que Cynlas dissesse algo sobre Mark, ou a época em que passaram em Tintagel há cinco meses. Por um instante, ela só conseguiu olhar fixo para ele, registrando remotamente que esse choque era demais para sua mente absorver no que parecia ser um dia que não acabava.

Então, antes que ela dissesse alguma coisa, Dywel de Logres interrompeu. Ainda usava a roupa de montaria manchada de lama, e, embora seus olhos estivessem contraídos de exaustão, o cabelo cacheado estava penteado, e o manto, ereto.

– Não – disse Dywel. – Eu conheço esse homem, já o vi antes, em Tintagel, logo após a traição de Mark. Ele é um mensageiro a serviço de *Lady* Isolda, que foi capturado e torturado pelos homens de Mark.

Dywel relanceou o olhar para Madoc e disse:

– O senhor deve se lembrar, porque também o viu. Não concorda?

Madoc estava dando ordens ao comandante de seus soldados, mas, ao ouvir isso, olhou de relance e franziu o cenho:

– O senhor me ouviu cumprimentá-lo, não ouviu? Eu não o deixaria entrar se não o conhecesse.

Cynlas olhou para Dywel, para Madoc e para Isolda, e depois para a porta do alojamento dos hóspedes por onde Tristão e seu acompanhante acabavam de desaparecer.

— Eu poderia jurar que era ele — disse Cynlas, mas não pareceu mais tão certo; as sobrancelhas se uniram num franzir desconcertado. — Eu poderia jurar...

Ele se interrompeu, Dywel sacudiu a cabeça e deu um tapinha nas costas de Cynlas:

— O senhor ficou obcecado com o homem desde que nos falou sobre ele antes, mas isso é tudo. Vamos. Deve ter sobrado um copo de cerveja no salão da lareira.

Cynlas passou a mão trêmula pelos olhos e disse:

— Talvez eu esteja enganado. Este foi um dia... — Suas palavras se interromperam de novo, e os ombros largos se curvaram, como se derrotados. — Talvez eu esteja enganado.

Ao observar a fúria justificada de Cynlas desmoronar, Isolda sentiu um momento de piedade dele, mesmo em meio a tudo. Ela pensou então que ele devia estar agradecido por pensar que havia encontrado uma pessoa com quem lutar ao invés de prantear.

Entretanto, antes que ele conseguisse perguntar mais alguma coisa, Isolda disse:

— Peço a todos os senhores que me deem licença. Já é tarde, e meu mensageiro deve estar à espera. Desejo a todos uma boa noite.

A fogueira na oficina de Isolda estava apagada; o ar com cheiro de ervas medicinais estava frio e úmido quando ela entrou. A labareda da luz das tochas na passagem externa era suficiente para Isolda encontrar a acendalha[22] junto ao braseiro e acender uma pequena chama, e depois iluminar também a única lanterna a óleo do aposento. Ela voltou a pendurar a lanterna no gancho na parede, e livrou-se do seu manto de viagem e só então se virou para onde Tristão estava sentado no banco da extremidade, encostando-se na parede como Kian fizera dias atrás.

---

22 Tudo que queima e transmite fogo facilmente, como gravetos, cavacas etc. (N.T.)

Ele se mexeu levemente sob o olhar atento dela, depois se endireitou surpreso quando o movimento derrubou algo do banco no chão com um barulho metálico. Ele se inclinou para apanhar o objeto.

— O que...

O choque de vê-lo estava começando a se dissipar. Ainda assim, contudo, Isolda olhou para o objeto que ele segurava de maneira inexpressiva antes de reconhecer o anel de ferro com inscrição latina de Garwen e lembrou-se de tê-lo tirado do dedo quando passou unguento nos ferimentos de Kian e o esqueceu ali.

— O objetivo do anel é encurralar demônios — Isolda se ouviu dizer.

Tristão desviou o olhar do anel para ela, e ergueu uma sobrancelha.

— Então você... o quê? Espera que seu demônio fale latim?

Isolda sorriu levemente nos cantos da boca e disse:

— Acho que sim. — Então ficou séria e acrescentou: — Foi Garwen que me deu. Ela era mãe de Amhar. Você se lembra dele?

O rosto de Tristão ficou imóvel um instante, e então ele assentiu com a cabeça e respondeu:

— Lembro sim. Sabia lidar bem com arco e flecha. E também era hábil com uma espada.

A voz dele não se havia alterado, mas Isolda se perguntou se ele havia lutado na batalha em que Amhar morreu. Talvez houvesse. Tristão teria na época — Isolda se esforçou para lembrar — quatorze anos, quando Amhar morreu pelas mãos do próprio pai, Artur. Tinha idade suficiente para lutar com o resto do exército do pai, dela por quase um ano. Com a mesma clareza surpreendente ela podia ver-se aos onze ou doze anos, esforçando-se ao máximo para não chorar toda vez que ele ia embora a cavalo. E então rindo e suplicando-lhe para levá-la para pescar ou caçar com ele quando ele voltava.

Isolda perguntou-se por um instante se era a presença de Tristão que tornava a lembrança especialmente nítida; a saudade de tudo durante os anos antes da batalha de Camlann era inesperadamente forte. Porque Tristão era provavelmente a única pessoa que ela conhecia que ainda se lembraria daquela época. Quase todos os demais estavam mortos, na batalha de Camlann ou no ano da praga que se seguiu a Camlann.

– Eu... – Isolda começou a dizer, mas se deteve ao olhar para o rosto de Tristão. Ele estava mais magro do que há cinco meses; com o rosto mais fino, e os ângulos das têmporas e do maxilar mais bem definidos. Sua pele bronzeada tornava os olhos ainda mais azuis, e o cabelo castanho-dourado estava mais comprido, preso para trás com uma tira de couro. Ela ainda podia ver os vestígios, nos traços dele, do menino com quem havia crescido, e sentiu um tremor esquisito e instável ao se dar conta de que Tristão era agora, ao mesmo tempo, um estranho e tão familiar quanto os lampejos brilhantes e crestados que continuavam a pegá-la desprevenida.

E o que ela estivera a ponto de dizer? *Senti sua falta?* "Isso", pensou Isolda, enojada, "é uma coisa que eu poderia ter dito a ele aos onze ou doze anos, quando ainda acreditava de todo o coração num juramento de amizade feito com sangue, mas não agora".

Ela havia mudado nos últimos sete anos, claro que havia. Assim como Tristão. E ela agora sentia... surpresa ao rever Tristão. E alívio também. Porque, por tudo que ela havia sabido de outra maneira, ele poderia estar morto com o rosto enfiado na lama ou sangrando num distante campo de batalha, com olhos sem ver dirigidos ao céu. Porém, ela sentia outra coisa além do alívio e do choque. Alguma coisa que fluía com um entusiasmo sibilante por suas veias mas que ela não conseguia definir.

O silêncio entre eles se estendeu, e Isolda foi a primeira a quebrá-lo, servindo cerveja num copo, como fizera com Kian dias antes.

— Tome aqui. Beba. Parece que você não come nem dorme há dias.

Tristão olhou para o copo de cerveja que ela lhe entregou, deu de ombros e bebeu tudo de um só gole.

— Pode ser que eu também me sinta desse jeito, mas não foi tão mal assim.

Os olhos de Isolda pousaram na atadura amarrada na sua mão direita.

— Você está mesmo machucado ou foi só uma desculpa para falar comigo sozinho?

Tristão também olhou para a mão com atadura e disse:

— Quê? Ah, isto? — Ele sacudiu a cabeça. — Não, não é nada. Umas duas articulações saíram do lugar, mas eu mesmo dei jeito nelas. Está tudo bem agora. — Ele se serviu de mais um copo de cerveja da jarra e depois perguntou, como se tivesse lido o pensamento dela: — Kian está aqui?

— Ele... — Isolda começou a falar, mas se deteve. Lembrou-se da mão de Kian tocando, como se por reflexo, o tapa-olho logo que reconheceu Tristão do lado de fora. E então Kian havia desaparecido silenciosamente antes de Tristão poder reconhecê-lo na multidão, como se abominasse ver o rapaz. "E isso" — pensou Isolda — "é bem provável. Qualquer homem mutilado em batalha detesta quando sua lesão é notada pela primeira vez, e eu devo isso a Kian: não posso falar da captura dele às suas costas".

— Ele está a salvo — ela disse. — Atualmente é um dos mais valorizados soldados de Madoc.

A cabeça de Tristão se inclinou brevemente, aceitando o que ela disse, e houve mais um momento de silêncio. Depois ela perguntou:

— Por que você veio então?

Tristão exalou um arfar, pôs o copo de cerveja no banco e disse, a voz uniformemente controlada:

— Porque Hereric está ferido. Ou morto. Não sei.

Isolda recordou o rosto largo saxônico de Hereric e seu sorriso lento, as mãos grandes e suaves que falavam por ele, pois sua língua não conseguia. Tristão julgava que fosse um escravo fugido, embora ninguém pudesse garantir. Hereric, ingênuo como uma criança, nunca falava – nem com gestos – do seu passado.

Ela perguntou:

– Ferido como?

Tristão encostou um ombro na parede, ergueu o copo e bebeu mais uma vez.

– Nós fomos atacados, há cinco dias. Por um grupo de guerra, não sei quem eram. Não tinham estandarte, mas suas armas eram de qualidade. Eram lutadores profissionais, não apenas bandidos por acaso.

Tristão não era – nunca fora – fácil de interpretar. Mas, crescendo com ele, Isolda conhecia seu rosto tão bem quanto o dela, aprendera a reconhecer o que significava quando ele se sentava imóvel e largado como estava, e falava em tom controlado como agora. Ela pensou então: "Há sete anos eu diria que ele estava colérico com os homens que haviam feito aquilo ou consigo mesmo, por não os haver detido".

Ou porque ele estava ali, prestes a pedir ajuda a ela? Isolda sentiu a sensação sibilante e não identificável percorrer-lhe as veias de novo ao pensar: "Ele deve estar odiando isso".

Isolda perguntou em voz alta:

– E Hereric foi ferido?

Tristão cansado, esfregou uma das mãos, no rosto e assentiu com a cabeça:

– Foi atingido com violência no braço, que foi fraturado. Precisei deixá-lo no barco. Ele está muito fraco para se mexer.

– Lamento. – disse Isolda. E era verdade. Doía-lhe pensar que Hereric estivesse amedrontado e sofrendo. – Ele ficou sozinho?

Tristão sacudiu a cabeça e disse:

— Não, paguei a uma velha pescadora para ficar com ele e garantir que tivesse o que comer e beber. Só os deuses sabem se ela vai pegar o dinheiro e sumir, mas, como a mulher parecia burra, talvez também seja honesta. Essas duas características costumam andar de mãos dadas.

— E aí você veio para cá... para me procurar?

Não foi bem uma pergunta, mas de novo Tristão sacudiu negativamente a cabeça:

— Não estou compreendendo — disse Isolda. — Deve haver outras pessoas que curam por aí.

Tristão mexeu um ombro impacientemente:

— É claro que sim: os cirurgiões que servem de líderes das guerras e pequenos governantes destas regiões. E você pode imaginar a cara deles se eu lhes pedisse para fazer o favor de consertar o braço quebrado de um escravo saxão fugitivo? Isso supondo que eu conseguisse me aproximar de um deles para fazer esse pedido. Homens como nós não são bem-vindos em todos os lugares do país.

— Suponho que não.

Pela primeira vez Isolda se perguntou como Tristão e Hereric haviam conseguido ancorar tão perto dali. O que seria capaz de trazer dois mercenários com suas espadas de aluguel a serviço de quem pagasse mais à costa de Gwynedd?

Os olhos azuis de Tristão estavam fixos nos dela, e ele disse, baixinho, o rosto completamente sério:

— Por favor, Isa, ajude Hereric.

As palavras soaram estranhas nos ouvidos de Isolda, até que ela se deu conta de que era porque ele a havia chamado pelo antigo nome de infância. Ela pensou que Tristão era provavelmente o único ser vivo que se lembraria de chamá-la assim naquela hora.

A moça disse então:

— Nem precisava pedir. É claro que vou ajudá-lo.

Ela então ficou subitamente inerte, e o choque a levou à imobilidade ao ter a ideia que a atingiu como um jato de água gelada no rosto: "Poderia ser possível. Poderia, se Tristão concordasse. Se ele concordar...".

Tristão continuava a olhá-la intensamente. Devagar, Isolda falou:

— Farei o que puder por Hereric. E se eu também lhe pedisse ajuda, você me ajudaria?

Tristão levantou as sobrancelhas e ficou um instante calado antes de responder:

— Esse é o preço por você cuidar de Hereric?

Seu tom de voz foi neutro, mas ainda assim Isolda sentiu o peito se encolerizar e enrijecer, e no mesmo instante percebeu que o sentimento indefinido tinha sido cólera, todo esse tempo. Nem tanto pelo que Tristão disse, mas porque Tristão, seu companheiro de infância, que lhe jurara amizade, era protetor e parceiro de brincadeiras e o irmão que ela não teve...

Porque ele fora embora havia cinco meses. Desapareceria sem nem se despedir, se ela não o tivesse obrigado a, pelo menos, fazer isso.

E pensou ainda: "O que não é inteiramente justo. Só porque crescemos juntos — fomos amigos aos treze e quatorze anos, há sete anos — não quer dizer que Tristão me deva alguma coisa". Mas a raiva não cedeu e ela perguntou:

— Você acha mesmo que eu faria isso? Uma barganha pela vida de Hereric? Você me conhece bem demais para pensar isso.

Tristão ficou em silêncio por longo momento, olhando-a fixamente, com uma expressão que ela não conseguiu interpretar no fundo dos olhos azuis, e então assentiu com a cabeça:

— É, quem sabe, conheço mesmo.

O aposento estava escuro, exceto pelo brilho da lanterna, aprofundando as sombras em redor da boca e dos olhos dele. Tristão se inclinou para a frente, apoiou os cotovelos nos joelhos e disse:

— Tudo bem. De que você precisa?

Isolda exalou um fôlego e respondeu:

— Você conhece Cerdic de Wessex[23]? Conseguiria atravessar em segurança as terras dele?

Tristão levantou as sobrancelhas mais uma vez:

— Acho que sim. É uma região instável, com muitas investidas de surpresa e lutas ao longo das fronteiras, mas, se for preciso, não tem problema.

— Lutas — disse Isolda. — Você se refere às hostilidades entre Cerdic e Octa de Kent?

— Entre Cerdic, Octa e quaisquer dos comandantes militares deles que cismem de roubar gado ou incendiar um vilarejo.

— Você mesmo já viu isso acontecer?

Tristão assentiu de leve com a cabeça:

— Do lado de qual deles você lutou?

Um canto da boca de Tristão voltou a curvar-se:

— Não fosse por Octa, eu não conseguiria atravessar em segurança as terras de Cerdic.

Não fosse por Octa. Até ouvi-lo dizer essas palavras, Isolda não se deu conta de que estava instintivamente tensa ao prever a resposta. Não que ela soubesse o suficiente sobre Cerdic de Wessex para julgá-lo preferível ao rei de Kent. Cerdic pode ter sido aliado de seu pai, mas Isolda não lhe havia sido apresentada nem sequer o tinha visto, segundo sua lembrança.

Modred, como a moça disse a Kian, nunca lhe havia prestado muita atenção ou consideração, sua única filha, embora ela achasse que ele a amava, de maneira distante e distraída. Mas durante toda a vida de Isolda, antes de Camlann, ele havia guerreado contra Artur. Modred estava sempre fora de casa, lutando, deixando Isolda e Morgana em uma ou outra guarnição militar. Ela mal o via, seu próprio pai, muito menos via os aliados dele naqueles anos.

---

23 Reino saxão do sudoeste da Inglaterra. (N.T.)

– Cerdic sabe que você... – Isolda se deteve, apanhada desprevenida pela dificuldade de pronunciar o nome de Mark. – que você é neto dele?

Ela pensou que Tristão se aborreceria com essa pergunta, e sua expressão se escureceu por um instante. Aparentemente, ou as más lembranças que o nome de Mark despertava estavam adormecidas, ou eram tão constantes que o rapaz agora já não se importava com elas.

– Contar a Cerdic que eu era filho de Mark, o traidor que lhe custou a derrota em Camlann? – Tristão ergueu o copo de cerveja até a boca e deu mais um gole. – Ele não teria confiado em mim nem com uma faca de cozinha, muito menos com uma espada, se soubesse disso. Além do mais, foi por Cewlin, um dos comandantes militares de Cerdic, que lutei, não pelo próprio Cerdic. Eu raramente via Cerdic, e nunca falei com ele. – Ele franziu o cenho. – Mas você já sabia disso, não?

Isolda assentiu com a cabeça e disse:

– Já, você me contou em Tintagel.

Ela ficou calada um instante, observando o rosto de Tristão, ensombreado pela luz bruxuleante da lanterna. Percebeu como seria fácil repetir sua antiga maneira de infância de conversar com ele, quase tão facilmente como se falasse consigo mesma. Mesmo assim, ainda era difícil combinar suas lembranças do Tristão com quem havia crescido ao homem com quem se reencontrara havia cinco meses. Um homem sem as articulações dos dedos da mão esquerda, e com a marca da escravidão no pescoço.

Tristão mudou de posição, esticou os pés com botas para o braseiro incandescente e a olhou rápida e diretamente de sob as sobrancelhas inclinadas.

– O que tem a ver eu ter lutado como mercenário para um comandante militar saxão com o que você deseja de mim agora?

Era muito tarde – ou muito cedo. Isolda percebeu que o jardim do lado de fora da janela começava a clarear com a chegada do amanhecer. Esfregou os olhos e disse:

– Primeiro vou lhe contar o que aconteceu nos últimos dias.

Tristão permaneceu sentado em silêncio, o copo de cerveja na mão sem atadura, enquanto Isolda lhe contava. Ela omitiu a história de Kian sobre a recompensa que Mark ofereceu pela captura de Tristão, porque ela própria tinha como norma não hesitar ao mencionar o nome de Mark, mas absolutamente não conseguia enfrentar a ideia de falar sobre ele com Mark nessa noite.

Ela lhe contou, porém, da reunião com o Rei Goram, da advertência de Márcia sobre traição e da emboscada matinal quando viajavam após saírem de Ynys Mon. Apesar dos esforços, sua voz fraquejou ligeiramente quando ela falou da morte de Bedwyr, e, ao levantar os olhos, viu que Tristão a observava.

– Lamento – ele disse. – Você não precisa que eu lhe diga, mas não podia ter feito mais nada por ele.

Isolda desviou o olhar e concordou:

– Eu sei.

– É...

Mas o controle que Isolda havia acumulado durante o dia que demorou a passar se rompeu abruptamente, e ela interrompeu Tristão:

– Se você vai me dizer que foi uma morte decente, não diga. Não existe isso. A morte é cruel. Brutal e sórdida e cruel. Sempre. Todas as vezes.

Ela percebeu que havia lágrimas nas maçãs do seu rosto, e as limpou furiosamente.

Tristão fez um rápido movimento, como se fosse tentar tocá-la. E Isolda sentiu uma contração de algo semelhante a pânico ao se dar conta de quanto queria que ele fizesse isso. Como se ela voltasse a ter dez anos, e ele a abraçava quando ela chorava, como se ela pudesse apoiar a cabeça no ombro dele e esquecer tudo que a perturbava – e entregasse tudo nas mãos dele.

Mas Tristão deteve o movimento e, em vez de tocar em Isolda, sacudiu a cabeça.

– Não, eu não ia dizer que foi uma morte decente. Sangrar até a morte é um modo desprezível e desagradável de ir embora deste mundo, e não acho que o filho de Cynlas a tenha apreciado mais do que qualquer outro homem que já vi morrer da mesma forma. Eu só ia dizer que é sempre um estratagema asqueroso do destino quando é preciso matar um homem para ser generoso.

Isolda aquiesceu com a cabeça. As palavras de Tristão não a consolaram, mesmo assim ela sentiu que um nó trincado no seu peito começou a se amainar e a soltar-se. Era por isso que ela sentia tanta falta de Tristão, com uma dor quase física: porque ele compreendia as coisas; sempre compreendera.

Mas isso era tudo. O fervor que lhe inundava as veias não precisava ter outro significado. Outro significado a não ser o de que era bom, para variar, saber que podia confiar em alguém, era bom não se sentir completamente sozinha.

Mas Tristão já havia desaparecido uma vez, e certamente isso aconteceria de novo, mais cedo ou mais tarde.

Então, de repente, Isolda recordou as palavras de Cynlas no pátio externo. Embora Tristão não tivesse dado qualquer sinal, ao pronunciar o nome de Cynlas, de que o Rei de Rhos significasse algo mais para ele do que qualquer outro homem.

– Você...

Ela se interrompeu, contudo, antes de continuar, e esperou um momento, limpando com o dorso das mãos o que lhe restava das lágrimas no rosto e em seguida respirando fortemente.

– O que eu queria perguntar era isto: você lutou por Cewlin, homem de Cerdic. Você poderia chegar até onde Cerdic está atualmente recebendo os súditos em audiência?

Tristão a olhou vivamente e ergueu as sobrancelhas:

– Por quê?

– Porque quero que você me leve a esse lugar. Cerdic foi aliado do meu pai; ele tem tanto motivo para odiar Mark quanto Goram. E é também inimigo de Octa, pois os boatos dizem que Octa está procurando acabar com a luta entre eles. Goram recusou uma aliança entre os exércitos dele e os nossos, mas ainda precisamos de mais homens e suprimentos, se não quisermos que nossos soldados sejam exterminados. Cerdic é a melhor e mais óbvia escolha.

Tristão continuou de cenho franzido, e distraidamente passou a unha do polegar pelo lado do copo.

– E você quer que eu a leve, você sozinha, sem nenhum guarda, pelas terras onde os saxões guerreiam? Que eu faça com que você entre na corte de Cerdic para que lhe proponha uma aliança? – Ele sacudiu a cabeça. – Pelos poderes do inferno, Isolda! Se está determinada a se matar, posso sugerir um monte de maneiras mais fáceis.

Isolda sacudiu a cabeça e disse:

– Faz sentido, Tris. Qualquer bando de guerra tentando passar pelas tropas de Octa e Mark seria capturado e chacinado. E até onde você pensa que a delegação formal de um rei chegaria para falar a Cerdic de uma aliança?

– Até onde Cerdic quisesse jogá-los, antes de ordenar que suas cabeças fossem despedaçadas com um machado. Eu sei que tudo isso é verdade.

Isolda assentiu com a cabeça e disse:

– Mas um grupinho de três viajantes – você, Hereric e eu – pode muito bem passar pelas patrulhas de Octa e Mark. Especialmente se fizéssemos parte da viagem de barco, velejando ao redor da costa. E acontece que sou filha de Modred. Cerdic não me consideraria uma ameaça.

Tristão ficou calado por um longo momento, com o olhar azul fixo no rosto dela, até que perguntou subitamente:

– O que você está escondendo de mim?

– Como assim?

Ele gesticulou impaciente com uma das mãos:

— Isa, eu te conheço desde que você ciciava porque os dois dentes da frente tinham caído. Talvez você seja teimosa o bastante para fingir que não há outra coisa te perturbando. E talvez eu esteja tão cansado pela falta de sono que possa acreditar nisso, ou fingir que acredito. Mas, se vou participar dessa história, é melhor você me contar tudo se quer que nós dois sobrevivamos.

"Por que isso não me ocorreu?" – ela pensou. – "Que, se eu sou capaz de interpretá-lo, ele pode fazer o mesmo?" Isolda se lembrou dele implicando com ela quando os dois estavam crescendo porque ela não conseguia controlar o mau humor, e porque tudo que ela pensava se refletia claramente no rosto.

Essa lembrança a fez sentir-se estranhamente em segurança, e, ao mesmo tempo, quase assustada, como se estivesse sendo arrastada pela corrente de um rio que corria célere, muito além da força do seu controle.

Ela aquiesceu com a cabeça:

— Está bem, embora não vá mudar nada. Ocorre que Goram ofereceu uma aliança a Madoc, por um certo preço: o de se casar comigo.

Ela julgou perceber que o maxilar de Tristão enrijeceu, mas, fora isso, a expressão dele não se alterou.

— E você não quer se casar com Goram?

— Você se casaria?

Tristão levantou uma sobrancelha de novo e disse:

— É uma possibilidade muito improvável que eu teria alguma vez de fazer essa escolha, mas entendo o que quer dizer. E é claro que não, no seu lugar eu não daria nem um pontapé em Goram, quanto mais a mão em casamento. Mas o que você quer?

— Desde quando a vontade de uma mulher tem a menor influência sobre com quem ela se casa? – Isolda parou e sacudiu a cabeça, levantou uma das mãos e a deixou cair.

— Não, isso não é justo. – Madoc rejeitou a proposta. – Suponho que, se eu achasse que Goram fosse realmente honrar a aliança, eu precisaria concordar, mas não confio nada nele, da mesma forma que Madoc.

Tristão sentou-se sem falar de novo e depois disse:

— E você acha que Madoc estaria de acordo em você viajar até o reino de Cerdic?

— Sinceramente? Não sei, mas nossa situação é desesperadora o suficiente para que eu acredite que sim. E ele confia em mim, mais do que já confiou.

— Tenho certeza disso.

Alguma coisa na voz de Tristão fez Isolda olhá-lo intensamente, mas ele não disse mais nada, e depois de um momento ela prosseguiu:

— Mas só posso contar a ele o que me proponho a fazer se você aceitar me ajudar.

Uma ruga de preocupação surgiu entre as sobrancelhas de Tristão:

— Você fará todo o possível para ajudar Hereric?

— Já disse que sim.

— Desculpe. — Tristão passou uma das mãos pelo maxilar, e Isolda percebeu que ele devia estar exausto. — Sei que você já disse. — Ele ergueu os olhos e falou: — Está certo. Você pode dizer a Madoc o que quiser para justificar como seu mensageiro sabe se orientar nas terras de guerra dos saxões. E vou levar você a Cerdic.

Isolda exalou um suspiro de alívio que nem se dera conta de estar controlando.

— Obrigada.

— Só me agradeça quando chegar ao reino de Cerdic e voltar viva.

Tristão se pôs de pé, e Isolda o viu reprimir uma careta, como se o movimento lhe tivesse doído; então e perguntou:

— Tris, você está bem?

— Estou ótimo. — Tristão apanhou a espada e o manto que estavam aos seus pés. Ficou olhando para Isolda um instante, enrugando o rosto, com uma expressão nos olhos azuis que ela não conseguiu traduzir. Ele perguntou então: — E você? Tem certeza de que está bem?

A pergunta pegou Isolda completamente de surpresa, e, para seu horror, ela voltou a sentir uma irracional vontade de chorar. Ela piscou, recusando-se a derramar qualquer lágrima porque pela primeira vez em cinco meses — talvez mais — alguém a olhara de fato, de verdade, e perguntara como se sentia.

— Estou ótima — ela repetiu o que Tristão havia dito. — Ótima.

Tristão pareceu que ia falar, mas sacudiu a cabeça e disse apenas:

— Então estou indo embora. É melhor eu deitar logo na cama do alojamento de hóspedes que Madoc ofereceu antes que alguém se pergunte por que você demorou tanto para substituir a atadura da minha mão machucada.

⁓

Tristão fechou a porta sem fazer barulho ao sair, depois se inclinou para trás, fechou brevemente os olhos e se perguntou se estaria enlouquecendo ao concordar com o pedido de Isolda, embora os deuses soubessem que ele queria logo ter dito que sim. Para ter a oportunidade de vê-la, de estar sozinho com ela, por semanas sucessivas.

Nossa! Depois de viver sem ela nos últimos meses, a ideia era como se ele tivesse chegado a um regato de água potável cristalina quando estava morto de sede.

Ele ainda conseguia vê-la, os olhos cinzentos salpicados de sombras mas muito firmes e nítidos, dizendo-lhe numa voz assustadoramente controlada que, se ela achasse que isso adiantaria, teria concordado em se casar com o Rei Goram. Bem, isso não era surpresa para ele: coragem nunca faltara a ela.

"E toda a sorte do mundo para você e os nove companheiros de Artur" – ele pensou –, "mesmo que baste essa ideia para eu ter vontade de torcer o pescoço de Goram".

Uma visão do rosto dela penetrou-lhe nas pálpebras fechadas: traços delicados e pele impecável, alva como um lírio, boca vermelha macia e olhos cinzentos grande se pestanudos. Meu Deus, ela era linda! Como o luar prateado. Como uma estrela distante reluzente.

E igualmente fora do seu alcance. Ele ainda conseguia sentir o roçar frio dos dedos dela contra os dele quando ela lhe passou o copo de cerveja. Esse roçar lhe percorrera todos os nervos do corpo.

Nossa, ele tinha precisado usar todo o seu autocontrole para não a tocar e puxar para seu corpo, para seus braços. E estava planejando ficar com ela durante uma viagem de semanas?

Tristão exalou a respiração. Ele faria o que ela pediu: faria com que ela chegasse a salvo ao reino de Cerdic. Cerdic, que – com a ajuda dos deuses – era do seu próprio sangue. Embora esse pensamento tivesse causado uma onda que o fez tremer todo, um eco do estremecimento muito conhecido que sempre se seguia a um dos seus sonhos, e por um instante ele sentiu o cabo de uma faca na mão, escorregadio de sangue.

Tristão xingou baixinho a si próprio. E também para recordar o fato. Se apenas para ele fixar nitidamente na cabeça exatamente por que não poderia nem mesmo tocar em Isolda nem pronunciar a palavra *amor* no ouvido dela.

Nem ela quereria isso.

Tristão esperou um instante, focalizando-se na sua respiração até conseguir se controlar. Então, lenta e indiferentemente, expulsou os pensamentos da cabeça, como se essa fosse qualquer das outras missões que ele realizara no passado para um número de lordes, dependendo de quem oferecesse mais dinheiro. Era dessa maneira que tarefas assim funcionavam. Era preciso concentrar-se no pragmatismo e eliminar todo o resto da cabeça. Ele agora pensou em Hereric: esperar que continuasse vivo, fazer o que Isolda pediu, conseguir que ela andasse a salvo por Wessex e de volta. Para que ela pudesse se casar. Não com Goram, mas com um homem adequado. Talvez com o próprio Madoc: havia reparado como aquele homem olhava para ela no pátio externo, com uma expressão no rosto marcado por cicatrizes que Tristão tivera vontade de estrangulá-lo.

Chega desta merda de pragmatismo. Exausto, Tristão se afastou da almofada da porta. Era melhor que se fosse. Logo chegaria o amanhecer, e ele ainda precisava voltar para o alojamento de hóspedes sem ser visto.

Madoc de Gwynedd ficou em silêncio por um longo momento antes de perguntar:

– Esse seu mensageiro conhece as terras dos saxões?

Depois que Tristão saiu, Isolda sentou-se ao lado da lareira no seu quarto até que a luz rosada do amanhecer surgiu acima das montanhas a leste. Ela então trocou o vestido amarrotado e empoeirado por outro de lã azul-claro com uma sobretúnica dourada clara, escovou e refez a trança do cabelo. Encontrou Madoc na sala de recepção do rei, à mesa com Dywel de Logres e vários de seus soldados, Cabal adormecido perto da lareira, com a cauda enrolada ao redor do corpo e a cabeça apoiada nas patas.

Madoc liberou os homens, e Isolda sentou no lugar indicado por ele: uma cadeira de madeira com espaldar alto entalhado, em frente à cadeira de Madoc, a mesa ainda com os restos de cerveja e pão da refeição matutina dos homens. Madoc esperou que Isolda falasse primeiro, mantendo os ombros eretos, quase como se prevendo uma notícia bombástica. E Isolda, ao observá-lo, sentiu uma pontada de pena ao de repente se dar conta de que ele achava que ela estava ali para responder à proposta de casamento que ele lhe fizera na noite da véspera.

Ele escutou com o rosto sério enquanto Isolda falava, porém, repetindo os argumentos que apresentara a Tristão horas antes.

Isolda assentiu com a cabeça ao responder à pergunta de Madoc, a primeira que ele fez desde que ela começou a falar:

— Sim, ele conhece a região de Wessex.

Madoc franziu o cenho, as sobrancelhas acentuadas:

— É uma jornada perigosa — disse. — A senhora estaria se expondo a um grande risco ao se encarregar dessa tarefa.

— Não mais do que o risco a que o senhor se expõe ao enfrentar Mark aqui.

— Pode ser. — Madoc mexeu um ombro, como se rejeitasse a ideia. — Mas já pensou no que vai acontecer se a senhora chegar ao reino de Cerdic? A senhora pode ser filha de Modred, filha do antigo aliado de Cerdic, mas também é uma nobre bretã. E ex-rainha de Constantino. E nós dois sabemos como os saxões tratam as esposas dos inimigos.

Isolda começou a falar mas parou quando Cabal acordou com um fungar e ficou de pé com esforço, vindo cheirar suas mãos.

A moça coçou as orelhas do cachorro, depois olhou para Madoc:

— Eu sei. E também sei que há inúmeras maneiras terríveis de morrer, mas, seja lá o que Cerdic e seus comandantes militares possam fazer, não é pior do que o que me aconteceria se Mark e Octa vencessem.

— A senhora é muito corajosa, *Lady* Isolda.

— Não mais do que o senhor — ela disse de novo — ao enfrentar Mark aqui.

Madoc não respondeu imediatamente. Os olhos, profundos e escuros no rosto devastado, estavam fixos nos de Isolda, e pareceu a ela haver uma sombra de pesar neles.

— Talvez.

Ele se levantou de súbito e disse:

— Vá lá para fora. — As palavras foram abruptas, ele sacudiu a cabeça e acrescentou: — Peço seu perdão. Eu deveria ter dito: "A senhora quer caminhar comigo lá fora por algum tempo?" – Ele relanceou a vista pelo salão, com seu chão coberto de junco e mesa e cadeiras solidamente entalhadas. – Passo tanto tempo em campanha que sempre me sinto sufocado em locais fechados.

As sentinelas localizadas do lado de fora da sala de recepção ficaram em posição de sentido quando Madoc abriu a porta e começaram a caminhar atrás dele. Madoc, porém, liberou-as e ele e Isolda caminharam sozinhos pela passagem até saírem no pátio, com Cabal trotando atrás. Passaram pelas oficinas, como haviam feito na noite da véspera, embora os galpões do ferreiro e do armeiro estivessem agora ocupados, ecoando um bater metálico de martelo e o sibilar de vapor quando varetas incandescentes eram mergulhadas na água para esfriar. Quando chegaram à cisterna, próxima da muralha externa do forte, Madoc parou. O sol estava se levantando, incendiando a névoa matutina, e o ar era fresco, claro e cálido com a promessa da primavera.

Madoc chutou levemente com o dedão da bota a tampa de pedra da cisterna e disse:

– Supõe-se que aqui Merlin tenha tido a visão dos dragões, quando profetizou a vitória da Bretanha sobre as hordas saxônicas.

Um teixo crescia bem ao lado da cisterna, os galhos cobertos pelos primeiros brotos verdes dourados da primavera, e também cobertos por centenas e centenas de pedaços nodosos de pano. Em épocas menos perigosas, os viajantes haviam percorrido muitos quilômetros para amarrar seus trapos nos ramos da árvore na lagoa sagrada de Merlin, na esperança de uma bênção ou de resposta a uma prece para ter uma boa colheita, a cura de uma dor, um filho para um útero estéril.

Isolda inclinou a cabeça:

– É, eu sei.

– A senhora acredita nisso?

Isolda pegou um dos pequenos trapos, um pano azul em frangalhos que pode ter sido rasgado do vestido de uma mulher e começava a desbotar com a chuva e o sol.

— Se eu acredito na história do dragão? Não. Se acredito que temos possibilidade de vitória? — Isolda ergueu um ombro. — Eu preciso acreditar, assim como nós todos.

— Suponho que sim. — Madoc suspirou e cruzou os braços, olhando para a extensão do céu claro e, para variar, quase sem nuvens, acima da muralha externa de pedra da fortaleza. — Embora às vezes eu me sinta como se uma grande maré de escuridão estivesse rolando sobre a terra. Talvez Artur a tenha contido por algum tempo, mas nem mesmo ele poderia afastar a escuridão no final.

Madoc ficou em silêncio e depois sacudiu a cabeça, virando-se para Isolda:

— A senhora deseja, neste caso, que eu proponha sua nomeação como emissária do Conselho do rei?

Cabal estava sentado aos pés de Isolda, que lhe coçava as orelhas. A moça respondeu:

— Não, mas o senhor tampouco deseja propor isso.

Madoc suspirou mais uma vez e esfregou uma das mãos na nuca, ao perguntar-lhe:

— E por que não?

Ela percebeu, nos olhos dele, que compreendia a razão e sabia que não precisava responder à pergunta, mas disse, mesmo assim:

— Porque o senhor não acredita que o ataque de ontem tenha sido por acaso. Nem Kian, nem eu.

Madoc desviou o olhar. Do pátio de treinamento atrás deles ouviam o choque de armas enquanto os lutadores se exercitavam com lanças e espadas. Então, lentamente, Madoc mexeu a cabeça afirmativamente e disse:

— Traição.

— Isso mesmo.

Madoc exalou um fôlego e mexeu os ombros como se procurasse amenizar o ônus de um grande problema. Ele ficou calado um instante, depois, de repente, inclinou a cabeça para o enorme cachorro, que apoiou a cabeça tigrada no lado do corpo de Isolda:
— Leve Cabal.

Pela primeira vez um lampejo de sorriso iluminou o rosto de Madoc:
— Se a senhora vai viajar para Wessex, leve Cabal junto. Ele vai protegê-la de alguma forma, pelo menos. E ele não serviria para nada ficando aqui, e sabendo que a senhora estaria fora. Ele obedece às minhas ordens muito raramente.

Então o sorriso se esvaiu, fazendo o rosto marcado por cicatrizes parecer imediatamente mais velho do que seus trinta anos.
— Não gosto da ideia. Gosto ainda menos do que quando supliquei que o Rei Goram me ajudasse. Mas um rei não se pode preocupar muito com sua própria consciência. — A boca de Madoc se contraiu; um tom amargo se insinuou na sua voz.
— Da mesma forma que ele não se pode preocupar muito se vai dormir bem à noite, pensando no que fez.

Ele sacudiu a cabeça, olhou para as mãos, os dedos estendidos, as unhas ainda sujas devido à cavalgada da véspera.
— Quantos homens matei? Quantas mulheres ficaram viúvas por ordens minhas nos últimos meses? Quantas crianças ficaram órfãs, e só eram culpadas de estar num desgraçado de um lugar errado numa desgraçada hora errada?

Ele parou, cerrou as mãos e colocou-as atrás das costas.
— Como disse a senhora mesma, Cerdic chacinaria na mesma hora qualquer tropa que eu lhe enviasse. Mas uma mulher sozinha, a filha de um homem que ele certa vez considerou seu irmão de arma, sim, a senhora pode ter a oportunidade de atrair a atenção dele o tempo suficiente para escutar a aliança que lhe vai propor. E, se já admiti que poderia

ter-lhe pedido que se casasse com Goram, se eu confiasse que ele manteria qualquer acordo que fizesse, então mal posso hesitar ao lhe pedir que arrisque a vida numa jornada pelas terras de guerra saxônicas.

Ele fez uma pausa, olhou para a tampa de pedra da cisterna e perguntou:

— A senhora quer que uma criada a acompanhe?

Isolda levantou os olhos, surpresa:

— Uma criada? Em nome da conveniência? — Ela vacilou e depois sacudiu a cabeça: — Não. O senhor pode dizer que levei uma, se quiser, quando divulgar a história de que viajei para Cammelerd. Mas é uma jornada perigosa, como o senhor disse. E prefiro que minha própria reputação seja maculada por viajar na companhia de dois homens do que ver uma mulher inocente ser morta ou capturada pelos saxões. — Ela se deteve, e sorriu brevemente. — Além disso, esse tipo de boato seria mais um progresso do que qualquer outra coisa, em relação ao que já se murmurou sobre mim.

O rosto de Madoc também se iluminou, mas ele voltou a sacudir a cabeça. Houve um silêncio durante o qual Isolda pôde ouvir o constante martelar metálico da forja do ferreiro atrás deles, e o ladrar de dois cães de guerra, postos para brigar por alguns dos soldados. Os pelos na nuca de Cabal se eriçaram, e Isolda pôs-lhe a mão nas costas; Madoc disse então:

— A pergunta que lhe fiz ontem à noite, *Lady* Isolda...

A voz dele estava rouca, e Isolda percebeu um pálido rubor lhe colorir o rosto, embora as cicatrizes lívidas dificultassem a certeza. De repente ela sentiu como certa mão de ferro lhe estivesse agarrando o coração, mas disse, com firmeza:

— Aguarde, *Milorde* Madoc. Até a minha volta. O senhor pode dizer ao Rei Goram que resolvi viajar por minhas terras, para garantir que as defesas dos lugares estejam tão sólidas quanto possível. Isso vai servir como uma história para os demais conselheiros também. E então quando e *se*... eu voltar... – ela parou de falar – pergunte-me de novo.

Ela achou que a sombra de tristeza voltou ao olhar soturno de Madoc, como se ele houvesse interpretado algo nessas palavras que ela não tivera a intenção de transmitir, e então sentiu mais uma pontada de compaixão. Em seguida, devagar, Madoc inclinou a cabeça e disse:

– Como a senhora quiser.

Ele ergueu os olhos, encarou Isolda mais uma vez e perguntou, num tom diferente:

– A senhora vai me contar quem é ele, esse seu mensageiro?

Isolda gelou:

– Mas o senhor já sabe.

– Eu sei o que a senhora afirma que ele é.

Fosse outro homem, Isolda talvez tivesse expandido a verdade ou inventado uma mentira, mas ela achava que Madoc merecia mais do que uma historinha na qual ele não acreditaria mesmo, por isso ficou calada. Uma suave brisa agitava os trapos nos galhos do teixo, e após um instante Madoc suspirou:

– Pelo menos me diga uma coisa: a senhora confia nele o bastante para colocar o sucesso dessa missão – e sua própria vida – nas mãos desse homem?

Isolda passou o braço pelo pescoço de Cabal, abraçando o animal de leve enquanto fragmentos de sua conversa com Tristão se agrupavam na sua cabeça. Voltou a pensar no rosto descorado e rígido de Cynlas e na sua voz rouca, afirmando que Tristão era o homem que havia traído seu filho mais velho. *Você me conhece muito bem para achar isso*, ela dissera a Tristão. E também teria dito que conhecia Tristão muito bem para acreditar que ele fosse o homem que Cynlas pensava que fosse.

Mas Isolda não lhe perguntou isso quando teve oportunidade, sentada com ele na sua oficina. Se fosse honesta consigo mesma, não lhe teria perguntado, porque temia a resposta. Tristão havia mudado. Certamente.

E pensou: "Porque o Tristão que eu conhecia não teria ido embora há cinco meses". Ou, no mínimo, teria encontrado uma forma de lhe deixar um recado, para que ela não ficasse conjecturando se estava vivo ou morto, com o rosto enfiado numa vala enlameada. Nem ele teria escolhido ganhar a vida como espião dos saxões. Isolda pensou em todos os homens cujos ferimentos ela costurara nos últimos anos – em todos os que ela ajudara a morrer, como fizera com Bedwyr – e se perguntou quantos deles poderiam estar vivos se Tristão não tivesse utilizado informações secretas para uso dos inimigos.

Esse pensamento a deixou meio nauseada, mas isso não era inteiramente justo. Ela há muito passara do ponto em que pudesse acreditar que os soldados bretões eram inocentes na guerra aparentemente infindável. E era certamente injusto – mais do que isso, desonesto – culpar Tristão por ter participado de uma guerra recebendo dinheiro dos comandantes militares saxões, quando era exatamente por essa razão que ela agora podia recorrer a ele pedindo ajuda para chegar a Cerdic de Wessex.

Ela visualizou os dedos danificados da mão esquerda de Tristão, a marca de escravo dos saxões no pescoço. E pensou de novo em Emyr, combatente de seu pai, torturado até a loucura por Octa de Kent, a quem Morgana havia simplesmente sacrificado como se fosse um cachorro aleijado.

Apenas nos contos dos bardos um herói vivenciava experiências cruéis sem se modificar. Na vida, os corpos dos homens eram mutilados e marcados com cicatrizes, seus espíritos destruídos ou tornados amargos por tudo o que tiveram de passar. Isolda havia tratado de um número incontável desses homens, e sabia que praticamente nunca conseguiam superar os cacos em que se transformavam e reconstituir parcialmente seu ânimo, mesmo com marcas acentuadas.

Embora isso não significasse que Tristão não tivesse feito o que Cynlas afirmava – ou ainda pior. Ocorre que não era completamente justo culpá-lo se ele tivesse realmente feito isso.

Ao lado dela, Cabal choramingou, e, como se isso fosse um sinal, Isolda tomou uma decisão. Se não podia julgar Tristão pelo passado, podia julgá-lo quanto à viagem que haviam feito juntos há cinco meses, quando ela duvidou dele, o que quase custou a vida do amigo, embora ele ainda se tivesse arriscado várias vezes para salvar a vida dela. Isolda observou os retalhos de pano se agitarem com a brisa, vendo – a lembrança a atingiu como uma bofetada – chicotadas coléricas nas costas de Tristão, e queimaduras com cascas escuras na pele dele. E pensou: "Foi tudo culpa minha".

– Sim – ela respondeu, enfrentando o olhar taciturno de Madoc –, confio nele o suficiente.

Para sua surpresa, Madoc não perguntou mais nada, e apenas aquiesceu com a cabeça, dizendo, com voz tranquila:

– Então lhe desejo boa sorte na sua viagem, *Lady* Isolda. E um retorno em segurança.

Por um instante Isolda achou que ele fosse tocar nela e sentiu uma contração gélida na boca do estômago, mas se controlou, dizendo-se para não vacilar nem se retrair caso ele pegasse sua mão. Ela pensou que o ato seria injusto para Madoc, pois ele inevitavelmente pensaria que isso seria causado pelas cicatrizes no seu rosto.

Em vez disso, porém, Madoc franziu as sobrancelhas e sacudiu a cabeça:

– Mas é esquisito. – Falou consigo mesmo mais do que com Isolda. – Eu também poderia jurar que já vi esse homem antes. Não apenas meses atrás em Tintagel, mas há anos. Em Camlann.

Livro II

Capítulo 7

Tristão sentou-se com as costas apoiadas na amurada. Passou a noite descansando sob uma alameda de salgueiros; a luz da lua penetrando através dos galhos acima lançava sombras sobre o convés do barco. Ele rompeu o lacre de um jarro de vinho e tomou um gole, reprimiu um tremor quando o líquido quente lhe desceu pela garganta, e se perguntou por quanto tempo conseguiria viver assim. Por tempo suficiente? Talvez. Com a sorte de Satanás e de todos os seus demônios.

Cabal estava deitado no convés, aos pés de Tristão. Ele costumava recusar-se a sair do lado de Isolda, mas nessa noite, para surpresa de Tristão, o enorme cachorro ficou com ele quando Isolda foi até o camarote para atender Hereric. Tristão julgou que Cabal estivesse dormindo, mas de repente o animal se enrijeceu, levantou as orelhas e se levantou, farejando o ar.

– Que é que há, garoto?

Cabal choramingou, mudou de posição de um lado para outro e enfiou o focinho debaixo do braço de Tristão, que pôs o jarro no chão.

– Alguma coisa errada?

O grito da cabina o fez ficar ereto e levantar-se quase antes de perceber, e em um minuto ele atravessou o convés e abriu com um puxão a porta do camarote. O espaço interno era estreito, apenas largo o bastante para uma cama, uma fileira de compartimentos de armazenagem e um colchão duro de palha espalhado no chão.

– Isolda!

Ela havia dormido no colchão; a única lamparina de óleo acesa mostrava a impressão de sua cabeça na manta de lã. Agora, porém, estava sentada ereta, os olhos escuros arregalados e fixos, o corpo inteiro tremendo. Ela não respondeu, ele caiu de joelhos em frente dela e pôs-lhe a mão no ombro.

— Isa?

Ela enrijeceu instantaneamente quando ele a tocou, e ele a ouviu esforçar-se para respirar quando acordou, os olhos perdendo a expressão fixa e embaciada, e pouco a pouco se concentrando no rosto dele. O cabelo preto estava solto nos ombros, ela ergueu uma das mãos para tirá-lo dos olhos e então assentiu com a cabeça, trêmula.

— Eu estou bem. Eu...

Subitamente ela ficou imóvel, depois recuou um pouco; uma combinação de nojo e raiva se misturando para tremeluzir nos grandes olhos cinzentos. O vinho, claro. Ele devia estar fedendo a bebida.

— Tris? — A voz dela continuava meio trêmula, e ela esfregou uma das mãos nos olhos de novo. — Tem alguma coisa...

Tristão permitiu-se xingar-se internamente. Com um único movimento, ele soltou a mão e, pondo-se de pé, virou as costas e disse:

— Vou estar lá fora.

Quando chegou ao convés, debruçou-se na amurada, como antes, pegou o jarro de vinho, tomou mais um gole e fez uma careta de novo.

Cabal o havia seguido ao sair do camarote, e agora o grande animal se acomodou para apoiar a cabeça no ombro de Tristão, que distraidamente lhe coçou as orelhas e tomou os últimos goles do vinho.

— Que é que você acha, garoto? Vai ser possível a gente ir a Wessex e voltar depois?

Cabal se largou pesadamente no chão ao lado do rapaz, descansou a cabeça nas patas e Tristão pôs o jarro de vinho no chão.

– É, minha cabeça está ótima... – murmurou. – Saí de Gwynedd há pouco mais de uma semana e já estou conversando com um cachorro!

Isolda viu a porta do camarote se fechar. Sua pele estava pegajosa e a lembrança do sonho permanecia, viscosa como uma teia de aranha. Nessa noite, deitada na grande cama entalhada e ao escutar as pegadas que se aproximavam, ela se deu conta de que esperava por Madoc, não por Mark. Pensou que devia ter gritado, ou Tristão não a teria ouvido e entrado lá.

Ela estremeceu, empurrou as mantas de lã grosseira e ajoelhou-se ao lado da pequena bacia de rosto no chão, sentindo um alívio covarde por não precisar, dessa vez, tentar ver qual assentamento ou fazenda Mark e suas tropas haviam saqueado e incendiado. Dessa vez fora realmente apenas um pesadelo.

Ela borrifou água – que estava assustadoramente gelada – na pele viscosa. Então, à medida que diminuía o pânico provocado pelo pesadelo, apoiou-se nos calcanhares e olhou atentamente para a porta do camarote que Tristão havia fechado ao voltar ao convés.

Ela se perguntou: "Por que não pensei nisso?". Contudo, sabia por quê. Ficara tão agradecida por ter uma justificativa para fugir, para adiar a concordância em se casar com Madoc, que só se deu conta no começo da viagem do que significaria a jornada: que ficaria sozinha com Tristão, dia após dia.

Era ainda mais difícil do que ela poderia ter pensado. Ficar sentada com ele enquanto os tensos silêncios se alongavam sem fim. Observá-lo beber até dormir, noite após noite.

Alguma coisa está errada? Quase perguntou isso antes de ele sair. A pergunta era, realmente, idiota. Porque evidentemente alguma coisa estava mesmo errada. O Tristão que ela conhecia raramente bebia vinho. Mas, se ela tivesse conseguido fazer a pergunta, sabia com absoluta certeza que ele não lhe teria respondido. Ela já havia tentado algumas vezes perguntar-lhe por que se afogava em vinho toda santa noite, mas ele sempre evitava dar qualquer resposta: mudava de assunto, ou descobria alguma tarefa no barco que demandava sua atenção imediata.

Isolda sentiu um lampejo de raiva, ardente e inesperadamente doloroso, à lembrança do hálito encharcado de vinho, embora ajudasse a afugentar a lembrança duradoura do pesadelo que se contorcia como a lâmina de uma faca sob suas costelas.

Então, um leve movimento da cama toscamente construída no canto fez com que ela virasse a cabeça, e a visão do homem que lá estava deitado foi suficiente para acabar com a raiva e o medo. Hereric sempre fora um homenzarrão de ombros maciços e sólidos, rosto largo e pele clara; o cabelo louro e os olhos claros eram característicos de sua origem saxônica. Agora, porém, a carne parecia ter encolhido, estava esticada nos ossos pesadões, e os olhos estavam encovados.

O osso do seu antebraço fora esmigalhado abaixo do cotovelo pelo golpe de um porrete de madeira, e, quando Isolda o examinou, apresentava pontas irregulares, através de um emaranhado retorcido de músculos e tendões. Ela o recolocou no lugar e o envolveu com uma atadura de linho encharcado de alho e mel. Apesar de tudo que ela tentou, os dedos daquela mão estavam empretecendo, e riscas de um vermelho ardente se espalhavam desde o cotovelo e a cada dia subiam mais um pouco.

Isolda pegou um copo de cerâmica de leite, despejou um pouquinho numa colher e a levou aos lábios de Hereric. Mas ele desviou a cabeça, irritado, e o líquido lhe escorreu pelo pescoço.

Ela limpou o leite derramado, e então uma vez mais pegou um copo e uma colherinha, e começou a contar esta história:

— Cuchulain estava caminhando, vindo do campo de batalha, quando uma jovem apareceu à sua frente, vestida com uma capa multicolorida; seu rosto era tão lindo quanto o amanhecer.

Isolda já havia perdido a conta do número de histórias que contara a Hereric dessa maneira nos nove dias desde que estavam andando de barco a partir de Gwynedd. Duvidava que Hereric a estivesse ouvindo, mas o som de sua voz o tranquilizava às vezes, quando sua cabeça se virava inquieta no travesseiro e ele gemia alto de dor.

– "*Já ouvi falar de vossa coragem, Cuchulain*", disse a donzela. "E vim lhe oferecer o meu amor." Mas Cuchulain respondeu, em poucas palavras, que estava cansado e atormentado pela guerra, e não tinha cabeça para se preocupar com mulheres, lindas ou não. "Então será difícil para vós", disse a donzela. "E eu ficarei nos vossos pés como uma enguia no leito do riacho." Então ela desapareceu de vista, e ele viu apenas um corvo sentado no galho de uma árvore. E Cuchulain se deu conta de que era a *Morrigan*[24] que ele havia visto.

A história do grande herói Cuchulain era uma das mais longas que ela conhecia, com batalhas e lindas donzelas e viagens marítimas suficientes para proporcionar muitas noites aos trovadores no salão com lareira dos seus senhores. Isolda prosseguiu com a história, mantendo a voz num murmúrio tranquilizador enquanto levava a colher aos lábios de Hereric mais uma vez.

Novamente Hereric desviou a cabeça e o leite se derramou, mas na terceira vez Isolda conseguiu introduzir rapidamente a colher entre os lábios dele, e viu os músculos da garganta do rapaz se contraírem quando o leite desceu. Entretanto, talvez dali a uma hora, os músculos dos pulsos e braços de Isolda doessem de segurar a colher, e Hereric só haveria tomado mais dois goles do leite. Finalmente ele choramingou como uma criança cansada quando a moça levou a colher à sua boca, e ela já não teve força para obrigá-lo a beber mais leite.

---

24 "Terror" ou Rainha Fantasma é uma figura da mitologia celta que aparenta ser uma divindade, equivalente a Alecto, uma das Fúrias da mitologia grega (um monstro de formas femininas), ou ao demônio hebreu Lilith. (N.T.)

Ela pôs o copo e a colher no piso ao lado da cama, pegou um frasquinho de xarope de papoula, pôs a mão na testa de Hereric, firmando-o, e conseguiu fazer pingar algumas gotas entre os lábios dele.

— Isso vai diminuir a dor — disse suavemente ao rapaz, embora soubesse que ele estava longe de compreender suas palavras.

Isolda ficou olhando para Hereric, observando enquanto a respiração dele se aprofundava e reduzia o ritmo, vendo o tom cinzento doentio infiltrando-se como o anoitecer ao longo do seu maxilar. E se perguntou se fora apenas por acaso que escolhera uma história de Morrigan, a dama da morte, que voava sob a forma de corvo por cima de um campo de batalha e escolhia os homens que morreriam.

Ela fechou os olhos, e, como sempre fazia ao se deparar com um paciente, temeu não ter o poder de cura suficiente, e tentou invocar uma imagem de sua avó; tentou imaginar o que Morgana, a feiticeira, faria ou diria se estivesse lá.

Conseguiu visualizar nitidamente o rosto da avó: seu longo cabelo alvo como a neve, seu rosto ferozmente orgulhoso e ainda lindo, de traços delicados e finamente delineados, e os olhos escuros e brilhantes. Sentiu uma onda de saudade, forte o bastante para sustar sua respiração. Deusa mãe, ela queria que Morgana estivesse presente. Nesse momento Isolda ficaria eufórica por ter uma autoridade mais velha a quem recorrer ou, pelo menos, contar com a atenção de sua avó.

Em que não pensei? — Ela perguntou silenciosamente à imagem de Morgana. — *Que mais posso tentar?*

Isolda quase pôde imaginar ouvir o eco da voz da sua avó no murmúrio suave e marulhante da água contra o casco do barco. *As plantas medicinais por si mesmas não conseguem curar: elas podem apenas relembrar ao corpo a sensação de saúde, de modo que ele próprio se cure.*

Ela quase acreditou ter visto a sombra de Morgana que havia invocado dar um passo, aproximar-se da cama e tocar-lhe mansamente na cabeça, com uma sombra de tristeza ou piedade nos olhos escuros. *Quando o corpo já negligenciou a saúde por muito tempo, nenhuma erva medicinal será capaz de ajudar.*

Isolda exalou um respirar. Ela agora sabia estar simplesmente imaginando a presença da avó. Morgana a amara, e poderia ter-lhe ensinado a arte da cura e as maneiras da Percepção. Ela talvez tenha sido a criatura com maiores poderes de cura que Isolda conhecera, mas nunca na vida Isolda a vira ser dócil, misericordiosa ou triste.

A visão indefinida de Morgana firmou a boca ao se virar da cama e ficar de frente para Isolda; seu olhar era severo. *Pare de esconder a cabeça debaixo das mantas como uma criança assustada. Você sabe muito bem que só existe uma esperança para esse homem.*

Isolda teria sorrido se a imagem de Morgana não tivesse sido superposta por uma visão do rosto cinza-pálido e do braço dilacerado de Hereric. *Bem, de qualquer forma, isso parece mais com você.*

Hereric só tinha mesmo uma esperança, e ela sabia disso. Uma última providência que ela podia tentar para salvar a vida dele. E Isolda não tinha ideia – nenhuma – de como ia contar a Tristão.

De toda maneira, não poderia ser naquela noite. Nesse instante Hereric estava dormindo mais profundamente. Isolda levantou-se, esticou os músculos duros de tanto se inclinar sobre a cama, abriu a porta do camarote e saiu no convés. Fez uma pausa e respirou longamente o ar limpo e fresco. O céu estava profundamente negro, ainda não colorido pelo amanhecer, e a noite, silenciosa, exceto pelo marulhar constante da água batendo no lado do barco e pelo atrito suave da madeira e da corda quando a embarcação balançava suavemente na corrente.

Eles haviam navegado em redor da extremidade de Demetia para alcançar a costa da Cornualha, no ponto onde o Rio Camel se juntava ao Rio Severn[25]. Agora estavam percorrendo a parte

---

[25] Maior e mais caudaloso rio da Grã-Bretanha, com 354 km de comprimento, que deságua no Canal de Bristol. (N.T.)

superior do rio, e os ventos os carregavam contra a corrente em direção a Cammelerd. A lua nova prateada estava brilhante o suficiente para que Isolda pudesse distinguir Tristão dormindo numa pilha de velas antigas perto da proa da nau.

Cabal, visível apenas como uma sombra delgada e escura, foi até ela para fungar na sua mão, e Isolda acariciou-lhe as costas, mas então abruptamente ficou móvel, com o corpo inteiro tenso, quando ela se esforçou para escutar. O som que ouviu voltou. Acima do marulhar da água contra o casco, ela percebeu o ruído constante de atrito, e o barulho de remos na água.

Isolda reagiu instintivamente, mesmo antes que o lado consciente de sua mente se desse conta de que nenhum pescador estaria no rio àquela hora da noite. Quase no mesmo instante, ela percorreu o convés até se ajoelhar ao lado de Tristão. Não ousou arriscar lhe falar em voz alta, por isso o tocou no ombro e o sacudiu.

Tristão nem se mexeu. Estava todo esparramado, com um braço largado no convés, e Isolda viu o jarro de vinho vazio ao lado dele, perto da mão estirada. Ela rangeu os dentes e o sacudiu de novo com mais força, mas o choque da fúria foi ofuscado logo depois por puro pavor, quando sentiu o barco chacoalhar no ancoradouro e ouviu um barulho surdo, seguido pelo som agudo de madeira contra madeira. O outro barco estava ao longo do barco deles.

Isolda sentiu o pânico atingi-la como chuva trazida por uma lufada de vento, e olhou rapidamente em redor do convés, determinada a pensar. Seu olhar deparou com as cordas da ancoragem, estendendo-se pelo lado, e dali a um instante ela arrancou o facão do cinto de Tristão e se pôs de pé, cortando as amarras. A primeira corda se rompeu com um barulho, ela perdeu o equilíbrio por um breve momento e quase caiu. De algum lugar às suas costas, ouviu uma pancada na água e um grito irado que lhe percorreu a espinha como gelo, mas Isolda se obrigou a não olhar em volta; em vez disso, pegou a segunda corda, que também se rompeu, e ela sentiu o barco girar até a corrente e começar a se mover.

    Apoiando-se na borda, ela finalmente se virou e ficou paralisada de medo. O vulto de um homem agachado no convés à sua frente era uma sombra negra contra o céu. Estava muito escuro para que ela lhe visse o rosto, mas ele usava um capacete de couro de guerra e tinha uma espada e dois facões no cinto. Em seguida, enquanto Isolda permanecia imóvel, com o sangue congelado, uma segunda forma de sombra pulou por cima da amurada e caiu no convés com um barulho surdo e um palavrão em voz baixa.

    Os dois homens a viram. Lentamente, começaram a se aproximar, movimentando-se de braços estendidos e pernas esticadas quando o barco, já livre da ancoragem, deu uma guinada e balançou no fluxo do rio. Os dois homens sacaram as armas, e o luar prateado se refletiu nas lâminas das espadas erguidas. Vieram chegando, os rostos à sombra impedindo que ela visse mais do que os olhos pouco brilhantes.

    Isolda sentiu que um grito se formava dentro dela, mas o reteve, obrigando-se a permanecer imóvel contra a balaustrada. Seu olhar atento ia de um homem para o outro, tentando avaliar o espaço dos dois lados da muralha humana que formavam. Não era o suficiente para ela passar. Eles a pegariam na hora em que tentasse. Sua mão estava agarrada ao facão, com força bastante para o cabo fazer sulcos na sua palma. E então, não era possível dizer de onde, Cabal se atirou contra o homem mais próximo, atingindo-o com força no peito.

    Eles caíram no convés com um estrondo que sacudiu o chão sob os pés de Isolda; os ombros do homem bateram primeiro no piso, seguidos pela nuca. A queda deve tê-lo deixado inconsciente, pois, embora Isolda o tenha ouvido gemer baixinho, ele ficou imóvel e não fez esforço para se levantar. Cabal girou de onde estava e num segundo colocou-se entre ela e o segundo homem, o pelo da nuca eriçado e os dentes arreganhados num esgar.

O homem brandiu a espada e Isolda ouviu Cabal uivar de dor, mas ele não recuou; apenas ficou de cabeça baixa, as pernas traseiras espaçadas e um rosnado com barulho surdo no peito. O coração de Isolda batia descompassado, a ponto de turvar-lhe a visão.

Mas essa era a segunda vez no espaço de sete noites em que ela enfrentava um ataque violento, a segunda vez em que havia ficado com Cabal entre ela e uma espada erguida, à espera de um golpe.

E ela não se amedrontou. Seus olhos ardiam e sentia o peito parecer que estava respirando fogo em vez de ar. De alguma forma, contudo, ela passou do medo para a fúria total: no tocante ao homem à sua frente por machucar Cabal, por Tristão estar tão bêbado que não acordou, e pelo desperdício estúpido e irracional de morrer daquela maneira, sem sequer saber quem eram seus atacantes, nem como a haviam encontrado e por quê.

Ela agarrou o facão, respirando rapidamente e se ordenando pensar. *Pensar*. Sua mente analisou inutilmente as possibilidades: nenhuma delas oferecia uma chance de salvar sua vida ou a de Cabal. A embarcação continuava a balançar debaixo dos seus pés, dificultando-lhe o equilíbrio. E também dificultava ao seu atacante ficar ereto.

Ela esperou até uma guinada do barco fazer com que o homem à sua frente cambaleasse. Não havia tempo para pensar, nem para mirar. Ela atirou o facão, com violência e rapidez. Não contra o corpo dele – que usava um colete de couro de guerra no qual ela duvidou que o facão pudesse penetrar –, mas contra a perna dele.

A lâmina o atingiu na parte superior da coxa, e Isolda o ouviu uivar de dor. O homem cambaleou mais uma vez, então a perna desabou debaixo dele, e o balanço do barco o fez cair no convés com a mesma força do primeiro homem. Dessa vez, porém, Isolda teve tempo apenas para respirar fundo antes que o atacante lutasse para ficar de pé, recobrasse o equilíbrio e avançasse de novo para ela, com um grito.

Ele soltara a espada, que Isolda viu estar no convés, a pequena distância. Isolda pensou que ele logo sacaria um dos facões presos no cinto. Ela se atirou para a frente e chutou a perna machucada do homem, mas outro sacolejar da embarcação fez com que ela se desequilibrasse, amenizando a força do seu golpe. Em lugar disso, o atacante atirou a mão para a frente, agarrando o braço dela e a arrastando até ele, prendendo-a contra seu peito.

Ela pôde sentir o cheiro do suor do homem e a respiração quente na nuca. O coração da moça disparou, mas o impulso da fúria continuava ardente e forte nas suas veias. Isolda recuou e deu uma cotovelada na barriga do sujeito, com a maior força que pôde. O golpe o pegou de surpresa; não esperava que ela revidasse. Ele gemeu e se curvou, em parte soltando-a, e ela arremeteu novamente. Dessa vez o cotovelo atingiu o agressor bem no rosto.

Ela ouviu um triturar e mais um uivo de dor, e percebeu, com certeza nauseada, que havia quebrado o nariz do homem. Dessa vez, contudo, ele a soltou o suficiente e ela pôde se livrar com um puxão e dar uma reviravolta, respirando forte.

Tristão viu Isolda se jogar contra o atacante, ouviu o barulho do nariz quebrado e o arfar quando ela fraturou o nariz dele. Isso a liberou, mas não por muito tempo. Com uma das mãos no rosto, o homem se jogou contra ela, agarrando-a pelo pulso e arrastando-a para ele mais uma vez. Rosnando, Cabal se atirou para a frente, mas o homem o chutou fortemente na barriga com a ponta da bota, e o rosnar se transformou em uivar de dor.

A mão de Tristão tocou automaticamente no cinto, à procura do facão, e se deu conta de que a arma não estava mais lá. Sua espada se encontrava onde ele a deixara, junto da pilha de velas que ele usava como cama. Mas não havia tempo para pegá-la. O outro homem sacou o facão e o encostou na garganta de Isolda, enquanto a outra mão a agarrava pelo cabelo, e a forçava a manter a cabeça para trás. Uma névoa avermelhada turvou os olhos de Tristão. Havia uma espada junto dos pés do atacante; Tristão via o brilho do metal sob o luar. Provavelmente era bom que a cabeça dele continuasse zonza pelo efeito do vinho. Não se deve pensar antes de tentar uma façanha como a que tinha em mente.

Uma vozinha na sua cabeça lhe disse que ele ia provavelmente morrer se xingando por ser tão burro, e fazer com que Isolda também morresse, como parte da sua proeza. Mesmo assim ele se atirou no chão, agarrou a espada e depois girou para bloquear o golpe cortante do facão do outro homem com a superfície lisa da lâmina.

O impacto enviou ondas de choque que vibraram para cima e para baixo no braço de Tristão. Mas o homem estava agora segurando Isolda com menos força; Tristão viu que ela se soltou com violência, tropeçou e depois se levantou com as costas comprimidas contra o parapeito.

Tristão virou-se para o outro homem e se livrou da sensação de que tudo isso devia ser um pesadelo causado pelo vinho. Estava muito escuro para ver o opositor nitidamente, mas ele se acostumara a avaliar rapidamente um adversário. Esse era um homenzarrão, e desajeitado, segundo o julgamento de Tristão.

Como se para comprovar essa opinião, o outro homem se arremessou para a frente, dando golpes com o facão; Tristão contraiu-se e pôs-se de lado, dando um pontapé violento no joelho do agressor, o que o fez esparramar-se no chão. Ele cambaleou, debateu-se freneticamente ao tentar se recuperar, mas depois caiu; quando se esforçou para se levantar, Tristão golpeou-o na nuca com o cabo da espada. O homem desmoronou com um gemido e caiu de rosto para baixo no convés.

Só então Tristão se deu conta de algo em que pouco reparara. O balanço e o oscilar do convés sob os pés dele haviam parado. Eles estavam encalhados na margem do rio; Tristão viu um mar de juncos lançando sombras na escuridão da noite, logo à frente da amurada. Isolda continuava prensada contra a amurada, e num instante Tristão a apanhou pelos ombros; o balanço brusco de náusea na boca do estômago o fez esquecer sua norma de não pegar nela:
— Você está bem?
À luz do luar, o rosto oval estava pálido, os grandes olhos cinzentos arregalados. Ela, porém, assentiu com a cabeça, e Tristão passou a mão na testa, controlando a compulsão de sacudi-la ou abrigá-la nos seus braços.
— Pelas chagas de Cristo, Isa, pelo amor de Deus, em que você estava pensando?
— Que é que você quer dizer?
— Você desarmada e enfrentando um adversário com um facão? É melhor correr e se trancar no camarote. Você se atirou contra o sujeito e quebrou o maldito nariz dele, e ele vai te matar ou morrer tentando.

A resposta dela veio tão rápida quanto uma bofetada, a voz raivosa e dura; ela se afastou e disse:
— Eu estava pensando que preferia morrer revidando do que me acovardar num canto como um coelho e esperar para ser morta.

Ele viu a mão dela tocar a garganta, e sabia que ela estava recordando a ponta da faca do atacante.
— Eu estava pensando que, como você estava bêbado demais para fazer outra coisa além de roncar, eu era a única pessoa em condições de lutar. Além disso, o que você...

A essa altura os dentes dela começaram a bater, e ela precisou cerrar o maxilar para que isso parasse. Mesmo assim, Tristão percebeu os tremores da reação que a sacudiam da cabeça aos pés. A mão dele fez menção de tocá-la, mas ele se deteve. Se tentasse abraçá-la ou tocá-la de novo, provavelmente teria o nariz quebrado também, justificadamente, aliás.

Você estava bêbado demais para fazer outra coisa além de roncar. "Se ela não me desprezava antes do que aconteceu hoje" – ele pensou –, "certamente isso vai acontecer quando nós chegarmos à divisa de Wessex". Embora isso fosse o pior que aconteceria, ele supôs que deveria ficar agradecido de todo o coração.

Tristão virou-se para olhar os dois homens inconscientes esparramados no convés. Pelo canto do olho, também viu Isolda se movimentar, ajoelhando-se ao lado de Cabal, deitado ofegante ao lado da porta do camarote.

– Ele está bem? – perguntou Tristão após um instante.

– Acho que sim. – A voz de Isolda estava tensa, mas pelo menos ela respondeu. A moça passou as mãos suavemente no pelo do grande animal. – Acho que as costelas dele não estão quebradas, só machucadas. E ele também está com um corte no ombro, mas não é profundo.

Tristão assentiu com a cabeça, depois tocou com o dedão do pé o homem com quem lutara, e o fez ficar de barriga para cima. O rosto dele estava manchado de sangue por causa do nariz quebrado, negro à pálida luz do luar. Mas não havia nenhum emblema nem outras marcas, nada que dissesse de onde vinha nem quem era. Durante um instante, Tristão voltou a visualizar as mãos do homem segurando o facão junto da garganta de Isolda, e sua própria mão segurando o cabo da espada que ele ainda mantinha. Mas fazia muito tempo que não cortava a garganta de um homem inconsciente. Além disso, já tinha a consciência bastante pesada.

Tristão exalou um respirar, depois levantou o homem e o pôs num ombro, carregou-o até a amurada e o jogou por cima do parapeito. A água era rasa naquele local, e, a não ser que ele rolasse de rosto e se afogasse antes de acordar, provavelmente sobreviveria. Tristão fez a mesma coisa com o segundo homem, então se virou e viu que Isolda o observava, com os braços ainda em redor do pescoço de Cabal.

– O que você vai fazer?

A voz dela ainda estava ligeiramente trêmula, mas Isolda parou de tremer. Tristão apagou a imagem dela com o facão junto à garganta. Pela primeira vez ele prestou toda a atenção ao problema de quem seriam aqueles homens e de onde viriam. Um ataque aleatório? De jeito nenhum.

Ele sacudiu a cabeça e limpou o suor da testa com o dorso da mão.

– Para começar, ir o mais longe possível daqui. Depois, eu não sei.

⁓

Isolda tirou a mão da testa de Hereric e se recostou na cadeira, mordendo os lábios. A febre estava subindo. Ligeira, mas inequivocamente. A pele do saxão estava quente e seca, e dolorosamente esticada sobre os largos ossos das maçãs do rosto e do cenho. Se pelo menos não tivesse acordado quando o tiraram do barco e o carregaram para terra firme. Tristão o levou, e Hereric gemeu e sacudiu a cabeça de maneira agitada a cada passo. Isolda susteve a respiração até Tristão conseguir abrir caminho pela água rasa e baixar o grandalhão em terra firme.

Isolda fez um esforço para ignorar a percepção da agonia da enorme dor de Hereric; ela conseguiu fazer escorrer mais uma dose do xarope de papoula entre os lábios dele; nada mais podia fazer pelo rapaz. Ela se endireitou no lugar de onde se ajoelhava ao lado de Hereric e espremeu a água da bainha do vestido antes de se unir a Tristão ao lado da fogueira do acampamento, mal-humorado e fumando, pois a madeira que haviam conseguido juntar estava apodrecida ou úmida.

Cabal foi até eles e se acomodou aos pés dela com um suspiro, e Isolda verificou a atadura que colocara em redor do corte no dorso dele. Ainda estava seca. O ferimento não era profundo, e ela nem precisara suturá-lo para certificar-se de que iria sarar sem problemas.

Surgia o amanhecer, apresentando uma desbotada faixa laranja no horizonte e o mar de juncos ondulantes e canas enlameadas por todo lado. Eles percorreram uma pequena extensão até os pântanos alagadiços que cercavam esse trecho do rio em todos os lados. O ar estava desagradavelmente úmido, e cheirava a lama e a gás pantanoso, e nuvens de insetos que ferroavam zuniam acima. Eles tiveram de deixar o barco para trás, à beira da água, na praia e virado de lado, para que o leme de direção, avariado num banco de areia durante a perigosa travessia do rio, permanecesse visível.

— O leme está muito avariado? — perguntou Isolda, rompendo um silêncio que durava quase desde que puseram o pé em terra.

Tristão deu de ombros e alcançou um dos odres d'água que trouxeram do barco:

— Nada que não possa ser consertado. Vai levar talvez um dia para que eu o repare, talvez só meio dia. Vou poder dizer com precisão quando clarear.

Ele apertou os olhos até o horizonte a leste, onde a faixa laranja se alargava e assumia tons dourados ardentes. Houve mais uma pausa silenciosa, e então Isolda disse:

— Eram profissionais, lutadores de aluguel, os que nos atacaram ontem à noite.

Tristão bebeu um gole d'água e manteve os olhos no céu a leste.

— É, bandidos comuns não usam armadura de couro nem lutam com espadas — ele concordou. Baixou o odre d'água e fechou a tampa metálica de novo. — Nem atacam por acaso. Eles queriam nos matar, sem a menor dúvida. — Ele parou de falar e a olhou de relance. — Você tem ideia de para quem trabalhavam aqueles homens?

Isolda sacudiu a cabeça e respondeu:

— Não tenho certeza, mas Márcia mencionou traição do Conselho do rei.

— E você acha que algum conselheiro comentou que você ia viajar para falar com Cerdic e mandou suas sentinelas para impedir? — Tristão esfregou distraidamente um pouco de lama no dorso da mão e franziu o cenho: — Pensei que só Madoc soubesse do objetivo da sua viagem.

— Eu também, mas ou é isso, ou... — Isolda se interrompeu.

Além da explosão de raiva que ela teve logo depois do ataque, não mencionara o que a bebedeira de Tristão quase provocara. Bêbado ou não, ele lhe havia salvado a vida com aquele arremesso ensandecido para pegar a espada do atacante. A lembrança dessa atitude a fez gelar.

Ela ainda poderia ter estado zangada — aliás, mais zangada —, pois um pequeno formigamento de fúria enojada ainda vibrava em todos os seus nervos, mas, quando os dois se encararam por cima do corpo do atacante inconsciente, Tristão havia trazido à baila uma lembrança de muitos anos. Ao encarar os olhos dele, ela se lembrou do menino que ficava no pátio de treinamento com o rosto determinado e rígido e atirava uma faca num alvo de couro vezes incontáveis, porque não tinha sido capaz de impedir que o pai espancasse sua mãe de novo.

Isolda pensou então: "A não ser que ele tenha mudado mais do que acho, não há nada que eu possa dizer que ele já não esteja dizendo a si mesmo".

Agora, sentado com ele entre os ataques, secando as roupas perto da fogueira e escutando o zunido dos insetos em redor, ela tentou decidir se deveria terminar de dizer o que começara.

Isolda olhou para Tristão. Os calções dele até os joelhos continuavam enlameados nas bainhas, e o maxilar estava machucado. Ele estava sentado com os braços apoiados nos joelhos, o tecido da camisa apertado contra os largos músculos dos ombros, e os olhos de vez em quando se fixavam no corpo inanimado de Hereric.

Lentamente, Isolda sacudiu a cabeça e disse:

– Nada, não é nada. – Ela viu que Tristão estava segurando, ligeiramente desajeitado, a mão direita, como se os dedos doessem, e ela apontou e perguntou: – Você quer que eu amarre isso?

Tristão estava observando Hereric mais uma vez. No silêncio, o respirar áspero da respiração do homem ferido era quase tão alto quanto o farfalhar dos juncos agitados pela brisa. À pergunta de Isolda, Tristão relanceou o olhar para os dedos e depois sacudiu a cabeça:

– Isto aqui? Não, é uma bobagem. É possível que ontem à noite eu não tenha feito nenhum bem aos dedos que já estavam deslocados, mas tudo bem. Se você os amarrar, não vou poder consertar o leme.

Ele tomou mais um gole de água, e então se levantou:

– Vou dar uma olhada por aí para ver se acho madeira para usar no leme. – Lançou um olhar em redor do acampamento apressadamente montado e perguntou: – Você vai ficar bem aqui, sozinha?

– Claro que vou. – Isolda então hesitou e disse: – Tris, aqueles homens chegaram de barco. Eu ouvi os remos na água.

Tristão assentiu com a cabeça, e respondeu à pergunta não feita ao apanhar o facão do solo e o enfiar no estojo do cinto.

– Eles vão nos procurar, é óbvio. A não ser que nós dois estejamos enganados, e tenha sido apenas um ataque aleatório de bandidos. Mas a gente percorreu um bom pedaço pelo rio, e agora os juncos escondem o barco e este acampamento de qualquer pessoa que ainda esteja no rio. Por isso, não há mais razão para eles procurarem aqui do que em qualquer outro lugar. – Ele olhou de novo para o céu que clareava. – Mas é melhor apagar o fogo, antes que a fumaça nos denuncie.

Depois que ela apagou o fogo e Tristão se afastou, Isolda se sentou ao lado de Hereric, e enfiou os pés debaixo da saia ainda úmida do seu vestido. *Ou os atacantes de ontem à noite receberam ordens de um traidor no Conselho do rei* – ela estivera a ponto de dizer – *ou eram homens mandados por Mark, agindo na esperança de uma recompensa.*

Mas quando estava para dizê-las em voz alta, as palavras se haviam engasgado como pedras na sua garganta.

Ao seu lado, Hereric emitiu um som baixo e assustado e virou a cabeça, inquieto, nas mantas que ela havia espalhado debaixo dele no chão. Isolda apanhou o odre de água e umedeceu um trapo, depois começou a limpar o rosto do saxão, perguntando-se se era apenas impressão dela que a pele retesada do rapaz estava ainda mais quente.

A princípio, em Dinas Emrys, ela ficou atônita demais com a chegada de Tristão para enfrentar a ideia de lhe contar que o pai dele o procurava. E depois... depois ela não contou nada porque os dois mal se falaram desde que partiram de Dinas Emrys. Porque Tristão bebia tanto que caía num sono entorpecido todas as noites. E, mais do que isso tudo, talvez ela nada houvesse dito porque teria precisado mencionar Kian, voltando até ele capturado e espancado e com uma órbita vazia no lugar de um olho.

Isolda lembrou da última vez que falou com Kian, antes de partir com Tristão e Hereric e o barco. Ela chegou à sua oficina para empacotar os unguentos e as plantas medicinais de que precisaria para a viagem, e lá encontrou Kian, esperando por ela no banco do canto, os braços cruzados no peito. Ele, porém, recusou quando ela se ofereceu para trocar o curativo do olho.

– Não se incomode, está tudo bem. Vim só me despedir. Madoc me contou o que você planeja.

– Ele lhe contou tudo? – perguntou Isolda.

Kian deu de ombros:

— Ele me contou a história que está contando para todo mundo. Mas dou a cara a tapa de que Tristão apareça do nada para poder levar você a Cammelerd.

Isolda aquiesceu com a cabeça. Kian, pelo menos, merecia a verdade, por isso ele lhe contou tudo e observou-lhe o rosto enrijecer quando ela mencionou o ferimento de Hereric, mas não disse nada, mesmo quando ela terminou de falar, e, após um instante, Isolda perguntou:

— Você está zangado com ele? Com Tristão? Porque ele não lhe contou que é filho de Mark?

— Zangado? — Kian estava de cenho franzido olhando para as botas, mas ao ouvir isso olhou para cima, nitidamente surpreso:

— Por que eu devia ficar zangado? Não me lembro de alguma vez ter contado a Tristão a história da minha vida, nem quem era meu pai. — Ele curvou os ombros. — É assim que a gente vivia: sem passado, sem futuro, só tentando chegar ao final do dia.

— Então você quer vê-lo? — perguntou Isolda. — Antes que a gente viaje?

Kian se calou. Seu olhar atento se fixou mais uma vez no chão, mas Isolda percebeu sua luta interior pela postura rígida dos ombros. Depois de um instante, ele sacudiu a cabeça e disse:

— Não, melhor não. Eu... — ele se interrompeu e instintivamente tocou no tapa-olho sobre a órbita vazia. — Eu... bem, é melhor não, só isso.

Isolda colocou o trapo úmido no banco e puxou as mantas para cobrir o peito de Hereric. "Kian conhece Tristão", — ela pensou. "A esta altura, talvez até melhor do que eu." E mesmo ela entendia o que Tristão sentiria se soubesse o que Kian havia sofrido porque fora reconhecido como parceiro de Tristão cinco meses atrás. "E, se contar agora a Tristão o que fizeram a Kian", pensou Isolda, "fazer com que ele deduza que o ataque de ontem à noite pode ter tido algo a ver com o que aconteceu a Kian, é quase certo que ele procurará se desforrar."

Ela ainda era capaz de sentir o peso esmagador do que sentira ao ver as malditas marcas de tortura nas costas de Tristão, a tortura que ele havia suportado nas mãos de Mark, por culpa dela. E Tristão deduziria tudo, da mesma forma que ela. Se os agressores da noite passada foram induzidos pela recompensa do ouro de Mark, os homens que haviam atacado e ferido Hereric talvez também tenham sido atraídos por isso. Isolda pensou: "Se eu contar a ele sobre a recompensa oferecida por Mark, Tristão vai se sentir responsável – mais do que já se sente – pelo braço fraturado de Hereric. E não apenas por isso, mas também pelo olho perdido de Kian."

Hereric gemeu e se agitou novamente, tentando levantar-se, e Isolda pôs-lhe uma das mãos na testa para acalmá-lo. Murmurando, ela começou a contar a história das filhas de Lyr, uma das incontáveis outras histórias que ela ultimamente contava aos homens feridos. As palavras já eram tão familiares que ela mal precisava pensar nelas – e enquanto ela, sentada, observava o esforço do subir e descer do peito de Hereric, e ao olhar os traços vermelhos subindo pelo braço fraturado do rapaz, pôs de lado todos os pensamentos de Tristão e Mark – pelo menos naquele momento. Porque agora ela precisava admitir o que temia o tempo todo, embora tampouco tivesse dito a Tristão, ela sabia que não podia salvar o braço de Hereric: ele perderia o braço, ou morreria.

O sol se elevou mais alto no céu. Isolda limpou de novo com água o rosto de Hereric, conseguiu persuadi-lo a engolir alguns goles de hidromel[26] e montou um arremedo de barraca com duas mantas, para mantê-lo na sombra. Verteu água nas mãos, formando uma xícara para Cabal beber, deu-lhe um naco de pão seco e verificou mais uma vez as ataduras do grande cachorro; viu que continuavam enxutas e que o corte no dorso

---

[26] Bebida alcoólica fermentada à base de água e mel. (N.T.)

do animal já estava formando uma crosta uniforme. No meio da tarde ela cochilou um pouco, sempre sentada ao lado de Hereric, mas apenas ligeiramente, porque todos os seus músculos estavam tensos, sempre esperando e atenta a um som ou sinal de que os homens que os haviam atacado na noite da véspera os tivessem encontrado de novo.

Estava anoitecendo e as sombras da noite já se faziam notar quando Tristão voltou. Hereric voltou a tossir, irrequieto, de novo, mesmo assim Isolda estava à espera de Tristão, olhando constantemente para perscrutar os juncos próximos. Ainda assim, ela só se deu conta de como estava preocupada quando viu Tristão chegar ao pequeno círculo do acampamento e ficou quase atordoada de alívio.

Ele andava cautelosamente, arrastando um pouco os pés, e Isolda pôde perceber...

Nada.

Surpresa, Isolda tentou de novo, observando Tristão e estendendo a mão na direção do espaço onde ela sentia o eco de Percepção. Ainda podia sentir a palpitação opressiva da dor de Hereric e o calor acentuado da pele dele. Mas não sentia nada vindo de Tristão, embora a mão direita do rapaz continuasse imóvel, como se para proteger-se da dor. Ao observá-lo se mexer para sentar-se perto no chão, ela se deu conta de que apenas imaginara de manhã que ele houvesse machucado a mão na luta. E que em Dinas Emrys ela teve de lhe perguntar se estava ferido.

Com um movimento da mão esquerda, Tristão pegou o copo de hidromel que ela lhe serviu, e Isolda voltou a avaliá-lo. A não ser pela mão direita rígida, ele não mostrava qualquer outro sinal de ferimento, e ela viu que ele olhava fixamente em redor da pequena clareira, para perceber os detalhes dos arredores e manter a vigília da mesma forma que ela fizera, em busca de algum sinal de alarme. Contudo o vazio que ela sentiu ao observá-lo não era apenas a simples ausência de dor, mas como se uma sombra houvesse descido, impedindo sua conexão com a própria Percepção.

Antes que ela pudesse fazer mais do que se perguntar que outra manifestação da Percepção isso queria dizer, Tristão falou, apontando com a cabeça para onde Hereric estava deitado no chão, o rosto de ossos descorados à luz amortecida.

– Como é que ele está?

Uma nuvem de insetos que picavam cercava as ataduras no braço fraturado de Hereric, e Isolda a espantou com a mão.

– Ele está bem – respondeu –, mas a febre está subindo. Vou ficar mais satisfeita quando pudermos tirá-lo deste solo úmido. Conseguiu consertar o leme?

Tristão deu um tapa num dos enxames que haviam pousado no seu braço, disse um palavrão, depois sacudiu a cabeça e disse:

– Não, não consegui. Desculpe. É tarefa mais complicada do que pensei, e não existe muita madeira por aqui que não esteja apodrecida pela umidade.

– Lamento – disse Isolda. – Pelo leme, quero dizer.

Tristão deu de ombros, o olhar atento ainda examinando o acampamento, e a cabeça inclinada como se estivesse prestando atenção em alguma coisa muito distante.

– A culpa não é sua. Talvez amanhã eu tenha mais sorte, mas estamos presos aqui esta noite.

Ele mexeu a cabeça abruptamente até onde o enorme cachorro dormia, num cobertor perto das brasas da fogueira da noite da véspera.

Os olhos do rapaz estavam levemente avermelhados pela falta de sono ou talvez – pensou Isolda – pelos efeitos de tanto vinho que havia bebido na noite da véspera. O maxilar dele endureceu, e seu tom foi inexpressivo e neutro. *A culpa não é sua*, ele dissera, mas Isolda se perguntou de repente se ele a culpava pelo leme quebrado.

Ela pareceu ouvir acima do silêncio do crepúsculo o som agudo de madeira contra madeira quando o outro barco emparelhara com o deles, e reviu nas sombras que se aprofundavam os dois homens armados pulando sobre a amurada. Estremeceu. Mesmo agora, não conseguia pensar que outra coisa poderia ter feito a não ser cortar as cordas da ancoragem, mas ainda assim foi por isso que o barco estava encalhado e avariado. Ela não poderia dizer que seria totalmente injusto se Tristão a culpasse, apesar de saber que a pequena fagulha de raiva que ainda sentia arderia e incendiaria de novo, se fosse verdade.

Há sete anos ela simplesmente teria exigido uma resposta, mesmo que isso significasse o começo de uma discussão. Agora, porém, como os dois estavam mais uma vez trocando palavras rápidas e rigidamente gentis apenas quando a ocasião exigia que falassem – como era o caso desde que essa viagem havia começado –, ela não conseguiu perguntar. Afinal de contas, era uma pergunta inútil. Ela pensou: "No máximo, eu só escarafuncharia uma lembrança do sono bêbado de Tristão que me deixaria zangada e incapaz de confiar nele de novo".

– Está certo – ela disse, em vez do que pensara dizer, com o mesmo tom de Tristão. – É... – ela olhou de relance para eles – é um bom local para acampar.

De um lugar entre os juncos, um grilo começou a cantar, e um momento depois se ouviu o chilrear agudo de um chupim-do-brejo. Tristão olhou um momento para Isolda, os olhos azuis ensombreados pelo pôr do sol que se formava, então um sorriso lhe contraiu os cantos da boca:

– Um bom local para acampar? – repetiu. – Mesmo vinda de você, essa é a mentira menos convincente que já ouvi.

Isolda comprimiu os lábios, desistiu de brigar e riu. Tirou da testa um cacho desgarrado de cabelo e disse:

– Tudo bem. Este é, sem dúvida, o lugar mais desconfortável em que já passei a noite, e nisso incluo as noites que passei numa barraca de hospital na montanha acima de um campo de batalha, com duas dúzias de homens sob meus cuidados. Mas pelo menos estamos em segurança aqui, até agora. Que tal isso?

A boca de Tristão relaxou, num sorriso raro e descuidado, e Isolda sentiu algo se contrair no seu peito. Algo que ela precisou afastar para muito longe:

— Melhor — disse ele. — Eu...

Antes que ele concluísse, Hereric gemeu mais uma vez, dessa vez esforçando-se para se sentar e depois gritando de dor porque o movimento lhe abalou o braço fraturado. Num instante, Isolda deu um pulo e se ajoelhou ao lado dele, pôs uma das mãos no braço sadio e lhe murmurou de modo tranquilizador, tentando fazer com que ele deitasse de novo. Dessa vez, contudo, sua voz pareceu não ter sido ouvida por Hereric. Ele fez um movimento abrupto para se afastar do toque da moça como se estivesse assustado, gritou mais uma vez e então, sem nenhum aviso, deu um golpe com o braço bom. Quando sadio, Hereric era forte como um cavalo puro-sangue, com ombros largos e braços muito musculosos. Mesmo enfraquecido pela febre como estava, seu soco foi suficiente para jogar Isolda para trás.

Tristão levantou-se imediatamente, jogou-se no chão do outro lado de Hereric e pegou-lhe o braço antes que ele conseguisse socar de novo.

— É assim que você trata uma dama que está tentando te ajudar, cara? A culpa vai ser sua se ela desistir de te tratar por achar que você não tem solução.

O rosto de Tristão estava duro, a boca assustadoramente determinada ao observar os esforços agônicos de Hereric. Seu tom, porém, era leve, bem-humorado e quase despreocupado, e os movimentos frenéticos de Hereric se abrandaram. Lentamente, Hereric virou a cabeça; o olhar turvo e brilhante de febre encarou Tristão, e seu respirar misturou-se a um ímpeto soluçante quando a mão boa se atrapalhou numa série de sinais de palavras.

— Está tudo bem. — Tristão deu um tapinha nas costas de Hereric. — Agora volte a deitar, que a gente vai deixar você bonzinho rapidamente.

O grupo de músculos dos ombros de Hereric relaxou, e ele deixou Tristão colocá-lo de volta sob as mantas.

— Tome! — disse Isolda, baixinho. Ela havia servido uma dose da infusão de papoula num copo de vinho, e o pôs na mão de Tristão. — Você consegue fazê-lo tomar um pouco disso?

Tristão pôs rapidamente um braço debaixo da cabeça e dos ombros de Hereric e levou o copo aos lábios dele; pouco a pouco o hidromel e o xarope de papoula foram sorvidos. Quando cerca de meio copo tinha sido bebido, Hereric deu mais um suspiro e suas pálpebras se fecharam. Tristão tirou o braço e abaixou a cabeça e os ombros de Hereric novamente.

Ele observou o homem ferido respirar lenta e firmemente um instante, e virou a cabeça para olhar para Isolda:

— Ele machucou você?

Isolda tocou a maçã do rosto onde o soco de Hereric a atingira. De manhã talvez houvesse um leve edema no local. Ela sacudiu a cabeça e disse:

— Não foi nada. Ele deve ter pensado que eu é que estava causando a dor no braço dele. Às vezes acontece. Mas pelo menos ele te reconheceu.

— Acho que sim.

Tristão se apoiou nos calcanhares e virou-se de novo para olhar o rosto de Hereric. A escuridão os cercou, aprofundando as sombras em redor dos olhos encovados do saxão.

— Que foi que ele disse a você? — perguntou Isolda. — Ou melhor, sinalizou?

Tristão fez uma careta e respondeu:

— Disse que lamentava não ter me reconhecido a princípio. E que o braço dele doía tanto que ele não estava conseguindo raciocinar direito.

Isolda hesitou, mas apenas por um momento. Tristão precisava ser capaz de ver a verdade, e ela também. Além disso, ela simplesmente não podia acrescentar à lista de assuntos que estava retendo para não falar com ele. Ela susteve a respiração e disse:

— Tris, ele só vai melhorar se perder esse braço. Vamos ter de amputá-lo... e rápido. Acho que não é possível esperar nem um dia inteiro mais.

Tristão se endireitou com um movimento súbito e olhou para ela acima do corpo imóvel de Hereric.

— Vamos ter de fazer **o quê**? — Quando Isolda começou a responder, ele sacudiu a cabeça: — Amputar o braço dele? **Aqui**? Isso é loucura. Você sabe quais são as possibilidades de um homem sobreviver a uma operação dessas?

— Claro que sim. Sei exatamente quais são os perigos, mas é pelo menos uma possibilidade de sobrevivência. Sem ela, ele estará perdido.

A boca de Tristão se apertou e ele disse:

— Uma possibilidade de quê? De uma vida como mudo com um único braço? Prefiro cortar a garganta dele agora ou que você lhe dê uma infusão qualquer para acabar logo com o problema. Ele vai ficar melhor morto.

— Talvez você pense que ele ficaria, mas não pode fazer essa escolha por Hereric. A vida é dele, e só ele pode resolver.

Tristão voltou a sacudir a cabeça:

— Hereric ganha a vida com a espada e as mãos. Como eu. Se você tirar isso dele, o que vai restar?

Isolda de repente se lembrou de Evan, um homem ossudo e de rosto comprido com bigode inclinado para baixo, que havia sido um dos guarda-costas de Con. Evan perdeu um pé como resultado de um ferimento no pé que infeccionou, depois se arrastou do leito de enfermo e tentou se afogar numa barrica de água. Durante todas as três semanas em que ele ficou sob os cuidados de Isolda, ele a xingou de manhã, à tarde e à noite porque ela o havia retirado da água e salvado sua vida. Essa foi mais uma das vezes em que ela precisou se esforçar para não perder a paciência com um dos feridos tratados por ela, embora sentisse muita pena de Evan.

Agora, ao encarar Tristão na escuridão fria e crescente da charneca, a boca de Isolda se contorceu e ela disse:

— Sim, conheço esse argumento. Às vezes penso que isso é tudo que os homens sabem fazer: lutar, machucar e retalhar uns aos outros com suas espadas. Quer dizer que você acha que Hereric só pode ser útil se conseguir matar? Se ele não puder fazer isso, deve ser sacrificado como um cão doente?

Tristão se manteve imóvel, e Isolda teve a impressão de que ele estava tentando controlar a raiva:

— Não foi isso que eu quis dizer.

Ela tampouco raramente o vira descontrolar-se quando cresceram juntos. Ele se zangava, mas sempre conseguia controlar-se. Nesse instante, Isolda quis que ele simplesmente gritasse com ela; ver o esforço de Tristão para manter a calma só a deixava mais zangada.

— Talvez não — ela retrucou subitamente —, mas você não é Deus, e nem mesmo parente de Hereric. Não pode resolver sozinho se ele vai viver ou morrer.

Um músculo se salientou no maxilar de Tristão e ele disse:

— E você? Nunca desejou que deixasse alguém sozinho e ele morresse, porque tudo que você havia feito estava apenas prolongando a agonia da pessoa?

Isolda susteve a respiração e se deu conta, com um lampejo de ironia, de que estava explodindo de raiva, e que mal acreditava que Tristão, afinal de contas, fosse o homem que Cynlas o julgava ser:

— Que coisa horrível de dizer!

— Mas é verdade, não é? — Entre eles, Hereric hesitou e resmungou nas profundezas do seu sono narcotizado, e Tristão reteve a respiração. Quando prosseguiu, falou mais baixo, embora a voz ainda estivesse áspera e mortalmente calma: – Isa, já cortaram a voz de Hereric, o que o deixou tão inocente quanto uma criança de seis anos. Você quer ver o que restou dele depois que você lhe amputar o braço?

Isolda sacudiu a cabeça e disse:

– Tris... – Imediatamente, todo o medo, a tensão e a exaustão da véspera aumentaram e a atingiram violentamente como uma onda e, para seu horror, ela sentiu lágrimas nos olhos. Piscou freneticamente para reprimi-las, e seu olhar intenso encontrou o de Tristão. – Sou uma pessoa que cura. Não posso simplesmente me sentar ao lado de Hereric e deixá-lo morrer; se houver uma possibilidade de eu fazer alguma coisa para salvá-lo, não posso fazer isso.

Tristão a observou, ainda parecendo que estava se esforçando para manter a voz uniforme e baixa:

– É isso que significa ser uma pessoa que cura os outros? Você concedeu ao filho de Cynlas uma morte rápida, mas não a Hereric?

Isolda sentiu a raiva lhe subir à cabeça:

– Significa, pelo menos, que eu não desistiria de um amigo porque era covarde demais para aproveitar a oportunidade de salvar a vida dele.

Durante um tempo que pareceu infindável, os olhos de Tristão se encontraram com os dela; a expressão dele não denunciava o que ele estava pensando. Então, de repente, ele exalou um respirar e pôs a cabeça entre as mãos.

Pelo espaço de vários dos hálitos difíceis de Hereric, Tristão permaneceu sentado, imóvel, tão parado que parecia entalhado na pedra enquanto o silêncio da noite crescia em redor deles. Então, lentamente, ergueu a cabeça. O rosto continuava apático, mas os olhos tinham a mesma inexpressividade que Isolda havia visto em homens recém-chegados de uma batalha, que haviam testemunhado seus companheiros serem retalhados em pedaços.

Tristão inalou o hálito e perguntou:

– Quando?

Algo na voz dele eliminou até a última centelha da raiva remanescente de Isolda, e um arrepio gelado roçou-lhe a nuca. Impulsivamente, ela estendeu a mão e tocou o braço de Tristão, dizendo:

– Tris, eu não quis dizer...

O antebraço dele estava quente, mesmo sob o frio de antes do amanhecer, e ela sentiu um choque percorrer-lhe toda ao tocar a pele do rapaz, forte o bastante para lhe contrair o coração. Rapidamente retirou a mão.

Pelo que pareceu um momento sem fim, os olhos de Tristão encontraram os dela, e a moça se perguntou se ele teria sentido alguma coisa parecida, mas o rapaz então sacudiu a cabeça e disse:

– Tudo bem, sei o que você quis dizer. Agora me diga do que vai precisar para operar Hereric.

Capítulo 8

Isolda se inclinou para examinar a atadura de trapos que usara para amarrar Hereric. Ela conseguira fazer com que ele tomasse uns goles de vinho misturado com sumo de papoula e ele dormiu, mas não profundamente. Não profundamente o bastante para ficar inconsciente quando recomeçassem a caminhar.

Tristão pôs a lamparina que havia acendido no chão, ao lado de Hereric, e Isolda olhou de relance. Estavam numa cabana de pescador abandonada que Tristão havia encontrado na véspera, ao procurar madeira. O casebre ficava a uma hora de um caminhar lento de onde haviam abandonado o barco. Parte do telhado de sapé da choupana estava cedendo, e já não havia porta, mas de qualquer forma era um abrigo. E a choupana ficava depois do pântano, num solo mais seco, embora as paredes de taipa estivessem desabando de umidade e fedessem ligeiramente a mofo e deterioração.

Eles passaram o dia transportando suprimentos suficientes para durar alguns dias, pois Hereric precisaria de tempo para se recuperar antes de poder ser transferido. Isolda ajudou Tristão a fabricar uma espécie de trenó com uma velha manta para carregar Hereric, e Tristão e Cabal se haviam alternado para fazer com que ele passasse pelos juncos até aquele lugar.

Estava quase anoitecendo, e Cabal vigiava do lado de fora, deitado em frente ao vão da porta aberta. Isolda sentou-se para olhar de relance pelo único aposento, pequeno e quadrado. O chão era de terra batida, endurecida como pedra com o passar dos anos, e o lugar estava vazio, exceto por uma pilha de velhas redes de pesca no canto, com os fios meio podres, e o catre de madeira toscamente construído onde Hereric estava deitado.

Isolda levantou os olhos e perguntou:

– Há algum assentamento próximo? Eu não reparei.

Tristão sacudiu a cabeça:

– Nada próximo. Vi um anel de fumaça no céu a leste, mas muito distante, eu diria que pelo menos a meio dia de caminhada.

Isolda assentiu com a cabeça e virou-se para analisar o rosto de Hereric, amarelo como o sebo da luz trêmula da lamparina. A nódoa agourenta verde-acinzentada continuava no maxilar dele, e a boca também com um mau presságio, descolorada e frouxa. Isolda calculou o que sua avó teria dito a essa visão. Que Morrigan já pairava sobre esse homem, batendo suas asas de corvo, e separando-o para ela. No máximo, pensou Isolda, ela terá queimado um galho de pinheiro para libertar a alma do rapaz e protegê-la na sua viagem.

Por um momento, Isolda permitiu-se expressar plenamente no rosto o medo de que, apesar do que havia dito a Tristão, sua escolha fosse realmente errada. Que Hereric morreria e que eles – ela – o teriam feito sofrer sem uma causa justa. Então, deliberadamente, ela bloqueou o temor. Escolhera essa opção, e já não havia espaço para dúvida.

Tristão, a julgar por seu rosto, deve ter feito o mesmo. Seus olhos estavam turvos de cansaço, mas seu olhar estava claro e imóvel ao olhar para o homem inconsciente.

– Vou fazer os primeiros cortes – disse Isolda. – Depois vou precisar que você assuma quando chegar a hora de visualizar o osso.

Sem tirar os olhos de Hereric, Tristão assentiu com a cabeça.

– Tome. – Ele lhe entregou a faca de cabo de osso. – Eu a afiei há pouco; está o mais afiada possível.

Isolda pegou a faca, segurou-a por um instante, equilibrando-a na palma da mão. Nos últimos sete anos ela já fizera isso muitas vezes, mas a voz de Kian lhe ecoou brevemente nos ouvidos, repetindo o que havia dito sobre enfrentar a batalha: *A gente pensa que fica mais fácil, mas não fica. É a mesma coisa em todas as batalhas, todas as vezes.*

Como Hereric havia bebido muito pouco do xarope de papoula, Isolda tirou da sacola de remédios um pequeno frasco de uma decocção[27] de cicuta e hera. Se engolida, a dose seria suficiente para matar, mas inalar as emanações poderia deixar um homem inconsciente por algum tempo. Ela destampou o frasco, derramou seu conteúdo num pano limpo e o entregou a Tristão, dizendo:

— Mantenha isso debaixo do nariz dele, e eu vou começar a fazer o que é preciso.

Mesmo com a cicuta e a papoula, Hereric berrou. Foram gritos profundos, de partir o coração, que primeiro ecoaram nas paredes desmoronadas da cabana, depois ficaram mais fracos e roucos à medida que a voz dele enfraquecia. A essa altura, Isolda havia terminado sua tarefa e estava imobilizando Hereric para que Tristão pudesse cortar os ossos. Ela viu Tristão hesitar, convulsivamente, a cada grito de Hereric, e filetes de suor escorrerem e lhe penetrarem nos olhos, mas suas mãos estavam absolutamente firmes quando ele agarrou a faca e serrou rapidamente o osso ensanguentado.

A própria pele de Isolda estava pegajosa com o esforço de bloquear a percepção da dor de Hereric, mas a moça pegou o rosto do saxão entre as mãos e lhe murmurou:

— Está quase acabando. Você enfrentou tudo corajosamente. Está quase acabando.

Quando terminasse, haveria uma reação, e o homem cujo rosto ela segurava voltaria a ser Hereric, mas por enquanto ele era apenas um homem com um braço fraturado. Faltava uma série de tarefas a serem executadas, uma a uma, para salvar uma vida.

---

27 Essência que se obtém após a evaporação. (N.T.)

Tristão segurou a lâmina incandescente contra o toco sangrento que havia sido o braço de Hereric e o homem gritou de novo, o corpo enrijeceu, e os músculos do pescoço e garganta se salientaram como cordões, mas a cirurgia havia acabado. Tristão soltou a faca fumegante e levantou uma das mãos para tirar o suor dos olhos. Isolda viu que, agora que estava tudo terminado, a mão tremia ligeiramente, mas quando ele falou, sua voz estava firme como antes.

– Vou lá para fora enterrar isto tudo aqui. – Ele apontou para a sujeira ensanguentada ao lado da cama. – Se você ficar com Hereric.

Ele estava tão completamente desligado de tudo, tão controlado e inalcançável e completamente *só* que Isolda não se deteve: estendeu a mão e a colocou em cima da dele, dizendo:

– Você se saiu muitíssimo bem, Tris.

Ele levantou os olhos lentamente das mãos unidas dos dois e a encarou. Seus olhos se encontraram, e nesse momento Isolda teria dado qualquer coisa para saber o que ele estava pensando, mas então ele sacudiu a cabeça, uma breve sombra lhe passou pelo olhar azul atento e Tristão disse:

– Obrigado, embora eu não tenha tanta certeza de que Hereric concordaria.

Tristão ficou imóvel, inalando longos hálitos do ar frio e úmido da noite e esperando que o acesso de tremor percorresse seu trajeto, como os arrepios estressantes de uma febre, porém mais fortes. Ele então se virou e voltou para dentro. Isolda havia posto uma atadura com panos limpos no toco do braço de Hereric e lhe cobrira o corpo até o peito com mantas limpas também. Também havia lavado a pior parte do sangue das mãos e braços. Agora estava sentada imóvel contra a parede ao lado da cama, os braços prendendo os joelhos, e o olhar fixo em Hereric; a luz bruxuleante da lamparina ressaltava as lágrimas nas maçãs do seu rosto.

Tristão pigarreou e perguntou:
— Você está bem?
— Quê? — Isolda passou uma das mãos nos olhos, depois olhou um instante, apática, para a umidade na mão, como se só então tivesse percebido que estava chorando. — Ah! — Ela sacudiu a cabeça e disse: — Eu sempre choro depois de tratar de alguém que conheço. Já passou.

Tristão hesitou mais uma vez, depois se sentou no chão ao lado dela e se encostou contra a parede de taipa. Houve um momento de silêncio, depois ela disse:
— Hereric deveria descansar por alguns dias antes de tentarmos transportá-lo. Isso lhe dará tempo suficiente para consertar o leme?
— Acho que sim. — Tristão recordou um mapa imaginário do panorama em redor. — Estamos agora talvez a uma jornada de sete dias da divisa de Wessex.

Isolda contorceu o corpo um pouco e o olhou:
— Então você continua disposto a terminar a viagem?

Tristão esfregou o espaço entre os olhos. Estava evitando olhar para a forma imóvel de Hereric no leito, mas perguntou:
— Por que eu não estaria?

Isolda mordeu o lábio e respondeu:
— É que... na verdade não tenho certeza se fiz bem a Hereric, e...

Tristão controlou-se antes de estender o braço até ela:
— Não diga isso. Pensei que a gente já tinha concordado em não fazer esse tipo de barganha. Você acha que deve ir a Wessex falar com Cerdic. Eu lhe dei minha palavra de que te levaria. Nada mudou.

Isolda passou a mão pelas maçãs do rosto de novo:
— Desculpe, eu sei, mas é que... — Ela se virou e o encarou novamente; os grandes olhos cinzentos acentuavam-lhe o rosto pálido: — Você acha que Cerdic vai mesmo me escutar?

Tristão suspirou: sabia que ela não lhe seria grata por uma mentira só para agradar-lhe:

— Não sei. Ele tem a reputação de ser um homem duro, mas justo. Já foi um bom combatente, um ótimo líder do seu bando de guerra. Não é nenhum idiota. Sua mente é aguçada, e é um homem bélico. Eu diria que há pelo menos uma possibilidade de que ele ouça o que você tem a dizer.

Isolda assentiu com a cabeça:

— Acho que devo ter essa esperança. Eu só... — ela se deteve, mordeu o lábio novamente e disse, então, com os olhos fixos no rosto dele e uma expressão profunda nos olhos que fez o coração do rapaz bater acelerado — não consigo deixar de achar que arrastei você e Hereric por essa distância enorme e os submeti a todos os perigos que enfrentamos em nome de uma causa que está condenada a fracassar.

Ele não teve a intenção de tocar nela. Foi o braço dele que se mexeu automaticamente e a abraçou antes que ele percebesse o que havia feito.

— Essas palavras não parecem vir de você.

Isso a fez sorrir levemente:

— É mesmo. Eu sei disso. Mas é que... — ela se interrompeu, e virou-se para contemplar o rosto lívido de Hereric e o toco de braço com atadura — mas é que todas as vezes, depois de uma operação como essa, eu penso: "se eu tiver de fazer isso de novo"... mas então eu preciso fazer. Porque sou uma curandeira, e às vezes esse tipo de coisa é a única maneira, e...

Ela estava ainda mais abalada e exausta do que ele pensava, porque um calafrio a sacudiu, e depois ela se apoiou nele e inconscientemente descansou a cabeça em seu ombro.

A parte da mente de Tristão que ainda não estava tentando bloquear a lembrança dos gritos de Hereric perguntou-se exatamente quanto tempo ele achava que ia conseguir manter seu autocontrole, sentado daquela maneira com Isolda, mas aquiesceu com a cabeça e disse.

— Como aconteceu com Hereric. Era a única forma, Isa. Não se culpe.

Ainda assim, sua mão esquerda se cerrou sem querer, e ele ouviu Isolda inalar profundamente.

Quando ele olhou, ela observava fixamente os dedos com cicatrizes, e o rosto estava ainda mais pálido do que antes.

— Então era por isso que você não queria... e eu disse... Ah, Tris, lamento muito.

Ele aprendera há muito tempo que mentir para Isolda era um desperdício de fôlego. Tristão não se importou em perguntar o que ela quis dizer nem tentar negá-lo. Ele inclinou a cabeça para trás e observou uma espiral de fumaça da lamparina deslocar-se para o teto, e disse, após um momento:

— Você precisa fazer isso?

— Isso quê?

— Ler meus pensamentos assim.

Isolda olhou de relance para cima, com uma sombra de sorriso nos cantos da boca:

— Acho que já tive muita experiência com o assunto. Tentar fazer você falar sempre foi o mesmo que arrastar juncos do rio pelas raízes.

Ela ainda estava apoiada nele; acima do fedor do sangue do resto do aposento, ele podia sentir o aroma doce e floral do que fosse lá o que ela usava para lavar o cabelo.

— Bem, você costumava falar o suficiente por dez pessoas, quanto mais por duas. Se eu pudesse mensurar o trigo por histórias e contos ao lado da lareira que você me obrigava a escutar, eu poderia alimentar um exército inteiro no inverno.

Ele a ouviu abafar um bocejo; ela devia estar tão cansada quanto ele, mas então a moça riu:

— Eu sei. Você sempre dizia que, se eu tivesse uma medida de trigo por história e narrativas contadas ao pé do fogo que você me fez escutar, eu seria capaz de alimentar um exército durante todo o inverno.

Ele a ouviu abafar um bocejo; devia estar tão cansada quanto ele, mas então ela riu:

— Nem me diga. Você costumava me dizer que eu falava mais do que a boca.

— É mesmo? Não entendo por que você ainda prestava atenção ao que eu dizia.

Ela mudou de posição, e voltou a apoiar a cabeça no ombro dele.

— Ora, você nem sempre era mau assim. Você disse a Mara que o cabelo dela era bonito, isso foi gentil.

Tristão esfregou os olhos com a mão livre. Depois de duas noites praticamente sem dormir, estavam arenosos de exaustão.

— Quem?

— Você não se lembra? Ela era filha de Andras, o armeiro do meu pai. Tinha a minha idade, onze ou doze anos talvez. E costumavam implicar muito com ela por causa da pele ruim e porque era dentuça. E você deu um soco no menino que estava debochando dela, e disse à menina que o cabelo dela era bonito. Eu me lembro bem porque nunca tinha visto você elogiar uma menina, mesmo que ela ficasse dando risinhos afetados e flertando com você. Achei sua atitude muito generosa.

Tristão deu de ombros. Do lado de fora, o vento soprava nos cantos de cabana, e batia no teto de sapê.

— Devo ter ficado com pena dela. E, se me lembro bem, você não ficou muito feliz comigo na época. Eu quebrei uma articulação na briga, e, quando você a estava endireitando para mim, disse que ia me escalpelar vivo se eu voltasse a ser tão burro para me meter em mais uma luta como aquela. Eu precisei te ensinar a atirar uma faca para que você voltasse a falar comigo.

A risada que ela deu era a mesma de que ele se lembrava de anos atrás, borbulhando não se sabia de onde, nítida e musical como a voz dela.

— Eu me lembro. Fazia meses que eu te pedia para me ensinar, mas você sempre se recusava.

— Pois é... Se você tivesse ficado sem os dedos, eu é que teria explicado por que achei que era uma boa ideia ensinar a filha do rei a atirar facas.

Isolda riu novamente, depois ficou quieta e voltou a focalizar a mão com cicatrizes do rapaz. Tristão preparou-se para que ela perguntasse pela história toda, mas tudo o que a moça disse foi:

— Lamento muito mesmo, Tris.

Ela recuou ligeiramente, contorcendo o corpo para poder olhar para ele e pôr-lhe uma das mãos no rosto. Seu cabelo negro como ébano escapou da trança que a demarcava e se enroscou em redor do seu rosto, e, ao brilho alaranjado da luz da lamparina, seu rosto era alvo como leite, e os olhos, da cor do oceano ao amanhecer.

— Você me promete uma coisa? Promete que mesmo se Hereric... mesmo se ele morrer, você não vai se culpar pelo que aconteceu esta noite? Hereric saberia, de verdade, que você não tinha intenção de fazer-lhe mal.

A voz dela sempre o fazia pensar em água potável e fresca. Tristão fechou os olhos e então, através do atordoamento do seu cansaço, ele se ouviu dizer:

— Quando eu estava na pedreira, no acampamento de escravos, os guardas costumavam... Eu tive sorte de me livrar sem duas articulações de dedos apenas. Em geral eles decepavam mãos ou braços, ou os dois, na maior parte do tempo. Às vezes era um castigo e outras vezes, outras vezes era por puro divertimento, porque eles estavam nervosos, ou entediados ou simplesmente furiosos porque tinham de ficar lá de vigília numa pedreira imunda no meio do nada. Eles sempre faziam as maldades perto da gente, para que todos nós pudéssemos ouvir. E então eles reuniam os que não tinham mãos nem braços numa espécie de jaula e ficavam em volta rolando de rir, enquanto os infelizes dos mutilados chafurdavam na terra para conseguir um pouco da comida que era jogada, tentando pegá-la com os dentes, porque obviamente não poderiam pegá-la de outra maneira. Os guardas nunca jogavam muita comida, só o suficiente para manter os desgraçados vivos enquanto os corpos deles apodreciam de fora para dentro.

Quando ele olhou para baixo, Isolda continuava a olhá-lo; os olhos cinzentos estavam arregalados, a pouca cor das maçãs do seu rosto desaparecera totalmente. Tristão obrigou-se a parar de falar e disse apenas:

— Desculpe, eu não devia ter contado a você.

— Não seja burro. — Ela sacudiu impaciente a cabeça, a voz era quase raivosa. — Foi bom você ter contado. Eu só... — ela se interrompeu e voltou a olhá-lo. — Eu também queria ter estado lá.

Tristão se reprimiu antes de dizer algo de que se arrependesse. *Lembrar de você era a luz na escuridão. Eu voltaria a viver tudo só para escutar você rir mais uma vez.* "Pelos poderes do inferno!", ele pensou. "A cada dia eu me pareço mais com aquela maldita balada dos harpistas."

Em vez disso, porém, ele disse:

— Para que você também sofresse? Isso teria adiantado muito...

Ele fez uma pausa e calou a boca, observando mais uma espiral de fumaça da lamparina subir, pairar um momento no ar acima das cabeças deles e então dissolver-se nas sombras do telhado de sapê.

Ele então disse:

— Às vezes eu contava suas histórias para mim mesmo.

— É mesmo? Que bom! — Ela se calou, em seguida virou-se para olhar para ele mais uma vez. — Eu...

Ela ficou em silêncio, seus olhos se arregalaram como se de choque ou surpresa, e o olhar ficou subitamente inexpressivo. Ela, porém, nada disse, e depois de um instante ele perguntou:

— Alguma coisa está errada?

Ela sacudiu a cabeça devagar e respondeu:
– Não, nada. – Calou-se de novo e depois perguntou: – Tris, que aconteceu em Camlann? Como é que você foi capturado como escravo?
– Eu... – Ele mexeu a cabeça com um movimento abrupto e pensou: "Pelas chagas do Senhor, que é que eu estou fazendo?"
Ele sentiu como se tivesse estado dormindo e de repente acordasse com um pontapé no peito. Mesmo enquanto as lembranças indecentemente ilustrativas ferviam dentro dele, mesmo quando seu coração começou a latejar e um suor frio lhe surgiu no corpo, uma voz remota e zombeteira no fundo da sua mente lhe disse que ele era o responsável por isso, por ter se permitido chegar tão próximo dela.
Instintivamente, ele fez um movimento abrupto para se afastar e viu os olhos de Isolda se arregalarem novamente e uma expressão, parte de surpresa, parte de alguma coisa que poderia ser piedade ou mágoa ou raiva estampar-se nas profundezas daquele olhar.
– Tris?
Ele se virou de costas para evitar ver o rosto dela. Havia conseguido mentir com um ar razoavelmente convincente de tédio descontraído de um inimigo segurando uma faca na sua garganta, mas não tinha a menor noção de uma só coisa a dizer agora.
– Você confia em mim? – perguntou finalmente. Ouviu a ligeira hesitação antes de ela falar e disse a si mesmo que ele também era responsável por isso.
– Sim – ela respondeu –, confio em você.
Tristão pôs-se de pé e se obrigou a olhar um minuto para ela:
– Então não me peça para responder a essa pergunta.

Quando se viu fora do casebre, Tristão se sentou imóvel na manta que havia estendido no chão, para poder vigiar, disse a Isolda. Esperou até cessar todo o movimento dentro da choupana. Isolda deixaria a lamparina acesa a noite inteira, para o caso de Hereric acordar, e estendeu uma manta para si mesma no chão de terra batida, para descansar um pouco antes de o rapaz acordar. Tristão inclinou a cabeça para trás, para contemplar a rede pálida de estrelas no céu. Pelo menos a noite estava clara. Era improvável que chovesse. Deu tempo para que Isolda dormisse, discutindo consigo mesmo.

A ideia de ser apanhado desprevenido por outro ataque era o mesmo que mastigar e engolir cacos de vidro, mas o dia inteiro não tinha havido nenhum sinal de perseguição. Sentia vagamente os músculos como se ele se estivesse arrastando debaixo d'água; os olhos latejavam. Ele estava próximo do limite de resistência sem descansar, e permanecer alerta o suficiente para voltar a tentar consertar o leme na manhã seguinte. E se tentasse ficar acordado e então não conseguisse de jeito nenhum...

Fatigado, Tristão estendeu o braço para alcançar o pacote de suprimentos que trouxera do barco, encontrou o odre de vinho, tirou a tampa e bebeu um gole ardente. O líquido lhe desceu pela garganta como fogo amargo e ele pensou: "Se duvidar, uma noite dessas vou começar a gostar desta bosta".

Ele não soube o que o fez virar-se; talvez ela tenha feito um leve som que ele tenha escutado. Quando olhou em volta, Isolda estava de pé no vão da porta da choupana, observando-o. Estava muito escuro para ver-lhe o rosto, mas ele sabia que os olhos dela estavam fixos nele. Ela permaneceu assim, absolutamente imóvel, uma sombra esguia contra o brilho amarelo da lamparina às suas costas. Em seguida recuou, virou as costas e entrou na cabana sem dizer palavra.

O sol estava acabando de surgir no horizonte quando Isolda olhou para fora do casebre. O ar matinal estava frio e úmido, e ela podia ver espirais de neblina prateada elevando-se sobre a pilha de juncos estendida entre ela e o rio. Cabal estava dormindo enroscado no cobertor que Isolda havia estendido para ele perto da porta, mas acordou ao som dos passos dela. Ele se sentou ereto, enfiou o focinho na mão dela; Isolda franziu as orelhas dele e passou-lhe uma das mãos nas costas antes de ir para fora.

Tristão estava deitado quase exatamente como há duas noites, com um braço largado e um odre de vinho vazio ao lado. A tampa de prata se soltara, e um último filete de vinho fizera uma poça na terra, parecendo quase sangue à luz pungente da manhã. Isolda o contemplou um momento, e então se sentou ao seu lado.

Ela havia dormido um pouquinho, envolta no manto de viagem, e cochilado o suficiente para ouvir Hereric caso ele se agitasse ou acordasse, mas não se havia despido, nem tirara os sapatos ou as meias de lã. Ainda assim sentia frio, e fechou mais o manto ao seu redor, mantendo os olhos fixos no rosto de Tristão. Dessa vez ele dormia menos profundamente; após apenas alguns momentos, suas pálpebras estremeceram e depois se abriram.

A princípio seu olhar atento estava turvo, depois ficou mais claro com a percepção da surpresa; fez um movimento parcialmente abrupto e sentou-se ereto.

– Alguma coisa errada?

– Não.

Tristão exalou um suspiro, e Isolda esperou enquanto ele sacudiu a cabeça, depois se arrastou para ficar de pé e encostar-se na parede externa da choupana. Contudo ele não falou, e, depois de um instante de silêncio, Isolda olhou dele para o odre vazio de vinho.

– Você deve estar com uma enxaqueca do demônio – ela disse.

Tristão, de olhos fechados de novo, disse:

– E ele pode pegá-la de volta na hora em que quiser. – Ele então voltou a ficar alerta, pois se sobressaltou e sacudiu a cabeça mais uma vez. – Hereric...

Isolda sacudiu a cabeça e concluiu o pensamento dele:

— Não. Acredito que Hereric esteja tão bem quanto se possa esperar. Dei mais uma dose do xarope de papoula há pouco tempo, e ele adormeceu. Ainda é cedo para dizer mais alguma coisa.

Tristão assentiu com a cabeça, depois estremeceu, e Isolda lhe estendeu o copo que trouxera da choupana:

— Tome isto aqui.

O olhar intenso de Tristão estava ligeiramente irritado, como se esperasse que ela dissesse mais alguma coisa, mas aceitou o copo, e depois recuou quando o aproximou da boca:

— Em nome de Deus, o que é isto? Fede como couro de bode mal curtido!

— E o gosto é ainda pior, mas vai ajudar.

Tristão olhou-a de relance mais uma vez, depois esvaziou o copo; um tremor convulsivo lhe percorreu o corpo inteiro ao engolir.

— Minha nossa! Na próxima vez vou preferir ficar com a enxaqueca...

Houve mais um momento de silêncio, depois Isolda indagou:

— Tris, qual é o problema?

Ela o viu enrijecer e depois propositalmente relaxar, a cabeça ainda inclinada para trás contra a parede, os olhos se fechando de novo. Seu maxilar apresentava um restolho de um dia de barba não feita, e ele ainda estava com uma nódoa de sangue na têmpora, de onde limpara o sangue na noite da véspera.

— Que é que você quer dizer?

— Eu conheço você. Você odeia embriaguez, pensa que não me lembro? Por causa do...

Isolda parou, mas se obrigou a prosseguir:

— Por causa do seu pai e do que ele costumava fazer quando estava bêbado de cerveja ou vinho. E eu nunca, nunca soube que você arriscasse a vida de um amigo se pudesse evitar isso. Nem no pior dia da sua vida você faria isso. Talvez tenha mudado, mas não tanto assim. Portanto, o que está havendo? Por que está fazendo isso consigo mesmo?

Isolda julgou ter vislumbrado uma sombra no rosto de Tristão, que disse:

– Eu... – Mas então se deteve e sacudiu a cabeça.

Os dois ficaram sentados sem falar por um momento mais, até que Isolda disse, de modo uniforme:

– É mais uma coisa em que devo confiar em você?

Tristão começou a falar, mas se interrompeu. Isolda o viu abrir as mãos e voltar a sacudir a cabeça. Depois, de repente, ele se sentou ereto e ficou imóvel, o olhar atento em alguma coisa sobre o ombro de Isolda. Ao se virar, Isolda também viu o que era: uma coluna preta e turva de fumaça que se elevava da margem do rio além dos juncos.

O sangue de Isolda subitamente congelou e ela disse, a voz soando estranha até mesmo para si própria:

– O barco!

– Deve ser. – Tristão ficou de pé, os olhos ainda fixos na coluna de fumaça, e seu rosto assumiu uma expressão soturna. – A fumaça está vindo exatamente do lugar onde deixamos o barco. E não havia mais coisa alguma lá que pudesse pegar fogo e provocar tanta fumaça.

Isolda engoliu em seco e murmurou:

– Isso quer dizer que...

– Eles o encontraram, sejam lá quem forem "eles" – Tristão ficou parado mais um instante, e de repente se virou para Isolda e perguntou:

– Que dano faríamos a Hereric se o tirássemos daqui agora?

– Quer dizer que você acha que eles nos encontrariam?

– Acho que, se eles se deram ao trabalho de incendiar o barco, vão querer vir atrás da gente. E não estamos tão longe assim. Se você me disser que Hereric vai morrer se formos embora, estou disposto a arriscar e ficar, mas não temos muitas probabilidades de nos safarmos sem sermos descobertos. – Tristão olhou de soslaio para o céu, que começava a clarear.

— Além disso, nem vai escurecer logo: eles vão ter o dia inteiro para procurar.

Isolda olhou para a choupana. A luz pálida do sol que entrava oblíqua pela porta era suficiente para ela distinguir Hereric, imóvel no catre, o rosto largo cinzento na relativa escuridão da cabana, e o toco do braço com atadura em cima das mantas. Ela sacudiu a cabeça, impotente:

— Não sei. Você me perguntou se tirar Hereric daqui agora poderia matá-lo, e eu lhe respondo sinceramente que acho que poderia. O choque de ontem à noite, e depois viajando tão pouco tempo depois da... — Ela parou. — Mas acontece que, se formos descobertos, ele vai morrer mesmo. Aliás, todos nós vamos.

Ela então sentiu o cheiro da fumaça, penetrante e acre entre os cheiros mais familiares de lama e mofo e umidade. Isolda sacudiu a cabeça de novo, levantou os olhos para Tristão e disse calmamente:

— Acho que neste caso não existe uma escolha favorável, mas concordo com o que você decidir. Você conhece Hereric melhor do que eu. Ele ia querer fazer o quê?

Tristão passou a mão pelo cabelo e disse:

— Pelas chagas do Senhor, me dê uma ajudinha.

— Desculpe.

Tristão exalou o hálito e disse:

— Não, desculpe. A culpa não é sua.

Ele ficou em silêncio um instante, olhando fixamente mais uma vez sobre a charneca em direção à coluna de fumaça que subia. Isolda sabia o debate interno que ele devia estar travando, mas seu rosto estava inexpressivo. Seu olhar intenso estava absolutamente calmo, com a mesma expressão que ela vira na noite da véspera, enquanto operavam Hereric. Passou-se apenas um instante antes de ele se virar, e Isolda imaginou que ele já devia ter enfrentado decisões como essa muitas vezes. Assim como qualquer homem que já tivesse vivenciado batalhas e guerras.

— Acho que devemos ir embora.

Capítulo 9

Isolda tampou o frasco da decocção de cicuta e o pôs no bolso do vestido, depois se virou para se debruçar sobre Hereric novamente. Ele estava deitado na maca temporária, e seu olhar permanecia apático, as meninas dos olhos fixas, quando Isolda suavemente levantou a pálpebra de um olho. Isolda se recostou e afastou do rosto um cacho de cabelo úmido.

Estavam numa pequena clareira da floresta onde haviam parado há pouco tempo. Caía uma garoa fria e penetrante que gotejava pelos galhos acima, ensopando-lhes o cabelo e roupas. O manto de Isolda estava pesado e encharcado nos ombros, e, sob a camada exterior de lã, seu vestido também estava ficando úmido.

De certa maneira, contudo, a chuva era uma bênção. Era quase meio-dia, e fazia horas que haviam saído da cabana abandonada de pescador, e até então não haviam visto nenhum sinal de perseguição. Tampouco haviam encontrado alguém, nem mesmo um carneiro ou um bode extraviado. Embora Isolda houvesse visto, a distância, os restos de um assentamento incendiado, as choupanas sem teto sobressaindo como uma fila de dentes negros e quebrados. Se ela estava certa, estavam se aproximando da divisa de Atrebatia, onde as lutas e os ataques de surpresa pelos grupos de guerra de Cerdic eram os mais acirrados. Essa ideia provocou arrepios na espinha de Isolda, e a manteve virando a cabeça, alerta a qualquer vista ou som de alarme. Por enquanto, contudo, mesmo a coluna de fumaça do barco incendiado estava invisível agora, assim como o próprio rio, encoberto pelas camadas de vagalhões de chuva e neblina.

– Como está ele?

A voz de Tristão fez Isolda levantar os olhos e ver que ele estava ao lado dela. Ele havia tirado o próprio manto para agasalhar mais Hereric, e sua camisa estava ensopada, emplastrada na pele.

Isolda se aprumou e recuou para sentar numa tora caída. Cabal foi até ela e se acomodou ao seu lado, e ela pôs uma das mãos na cabeça do grande animal, agradecida pelo calor dele.

– Inconsciente, pelo menos agora.

Hereric acordara logo que chegaram ao abrigo das árvores, gritando e tentando defender-se de atacantes invisíveis, com os olhos febris ferozes. Isolda tentou convencê-lo a engolir mais uma dose do vinho misturado com sumo de papoulas, mas ele o rechaçou e depois desmaiou ao tentar vomitar na maca. Ele nem sequer reconheceu Tristão. Finalmente, Isolda encontrou a cicuta na sua provisão de medicamentos, e segurou um chumaço impregnado do líquido debaixo do nariz de Hereric como antes, até ele finalmente se acalmar.

Agora, ao olhar o corpo molhado pela chuva e ao recordar os gritos frenéticos e os olhos apáticos e apavorados, ela sentiu um nó gélido atingir-lhe a boca do estômago. Concentrou-se, focalizando o rosto largo e lívido de Hereric. Ainda conseguia sentir a palpitação constante e violenta de dor, mas só isso. Isolda pensou que não havia como saber se ele estava apenas ensandecido pela febre ou se o horror da noite da véspera tinha lesionado sua mente.

De qualquer forma, porém, ele não podia ficar debaixo da chuva fria, e ela levantou os olhos e começou a falar:

– Tris, onde estamos... – Em seguida ela parou e gritou quando sentiu uma pontada vívida de dor no tornozelo. Olhou para baixo, aterrorizada, a tempo de ver uma forma serpeante e lamacenta, mosqueada com uma faixa de losangos no dorso, deslizar e penetrar nos arbustos à sua direita.

Com um rosnado, Cabal fez menção de ir atrás da cobra, mas Isolda o impediu bem na hora:

— Cabal, não! — Ela o segurou apertado na coleira, e o grande animal choramingou frustrado, depois se acalmou — e voltou a se acomodar ao lado dela.

— Aquilo era... — começou Isolda.

Tristão havia se levantado de súbito ao ouvir o grito de Isolda, e a mão pegou automaticamente a espada, quando seus olhos encontraram o lugar onde a cobra havia desaparecido numa moita.

— Uma cobra. — Ele se virou de novo para Isolda e disse: — Ela devia ter um ninho debaixo daquela tora; elas não costumam atacar assim. Onde foi a picada? Deixe-me ver.

Ele se ajoelhou ao lado de Isolda e sacou a faca para cortar-lhe a meia e desnudar o local onde a cobra atacara, logo acima do tornozelo. A carne já estava começando a inchar, e latejava com uma dor atroz que fez Isolda morder com força o lábio inferior.

— Elas são venenosas, embora sua picada não seja fatal. Pelo menos não costuma ser, mas eu sei que dói demais.

— Eu sei disso — falou Isolda.

Isso provocou mais um leve sorriso de Tristão, mas ele ficou sério e inclinou a cabeça para trás para olhar a moça através da chuva.

— O veneno deve ser extirpado o mais cedo possível.

Isolda aquiesceu com a cabeça:

— Eu sei disso — ela disse mais uma vez.

— Você quer que eu — Tristão começou a falar, mas a moça sacudiu a cabeça. — Não, pode deixar, já fiz isso antes.

Ela já tratara de picadas de cobra antes, mas nunca em si mesma; os caçadores de Con às vezes voltavam para casa com picadas de cobras. Não era suficiente para matar, conforme dissera Tristão, mas o veneno podia fazer um braço ou uma perna inteirinha inchar.

A visão de Isolda começou a nublar, fazendo o céu cinzento soturno parecer imprensá-los, e a espessa tela de folhas verdes gotejantes em redor pareceu de repente ameaçadora e próxima. O chão da floresta de folhas mortas e arbustos encharcados pareceu inclinar-se num ângulo maluco. Ao lado dela, Cabal choramingou ansiosamente, encostou a cabeça no braço dela, e Isolda pôs uma das mãos na cabeça dele de novo.

— Está tudo bem, Cabal. Você é um bom cachorro. Agora deite. Não há nada de errado.

Cabal obedeceu e desmoronou sem vontade no piso enlameado aos seus pés. Isolda fechou os olhos ao sentir uma pontada de dor. Pediu então a Tristão:

— Você pode pegar minha sacola de remédios? Está ali perto de Hereric.

Ela apontou para onde Hereric estava deitado na maca sob o abrigo relativo de um enorme pinheiro.

Quando Tristão lhe entregou a sacola de remédios, Isolda encontrou seu rolo de ataduras limpas e amarrou uma delas acima da picada de cobra. A dor estava provocando um suor pegajoso na sua pele, mas, ao avaliar rapidamente as marcas da picada, ela pediu:

— Você me empresta sua faca?

Tristão lhe entregou a arma e Isolda a apanhou, cerrou os dentes e fez dois cortes rápidos e cruzados na picada. Sangue jorrou da ferida, e Isolda desviou o olhar, soltou a faca e comprimiu as mãos contra os olhos.

— Isa? — disse Tristão, após um instante. — Você...

Isolda se concentrou primeiro em exalar um hálito, depois outro, dizendo-se que nunca havia desmaiado na vida e não desmaiaria agora.

— Não, estou bem. — Ela sacudiu a cabeça, olhos ainda fechados. — É apenas o veneno da cobra. Eu me lembro de ter ouvido dizerem que às vezes causa tonteiras.

— Tome. — Tristão encontrou um vidro de hidromel, quebrou o lacre e o entregou a ela. — Beba um pouco, você vai se sentir melhor.

Isolda tomou uns goles, e devolveu o vidro a Tristão.

– Obrigada. Vou ficar ótima.

Ela olhou para o corte acima do tornozelo. O sangue continuava a escorrer livremente, e ela o apertou com suavidade, tentando expulsar o máximo possível de veneno, depois trocou a atadura. Quando terminou, olhou para Tristão, tentando ignorar as labaredas que lhe subiam pela barriga da perna e o estranho tremor que continuava nos cantos dos olhos. Era possível que tivesse feito os cortes com a profundidade suficiente para extrair todo o veneno, ou talvez tivesse agido lentamente demais e o veneno já se espalhara.

– Que vamos fazer? Hereric não pode continuar na chuva muito mais tempo. Ele precisa de uma fogueira, e de um teto sobre a cabeça.

Tristão assentiu com a cabeça;

– Eu sei. – Ele se virou e examinou a espessa camada das árvores em redor, e limpou um filete de chuva do rosto. – Se a gente conseguir avançar um pouco mais, tem um lugar naquela direção – ele gesticulou para a direita – que deve servir.

Isolda levantou a vista, surpresa, depois cerrou os olhos de novo, quando o movimento provocou uma onda de tontura.

– Como é que você pode saber disso?

– Há anos estive por aqui. – Tristão apertou os olhos para visualizar a distância, franzindo o cenho como se estivesse comparando as árvores e rochas que marcavam o panorama de todas as lembranças que tinha daquela época. – Mas acho que consigo encontrar o lugar de novo. É uma antiga ruína romana, e a gente deve ficar em segurança lá esta noite. Os bandos de guerra saxões não se aproximam de nada construído pelos romanos, nem mesmo das antigas estradas romanas.

Cada gota de chuva parecia uma agulha gélida que picava a pele da moça. Isolda tremia sob as roupas molhadas, tentando impedir que os dentes chacoalhassem, mas perguntou:

— Por que não?

Tristão deu de ombros, curvando-os sob uma súbita lufada de chuva; a chuva estava aumentando, soprando do sudoeste.

— As antigas ruínas são *wearge*, isto é, amaldiçoadas segundo a lenda, mas eu nunca soube por quê nem como.

Isolda tremeu mais uma vez, e ele lhe estendeu uma das mãos:

— Você consegue ficar de pé?

Com a ajuda de Tristão, Isolda pôs-se de pé, de maneira instável, mas oscilou e teria caído se Tristão não a tivesse segurado pela cintura de modo firme. Ela piscou, tentando clarear a escuridão trêmula dos olhos, reprimindo as ondas de náusea que a percorriam. Um cantinho de sua mente lhe disse que a náusea era também um efeito comum da picada de uma cobra, embora saber disso não tivesse interrompido as dores agudas e súbitas de suas entranhas.

— Eu estou... — ela começou a dizer, mas Tristão a interrompeu:

— Não, você não está. Sente-se aqui de novo.

Ele a abaixou suavemente até a tora caída, mantendo um braço em redor dos seus ombros para firmá-la, e disse:

— Vou amarrar Cabal à maca de Hereric. Ele pode puxar Hereric, e eu carrego você. A ruína aonde vamos não fica muito longe.

Isolda não conseguiu reunir energia para argumentar. Ficou com os músculos tensos ao toque de Tristão, mas sentiu menos frio quando ele a levantou nos braços. Fechou os olhos, tentando bloquear a palpitação da picada de cobra num compartimento remoto de sua mente, e pensou em vez disso em todos os homens de cujos ferimentos havia tratado e que tinham tolerado em silêncio, sem nem sequer gemer, sofrimento muito pior do que o seu. Ela sentiu os batimentos estáveis do pulso de Tristão sob as maçãs do seu rosto, e começou a contá-los, tentando imaginar-se num barco, flutuando acima do mar de dor.

Surpreendentemente, quase adormeceu, mas a voz de Tristão a trouxe de volta à realidade e fez com que abrisse os olhos.

– Chegamos.

Isolda piscou. A construção devia ter sido uma *villa* romana outrora. O lar de um comandante aposentado das legiões dos *Eagles* que haviam abandonado a Bretanha a seus inimigos há muito, muito tempo. Agora, visto através da chuva enevoada, o lugar parecia quase do Outro Mundo, com as elegantes colunas de pedra rachadas e contorcidas com trepadeiras escalando-as, o telhado escondido pelas árvores espalhadas que haviam crescido em redor.

A construção devia ter sido enorme, mas apenas uma única ala permanecia de pé. O resto havia desmoronado em ruínas que se estendiam atrás e à frente das árvores e da vegetação rasteira, e o que antes devia ter sido um jardim bem cuidado estava coberto por ervas daninhas, as pedras do calçamento meio enterradas ou rachadas. Na extremidade da ala que restava, a pesada porta original de carvalho pendia torta nas dobradiças, e Tristão a abriu com o pé antes de levar Isolda para dentro. Ela sentiu os músculos dele se distenderem como se prevendo o que poderiam encontrar, mas o lugar estava obviamente vazio, e cheirava ligeiramente a mofo e folhas úmidas.

– Você vai ficar bem por um momento? – perguntou Tristão. – Quero trazer Hereric e Cabal aqui para dentro.

Isolda verificou que ainda não tinha energia suficiente para responder, mas aquiesceu com a cabeça e Tristão a pôs no chão, para que ela pudesse inclinar-se contra a parede. Isolda fechou os olhos, escutando o som das pisadas de Tristão se afastando e tentando, atordoada, recordar tudo o que sabia sobre picadas de cobras, avaliando quanto tempo demoraria para que os efeitos do veneno começassem a se dissipar. "No mínimo, só de manhã", pensou, com uma pontada de raiva consigo mesma. "Fui burra, burra, burra", pensou, "por não ter visto a cobra. Ou por não ter feito cortes mais profundos ou tê-los deixado sangrar mais."

Ela se forçou a abrir os olhos, e olhou em volta do aposento, pouco iluminado pela luz cinza da tarde que escoava pela porta aberta. As paredes haviam sido outrora de gesso e caiadas, embora parte do gesso estivesse agora esfacelada e empilhada no chão. O próprio chão devia ter sido lindo. Estava agora sobreposto por camadas de poeira e terra, e ela viu que era composto de centenas de azulejos coloridos que formavam um padrão como o de uma cesta tecida mesmo sob a fuligem.

A porta se abriu novamente, e Tristão carregou Hereric para dentro, com Cabal seguindo-o de perto. Tristão havia estendido duas mantas no chão em frente a Isolda, e colocou Hereric no leito improvisado. A cabeça do saxão virou indolentemente para trás, os músculos completamente flácidos, o cabelo louro fino colado ao rosto pela chuva. Isolda sentiu a garganta inchada e ressecada, mas engoliu em seco e se obrigou a perguntar:

— Ele está bem?

Tristão fez que sim com a cabeça e respondeu:

— Pelo menos acho que não piorou.

Suas vozes ecoaram estranhamente no espaço vazio; o alto pé-direito do aposento fazia o som reverberar de volta até eles. Isolda esforçou-se para sentar-se ereta e reprimiu um grito ao sentir o forte latejar no tornozelo.

— Ele precisa beber alguma coisa. Eu posso...

— Está tudo certo. Você fique aí quietinha que eu tomo conta disso.

Tristão encontrou um odre d'água entre o resto dos suprimentos que trouxe. Abriu a tampa, ergueu ligeiramente a cabeça e os ombros de Hereric e levou o bico aos lábios do rapaz.. Isolda, observando do outro lado do aposento, viu a água escorrer pela boca frouxa e pelo queixo de Hereric, ensopando-lhe a barba.

Cabal andou compassadamente pelos azulejos até chegar a Isolda, e se acomodou ao lado dela, com um suspiro exausto. Isolda acariciou-lhe o dorso, depois voltou a engolir em seco dolorosamente.

– Ele não bebeu água, bebeu? – perguntou.

Tristão ainda estava encarando Hereric, mas Isolda viu que ele deu de ombros e lhe respondeu:

– Talvez um pouquinho. É difícil dizer.

Ele separou rapidamente os abastecimentos até encontrar uma substância inflamável e uma pederneira, depois se virou para o centro do cômodo, onde Isolda viu que uma espécie de lareira provisória havia sido feita com algumas das pedras caídas da construção. As antigas ruínas romanas podiam até ser amaldiçoadas, mas eles não eram os primeiros viajantes a acampar ali. Não havia nenhuma cavidade no teto de azulejos, mas as janelas eram pequenas e colocadas no alto nas paredes caiadas, e permitiriam que a fumaça escapasse sem deixar que a chuva invadisse o local.

O calor da lareira que Tristão preparou eliminou o ar frio e úmido do ambiente, e Isolda finalmente parou de tremer e começou a sentir-se aquecida nas roupas encharcadas. Cabal, exaurido após ter puxado a maca de Hereric, roncava ligeiramente ao lado da moça; apesar da dor da picada de cobra, Isolda começou a se sentir também sonolenta, as pálpebras pesadas e doloridas. Ela, porém, sacudiu a cabeça e se obrigou a não adormecer de novo.

– Pode pegar minha sacola de remédios mais uma vez? – ela pediu a Tristão. – Vou limpar melhor agora os cortes da faca, pois já não estamos expostos à chuva.

Isolda encontrou seu suprimento de vinagre fermentado com alecrim e hidraste[28]. Desamarrou a atadura do tornozelo,

---

28 Erva com propriedades hemostáticas e estimulantes. (N.T.)

destampou o frasco e despejou parte do líquido nos cortes de aspecto inflamado. O teor picante do vinagre provocou-lhe lágrimas nos olhos, e um suor pegajoso lhe irrompeu na pele. Ela rangeu os dentes, ensopou um chumaço limpo de pano com a mistura e o comprimiu com força nos cortes; repetiu esse procedimento duas vezes. Na terceira vez ela susteve a respiração e mordeu o lábio; ao levantar a vista, Tristão a observava. A luz do fogo obscureceu-lhe o rosto e ressaltou o dourado avermelhado do restolho da barba no maxilar.

– Olhe, você pode gritar, se quiser – disse ele. – Não há ninguém para ouvir.

Isolda ainda se sentia tonta e ligeiramente nauseada, mas conseguiu levantar as sobrancelhas e perguntar:

– Gritar diminui a dor?

Um canto da boca de Tristão se curvou num sorriso breve e relutante:

– Bem, você me pegou. Deixe que eu faço isso. – Ele pegou a atadura limpa que Isolda havia começado a amarrar no tornozelo limpo.

O cabelo castanho dourado ainda estava úmido da chuva e gotículas da água da chuva ainda estavam presas nos seus cílios. A luz da fogueira reluzia nas linhas magras e acentuadas do seu rosto, e seu toque na pele da moça era quente e confiante. Simultaneamente, quando os olhos dos dois se encontraram, Isolda sentiu alguma coisa entrar no aposento, uma coisa que se insinuou como neblina do mar e lhe deixou tensos todos os nervos. Ela começou automaticamente a recuar e disse:

– Tudo bem, eu consigo.

Tristão não a soltou, mas disse, exasperado, as seguintes palavras que, pelo menos, interromperam o momento:

– Isolda, será que uma vez na vida é possível você reconhecer que não consegue fazer tudo sozinha? Você pode ser uma ótima curandeira, mas provavelmente se desespera quando precisa tratar de um paciente como você!

A visão de Isolda começou a tremer e escurecer novamente. O rosto de Tristão estava meio na sombra, meio iluminado pelo fogo. Ela encostou a cabeça na parede, deixou os olhos se fecharem lentamente e tentou ignorar os estremecimentos de calor que se espalhavam do toque da mão dele no seu tornozelo.

– Olhe só quem está falando! Quando você era mais moço, podia ter tido uma das mãos decepada, e eu teria de te deixar inconsciente só para chegar perto com uma atadura. – Ela inalou um respirar quando Tristão amarrou um nó na faixa de pano, e disse: – Mas você tem razão. Eu detesto ficar doente ou machucada. Deve ser em parte por isso que sou curandeira.

Tristão acabou de prender a atadura e se sentou de novo.

– Vou te dar alguma coisa para beber. Você deve tomar um pouco d'água ou outra coisa, pelo menos.

A boca de Isolda estava dolorosamente seca:

– Está bem.

Ela permitiu que ele a ajudasse a se sentar ereta de novo, que ele levasse um copo d'água à sua boca, com a mão em cima da sua. Isolda bebeu toda a água, mas sacudiu a cabeça quando ele perguntou se ela queria mais:

– Não, obrigada.

A dor estava diminuindo levemente, e Isolda obrigou-se a dizer:

– Tris, é tudo culpa minha. Eu devia ter...

Ela precisou interromper-se quando um filete ardente e quente de lágrimas surgiu-lhe de novo nos olhos. Isolda piscou para se forçar a se deter. Se ela havia sido descuidada o bastante para ser picada pela cobra, recusava-se inteiramente a se dissolver em lágrimas. Isso era outra coisa que ela poderia ter se perdoado quando tinha dez anos, mas não agora.

Mas Tristão deve ter visto – ou ela parecia ainda mais doente e patética do que pensava –, porque se agachou ao lado dela. A mão dele se mexeu como se fosse passar a mão pelo cabelo da moça, mas então ele se controlou e disse:

— Culpa sua? De uma cobra ter te picado? Você não pode se culpar por isso. Além do mais, nunca ouviu falar que a picada de uma cobra traz boa sorte?

Isolda sorriu de forma insegura, levantou uma das mãos para passar pelas maçãs do rosto e tentou não querer que ele a tivesse tocado, abraçado, para que ela pudesse se encostar nele.

— Você acabou de inventar essa história. E pare de ser tão gentil comigo. Vai me fazer ter pena de mim mesma.

Tristão sorriu e levantou uma sobrancelha:

— Está bem. Espere um momento que eu vou pensar em uns palavrões para xingar você.

Isolda sorriu de novo, depois sacudiu a cabeça e ficou séria ao encontrar os olhos de Tristão, no mesmo nível dos dela. A moça sentiu a mesma percepção irritante começar a se insinuar no espaço entre eles de novo, e continuou rapidamente:

— Não me refiro apenas à picada da cobra. Eu quis dizer que lamento por ... por seu barco. E porque não estou cuidando de Hereric agora, quando ele precisa de mim. E...

Dessa vez, Tristão chegou a tocá-la, afastando um cacho de cabelo que se havia desviado ligeiramente da sua testa. Tão depressa quanto ele retirou a mão, Isolda recomeçou a estremecer.

Tristão disse:

— Vou ficar sentado junto de Hereric. Você pode me dizer o que fazer, embora... — um lampejo de tristeza passou pelos olhos intensamente azuis de Tristão — eu não tenha certeza se há alguma coisa que um de nós dois possa fazer além de apenas esperar para ver se ele vai sobreviver. Mas, em relação ao barco e ao resto, você foi muito sincera quanto aos riscos quando partimos. Eu teria de ser o maior imbecil deste mundo para desconhecer que havia perigo de acontecer uma coisa dessas.

O remorso atingiu Isolda como uma lufada cortante de vento, tão forte que ela esqueceu tudo, menos a vontade de afundar no chão azulejado ou, pelo menos, desmaiar. Ela pensou: "Eu devia contar a ele sobre Mark. Eu tenho o dever de fazer isso." Entretanto, sua garganta estava seca e tensa, e ela não conseguiu emitir as palavras.

Ela sacudiu a cabeça e, em vez do que pretendia, disse:

— Quer saber de uma coisa? Eu compreenderia se você... se você quisesse ir embora. Se simplesmente pegasse Hereric e partisse.

— E deixar você aqui? Sozinha? Você enlouqueceu?

Tristão sacudiu a cabeça, mas sua expressão se amenizou ao olhar para ela. Ele lhe pegou a mão, e dobrou os dedos em cima dos dela.

— Olhe, vou fazer um trato com você. Se não deixar que eu me sinta culpado por decepar o braço de Hereric, não se pode culpar pelo incêndio do barco. Ou porque você não pode curar a picada de uma cobra com um estalar de dedos e se levantar para tratar de Hereric agora. — Ele voltou a sacudir a cabeça, e um breve sorriso lhe surgiu nos olhos. — Nossa, Isa, Deus provavelmente exige menos de Si mesmo do que você.

Isolda reprimiu uma risada e disse:

— Eu... — Ela se interrompeu ao perceber o que estava por dizer. Isolda sentiu o sangue se esvair do rosto, e Tristão a apanhou, firmando-a com um braço ao redor dos ombros dela.

— Quer tentar comer alguma coisa? — ele perguntou. — Ou beber um pouco da infusão de papoula que deu a Hereric?

Isolda sacudiu a cabeça. O forte e sólido calor do braço de Tristão ao seu redor, o subir e descer do peito dele ao respirar, o sibilar da chuva no teto de azulejo acima das cabeças deles, tudo se entrelaçava e se estabelecia ao redor dela como uma teia de ouro, ao mesmo tempo a causa do seu pânico e entretanto, estranhamente, a única coisa que o mantinha a distância. Por isso ela se sentou imóvel, permitindo-se encostar-se nele por um instante. Então, quando confiou o suficiente na sua voz para falar, ela se afastou lentamente:

— Não, tudo bem — ela respondeu. — Talvez eu tente dormir um pouquinho. Mas me acorde se Hereric precisar de mais alguma coisa.

Tristão recostou-se, contemplando a colcha de retalhos das sombras dançantes que o fogo projetava na parede do outro lado. O aposento estava silencioso, exceto pelo estalar das chamas, o barulho da chuva e o fungar ocasional do cachorro, adormecido junto de Isolda, no lado oposto. Depois de algum tempo ela perguntou:

— Tris, você tem ideia de quem eram os homens que nos atacaram ontem à noite? Isto é, você viu alguma coisa neles que poderia dar algum indício do lorde para quem trabalhavam?

Ela estava enroscada de lado debaixo da proteção de seu manto, os olhos fixos no fogo. A luz dourava sua pele alva e os fios dourados entrelaçados do seu cabelo. Tristão obrigou-se a desviar o olhar atento e sacudiu a cabeça.

— Não, não vi indício algum, e olhe que eu que procurei. Só podia ser alguém com a intenção de impedir você de chegar a Wessex e de negociar uma aliança com Cerdic, isso é o que eu acho. Você tampouco tem ideia de quem poderia ser?

Ele ouviu o farfalhar suave quando Isolda mudou um pouco de posição.

— Realmente não. Se é um traidor do Conselho, quase certamente seria Cynlas de Rhos ou Dywel de Logres. Eles estavam lá em Dinas Emrys quando partimos. Poderiam, com a maior facilidade, ter sabido de nossos planos, mas não sei qual deles é o responsável mais provável pelo ataque. E agora não há como saber. Não temos nem como saber o que aconteceu em Dinas Emrys desde que saímos de lá.

Ela se deteve. Ao olhar de relance para baixo, Tristão viu uma sombra passar pelos grandes olhos cinzentos e disse:

— Não se preocupe com Kian. Ele sabe o que fazer, e já esteve em lugares muito piores.

Isolda exalou e disse:

— Eu sei, mas é que... — ela parou e uma expressão estranha lhe surgiu no rosto. — Você sempre consegue adivinhar o que estou pensando também?

Tristão deu de ombros:

— Nem sempre, só às vezes.

Ela ficou em silêncio, hesitante, depois perguntou:

— Tris, você acha que podia vir para cá e apenas... ficar deitado ao meu lado um tempinho? — Um tremor a afligiu, e ela se enroscou mais forte sob a proteção de seu manto. — Estou com muito frio, não consigo me aquecer.

Que droga! Tristão se perguntou rapidamente se a cobra que mordeu Isolda era um deus de um pequeno reino ou um ser sobrenatural disfarçado. Com um senso de humor especialmente perverso, que criou tudo isso para que ele perdesse completamente a cabeça.

Mas Isolda continuava tremendo, e seus dentes começaram a bater. Tudo bem. Não era que ele ainda estivesse com dezesseis anos de idade. Era capaz de passar por essa provação. Era só pensar em cachorros selvagens, ou facas, ou em eviscerar peixes. Qualquer coisa menos o que Isolda havia acabado de lhe pedir.

Ele disse:

— Sem problemas.

Tristão levantou-se e foi deitar ao lado de Isolda. Ficar em cima do manto que a cobria. Não que isso ajudasse muito, porque ele conseguia sentir, mesmo através das camadas de tecido, o corpo esguio, pequeno e de ossos delgados. Ele sentiu o calor do hálito da moça no seu pescoço quando ela suspirava e relaxava, e o tremor se reduzindo e finalmente cessando.

— Obrigada.

Tristão não estava certo de conseguir falar, por isso não respondeu, e Isolda ficou em silêncio por tanto tempo que ele achou que ela tivesse adormecido, mas então a moça falou de novo, e sua voz soou tranquila no aposento de pé-direito alto.

— Este lugar deve ter sido lindo antigamente.

Tristão virou a cabeça e olhou de relance para o aposento decadente, para as paredes caiadas desmoronadas, as colunas rachadas e o chão azulejado imundo.

— De qualquer maneira, deve ter custado muito dinheiro construir isto aqui.

— É, deve. Esse montão de mármore e pedras entalhadas...

Ela ficou calada, e ele sentiu que ela se mexeu de novo, e inalou o fôlego, sentindo dor. A picada da cobra devia estar doendo demais, mas Isolda nada disse, e Tristão sabia que era melhor não lhe perguntar como se sentia. Ela sempre fora assim. Incrivelmente teimosa e inacreditavelmente resistente. Agora mesmo ela provavelmente se levantaria e correria se ele dissesse que era necessário que o fizessem.

Ela virou a cabeça e percorreu o aposento com o olhar, como ele fez; o cabelo negro e macio dela roçou o rosto dele.

Cachorros selvagens. Facas. Limpar e eviscerar peixes.

— Lembro que minha avó costumava cuspir sempre que mencionava os romanos ou suas legiões — prosseguiu Isolda. Mesmo exausta e sentindo dor, sua voz mantinha uma cadência suave e musical. — Ela teria concordado que lugares como este eram amaldiçoados. Ela dizia que era culpa de Roma os antigos deuses terem fugido da Bretanha e deixado um espaço aberto para o Deus cristão se instalar furtivamente. Que era por causa dos romanos que as antigas canções foram esquecidas e deixaram de ser entoadas. E que perdemos a ligação com a terra e não conseguimos reprimir os saxões quando eles chegaram às nossas praias, porque a terra deixara de nos pertencer.

— Ela dizia mesmo isso? – perguntou Tristão.

Isolda concordou com a cabeça:

— Ela costumava dizer que uma enorme escuridão se estava elevando, pronta para assolar a Bretanha, e que nem mesmo Artur seria capaz de refreá-la no final.

— Certo... — Tristão mudou um pouco de posição. — De qualquer maneira, ela estava certa quanto a Artur.

Isolda ficou em silêncio. Ele sentiu o constante subir e descer da respiração dela ao seu lado.

— Tris? — A voz da moça estava suave e um pouco sonolenta, e Isolda tirou a mão de sob o manto e tocou a mão dele. — Continuo lamentando ter arrastado você nesta viagem, mas estou muito contente por você estar aqui.

Tristão controlou-se, concentrando-se em *não* pensar no fato de que a proximidade dela o fazia sentir como se todas as fibras do seu corpo estivessem em chamas, ou no sabor dos lábios dela se ele virasse a cabeça e sua boca tocasse os lábios dela. Antes que ele pudesse pensar no que dizer, os olhos dela se fecharam. Tristão sentiu o ritmo da respiração da moça mudar, e percebeu que ela finalmente havia adormecido.

Ele permaneceu imóvel por um momento, afastou-se um pouco e se apoiou num cotovelo para poder ver o rosto dela, traçar os reflexos da luz flamejante da lareira na pele clara da moça, a curva dos longos cílios escuros nas maçãs do rosto. Ele então se xingou, levantou-se cuidadosamente para não acordá-la e encontrou uma outra manta para colocar sobre o manto onde ela estava deitada. Depois foi até o local onde Hereric estava deitado como morto, pondo uma distância de metade do aposento entre ele e Isolda.

Não que isso ajudasse, pois ele continuava a sentir o calor do hálito da moça contra o seu pescoço e a sentir, leve e esguio nos seus braços, o delicioso peso da cabeça dela apoiada no seu ombro.

Tristão fechou os olhos e desejou ter um balde d'água gelada para despejar na cabeça.

Bem, de qualquer maneira, ele não teria dificuldade em ficar acordado a noite toda.

Horas haviam passado, e Tristão continuava sentado ao lado de Hereric — e ainda acordado — quando Isolda gritou de repente, como se tivesse sido esfaqueada, e sentou-se ereta. Seus olhos estavam abertos, mas o olhar era nublado e fora de foco, contemplando arregalado o nada, ainda perdido no sonho que ela tivera. Tristão atravessou o aposento e ajoelhou-se ao lado dela, tocou-lhe o braço e sentiu um estremecimento percorrê-la da cabeça aos pés. Ela se virou para ele, escondendo o rosto no ombro dele e agarrando-lhe a camisa.

Certamente continuava adormecida. Se estivesse acordada, ela se atiraria de um penhasco antes de se agarrar a alguém dessa maneira.

Depois de hesitar um momento, Tristão passou um braço em redor dela, firmando-se no chão com a mão livre, e disse:

— Está tudo bem. Eu estou aqui. Você está bem.

Ele sentiu mais um tremor sacudi-la, e então a acordou, com a respiração entrecortada:

— Tristão! O que...

— Você teve um sonho.

— Pesadelo. — Ela ainda estava atordoada, mas voltou a respirar normalmente e se afastou dele de repente. Cabal também havia acordado com o grito dela e nesse instante enfiou a cabeça no ombro da moça e choramingou, arfante. Isolda o tranquilizou com uma das mãos no seu pescoço, embora Tristão tenha tido a impressão de que o movimento fora mais um reflexo do que qualquer outra coisa. Ela exalou um respirar entrecortado de novo, depois tirou do rosto um cacho de cabelo e sacudiu a cabeça, comprimindo os olhos com força para fechá-los, como se ainda estivesse tentando libertar-se do sonho.

— Foi só um pesadelo. — Sua voz vacilou ligeiramente, e Tristão viu a garganta da moça se contrair quando ela engoliu em seco. Tristão ignorou o pulsar irracional de fúria no fundo dos seus olhos e se forçou a recuar um ou dois passos. Se ficasse mais perto, não tinha certeza se não estenderia a mão para tocar na moça de novo. Quando ela continuou a falar, as palavras estavam mais firmes e ela virou a cabeça com um visível esforço, encontrando o olhar dele. — Eu agora estou bem.

Isolda estava deitada, de olhos fechados, debaixo do peso combinado do seu manto e de uma tosca manta de lã. Entretanto, conseguia sentir os olhos de Tristão, e enfiou as unhas nas palmas das mãos, obrigando-se a não tremer nem estremecer, porque Tristão poderia perceber. *Não pergunte*, ela desejou, *não pergunte. Acredite que estou dormindo.*

Ela não sabia se ele acreditou ou não, mas ele finalmente deu as costas e voltou para o lado de Hereric. Isolda sabia que devia levantar-se e reunir-se a ele, certificar-se de que Hereric estava bem e não precisava de mais nada, porém ela não conseguiu fazer seus músculos funcionarem. A picada da cobra no seu tornozelo já não doía tanto como antes, e agora era uma dor vaga e latejante, ao invés de um palpitar causticante. Mesmo assim, Isolda não se animou a deixar o abrigo de sua cama provisória.

Ela não conseguiu voltar a dormir. Sentia o resíduo do sonho como uma camada de gordura de cozinha lambuzada na sua pele. A essa altura isso já era familiar, mas desta vez era pior, muito pior, com a lembrança do toque de Tristão queimando-lhe todas as partes do corpo como uma marca de ferro em brasa.

Ela pensou: "Por que isso nunca me ocorreu? Que Mark é o pai de Tristão?".

Ela sabia, claro, sempre soubera, da mesma forma que sabia que Tristão tinha olhos azuis e cabelo castanho-dourados. Mas isso era muito diferente da percepção que lhe trincava o estômago agora. Ela havia passado unguento nas escoriações e nas costelas que Tristão havia quebrado ao tentar proteger sua mãe dos golpes de Mark incontáveis vezes, quando os dois eram crianças. Ainda assim, de alguma forma ela sempre conseguira mantê-los separados na cabeça.

Nos últimos cinco meses, ela também havia conseguido manter Mark fora dos seus pensamentos, exceto pelas noites em que tinha aquele sonho. Mesmo quando ela o invocava na hidromancia e ouvia os pensamentos dele, ela o havia trancado numa gaiola estreita feita por ela, sem sequer permitir que se formasse uma imagem dele na sua cabeça. Agora, entretanto, ele parecia uma presença palpável no aposento, tão verdadeira como se tivesse saído do seu sonho utilizando garras e estivesse à sua frente, em algum lugar no chão azulejado entre ela e Tristão.

Era um homem de cabelo negro semelhante a um urso, peito largo e compleição sólida, rosto quadrado e ossos fortes e sólidos. Talvez tivesse sido bonito quando jovem, embora agora a idade o houvesse tornado grosseiro, deixando-lhe a pele desgastada e marcada por veias rompidas, os olhos escuros inchados e com expressão cansada, franzidos de cansaço. Ainda assim, nada havia externamente para ao menos distingui-lo de cem outros combatentes, exceto talvez por alguma coisa que se movimentava, muito raramente, sob a superfície do olhar intenso e fixo.

Não importava quanto ela poderia querer Tristão mais perto dela. Não poderia nunca, nunca ser agora. Mark — o pai de Tristão — seria sempre um empecilho entre eles.

Isolda pensou um instante que ia vomitar, mas cerrou o queixo, apertou as mãos e ficou absolutamente imóvel. Sem chorar. Em parte porque Tristão ouviria, em parte porque ela detestava a sensação de estar afundando em autopiedade, quando ela não era a primeira nem a última mulher a se sentir dessa maneira. Mas em parte, também, porque a dor oca que lhe ocupava o corpo era, de alguma forma, muito acentuada e dolorosa — e muito profundamente alojada no seu peito — para lágrimas.

Finalmente, a fogueira feita por Tristão se reduzira a brasas incandescentes, e o aposento começou a clarear com a primeira luz cinzenta do amanhecer. Uma dor de cabeça se instalou sob os olhos de Isolda, mas a moça se sentou ereta, ignorando o balanço brusco no estômago. Tristão estava debruçado sobre Hereric, mas levantou a vista quando Isolda se agitou.

— Como é que ele está? — perguntou Isolda.

Tristão levantou um ombro e disse:

— Bem, pelo menos ele tomou um pouco do xarope de papoula há uma ou duas horas.

Seus olhos azuis estavam turvos de exaustão, e havia rugas de cansaço nos cantos da boca.

— Como você se sente? — perguntou Tristão.

— Melhor. — Isolda pôs-se de pé, sem firmeza. Seu tornozelo ainda doía, porém menos do que na noite da véspera, e ela verificou que aguentaria o seu peso. A tonteira também desaparecera. — Há algum lugar próximo onde eu possa me lavar?

Tristão aquiesceu com a cabeça:

— Há um regato que corre num canto do jardim lá fora. Você quer que eu...

— Não! — A palavra foi dita muito depressa, e Isolda respirou fundo. — Não, tudo bem, eu encontro sozinha. Alguém deve ficar com Hereric, para o caso de ele acordar.

Do lado de fora, ela se encostou numa das colunas de pedra rachadas. O ar estava úmido e fresco, após a chuva da noite, e o céu estava claro, listrado de laranja do sol que nascia. Cabal a seguiu quando ela saiu pela porta, e Isolda lhe coçou as orelhas, segurando-lhe a coleira para mantê-lo ao seu lado. Ela fechou os olhos, mas se viu recordando o rosto de Tristão, obscurecido pela luz da fogueira da noite da véspera, sentindo o roçar dos dedos dele lhe tirando o cabelo da testa. Deitada ao lado dele, finalmente sentiu-se aquecida, e completa e assustadoramente em segurança.

O farfalhar de uma brisa nos galhos das árvores próximas parecia sussurrar um eco das palavras pronunciadas por Garwen semanas atrás: *Todo mundo merece conhecer esse tipo de amor pelo menos uma vez na vida.*

Isolda repeliu os pensamentos e tentou, em vez disso, encher a cabeça com a lembrança de Tristão dormindo bêbado ao lado do odre de vinho vazio. Ela quase desejou que ele tivesse de novo bebido até dormir na noite da véspera. Ela teria agarrado a possibilidade de ficar zangada nessa ocasião.

"Em vez disso", ela pensou, vou precisar passar dia após dia e noite após noite com ele, até o fim da viagem. Quando o simples fato de estar no mesmo aposento que ele na manhã daquele dia lhe fizera a pele pinicar, como se furada por espetadelas de facas escaldantes, e seus pulmões arderem como se ela estivesse tentando respirar água em vez de ar.

Isolda sentiu-se mais firme depois de lavar o rosto e as mãos na água gelada do riacho que encontrou nas margens cobertas de musgo entre as árvores. Se ainda havia um nó duro e frio no seu peito, a sensação de pânico e estremecimento havia diminuído. Isolda penteou o cabelo com os dedos e fez uma trança apertada antes de se sentar numa pedra para desamarrar as ataduras do tornozelo. Os ferimentos ainda estavam vermelhos e salientes, mas o inchaço fora embora; as listras vermelhas em redor da picada da cobra começavam a esmaecer.

Isolda havia trazido sua sacola de medicamentos; limpou e passou pomada nos cortes, então voltou a prender as ataduras. Ela se permitiu permanecer sentada mais um pouco, observando Cabal se esparramar na água rasa, dando saltos alegres atrás dos cardumes de vairões[29] que se arremessavam indo e vindo perto da superfície e abocanhando a água com a mandíbula. Ficou olhando fixamente para Cabal por tanto tempo que sua visão se turvou. Então se levantou e chamou o grande animal com o assobio baixinho que Con lhe havia ensinado.

Tristão estava limpando o rosto de Hereric com um pano úmido quando Isolda voltou.

---

29 Peixes de água doce. (N.T.)

– Deixe que eu faço isso.

Ela tirou o pano de Tristão, ajoelhou-se ao lado do saxão e lhe pôs a mão na testa. A pele dele continuava seca e quente, mas pelo menos não mais quente do que na noite da véspera. Hereric agitou-se, contorcendo-se inquieto quando ela o tocou, e emitiu um som indistinto e impaciente, embora os olhos permanecessem fechados. Isolda verificou as gazes no braço dele, que continuavam secas. Como Tristão havia dito, ela pouco podia fazer por ele além de esperar para ver se o corpo do rapaz estava forte o suficiente para se libertar da febre debilitante.

Tristão encontrou pão integral e água entre seus suprimentos, e entregou a Isolda um copo d'água e uma fatia do pão. Estava duro e seco, mas mergulhado na água ficou macio o bastante para ser mastigado. Isolda dividiu sua parte com Cabal, depois se obrigou a engolir alguns bocados.

Eles só haviam discutido os planos mais imediatos, mas Isolda olhou para Tristão e perguntou:

– Tris, o que vamos fazer? Não podemos continuar puxando Hereric na maca.

– Eu sei.

Tristão partiu um pedaço da sua fatia de pão e olhou para Hereric. Seus olhos continuavam obscurecidos pelo cansaço, mas sua expressão era a mesma que Isolda havia visto na véspera, eliminando quaisquer ideias que não incluíssem a análise objetiva dos problemas imediatos. Ele levantou os olhos para ela e perguntou:

– Você consegue pensar em algum tipo de suposição sobre as probabilidades que ele tem de sobreviver?

O olhar de Isolda se concentrou no corpo imóvel de Hereric. Era quase um alívio deixar sua mente deslizar pelos canais familiares da cura e do tratamento, de morte ou vida de um homem sob seus cuidados.

– Ele é jovem – ela respondeu lentamente, mas ao fazê-lo deu-se conta de que nunca pensara na idade de Hereric. Ele tinha algo quase atemporal, a estrutura corporal externa forte do guerreiro combinada com a mente de uma criança. Naquele instante, porém, ao analisar-lhe o rosto largo e a barba loura e fina, Isolda achou que ele não podia ter mais de vinte cinco anos, talvez menos ainda.

— Jovem e forte — ela disse. — Isso vai contar a seu favor, doente como está.

Ela parou e voltou a focalizar o rosto de Hereric, concentrando-se e permitindo que a percepção da dor que ela estivera bloqueando a inundasse. Dor... e sob essa dor... Isolda fechou os olhos num esforço para se concentrar, tentando captar a sensação que ocorria subitamente e desaparecia por suas mãos como os vairões que se arremessavam no riacho.

— Ele está sentindo dor — ela disse afinal —, muita dor, e não sabe por quê ou o quê está errado. Sabe que nós estamos aqui ou, pelo menos, que não está sozinho, mas tem medo de acordar, porque sabe que a dor vai aumentar se ele fizer isso. — Ela engoliu em seco, e depois acrescentou, em tom mais firme: — Acho que as probabilidades de ele sobreviver são de... cinquenta por cento, talvez um pouco menos se continuarmos a viagem, ou um pouco mais, se permanecermos aqui.

Tristão não disse nada, mas olhou para ela interrogativamente, e levantou uma sobrancelha. Isolda poderia ter ignorado esse olhar, mas sua cabeça ainda doía, e ela descobriu estar cansada demais para se importar em tentar fugir da pergunta ou mentir. E pensou: "Não que isso importe, de qualquer maneira". Ela se lembrava de ter perguntado a Tristão, sinceramente espantada, quando tinha sete anos e ele oito, se ele escutava os pensamentos das pessoas às vezes ou se também conseguia captar lampejos do futuro na água.

Ela partiu mais um pedaço de pão para Cabal e disse:

— Eu consigo escutar os pensamentos dele, talvez não escutar exatamente, mas partilhá-los. Nem sempre, porém. Quero dizer que não sei contar o que você está pensando agora, mas sou capaz de sentir qualquer coisa relacionada a lesões, doenças ou dores.

Uma tênue ruga apareceu entre as sobrancelhas de Tristão, que disse:

— É por isso que você me perguntou se eu tinha machucado a mão na luta de anteontem à noite?

— Em parte, sim. — Isolda levantou um ombro. — Mas, mesmo sem a Percepção, eu seria uma péssima curandeira se não conseguisse saber quando alguém estivesse se apoiando apenas numa das mãos.

Ela esperou, mas Tristão não pareceu surpreso nem irrequieto, apenas cansado; as sobrancelhas se retesaram como se seus pensamentos seguissem um caminho interno próprio. Curiosa, Isolda indagou:

— Você não acha isso estranho ou assustador?

Tristão ergueu um canto da boca, embora achasse que o sorriso fosse ligeiramente impiedoso:

— Na verdade, não se você não conseguir ler todos os meus pensamentos. — Ele então deu de ombros e levantou uma sobrancelha para ela. — Além disso, você acha que vou ter medo da menina que cuspia sementes de maçã em mim do outro lado do muro do jardim?

Isolda sorriu levemente, contra a vontade:

— Eu tinha esquecido disso. Eu sempre ganhava quando a gente fazia disso uma competição.

— Só porque eu deixava você ganhar. — O sorriso de Tristão se esvaneceu, ele tomou um gole d'água e depois disse, franzindo levemente o cenho de novo: — Está certo. Quanto a fazer planos, você ainda quer ir a Wessex falar com Cerdic.

Não foi uma pergunta, mas Isolda assentiu com a cabeça:

— Acho que sim; quer dizer, claro que quero. Eu devo ir, senão tudo por que passamos terá sido completamente em vão.

Mas por enquanto não podemos transportar Hereric. Nem podemos ficar aqui muito tempo, não é? — Ela esfregou o espaço entre as sobrancelhas. — Lamento, talvez eu pudesse antever uma forma de irmos à frente se não tivesse sido picada por uma cobra ontem à noite. Ou se eu não estivesse tentando deixar de sentir a dor de Hereric.

Mais um sorriso melancólico repuxou brevemente a boca de Tristão, que disse:

— Duvido. Não estou enfrentando nenhuma dessas duas coisas, tampouco estou tendo muita sorte em pensar numa saída para nós. — Ele bebeu mais um gole d'água. — Não consigo pensar em como podemos ir para terra firme. — Isolda julgou perceber uma ligeira sombra de pesar no rosto do rapaz ao pensar no barco, mas isso logo desapareceu, e ele continuou: — Uma coisa é navegar ao longo da costa. Mas ao viajar ao longo da fronteira vamos ser mortos ou capturados tão logo um bando de guerra desgarrado ou uma patrulha de sentinelas cruze nossa trilha.

Tristão mudou de posição e encostou-se na parede caiada; seu olhar de relance percorreu o aposento e terminou nas brasas da fogueira da noite da véspera. Ele ficou calado um momento, depois levantou a vista e se encontrou com os olhos de Isolda:

— Só imagino uma forma de avançar a partir daqui. Não gosto disso, porque significa eu precisar deixar você e Hereric sozinhos durante um ou dois dias, apenas com Cabal como sentinela, mas o que imaginei pode garantir que cheguemos em segurança às terras de Cerdic.

Ele parou e, depois de um instante, Isolda indagou:

— Continue. O que você quer dizer?

Isolda se obrigou a desviar o olhar atento de onde Tristão desapareceu em meio às árvores que os cercavam, embora não pudesse impedir que sua troca final de palavras lhe saísse da cabeça. Pouco antes de se virar para partir, Tristão parou e o olhar examinou a *villa* em ruínas onde Hereric continuava deitado.

– Isa, se Hereric não... – Ele se controlou e Isolda sabia que se interrompeu para não dizer: *"Se Hereric não sobreviver"*. Ele sacudiu a cabeça como se para afastar as palavras e disse: – Se ele piorar, diga-lhe em meu nome... – Tristão se deteve mais uma vez, com o olhar intenso ainda concentrado nas colunas rachadas da *villa*. – Diga a ele... – parou e sacudiu novamente a cabeça –, bem, não importa. Você vai saber o que dizer. Só... – ele voltou a olhá-la direto no rosto – só tome cuidado, sim? Fique em segurança.

Isolda engoliu o nó na garganta, aquiesceu com a cabeça e disse:
– Você também.

Tristão partiu para procurar o bando de mercenários – guerreiros sem fidelidade a qualquer senhor – com quem havia vivido naquela região há uns quatro anos. Pelo menos foi isso o que ele contou, o que era mais do que já havia dito a ela sobre sua vida depois da batalha de Camlann, depois das minas.

Isolda permaneceu lá e então se deu conta do que a havia atingido como uma bofetada com a lâmina de uma espada: se, há quatro anos, Tristão havia lutado como mercenário com uma quadrilha de homens que não serviam a nenhum senhor, isso se encaixava perfeitamente no que Cynlas havia acreditado quando viu o rosto de Tristão pela primeira vez.

Se isso fosse verdade – e se Cynlas tivesse voltado à sua primeira convicção e decidido que Tristão era o homem que havia assassinado seu filho –, ele quase certamente teria resolvido descobrir para onde Tristão e a própria Isolda teriam ido. "E era bem possível que ele tivesse descoberto", pensou Isolda. Nenhum segredo pode ser mantido em absoluto sigilo por muito tempo.

Isolda sentiu a dúvida atravessar-lhe a pele como a lâmina de uma faca, mesmo quando voltou para dentro, e se ajoelhou mais uma vez ao lado de Hereric. Ela pensou: "Se isso for verdade, pode ser que nenhum homem de Mark nem um traidor do Conselho do rei tenha mandado nos perseguir há três noites e incendiado o barco, e sim Cynlas de Rhos, determinado a vingar com sangue a morte do filho".

Você confia em mim? Foi a pergunta que Tristão fez quando se recusou a responder à pergunta que ela lhe fez sobre as consequências da batalha de Camlann. "E eu confio mesmo nele", pensou Isolda. Independente do que lhe tenha acontecido há sete anos, ela confiaria até a própria vida a ele. A dúvida torturante era quando ela se perguntou se poderia igualmente confiar a sobrevivência da Bretanha a ele.

Ela sentia o impulso assustadoramente forte de querer acreditar que podia confiar nele, tão forte quanto o fato de ser apanhada na corrente de um rio que corria rapidamente. Mas querer e saber eram duas coisas diferentes, e ela estava com treze anos na última vez em que conheceu – de verdade – Tristão. Ela não conseguira extrair dele uma resposta sobre por que ele se transformava num bêbado indolente à noite. Muito menos como acabara vivendo de maneira selvagem nas imediações de terras em guerra, com um bando de combatentes mercenários fora da lei.

Isolda apanhou o odre e um trapo úmido e começou a limpar o rosto de Hereric, concentrando-se em usar o pano suave e uniformemente na pele febril do homem. Mesmo assim, não pôde evitar que as lembranças cruzassem rapidamente sua mente como relâmpagos difusos no céu da noite. A voz rouca e o olhar intenso de Cynlas de Rhos, o rosto de Tristão, fazendo um movimento abrupto e ficando totalmente imóvel à menção de Camlann, o fedor de vinho no hálito dele, os batimentos constantes do coração de Tristão sob as maçãs do rosto dela na noite da véspera ao carregá-la para ali.

A lembrança do que ela quase disse a ele na noite da véspera também fustigava como asas frenéticas de pássaros os recantos da sua mente, mas Isolda se recusava a dar a essa lembrança o mínimo espaço na sua mente. Ela derramou ainda mais água no trapo molhado, certificando-se de umedecer todos os cantos do pano e dobrá-lo, e pensou: "Vou viajar até Wessex. E, se eu continuar viva e voltar, vou me casar com Madoc. Madoc, que é a única esperança que tenho de proteger as terras que nasci para governar".

Madoc, que era um homem bom e que precisava dela ou, pelo menos, precisava de uma mulher para ser seu refúgio e formar um lar. Isolda pensou: "Vou me casar com Madoc, e, se sinto nojo à ideia de partilhar a cama com qualquer homem, nem todos os homens se assemelham a Mark. Con era um deles. Daqui a um ou dois anos, eu talvez nem consiga deixar de amar Madoc, como amei Con. E por isso vou esperar que ele volte da guerra, como esperei por Con. E me perguntar se ele vai ser morto nessa batalha, dessa vez ou da próxima, ou se ele vai ser levado para casa com um ferimento além de minha capacidade de curar. E talvez dali a mais um ano eu lhe dê um filho – ou uma filha, possivelmente um filho, com o cabelo e os olhos negros do pai –, que pode viver ou pode morrer, e partir mais um pedaço do meu coração."

Isolda obrigou as mãos a soltarem o pano úmido, determinada a reprimir a onda de pânico. Porque mesmo isso, ela pensou, ainda seria mais seguro do que se permitir sequer pensar nas palavras que eu me impedi de dizer a Tristão em cima da hora.

Capítulo 10

Tristão debruçou-se para a frente para atirar um galho no fundo da fogueira.

— Então estamos de acordo?

Ele levantou os olhos e viu o homem à sua frente sentado lugubremente, imóvel, o olhar fixo no rosto de Tristão. A cabana estava quente; Fidach devia estar encharcado de suor sob o peso do manto de pele de urso que usava, mas não o tirou, nem abriu o broche que o mantinha preso.

— Você está duvidando da minha palavra?

A voz dele era suave, mas havia uma insinuação oculta de ameaça no tom. Tristão reprimiu um lampejo de impaciência com o homem e seus malditos jogos. Isso era nem mais nem menos do que ele esperava: Um debate verbal estudado, com etapas determinadas como os de uma luta de espadas. Ele pensou soturnamente: "Faça o jogo dele, e você talvez tenha uma possibilidade de ir embora daqui com a pele inteira do corpo".

Ele ergueu um ombro e disse:

— É sempre difícil acreditar que um homem está dizendo a verdade quando você sabe que mentiria se estivesse no lugar dele.

Por um momento Fidach ficou em silêncio, imóvel como uma serpente prestes a dar o bote, o rosto inexpressivo acima da gola da túnica de pele. Então, de repente, atirou a cabeça para trás e gargalhou.

— Disse-o bem, meu amigo. Muito bem. Posso estar mentindo, e você também, mas por enquanto nós dois fingimos estar dizendo a verdade. Você vai executar a tarefa que determinei.

Eu vou buscar essa moça – sua irmã – e mantê-la em segurança até você voltar. – Fidach fez uma pausa, o sorriso esmaecendo e ficando ligeiramente nervoso no rosto estreito de traços acentuados. – De qualquer maneira, se você dá ouvidos aos boatos, sabe que a castidade dela não será ameaçada por mim.

Isolda apoiou-se nos calcanhares e contemplou o rosto imóvel de Hereric. Quatro dias se haviam passado desde a partida de Tristão, e, se a ideia de que ele talvez não voltasse continuava a perfurá-la como uma agulha de medo no fundo da sua mente, a essa altura a moça havia conseguido isolá-la e manter seus pensamentos focalizados nas tarefas imediatas de passar cada momento do dia. Ela não podia ajudar Tristão, um homem solitário, contra os grupos de guerra que ele talvez tivesse encontrado no caminho. Entretanto, podia continuar lutando pela vida de Hereric.

Nos últimos dias ela dormira apenas pequenos períodos, sentada ao lado de Hereric dia e noite, persuadindo-o a engolir colheradas de caldo ou água, dando-lhe banho com água do riacho, num esforço para diminuir a febre dele. Ela havia conversado com ele, oferecendo-lhe palavras de tranquilização, esfregando a mão que restava do rapaz entre as dela, dizendo-lhe o quanto ela e Tristão o queriam vivo, e tentara acender nele a vontade de lutar pela vida.

Contudo, Hereric continuava deitado num sono profundo, atordoado pela febre, o rosto da cor de lenha carbonizada e transformada em cinzas. Ele não estava pior do que há quatro dias, tampouco havia melhorado. O rapaz simplesmente pairava numa espécie de nimbo, suspenso entre a vida e a morte, a respiração áspera e lenta, o latejar no seu pescoço leve e fraco e freneticamente rápido.

Era meio-dia e chovia novamente, por isso a *villa* abandonada estava parcamente iluminada, com as cores do chão azulejado transformadas num castanho opaco uniforme. Ao redor deles, ela pareceu sentir uma presença lúgubre e sombria que a fez lembrar-se do que Tristão havia dito sobre os saxões evitarem as habitações saxônicas por medo de fantasmas. A essa altura ela havia explorado mais da ruína durante os períodos ocasionais em que Hereric dormia, procurando alguma coisa que pudesse ser útil.

Ela não descobriu nada que pudesse realmente ajudá-los, mas acabou se perguntando quem teria construído aquele lugar e nele morado. Os matadores de deuses, como sua avó provavelmente os chamaria. Ao se ver nas ruínas do que devia ter sido a cozinha, e olhando para um enorme forno de barro para pão – ou ao encontrar no jardim uma urna de mármore rachada, com um círculo de dançarinas de mármore segurando a tigela central –, Isolda teve curiosidade em saber o que os homens e mulheres que tinham comido o pão do forno ou plantado flores na urna haviam pensado sobre o panorama selvagem, molhado e enevoado. Teriam eles certeza de que haviam conquistado a paisagem, com as sólidas construções e arcos de mármore feitos de pedra? Ou teriam às vezes se assustado pelo poder dos deuses que repeliram, os deuses pequenos e anônimos das rochas e árvores e regatos?

Agora, sentada mais uma vez ao lado de Hereric, Isolda esfregou os músculos retesados na nuca, depois pegou a colher e a tigela de caldo e começou a contar mais uma história em um murmúrio tranquilizador:

"Cuchulain respondeu rapidamente que estava cansado e atormentado pela guerra, e estava sem cabeça para se importar com mulheres, bonitas ou não. *Então sereis vós quem sofrerá*, disse a donzela. *E eu ficarei aos vossos pés como uma enguia no leito do riacho*. Então ela desapareceu de vista, e ele viu apenas um corvo sentado no galho de uma árvore. E Cuchulain se deu conta de que era Morrigan que ele havia visto".

E então Isolda se interrompeu, ouvindo as próprias palavras e percebendo que inconscientemente começara a história de Cuchulain e da donzela da morte mais uma vez. Ela rangeu os dentes tão fortemente que seu maxilar doeu. Então, deliberadamente, respirou fundo e recomeçou, dessa vez uma história cômica tola sobre um par de irmãos gigantes retardados, Idris e Bronwen, que viviam tão distantes um do outro – um no sul, o outro no norte – que decidiram construir torres nas quais pudessem se posicionar e se comunicar aos gritos, através dos quilômetros. Isolda mal se lembrava de rir da história quando era muito pequena. E, infantil ou não, era uma história melhor do que uma de pragas e previsões amaldiçoadas.

Entretanto, a cabeça de Hereric apenas se reclinou, indolente, para trás quando ela levou a colher à sua boca, e o caldo gotejou inutilmente pelo queixo. Após uma dúzia ou mais de tentativas, Isolda suspirou e voltou a se sentar; lágrimas de frustração lhe ardiam nos olhos. Mesmo assim, por força do hábito, ela continuou a contar a história, mesmo ao observar o forçado subir e descer do peito de Hereric, e tentou pensar no que fazer em seguida.

"Infelizmente, os irmãos gigantes tinham apenas um martelo para usar na construção de suas torres. Eles o atiravam pelas montanhas que os separavam, alternando-se no trabalho."

A essa altura ela parou de falar; sua pele pinicou, e ela se perguntou se apenas imaginou o que sentiu. Inalou o fôlego e recomeçou a narrativa, mantendo os olhos fixos no cenho de Hereric.

"E, como Bronwen era um gigante egoísta – e meio retardado, como todos os gigantes –, ele queria o martelo de volta logo depois que o mandava a seu irmão Idris."

Isolda interrompeu-se novamente. Ela sentira mesmo; tinha absoluta certeza desta vez. Era um leve momento, muito leve, como uma planta primaveril esforçando-se para atravessar a terra endurecida pelo inverno. Isolda recordou-se do que havia dito a Tristão: que Hereric estava sentindo dor e ela não sabia por quê. Que ele sabia que não estava sozinho, mas tinha medo de acordar.

Como a Percepção havia voltado com intensidade, ela a usava para sentir onde havia dor, para ler pensamentos se isso a ajudasse a compreender o local de uma lesão. Nunca havia tentado falar daquela maneira com nenhum dos homens sob seus cuidados, mas agora pegou a mão de Hereric e fechou os olhos. Como parecia que ele havia reagido à história, Isolda continuou; sua voz era um murmúrio ao tentar captar na mente o tênue movimento que havia sentido vir de Hereric.

A princípio ela só se deparou com escuridão, escuridão e a dor esmagadora, mas então voltou a sentir uma súplica suave e deplorável no escuro, como o grito de um cordeirinho sem mãe, perdido na charneca. Isolda agarrou a mão de Hereric, como se isso pudesse ajudá-la a controlar o tênue fio de teia de aranha que os ligava.

Isolda inalou o fôlego, manteve os olhos fechados e bloqueou todo o resto: o som soluçante do vento no lado de fora, o tamborilar da chuva no telhado, a respiração branda de Cabal que vinha da manta que ela pôs na cama do rapaz, o cheiro de bolor das folhas úmidas e a fumaça da fogueira. Inteiramente concentrada, Isolda fixou-se em contatar o gemido indistinto e comovente de Hereric. O suor lhe formigava as costelas e lhe descia pelo vestido, mas a moça não se deteve e estendeu mentalmente uma das mãos até Hereric, focando todas as suas partículas de energia em penetrar nos seus pensamentos difusos, no que ela diria a Hereric se ele pudesse ouvir. *Eu sei que dói, mas você é corajoso e forte. Dê um passo na minha direção, eu sei que você pode.*

Sem nenhuma decisão consciente, ela continuou a história, esforçando-se para que sua voz transmitisse o que desejava que Hereric ouvisse. A mensagem era um estranho contraponto às palavras cômicas da história, mas a moça prosseguiu falando.

"Finalmente, Idris perdeu a paciência e devolveu com toda a força o martelo a seu irmão."

Seja corajoso.

"E onde o martelo caiu, ainda se pode ver a marca na terra, chamada *Pant y cawr*, isto é, 'o côncavo do gigante'".

Não está na hora de você morrer.

"Sem martelo, os dois gigantes bobos não puderam continuar a construção, e assim, com acessos de mau humor, derrubaram aos pontapés as torres que haviam começado a erigir."

Segure minha mão.

"E tudo que resta agora são duas pilhas de pedras, uma no sul e uma no norte."

Quando Isolda pronunciou as últimas palavras, um choque a percorreu, como uma lufada repentina de vento ou a batida de um poderoso tambor que repercutiu em todos os seus nervos. Ela ofegou e abriu os olhos. Viu que os olhos de Hereric também estavam abertos, turvos e opacos de dor, imóveis, mas fixos no rosto dela. Por um longo momento, os olhos de ambos se encontraram, e Isolda se sentou absolutamente imóvel, sem nem se permitir respirar. Então, muito lentamente, um sorriso se espalhou na boca de Hereric, e ele exalou um suspiro como uma criança cansada mas contente.

⁓

Isolda sentou-se no vão da porta, olhando para o jardim molhado pela chuva e coberto de vegetação. O céu estava claro, e a lua e as estrelas apareceram, prateando as trepadeiras entrelaçadas e os galhos das árvores. Ela pensou: "Eu devo ser grata". E ela estava mesmo, embora cautelosamente: agradecida e grata, e tão cansada que mal conseguia manter os olhos abertos.

De gole em gole e com a ajuda de Isolda, Hereric bebeu uma xícara de caldo e não o vomitou, bebeu vinho misturado com xarope de papoula e adormeceu. Contudo, o perigo ainda não havia sido superado inteiramente. O rosto dele continuava ruborizado de febre; os ossos sobressaindo acentuadamente na pele, depois da carne que ele havia perdido nas últimas semanas. Mas, pela primeira vez desde que ela e Tristão lhe haviam amputado o braço, Isolda teve esperança de que pelo menos ela houvesse feito a escolha certa.

Agora, porém, com Cabal e Hereric dormindo, Isolda sentiu um peso gelado e rijo pressionar-lhe o peito. Dois dias, disse Tristão ao partir, ou três no máximo, e ele estaria de volta. Já era, contudo, o final do quarto dia, e ele ainda não havia voltado. Embora parte do seu temor pela vida de Hereric tivesse desaparecido, saber que Tristão talvez nunca retornasse estava cada vez mais difícil de ignorar.

Isolda encostou a cabeça no marco da porta e observou um par de morcegos de asas negras investir e bater as asas logo acima das árvores. Ela inalou um respirar, exalou-o, depois se levantou e foi até onde uma poça de água da chuva permanecia em cima de uma das pedras rachadas do piso do jardim.

Ela não havia falado a Tristão sobre Mark antes de ele partir, não o havia alertado de que o pai o procurava em tudo que era canto. A recordação do seu pesadelo recorrente resvalara nela e lhe travara a língua todas as vezes que ela até mesmo se lembrara de mencionar o nome de Mark. Ou melhor, a lembrança de que Tristão certamente a menosprezaria se tomasse conhecimento do que tinha acontecido.

Ele talvez se apiedasse dela, por causa de suas próprias lembranças. Por causa de quem era a mãe dele, mas, independentemente de sua resistência, ela se entregara a Mark. Para salvar sua vida, havia se deitado com ele por uma noite terrível. Ela não culparia Tristão se ele considerasse isso uma traição da amizade de ambos, que já durava anos, mas a moça não tinha tido coragem para ver o rosto dele se tomasse conhecimento do fato.

Agora, porém...

Agora, esta noite, sua consciência a atormentava e lhe perguntava se ela queria carregar a culpa da captura e morte de Tristão porque fora covarde e não usara a arma que possuía e que podia tê-lo ajudado a escapar.

Isolda ajoelhou-se ao lado da poça rasa d'água e sentiu a umidade do chão começar a infiltrar-se em sua saia. Fechou os olhos e inalou mais um fôlego do ar noturno, perfumado com o cheiro da terra molhada e as plantas que floresciam ao redor. Então olhou para a poça.

A superfície estava quase negra, reluzindo ao luar e refletindo um trecho do céu salpicado de estrelas. Isolda viu seu rosto e nada mais. Ela se firmou, reduziu o ritmo de seu respirar e concentrou-se em seus pensamentos. De um lugar próximo, ouviu o piar desolado de uma coruja, o som roçando-lhe a pele como pontas de dedos geladas. O pio da coruja era um presságio de morte, dizia a lenda, desde que a infiel e linda Blodeuwedd[30] tentou matar o marido por amar outro homem, mas foi por seu quase crime transformada por Gwydion em uma coruja[31].

Isolda se perguntou brevemente se estaria cansada demais por seus esforços com Hereric para que uma visão lhe surgisse naquela noite, mas aí uma imagem ocorreu de repente na superfície com a rapidez de um golpe de martelo faiscante em aço forjado. Dois homens, sentados a uma mesa de madeira num salão de banquetes, à luz de uma lareira. Mark, com o rosto duro e de traços acentuados tão desfigurado que Isolda ficou curiosa por saber se sua mente estava lúcida ou ensan-

---

30 Deusa galesa da morte. Seu nome significa Rosto de Flor, e ela foi feita por dois mágicos (Mathonwy e Gwydion) com as pétalas de nove flores. Casada com Lleu, teve um caso com Gronw Pebr, que tentou matar seu marido, mas Gwydion o impediu e a quem todas as aves serão hostis e Lleu acaba assassinando Gronw. (N.T.)
31 Ela nunca mais veria a luz do dia, e seria sempre hostilizada pelas outras aves, daí seu pio triste. Ela é também conhecida como Lua Escura. (N.T.)

decida. O outro homem Isolda não conhecia. Era saxão, de ombros largos e mais alto do que Mark por quase mais de uma cabeça, e usava um pesado colar de ouro e um manto prateado de pele de lobo.

O saxão tinha uma fronte ampla, um nariz que havia sido quebrado e refeito de modo incompetente, e a boca era cheia de dentes quebrados. Os olhos azuis, de tão pálidos, eram praticamente incolores, e a espessa barba loura e o cabelo longo também louro que ultrapassava os ombros eram grisalhos. Sob a barba, os lábios eram estreitos, e os olhos sem cor eram frios.

– Vou a cavalo para o sul quando amanhecer. Ao encontro de Cerdic. Espero, em seu benefício, que ele concorde.

O homem falou com um sotaque denso e gutural tão acentuado que Isolda mal conseguiu entender suas palavras. Agora o medo e os pensamentos desapareceram, exceto pelas imagens que apareceram na superfície da poça. Ela deixou sua respiração ficar cada vez mais lenta. Imaginou-se ser carregada para mais perto da água, como se a superfície enluarada reluzente fosse apenas o fino filamento de uma barreira entre ela e os dois homens. Ela se sentiu mais perto, mais perto, até que sentiu...

Raiva. A raiva dominou-lhe todo o corpo. Atingiu-a no estômago como um espeto ardente. Enfiado como brasas incandescentes na sua garganta. Porque ela não podia pegar uma faca na mesa e retirar a ameaça debochada do rosto de Octa de Kent. Porque Cerdic, o verme rastejante, poderia recusar. Ela sentiu raiva porque...

Porque ele, Mark, estava fria e mortalmente com medo.

Então, com mais um lampejo rápido como raio, a imagem na água desapareceu, e Isolda ficou tremendo enquanto o suor frio secava no seu rosto e inalava fôlego após fôlego trêmulo do ar frio e puro da noite.

— Essa sua irmã é bonita?

Tristão olhou de relance para o círculo de homens agrupados em redor da fogueira do acampamento. Já estava escuro, e alguém havia trazido um odre de vinho, ainda mais ordinário do que a droga que ele tinha bebido. Só o cheiro já teria derrubado um touro. O homem que fez a pergunta era Ossac, um sujeito de peito enorme, olhos amarelados desbotados e boca frouxa e úmida. Tristão teve a sensação desagradável de um enxame de insetos rastejando-lhe na espinha dorsal. "Filho de uma égua; esse cara deve estar maluco". Entretanto, ele não se mexeu e manteve a voz calma e agradável ao responder:

— Bonita? Muito. E sabe manejar uma faca tão bem quanto eu.

Ele mudou de posição, apoiando-se num cotovelo, e então, com um movimento rápido do pulso, arremessou sua faca. A lâmina reluziu prateada à luz da fogueira, atingiu a terra com um barulho surdo e parou, o cabo oscilando, no trecho de terra acima da virilha de Ossac.

O grupo deu uma exclamação de surpresa, seguida por risadas e vários gritos roucos. Tristão viu Ossac empalidecer, e em seguida um rubor irado lhe subiu pelo pescoço musculoso. Ele começou a falar, mas Tristão o interrompeu, e percorreu com olhar intenso e lento o círculo de homens.

— Isso — ele disse, com voz amável — foi pura exibição. É só uma amostra do que eu vou fazer com o primeiro homem que sequer olhar para ela com uma expressão que me desagrade.

Na manhã do sexto dia, Isolda deixou Hereric dormindo e foi para o jardim iluminado pelo sol, seguida por Cabal. Hereric estava se fortalecendo. Ela já não duvidava de que iria viver. O rapaz continuava magro, desgastado pela febre e fraco demais até para se sentar sozinho. Mas estava tomando caldos e as infusões herbais que ela lhe dava, e a febre havia finalmente cedido na noite da véspera. Nessa manhã, quando ela pôs a mão na testa dele antes de ir ao jardim, a cabeça dele estava úmida e fresca ao toque, e o toco do seu braço estava cicatrizando muito bem. Ela podia deixá-lo em segurança enquanto ia se banhar no regato do jardim.

O sol brilhava nessa manhã, e pela primeira vez a brisa estava quente com a promessa da primavera. Isolda deixou os dedos roçarem contra os galhos úmidos de orvalho dos arbustos e das árvores ao voltar do banho no riacho. A dor da picada da cobra havia quase desaparecido, os cortes no seu tornozelo estavam cobertos por uma casca de finas linhas vermelhas, e ela parou nas ruínas rachadas de um antigo relógio de sol, meio obscurecidas pelo capim e uma cobertura de folhas mortas. Havia um lema esculpido em latim ao redor da beira do mostrador do relógio. Na chuva ela não havia conseguido distingui-lo, mas agora, com o sol, Isolda conseguiu ler apenas as palavras: *Fert Omnia Aetas*, ou seja, *O tempo a tudo resiste*.

Ela havia lavado o cabelo no riacho, e torceu a água da extremidade da trança molhada, pensando na lâmina da espada, viscosa e enferrujada pelo tempo, que vira de relance no fundo de uma das poças mais fundas. Talvez fosse a espada de um guerreiro morto, doada às águas para que ele pudesse brandi-la de novo no Outro Mundo. Ou o sacrifício de um homem do seu tesouro mais valioso, para que os deuses do regato pudessem ouvir a oração dele. Esse lugar talvez tivesse sido o lar de um deus da água e da floresta, antes que um nobre romano tivesse construído essa majestosa *villa* ali. Talvez os Antigos tivessem esculpido seus sinais giratórios nas rochas e árvores, ou tirado as cabeças decepadas dos seus inimigos no riacho ondulante.

Isolda examinou as sombras das árvores em redor, e se viu contando os dias à frente. Quantos dias até Hereric conseguir andar sozinho. Quantos dias – ela se esquivou do pensamento mas soturnamente se obrigou a terminar –, quantos dias eles deveriam esperar por Tristão antes de finalmente reconhecer que ele provavelmente nunca voltaria?

Então, ao lado dela, Cabal rosnou forte e arreganhou os dentes; o pelo no pescoço se eriçou ao examinar, como fizera Isolda, as árvores em redor. Isolda sentiu um pinicar gélido no pescoço e nos braços quando sua mente analisou rapidamente as possibilidades. *Um grupo de guerra saxão que atacava de surpresa. Um bando de homens que não serviam a nenhum senhor. Uma das patrulhas de Mark ou de Octa.* Pôs uma das mãos na coleira de Cabal, segurando-o ao seu lado, e a mão livre segurou o cabo da faca que ela carregava no bolso do vestido.

"Não", pensou ela, "que isso vá me adiantar alguma coisa se for mais de um homem."

Então, como se o próprio pensamento os tivesse evocado para fora das árvores e das pedras, homens começaram a surgir, saindo da floresta para formar um meio-círculo indefinido ao seu redor. O coração de Isolda estava acelerado, e seu olhar intenso concentrou-se rapidamente neles, nos rostos barbados, no cabelo emaranhado, o vestuário deles costurado a partir de retalhos esfarrapados de couros de animais. Estavam todos armados, com espadas de cabo de osso, facas ou machadinhas nos cintos, ou arcos e hastes emplumadas das flechas presas nas costas.

Isolda instintivamente deu um passo para trás, em direção à *villa* destruída. Um dos homens se separou do grupo e perguntou:

— A senhora é irmã de Tristão?

Era um homem alto, vestindo um manto que parecia feito de pelo oleado de urso com as peles de mais de uma dúzia de outros animais costuradas em cima, peles cinzentas, castanhas e negras lustrosas ao sol da manhã. Seu rosto era magro, quase cavernoso, a pele, transparentemente pálida, com cavidades sob as maçãs do rosto, e olhos muito fundos. O nariz era adunco, a boca estreita e apertada, dando aos seus traços um semblante predatório, e ele poderia – segundo Isolda – ter entre trinta e trinta e cinco anos. Os olhos eram de um estranho tom de castanho-claro, o cabelo e a barba eram igualmente castanhos, e estavam tão emaranhados quanto os dos outros homens. Acima da barba, ele exibia tatuagens azuis espiraladas nas maçãs do rosto.

Sua voz, quando fez a pergunta, foi sucinta e dura, e Isolda julgou perceber uma centelha de hostilidade nos olhos castanho esverdeados quando seu olhar encontrou o dela. Isso era algo que ela não pensara em perguntar a Tristão antes de ele partir: que história ele planejava inventar para transmitir ao bando de mercenários quando os reencontrasse.

Contudo, ela estabilizou a respiração e respondeu à pergunta após uma pequena pausa:

– Sim, sou. E você é... – ela forçou a memória para recordar o nome citado por Tristão – você é Fidach?

O homem aquiesceu brevemente com a cabeça:

– Sou. E estes – ele fez um movimento rápido com a cabeça – são meus companheiros.

Isolda olhou de Fidach para os homens atrás dele. Viu que havia talvez quinze ou vinte no total, observando-a com olhos apertados e vigilantes, a mesma sombra de hostilidade nos olhos que ela havia percebido em Fidach. Cabal também devia ter sentido antagonismo ou, pelo menos, uma sensação negativa, pois arreganhou os dentes e rosnou alto mais uma vez, o pelo do pescoço ainda eriçado.

O olhar atento de Fidach concentrou-se no grande animal, e alguma coisa na sua expressão provocou um arrepio que desceu pela espinha de Isolda. Ela pôs uma das mãos no pescoço de Cabal e disse:

– Está tudo bem, Cabal. Você é um bom cachorro. – Então, perguntou ao homem à sua frente: – Onde está Tristão agora?

Fidach já estava de costas, mas, ao ouvir a pergunta, fez um gesto breve em direção às árvores circundantes:

— No sul, não longe daqui. Ele nos mandou buscar você.

Isolda pensou que não havia razão para acreditar que ele dizia a verdade. Mesmo assim, sentiu-se aliviada, como se um nó dentro dela se houvesse subitamente partido. Os homens atrás de Fidach, contudo, tinham mudado de posição, irrequietos, e resmungavam entre si enquanto o seu líder falava, e um deles deu um passo à frente nesse instante. Era um homem mais velho, de quarenta, quarenta e cinco anos, cabelos avermelhados emaranhados, testa inclinada e um olho inflamado, vermelho, que vertia um fluido amarelado.

— Não gosto dessa ideia. — Ele falou com voz profunda, sotaque acentuado, e se dirigiu a Fidach. — Não tem lugar para mulher neste grupo.

No mesmo instante, Fidach girou o corpo e o encarou. O ruivo era apenas alguns centímetros mais baixo do que seu líder, mas sua estrutura era muito mais sólida, com músculos salientes no peito, nos ombros e braços. Mesmo assim, Isolda viu que ele vacilou visivelmente sob o olhar fixo de Fidach. O rosto de Fidach estava inexpressivo quando ele parou um momento e olhou para o outro homem. Então, de modo indiferente e quase descuidado, ele ergueu uma das mãos e socou violentamente o rosto do outro sujeito, fazendo com que se esparramasse no chão.

Fidach virou-se para os outros homens:

— Vocês conhecem tão bem quanto Esar o trato que fiz com Tristão. Alguém mais questiona minha decisão?

Mais um movimento agitado de intranquilidade percorreu o grupo dos outros homens, e em seguida ouviu-se um murmúrio de negação:

— Ótimo. — Fidach falou acima do ombro para Isolda, embora sem voltar a olhar na sua direção: — Apronte-se. Vamos partir imediatamente.

Capítulo 11

Isolda sentiu um toque no braço e, quando virou a cabeça, viu que Hereric a observava com o cenho franzido. A mão que lhe restava mexeu-se numa série rápida de sinais:

Isolda não comer?

Isolda fez que sim com a cabeça e respondeu:

— Sim, vou comer. Obrigada, Hereric.

Ela pegou um naco do pão que um dos homens de Fidach lhe tinha dado para que fosse dividido entre ela e Hereric. Estava levemente queimado num lado e salpicado de pedacinhos de cascalho da pedra de amolar que ela precisou retirar antes de dar uma mordida. Isolda mastigou, engoliu e disse para si mesma, taciturna e pela milésima vez desde que saíram da *villa* abandonada, que se questionar sobre ter ou não feito a escolha correta era o mesmo que perguntar a um homem se preferia ser retalhado por uma espada ou por uma faca.

Isolda supunha que poderia ter se recusado a acompanhar Fidach e seu bando, porém ela e Hereric não podiam ter se arriscado a permanecer por muito mais tempo onde estavam. E — pelo menos até então — estavam mais seguros com um grupo de homens armados do que teriam ficado sozinhos. Isolda deu outra mordida no pão e olhou de relance para Hereric, sentado ao seu lado no chão, recostado numa tora caída.

Acima da barba loura fina, o rosto dele continuava pálido, e os olhos encovados pela doença, mas as maçãs do seu rosto já não estavam avermelhadas nem seus olhos brilhavam demais, o que significaria que a febre estava de volta, e, pelo que Isolda pôde deduzir, a viagem daquele dia não havia piorado o estado dele. Hereric continuava muito fraco para caminhar, por isso dois dos homens de Fidach o tinham carregado numa tipoia improvisada com um par de galhos resistentes e um cobertor de peles de bode costuradas.

Eles haviam percorrido uma densa floresta, sem seguir nenhuma trilha que Isolda pudesse perceber, e não haviam encontrado absolutamente ninguém no caminho. Ainda assim, eram óbvios os indícios dos ataques de surpresa e dos conflitos armados que haviam devastado a região. Ocasionalmente Isolda via um trecho de solo enegrecido, que caracterizava um assentamento incendiado, e uma vez atravessaram um campo aberto onde havia muito tempo uma batalha devia ter sido travada. Os mortos haviam sido enterrados em uma enorme cova rasa, e a terra em cima deles começava a se erodir, de modo que aqui e ali, entre o capim, um osso se salientava: o osso reduzido de uma coxa ou um crânio liso e redondo.

Os homens do grupo de bandidos resmungaram inquietos entre si ao passar pelo antigo campo de batalha, e Isolda viu vários deles fazerem sinais contra mau-olhado ou resmungar frases pedindo que os fantasmas descansassem em paz. Passaram pelos assentamentos incendiados, mas sem olhar duas vezes. Isolda perguntou-se se isso fazia com que fosse menos provável que eles mesmos tivessem causado os incêndios, ou feito até coisa pior. Ela praticamente nada sabia sobre Fidach e seus homens, mas terras arrasadas por lutas e guerras constantes atraíam bandos como aquele. Quadrilhas de marginais, de malucos e de insatisfeitos que saqueavam no interior do país sem lei como abutres sobre carniça.

Agora havia apenas o silêncio profundo e taciturno da floresta que os rodeava; Isolda poderia estar sozinha no mundo, exceto por Hereric, Cabal e o bando de Fidach. O próprio silêncio e o isolamento a convenciam de que ela simplesmente havia posto três vidas nas mãos desses homens.

Pararam num pequeno trecho de clareira rodeado por carvalhos gigantescos, onde Fidach havia determinado que eles descansassem e comessem. Isolda se surpreendeu com essa atitude; Fidach tinha todas as características de um homem que mantinha seus combatentes com rédea curta, e ela não esperava que lhes concedesse o luxo de um refeição ao meio-dia. Os homens estavam agrupados a pequena distância de onde ela e Hereric se sentaram; passaram um odre de cerveja entre si e partilharam mais do tosco pão integral. Comiam em silêncio, mas Isolda achou que o humor entre eles era taciturno. Ou talvez fosse assim que se comportavam sob a vista do seu líder. Fidach lhes dava ordens de modo áspero, e os homens – todos eles, aparentemente – obedeciam imediatamente. Até então, Isolda havia visto que poucos deles sequer encaravam o líder, muito menos discutiam ou retrucavam quando ele falava.

Ela olhou fixa e rapidamente para o rosto do ruivo Esar, ainda manchado do sangue do nariz quebrado. Isolda pensou que não era de admirar que nenhum dos outros manifestasse uma objeção à presença dela, concordassem ou não com Esar. Nenhum deles tinha se aproximado dela nem lhe dirigido a palavra, mas agora, sentada ao lado de Hereric, ela podia sentir que a observavam, trocando comentários em voz baixa e sorrisos que a fizeram se esforçar para não fechar o manto mais apertado em volta dos ombros.

Cabal estava deitado aos seus pés, e ela deixou que ele terminasse o que sobrara do pão, bem na hora em que Fidach gritou para continuarem a viagem. Isolda levantou-se, tirou as migalhas da saia, e os homens que carregavam Hereric o levantaram e o levaram de novo para o palanquim. Eram dois jovens núbios[32], pensou Isolda: sua pele era da cor de ébano e o cabelo

---

[32] Originários da Núbia, região ao nordeste da África, entre o Egito e o Sudão. (N.T.)

comprido estava repartido em centenas de minúsculas tranças. Os rostos eram tão semelhantes que a moça achou que deviam ser irmãos, talvez até gêmeos, com maçãs do rosto proeminentes, traços acentuados e olhos castanhos de cílios espessos.

Os dois olharam rápida e curiosamente para Isolda ao erguerem Hereric, e um deles sorriu; os dentes alvos brilharam no rosto escuro. Hereric os conhecia. Quando estavam na *villa* arruinada, ele cumprimentou ambos com um sorriso brando e satisfeito e alguns gestos de mão, e os rapazes responderam com cumprimentos no seu próprio idioma, segundo deduziu Isolda.

Há duas noites, quando a febre passou e Isolda contou a Hereric aonde Tristão havia ido, ela lhe perguntou o que ele sabia sobre o bando de Fidach, mas a resposta não lhe disse nada além do que ela já sabia: *Hereric... Tristão...* e um sinal que ela interpretou como querendo dizer *viagem... há anos.*

Talvez se ela conhecesse melhor a linguagem de gestos de Hereric, ele poderia ter contado mais coisas. Ou se ele ainda tivesse as duas mãos para usar. Desde que a febre havia desaparecido, ele se comunicava com ela por meio de sinais simples, e de vez em quando levantava o toco do braço como se fosse querer formar um sinal que exigia as duas mãos, e então se detinha, como se momentaneamente perplexo. Toda vez que isso acontecia, Isolda sustinha a respiração, e seu corpo inteiro ficava tenso, como se ela esperasse que uma expressão de desgosto pelo que ele perdera fosse assolar o enorme saxão.

Mas isso nunca havia ocorrido. Toda vez, Hereric olhava do toco enfaixado para a mão que lhe restava e dava de ombros. Então sua ampla testa se amenizava, ele olhava para Isolda e formava um sinal que ainda conseguia fazer. Isolda respirava novamente e pensava que, independentemente das provações que ele havia sofrido no passado, se tinham transformado o âmago de Hereric em simples e infantil, esse âmago era também fortíssimo.

— *Lady*?

A voz fez Isolda respirar com força e, ao virar-se, verificar que um dos homens do grupo se havia separado do resto e estava agora ao seu lado. Era um homenzarrão, e mais velho do que a maioria dos outros; teria quarenta, quarenta e cinco anos, corpo sólido, com a pança derramada por cima do cinto. Estava ficando calvo, a beira da cabeça tinha poucos fios de cabelo cor de avelã, e sob o queixo havia uma papada redonda. Nada tinha de bonito, mas os olhos castanhos eram suaves, e a voz, hesitante e profunda.

Antes que ele conseguisse falar de novo, um dos outros homens — alto e magro, cabelo preto e barba desgastada — tapou-lhe a boca com as mãos e gritou alguma coisa para os companheiros numa língua que Isolda não reconheceu. Ela pôde, porém, deduzir o significado das palavras, pois o homem à sua frente enrubesceu furioso, uma faixa de cor lhe percorreu o pescoço curto e o rosto. Ele sacudiu a cabeça, como se fosse um touro esquivando-se da picada de uma mosca varejeira.

— Desculpe, *Lady*. Não se importe com esse pessoal. Eles não estão acostumados a ter uma mulher no grupo, é só isso.

Isolda ignorou as acentuadas ferroadas de tensão que lhe subiam e desciam na espinha, e disse:

— Sabe de uma coisa? Eu percebi isso.

Então, porque ela queria impor a maior distância possível entre ela mesma e quaisquer boatos que esses homens pudessem ter ouvido sobre a Rainha Suprema Isolda — e em parte, também, porque sentia uma compaixão inacreditável pelo homem à sua frente —, ela acrescentou:

— Você não precisa me chamar de *Lady*. Isolda está bom.

O homem continuou a parecer constrangido.

— Obrigado, *La*... bem, obrigado. Isso é muito gentil da sua parte. Meu nome é Eurig. — Ele fez menção de dar a mão a ela, mas mudou de ideia e esfregou a nuca, enrubescendo de novo. — Eu só queria dizer... dizer a você que não tem de se preocupar. Com o resto dos homens, isto é. Está segura conosco.

Cabal estava ao lado dela, e, embora as orelhas estivessem levantadas e os músculos, aglomerados debaixo do pelo castanho e branco, ele não arreganhou os dentes nem rosnou. Isolda disse, lentamente:

— Obrigada.

Eurig abaixou rapidamente a cabeça e pareceu constrangido mais uma vez.

— De nada. Eu prometi a Tristão que ia cuidar de você até ele poder voltar, é só isso.

Várias perguntas se juntaram na mente de Isolda ao mesmo tempo, mas a moça se obrigou a escolher apenas uma:

— Onde está Tristão agora?

O rosto de Eurig enrubesceu de novo, e ele murmurou, olhando para o chão:

— Perto daqui. Em pouco tempo ele vai se reunir à gente, eu acho, com um pouco de sorte. — Pela última vez, olhou de relance para Isolda sob o cenho, depois se virou e disse: — É melhor eu ir, *La*... Isolda. Fidach não vai gostar se vir a gente conversando, em vez de se aprontar para pôr o pé na estrada de novo.

⁓

O crepúsculo estava chegando quando Fidach fez mais uma parada. Eles haviam atravessado a floresta e chegado a um solo molhado e pantanoso, salpicado de campos de juncos e arbustos densos, com poças prateadas de água reluzindo entre as extensões de terra negra das charnecas. Aqui e ali uma árvore retorcida e deformada agarrava-se a uma das minúsculas ilhas do solo seco.

Uma neblina surgiu, entrelaçando a paisagem de modo lúgubre em fios prateados ondulantes, e o ar cheirava a lama e a podridão. Lá na frente, Isolda podia ouvir Fidach dando ordens bruscas, embora ela só conseguisse perceber um indefinido contorno dele e do resto dos homens. Ela se virou para Eurig, que não havia voltado a lhe falar durante todo o longo caminhar do dia – assim como nenhum dos homens –, mas reparou que ele nunca estava a mais de alguns passos dela e tomava cuidado para se posicionar entre ela e o resto do bando.

Ele se posicionou mais uma vez ao lado dela, e Isolda lhe perguntou:

– Nós vamos passar a noite acampados aqui?

Eurig sacudiu a cabeça:

– Não aqui. O Fidach mandou batedores examinar os arredores para garantir que o acampamento esteja em segurança, só isso.

Os batedores devem ter achado os arredores seguros, pois logo depois Isolda ouviu vozes à frente, e então a voz de Fidach, gritando que eles podiam continuar. A escuridão se aproximava, e Isolda tinha de estar sempre observando onde pisava para evitar cair num dos buracos de lama negra que absorviam e sujavam o caminho. Quando, afinal, ela levantou o olhar, o assentamento à sua frente pareceu ter surgido da neblina errante por uma arte sobrenatural de encantamento. Era um *crannog*[33]: um agrupamento de cabanas redondas de junco e sapê erguidas em pilhas de carvalho acima do solo pantanoso ligado por uma rede de trilhas elevadas lamacentas e oscilantes de corda e madeira. Tochas acesas haviam sido colocadas em intervalos ao longo das trilhas elevadas e acima das portas de várias das cabanas, formando círculos brilhantes em meio à neblina indefinida. Falando entre si e gritando nas pontes estreitas, os homens começaram a se dispersar entre as pequenas construções.

Eurig pisou primeiro num dos precários passadiços e depois, atrasado, olhou em volta e estendeu uma das mãos a Isolda. Ela,

---

[33] Ilha artificial originalmente construída em lagos, rios, pântanos, especialmente na Irlanda e na Escócia. (N. T.)

entretanto, sacudiu a cabeça e preferiu agarrar-se ao corrimão de cordas com uma das mãos ao caminhar, e com a outra mão pegar firme a coleira de Cabal. As ripas de madeira debaixo dos seus pés balançavam e estalavam sob o peso deles, e Cabal choramingou, indo com relutância de uma tábua para a próxima. Contudo, a trilha elevada se manteve e Isolda chegou firmemente a uma das pequenas plataformas de madeira que formavam o alicerce das choupanas de formato redondo.

Eurig havia ficado em silêncio de um lado; o rosto feio, à chama das tochas, aparentava estar ligeiramente nervoso. Isolda viu que o próprio Fidach os aguardava, imóvel, ao lado de uma das duas habitações da plataforma.

— A senhora vai dormir aqui.

Ele apontou para a mais próxima das duas cabanas, que parecia vazia. Pelo vão da porta aberta do outro casebre, Isolda viu que Hereric estava deitado num rudimentar colchão de palha; os dois homens que o haviam carregado já tinham saído dali. Ela assentiu com a cabeça e disse:

— Obrigada.

Fidach ignorou o agradecimento e permaneceu observando-a, como se esperasse que ela dissesse mais alguma coisa. Isolda percebeu que ele esperava que ela lhe perguntasse sobre Tristão. Um instinto, porém, paralisou-lhe a língua, uma certeza de que o homem à sua frente se aproveitaria do primeiro sinal de fraqueza que ela se permitisse demonstrar. Isolda ficou calada, e depois de um instante julgou ver um lampejo de divertimento no olhar castanho-esverdeado do homem, como se ele tivesse lido seus pensamentos e compreendesse a razão de sua recusa em perguntar.

Então, em um minuto, o olhar desapareceu e Fidach olhou de relance e sem interesse de Isolda para Cabal, de pé perto da moça. Seu olhar intenso se fixou brevemente no forte cachorro e em seguida em Isolda.

– Vou levar o cão. Ele será útil para manter os lobos a distância.

Isolda sentiu uma comichão incômoda na pele. Estava cansada e faminta, e todo o panorama – o zunido dos insetos da charneca, os telhados pontudos das cabanas, a luz bruxuleante e o balanço rangente da plataforma sob seus pés –, tudo isso de repente lhe pareceu surreal, coisa de um pesadelo. Como se, ao sair da *villa* romana, ela tivesse saído do mundo e penetrado no Além, ou, de alguma forma, num lugar onde não se contava o tempo.

Entretanto, ela respondeu calmamente, sem deixar que seu tom de voz expressasse raiva nem medo:

– Não. Cabal vai ficar comigo.

O rosto de Fidach se obscureceu e ele indagou:

– A senhora está dizendo que não confia nos meus homens?

Em algum ponto enquanto estavam falando, Eurig desaparecera por outra trilha elevada e sumira na neblina; ela e Fidach estavam sozinhos. Isolda manteve a mão na coleira de Cabal e se controlou para não reagir ao tom de voz de Fidach nem deixar de encará-lo.

Ela disse:

– Devo confiar?

Fidach ficou em silêncio por um longo momento, observando-a. A raiva desapareceu do seu rosto, deixando-o inexpressivo, frio e duro. Ele ainda usava a túnica esquisita de peles de várias cores, e parecia, com as maças do rosto tatuadas e o nariz adunco, uma criatura do Outro Mundo. Isolda também achou que o rosto dele estava estranhamente avermelhado pelo relumbre da tocha, com um brilho de suor reluzindo nas marcas azuis espiraladas nas maças do rosto. Então, abruptamente, ele atirou a cabeça para trás e soltou uma gargalhada estridente.

– Não, não deve. A senhora seria uma tola se confiasse em qualquer um deles além do que consegue ver.

Isolda estava no vão da porta da cabana, escutando o pio agudo de um pássaro noturno do lado de fora. Todo o seu corpo estava arenoso e sujo com a viagem do dia, mas a moça hesitou em se despir o suficiente para se lavar. Das choupanas do *crannog* em volta da sua ela ouvia vozes masculinas, levemente abafadas pela neblina levada pela corrente, uma risada ou grito ocasional surpreendentemente nítidos, que faziam os pelos de sua nuca formigar. E descobriu não haver trinco na porta com dobradiças de couro da cabana.

Ela acabou fechando a porta com um empurrão, e ordenou a Cabal deitar-se ao longo do limiar da porta. Fidach mandou levar ao local os suprimentos que ela e Tristão haviam trazido do barco há muitos dias: tudo – cobertores, alimentos, o pacote que continha as roupas limpas da moça – estava empilhado no chão. Isolda encontrou um odre de água cheio até a metade, desatou os cordões do vestido e ficou apenas de camisolão. Lavou-se rapidamente, esfregando o rosto, os braços e o pescoço, depois encontrou o único vestido limpo que lhe restava, vestiu-o e deitou-se no colchão de palha; o coração batia acelerada e fortemente.

A cabana não tinha janela, mas havia uma cavidade para ventilar no centro do telhado, permitindo que entrasse luz da lua suficiente para que ela distinguisse os contornos vagos na escuridão: Cabal, enroscado perto da porta, a única mesinha do aposento, uma cesta para guardar coisas e um banquinho bambo. Não havia cobertores, mas Isolda tinha seu manto para cobri-la, e a noite não estava fria. Mesmo assim, ela não conseguiu dormir, apesar da dor e do cansaço atrás dos olhos. Pensou de novo: "Não há razão para confiar em Fidach e acreditar em que Tristão em breve se reunirá a eles". Por outro lado, porém, não havia razão concreta para achar que ele estava mentindo. Ela fechou os olhos e tentou imaginar Tristão e Hereric vivendo naquele lugar, anos atrás, entre esses homens.

Ela e Hereric haviam dividido a refeição de pão e ensopadinho que um dos homens havia deixado para eles na choupana, e Cabal dera conta do que restou. Ela pensou em perguntar a Hereric se os homens que o carregaram lhe contaram alguma coisa de Tristão, ou dos planos de Fidach para eles. Hereric, porém, estava tão cansado com a viagem que quase debruçou a cabeça sobre a comida, e teria sido cruel pedir-lhe que procurasse sinais que ele ainda conseguiria formar e que ela compreendesse. Em vez disso, ela examinou a atadura do rapaz e deu-lhe uma infusão que o ajudaria a dormir, pois sabia que a cicatrização ainda causava dor. Depois ela o deixou sossegado, sabendo que o ouviria se ele acordasse ou gritasse durante a noite.

Isolda mudou de lugar no colchão encaroçado, sentindo fios de palha pinicando-a através da lã do vestido. Então ela fez um movimento abrupto e se sentou ereta; o coração se agitou com náusea quando ouviu o som de um passo delicado do lado de fora da porta da cabana. Num instante ela se livrou do manto e ficou de pé, os dedos segurando o cabo da faca que havia deixado ao seu alcance no chão. Movimentando-se o mais silenciosamente possível, esforçando-se para que as tábuas sob seus pés não estalassem, dirigiu-se à porta e a abriu em parte, mesmo assim o homem do lado de fora fez um movimento súbito e reprimiu um grito de surpresa.

Algumas tochas ainda estavam acesas e lançaram luz suficiente para que Isolda visse que era Eurig, os olhos arregalados do choque, e uma das mãos junto ao peito musculoso.

Ele respirou fundo e disse:

– Em nome do Grande Arawn[34]! Você me deu um susto!

Cabal acordou com o som da porta aberta e se moveu para a frente, os dentes arreganhados num rosnar. Isolda segurou-lhe a coleira, mas deixou que o grande animal ficasse entre ela e Eurig. Tomou fôlego e tentou acalmar o coração acelerado.

---

34 Deus do Submundo, na mitologia do País de Gales. (N.T.)

— Por que está aqui? – perguntou. – O que quer?

Eurig olhou de Cabal para Isolda, esfregou uma das mãos na cabeça calva, relanceou ao redor deles e sussurrou, como se temesse que o escutassem:

— Não quero o seu mal, pode acreditar. Eu não queria – não quero – lhe fazer mal.

— Acreditar em você? – Isolda repetiu. – Sabe de uma coisa? Descobri que, quando alguém diz isso, geralmente significa que é preciso ser muito ingênuo para crer na palavra dessa pessoa.

— Eu...

O olhar intenso de Eurig focalizou o chão, e ele pareceu tão infeliz – como um cachorro que esperasse levar um pontapé – que Isolda se abrandou. Porque, apesar das palavras de Fidach, ela verificou que instintivamente confiava em Eurig, pelo menos em parte.

— Então me diga por que está aqui – ela disse.

Os olhos de Eurig brilharam, gratos, para o rosto dela, e ele engoliu em seco:

— É Piye.

— Piye?

Eurig assentiu com a cabeça e acrescentou:

— Isso mesmo. – As palavras foram murmuradas rapidamente. – Ele é um dos homens que carregaram Hereric hoje. Piye e Daka. Eles são gêmeos, mas Piye está doente. E Tristão contou que você é uma curandeira muito competente. Então eu e Daka pensamos... – Ele engoliu em seco. – A gente pensou que talvez você ajudasse *ele*. Sem ninguém saber. Porque, se Fidach descobrir, ele estará perdido. Quero dizer, Piye.

Isolda analisou o rosto redondo e feio de Eurig e seus meigos olhos castanhos. Seu olhar fixo examinou nervosamente o *crannog*, e ela percebeu um brilho de suor na sua testa. Lentamente, perguntou:

— Você quer dizer que Piye seria expulso se Fidach descobrisse que ele está doente?

Eurig mexeu a cabeça abruptamente para confirmar:
— Não tem lugar aqui para um homem que não controla a situação numa luta. Ele seria expulso, e mesmo assim não viveria muito. Fidach não permite que nenhum homem continue vivo se perder o domínio das coisas.

Isolda ficou em silêncio um momento, ainda com Cabal entre ela e Eurig. Se era certo que não conseguia confiar totalmente em Eurig, verificou que podia acreditar prontamente no que ele contou sobre Fidach. Sua mente fixou-se por um momento em Tristão e se perguntou como ele havia conseguido se libertar, porque era claro que sabia onde voltar a encontrar Fidach e seus homens.

Entretanto, ela afastou esse pensamento, tentando decidir quanto ao homem à sua frente. Num prato da balança estava o fato de gostar instintivamente de Eurig; no outro estava a certeza de que, se quisesse preparar uma armadilha para si própria, este era exatamente do tipo que ela conceberia: um apelo de ajuda, que incluiria um homem doente ou ferido, para cair na cilada.

Eurig pigarreou e disse:
— Talvez a gente possa pagar, se você pudesse ver o que pode fazer.

Os olhos de Isolda encararam os do homem à sua frente. O momento se prolongou, mas, onde quer que Tristão estivesse — ou fosse lá quando ele voltasse —, quaisquer aliados que ela pudesse encontrar naquele grupo seriam valiosos. Isolda disse então:
— Não precisam me pagar. Eu vou até ele. — Ela pôs uma das mãos na cabeça do cão e disse: — Cabal, fique aqui e vigie Hereric.

Cabal choramingou mansamente ao vê-la seguir Eurig por uma das trilhas elevadas, mas ele era um cão de guerra, bem treinado para obedecer. Ao olhar de relance por cima do ombro, Isolda viu que ele se acomodou à porta da cabana, as patas estendidas, orelhas levantadas e pronto para atacar. Ela então se virou, mantendo os olhos nas costas largas de Eurig enquanto ele liderava o caminho em direção a outra das cabanas redondas de sapé.

Epilepsia

Do lado de fora estava tudo em silêncio; o som dos homens conversando e dando risadas se esvaneceu quando Isolda contemplou o homem prostrado, deitado num colchão de palha semelhante ao que ela acabara de deixar para trás. Os olhos de Piye estavam arregalados e aterrorizados no rosto escuro, e, embora ele não se tivesse mexido desde que Isolda ficou ao seu lado, ela via a rápida subida e descida do peito dele e a rigidez da maneira em que ele se mantinha, como se pronto para fugir. Daka também estava tenso e nervoso, e não parava de lançar, pelos cantos dos olhos, olhares rápidos e desconfiados para Isolda.

A convulsão de Piye já havia passado quando Isolda e Eurig chegaram à choupana partilhada pelos gêmeos, mas o irmão dele contou a ela – de má vontade, pareceu a Isolda – o que havia acontecido. Primeiro ela perguntou a Piye como se sentia, mas Daka sacudiu a cabeça e disse:

– Ele *num saber* sua língua. Eu falo por ele. – Daka tinha uma voz grave e musical que fez Isolda pensar no som da batida de um grande tambor. – Um espírito mau atingiu ele, pegou ele e atirou ele no chão. Ele *lutava* com ele. – Os braços de Daka reproduziram os movimentos frenéticos que Piye havia feito. Ele deu de ombros e disse: – Finalmente, espírito embora.

A cabana de Daka e Piye era igual àquela em que Isolda havia deixado Hereric e Cabal, exceto pelo sortimento de facas, arcos e flechas de caça pendurados nas paredes. Uma única lamparina estava acesa no chão ao lado de Piye, mostrando a Isolda os três homens: Eurig, lívido e ansioso, Daka e Piye, os rostos de ébano tão parecidos que eram o espelho um do outro, até no medo desconfiado em seus olhos.

Isolda ajoelhou-se ao lado de Piye, e instantaneamente ele fez um movimento brusco para trás, comprimindo-se contra a parede da cabana, mas os olhos se dirigiram para cima, onde pendia uma faca de caça logo acima do seu colchão. Daka também fez um movimento rápido e convulsivo, como se estivesse na iminência de pegar o braço de Isolda e prendê-lo nas costas, mas se controlou antes de chegar a tocá-la.

Virou-se para Eurig e disse alguma coisa, depressa e baixinho, numa língua que Isolda julgou fosse a sua nativa. Provavelmente era algo semelhante a *Como é que você sabe que podemos confiar nela?* ou coisa parecida. Entretanto, antes que Eurig pudesse responder, Isolda olhou de Daka para Piye e depois repetiu o ato. Seu couro cabeludo formigava, mas estava lá, resolvera confiar em Eurig, havia escolhido seu destino. Por isso bloqueou todos os pensamentos de medo e desviou firmemente o olhar das armas penduradas nas paredes.

Ela falou com Daka, pois a aparência de Piye estava incompreensivelmente apática, e os olhos estupefatos, mesmo com o medo que ele sentia.

– Está tudo bem – ela disse. – Eu não vou machucá-lo, só quero examiná-lo para ver se há alguma coisa que eu possa fazer para ajudar.

Embora, se aquilo de que ela suspeitava fosse verdade, se fosse epilepsia a enfermidade que atacara Piye, havia muito pouco que ela podia fazer. Daka hesitou por um demorado momento, depois assentiu com a cabeça sem nada dizer e gesticulou para que ela fosse adiante.

Piye se sentou como esculpido em pedra enquanto ela o escutava respirar, olhou para os olhos dele e sentiu a pulsação de vida em sua garganta. Ela sentiu que ele estava muito tenso, e o controle que estava exercendo para não dar um pulo e fugir da cabana ou começar a falar. Isolda pensou rapidamente em começar a contar uma das antigas histórias, como fazia com pacientes que sentiam medo ou dor, ou como fez com Hereric tantas vezes nos últimos dias. Mas, se Piye não falava a língua bretã, e Daka mal a falava, ouvi-la murmurar uma torrente de palavras desconhecidas poderia ser mais uma causa de medo.

Pensar em Hereric, porém, fez com que ela imaginasse que talvez pudesse entrar em contato com Piye como fizera com Hereric. Portanto, enquanto tratava dele, ela se concentrava em falar mentalmente com Piye, formando pensamentos do que lhe diria se ele pudesse compreender suas palavras. Imaginou o medo de Piye quase como uma presença separada que respirava no recinto com ela e os outros dois homens, imaginou-se estendendo uma das mãos para aquele medo, acalmando-o até ele dormir.

O esforço era maior do que foi com Hereric, talvez porque ela conhecesse Piye muito menos. A cabeça de Isolda começou a doer, e ela sentiu os olhos arenosos de cansaço, mas muito lentamente os músculos retesados de Piye começaram a relaxar. Quando ela, afinal, apoiou-se nos calcanhares, as pálpebras de Piye começaram a se fechar e a cabeça caiu até o peito quando a exaustão que costumava seguir-se a acessos como o dele começou a dominá-lo.

Isolda observou-o por mais um momento, depois se virou e olhou para Daka:

— Isso já aconteceu antes?

O rapaz hesitou; os olhos escuros de cílios longos continuavam desconfiados, como se ele procurasse avaliar Isolda. Então ele inclinou a cabeça e respondeu:

— Já, umas seis ou sete *vez*.

Isolda assentiu com a cabeça.

— A senhora pode fazer alguma coisa por ele, *Lady*? — Eurig perguntou.

Os olhos de Isolda se voltaram para Piye, mas a moça disse automaticamente:

— Isolda.

Eurig abaixou a cabeça, o rosto enrubescido.

— Desculpe, mas é porque não acho certo chamar a senhora assim. Dá pra ver que a senhora é de um nível diferente do nosso.

– Eu não diria isso.

Ela estava pensando que pelo menos aqueles homens tinham arriscado a cólera do chefe para ajudar seu amigo. E ela não tinha absolutamente nenhum poder para ajudar Piye, que, apesar da confusão do medo que ela ainda percebia nele, estava agora meio adormecido, esparramado no seu colchão de palha.

Isolda tirou da sacola de medicamentos um frasco de decocção de orquídeas, manjerona e valeriana e esforçou-se para eliminar uma onda inevitável de raiva por sua própria impotência. Ela havia aprendido há muito tempo que sempre haveria os que, como Márcia, Bedwyr ou Piye, ela não poderia ajudar, mas continuava a ter a mesma reação quando isso acontecia.

Isolda fez menção de entregar o frasco de vidro a Piye, mas ele voltou a fazer um movimento brusco, os olhos arregalados e coléricos; Isolda sentiu que Daka enrijeceu.

– Não tenha medo. – Dessa vez ela falou diretamente com Piye, esperando que ele compreendesse a intenção, se não as palavras em si. – Não vai fazer mal a você; está aqui, olhe. – Ela destampou o frasco e tomou um gole do líquido. A mistura de ervas estava fresca e ligeiramente picante. – Veja: não tem problema em beber. Isto vai ajudar você a dormir, só isso.

Piye olhou dela para o irmão, e Isolda teve a impressão de que os olhos dele continham uma pergunta. O silêncio se estendeu no espaço pequeno e iluminado pela lamparina. Então Daka disse alguma coisa na própria língua, e Piye exalou um respirar. Ele estendeu o braço para pegar o frasco de Isolda, levou-o aos lábios e engoliu antes de voltar a se largar no colchão de palha mais uma vez.

– Essa bebida... cura ele? Manda embora espírito do mal? – Daka perguntou-lhe, depois que Piye bebeu.

Isolda sentiu mais uma fisgada de raiva consigo mesma, e, dessa vez, também de remorso, porque podia perceber a esperança combatendo a descrença nos olhos de Piye e Daka. O toque de deus, era assim que sua avó chamava a epilepsia, porque convulsões como as de Piye às vezes traziam visões de Outro Mundo, lampejos de Percepção. Mas, se era um sinal de demônios que atacavam ou um presente dos deuses, Isolda sabia que não havia nada, absolutamente nada que ela pudesse fazer para curar ou impedir a doença de atacar Piye de novo.

— Desculpe — começou Isolda, mas se deteve; uma súbita centelha de lembrança lhe veio à cabeça: ela mesma no seu laboratório em Dinas Emrys, embrulhando o que levaria para a viagem com Tristão. Estava colocando vidros de pomada e frascos de plantas medicinais na sacola de medicamentos. Então seu olhar havia pousado no pequeno anel tosco de ferro que Garwen lhe dera. E, porque não queria que Garwen o encontrasse depois que ela e Tristão já não estivessem vivos — e se magoasse, porque Isolda não o havia guardado com ela, como prometera —, ela havia largado o anel dentro da sacola.

Agora, na cabana parcamente iluminada, as armas de guerra penduradas acima deles nas paredes e os olhos dos três homens fixos no rosto dela, Isolda abriu a sacola de remédios de novo, procurando rapidamente entre o sortimento de frascos e vidros. E o anel estava lá, bem no fundo.

Em parte foi um impulso que fez Isolda apanhar o anel, impulso causado pelo impacto no seu peito da esperança nos olhos dos irmãos. Ela pegou o anel de ferro e o segurou na palma da mão.

— Desculpe — ela repetiu —, não posso curar a enfermidade de Piye. Nenhuma curandeira que conheço pode fazer isso. Mas isto... — Ela parou e então falou firme, mentalmente dirigindo-se dessa vez a Piye e Daka, imaginando suas palavras alcançando-lhes a raiz mais profunda do seu medo: — Este anel é um amuleto contra todo mal. Certifiquem-se de que ele o use, e certamente ele triunfará se a treva o atacar novamente.

Foi quase assustadora a rapidez com que os três homens confiaram nela. Talvez tenha sido a força que ela tentou transmitir às suas palavras. Ou talvez eles estivessem simplesmente tão desesperados que se agarraram a qualquer esperança, como um homem se afogando que se agarra a uma verga flutuante. Fosse qual fosse a razão, os dedos de Daka seguraram o anel e ele disse, com a voz grave levemente rouca:

– Obrigado.

Piye adormeceu quase antes de Daka colocar o anel no dedo mindinho da mão direita do irmão. Então Daka aprumou-se e virou-se para Isolda. A luz da lamparina reluziu dourada nos traços esculpidos do rosto escuro, lançando lampejos amarelo-dourados nos olhos dele.

– E... – Ele se interrompeu, olhou de relance de Eurig para Isolda, voltou a olhar; um indício de cautela se insinuou mais uma vez na sua voz grave: – Senhora não conta Fidach?

Pelo menos a isso Isolda podia responder sem qualquer dúvida, e ela sacudiu a cabeça:

– Não, você tem minha palavra.

Daka inclinou a cabeça e reconheceu, seriamente:

– Obrigado – disse de novo. Por um instante, seu olhar soturno fixou-se no rosto do irmão, o rosto que era um espelho dele mesmo. Quando ele olhou de novo para Isolda, ela achou ter percebido uma centelha úmida nos seus olhos. – Piye é meu irmão – disse Daka. – O que machuca ele também machuca eu. – Ele fez uma breve reverência a Isolda, estranhamente formal no aposento redondo e apertado, e disse: – Eu agradeço, *Lady*. Por nós dois.

Isolda aquiesceu com a cabeça, porque ela anularia qualquer bem feito a Piye se negasse ter feito alguma coisa a favor dele.

– O prazer é meu – ela disse baixinho. – Por vocês dois.

Daka observou mais um momento o lento subir e descer do respirar do irmão, exalou um hálito e virou-se para Eurig, dizendo:

— Melhor levar ela de volta agora. Ela vai estar mais segura na cabana dela.

Eurig assentiu com a cabeça e levantou-se:

— Você está certo.

Os olhos dos dois homens se encontraram, e pareceu a Isolda que se comunicaram não verbalmente.

— Vai ser mais seguro para vocês... ou para mim?

Houve um silêncio no qual a cabana ecoou os sons da respiração de Piye e o gorjeio dos grilos da charneca. Eurig e Daka hesitaram, e afinal Eurig respondeu:

— Bem... talvez seja mais seguro para todos nós, mas você não... — Ele parou, parecendo constrangido. — Isto é, você não precisa se preocupar. Eu repito o que lhe disse antes. Nenhum dos outros homens vai tocar um dedo em você. Nem Esar — aquele que Fidach socou por ser contra a sua permanência aqui — ousaria.

Inesperadamente, Daka sorriu ao ouvir isso; os dentes reluziram no rosto escuro. — Não depois o que Tristão dizia que ele ia fazer com homem que ia tentar. — Ele olhou de relance para Eurig. — Você vai tentar lutar Tristão?

— Ah, sim. — Eurig esfregou a ponta do nariz com o polegar. — É como lutar contra fumaça, eu sei.

Ele fez menção de se dirigir à porta, mas antes disso Isolda o deteve, olhando de um para outro homem, e perguntou:

— Vocês querem me dizer onde está Tristão?

Mais um silêncio se seguiu, mais uma comunicação não verbal entre Eurig e Daka. Então, finalmente, Eurig exalou um fôlego:

— A gente te diria se pudesse, mas a gente fez um juramento — todos nós — de não falar. Não pra você, nem mesmo entre nós, mas... — Eurig passou a mão na calva. — Mas não é certo não te contar nada. Afinal, você é irmã de Tristão.

Isolda ficou chocada ao ouvi-lo dizer aquilo, ao compreender que, é claro, o resto dos homens acreditaria na história que Tristão contara a Fidach. Entretanto, Eurig não viu nada estranho no rosto dele porque, após um momento, continuou a falar:

— Eu vou te contar. Não acho que faça mal você saber o seguinte: o Tristão está executando uma tarefa para Fidach. É mais ou menos uma missão.

— Uma missão? – repetiu Isolda; em seguida, com uma sensação de medo lhe apertando o coração, ela perguntou: — É esse o preço que Fidach exigiu pela ajuda dele, para permitir uma mulher no bando?

Devagar, e com má vontade, Eurig assentiu com a cabeça, e Isolda perguntou:

— E essa tarefa, essa missão, é perigosa?

Ela quase lamentou ter feito a pergunta, pois o constrangimento de Eurig foi evidente, mas nesse instante ela queria desesperadamente ter uma informação, por mínima que fosse, que ele lhe pudesse dar, e não conseguia esperar em silêncio para que ele prosseguisse. Eurig olhou impotente de Isolda para Daka, como se procurasse ajuda, e afinal Daka disse:

— Pode ser. Acho que vai ser.

O olhar intenso de Eurig estava fixo no chão, mas, ao ouvir isso, ele olhou para Isolda e falou:

— Mas Tristão sabe o que faz. Não tem ninguém melhor que ele nesse tipo de coisa. Com certeza ele vai voltar. Além disso, a gente... – Ele parou e depois acrescentou, constrangido: – ... a gente cuidaria de você, se alguma coisa... bem, se alguma coisa acontecesse ao Tristão. Ele fez a gente prometer isso antes de partir, mas nós todos... – Ele esboçou um gesto que incluía a si próprio e os outros dois homens – ...quero dizer, nós três íamos mesmo fazer isso, mesmo que ele não tivesse feito a gente prometer.

A tensão do dia difícil estava pesando na moça bem mais do que ela havia percebido; Isolda sentiu sua respiração congelar-lhe nos pulmões diante das palavras de Eurig, e chegou a morder a língua para não perder a paciência, para não ficar furiosa com Eurig, para não falar, nem mesmo pensar, numa coisa daquelas. Afinal de contas, a intenção de Eurig era boa, ele estava tentando ser gentil.

Por isso ela obrigou as mãos a relaxar, e, em lugar do que pensou em fazer, disse apenas:

– Obrigada.

⌒

Deitada novamente no grosseiro colchão de palha na choupana que lhe havia sido cedida, Isolda fechou o manto ao redor do corpo e olhou fixamente para nada, na escuridão. Alguma coisa farfalhou e guinchou no teto de sapê acima de sua cabeça, e ela ficou mais uma vez grata pela presença de Cabal, por saber que o grande animal estava deitado ao longo da soleira da única porta. Ela não deixou de se dizer que, em casos como os de Piye, quando ela não poderia curar o ferimento, mitigar o terror era melhor do que nada. Que a Percepção era uma bênção se a deixasse fazer contato com o doente ou com quem tivesse medo.

Contudo, ela não conseguiu acreditar inteiramente nisso. Fechou os olhos e tentou evocar uma visão do rosto de Morgana no escuro. *Será que havia mais alguma coisa que eu pudesse ter feito? Você sabe tanto quanto eu que não há cura para epilepsia.*

Isolda mudou de posição e ficou de costas. A sensação de que havia sido injusta ao encantar os homens ainda estava presa a ela, ou a de que havia brincado com a disponibilidade do combatente de se agarrar a todos os amuletos e superstições protetoras. Ela supunha que essas coisas fossem uma forma de os homens que lutavam nas guerras viverem sabendo que poderiam morrer a qualquer momento de qualquer dia. De certo modo, ela invejava a crença inabalável a que se agarravam. Ocorria apenas que, após ser assolada pelo fluxo e refluxo da Percepção por tantos anos, ela não podia acreditar que amuletos ou superstições pudessem ser tão simples quanto um pé de coelho ou um anel feito do osso de um carneiro. Ou pelo menos que alguém – homem ou mulher – pudesse tão facilmente se inclinar por determinar as forças além de um véu, qualquer que fosse, que vedasse o Outro Mundo contra isso.

O que a senhora acha? Ela perguntou à memória do rosto velho mas ainda encantador de sua avó. *Eu ajudei mesmo Piye, ou só o enganei, e aos outros, ao fazer com que acreditassem que eu havia sido útil?*

Ela podia imaginar a sombra do sorriso melancólico de Morgana. *Criança, se você ainda não aprendeu que os truques são uma parte tão real da cura quanto a sutura dos ferimentos, eu não lhe ensinei absolutamente nada. Por mais que achemos que conhecemos o ofício das plantas medicinais e das artes das curandeiras, continuamos como aqueles das histórias antigas, que escalam o que acreditam ser uma montanha mas verificam que não passa do dorso de um dragão adormecido.*

Isolda exalou um fôlego. *Eu sei, mas odeio isso.*

A Morgana imaginada sorriu de novo. *Eu sei. Você sempre odiou.*

Isolda pensou na *villa* em ruínas que ela e Hereric tinham deixado para trás, com suas colunas rachadas e lindo chão azulejado; pensou também em Morgana cuspir sempre que falava de Roma, e nas clareiras da selva e nas lagoas sagradas de Ynys Mon. *Será que houve uma época, antes de os romanos chegarem e anularem o poder dos deuses da Bretanha, e de a escuridão começar a varrer a terra, quando os curandeiros sabiam curar enfermidades como a de Piye? Quando uma curandeira podia fazer mais por ele do que lhe dar um anel ordinário de ferro?*

Bem, só os antigos deuses podem responder.

Um pedaço áspero de palha continuava atravessando o colchão, pinicando-lhe o pescoço, e Isolda mudou de posição mais uma vez. Continuava a visualizar Tristão apanhando o anel de Garwen no chão do seu laboratório na noite em que chegou a Dinas Emrys. Então viu a si mesma de pé, imóvel, e observando-o afastar-se da *villa* arrasada há dias, com seu manto escuro de viagem e cabelo castanho dourado sendo engolidos pelas árvores verdes primaveris.

E o que a senhora me diz desta viagem? Isolda perguntou à sombra da sua avó que ela havia evocado. *É completamente inútil esperar que eu vá ter êxito em persuadir o Rei Cerdic a se aliar à Bretanha contra Octa e Mark?*

Se você esperar a derrota, só tem você mesma a agradecer se for isso que receber. Isolda podia imaginar o olhar escuro e lúcido de Morgana, direto e firme como havia sido em vida, perspicaz o bastante para penetrar em todos os cantos da mente da neta. *A Bretanha precisa de você, portanto acredite que vai ter êxito e então tente.*

A boca de Isolda se contorceu um pouquinho, num sorriso sem graça. *É fácil para a senhora dizer isso. Se não fosse pela senhora, eu talvez não estivesse aqui. Se a senhora tivesse perdoado Artur, a batalha de Camlann nunca teria acontecido.*

Por um instante, a sombra de Morgana ficou tão vívida na lembrança de Isolda que ela quase pôde acreditar que era real. Quase pôde ver a mágoa nos olhos escuros de Morgana, e ouvir uma expressão rara de dor na sua voz: *Você acredita mesmo nisso?*

Mesmo na imaginação, Isolda não podia se zangar de verdade com a anciã terrivelmente terna que a amou sempre a amou tanto quanto qualquer mãe. *Não, não acredito, desculpe. A culpa não foi sua, mas eu queria que a senhora não tivesse precisado morrer. Eu queria que a senhora não tivesse precisado me deixar, há tantos anos.*

A visão de Morgana se inclinou até ela, e Isolda quase – quase mesmo – sentiu um roçar de dedos macios e tão leves como uma pluma acariciar-lhe o rosto. *Nem eu, criança, nem eu.*

Isolda dormiu; estava cansada demais, mas acordou com um arfar às escuras nas horas mortas, o coração disparado, por causa de um sonho, ainda vívido na sua mente, em que ela segurava no colo a cabeça decepada de um javali. Ela se sentou, afastou da testa o cabelo úmido e tentou estabilizar a respiração, mas não conseguiu dissipar inteiramente o persistente horror desse pesadelo, assim como não conseguia escapar rapidamente dos sonhos com Mark, sempre que ocorriam.

Em lugar disso, ela se encontrou contemplando o trecho de céu estrelado visível pela cavidade de ventilação no teto de junco e sapé, e imaginando o mar de lama negra e absorvente que se espalhava ao redor do lugar. *A gente cuidaria de você*, Eurig havia dito – *se alguma coisa... bem, se alguma coisa acontecesse a Tristão. Ele fez a gente prometer isso antes de partir.*

De certa forma, ela havia ficado quase aliviada quando Tristão foi embora. Aliviada, pelo menos, porque não precisaria, por algum tempo, enfrentar a angústia de vê-lo todo o dia. Mas não havia contado a ele sobre a recompensa oferecida por Mark pela sua captura. Simplesmente porque havia sido covarde demais para conseguir mencionar o nome de Mark.

E agora, com as mãos ainda sentindo a pegajosidade quente da cabeça ensanguentada do javali no seu pesadelo, não conseguia eliminar a certeza de que Tristão corria perigo. Nesta noite, neste momento, agora. A sensação lhe comprimia o coração como um peso de pedra, dificultando-lhe a respiração.

E não havia absolutamente nada que ela pudesse fazer por ele. Não havia como voltar e adverti-lo do perigo que poderia enfrentar. Ainda assim, Isolda se viu fechando os olhos e sussurrando na noite circundante, quase como havia feito quando evocou da escuridão a memória de Morgana: "Para variar, tome cuidado, por favor! Por tudo quanto é mais sagrado, mantenha-se em segurança e volte".

Tristão se deteve abruptamente antes de pisar na poça nojenta de lama, praguejou e acrescentou afogar-se num brejo à lista de maneiras idiotas pelas quais ele poderia morrer nessa noite. Deixou a floresta para trás, escalou a ladeira rochosa até o platô chato da charneca e estava agora atravessando um dos trechos pantanosos que enchiam o local de detritos. De qualquer forma, ele devia estar se aproximando. O fedor do metal derretendo nas fogueiras estava começando a lhe irritar a garganta.

Ele focalizou um dos distantes portais de granito que se salientavam do chão e se mostravam prateados ao luar. Tentou pensar em Isolda – e Hereric – e em terminar a maldita incumbência para poder voltar para eles, mas isso o conduziu diretamente para onde não queria ir.

Tristão flexionou os dedos com cicatriz da mão direita. Ouvindo Hereric gritar enquanto decepavam o braço dele. Inalando o cheiro do metal queimado dia e noite. Trabalhando do amanhecer ao anoitecer esmagando as pedras que carregavam o minério de estanho. Ficando vivo, tentando respirar compassadamente, com um maldito batimento cardíaco de cada vez. E ao mesmo tempo se perguntando se o inferno – ou qual fosse o lugar onde ele acabaria se estivesse morto – não seria preferível à vida.

Havia mais uma forma idiota de morrer: uma das patrulhas de sentinelas dar o flagrante nele botando os bofes para fora numa vala.

Pelo menos ele tinha conseguido dormir sem se embebedar na noite da véspera, embora a lembrança do pesadelo ainda fizesse todos os seus nervos estremecer, mantendo os dentes cerrados.

Tristão sacudiu a cabeça para desanuviá-la, em seguida ficou imóvel, praguejando baixinho. *O braço esquerdo cabeludo do Rei Artur...*

Como se pensar nas patrulhas de sentinelas o tivesse feito surgir do nada, ele viu um homem à frente, talvez à distância de três lanças, com capacete de couro, escudo com uma protuberância no centro e uma adaga sob a luz da lua. Sim, isso mesmo. Seria quase época de lua cheia.

Tristão ficou absolutamente paralisado, depois se permitiu murmurar mais um juramento. A cabeça do outro homem se virou, e, ao notar que os ombros da sentinela ficaram retesados de repente, ele compreendeu que havia sido visto.

Capítulo 12

Isolda acordou ao som da batida de um tambor e, por um momento, não conseguiu lembrar-se de onde estava. O amanhecer estava irrompendo, e ela piscou para as paredes parcamente iluminadas da cabana ao seu redor antes de as lembranças a inundarem: Fidach e seus homens, a viagem pelos pantanais, o *crannog*, sua visita à choupana de Piye e Daka na noite da véspera.

Ela não estava ouvindo nada vindo da cabana de Hereric, por isso se levantou, lavou o rosto e as mãos com o que restava de água no odre, depois se penteou e trançou o cabelo. A água estava começando a cheirar ao couro de bode no qual tinha estado por tanto tempo, mas ajudou a eliminar a prolongada insipidez deixada pelo sono da noite interrompido.

A batida do tambor continuava lenta e firme, e parecia estar aumentando de velocidade, misturando-se ao som das vozes, risadas e gritos dos homens. Isolda estava prestes a se aventurar lá fora quando ouviu uma batidinha hesitante na porta da cabana, e, ao abri-la, encontrou Eurig. O rosto redondo com papada mostrava o restolho de um dia de crescimento da espessa barba escura, e suas pálpebras estavam ligeiramente avermelhadas, o que a fez pensar se ele teria conseguido dormir depois de tê-la acompanhado em segurança vindo da cabana de Piye e Daka.

Ele carregava um embrulho que estendeu a Isolda, e elevou a voz um pouco, para poder se fazer ouvir acima do som dos tambores:

– Tome, isto aqui é para você. Eu pensei em deixar o pacote aqui fora se você ainda não estivesse acordada, mas, vendo que está, bem...

Isolda pegou o embrulho e verificou que Eurig lhe havia trazido uma manta cheirando levemente a bolor, e forrada com o que parecia ser pele de lobo, e uma tina danificada de lavar roupa que devia ser muito antiga, porque o metal estava começando a se corroer em redor da beira.

– É para você ter onde se lavar, se quiser – disse Eurig. – E a manta é para a cama, claro. Pensei... ora, viver aqui não é bem aquilo a que você está acostumada...

Ele se interrompeu. Isolda podia ter dito que mal se lembrava de como era se lavar em algum lugar que não um regato gelado nem dormir numa verdadeira cama, mas se emocionou com o gesto de Eurig e a consideração que demonstrava.

– Obrigada – ela disse, com sinceridade. – Você é muito gentil.

As orelhas de Eurig ficaram vermelhas de constrangimento e ele desprezou os agradecimentos; seu olhar intenso focalizou os pés e sua voz transformou-se num sussurro meramente audível:

– De nada, não foi nenhum incômodo.

Isolda pensou que ele era realmente gentil. E não era tampouco tolo ou simplório, apenas dolorosamente tímido, pelo menos com ela. Isso a fez pensar em como ele acabara fazendo parte daquele bando de quase marginais.

Antes de ela perguntar, Eurig pigarreou e disse:

– Fidach pediu para falar com você. Foi também por essa razão que eu vim.

Isolda achou que *mandou dizer que quer falar com você* era mais provável do que *pediu para falar com você,* mas a moça apenas assentiu com a cabeça.

– Obrigada – ela repetiu. – Vou falar com ele logo que me certificar de que Hereric está bem.

Entretanto, algo do que ela sentia devia estar visível no seu rosto, porque Eurig disse, após um momento de hesitação:

– Você quer, você gostaria que eu fosse junto? Fidach disse que era para você ir sozinha, mas...

Ao lembrar-se da expressão dos olhos de Fidach na noite da véspera, Isolda desejou por um instante pedir a Eurig para acompanhá-la, mas sabia que não podia arriscar que Eurig provocasse a cólera do seu chefe por causa dela. Mesmo fora isso, alguma coisa dizia que seria um engano transmitir a Fidach a impressão de que ela sentira medo de ir sozinha.

Por isso ela sacudiu a cabeça e disse:

– Não, mas obrigada. Apenas me diga aonde ir e eu falarei com ele sozinha.

Eurig assentiu com a cabeça:

– Está certo. Provavelmente será melhor mesmo. – Ele fez uma pausa, olhou para ela, de maneira duvidosa, esfregando a ponta do nariz com a parte de trás do polegar. – E você não precisa se preocupar que... bem, que... – O rosto de Eurig ficou vermelho de vergonha, e ele tateou em busca de palavras. – Você não precisa se preocupar que Fidach vai... bem... que Fidach vá ficar atraído por você ou que vá tentar alguma coisa. Ele não é... bem... – Mais uma vez Eurig ficou sem saber o que dizer. Finalmente ele desistiu, respirou forte e disse, rudemente: – Ele não é do tipo que goste de mulher em lugar algum, mas especialmente não na cama.

A neblina matinal desapareceu, e um sol insípido brilhava sobre o pântano quando Isolda saiu da cabana de Hereric. Ela o examinou para certificar-se de que a febre não havia voltado e de que sua atadura ainda estava limpa e seca. Ela havia comido um pouco do pão e do queijo duro e ressecado que Eurig havia trazido para dividir com eles. Enquanto comiam, ela hesitou, e perguntou a Hereric, mais uma vez, se ele sabia de alguma coisa que lhe pudesse contar sobre Fidach e seus homens.

Entretanto, ela não conseguiu entender muito do que ele respondeu: houve muitos sinais com os dedos que ela não conhecia e muitos outros que ele já não conseguia formar. Além disso, Isolda não quis arriscar-se a angustiar Hereric ao deixá-lo perceber sua frustração por compreender tão pouco do que ele queria dizer, por isso ela apenas assentiu com a cabeça e tentou sorrir. A sequência de sinais mais completa que ela pôde entender foi: *Isolda... Hereric... ficar aqui. Tristão... vem.*

Isolda virou-se para a construção que Eurig lhe havia mostrado: mais uma choupana redonda de teto de junco e sapê, porém maior do que as demais e localizada no centro da rede de pontes e habitações, essa havia sido construída numa ilha de solo seco, em vez de numa plataforma de madeira. As batidas de tambor haviam parado durante o tempo em que ela esteve com Hereric e agora, enquanto se dirigia pela trilha suspensa oscilante que levava à cabana de Fidach, o resto do *crannog* parecia deserto, sem vida e soturnamente silencioso em meio à lama negra escorregadia da charneca.

A porta da cabana de Fidach estava entreaberta, e, logo que Isolda se aproximou da soleira, uma voz lacônica que ela reconheceu como de Fidach convidou-a a entrar. Ela se abaixou para passar pela porta baixa, então ficou parada, esperando que os olhos se adaptassem à escuridão. O ar interno era sufocante, quente e cheirava a fumaça de madeira, como se uma fogueira que ficara acesa a noite inteira só recentemente tivesse sido apagada.

Formas pálidas amareladas destacavam-se na escuridão ensombreada das paredes curvas, e depois de um momento Isolda percebeu que o recinto tinha um grande número de fileiras de crânios com os dentes à mostra. Nem todos eram humanos – ela viu vários crânios de lobos e pelo menos um de urso –, mas o efeito poderia ter provocado arrepios na espinha de Isolda, se ela não tivesse a certeza de que a intenção era mesmo essa. Ou de que o homem sentado no centro do aposento não a estivesse observando tão detidamente, esperando sua reação.

Por assim dizer, ela se manteve imóvel, concentrada em reduzir a rapidez dos batimentos cardíacos, e em não permitir que seu rosto expressasse medo ou insegurança. Fidach ocupava um lugar ao lado do que Isolda constatou ser uma lareira central; as cinzas da recente fogueira ainda exalavam minúsculas espirais de fumaça. Sua cadeira era esculpida em madeira escura, coroada por uma armação com chifres de veado, e ele estava sentado imóvel, o rosto tatuado indistinto e pálido no lugar sombrio, como mais um crânio amarelado pela idade.

Então ele disse:

— Sente-se, por favor.

Isolda sentou-se no lugar que ele indicou, um banquinho de madeira ao lado do seu, e manteve a saia do vestido apertada ao seu redor, para que não fosse atingida pelas cinzas. Por um instante ela desejou não ter achado melhor deixar Cabal com Hereric, mas tinha quase certeza de que trazer o grande animal com ela seria um erro tão grande quanto teria sido permitir que Eurig a acompanhasse. Por isso, cruzou as mãos no colo e analisou o homem à sua frente.

Fidach não estava usando a grande túnica de pelo. A vista de Isolda já se havia adaptado à pouca luz e ela viu, assustada, o que o magnífico manto escondia: o corpo de Fidach era magro ao ponto de ser emaciado, os braços e pernas tão finos quanto gravetos secos, e os ossos dos ombros se salientavam pronunciadamente através da túnica de lã escura que ele vestia.

Ele também a observava; os olhos pálidos e castanhos estranhamente brilhantes moviam-se rápidos da cabeça aos pés dela. Então, com uma tosse fraca e áspera, Fidach pigarreou e perguntou:

— E então, você já soube que eu me deito com bodes e rapazinhos?

A rispidez na voz de Fidach e a expressão de seus olhos era um teste difícil. Isolda sacudiu a cabeça e respondeu:

— Não, mas se for verdade, acho que tenho sorte em não ser nem um rapaz nem um bode.

Um sorriso tênue comprimiu as beiras da boca de Fidach, e ele ficou calado por um longo momento. Então, abruptamente, debruçou-se para a frente e perguntou, em tom mais alto e ríspido:

— Você prometeu a Piye que não vai me contar qual é a doença dele?

Mesmo sabendo que essas palavras visavam a pegá-la desprevenida, Isolda não conseguiu evitar se assustar. Quando recuperou o fôlego, perguntou:

— Por que o senhor acha isso?

Ela julgou ter percebido que algo se agitou nas profundezas do olhar castanho-esverdeado de Fidach, algo que podia ser de divertimento, ou de raiva:

— Sei de tudo que acontece neste acampamento, e é bom que você se lembre disso. Nada aqui é segredo para mim.

Isolda recordou o terror nos olhos de Piye na noite da véspera, a tensão no rosto do irmão, e precisou se esforçar para não mostrar a onda de ira e repugnância combinadas que a percorreu. Desejou, mais do que tudo, sair da cabana escura com cheiro de fumaça, ficar longe das fileiras de crânios sorridentes imersos em sombras como fantasmas famélicos. Longe desse homem de maçãs do rosto avermelhadas e olhos leve e maldosamente divertidos.

Fidach, entretanto — mesmo se gostasse de animais, de rapazinhos, de nenhum dos dois ou de ambos —, era o senhor daquele lugar. Era um rei lá, como Madoc era em Dinas Emrys. E, independentemente do que Isolda pensava do próprio Fidach, a vida dela e a de Hereric estavam nas mãos dele, por isso ela sustou a respiração e se obrigou a ficar em silêncio, esperando que Fidach prosseguisse.

Ele a observou um instante e então seus lábios finos se dividiram num sorriso, revelando uma fileira de dentes cinzentos quebrados.

– Conhecimento é poder. E eu gosto do poder. – O sorriso aumentou. – Gosto muito. Só através do poder os homens podem testar o néctar dos deuses. – Em seguida, como Isolda nada comentasse, ele perguntou, com um instante de irritação estampado no rosto de feições acentuadas:
– E então? Você não tem nada a dizer?
Isolda não respondeu de imediato. Durante sete longos anos ela havia sobrevivido por meio de uma pretensa feitiçaria, mas agora conseguia ler expressões e vozes bem o suficiente para supor que tipo de homem era Fidach: "um tirano", ela pensou. Uma pessoa que desprezava os que o temiam e se amedrontavam com ele. Como a maioria dos tiranos.
– Eu diria – respondeu Isolda – que só se precisa olhar para os homens a quem se concede poder terreno para saber o que os deuses pensam desse presente.
Por um demorado momento, os olhos de Fidach se encontraram com os dela; o olhar dele era tão inexpressivo quanto pedra. Então, abruptamente, ele atirou a cabeça para trás e deu uma gargalhada; o som áspero ecoou no silêncio limitador da cabana.
– Você...
A gargalhada se transformou em tosse, e ele precisou parar; os ombros esquálidos se sacudiram quando ele comprimiu uma das mãos na boca e se esforçou para controlar o acesso. Finalmente, a tosse dilacerante parou e Fidach se largou na cadeira. Entretanto, quando ele tirou a mão da boca, Isolda notou uma nódoa escarlate de sangue na palma, e o olhar penetrante que ele lhe dirigiu sob as sobrancelhas informou Isolda que ele sabia o que ela havia visto.
– E então? – ela disse, depois de um instante. – Você é uma curandeira, de acordo com Tristão. Não tem um remédio para me curar? Uma promessa de cura?
Tudo – o reluzir do olhar intenso de Fidach, o rubor das maçãs do seu rosto sob as tatuagens, a esqualidez do seu corpo

sob a túnica de muitas peles, sua própria surpresa na véspera, quando Fidach determinou uma parada para descanso ao meio-dia – de repente fez sentido na mente de Isolda. Se ela tivesse pensado nisso tudo, teria compreendido antes. Ou, pelo menos, percebido a dor no peito de Fidach, como barras de ferro incandescente nos pulmões dele.

Lentamente, ela sacudiu a cabeça e respondeu:

– Não. Nós dois sabemos que o senhor não viverá até a mudança das estações.

A cólera repentina que surgiu no olhar de Fidach a fez pensar brevemente se teria sido melhor mentir, mas sabia que ele perceberia imediatamente se ela tivesse feito isso. A essa altura os traços dele se enrijeceram e o homem voltou a rir de novo, um som desagradável que parou tão de repente quanto começou.

– De qualquer forma, você é corajosa. Nenhum dos meus homens ousaria olhar para mim e dizer o que você acabou de dizer.

– Eles sabem do seu estado de saúde?

– Eles sabem que estou doente, mas desconhecem a gravidade do meu estado. – Fidach deu mais uma gargalhada estridente. – O boato é que vendi minha alma ao diabo, e ele vem montar em mim à noite. É por isso que a carne está se desprendendo do meu corpo e minha força está diminuindo. Apesar de que eu teria mesmo vendido minha alma de bom grado, se tivesse tido oportunidade. O que quer dizer que acaba dando tudo no mesmo. Quer saber de uma coisa? – Fidach parou, os olhos no rosto de Isolda, e um tênue sorriso ainda pairando nos lábios. – O medo da morte é a raiz de todos os outros temores do homem. Nenhum homem teme a própria batalha; ele teme perder a vida no combate. Nenhum homem teme apenas a ira do seu chefe, se seu chefe descobrir... por exemplo, que o homem... – Fidach fez um gesto despreocupado com a mão que foi desmentido pela rigidez do seu olhar atento – ...que o homem sofre de epilepsia, o que o incapacita para lutar. Não, o que esse homem teme é que seu chefe, com raiva, o condene a morrer porque ele já não vale o fedor das próprias fezes.

Isolda se controlou para não vacilar quando ele cuspiu as últimas palavras, com a voz venenosamente nítida.

– Talvez – ela disse.

O sorriso de Fidach foi um reconhecimento rápido de que ele sabia que ela se estava obrigando a não dizer mais nada. Os olhos dele permaneceram fixos nos dela e a moça percebeu, por um instante, algo se agitar no fundo do olhar dele. Algo que a fez pensar que os modos, a voz, tudo a respeito desse homem tinha um efeito tão deliberado quanto os crânios nas paredes de sua cabana, embora ela não tivesse ideia do que havia subjacente aos modos e à máscara rígida do rosto dele.

– Portanto, um moribundo tem uma escolha – ele continuou. A expressão, qualquer que tivesse sido, desapareceu, deixando o olhar dele gélido: – Ele pode ter medo de tudo, ou não ter medo de absolutamente nada.

Isolda desejou silenciosamente poder saber o jogo que Fidach jogava, e por que a havia convocado à sua choupana. Ela se sentiu como se estivesse se equilibrando numa ponte de corda tão fina quanto um fio de cabelo, ao longo de furiosas quedas d'água.

A boca de Fidach se esticou em mais um sorriso de lábios finos, o rosto endurecendo e ficando levemente predatório:

– Nenhum dos homens acreditaria em você se tentasse convencê-los de que o líder deles estará debaixo da terra antes do fim do ano.

Isolda enfrentou o olhar fixo de Fidach no mesmo nível:

– E por que eu tentaria fazer isso?

Fidach não respondeu, mas ficou calado por um longo momento, observando-a. Depois, subitamente, disse:

– Quer dizer que você é irmã de Tristão... Mas não se parece muito com ele, não é?

A pergunta inesperada pegou Isolda desprevenida. Esse – ela pensou – era exatamente o objetivo. A moça tomou fôlego e depois disse, com uma pausa quase imperceptível:

– Não, mas nascemos de mães diferentes.

Era possível que Fidach presumisse que os dois tiveram o mesmo pai. Ela sabia, por longa experiência, que uma meia-verdade era sempre mais crível do que uma mentira completa.

– Entendo... – Fidach a observou intensamente por um momento, e então perguntou:

– Tristão me disse que ele tem mais três anos do que você.

– Um.

A resposta de Fidach foi a cutilada ressonante de uma espada:

– Tristão me afirmou que a diferença entre vocês é de três anos.

Isolda bloqueou sua percepção da doença de Fidach, a dor constringente em seus pulmões; qualquer solidariedade a esse homem seria não apenas inoportuna, mas também perigosa nessa hora. Ao observá-lo, ela tentou imaginar o que Fidach teria sido antes de vir para aquele lugar estranho de água escura e poças de lama nojenta, antes de ter construído esse aposento para si mesmo, com suas filas de crânios de dentes à mostra. Ela se perguntou se ele teria começado como espião-chefe ou interrogador de um comandante militar ou de um rei de algum lugar, ou se seus métodos de fazer perguntas eram simplesmente a maneira pela qual assegurava que nenhum segredo dos seus combatentes fosse ignorado por ele.

Ela disse, da maneira mais firme que conseguiu:

– Talvez o senhor tenha interpretado mal o que Tristão disse. Não posso imaginar que ele se enganasse tanto assim. E ele é **um** ano mais velho do que eu.

Ela viu no rosto de Fidach um breve lampejo de reconhecimento de que a armadilha que armou para ela havia falhado. Ele então arreganhou os dentes em mais um sorriso e disse:

– Irmã de Tristão – repetiu. – Ótimo. Você pode me contar muita coisa sobre ele que eu sempre quis saber.

Isolda sentou-se no chão ao lado do colchão de palha de Hereric, observando a vermelhidão do pôr do sol se esvanecer do céu a oeste. As primeiras estrelas começavam a cintilar, e todo o entorno da charneca se encheu com o suspiro do vento, o gorjeio dos grilos e o trinado suave e esporádico de um pássaro noturno. Ela passou o dia esfregando o pó e a sujeira da viagem das suas roupas e das de Hereric, usando a tina amassada trazida por Eurig, e depois costurando rasgões.

Agora a túnica e os calções até o joelho de Hereric, e o segundo vestido, meias e dois camisolões de Isolda estavam espalhados no chão da cabana da moça próximos à porta para secar, e Hereric havia adormecido, após o jantar de pão e ensopado que haviam partilhado. Eurig lhes trouxera a comida e havia ficado para trocar algumas palavras com Hereric. De vez em quando ela percebia olhares de algumas das sentinelas postadas em intervalos ao longo das beiras da charneca, formando o que ela julgou fosse um círculo mal definido ao redor do assentamento. As sentinelas usavam túnicas cinzentas e castanhas e calções até os joelhos que se esvaíam na paisagem, tornando os homens quase invisíveis. Afora isso, Isolda não tinha visto ninguém desde que saíra da cabana de Fidach. Toda a rede de cabanas e trilhas elevadas havia permanecido lugubremente vazia e silenciosa.

Ela deixou a porta da cabana aberta para captar os últimos raios da luz evanescente do dia, e, de onde se sentava agora, podia ver a choupana de Fidach acocorada como um grande sapo marrom entre as demais e menores habitações do *crannog*. Fidach a questionara intensamente sobre Tristão e sobre a infância que partilharam, e ela havia dado respostas tão verdadeiras quanto poderia fazê-lo em segurança. Quando afinal ele terminou a entrevista, os músculos do pescoço de Isolda doíam com a tensão, mas Fidach ficou – pelo menos, aparentemente – satisfeito de que não fosse nem mais nem menos do que Tristão havia afirmado.

Agora, olhando para a habitação de Fidach, Isolda recordou o sorriso predatório e cruel do líder dos marginais, e achou que o homem se assemelhava ao líder dominador de uma alcateia. Ele também devia estar com muito medo, apesar de ter dito que um moribundo nada tinha a temer. Um lobo que é líder só mantém essa posição se demonstrar força.

Isolda esfregou os olhos, depois se sentou abruptamente quando ouviu uma súbita explosão estridente: vozes, gritos e gargalhadas de bêbados. Então, pela porta aberta, ela os viu, um grupo de talvez vinte dos homens da quadrilha, escorregando da terra seca até as estreitas pontes de corda, oscilando e girando, brandindo espadas e pesados porretes de madeira. Seus corpos – rostos, braços, peitos nus – estavam pintados com emblemas azuis serpeantes como os heróis das antigas narrativas, ou como as tatuagens do rosto do seu chefe.

Cabal dormia ao seu lado, mas, ao ouvir o súbito barulho, acordou e ficou de pé, com os pelos eriçados. Isolda pôs uma das mãos na coleira para mantê-lo ao seu lado e instintivamente recuou até a cabana e fechou a porta. Ela se lembrou das batidas retumbantes que ouviu de manhã e do abandono do *crannog* naquele dia. Deviam estar se preparando para alguma coisa – ela achou que talvez para um ataque-surpresa – e agora voltavam triunfantes.

Durante vários momentos, Isolda ficou sentada imóvel na semiescuridão da cabana de Hereric, escutando os gritos e trechos ocasionais de canções que lhe chegavam do lado de fora e debatendo-se na dúvida se devia passar a noite ali ou ir para sua própria cama dura de palha na choupana ao lado. Havia quase decidido ficar quando um toque suave na porta a deixou tensa, antes de reconhecer a voz de Eurig:

– *Lady*? Você está aí?

Isolda levantou-se e abriu a porta com um estalo. Além de Eurig, estavam lá também Daka e Piye. Ao vê-la, Eurig soltou a respiração, aliviado.

– Eu vi que você não estava aqui.

Ele mantinha a voz baixa, mal audível por causa dos gritos e das gargalhadas que vinham, como Isolda viu, da cabana de Fidach, localizada no centro. Tochas extras estavam acesas em todo o perímetro da pequena ilha de Fidach; as chamas que pulavam e o brilho laranja enfumaçado faziam com que o lugar parecesse ainda mais sobrenatural e estranho.

– Eu estava esperando que apenas por isso você tivesse ficado aqui com o Hereric.

– Há alguma coisa errada? – perguntou Isolda.

Eurig sacudiu a cabeça:

– Pode ser que as coisas fiquem um pouco... bem, barulhentas aqui, só isso. – Ele disse. Fez uma pausa e acrescentou: – Mas, se quiser ir para sua própria cama, vai ficar em segurança. Nós três... – fez um gesto que incluía Piye e Daka – vamos garantir que nenhum dos outros pense em... bem, incomodar você com a presença deles.

Isolda nem teve de pensar em perguntar se precisava de uma sentinela. Os rostos dos três homens responderam-lhe afirmativamente, e ela assentiu com a cabeça:

– Obrigada.

Então, quando seus olhos se dirigiram de Eurig para os outros dois, ela reparou que um dos jovens – ela achou que era Piye, por causa do anel de ferro que ele ainda usava na mão direita – tinha uma atadura manchada presa no antebraço.

– Você está machucado? Quer que eu examine isso? – ela perguntou.

Daka, de pé ao lado do irmão, hesitou por um longo momento antes de traduzir a pergunta num sussurro. Os rostos de pele negra dos dois rapazes estavam impassíveis e quase inexpressivos ao crepúsculo, os olhos de longos cílios analisando o rosto da moça.

Com os olhos ainda focalizados nela, Piye disse algo baixinho ao irmão. Daka respondeu no mesmo tom, e Isolda viu os dedos de Piye tocarem, como que por reflexo, o anel que ela lhe dera na noite da véspera. Então, quase ao mesmo tempo, os dois irmãos se viraram para Isolda e baixaram a cabeça em concordância.

— Tem corte no braço dele — disse Daka. — Não grave, ele vive, mas tem dor. Se senhora pode ajudar, ele agradece.

Isolda lançou um olhar por cima do ombro para Hereric. Ela não lhe dera xarope de papoula aquela noite, mesmo assim ele havia dormido quase tão profundamente quanto ela. Deitado de costas, com a boca ligeiramente aberta, a respiração dele era uniforme e lenta. Ela se voltou para Daka e os outros dois homens e disse:

— Venham para a cabana ao lado. Todos os meus medicamentos estão lá.

O corte no braço de Piye era comprido e irregular, mas não profundo, e, como Daka havia dito, não era grave. Isolda fez o exame à luz de uma pequena lamparina que Eurig trouxera. Eurig também tinha colocado um cobertor na lacuna entre o chão e a almofada da porta para que a luz de fora não penetrasse no aposento.

— Acho difícil que qualquer daqueles homens seja capaz de reparar, do jeito que estão bebendo — ele disse, com um sorriso amargo incomum —, mas é melhor garantir que você esteja em segurança do que desejar, depois, que tivesse estado.

Agora, ao examinar o ferimento de Piye, Isolda ainda ouvia os sons das canções e das gargalhadas dos homens bêbados na cabana de Fidach. Cada explosão de sons contorcia todos os nervos dela, mas a moça voltou a se sentar e disse, olhando para Daka:

– Você está bem. O ferimento não é grave, mas deve ser suturado para sarar de modo adequado. Por favor, diga a ele que posso fazer isso agora, se ele quiser.

Daka traduziu as palavras de Isolda e, após analisar o rosto dela um instante, Piye aquiesceu, fez mais uma de suas reverências sérias e estranhamente formais e disse algo na sua língua que era obviamente um assentimento. Isolda tirou a poeira e o sangue seco do ferimento, então pegou uma de suas agulhas de osso e linha. Piye se manteve totalmente imóvel quando ela começou a suturar a contusão, mas a moça sentia os músculos dele se contraírem toda vez que a agulha lhe furava a pele e viu que sua testa começou a reluzir de suor. Como Daka havia dito, o corte não era uma ameaça à vida de Piye, mas a dor era constante e incômoda.

Isolda estava no meio da tarefa quando se deu conta de que havia automaticamente adotado seu hábito de contar uma história naquela circunstância. Ela havia começado a narrativa sem intenção, sem nem ouvir as próprias palavras. Quando percebeu que contava a história, fez uma pausa e olhou de relance para o rosto de Piye e depois para o de Daka, para verificar se o fato de ela estar falando os perturbava. Mas, como não percebeu nada além de um controle tenso nos rostos dos dois rapazes, continuou a história, pois a cadência das palavras sempre a ajudava a distrair-se da dor que ela inevitavelmente causava.

A história que estava contando era triste: falava de um homem que certo dia, no crepúsculo, roubou a pele de uma mulher-foca[35] quando ela dançava na praia com suas irmãs, como as mulheres-focas fazem àquela hora da mudança do dia para a noite. A mulher-foca concordou em se casar com ele, pois sem sua pele não poderia voltar para o mar. E viveu com ele

---

35 Criaturas mitológicas da Escócia, Irlanda, Islândia e Ilhas Faroé (Ilhas das Ovelhas), território autônomo da Dinamarca. (N.T.)

muitos anos e lhe deu lindas filhas e filhos, mas sempre olhava com saudade para o mar. Então, certo dia, sua filha encontrou uma reluzente pele de foca escondida numa arca na casa deles e perguntou à mãe o que poderia ser aquilo. Assim, com um grito de alegria, a mulher-foca tirou a pele de foca das mãos da filha e fugiu de casa, de volta à praia. Ela chorava enquanto ia, pois amava os filhos e até mesmo seu marido mortal, mas mesmo assim partiu, pois o mar era a coisa que ela mais amava.

Isolda acabou de amarrar uma atadura limpa no braço de Piye ao pronunciar as últimas palavras da história, e por um momento a cabana ficou em silêncio, exceto pelos sons constantes da farra lá fora. Isolda não sabia quanto da narrativa qualquer dos três homens tinha conseguido compreender, por isso se surpreendeu ao olhar em volta e ver que Eurig a observava. Seus ternos olhos castanhos estavam secos, mas havia neles tamanha tristeza dolorosa que Isolda perguntou, antes de conseguir se deter:

– Você está bem?

Imediatamente, Eurig desviou o olhar e arqueou os ombros, constrangido. Pigarreou e disse:

– Estou bem, estou bem. É que o final dessa história é muito triste mesmo. – Então, antes de Isolda responder, ele se virou para Piye e Daka e disse: – É melhor que um de vocês vá até lá – mexeu bruscamente a cabeça na direção da choupana de Fidach – pelo menos por um tempo. Vocês vão sobressair como lobos negros num rebanho de carneiros, vocês dois, mas, se um de vocês se movimentar em meio ao grupo, é provável que ninguém repare que os dois não estão lá. – Deu um risinho de desdém: – De qualquer jeito, a maioria deles está vendo dobrado mesmo.

Os irmãos trocaram um olhar rápido e nada disseram, então Daka assentiu com a cabeça e se pôs de pé:

– Eu vou. – Ele se virou e fez mais uma reverência pequena e séria, e disse: – Obrigado. A gente é *devedora sua*.

Depois que Daka se foi, Isolda começou a arrumar os panos sujos e os potes de pomada que havia usado para limpar o ferimento de Piye.

– Eurig – ela levantou os olhos para ele –, como é que Piye se machucou?

Eurig estava ajudando a enrolar uma faixa de atadura que sobrou, mas, ao ouvir a pergunta, as pontas das orelhas enrubesceram, e ele entrouxou desajeitadamente os panos num maço desordenado que se emaranhou nas suas mãos:

– Não sei por que você quer saber. Talvez não seja uma história que deva ser ouvida por uma *lady*.

– Talvez não – disse Isolda –, mas eu gostaria de saber, a menos que você tenha jurado também não falar sobre isso.

Eurig hesitou, depois soltou a respiração e esfregou uma das mãos no queixo de barba malfeita.

– Não, não é nada disso. É só que... bem, foi um ataque de surpresa, só isso. Não pior do que a maioria deles, garanto, mas também não foi melhor. Fidach foi informado de que havia exércitos se concentrando ao sul deste lugar, e...

Ele se calou quando Isolda o interrompeu de repente:

– Exércitos? Que exércitos?

O tom agudo fez Eurig dirigir-lhe um olhar rápido e curioso, mas ele respondeu:

– As forças de Octa de Kent. Que estão a um dia a cavalo daqui, talvez metade dessa distância agora. O boato que corre é que Octa vem fazer uma aliança com o Rei Cerdic, ou para abrir guerra contra ele e reivindicar as terras de Cerdic.

– Cerdic – repetiu Isolda. – Você se refere a Cerdic de Wessex? – "Pergunta idiota!", ela pensou na hora em que as palavras lhe saíram da boca. – "A que outro Rei Cerdic Eurig poderia se referir?"

Eurig assentiu com a cabeça e disse:

– A ele mesmo.

— E o boato é de que ele e Cerdic podem estar unindo forças?

Eurig deu de ombros. Se ficou curioso quanto ao interesse de Isolda, não o demonstrou.

— Quanto a isso, quem pode saber? Fidach paga bem para se manter informado do que acontece entre quem detém o poder nestas regiões – e ele precisa fazer isso, dada a sua posição. Ele diz que nenhum dos comandantes militares à distância de uma cavalgada de dez dias limpa o... — Eurig parou e olhou de relance para Isolda – nariz, sem que ele acabe sabendo, porque a gente está bem escondida aqui neste lugar, mas, quanto a Octa e Cerdic se entenderem...

Eurig fez outra pausa e franziu a testa.

— Nem sei se os próprios Octa e Cerdic têm certeza do que vai acontecer entre eles. Eles jamais confiaram nem um pouco um no outro, isso eu sei, e sempre brigaram desde que chegaram ao poder; parecem dois cachorros disputando o primeiro pedaço de carne de um animal morto. Ainda assim – ele voltou a dar de ombros –, acho que coisas mais estranhas aconteceram.

Ele parou quando Piye o interrompeu com uma frase repentina na sua língua. Eurig respondeu – mais devagar e com maior esforço do que Daka ou Piye – na mesma língua que os irmãos usavam. Piye olhou demoradamente para Isolda, e ela achou que nele havia curiosidade combinada mais uma vez com alguma coisa que a moça não conseguia definir. Então Eurig disse:

— Ele nos ouviu pronunciar o nome de Octa e quis saber de que estávamos falando, só isso.

Com um esforço, Isolda trouxe seus pensamentos de volta ao presente e perguntou:

— E foi assim que Piye se contundiu? Num ataque de surpresa contra as tropas de Octa?

Eurig hesitou, como se estivesse procurando uma resposta que fosse adequada aos ouvidos de Isolda. Então simplesmente desistiu, porque arqueou os ombros e assentiu com a cabeça:

— Isso mesmo. Ele se deparou com duas das sentinelas avançadas de Octa e machucou *elas* o suficiente para que compreendessem que podiam ficar ainda muito mais contundidas. E então prometeu aos dois homens que deixaria *eles* viverem se contassem onde estavam as carroças de suprimentos de Octa, e que tipo de sentinelas ele tinha. Depois cortaram as gargantas dos sujeitos e deixaram *eles* lá para apodrecer.

— Foi isso que Piye lhe contou?

Eurig ergueu um ombro e respondeu:

— Em parte; o resto eu posso adivinhar, é assim que a coisa funciona. E, se você disser que é um trabalho nojento, não vou discutir, mas não é mais nojento do que o que aconteceria com qualquer um de nós se a gente caísse nas mãos de soldados do Octa — ou de qualquer outro.

— Tenho certeza de que isso é verdade — disse Isolda.

Eurig ficou em silêncio por um longo momento, olhando fixo para o chão, embora Isolda soubesse que, fosse o que estivesse vendo, não eram as toscas tábuas de madeira debaixo dos pés deles. Ele então levantou a cabeça e encontrou o olhar de Isolda:

— Eu não fui sempre um fora da lei. Já fui um homem que tinha um lar, uma esposa, um filho. Agora já não existe muito disso em mim, mas... — Ele se deteve. Sua timidez quase desapareceu, e por um instante outro homem inteiramente diferente olhou pelos gentis olhos castanhos. Depois, esse olhar desapareceu rapidamente, e ele voltou a ser feio, pesadão, careca e a falar de maneira desajeitada. Eurig curvou os ombros e disse:

— Bem, eu só queria que você soubesse disso.

— Por que continua com o bando? — perguntou Isolda; foi mais uma pergunta sem sentido. Eurig e, segundo ela deduzia, todo o resto da quadrilha continuavam com o grupo porque acreditavam não ser capazes de fazer outra coisa. Homens como os de Fidach, fracassados, eram execrados por terem sobrevivido ao seu senhor no campo de batalha. Ou por terem quebrado um juramento de fidelidade. Ou por serem criminosos ou escravos fugidos.

Quase como se tivesse lido os pensamentos dela, Eurig respondeu, contorcendo melancolicamente a boca:

— Por que continuo aqui? Porque não existe mais nada para mim. Homens como nós — ele fez um gesto que o incluiu e a Piye — não podem chegar ao salão nem mesmo de um lorde sem importância e ser recebidos de braços abertos. Não sem que ele, um belo dia, repare nisto. — Eurig arregaçou a manga da túnica e virou o braço para mostrar a parte interna do pulso: duas linhas, cruzadas no centro, sobressaíam negras contra a pele mais clara: era a marca que denunciava um assassino. — Ou nisto. — Eurig inclinou-se para a frente e abaixou a gola da túnica para que Isolda visse a marca oval escura e lisa no pescoço, o mesmo sinal de escravidão que Tristão tinha no corpo.

Ela não disse nada, mas Eurig, ao observar-lhe o rosto, assentiu com a cabeça em confirmação. Sua voz se alteou ligeiramente, e ficou mais soturna e grave:

— Pois é, Tristão esteve lá também. Nas minas. Foi ele que me soltou. Ele me libertou e me carregou nas costas na neve porque eu estava muito doente e não conseguia andar, embora ele não estivesse em condições muito melhores do que as minhas. E ele salvou minha vida tantas vezes que até perdi a conta. Por isso você pode entender por que ele me encarregou de proteger você como eu protegeria minha própria família, enquanto eu ainda tinha uma. — Eurig parou e acrescentou, no mesmo tom: — Você pode se deitar e descansar tranquilamente. Ninguém vai entrar na sua cabana enquanto eu estiver do lado de fora.

Quando Piye e Eurig saíram, Isolda sentou-se no chão duro de madeira, distraidamente passando a mão no dorso de Cabal quando o vigoroso cachorro se acomodou ao lado dela com um sonoro suspiro, e descansou a cabeça no colo da moça. Ela não duvidava de que Eurig e Piye vigiariam sua porta naquela noite. Apesar do que – ou talvez por causa do que – Eurig lhe havia contado, ela confiava nos dois homens. Se qualquer um deles quisesse fazer-lhe mal, já poderiam tê-lo feito umas dez vezes. E, nos últimos instantes em que Eurig se virou para ir embora, ela abruptamente tomou conhecimento da força dos braços e dos músculos dos ombros dele, potentes como os de um touro. Apesar da voz tranquila e da timidez, ela percebeu o valor que ele representava no bando de combatentes de Fidach.

Ainda assim, porém, ela não foi para a cama nem mesmo se deitou: ficou pensando no que Eurig lhe contou sobre Octa e Cerdic. Se Octa de Kent e Cerdic de Wessex tivessem realmente feito um juramento de fidelidade, ela já havia falhado no objetivo de sua longa viagem. Octa, Mark e Cerdic juntos formariam um exército de lanças e espadachins que Madoc não poderia nem sequer sonhar em igualar ou derrotar. A Bretanha seria esmagada tão certamente quanto as tribos haviam sido esmagadas pelos pés das legiões romanas há muito tempo.

Entretanto, ainda havia uma possibilidade remota e tênue de que a paz entre Octa e Cerdic não se tivesse concretizado, ou de que Eurig tivesse sido mal informado. Isso significava que ela precisava libertar-se daquele lugar, afastar-se de Fidach e viajar a distância que faltava até a corte de Cerdic. Sentada na cabana iluminada por uma lamparina, ciente da lama negra que se esvaía e da água escura que a cercava por todos os lados, a ideia pareceu tão plausível quanto a história das mulheres-focas e da mudança ao crepúsculo que ela havia acabado de contar.

Pelo menos, contudo, ela podia deixar de lado aquela preocupação; por mais impossível que fosse a viagem até Cerdic, ela não podia fazer nada nessa noite. O que não conseguiu descartar foi sua troca final de palavras com Eurig, que continuava lhe martelando os ouvidos como as batidas de tambor que ela ouvira ao amanhecer. Quando Eurig se virou para sair, Isolda falou de novo, fazendo com que ele parasse com uma das mãos na porta:

— Não vou pedir que você me diga aonde Tristão foi — ela disse. — Nem de que tipo de tarefa Fidach o encarregou, mas me diga pelo menos isto: você acha que ele já devia ter voltado, se a missão tivesse corrido de acordo com o plano?

Eurig se virou e olhou para ela no espaço parcamente iluminado da cabana. Depois, finalmente, soltou a respiração em mais um longo suspiro:

— Acho. Você não é o tipo de pessoa que se consola com uma mentira, por isso vou ser muito franco. Sim, acho que a esta altura ele já devia ter voltado. Acho que Fidach também pensa o mesmo, e foi por isso que ele quis falar com você hoje de manhã, para tentar descobrir se Tristão fugiria e... — Ele se deteve e então disse: — ... enfim, se ele fugiria e deixaria você aqui. Eu não acredito que ele fizesse isso — acrescentou rapidamente —, mas é assim que Fidach provavelmente pensaria ao ver que Tristão estava demorando a voltar.

Agora, sentada perto da lamparina que pingava óleo, uma das mãos ainda apoiada no pescoço de Cabal, Isolda sabia que ela tampouco acreditava naquilo. Parte dela ficou surpresa por ter tanta certeza assim — chegou mesmo a sondar sua certeza em busca de dúvidas, como tocando uma cicatriz curada para ver se a dor tinha realmente desaparecido, mas tinha total e completa certeza de que Tristão não agiria daquela forma. Por mais que ele tivesse mudado, independentemente da tarefa determinada por Fidach que ele se dispusera a executar, ela estava absolutamente segura de que ele não a abandonaria nem a Hereric naquele local por vontade própria. O medo que roçara sua espinha como asas de morcego lhe penetrou no pensamento no instante em que Eurig mencionou o nome de Octa: era lá que estava Octa, de modo que era possível que Mark também estivesse.

Na última vez em que viu Mark – ou melhor, que o havia visto na hidromancia – ele estava com Octa. Ela julgou que em um local ao norte de onde ela se encontrava agora, porque Octa havia dito que ao amanhecer iria a cavalo para o sul, para se reunir com Cerdic de Wessex; e nada falara sobre Mark acompanhá-lo. "Mas isso talvez tivesse acontecido", ela pensou. Ele podia estar – que foi mesmo que Eurig disse? A menos de um dia a cavalo dali, mesmo a essa altura.

Tristão também estava em algum lugar no exterior, em terras selvagens e destruídas pela guerra, e ela supôs que sozinho, porque Eurig não disse nada sobre ele ser acompanhado por alguém na missão que tinha a cumprir. "E ele ainda não sabe que Mark está à sua procura, porque eu não lhe contei."

O único aposento da cabana ficou subitamente abafado e sufocante, como se o mundo inteiro tivesse de repente encolhido e se resumisse ao que estava contido nas paredes nuas e sem ângulo. Ainda assim, Isolda se obrigou a ficar de pé, o que causou um lamento ressentido de Cabal quando ela lhe tirou a cabeça do colo. A bacia de lavar o rosto estava onde ela a havia deixado à tarde e ainda meio cheia com a água que ela usara para esfregar as roupas. Ao se mexer para ajoelhar-se ao lado da bacia, Isolda sentiu um tremor momentâneo de quase divertimento à ideia da estranha variedade de embarcações que ela vira na hidromancia desde o começo da viagem, mesmo que ela abominasse o que veria desta vez. *Uma bacia a bordo da nau de Tristão, uma poça enluarada de água da chuva, e agora uma tina de estanho maltratada, tisnada pela sujeira e pelo pó das roupas imundas pela viagem.*

Ela se concentrou na luz da lamparina, fragmentada e refletida na superfície da água da bacia; deu-se conta de que pela primeira vez receberia com prazer uma visão dele, se isso significasse o fim da incerteza, se ela pudesse saber onde estava Mark – onde Tristão estava – naquela noite.

Isolda deixou sua respiração firmar-se e ir mais devagar, esvaziou a cabeça de toda a esperança, toda a expectativa, todo pensamento, até se equilibrar como se estivesse à ponta de faca de cada fôlego que inalava, a cada batimento do coração. E depois disso... a escuridão. Tão profunda que, por um momento, Isolda achou que absolutamente nenhuma imagem havia aparecido. E então começou a perceber formas no escuro: um escudo, uma lança e uma espada no chão. Um catre tosco de acampamento. "O interior de uma barraca de guerra, talvez", ela pensou.

Um homem estava curvado no catre, o corpo dobrado como se estivesse sentindo uma dor interna. Estava escuro demais para ela poder perceber-lhe o rosto. Isolda ficou aterrorizada, mas havia ido longe demais para recuar agora. Mais perto... mais perto... ela susteve a respiração como se fosse um mergulhador debaixo d'água. E então...

A mão dela estava enfiada na boca e ela mordia com força a própria carne para não gritar. Sentia dor, mas agradecia essa sensação. Dor era comprovação de vida. Dor e raiva. Isso era tudo que ela conseguia sentir. Quanto ao resto... era como estar faminta, e todo o alimento transformar-se em cinzas na sua boca. Bebendo sem parar e nada saciando a sede terrível que a devorava. Porque...

Ela mordeu com mais força as articulações da mão, porque o que ele queria ansiosamente como uma flecha envenenada contorcendo-se no seu peito havia sido enterrado há sete anos, sob a terra em Camlann.

A imagem interrompeu-se tão de repente que fez Isolda ofegar. O som chamou a atenção de Cabal, e o grande animal escondeu o focinho gelado no pescoço dela, choramingando baixinho. Isolda deixou que ele lhe lambesse a bochecha, apreciando o calor do pelo do cão, o pinicar áspero da sua língua na pele dela. Isolda tremia, a náusea a percorria em ondas.

Já fazia cinco meses que ela conseguia entrar e sair furtivamente dos pensamentos de Mark. Mas, durante todo esse tempo, nem sequer pensou em considerar sua opinião sobre Mark, o homem. Ela se recusara até a pensar em sentir raiva, porque nem queria esse vínculo adicional com ele, a presença extra desse homem na sua mente.

Contudo, quanto mais vezes ela olhava de relance para ele nas águas de pitonisa, mais vezes ela penetrava sorrateiramente nos pensamentos dele, sentia o que ele sentia e ouvia a voz interior dele.

Cada vez mais – que a mãe deusa a ajudasse – ela sentia alguma coisa semelhante a piedade indesejável se agitando nela. E isso era ainda mais importuno do que raiva teria sido.

～

Tristão contemplou o *crannog* inexpressivamente, perguntando-se se teria alcançado o lugar ou se isso era apenas uma estranha ilusão. Um truque de visão invocado pela dor de suas costelas. Pelo menos duas estavam quebradas, rachadas na luta com a sentinela das minas de estanho. Que era um homem alto, gordo e desajeitado. Na verdade, não chegara a ser uma briga. Tinha sido apenas questão de esperar que o guarda perdesse o equilíbrio para que o próprio peso pudesse ser usado contra ele.

Tristão trocou de lugar o alforje de couro que carregava, e fez uma careta ao sentir a dor intensa e repentina que lhe percorreu o peito. Era provavelmente uma bobagem achar que a dor, em certo grau, mitigava sua consciência por ter tirado a vida do homem. O fato de que ele estava lá praguejando e suando porque suas costelas doíam demais fez tanto bem à sentinela morta quanto um par de botas a uma cobra.

– Muito bem, meu amigo. Finalmente você voltou!

A voz junto ao seu cotovelo o fez virar-se de repente, pegar o cabo da faca e depois se permitir a vontade profunda de que não tivesse feito isso, porque o movimento provocou outro choque de dor. Era Fidach, claro. E provavelmente também seria uma idiotice perguntar, irritado, se ele não podia andar e falar como um reles mortal, ao invés de arrastar-se pelos lugares como um maldito fantasma.

Mas, por outro lado, Tristão devia ter descuidado do seu instinto de defesa, pois Fidach não se teria aproximado tanto sem que ele se desse conta.

Os olhos de Fidach rapidamente se concentraram nele; a expressão era fria ao perguntar:

— Você conseguiu?

Sem dizer palavra, Tristão entregou ao homem o alforje de couro cheio do ouro de um pequeno comandante militar da região. Era o pagamento pelo estanho de que ele precisava para fundir suas pontas de lanças e facas de bronze.

Fidach sopesou o alforje com uma das mãos, então assentiu com a cabeça e disse:

— Ótimo, embora eu não esperasse menos do que isso de você, meu amigo.

— Isso é bondade sua.

Um esmaecido lampejo de divertimento nos pálidos olhos castanhos reconheceu a rispidez do tom de Tristão. Fidach começou a falar, tossiu, recuperou o fôlego e recomeçou:

— Seu amigo mudo está se recuperando bem. Sua irmã é uma moça rara – ele disse. – Uma curandeira especial, e ficou muito popular entre os homens.

Seria certamente verdadeira e completamente irracional agarrar Fidach pela garganta, prendê-lo ao chão e ameaçar matá-lo por sufocamento se Isolda tivesse sido ferida ou se a tivessem maltratado de alguma forma, mas isso não impediu as mãos de Tristão de se contorcerem com o desejo de que pudesse fazer isso, nem de impedir que o sangue latejasse com maldade atrás dos seus olhos.

Entretanto, ele tinha grande experiência em não denunciar esse tipo de desejo a ninguém. E deu certo, porque um lampejo de contrariedade substituiu o divertimento no olhar intenso de Fidach, e ele disse, irritado:

— É, ela conquistou a adesão de sentinelas dedicadas que a vigiam como uma matilha de cães fiéis, iguaizinhos àquele enorme cachorro dela. — Uma insinuação venenosa se fez sentir no tom de Fidach: — Eles tentam abocanhar e rosnam sempre que alguém simplesmente dela se aproxima.

Tristão inalou. E exalou. E depois disse, num tom afável:

— Então você vai ficar satisfeito por se livrar de nós.

Tristão percebeu que essa foi a coisa errada a dizer tão logo as palavras lhe saíram da boca. O sorriso de Fidach se alargou e ele disse:

— Você me conhece bem, meu amigo. Já meu viu alguma vez liberar alguém tão facilmente assim? — Ele mexeu a mão, e Tristão viu que debaixo da ridícula túnica de pele de urso ele usava um cinto para espada e uma espada comprida. — Que tal fazermos um desafio? Uma competição de espadas. Se você me derrotar num combate justo, eu posso até deixar que leve sua irmã e que vocês dois saiam vivos deste lugar.

Capítulo 13

Isolda permaneceu imóvel, observando Tristão e Fidach girarem num círculo estonteante, as lâminas das espadas se confrontando, entrelaçando-se e então se separando para voltar a se chocar. Os dois se equivaliam em destreza – assustadoramente – e nos golpes como relâmpagos da lâmina de Fidach; ela entendeu por que ele havia conquistado e conservado a fidelidade de seu bando de homens fracassados. Apesar do corpo desgastado e dos olhos brilhantemente febris, ele se movia com a graça de um bailarino e a velocidade de uma cobra prestes a dar o bote, de modo que Tristão não podia deixar de bloquear e aparar todos os golpes da espada de Fidach.

Isolda já havia visto Tristão lutar antes, quando ambos eram adolescentes, e outra vez havia meses. Ela conhecia a maneira pela qual ele se movia numa luta de espada, a maneira como brandia uma lâmina. Desta vez pareceu-lhe que os movimentos dele estavam mais duros, faltando-lhes a costumeira rapidez. Seu rosto estava completamente imóvel e calmo, entretanto, e seus olhos estavam fixos em Fidach, interpretando todos os movimentos do outro homem, avaliando todos os passos dados por ele, todas as contorções dos ombros ou inclinações do corpo. Eles tentavam acutilar o peito um do outro, cortar braços e pernas, investir contra a garganta um do outro. E Tristão estava sempre pronto com um movimento que espelhava e anulava o de Fidach, as espadas sempre se chocavam e rangiam quando as lâminas deslizavam até os cabos, e depois se separavam.

O resto do bando estava agrupado num meio-círculo ao redor deles, alguns gritando incentivos ao seu chefe, outros encorajando

Tristão, mas Isolda mal os ouvia. Depois ela poderia sentir um alívio estonteante ao ver Tristão lá, e vivo. Depois ela poderia pensar ou perguntar onde ele tinha estado. Nessa hora, porém, toda a sua concentração se fixava no combate de espadas entre os dois homens. Ela não conseguiu sequer recordar o que Eurig lhe havia dito sobre a luta, quando foi à sua cabana dar-lhe a notícia de que Tristão estava de volta. *Vai ser só de brincadeira*, disse Eurig, *uma luta para ver quem faz o outro sangrar primeiro; não é uma luta de morte.* Ao observar o combate, porém, Isolda não conseguiu acreditar nisso. Os rostos dos dois homens estavam focalizados e rígidos; a intenção mortal estava expressa em todos os contornos de seus corpos e em todos os encontros das suas espadas.

Ambos estavam ficando cansados. O suor escorria pelo rosto tatuado de Fidach e lhe emaranhava o cabelo, e os movimentos de Tristão ficavam não mais lentos, achou Isolda, porém mais controlados, como se cada cutilada de sua espada exigisse esforço maior do que o anterior. Então, de súbito, o pé de Tristão escorregou sob seu corpo e ele começou a cair, de maneira que seu braço voou e ele soltou a espada.

O coração de Isolda se apertou fortemente no peito, e ela ouviu várias respirações sendo acentuadamente inaladas – e vários gritos de escárnio – vindos do círculo dos homens que observavam a luta. A espada de Tristão caiu, inutilmente, no chão, e Fidach deu um passo à frente, com a sua espada erguida, na iminência de atacar. Tristão ficou de pé novamente, mas agora enfrentava Fidach sem uma arma. Por um momento interminável, o tempo pairou suspenso enquanto os dois homens se encaravam, um com sua espada pronta, reluzindo aos raios do sol que se punha, e o outro, desarmado.

Então, com a rapidez de relâmpago do bote de uma cobra, Fidach atacou. Isolda susteve a respiração, mas de alguma forma, incrivelmente, Tristão rodopiou para o lado e deu um chute; a bota do seu pé atingiu o pulso do braço de Fidach que brandia a espada, e fez com que ela voasse até o chão. Por mais um demorado momento, os dois homens se encararam, os peitos arfando se esforçando para respirar. Nesse instante Tristão estendeu a mão, num gesto de paz.

O rosto de Fidach estava impassível, os olhos impenetráveis como uma pedra castanho-clara. Em seguida, porém, ele atirou a cabeça para trás e soltou uma de suas gargalhadas ásperas e repentinas.

– Lutou bem, lutou bem. – Ele pegou a mão que Tristão lhe ofereceu e os dois homens entrelaçaram os pulsos e trocaram tapinhas nas costas. – Pensei que eu fosse derrotar você naquela hora, meu amigo. Concorda em declararmos a luta empatada?

Isolda não conseguiu ouvir a resposta de Tristão, porque gritos e gargalhadas foram emitidos pelos que observaram o combate. Isolda pensava que Tristão nem sequer sabia que ela havia visto a luta, mas então ele disse alguma coisa a Fidach, deu palmadinhas nos ombros de alguns homens que foram cumprimentá-lo e virou-se, abrindo caminho aos empurrões até o grupo onde ela estava.

Isolda se movimentou sem se dar conta, e nem percebeu que havia se mexido. Num instante ela estava encarando Tristão; no outro, pôs os braços em redor do pescoço dele e o abraçou com força, da maneira como fazia há anos, sempre que ele voltava de uma batalha ou campanha. Ela percebeu que ele exalou um respirar num susto de surpresa e enrijeceu como estivesse sentindo dor, mas os braços dele a rodearam e ele a balançou no ar, como sempre fazia anos antes.

Ele cheirava a terra e a folhas secas e a suor, resultado da recente luta. Isolda fechou os olhos e por um instante tudo desapareceu, menos a solidez tranquilizadora dos braços dele, o fato da sua presença: ele estava lá, e vivo, não morto, nem prisioneiro de Octa ou Mark. Nesse instante ela compreendeu duas coisas: a primeira era que o escorregão aparentemente acidental de Tristão e a perda de sua espada não foram nada disso; foram, pelo contrário, um estratagema calculado para pegar Fidach desprevenido. A segunda coisa que ela compreendeu foi que os dois estavam agora cercados pelos homens de Fidach.

Isolda soltou-se instantaneamente, mas Tristão a segurou por mais um instante, com as mãos nos ombros dela, e olhou intensamente para seu rosto.

– Você está bem? – ele perguntou.

Isolda assentiu com a cabeça:

– Muito bem. Nós dois, Hereric e eu.

Tristão ia responder, mas a voz de Fidach o interrompeu:

– Como pode ver, mantivemos sua irmã em segurança para você.

Tristão recuou de onde estava com Isolda, limpou um filete de suor do cenho com o dorso da mão, virou-se para Fidach e disse calmamente:

– E eu lhe agradeço por isso.

Por um demorado momento, os olhos de Fidach se fixaram nos de Tristão, e Isolda se perguntou se seria apenas sua imaginação, ou o resto do grupo estava mesmo tenso de expectativa, sustando a respiração, mas Fidach abriu os braços e disse:

– Venha. Você voltou a salvo. E não apenas a salvo, mas cumpriu sua missão. Esta noite vamos festejar, em sua homenagem. Eu insisto.

Isolda sentou-se no colchão de palha na sua cabana, penteando o cabelo úmido. Ela havia esperado cessarem todos os sons do resto do *crannog*, e todas as canções, gritos e gargalhadas da cabana de Fidach ficarem em silêncio. Então acendeu a única vela e se lavou na desgastada banheira de lata de Eurig, e desfez a trança, para poder retirar o pó e a sujeira. Começou a desembaraçar os cabelos emaranhados, usando o camisolão, a túnica e a saia que havia lavado na véspera e sentindo-se mais limpa do que desde que saiu de Dinas Emrys.

Ouviu um barulho baixinho na porta, fazendo com que seu coração pulasse antes de reconhecer a voz de Tristão:

– Sou eu. Posso entrar?

Isolda saltou e foi abrir a porta.

– Pode, claro. Entre. Para o chão, Cabal.

O grande animal estava dormindo no chão, mas acordou com um fungar ao ouvir o passo de Tristão do lado de fora da porta. Obedecendo à ordem de Isolda, porém, e reconhecendo Tristão, ele se aquietou no chão, a cabeça apoiada nas patas estendidas.

Tristão entrou furtivamente, e Isolda fechou a porta. Eles não se haviam falado durante o longo banquete na cabana de Fidach. A comida – assado de carne de cervo, pão, carne de javali e jarras de cerveja – tinha sido espalhada no chão, e os homens haviam se sentado num círculo difuso ao redor. Isolda havia sentado entre Eurig e Piye, e Tristão, na extremidade do recinto apinhado e enfumaçado.

Tristão sentou-se num espaço aberto no chão de madeira da choupana, e Isolda se acomodou no colchão de palha e dobrou as pernas debaixo dela. Houve um momento de silêncio, e então Isolda informou:

– Hereric está se recuperando; está quase bom.

– Eu sei. Foi a primeira coisa que Fidach me falou. E eu acabei de sair da cabana dele, aqui do lado; fui ver como estava. Ele estava dormindo, mas deu para ver que estava melhor. – Tristão olhou para as mãos e depois de novo para ela, com um sorriso rápido e desajeitado. – Não sei direito o que dizer. Apenas "obrigado" não é suficiente, mas é isso mesmo que eu quero dizer: obrigado.

Isolda sacudiu a cabeça:

– Você não precisa me agradecer. Eu é que me sinto agradecida por ele estar vivo e com a mente intacta.

Ela pensou de novo naquela noite na *villa* em ruínas, junto com Cabal e Hereric, quando Hereric acordou depois de a febre ceder. Da sensação esmagadora de alívio que ela sentiu quando ele formou alguns sinais, aos tropeços, mas coerentes.

Então ela sentiu o formigar do medo já conhecido, ao se dar conta de que o alívio era apenas um pálido e esvanecido eco do que ela sentia agora ao ver Tristão lá, pertinho dela, e vivo. A gratidão estonteante que a havia feito correr para atirar os braços em redor dele permanecia cálida nas suas veias.

Tristão mudou de posição e recuou, apertando a boca; Isolda pôs o pensamento de lado e perguntou rapidamente:

– Você está machucado?

Tristão estendeu as pernas, encostou-se na parede e sacudiu a cabeça:

– Estou só meio dolorido, e com umas duas contusões. Só isso.

Isolda o avaliou, absorvendo a inclinação da boca, lembrando a ligeira rigidez de movimentos durante a luta de espada.

– Contusões – ela repetiu. Então a lembrança lhe ocorreu e ela disse: – Desculpe, eu machuquei você? Depois que você lutou com Fidach...

Tristão hesitou, mas voltou a sacudir a cabeça:

– Não, está tudo bem, você não me machucou, só fiquei surpreso. É que você não fazia aquilo desde que tinha dez anos.

Isolda sentiu as maçãs do rosto enrubescerem, mas obrigou-se a sorrir um pouco:

– Bem, talvez desde os doze anos.

A chama da vela reluziu no restolho de barba castanho-dourada no maxilar de Tristão, e Isolda, ao encontrar o olhar dele, sentiu mais um daqueles momentos estonteantes em que Tristão oscilava para trás e para a frente entre ser um estranho e ser alguém que ela conhecia tão bem quanto a si própria. Como se estivesse olhando para um reflexo trêmulo numa poça rasa. Ela, porém, não disse nada, e depois de um momento Tristão falou:

— Lamento ter assustado você. Eu precisava de uma forma de terminar a luta sem realmente vencer.

Isolda se obrigou a desviar o olhar, temendo que os sentimentos estranhos e incômodos estivessem na iminência de penetrar de novo no recinto. Ela recomeçou a desembaraçar as extremidades intrincadas do seu cabelo, mas ao ouvir isso levantou os olhos e disse:

— Quer dizer que você escorregou de propósito? Eu achei que sim, mas não podia ter certeza.

Tristão assentiu com a cabeça:

— Achei que seria melhor encontrar uma forma de fazer parecer que a luta terminou empatada. Não que eu pensasse que Fidach me mataria por derrotá-lo, mas... — Um lado da sua boca se inclinou num sorriso breve e soturno — achei que seria mais sensato não tentar vencer. Assim como qualquer homem, Fidach não gosta de perder.

— Acho que ele gosta menos ainda do que os outros homens. — Isolda franziu o cenho e perguntou: — Mas como conseguiu impedir o golpe dele? Você chutou a espada da mão dele logo que ele tentou atacar, quase antes, até.

Tristão a observava enquanto ela penteava as pontas do cabelo; solta, a cabeleira ia quase até a cintura. A essa pergunta, ele pareceu eliminar os pensamentos de muito tempo atrás e sacudiu a cabeça:

— Ah, isso aí... — Ele deu de ombros. — Fidach luta bem, mas seu rosto o denuncia; sempre foi assim.

— Seu rosto o denuncia?

— Ele tensiona o maxilar... faz caretas... toda vez que vai golpear. É só observar o rosto dele numa luta que se consegue saber o que ele vai fazer.

Os olhos de Isolda focalizaram um instante a chama da vela, e ela viu de novo aquela dança selvagem e rápida como um relâmpago com espadas. Então fechou os olhos para liberá-los da imagem e disse, virando-se para Tristão:

— Você acha que corremos perigo aqui.

Tristão a olhou intensamente e disse:

— Talvez, mas por que diz isso?

Isolda pôs o pente de lado e começou a repartir a espessa cortina de seu cabelo em três partes, passando-lhes as mãos para alisá-las até ficarem uniformes e prontas para serem trançadas. A tensa percepção que havia roçado todos os seus nervos desapareceu ou, pelo menos, estava a uma distância segura. Esse era o Tristão que ela conhecia desde que se conseguia lembrar. A quem ela conhecia melhor do que qualquer pessoa, e com quem poderia falar tão sinceramente como a si mesma.

— Eu observei você no banquete desta noite. Você só comeu com a mão esquerda, sempre com a mão direita bem ao alcance de sua faca.

— Foi mesmo? — Tristão olhou de relance para a faca que ainda usava no cinto, depois esfregou uma das mãos no rosto. Isolda percebeu de repente que ele parecia exausto, e se perguntou onde teria estado nos últimos e longos dias. — Isso é mais por força do hábito do que qualquer coisa. É somente um reflexo, sempre que estou nervoso. — Ele soltou a mão, então disse: — Quanto ao perigo, eu não sei, espero que não, mas...

Ele se interrompeu quando se ouviu uma batidinha leve e urgente na porta do lado de fora da cabana.

Tristão levantou-se no mesmo instante. Isolda reparou que continuava a se movimentar rigidamente, e se perguntou se ele havia mentido sobre não estar ferido. Ele tirou a faca do cinto, contudo, ao dar uma única passada rápida para abrir a porta. Isolda também deu um pulo e pegou na coleira de Cabal quando o grande animal acordou e se levantou, rosnando baixo.

Então, quando a porta se abriu, ela soltou um suspiro de alívio ao ver Daka e Piye, os rostos de ébano delineados pela luz prateada da lua quase cheia. Entretanto, o alívio durou apenas até ela ver as expressões deles: taciturnas e semelhantes a duas máscaras idênticas.

— Daka, Piye! — ela exclamou, — Alguma coisa está errada?

Daka olhou de relance por cima do ombro como se estivesse verificando alguma coisa, depois se virou para Isolda. Ela achou haver algo estranho na maneira como ele se comportou, na maneira como elevou a voz levemente para responder e falou mesmo antes de se abaixar para passar pela porta da cabana, mas suas palavras foram tranquilas:

— Nada errado. Só braço de Piye sangrando de novo. A gente veio até senhora, pra ver se pode ajudar.

Tristão também deve ter ficado surpreso com alguma coisa estranha nos modos de Daka, pois permaneceu imóvel por um instante, e ficou olhando-os penetrar na noite à frente. Então olhou rápida e fixamente para os dois irmãos, sem tirar a mão da faca, mas se mexeu para o lado para que Daka e Piye entrassem no pequeno espaço da cabana.

Uma das mãos de Piye comprimia o ombro ferido, e Isolda viu que a atadura ensopada de sangue escorria pelas lacunas entre seus dedos.

— Sente-se.

Ela indicou o colchão de palha, e depois se virou de costas para pegar a sacola de remédios. Tristão permaneceu com as costas contra a almofada da porta, com Daka ao lado. Piye sentou-se tão rígido e imóvel quanto antes, enquanto ela desenrolou a atadura saturada do seu antebraço. Então, quando surgiu a última camada de gaze, Isolda parou e levantou o olhar, primeiro para o rosto imóvel de Piye, depois para o do seu gêmeo.

— Não entendo. Parece que os pontos com que suturei o ferimento ontem foram cortados com uma faca.

A primeira ideia que lhe ocorreu foi a de que Fidach tinha tomado conhecimento de que ela estava tratando de Piye e arrancara os pontos como uma espécie de castigo, mas a resposta de Daka a surpreendeu mais ainda:

— *Lady* tá certa. Eu cortei eles antes de a gente vir aqui.
— Você os cortou por quê?

A linha da boca de Daka enrijeceu, tornando sua expressão ainda mais taciturna do que antes.

— Porque é melhor a gente ter razão pra procurar senhora esta noite, se alguém *ver* a gente entrar ou sair daqui.

Tristão estava observando em silêncio os irmãos, mas, ao ouvir isso, pigarreou e falou pela primeira vez:

— Que aconteceu?

Daka virou-se para ele e respondeu:

— O Fidach. Ele tá planejando vender senhora pra Octa amanhã.

Por um momento, o rosto de Tristão ficou absolutamente inexpressivo, e em seguida ele disse:

— Entendi... Como é que você sabe?

Como é que você sabe? Não, o que Isolda interpretou através do calafrio que se apossou dela foi: *Você tem certeza?* Evidentemente, Daka e Piye tinham certeza, ou não estariam ali, arriscando-se como estavam.

— Esta noite. Eu entendo. Esar vai...

Daka se deteve, sacudiu a cabeça, frustrado, e então desandou a falar torrencialmente na própria língua, enquanto Piye, de onde estava, no colchão de palha, acrescentava uma ou outra palavra. Isolda percebeu os nomes *Fidach* e *Octa*, mas, afora isso, não compreendeu absolutamente nada. Tristão ouviu em silêncio, mantendo a expressão totalmente apática no rosto. Então, quando Daka terminou, ele disse alguma coisa na mesma língua – pareceu a Isolda uma pergunta – e Daka e Piye responderam com mais uma torrente de palavras.

Finalmente, Tristão virou-se para Isolda e informou:

— Ele diz que Piye fez parte de uma tropa de ataque-surpresa contra as forças de Octa há duas noites. Eles capturaram duas sentinelas avançadas de Octa, que lhes contou a história de uma recompensa que estaria sendo oferecida por uma mulher de cabelo preto viajando com dois homens, um saxão e outro bretão. Eles foram espertos o suficiente para compreender que essa descrição se referia direitinho a nós três – você, Hereric e eu. Piye – Tristão apontou a cabeça na direção do rapaz – fez o resto do grupo da pilhagem jurar que nenhum deles voltaria a comentar sobre o que sabiam. Ele falou que tem uma dívida de gratidão com você, mas não disse o que era.

Isolda se sentiu como se o chão a seus pés estivesse desmoronando na lama negra que se esvaía do pântano lá fora, enquanto se esforçava para absorver tudo o que Tristão dissera. Ela se lembrou dos olhares estranhos que Piye lhe havia dirigido quando voltou da incursão de surpresa; eles agora faziam sentido. Ela sacudiu a cabeça, tentando desanuviar os pensamentos.

– Não, ele não me deve nada, não mesmo; é só que... – Ela parou e sacudiu a cabeça de novo. – Deixe pra lá. Não importa, e duvido que tenhamos tempo para eu explicar. Continue. – Quando Tristão começou a responder, ela acrescentou: – Eu não sabia que você falava a língua de Piye e Daka.

Tristão interrompeu o que estava na iminência de falar, e sua boca se contorceu ligeiramente:

– E não falo mesmo. Eles estão falando comigo como fariam com uma criança de dois anos, e aposto que os dois estariam morrendo de rir com minhas respostas se a situação não fosse tão grave.

Ao ouvir isso, a expressão soturna de Daka se amenizou, e ele forçou um riso; os dentes brancos reluziram no rosto negro. Ele disse alguma coisa baixinho, e foi a vez de Tristão dar um risinho:

– Ele falou que afirmar que eu tenho a habilidade de uma criança de dois anos insulta a criança.

Tristão virou-se e respondeu a Daka na mesma língua, antes de se virar de novo para Isolda, agora sério:

– De qualquer modo, um dos homens – Esar, de acordo com Piye – decidiu que a recompensa de Fidach por informações valia mais para ele do que o juramento que havia feito. Depois do banquete de hoje à noite, ele voltou sozinho e furtivamente à cabana de Fidach. Piye o viu e ficou desconfiado, por isso o seguiu. Esperou do lado de fora e ouviu o que Esar contou a Fidach, e a resposta de Fidach. Depois disso Esar partiu, obedecendo a ordens de Fidach, para contatar Octa e nos oferecer a ele. Por uma quantia, é claro. Eles dizem – Piye e Daka – que isso é tudo que sabem. – Tristão fez uma pausa e acrescentou, objetivamente: – Nenhum deles, de acordo com o que posso concluir, sabe o que Octa quer conosco, só que a recompensa é alta.

Isolda, com os olhos em Tristão, aquiesceu, para mostrar que entendeu a advertência implícita nas suas palavras. *Não diga mais nada, nem mesmo a Daka e Piye.* Os irmãos já estavam em perigo por causa do que sabiam; nesse momento, deixar escapar alguma informação que caísse nos ouvidos de Mark ou Cerdic – ou, quanto a isso, quem Isolda realmente era – serviria apenas para que os irmãos ficassem em situação ainda mais arriscada.

Daka interrompeu, agachando-se e gesticulando para o chão:

– Eu mostro a vocês. Aqui. Este é o acampamento exército Octa. – Ele tirou um seixo pequeno e redondo da pequena sacola que usava no cinto e o pôs nas tábuas de madeira. – Aqui onde gente está. – Ele pegou um segundo seixo e o colocou à esquerda do primeiro. – E aqui é onde *tão* dizendo que está o Cerdic. Esperando conversar com Octa. É um... – Ele parou, franzindo o cenho ao tentar achar as palavras. – Lugar sagrado? Casa de mulheres *santa*?

– Um convento? – perguntou Isolda.

Daka assentiu com a cabeça:

– É, é isso. *Tão* dizendo que Cerdic e Octa se *encontra* aí. Cerdic já tá lá. Exércitos dele *tão* perto.

Por um instante a cabana ficou em silêncio, então Isolda olhou para Tristão e disse:

– Temos de ir embora. Agora. Esta noite.

Os olhos de Tristão ainda estavam fixos no tosco mapa feito por Daka, e Isolda teve a impressão de que seus pensamentos seguiam um caminho remoto próprio, mas ele inclinou a cabeça numa aprovação rápida e sem palavras.

O coração de Isolda batia descompassadamente, mas a moça disse:

— Tudo bem. Você vai acordar Hereric. Vou suturar os pontos de Piye de novo.

Daka ia começar a protestar, mas Isolda sacudiu a cabeça e disse:

— Se vocês precisavam de uma razão crível para vir aqui esta noite, é melhor saírem com uma comprovação acreditável de que sua visita era tão inocente quanto disseram. — Ela pegou a sacola de medicamentos e a entregou a Daka. — Tome, segure isto para mim. Não vai demorar.

Isolda abriu com um empurrão a porta da cabana de Hereric. Ela deu a Piye e Daka uma oportunidade de se afastarem por uma boa distância, usando esse tempo para vestir o manto de viagem e embrulhar o que levaria. Ela se havia obrigado a concentrar-se em escolher o que caberia no pequeno pacote de viagem que selecionou, assegurando-se de dobrar bem cada item, lutando contra a sensação de haver sido arremessada uma vez mais num pesadelo.

Obviamente eles só poderiam levar o que conseguissem carregar, por isso ela acabou embrulhando apenas sua sacola de remédios, uma muda de roupas e os alimentos que conseguiu resgatar dos suprimentos trazidos do barco: carne seca, um naco de queijo duro esfarelado, algumas maçãs curtidas. Depois ela deu a Cabal o comando de silêncio que ele conhecia, pegou-lhe a coleira e penetrou furtivamente na noite.

Nesse instante, quando a porta da cabana de Hereric abriu, ela ouviu o som da voz de Tristão. A única luz no pequeno recinto vinha do lado de fora, do chamejar das tochas dispostas ao redor da ilhota artificial. A princípio Isolda não conseguiu distinguir o rosto de nenhum dos dois homens, só viu que Tristão estava agachado no chão ao lado do colchão de palha de Hereric. Ele estava falando na língua saxônica de Hereric, de modo que Isolda só conseguiu entender uma ou outra palavra: *Fidach*... *Hereric* e *perigo*.

Tristão estava sentado imóvel, e seu olhar, pelo que Isolda conseguiu perceber, estava fixo no rosto de Hereric, mas a moça pensou que ele estava se esforçando para manter a voz tão calma e controlada quanto antes. Hereric olhou para ele, depois sacudiu a cabeça e fez uma série de gestos. Os olhos de Isolda começavam a se adaptar à escuridão, e ela compreendeu mais da resposta de Hereric: *Hereric... fraco... Fidach persegue... vocês vão... Hereric fica.*

Tristão fez um gesto rápido e súbito de raiva ou frustração, embora também isso fosse instantaneamente controlado. Com a mesma tranquilidade, os músculos imóveis, ele se virou para encarar Isolda:

— Ele disse...

O olhar de Isolda estava concentrado no rosto de Hereric e ela disse:

— Eu entendi. Ele disse que ainda está muito fraco para viajar. E que vai atrasar muito nossa fuga para nos distanciarmos dos homens de Fidach.

"O pior" – ela pensou – "é que ele está certo". Ela percebeu, pela posição dos ombros de Tristão, que ele também sabia disso. Sem Hereric eles teriam possibilidade muito maior de escapar. Com esforço, Isolda controlou as primeiras palavras que lhe vieram aos lábios: que Hereric tinha de acompanhá-los. Que ele não compreendia o perigo. Que eles nem sequer considerariam a ideia de deixá-lo para trás. As crueldades que Hereric já havia sofrido o haviam transformado basicamente numa criança. Ela não podia insultá-lo mais ao lhe dizer que ele não entendia plenamente o que estava dizendo, ou ao se recusar a permitir-lhe escolher o próprio caminho.

Ela engoliu em seco e se virou para Tristão:

— O que vai acontecer a ele se o deixarmos para trás?

— Não sei. — Tristão levantou uma das mãos, deixou-a cair, e então sacudiu a cabeça: — Mas ele pode estar certo. Talvez ele fique mais seguro aqui do que se for conosco. Ele não vale nada para Octa, de modo que Fidach não teria razão para usá-lo como objeto de barganha. E Piye e Daka e Eurig fariam o que pudessem para garantir que não façam mal a ele.

Se eles iam mesmo partir, precisava ser logo. Tristão não disse isso em voz alta, mas Isolda sabia que ele pensou o mesmo. Ela podia perceber o desejo de ação e rapidez em todas as suas linhas retesadas, embora ele estivesse imóvel, mantendo esse desejo sob controle.

Isolda assentiu com a cabeça em resposta à pergunta que Tristão não havia feito. Seus olhos se encontraram e se mantiveram, e Tristão virou-se de novo para Hereric. Havia luz suficiente apenas para Isolda enxergar o rosto de Hereric: a barba loura, a fronte e as maçãs do rosto de ossos fortes. Os olhos azuis amplamente espaçados que contemplavam o mundo como se a alma subjacente a eles tivesse sido testada além da tolerância e escapasse para um lugar interno seguro e profundo.

E então seu sorriso habitual lento e amplo espalhou-se no seu rosto:

— *Hereric fica. Isolda e Tristão vão.*

Tristão se calou por um instante e depois disse, olhando firmemente para Hereric:

— Você tem certeza?

O olhar de Hereric estava totalmente confiante, totalmente tranquilo quando ele formou mais uma série rápida de sinais. *Isolda e Tristão encontra Hereric de novo. Quando seguro voltar.*

Houve mais um longo momento de silêncio quando os olhos de Tristão se encontraram com os do outro homem, e em seguida Tristão estendeu a mão, e Hereric estendeu o braço. Eles cruzaram os pulsos, rápida mas firmemente, depois Tristão se levantou e disse:
– É melhor nós irmos.

Capítulo 14

Tristão encostou-se num tronco de árvore e fechou os olhos por pouco tempo. *Filho de uma verdadeira diaba! Ignore. Abra os olhos e tente adivinhar em que maldito inferno você está.*

Eles haviam saído da ilhota artificial e das charnecas há horas. E Tristão teria achado que eles tinham tido sorte exceto pelo fato de que ele desconfiava de tanta sorte. De qualquer maneira, ninguém os havia seguido. De vez em quando Cabal vinha pulando até eles, saindo da escuridão, depois saltava de volta. Se o cachorro tivesse deparado com grupos de procura ou patrulhas de sentinela, ele lhes teria avisado.

A essa altura eles entraram num trecho denso da floresta, negro como piche, a não ser pelo luar esmaecido e débil através das folhas, que apenas lhes possibilitava ver as formas das árvores. Era útil porque os protegia contra quem os perseguisse, mas dificultava calcular exatamente a direção e a distância de que viriam.

– Tris... – Ele abriu os olhos e encontrou Isolda ao seu lado, o pálido rosto oval no escuro. – Alguma coisa errada?

– Não, nada.

Ele não sabia por que não havia contado a ela sobre as costelas quebradas, exceto que agora a negação já lhe era automática. Além disso, ele também não queria que ela se aproximasse dele a menos de dez passos quando ele estivesse tão cansado assim, ou ele perderia completamente o autocontrole. De certo modo, ele continuava vendo-a sentada à sua frente na minúscula choupana redonda: inacreditavelmente linda, a pele brilhando à luz desmaiada das estrelas, os pés descalços enroscados debaixo dela e o cabelo solto que caía até a cintura numa cortina de ébano resplandecente.

Ele não parava de relembrar o momento em que ela atirou os braços em redor do seu pescoço, como havia feito em umas cinquenta fantasias impossíveis desde o dia em que ele a reviu novamente fazia cinco meses. O gesto, porém, não havia significado nada; eles eram amigos há anos e ela simplesmente se alegrou ao revê-lo. Ele sabia disso. Ora, se ele tivesse ficado enfiado numa cova lamacenta do acampamento de Fidach durante quase uma semana, também teria recepcionado de braços abertos qualquer pessoa que o tivesse tirado de lá.

Ainda assim, talvez ele devesse ser grato pelas costelas quebradas. Não fosse pelas pontadas doloridas, ele teria esquecido todas as razões pelas quais não merecia nem sequer limpar as botas de Isolda, e esquecido até os olhos vigilantes de Fidach. Mais um momento e ele teria abaixado a cabeça e coberto a boca da moça com a sua e...

E provavelmente ela agora estaria de volta à ilhota, tendo preferido arriscar-se com os homens de Fidach a estar com ele sozinha dessa maneira.

Tristão xingou-se em silêncio, fechou mais uma vez os olhos na expectativa da dor e estava quase decidido a se mexer quando Isolda disse uma palavra que fez seus olhos se abrirem de repente. Ela estava debruçada sobre seu ombro, e se inclinava para examinar-lhe o rosto, olhos arregalados ao luar.

— Não minta para mim, Tris, não agora. Qual a gravidade do seu ferimento?

Parecia que ela estava falando com os dentes cerrados, e sua voz hesitou levemente. "Por favor, meu Deus, não permita que ela comece a chorar, nem mesmo lágrimas de raiva." Não que ele a culpasse, mas ficaria completamente desnorteado se isso acontecesse.

Tristão soltou a respiração lentamente e disse:
— Acho que estou com umas duas costelas quebradas.

Ela se deslocou para um trecho mais iluminado do luar de modo que ele nesse momento pôde ver-lhe o rosto mais nitidamente.

– Umas duas costelas quebradas – ela repetiu. Por um momento ela o olhou, apática, e então disse: – Tris, sei que eu provoquei isso, mas essa é a desculpa mais esfarrapada que já ouvi.

Ele devia ter sabido que ela não reagiria com lágrimas. Quando ela havia chorado por causa do que não podia ser evitado?

De qualquer forma, a boca de Tristão se contorceu, e ele começou a rir. Parecia que espigões de ferro lhe estavam golpeando o lado do corpo, mas ele se encostou no tronco de árvore e se sacudiu incontrolavelmente. Quando finalmente conseguiu parar, abriu os olhos de novo e disse:

– Você nunca pragueja.

Viu um sorriso forçado formar-se nos cantos da boca de Isolda, e ela disse:

– Pois é, mas pragueja quando estou no meio de uma floresta com Fidach e seus homens de um lado e o exército de Octa do outro, e você está com duas costelas quebradas. – Ela ficou séria e acrescentou: – Costelas quebradas... você se dá conta de que não há quase nada que eu possa fazer a respeito? Talvez eu pudesse amarrá-las para você, mas...

"Deus misericordioso!" Tristão sacudiu a cabeça e disse:

– Melhor não, não adiantaria muito, e só retardaria minha capacidade se tivermos de lutar ou correr. – Ele retesou todos os músculos, instruiu-se a ignorar a dor mais uma vez e finalmente conseguiu obrigar-se a se afastar da árvore. – Vamos continuar o trajeto e ver se podemos encontrar um lugar para esperar a noite terminar. Não quero nos arriscar a encontrar um grupo de guerra vagando nesta escuridão.

– Está bem. Vamos em qual direção?

Tristão vasculhou a floresta em redor e disse:

– Para lá. – Ele apontou para um local. – Está vendo aquela elevação de terra logo adiante? Vamos para lá.

A elevação na terra era uma colina salpicada de rochas, a encosta ideal para pinheiros de galhos eretos. Naquele lugar a luz da lua cheia era mais forte, e eles estavam escalando rapidamente; Isolda ia à frente, e Tristão, atrás. Ele virou a cabeça para prestar atenção em quaisquer sons que poderiam mostrar que alguém os estava seguindo, quando uma pedra ou um galho solto rolou debaixo dos pés de Isolda, porque ela perdeu o equilíbrio e caiu de costas em cima dele.

Isso o pegou completamente desprevenido, e fez com que os dois caíssem no chão. A onda de dor que o percorreu inteiro quando ele atingiu o chão da floresta o fez sentir como se a mão de um gigante o houvesse rachado em dois. Quando a escuridão opressiva que lhe escureceu a visão finalmente clareou, ele estava de costas, sentindo o aroma acentuado das folhas de pinheiro despedaçadas nas amídalas, e Isolda estava debruçada sobre ele.

— Minha deusa santíssima! — Os olhos cinzentos da moça estavam arregalados e brilhavam no rosto pálido, e sua voz vacilou ligeiramente. — Puxa, Tris, desculpe! Lamento muito.

Ela arrumou o cabelo dele para trás, e lhe limpou a poeira e a terra do rosto e do peito. Desta vez parecia que ia chorar. Tristão lhe pegou a mão, e, quando conseguiu ter fôlego suficiente para falar, obrigou sua voz a se fazer soar o mais firme possível:

— Tudo bem, eu estou ótimo. Não foi nada, e não diga que estou mentindo de novo.

Isolda riu vacilante, esfregou uma das mãos nas maçãs do rosto e sacudiu a cabeça:

— Eu nem preciso falar. Eu teria de ser cega, surda e retardada para acreditar em você. Está doendo muito? Você acha que pode aguentar?

— Acho que sim. — Tristão inalou a respiração de novo. — Só preciso que você me ajude a levantar.

Foram necessárias três tentativas para que ele conseguisse ficar de pé, com a ajuda de Isolda. Na segunda tentativa já estava suando e tremendo alternadamente, e praguejando baixinho.

— Lamento muito — repetiu Isolda. Ela estava agachada ao lado dele no chão, aguentando o máximo possível do peso do rapaz, com um ombro debaixo do braço dele. — Grite, se tiver vontade.

— Está certo. — Ele precisou inalar várias vezes para poder enunciar as palavras: — Eu gritaria mesmo, mas, segundo me dizem, não adianta muito. Além disso, prefiro que não me capturem neste momento. Quero deixar pelo menos uma calamidade para amanhã.

Ela riu de modo hesitante mais uma vez, e então, quando finalmente se pôs de pé, ela o olhou e perguntou:

— Tris, o que vamos fazer a partir deste momento?

"Quando ela se permitiu ser levada para a grande cama esculpida em carvalho, eles a deixaram, embora ela soubesse que esperariam do lado de fora da porta.

Ela enterrou as unhas com força nas palmas das mãos. 'É apenas meu corpo', pensou. 'Não vou vou deixar que ele toque no resto de mim.'

Por um momento ela pensou que fosse vomitar, mas combateu a náusea, suspirando as palavras entre os dentes cerrados:

'Você pode enfrentar isso. Você precisa'.

Na escuridão além da cama, ela ouviu a porta se abrir..."

Braços fortes se fecharam em torno dela, arrancando-a do pesadelo. Ainda arfante e sentindo como se tivesse sido arrastada para a liberdade do atoleiro em redor da ilhota artificial de Fidach, Isolda abriu os olhos. Tristão estava apoiado em um joelho no chão à sua frente, com um braço em volta dos seus ombros, mantendo-a firme.

— Tudo bem. Eu estou aqui. Você está bem.

Por um momento ela não conseguiu lembrar-se de onde estava nem do que havia acontecido, mas em seguida a lembrança a inundou: a advertência de Piye e Daka, a fuga de Fidach, as costelas quebradas de Tristão...

Com muito atraso ela se afastou dele e tirou um cacho solto de cabelo de sua testa úmida de suor.

— Desculpe. Eu te machuquei de novo? — A voz dela estava trêmula, e ela engoliu em seco. — Foi só... só um pesadelo. Estou bem agora.

Ela se afastou mais, endireitou o cabelo de novo e tentou firmar a respiração entrecortada. Eles haviam encontrado uma clareira entre os pinheiros, para se abrigar durante a noite. Era um trecho pequeno de terreno escavado na base de um afloramento de rocha, onde as folhas secas dos pinheiros formavam um tapete macio de aroma agradável. A boca de Tristão estava pressionada pela dor quando ele se abaixou até o chão, e Isolda lhe disse que ficaria de vigília, se ele quisesse dormir, mas ele sacudiu a cabeça e sorriu brevemente.

— Você teria de me drogar até eu ficar inconsciente para eu conseguir dormir com a dor que estou sentindo nas costelas. Vou ficar acordado, mas você descanse, se conseguir.

Isolda então se deitou no leito de folhas de pinheiro, usando o braço como travesseiro, e fechou o manto ao redor do corpo para proteger-se do frio da noite. Cabal ainda não havia voltado de sua mais recente incursão na floresta escurecida pela noite, e ela tentava não se preocupar com ele. Cabal era um cão de guerra, treinado para caçar e seguir pistas. Conhecia o odor deles, e voltaria ao seu encontro. Ela não esperava dormir, mas adormecera. Obviamente.

Nesse instante sentiu que Tristão a observava e desejou silenciosamente que ele não lhe perguntasse mais nada. *Não pergunte. Não pergunte. Não...*

Não deu certo desta vez, porém, porque, após um momento calado, ele perguntou:
— É com Mark que você sonha, não é?
Isolda compreendeu nesse instante como um coelho encurralado pelo olhar fixo dos olhos amarelados de um lobo devia sentir-se: algo mais forte do que medo, sendo inútil até tentar fugir. Ela ergueu a cabeça e disse:
— Como é que você sabe?
O luar estava brilhante o suficiente para ela poder ver o pequeno e melancólico sorriso comprimir a boca de Tristão, embora o rosto dele continuasse tão soturno e duro como sempre.
— Você está se esquecendo de quem era minha mãe. Quando você acordou, estava com a mesma expressão nos olhos que ela costumava ter, há anos.
O peito de Isolda se comprimiu como se um punho gigantesco estivesse agarrando e lesionando seu coração, e um repentino ímpeto incômodo fez lágrimas lhe arderem nos olhos. *Não chore* – ela ordenou a si mesma. – *Não, chore, não chore, não chore...*
A ordem silenciosa não funcionou, da mesma forma que não havia funcionado com respeito a Tristão. Lágrimas ferventes escorreram-lhe pelas maçãs do rosto, como se uma represa se houvesse rompido dentro dela, e a moça baixou a cabeça, escondendo o rosto nos joelhos erguidos, tentando inutilmente reprimir os soluços que lhe dilaceravam a garganta. Depois de um instante ela sentiu Tristão se levantar, sentar-se ao seu lado e abraçá-la. Ele a abraçou suavemente, tão suavemente que, mesmo com o restante prolongado do pesadelo ainda presente, ela não se apavorou. Ele não disse nada; apenas a abraçou enquanto ela chorava e estremecia junto dele.
Finalmente, seus soluços se transformaram em arfares molhados, e Tristão perguntou:
— Por que você não me quis contar antes?

Isolda tentou sentar-se ereta, arquejou tremulamente e passou as mãos pelas maçãs do rosto molhadas. A cabeça pesava-lhe de tanto chorar, e ela se sentia totalmente exausta, esvaziada e estranhamente entorpecida. Daquela espécie ameaçadora de entorpecimento, aquela em que se sente que a dor virá, embora ainda não tenha começado a doer. Ela fechou os braços em redor do corpo.

– Contar a você? – ela repetiu. – Tris, como é que eu poderia? Ele é seu próprio... – ela parou. Engoliu em seco o nó duro como uma pedra alojado na sua garganta, esforçando-se para não chorar de novo. – Ele é seu próprio pai. O homem que espancava sua mãe – e você – vezes sem conta quando nós éramos crianças. E eu... eu casei com ele.

Ela se deteve, arfante de novo, e apertou os olhos com as mãos.

– Eu...

Ela cerrou as mãos juntas no colo, e olhou para os dedos unidos, porque mesmo ao luar não conseguia tolerar a ideia de ver o rosto de Tristão. Não com Mark – pai de Tristão – sendo uma presença viva e palpável entre eles. Igualzinho ao que acontecera na *villa* romana, como se ela tivesse rastejado para fora do seu pesadelo.

Isolda ouviu as palavras se despejarem dela num ímpeto monótono e exaurido como sangue de um ferimento.

– O Conselho havia acabado de escolhê-lo Rei Supremo, e homens como Mark acham que venceram se conseguirem uma mulher por meio da força. Por isso pensei: "Vou ceder a ele. Deixá-lo pensar que me derrotou, e..." – Isolda se interrompeu, fechando os olhos com força para conter as lágrimas que continuavam a lhe escorrer pelas maçãs do rosto. – Mas não paro de perguntar a mim mesma se eu não poderia ter pensado em outra maneira, em outra maneira de me livrar dele. Eu...

– Espere aí. – A voz de Tristão estava tranquila, mas algo na sua entonação a fez se deter e, contra a vontade, levantar o olhar e encontrar o dele. – Você pensou... – Ele parou e sacudiu a cabeça. – Você pensou, por acaso, que eu a culparia?

Isolda não conseguiu responder, mas a verdade deve ter transparecido no seu rosto, porque ele a olhou fixamente, como se nunca a tivesse visto. – Você acreditou mesmo que eu a culparia? Pelo amor de Deus, Isa, é isso que você pensa de mim?

Ele pareceu quase zangado, mas se controlou. Esfregou uma das mãos no rosto, soltou um suspiro propositado e obrigou-se a falar calmamente, com os olhos nos dela:

– Em primeiro lugar, Mark da Cornualha não é meu pai. Deixei de pensar nele dessa forma há muito tempo; antes dos nove anos eu me dei conta de que ele não era meu pai. Não de verdade. Independentemente de partilharmos o mesmo sangue, ele não significa para mim mais do que qualquer outro homem. Exceto... – Tristão riu brevemente –, exceto que ele me ensinou a maior parte do que sei sobre como lidar com a dor.

Isolda recuou sem querer, e Tristão disse rapidamente:

– Desculpe. O que eu quis dizer foi que odeio que ele tenha magoado você. E que, se eu achasse que adiantaria, eu o perseguiria e o mataria. Mas culpar *você*? – Ele sacudiu a cabeça e passou uma das mãos no rosto de novo. – Pelo sangue de Jesus, Isa, tenho enfrentado batalhas desde os... sei lá... quatorze anos. Você acha que nunca fiz nada terrível, nada que eu detestasse, porque se eu não fizesse morreria?

Ele deixou a mão esquerda cair ao lado do corpo, e se apoiou nos cotovelos, olhando além da moça para a escuridão. Quando prosseguiu, a voz estava mais baixa:

– Você treina dia sim, outro também, com neve, chuva e neve, ou debaixo de temporal, para aprender a lutar com uma espada, lidar com um escudo, atirar uma faca, andar a cavalo numa batalha. Você treina todo dia até mal conseguir ficar de pé de tanto cansaço, ao fim do dia. Mas você não para. Você se aperfeiçoa. Você fica mais competente ao mirar uma lança e brandir uma espada. E então você chega mesmo a lutar uma batalha por dia. E compreende que tudo isso, toda a sua vida, foi direcionada a apenas uma coisa: aprender a matar. E que isso é tudo que você sabe fazer. Como lutar até a morte e vencer. Alguns dias – ele sacudiu a cabeça –, alguns dias eu ainda consigo ver os rostos de todos os homens que já matei. Todos eles. E então... – Ele parou. Ao luar, seus olhos estavam muito azuis. Ele estendeu a mão direita, e os dedos mutilados e as cicatrizes tortas ficaram evidentes. – Eu fui escravo numa mina de estanho, Isa. E a gente aprende – e aprende rápido – que não existe lei, honra nem nenhum código que se aplique a você. Existe apenas aquilo que você pode suportar e o que não pode. Se você vai morrer ou viver mais um dia.

Ele fez uma pausa, dobrou os dedos e deixou a mão pender de novo ao lado do corpo. Isolda secou os olhos com as costas das mãos e inalou mais um respirar trêmulo.

– Você ficou lá quanto tempo?

Tristão não respondeu imediatamente, e ela acrescentou:

– Desculpe. Você não precisa falar do assunto se te incomoda.

Mesmo na escuridão, ela viu a boca de Tristão mover-se num sorriso melancólico:

– Falar sobre isso não me incomoda nem a metade do que me incomodou estar lá de fato. É que eu sinceramente não sei quanto tempo fiquei lá. – Uma sombra lhe obscureceu o rosto, e ele voltou a olhar além de Isolda, para a floresta sombreada. – Primeiro eu contava os dias, as semanas, mas após um tempo... – Ele se interrompeu, e ergueu um ombro. – Depois de um tempo era tudo a mesma coisa. Nada mudava, dia após dia. Quando eu finalmente me vi livre, nem sabia minha idade.

Durante um momento tudo ficou em silêncio, exceto pelo arfar do vento nos galhos dos pinheiros e os sons suaves da noite que vinham da floresta. Então Isolda esfregou os olhos de novo e disse:

– Vinte e dois. Eu tenho vinte anos, de modo que você tem vinte e um.

Tristão sorriu de repente, e a tensão abandonou seu rosto:
— Obrigado.
Houve outro momento silencioso, e então Isolda soltou um suspiro:
— Tris...
Ela fez uma breve pausa, tentando obrigar-se a falar:
— Preciso lhe contar uma coisa. Uma coisa que você deve saber.
Ela, entretanto, fez mais uma pausa, tentando pensar em como dizer o que tinha a falar.
Tristão levantou as sobrancelhas e disse:
— Diga logo.
Todas as palavras que ela imaginou silenciosamente se travaram na sua garganta, e Isolda sacudiu a cabeça:
— Desculpe, mas é que não sei bem como lhe contar isso.
Tristão exalou um fôlego meio divertido, e meio exasperado, na opinião de Isolda.
— Isa, depois do que temos passado nas últimas semanas, acho que não existem muito mais coisas que você possa dizer que me surpreenderiam. Simplesmente me conte o que é; o que está errado?
E ela contou, contou tudo. Sobre a captura de Kian e o suposto plano de Mark de se aliar a Cerdic de Wessex, e o preço que Mark havia determinado para a captura de Tristão. O tempo todo Tristão escutou em silêncio, com expressão indecifrável. Quando ela finalmente acabou de falar, ele ficou calado por longo momento, e depois disse:
— Muito bem, retiro o que disse. — Sua voz estava completa e mortalmente calma, e Isolda não conseguiu perceber se ele estava zangado ou não. — Quer dizer que você não me contou isso antes porque receou que eu me sentisse responsável pelo que havia acontecido com Hereric e... — Isolda deu-se conta de ele estava se esforçando para manter o tom da voz sob controle. — Kian?

— Bem, você não teria se sentido assim?

Tristão passou uma das mãos na nuca e suspirou:

— Provavelmente. — Um canto da sua boca se inclinou num sorriso rápido e melancólico. — Esse é o problema de crescer com uma pessoa: ela acaba conhecendo você bem demais.

— É verdade.

Isolda esperou, mas Tristão não disse mais nada. Depois de um instante, ela falou:

— De qualquer forma, sinto muito mesmo. Eu devia ter lhe contado logo. Você está zangado?

O contorno da boca de Tristão enrijeceu, mas ele sacudiu a cabeça:

— Não. Ou talvez esteja, mas não com você. — Ao ver a expressão de Isolda, ele gesticulou, impaciente. — Teria mudado alguma coisa se você me tivesse contado? Teria eu agido de outra maneira, nessas últimas semanas, se soubesse que Mark estava querendo me capturar? Não teríamos acabado aqui? — Ele estendeu a mão e indicou a floresta escurecida de pinheiros ao redor. — Duvido. Além do mais — ele se interrompeu e deu um risinho áspero, eu devia esperar alguma coisa desse gênero. Não posso realmente alegar que não sei o tipo de pessoa que é Mark.

Isolda viu o olhar pensativo de Tristão e sabia que ele estava mais uma vez vendo o braço amputado de Hereric. Imaginando a órbita vazia do olho de Kian. Hesitante, ela estendeu a mão e tocou o dorso da mão do rapaz.

— Sei que provavelmente não ajuda muito, mas, da última vez em que o vi, Kian estava... a caminho de ficar bem de saúde. Ele é muito forte. E não queria que você soubesse que ele havia sido ferido. Isso foi parte da razão por que não lhe contei antes. Acho que ele estava envergonhado por ter sido capturado daquela maneira, mas penso que eu também não queria que você se preocupasse com ele.

Tristão ficou em silêncio por um longo momento; os olhos continuavam com a expressão remota; seus pensamentos deviam estar seguindo um caminho interno próprio. Isolda vacilou e perguntou:

– Você o culpa?

Por um minuto ela viu algo duro e quase assustador atravessar o rosto de Tristão, mas desapareceu em um momento e ele soltou um suspiro e sacudiu a cabeça:

– Como poderia eu? Deus sabe que eu teria feito o mesmo no lugar dele.

Ele mudou de posição, soltou um suspiro e praguejou quando o movimento fez suas costelas doerem. Isolda encontrou apenas a escuridão vazia quando tentou verificar a gravidade dos ferimentos dele. Ela, porém, não precisava da Percepção para avaliar que a dor devia estar forte.

– Tris. – Ele levantou os olhos até ela. Isolda hesitou de novo, e então disse baixinho: – Você precisa mesmo descansar. Eu ainda tenho um pouco do xarope de papoula que usei com Hereric. Por favor, deixe que eu te dê um pouco, para que você possa dormir. Eu sei – acrescentou, quando Tristão ia começar a falar – que é perigoso. Se alguém nos encontrar aqui e você estiver inconsciente demais para acordar. – Houve um silêncio no qual ela sabia que ambos estavam recordando aquele primeiro ataque a bordo do barco, que nesse instante parecia ter acontecido há uma vida. – Mas também é perigoso se você amanhã não conseguir continuar de tão exausto. Por favor, descanse pelo menos algumas horas.

Ela julgou que ele fosse discutir, mas o rapaz engoliu o xarope de papoula que ela lhe deu sem falar de novo, o que provou, caso ela precisasse de alguma comprovação, que ele estava exausto. Ela não tinha ideia de como ele tinha aguentado tanto. Ele se enrijeceu quando ela se ajoelhou ao seu lado, mas aceitou a mão que a moça lhe ofereceu, e permitiu que Isolda o ajudasse a deitar no leito de folhas de pinheiro.

Isolda começou a recuar, mas ele continuou segurando-lhe a mão. A sensação da palma da mão dele contra a dela percorreu-a por inteiro, e encheu-lhe o peito de um calor suave.

– Isa, eu... – o xarope de papoula já estava começando a amenizar as rugas de dor e exaustão no rosto do rapaz e a tornar suas palavras indistintas.

– Quê?

Como se por vontade própria, Isolda viu sua mão livre mexer-se para acariciar levemente o cabelo dele.

Os olhos de Tristão já estavam semicerrados, mas ele franziu a testa, fazendo um esforço para falar, apesar dos efeitos do xarope de papoula e de seu cansaço. Ele ergueu a mão, roçou a face de Isolda, e limpou com o polegar um traço prolongado de umidade.

– Espero nunca precisar ser tão corajoso como você já é.

Mesmo depois que a respiração do rapaz se aprofundou e diminuiu o ritmo até o sono, Isolda permaneceu sentada por um longo tempo, contemplando o rosto dele. Com o luar brincando nas linhas nítidas e determinadas da testa e do maxilar, ele parecia ao mesmo tempo mais jovem e ligeiramente severo, com a boca obstinada e o cabelo escapando da tira de couro que o prendia para trás. O próprio rosto de Isolda ainda estava pegajoso com lágrimas secas, e ela desejou ter água para se lavar. Decidiu então limpar as maçãs do rosto com uma dobra do manto, passou os braços em redor dos joelhos, observando o subir e descer do peito de Tristão à medida que ele respirava.

Isolda pensou em tudo que ele acabara de lhe dizer. Na maneira pela qual ele havia prestado atenção. Em como ele não a havia culpado, nem mesmo sentido pena dela, e que a havia abraçado enquanto ela chorava.

A essa altura ela se sentia cansada, debilitada, vazia e totalmente esgotada. Entretanto...

Entretanto, pela primeira vez – realmente pela primeira vez desde aquela noite com Mark, havia quase seis meses – ela sentiu como se o enorme e ameaçador peso da lembrança houvesse se deslocado dentro dela para um lugar que ela conseguisse tolerar. Como se um ferimento profundo tivesse sido cauterizado. Sempre haveria uma cicatriz, mas o sangramento fora detido e a ameaça do veneno desaparecera.

Ao mesmo tempo, o medo que latejava em suas veias a cada batimento do coração era o mais gélido e acentuado que ela já havia sentido na vida.

Como norma, ela detestava desonestidade; odiava, especialmente, a sensação de estar tentando mentir para si mesma, embora – sua boca se contorceu brevemente – tivesse disfarçado muito bem desde aquela primeira noite em que Tristão entrou na fortaleza de Madoc em Dinas Emrys, talvez até desde antes.

Ela fechou os olhos um instante, pensando nas ondas de lembranças nostálgicas que a atingiam de vez em quando nos últimos meses, desde que escolheu lembrar-se dos anos antes de Cacãsnn. Isolda pensou no modo pelo qual ela havia sentido falta – e ainda sentia – da pessoa que havia sido naquela época.

Ela, porém, nem se importou em tentar se convencer de que o que sentia agora fazia parte da mesma saudade de um tempo que já não existia. Contemplou o rosto adormecido de Tristão e fechou as mãos com força no colo, para se impedir de alisar o cabelo dele para trás de novo. Mais uma onda de pânico desabou dentro dela, obstruindo-lhe a garganta, e ela deu um suspiro arfante quando uma coisa dura e sólida encostou-lhe no braço.

– Cabal!

O grande animal estava finalmente de volta e começou a choramingar baixinho, apoiando novamente a cabeça em Isolda. Ela passou o braço em redor dele e lhe desordenou o pelo.

– Bom cachorro. Bom...

E então se interrompeu. O pior da onda de pânico estava desaparecendo e, como a maré que lançava presentes do oceano: madeira flutuante, conchas e até mesmo pérolas, ela percebeu nessa maré rasante uma verdade evidente.

Cabal estava com um borrão pegajoso de resina de pinheiro no pelo das costas, e Isolda tentou retirá-lo distraidamente com os dedos, ao mesmo tempo em que olhava para Tristão. Na viagem o rapaz já havia visto sua nau pegar fogo, havia quebrado as costelas, e Isolda percebeu abruptamente que ela continuava sem saber como ele se machucara e o que Fidach havia pedido a ele como preço para ajudá-lo. E a essa altura Tristão havia sido forçado a deixar Hereric à mercê de Fidach.

Eles não haviam discutido o que fariam quando chegasse a manhã, mas...

Isolda viu de novo os seixos lisos e redondos que Daka havia posto no chão da cabana. Um para o acampamento de Fidach, outro para o exército de Octa, e um último pelo convento das mulheres cristãs onde Cerdic estava, a leste da ilhota artificial. Na mesma direção que ela e Tristão haviam tomado quando deixaram as charnecas para trás.

Isolda pensou: "Eu conseguiria encontrá-lo mesmo sozinha; não deve ser longe".

A orientação de Daka significava que ela já não precisava de Tristão para chegar a Cerdic, que não podia estar a mais de meio dia de cavalgada de onde ela se encontrava nesse instante. Sentada, apoiando a cabeça no pescoço de Cabal e absorvendo o odor acentuado de pinheiro, ela percebeu a verdade que a onda de maré rasante de medo havia lançado na praia e sabia que não podia de jeito nenhum pedir mais a Tristão do que já pedira.

Se Cerdic e Octa já tivessem firmado uma aliança entre si, abordar Cerdic poderia conduzir Tristão e ela mesma direto às mãos de Octa – e portanto de Mark. Isolda aceitava considerar o risco por si própria, jogar com a própria vida. Porque, se Cerdic e Octa uniram mesmo suas forças, a Bretanha estava completamente perdida. Porém ela sabia, de forma incontestável, que não podia enfrentar a ideia de jogar com a vida de Tristão, de saber que ele estava morto por causa dela.

Ela agiu rapidamente, antes que a coragem se esvaísse, e se levantou, fechou o manto ao redor do corpo e pegou a sacola de medicamentos. Então se deteve. Porque, quando ele acordasse sozinho, não saberia aonde ela havia ido, e talvez a procurasse. E ela não tinha como contar a ele...

Abruptamente, Isolda se viu de volta ao seu laboratório em Dinas Emrys, falando com Kian sobre a infância que ela e Tristão haviam partilhado. *Chegamos a criar uma linguagem secreta de sinais, que fazíamos no chão com pedras, gravetos ou folhas.*

Demorou-lhe um pouco, tropeçando e procurando na escuridão, encontrar aquilo de que precisava: pedras, uma pinha e três galhos lisos caídos. E deu uma risada rouca, porque isso era completamente infantil e uma das coisas mais incrivelmente difíceis que já fizera.

Ela dispôs os objetos segundo um padrão perto de onde Tristão estava deitado, onde ele as visse ao acordar, e que significavam: *Eu parti. Não me siga.* Então seus olhos se fixaram mais uma vez no rosto de Tristão, e um arrepio gelado se apossou dela. Ele estava deitado de costas, com um braço levantado e a mão estendida. Narcotizado para poder adormecer. Completamente vulnerável se acontecesse o ataque de um homem ou de um animal selvagem.

Por um momento Isolda pensou que, afinal de contas, ela precisava ficar, mas isso arriscaria a vida de Tristão da mesma forma. Acordado, ele nunca a deixaria viajar sozinha, independentemente de quanto desejaria poder fazer isso.

O olhar fixo de Isolda recaiu em Cabal, indo em meio-círculo ao longo da beira do limite das árvores, patrulhando o pequeno acampamento onde estavam. Ela assobiou baixinho e disse:

— Cabal, venha cá.

Quando Cabal ficou à sua frente, ela pegou a cabeça dele. Sua garganta estava rígida, ela engoliu em seco e apoiou a testa brevemente na de Cabal, depois recuou e olhou para os olhos negros e inocentes do grande animal. Seu coração parecia estar sendo agarrado pela mão contraída de um gigante, mas a moça obrigou-se a falar baixinho e calmamente:

— Cabal, quero que fique com Tristão. Não deixe que nada o machuque. Fique de guarda até ele acordar. Agora vá.

Ela indicou com um gesto para onde o cachorro devia ir. Cabal a olhou interrogativamente por cima do ombro, e depois, obedientemente, dirigiu-se para onde Tristão estava deitado e acomodou-se com um suspiro suave no chão ao lado do rapaz. Isolda suspirou e murmurou:

— Cachorro querido!

Tristão mexeu-se e resmungou algo incompreensível no sono. Devagar, Isolda levantou-se e foi ajoelhar-se no outro lado dele. Observou-o por longo tempo, viu o subir e descer da sua respiração, percebeu-lhe no rosto não só o menino com que havia crescido, como também o homem que ele era agora. Antes de poder controlar-se, estendeu a mão e suavemente traçou, com um dedo, uma linha desde a têmpora até o maxilar do rapaz. Ela teve sorte por ele ter tomado a poção de papoula. Sem estar narcotizado, ele não teria permanecido dormindo a esse toque. Ele tinha o hábito — como soldado que era — de despertar ao menor barulho ou toque.

— Eu... — Isolda começou a dizer, mas sua voz falhou, e ela precisou fechar os olhos com força para impedir mais uma vontade ardente e incômoda de lágrimas. "Além disso" — ela pensou —, se não fui capaz de dizer isso antes, certamente não vou dizer agora". Assim, ela se obrigou a olhar mais uma vez para ele, inalou um suspiro e sussurrou brandamente: — Adeus, Tris.

Em seguida se levantou e foi embora.

Livro III

Capítulo 15

— O que você me pede é absolutamente inacreditável.
Isolda fez uma reverência e reconheceu:
— É, eu sei que é.
A mulher à sua frente esperou, com a cabeça inclinada, como se incitando Isolda a continuar, mas a moça não disse nada, e a mulher finalmente bafejou entre os dentes e tamborilou os dedos nodosos e de veias azuis na mesa de madeira que as separava.
Madre Berthildis, da Abadia de São José, era uma anciã quase incrivelmente feia. Era pequena e rechonchuda, a cabeça impelida para a frente apoiada em ombros arredondados e um rosto amarelo semelhante ao de um sapo, com minúsculos olhos negros e astutos. Esses olhos analisaram Isolda intensamente por um instante, antes de ela dizer:
— Olhe aqui, se você me dissesse por que deseja uma audiência com o Rei Cerdic, ou mesmo como você se chama, eu poderia, sem dúvida, apresentá-la a ele.
— Desculpe, mas não posso. — Isolda sacudiu a cabeça. — Em seu próprio benefício, como já disse, não meu. Eu não a poria em perigo ao fazer da senhora minha cúmplice do assunto de que venho tratar aqui. Não creio que sua posição esteja tão protegida ao ponto de a senhora poder se dar ao luxo de assumir riscos desnecessários com as vidas sob sua responsabilidade.
Madre Berthildis deu um risinho de desdém:
— Seja você quem for, minha jovem, está com a razão. Foi o próprio Cerdic quem nos concedeu este pedaço de terra. Essa foi uma das condições que a esposa dele estabeleceu — que sua alma

descanse em paz – os dedos nodosos traçaram uma breve cruz no ar – quando o desposou. Como você talvez saiba, ela era frâncica[36] e crente em Nosso Senhor Jesus Cristo. Quando seu pai entregou sua mão a Cerdic de Wessex, o trato foi de que ela seria autorizada a praticar sua própria religião, cercar-se de seus próprios sacerdotes, frequentar a missa e fazer donativos para as igrejas e os locais de veneração da maneira que julgasse apropriada.

Sua mão se mexeu para tocar ligeiramente a cruz de madeira pendurada no peito, sobre o hábito negro e simples.

– Ela vinha muito aqui, *Lady* Rotrud, rezar pela alma do marido. Não que... – Madre Berthildis riu com desdém mais uma vez – não que isso tenha adiantado nada que eu pudesse ver. E sem dúvida Deus Todo-Poderoso, na Sua infinita sabedoria, tem Seu próprio objetivo ao negar ao Rei Cerdic entrada no reino dos que creem Nele e nos santos. Mesmo assim – os penetrantes olhos negros se concentraram em Isolda – nossa posição aqui é precária, como você disse. Cerdic é pouco paciente com a igreja ou os ensinamentos de Cristo, ainda menos desde que sua esposa *Lady* Rotrud morreu de parto faz dez anos. Ele pode a qualquer hora resolver retirar seu apoio à abadia, e até anular o acordo que nos concede nossas terras e as colheitas que nos mantêm vivas e alimentadas. Como abadessa, sou responsável pelos cuidados com a abadia, e com a manutenção das trinta irmãs que aqui vivem e veneram a Deus, para não citar as almas extraviadas que atravessam nossos portões todos os dias implorando abrigo ou esmola.

Isolda inclinou a cabeça mais uma vez e disse:

– Madre, eu sei disso.

Ela havia sido uma das almas extraviadas a passar pelos portões da abadia naquele dia, entrando furtivamente com um grupo de famílias maltrapilhas, homens e mulheres e crianças com

---

[36] Antiga tribo germânica. (N.T.)

olhares famintos, com seus pertences amarrados em embrulhos nas costas ou carrinhos bambos. Ela havia deparado com eles na estrada pouco depois do amanhecer naquele dia e se havia incorporado ao grupo, sabendo estar mais segura como parte de um bando de viajantes do que sozinha. As crianças haviam dançado em redor dela por algum tempo, perguntando-lhe de onde viera, implorando comida ou moedas. Os demais, entretanto, simplesmente a olharam com olhos opacos e vazios que pareciam não a ter visto ou a olharam de relance e depois foram rapidamente embora. Obviamente temerosos de que, se admitissem sua presença – ao falar com ela –, poderiam ser instados a ajudá-la.

Daka tinha razão: as tropas de Cerdic estavam acampadas em redor da abadia. Era o pôr do sol quando Isolda e seus companheiros viajantes chegaram ao seu destino, e ela viu as fileiras bem organizadas das barracas de guerra na colina além das paredes da abadia ao se aproximar do portão. Lá dentro o pátio de entrada estava apinhado e alvoroçado com a confusão causada pelo nobre hóspede. Criados, tratadores e cavalariços – obviamente empregados de Cerdic – corriam de um lado para outro, e talvez trinta soldados estavam posicionados como sentinelas nas proximidades das muralhas externas.

Era o início da noite, e todo o corpo de Isolda parecia ter sido golpeado por pedras, mas a moça já havia ultrapassado a fadiga e se sentia inquieta há horas. Seus nervos estavam retesados, e a tensão de se manter imóvel na cadeira de madeira dura que a abadessa lhe cedera estava lhe causando dor. Seus pensamentos – por mais que ela tentasse detê-los – continuavam a brotar-lhe na mente e lembrá-la de Tristão. Vendo-o adormecido, quando o deixou na floresta na noite da véspera. Tentando imaginar o rosto dele quando acordou e percebeu que ela se fora. Perguntando-se se ele havia ficado zangado ou apenas aliviado.

Com esforço, Isolda obrigou-se a voltar ao presente, às acomodações pequenas de pé-direito baixo de Madre Berthildis no convento. E à mulher sentada à sua frente, do outro lado de uma mesa de madeira simples onde estavam uma travessa com pão integral e dois copos de vinho. Os olhos de Madre Berthildis concentravam-se no rosto de Isolda, e uma ruga mais profunda lhe atravessava as rugas mais finas da testa.

– Muito bem – ela disse. – Já que não me quer contar nada sobre você mesma, suponho que eu possa fazer isso em seu lugar.

Uma sobrancelha levantada incitou a resposta de Isolda, que disse:

– Como a senhora quiser.

A abadessa uniu os dedos em oração, pousou-os no lábio superior e analisou o rosto de Isolda de novo. Com sua feiura semelhante à de um sapo, seu olhar negro intenso era penetrantemente perspicaz. Sentar sob seu exame minucioso – Isolda pensou – era como enfrentar uma rajada de vento invernal que lhe atravessava cortantemente o manto e a roupa até os ossos.

Entretanto, quando a abadessa falou, foi mais para si mesma do que para Isolda:

– Vejo diante de mim uma moça que não me diz seu nome nem de onde vem, mas sua roupa é de boa qualidade, mesmo manchada e empoeirada por uma viagem que certamente já dura algum tempo. Além disso, seus modos, sua voz, na verdade, todos os seus movimentos, revelam sua criação e refinamento. É evidente que não é uma jovem mendiga qualquer, à procura de esmolas.

Madre Berthildis fez uma pausa, e, como Isolda não dissesse nada, prosseguiu; sua voz ligeiramente vacilante de anciã ficou áspera:

– Como os olhos dela parecem dois buracos queimados num tapete, vou me arriscar a supor que dormiu mal nas últimas noites, se é que chegou a dormir. – Ela voltou a levantar uma sobrancelha. – Será que você me interromperá se eu estiver errada?

– Se for possível...

A abadessa ficou em silêncio por um momento, dando tapinhas com os dedos postos em feitio de oração pensativamente no queixo.

— Essa jovem aparece no meu portão, pede para falar comigo, confirma que o Rei Cerdic de Wessex é um hóspede sob o meu teto. Ela me assegura que, embora não me possa dizer quem é nem qual o objetivo de sua viagem até aqui, não vai mentir pra mim, nem me contar meias-verdades. Então, sem a menor cerimônia, ela me pergunta se pode narcotizar a sentinela de Cerdic esta noite para que possa tentar uma audiência particular com o rei.

Madre Berthildis parou; os astutos olhos negros fixos mais uma vez em Isolda, e de novo Isolda teve a sensação de que o olhar intenso da mulher mais velha a atravessava, lia-lhe os pensamentos, percebia todos os recantos do seu eu interior. Era óbvio que ela esperava uma resposta, por isso a moça inclinou mais uma vez a cabeça e disse:

— É isso mesmo o que eu peço.

A abadessa deu mais um risinho de menosprezo:

— Você não se assusta facilmente, não é? Conheci homens fortes que cederam e acabaram admitindo crimes que haviam negado quando olhei para eles dessa maneira.

Isolda sorriu e disse:

— Estou certa de que isso é verdade.

Por um demorado momento, fez-se silêncio no recinto pequeno e mobiliado de modo humilde; em seguida, Madre Berthildis curvou a cabeça de repente e falou:

— Está certo.

Isolda ficou tão surpresa que, por um instante, achou que a exaustão estava fazendo com que seus ouvidos a estivessem enganando:

— A senhora acabou de dizer que...

— Eu disse que está certo. — A voz da anciã demonstrou impaciência. — Isso é importante, não é?

Ainda atônita e quase sem poder falar, Isolda assentiu com a cabeça, e a abadessa se pôs de pé com esforço. – Então estamos combinadas. Cristo nos ensinou a tratar com generosidade os estranhos surpreendidos pela noite que procurassem refúgio em nossas portas. – Um traço de humor apareceu por um momento no rosto enrugado de Madre Berthildis e ela acrescentou: – Reconheço que seu pedido não é provavelmente o que Ele tinha em mente, mesmo assim acredito em estender a mão para os necessitados e – novamente seu olhar negro e intenso examinou o rosto de Isolda – em confiar naqueles que julgo merecedores.

A rápida demonstração de inesperada solidariedade ou bondade no olhar soturno da mulher causou um nó repentino na garganta de Isolda, mas, antes que ela pudesse falar, Madre Berthildis virou-se, foi até a única e sólida prateleira de madeira no aposento e pegou um volume pesado, encadernado em couro, com uma cruz gravada. Ela colocou o livro na mesa à frente de Isolda e virou-se para encará-la:

– Você pode – todo o traço de solidariedade desaparecera – pôr a mão no livro da palavra santa de Deus e jurar que as sentinelas não sofrerão nenhum dano duradouro causado pela infusão que vai colocar na cerveja delas?

Isolda levantou o olhar, que encontrou o da abadessa:

– Se a senhora assim deseja, eu farei isso, mas, como a senhora mesma disse, prometi não mentir, e devo dizer-lhe que jurar sobre a Bíblia não significa para mim o que significa para a senhora.

Por mais um prolongado espaço de tempo, o olhar ferozmente soturno de Madre Berthildis encarou o de Isolda, e então, lentamente, a abadessa inclinou a cabeça. Isolda pensou: "É provável que não lhe tenha dito nada que já não soubesse, e o pedido dela foi apenas mais um teste de boa-fé". Ela se obrigou a sentar enquanto a idosa franziu a testa, aparentemente perdida em pensamentos, e em seguida curvou a cabeça de novo.

— Muito bem. — Ainda uma vez, os olhos negros encontraram os de Isolda, mas desta vez a moça percebeu que a expressão deles se havia suavizado, e talvez houvesse até uma sombra de solidariedade. — Sendo assim, então você jura pelo que de mais precioso tiver deixado para trás ao vir aqui?

Mais uma das lembranças pungentes do rosto adormecido de Tristão percorreu de modo rápido a mente de Isolda. Ela fechou os olhos para esquivar-se dela por um instante e da pressão de lágrimas ardentes que lhe surgiram nos olhos. Se se permitisse pensar muito em Tristão, ficaria lá sentada chorando até que todos os fragmentos das últimas reservas de força a que estava recorrendo se escoassem.

Ela suspirou e olhou para a mulher mais velha, forçando-se a falar de maneira tão firme quanto antes:

— Juro pelo que deixei para trás, por tudo que me é caro, que não causarei nenhum dano às sentinelas de Cerdic. Os homens vão apenas dormir, e acordarão de manhã de um sono profundo.

Isolda esperou mais um silêncio, mais um olhar penetrante dos pequenos olhos negros, mas Madre Berthildis apenas inclinou rapidamente a cabeça e disse:

— Então está certo. A hospitalidade da Abadia de São José é sua. E vou rezar para que, seja lá o que você disser ao Rei Cerdic, receba a atenção dele. — Ela se deteve, e Isolda julgou perceber um indício de sorriso soturno na armadilha fina da boca. — Embora reste saber se minhas orações terão mais sucesso em convencer Cerdic do que tiveram as da esposa dele.

Tristão seguiu o caminho tomando o maior cuidado na floresta escurecida pela noite, confiando em que seus companheiros o seguissem de perto. Ele provavelmente devia comprovar que Eurig e Hereric estavam conseguindo acompanhá-lo, pelo menos em benefício de Hereric, mas não confiava em si mesmo para ficar alerta para o perigo, preocupar-se com seus amigos e conseguir bloquear o peso na sua consciência.

Sim, perfeito. Ele podia até saber que uma dose de xarope de papoula lhe causaria uma dor de cabeça ainda pior que vinho.

Embora, quanto a isso, uma dor de cabeça seria muito melhor companhia do que seus próprios pensamentos, martelando como a mancha roxa de uma contusão. Desde que ele acordou e descobriu que Isolda havia partido.

Apenas por um momento ele desejou que Isolda estivesse à sua frente, não porque ele saberia que ela estava a salvo, mas porque poderia sacudi-la pelos ombros e fazer com que tomasse juízo. Pelos poderes do inferno, o que ela estava pensando?

A não ser que alguma coisa tivesse acontecido a ela. Várias imagens, cada qual mais assustadora do que a última, passaram-lhe pela cabeça. Com esforço, ele as afastou.

Ela havia deixado aqueles sinais para que ele os lesse: *Eu parti. Não me siga.*

Tristão livrou-se de um galho antes que lhe batesse no rosto e se perguntou se ela o havia deliberadamente drogado para poder escapar, mas só por um instante. Isolda era muito corajosa para sua própria infelicidade, e se descontrolava rapidamente ao constatar uma injustiça ou crueldade, ficando de coração partido porque não conseguia curar todo o sofrimento deste mundo maldito. Ela não teria feito isso.

Provavelmente.

Tristão fez uma pausa, os olhos perscrutando a escuridão, e desejou que a lua estivesse mais brilhante, ou as árvores, menos espessas. Exceto se uma patrulha de guardas estivesse carregando tochas flamejantes naquela noite, era muito provável que se deparasse com eles.

Ele sacudiu a cabeça e começou a se mexer de novo, esfregando o espaço entre os olhos. Isolda não o teria enganado para que ele engolisse a poção. Provavelmente. De qualquer maneira, ele fora idiota o bastante para tomar o sonífero que ela lhe dera, deixando-a lá sozinha.

Ele já fizera isso uma dúzia ou mais de vezes, mas voltou a reviver tudo mentalmente, tentando imaginar por que raios ela se teria levantado e partido sozinha. Teria sido por causa de alguma coisa que ele disse?

Ele havia conseguido não dar vazão à fúria impetuosa e inútil que ainda agora provocava espasmos nos músculos e fazia as mãos se cerrarem. De qualquer maneira, não a toda a raiva. Ela não havia precisado do ônus disso acrescido a tudo o mais.

Tristão lhe havia dito que Mark já não significava nada para ele, o que era verdade, mesmo assim ele não podia fugir.

Fazia sentido. Fazia uma merda de sentido que aquele canalha desgraçado aparecesse agora para envenenar sua vida mais uma vez.

De algum lugar à frente, Tristão ouviu o ruído de um galho se quebrando, e ficou gelado.

Havia vozes. Falava-se um dos dialetos saxões do leste. Era muito possível que se tratasse de um bando de homens de Octa.

Ele sentiu que Eurig, às suas costas, também ficou imóvel e silenciosamente sacou a faca do cinto. Num instante, Tristão agarrou a própria faca, virou-se e a aproximou do pescoço de Eurig. O outro homem enrijeceu-se com a surpresa, mas era muito bem treinado e apenas suspirou, assustado.

– Deixe Hereric fora disto – disse Tristão, numa voz tão baixa quanto um sussurro.

Eurig respondeu no mesmo tom:

– Você enlouqueceu? – O luar era apenas o suficiente para ele distinguir a expressão incrédula de Eurig. – Está pensando que a gente vai embora e deixar você aqui para morrer?

As vozes se aproximavam. Tristão ouviu o esmigalhar de folhas debaixo de pelo menos meia dúzia de pés. Comprimiu mais a faca na garganta de Eurig, embora ainda sem forçá-la o bastante para romper a pele.

– Tira Hereric daqui. Promete. Ou juro por todos os demônios do mundo das trevas que mesmo morto eu vou voltar para te atormentar até o fim dos teus dias.

Isolda estava deitada de costas, contemplando o teto de gesso da pequena cela de noviças que Madre Berthildis lhe oferecera pelo tempo em que quisesse permanecer. Ela havia tomado banho e se vestido, comido um pouco da refeição de pão, maçãs secas e queijo que a abadessa lhe dera. Tinha até conseguido descansar um pouco no mesmo colchão de palha onde estava deitada nesse momento. Contudo, estava muito nervosa para dormir, e depois de um tempo levantou-se e foi à cozinha, segundo instruções de Madre Berthildis, para apanhar a bandeja da ceia preparada para os guardas de Cerdic.

As duas sentinelas musculosas e de cabelo louro estavam concentradas num jogo de dados e mal a olharam de relance quando ela lhes entregou a comida e os copos de cerveja, que já continham o restante do suprimento da poção de papoula de Isolda, que ela misturara nos copos quando atravessou o pátio da abadia para chegar à ala dos hóspedes. A essa altura ela estava mais uma vez deitada no leito de palha farfalhante, marcando a hora segundo o ruído do arrastar dos pés das freiras que se dirigiam à capela para rezar.

Finalmente, quando achou que já era tempo de o sonífero haver funcionado, Isolda levantou-se, com o coração acelerado, pôs o manto sobre os ombros e embrenhou-se na noite.

Quando entrou na ala de hóspedes da abadia, seu estômago se contraiu, prevendo o que encontraria, mas a poção de papoula havia dado certo. Ao chegar à entrada dos aposentos de Cerdic, verificou que as duas sentinelas estavam profundamente adormecidas, largadas com as costas contra a parede, roncando levemente e com as lanças e escudos pintados caídos no chão sem ninguém para vigiá-los.

Isolda olhou por um momento para os homens, depois passou por cima dos corpos deitados e abriu a pesada porta de madeira com um empurrão.

Dentro estava tudo escuro, exceto pelas chamas de uma fogueira, mas, depois do trajeto pelo pátio escurecido, seus olhos já estavam adaptados à noite. Ela conseguiu apenas distinguir uma forma de homem sentado em frente às chamas, o rosto na sombra da luz às suas costas. Por um instante o silêncio foi tão absoluto que Isolda conseguia ouvir seus próprios batimentos cardíacos. Então a voz árida de um idoso falou, vindo das sombras:

— Bem, já faz muito tempo que uma linda jovem não vem aos meus aposentos à noite... Posso saber quem é você?

O Rei Cerdic de Wessex era um homem velho. "Quase tão velho" – pensou Isolda – "quanto Madre Berthildis devia ser". Sua barba era branca, disposta numa só trança comprida que lhe chegava quase ao peito. Ele usava o longo cabelo branco como a neve com vários fios esparsos trançados, com as pontas revestidas de ouro. Suas mãos também estavam rígidas de anéis de ouro de guerreiro, e a pele era tão fina quanto um pergaminho, com veias azuis, e salpicadas de pontos castanhos. Entretanto, o que surpreendeu Isolda quando olhou para o rei saxão não foi a idade entalhada em todas as linhas do rosto; o que a atingiu como um soco na boca do estômago foi que os traços do rei, apesar do ouro, do cabelo trançado e das cicatrizes de batalhas no nariz, eram um reflexo dos de seu neto.

A pele podia estar se soltando dos ossos das maçãs do rosto e do maxilar firmemente determinado, mas Cerdic tinha os mesmos traços magros, e as sobrancelhas ligeiramente inclinadas, de Tristão. E também os mesmos olhos incrivelmente azuis. Isso havia provocado uma leve tonteira em Isolda quando ela entrou no recinto, e lhe causou uma sensação de amargo divertimento. Era evidente que o destino se recusava a impedi-la de pensar em Tristão ou esquecer, mesmo por um instante, que a filha de Cerdic tinha sido mãe de Tristão.

Ela já havia esclarecido quem era e como chegara aos aposentos particulares do rei. A essa altura, estava sentada na dura cadeira de madeira oferecida por Cerdic e esperava em silêncio pela resposta dele.

Cerdic havia acendido um lampião, usando um graveto que ardia na lareira, de modo que o aposento ao redor deles estava iluminado por um brilho tremulante laranja. O recinto era quadrado, muito simples, com paredes de gesso caiadas e o chão coberto de juncos. Mas peles – de lobo prateado e urso negro – haviam sido penduradas para proteger o rei das correntes de ar, uma imensa cama cortinada havia sido erguida num canto e um conjunto de taças de ouro em alto-relevo estava disposto na única mesa. Obviamente, Cerdic havia trazido seus próprios objetos de conforto para mobiliar o aposento durante sua estada.

Cerdic analisava Isolda impassivelmente; o rosto magro também se concentrava em ocultar seus pensamentos, como Tristão sempre fizera. Era impossível saber o que ocorria atrás do olhar azul cauteloso, ou adivinhar se ele estava aborrecido com a intrusão à meia-noite em seus aposentos particulares. "É impossível até" – pensou Isolda – "adivinhar se ele acredita ou não em mim". O rei saxão usava um pesado manto forrado de pele sobre uma túnica de linho, e no peito um maciço colar de ouro cravejado de pedras escarlates que brilhavam como gotas de sangue.

Quando afinal ele falou, sua voz era frágil e decrépita:

– Bem, *Lady* Isolda de Cammelerd, que me deseja dizer?

O rosto de Isolda deve ter expressado parte da sua surpresa, porque Cerdic fez um gesto de impaciência. Ele falava a língua britânica com sotaque apenas levemente gutural, o que fez Isolda lembrar-se de que, se o pai dele havia sido saxão, a mãe fora bretã, uma princesa de Gwent. Uma última relíquia do reino do

Rei Vortigern, que havia buscado aliar-se aos invasores saxões em vez de combatê-los.

— *Lady* Isolda, se a senhora tiver a felicidade — ou talvez eu devesse dizer a infelicidade — de chegar à minha idade avançada, descobrirá que força é algo que deve ser acumulado da mesma forma que um lobo protege sua presa, o animal que abateu. Aprende-se a ignorar tudo o que apenas solapa inutilmente a força: a raiva, por exemplo. Os prazeres da cama. E o medo.

Ele fez uma pausa, observando-a com olhos ligeiramente velados, de forma que Isolda se lembrou de um gavião dourado olhando de uma grande altura para o solo lá embaixo.

— Não tenho dúvida de que a senhora seja quem afirma ser. Conheci sua avó, e poderia ser ela agora à minha frente, tamanha a semelhança. A senhora é *Lady* Isolda, filha de Modred, herdeiro de Artur. A senhora, segundo seu próprio relato, deu sonífero às minhas sentinelas e enfrentou grande dificuldade para conseguir uma audiência comigo. É óbvio, então, que o assunto que tem a tratar comigo é importante. Eu poderia esbravejar e gritar sobre sua invasão dos meus aposentos particulares, ou sobre o tratamento dado à minha guarda pessoal, embora deva admitir que, se eles foram tolos o suficiente para aceitar comida e bebida das mãos de uma estranha, merecem tudo o que receberam. Por outro lado, qual seria a vantagem de um espetáculo de cólera da minha parte? Nenhuma. No final, estaríamos exatamente no mesmo lugar em que estamos: eu precisando ouvir o que a senhora veio me dizer antes de procurar descansar esta noite.

Ele apontou a cama decorada por tapetes num canto do recinto.

— Mas o senhor poderia convocar outros guardas e mandar que me arrastassem para fora daqui — disse Isolda.

A contração rápida e divertida nos cantos dos lábios de Cerdic foi tão parecida com a de Tristão que o coração dela se apertou dolorosamente no peito.

— É, eu poderia fazer isso — concordou Cerdic —, mas, mesmo eu tendo deixado de sentir raiva, luxúria e medo, confesso que continuo teimosamente curioso. Eu dormiria mal esta noite se não ficasse a par do que trouxe a filha do meu ex-aliado Modred à minha porta.

Embora essa fosse a razão de ela ter ido lá naquela noite, a razão pela qual ela havia partido de Dinas Emrys, Isolda de repente ficou inteiramente sem palavras.

Ela se forçou a respirar fundo para se fortalecer, conscientemente bloqueando todos os pensamentos sobre Tristão, Hereric e Fidach e sua própria fadiga. Apesar das maneiras formais e da voz secamente tranquila, o olhar azul do rei saxão e o rosto magro de traços acentuados indicavam um homem acostumado ao poder e pouco inclinado a se irritar e a suportar tolos. Isolda tinha essa única abertura, essa única oportunidade de convencer o rei a concordar com o trato que iria propor. Se falhasse — ou se ele simplesmente se recusasse a se aliar contra Octa e Mark —, ela sabia que ele não lhe concederia uma segunda audiência.

— Há um boato no exterior — ela disse afinal — de que o senhor está considerando aliar-se a Octa de Kent e, por extensão, a Mark da Cornualha. Dizem que por esse motivo o senhor viajou para cá.

Cerdic não respondeu de imediato. Suas sobrancelhas se uniram e ele franziu o cenho como se para pesar as palavras, e pigarreou:

— Sou um velho, como já disse. E já vivi uma vida de guerra quase constante. Lutei contra Artur em Badon Hill, e vi meus exércitos arrasados e quase destruídos. Lutei ao lado do seu pai em Camlann e quase perdi meu reino e minha vida. É de surpreender, portanto, que eu procure a paz antes de morrer? Que eu deseje viver os anos que me restam em casa, e não em meio à podridão do campo de batalha?

Isolda sacudiu a cabeça:

— Não, mas questiono sua escolha de aliados.

— A senhora se refere a Octa? — Mais um sorriso esmaecido surgiu levemente na boca de Cerdic, acima da barba branca trançada. — Octa da Faca Ensanguentada? Um homem aprende na batalha a respeitar seu inimigo, *Lady* Isolda, isto é, se ele for sábio. E combati Octa de Kent por quase metade de nossas vidas. Ele não é um homem honesto nem bom, mas é um guerreiro a ser temido e, como tal, tem meu respeito.

— Tudo isso pode ser verdade — disse Isolda —, mas eu estava falando de Lorde Mark.

Uma rápida sombra de algo gelado e duro passou no rosto de Cerdic, mas sua voz não se alterou quando ele repetiu:

— Mark?

— Sim. — Isolda esforçou-se para não hesitar, desta vez especialmente, ao citar aquele nome. — O homem que matou sua filha.

— Como? — O som emitido por Cerdic foi o débil exalar de um respirar, nada mais. Como se uma dor com a qual havia convivido durante tanto tempo e estava a ponto de esquecer tivesse de repente sido amenizada. — A senhora tem certeza?

— Absoluta. Tão certa como se eu tivesse presenciado o assassinato.

— Ah! — Cerdic repetiu. O olhar azul tornou-se remoto por um instante, olhando além de Isolda para alguma coisa. — Eu me perguntava. Sempre me perguntei isso, mas não podia, é claro, ter certeza. — Ele ficou em silêncio, depois sacudiu a cabeça, seu olhar voltando do passado para encontrar o de Isolda. — Fico satisfeito em saber disso antes de morrer, e lhe agradeço por me haver posto a par do ocorrido, mas o que a senhora disse não muda nada.

— Nada?

Apesar de se esforçar, Isolda não conseguiu evitar que sua voz assumisse um tom árido, e se perguntou se Cerdic se aborreceria. Ao invés disso, porém, ele disse, sem mudar de expressão:

— A senhora veio me perguntar se eu me aliaria à Bretanha contra Octa e Mark. Esse é seu objetivo, não?

Qualquer coisa que não fosse uma resposta direta seria — Isolda sabia — um erro, por isso disse simplesmente: — É, e o senhor vai me dar sua resposta?

Cerdic a olhou intensa e diretamente:

— Minha resposta é não. Por que deveria eu concordar?

— Sua própria mãe nasceu na Bretanha.

Os ombros de Cerdic se contraíram impacientemente.

— É verdade, e ela morreu ao dar à luz a peste que urrava — meu irmão — quando eu tinha cinco anos. Tenho uma única lembrança dela: ela me esbofeteando o rosto por quebrar uma jarra de cerveja. Isso foi há uma vida, uma vida de um velho. Minha resposta continua a ser negativa. Não farei nenhuma aliança com a Bretanha. E, se a proposta de Octa nos próximos dias for aprovada por mim, farei a paz entre nós e jurarei uma aliança de fidelidade a ele.

— Mesmo sendo o próprio Octa aliado de Mark?

Cerdic pegou uma das taças de ouro com relevo na mesa perto do seu cotovelo, serviu vinho e bebeu tudo, antes de responder numa voz monótona e quase ríspida:

— *Lady* Isolda, neste instante as tropas de Octa estão reunidas a menos de meio dia de viagem daqui. E daqui a dois dias Octa vai chegar a cavalo a esta abadia, para me estender a mão da paz.

Isolda começou a falar, mas ele ergueu uma das mãos e a interrompeu:

— Mão essa que, embora sendo de paz, brande uma espada. Se eu recusar a oferta de paz feita por Octa, os exércitos dele atacarão. A senhora deve compreender que não estou simplesmente adivinhando nada; essa é a verdade evidente do que vai ocorrer. Baseada no meu conhecimento de Octa e de seu caráter. Eu já tive terras destruídas por Octa. Já vi exércitos dele destruírem minhas tropas como lobos destroçando animais abatidos na caça. Covardia nunca foi uma fraqueza minha, mas tampouco sou tolo. E só um tolo não sentiria medo ao defrontar um ataque de Octa de Kent.

Cerdic fez uma pausa; o rosto enrugado distante como o de uma estátua, sua voz seca, precisa e calma avaliava cada palavra:

— Na última vez em que houve um combate direto entre nós, vi cem ou mais de meus homens capturados por Octa empalados em estacas pontudas ao longo da estrada, como uma floresta de cadáveres. Alguém que estava lá me disse que alguns dos homens levaram dois dias para morrer. Como a senhora viu, minhas forças estão reunidas do lado de fora destas paredes. E, em números e nas habilidades de combate, nós nos equiparamos às forças de Octa. Mas é uma disputa praticamente igual. Não posso dizer se venceríamos ou perderíamos, mas o que posso dizer com certeza é que uma luta entre nós seria uma carnificina. E na minha vida já vi campos demais banhados em sangue e já combati em batalhas demais.

Cerdic fez mais uma pausa e esfregou as mãos magras e de veias azuladas:

— Cheguei ao crepúsculo da minha vida, *Lady* Isolda. Já não tenho vontade de matar, nem de ver homens morrerem em meu nome. Às vezes penso que as vidas que eliminamos estão irreversivelmente unidas às nossas. Há dias em que poderia jurar que sinto o peso dos homens que matei como uma pedra moleira em redor do pescoço. Não quero tornar esse peso mais pesado do que já é.

O rei saxão parou e voltou a esfregar as juntas da mão direita, como se elas doessem sob os pesados anéis de ouro. Nesse momento, ele não parecia nem um falcão dourado nem um rei, mas simplesmente um ancião exaurido que queria apenas beber seu vinho e descansar na sua cama.

— Nós saxões conhecemos bem duas coisas, *Lady* Isolda: agricultura e guerra. Chegamos a esses litorais famintos de terras, prontos para lutar com machado e espada para torná-las nossas. Hoje em dia, porém, não tenho condições de arar a terra nem de brandir uma espada. Durmo mal. Para mim, o tempo já é um ônus. Está na hora de eu analisar os anos da minha vida, de sentir a dor de incontáveis ferimentos de antigas guerras e de reviver atos que cometi quando jovem.

Deu mais um suspiro alquebrado e então disse, com súbita violência:

— Que os deuses a protejam, *Lady* Isolda, e a impeçam de viver muito para não meditar sobre quem é e no que se transformou.

Alguma coisa no seu tom de voz fez Isolda pensar de repente em Morgana, contemplando com olhos tristes as águas de profetisa na véspera da batalha de Camlann. A lembrança do rosto de Morgana surgiu à sua frente, embora a imagem estivesse sombreada, menos nítida do que há noites atrás na ilhota artificial.

Cerdic prosseguiu, e sacudiu a cabeça:

— Mas hoje eu sei quem sou, claramente; pelo menos mais claramente do que quando era jovem. Sou pouco afetuoso e muito orgulhoso. É possível que eu tenha amado minha filha, aliás, acho que amei mesmo, mas não me consigo lembrar com nitidez. — Ele sacudiu de novo a cabeça, o cabelo cor de neve roçando a gola da túnica. — Mal me lembro da aparência dela.

Cerdic contraiu os olhos brevemente, e, quando voltou a olhar para Isolda, o cansaço e o peso da idade lhe escureceram o olhar intenso e incrivelmente azul.

— Eu ainda não tinha trinta anos, *Lady* Isolda, quando atravessei o oceano para chegar a estas praias com meus homens; tudo o que tínhamos estava apertado em três chatas fedorentas e manchadas de sal que cheiravam a cerveja, urina e vômito, tantos eram os homens a bordo. Eu esculpi um reino, reguei seu solo com o sangue e o suor dos meus melhores combatentes. E mantive esse reino com firmeza durante toda a vida. Agora estou velho e meus ossos doem. Minha visão começa a falhar. Da próxima vez em que eu embarcar num barco com quilha será quando meus ossos forem postos a bordo e incinerados numa pira funerária para me levar para um banquete de javali com os guerreiros do salão de Woden[37]. Mas ainda tenho orgulho suficiente para não desejar que meu derradeiro ato como rei de Wessex seja uma derrota humilhante. Se acontecer uma última batalha campal entre nós – se o lado de Octa vencer –, Octa vai devastar Wessex como uma porca-do-mato no cio: vai escravizar as crianças, chacinar os homens, fazer as mulheres de prostitutas para suas tropas. Por tudo isso, sim, embora Octa seja aliado de Mark, que assassinou minha filha, pretendo aceitar as condições de paz que ele propuser. Se a senhora chegar a viver tanto quanto eu, poderá talvez compreender minha escolha, e até verificar que faria o mesmo.

Isolda teve uma sensação gélida de impotência. *Espere a derrota, só tem você mesma a agradecer se for isso que receber,* repetiu-lhe a Morgana imaginária.

– Talvez – ela disse afinal –, mas espero não viver tanto que não possa perceber que a paz baseada em um acordo com um homem como Mark será essencialmente espúria.

Cerdic, porém, apenas sacudiu a cabeça e disse:

– Pode ser... Sim, talvez seja mesmo, mas temos um ditado, *Lady* Isolda: *Gae??? a wyrð swa hio scel*, ou seja: O destino segue o que for determinado. Se as fiandeiras que tecem o destino de nossas vidas determinaram que Octa e Mark se apossarão da Bretanha, isso acontecerá. Nada que eu ou a senhora possa fazer será um obstáculo para eles. – Ele fez uma pausa, levou o copo dourado mais uma vez à boca e depois o pôs de volta na mesa. – Lamento desapontá-la, *Lady* Isolda. Admiro sua coragem, e os deuses sabem que eu tinha seu pai em alta consideração, preferi-

---

[37] Woden é um deus no paganismo anglo-saxão.

ria cem vezes aliar-me a ele do que a Octa e Mark, mas Modred jaz enterrado com Artur em Camlann, e nós, que permanecemos vivos, devemos viver nossas vidas e proteger o que é nosso da melhor maneira possível. Mantenho minha resposta: a Bretanha deve ficar sozinha na luta contra Octa e Mark.

Houve uma pausa em que Isolda procurou por uma resposta, e então, interrompendo o silêncio que caiu entre eles como uma rocha, ouviu-se o som de alguém golpeando a porta externa do aposento. Um momento depois, a porta se abriu subitamente e por ela entrou um homem – devia ser mais uma sentinela de Cerdic, a julgar pelo colete de couro, a lança e as duas facas que levava no cinto. Olhou, estupefato, de Cerdic para Isolda, e depois de muita demora prostrou-se de joelhos, e inclinou a cabeça.

– Perdão, milorde.

Isolda conhecia o suficiente da língua saxônica para compreender essas palavras, mas teve de adivinhar as demais. Entretanto, de acordo com os gestos dele, estava gaguejando que havia visto a sentinela desacordada do lado de fora da porta e temera pela vida de Cerdic.

Isolda percebeu a fadiga de Cerdic desaparecer e viu-o vestir a capa da realeza como um manto, ao ficar de pé. Sua voz tinha um tom metálico e seus olhos, quando olhou para o guarda, estavam gélidos. Ele também se expressou na sua língua materna, de modo que Isolda conseguiu apenas captar uma palavra ou duas aqui e ali: Eu... bem... vou ver... explicar... depois vá.

A sentinela era um rapazola, talvez com dezessete ou dezoito anos, não mais do que isso. O cabelo estava preso em duas compridas tranças, e a barba estava desordenada. Ele gaguejou uma torrente de palavras das quais Isolda só compreendeu muito poucas, que tinham a ver com um grupo de homens que procurava refúgio na abadia. Um deles estava muito ferido, talvez até morto.

Então de repente Isolda se sentou, ereta; a surpresa das palavras do guarda momentaneamente lhe escureceu a visão e lhe interrompeu a audição. Se ela havia compreendido bem as palavras saxônicas, o jovem acabara de dizer que dois dos homens tinham a pele negra como a noite, e que um terceiro tinha apenas um braço.

Passou um minuto antes de Isolda se dar conta de que Cerdic estava de frente para ela falando, usando a língua bretã mais uma vez:

– Peço-lhe que me dê licença. *Lady* Isolda. Meu soldado Ulf me disse que um grupo de homens afirma ter sido agredido por uma das patrulhas de Octa que atacam de surpresa, mas que, por sua aparência e pelas armas que carregam, esses homens são também combatentes, talvez enviados por Octa para agir como espiões. Eu...

O resto das palavras de Cerdic, porém, não foi absorvido por Isolda. Todos os seus instintos clamavam para que ela corresse, que saísse dali antes de ouvir mais alguma coisa. Ao mesmo tempo, contudo, estava assustadoramente certa de que nada podia fazer exceto saber a verdade, comprovar com os próprios olhos o que havia acontecido. Sua garganta estava ressecada, e ela precisou engolir em seco antes de conseguir falar:

– Por favor – disse a Cerdic, e ficou remotamente surpresa ao verificar que conseguiu manter a voz tão firme quanto antes: – permita-me acompanhá-lo até esses homens. Sou curandeira. Se algum deles foi ferido, talvez eu possa ser útil.

A sentinela de Cerdic conduziu o percurso além das celas da abadia onde Isolda estava hospedada. Cerdic caminhava com a postura vacilante de um velho, os passos dolorosamente lentos, de modo que Isolda precisou cerrar as mãos para não gritar para que ele se apressasse enquanto se dirigiam aos aposentos da abadessa, os mesmos aposentos onde Isolda se havia sentado com Madre Berthildis horas antes.

Ela sentia como se fosse se quebrar em duas se a caminhada durasse mais um único momento e, ao mesmo tempo, desejava ardentemente que o trajeto não terminasse.

A essa altura a porta dos aposentos da abadessa abriu-se com uma guinada, e Isolda ficou imóvel e gelada à porta, incapaz de mexer qualquer músculo do rosto. Uma voz na sua cabeça repetia sem parar: *Por favor, por favor, não permita que isto esteja acontecendo. Permita que seja apenas um pesadelo, um engodo. Por favor, por favor, por favor, não permita que isto esteja acontecendo.*

Uma só lamparina a óleo queimava sobre a única mesa do recinto, lançando uma luz amarela bruxuleante no aposento de pé-direito baixo. Eurig estava num dos lados; o rosto redondo e feio era uma máscara tensa de infelicidade. Hereric estava a seu lado, expressando fadiga em todas as linhas da compleição corpulenta e o rosto molhado de lágrimas. Piye e Daka apoiavam-se na parede, braços cruzados no peito, duas sentinelas gêmeas impassíveis e vigilantes. E, num banco baixo de madeira, com Madre Berthildis debruçada sobre ele...

Isolda achou que ele parecia quase exatamente como quando ela o havia deixado dormindo na floresta na noite da véspera. O rosto de Tristão estava tranquilo, os olhos fechados. Exceto pela mancha de sangue que lhe ensopava um lado inteiro da túnica, e um proeminente arranhão na têmpora, ele realmente poderia estar apenas adormecido.

Isolda sentiu-se estranhamente desprendida, como se estivesse observando a si mesma e a todo o resto da cena de uma grande altura. A voz no canto de sua mente estava chorando, gritando e encolerizada à injustiça daquilo: a de que ela havia abandonado Tristão para impedi-lo de se contundir. E nesse instante, menos de um dia depois, ele jazia à sua frente, gravemente ferido, ou...

Não, não estava morto. Isolda sentiu o nó apertado no seu peito se afrouxar, embora só um pouquinho, e suspirou pela primeira vez desde que entrou no aposento. Mal se dando conta de que se havia mexido, ela se jogou de joelhos ao lado do rapaz e verificou o latejar de sangue no pescoço dele. Estava assustadoramente fraco, mas, não obstante, pulsava. Tristão estava vivo.

Ainda com a sensação estranha de estar observando de certa distância o que fazia, Isolda ouviu-se dizer a Cerdic que conhecia aqueles homens e que nenhum deles trabalhava para Octa, e que ela poderia atestar por todos. Dando uma espécie de resposta às perguntas que Eurig e os demais faziam. Respondendo a Madre Berthildis numa voz metálica e oca, e estável demais a seus próprios ouvidos. *Sim, sou curandeira. Sim, por favor mande alguém apanhar minha sacola de medicamentos: está na cela que a senhora me concedeu para passar a noite. Muito obrigada. Sim, vou precisar de água limpa e também de ataduras.*

Ela examinou Tristão à procura de lesões, além do ferimento óbvio no lado do corpo. Comprimiu suavemente seus braços e pernas, apalpou-o para ver se havia ossos quebrados. Deu um suspiro. E mais outro. Manteve os dentes cerrados porque de outra forma o lamento na sua mente lhe arrebentaria o peito e se manifestaria sob a forma de um soluço ruidoso.

Nada estava quebrado, a não ser as costelas partidas, embora, quando ela retirou dele as peças de roupa imundas e ensopadas de sangue, tenha verificado que o corpo inteiro do rapaz estava marcado por arranhões em carne viva e acentuadas escoriações escurecidas. O pior, porém, era obviamente o corte profundo no lado do corpo – aparentemente causado por um golpe de espada –, que o atingiu bem debaixo das costelas. Profundo e horrível, o ferimento havia sem dúvida sangrado muito. Isolda pensou que era espantoso não ter sido fatal.

Ela engoliu em seco e olhou para Eurig, que era o mais próximo dela. Madre Berthildis buscara a água e as ataduras pedidas por Isolda, e Cerdic também havia saído do local, deixando seu jovem guarda Ulf posicionado do lado de fora da porta. O rei saxão podia acreditar que Isolda fosse quem afirmava ser, mas obviamente não havia mantido o poder por tanto tempo por deixar de se proteger do risco desnecessário de quatro desconhecidos. Ainda assim, pelo menos por enquanto, Isolda e os outros estavam sozinhos.

– Que aconteceu? – Isolda perguntou a Eurig.

O olhar intenso de Eurig estava fixo no corpo imóvel de Tristão, e ele sacudiu a cabeça e esfregou uma das mãos na cabeça calva antes de responder:

– Fidach descobriu hoje de manhã que vocês haviam ido embora, vocês dois. Ele quase estourou de tanto gritar quando soube que vocês não estavam no acampamento, e aí mandou todos nós – o bando inteiro – à procura. A ordem era levar vocês de volta vivos. Então nós todos – Eurig fez um gesto que incluiu ele próprio, Hereric, Daka e Piye – tomamos a direção que achamos que você tinha tomado. A gente pensou que tinha maior oportunidade assim de alcançar vocês antes do resto. Nós chegamos às matas a oeste daqui e nos separamos. Hereric e eu fomos por um caminho, e Piye e Daka por outro. A gente queria ter as maiores possibilidades de rastrear você. Hereric e eu demos de cara com Tristão e o seu cachorro mais ou menos ao meio-dia.

Isolda sentiu uma pontada de remorso ao se dar conta de que nem lhe havia ocorrido perguntar sobre Cabal. Sua garganta se contraiu quando ela engoliu em seco de novo.

– E Cabal? – ela perguntou. – Ele está...

Eurig sacudiu a cabeça e respondeu:

– Não. De qualquer jeito, acho que ele não estava machucado, apesar de que... – A voz de Eurig baixou, e ele evitou olhar nos olhos de Isolda:

– Pode me contar – ela disse –, por favor.

Constrangido, Eurig levantou o olhar e encarou Isolda:

– Bem, a verdade crua é que ele foi atrás de quem fez isso. – Ele fez um movimento abrupto com a cabeça na direção de Tristão. – Então, se ele pegou *eles*...

Ele não precisou concluir. Isolda assentiu com a cabeça, dispersando a ideia de Cabal atacando um grupo de guerra, sendo atingido por uma saraivada de lanças, morrendo sozinho e em agonia no meio do chão coberto de folhas secas na floresta. Ela se culpou por haver deixado Cabal para trás, com a ordem de proteger a vida de Tristão. "Agora não é hora de pensar nisso" – ela ponderou. – "Se você for pensar nisso, não vai ajudar Tristão em nada."

– Quem fez isso? – ela perguntou, quando teve certeza de que sua voz estaria firme. – Cerdic disse que foi um ataque de surpresa dos homens de Octa.

Entretanto, antes de Eurig poder responder, Madre Berthildis, carregando a sacola de medicamentos de Isolda, entrou no aposento, seguida por outra freira, de hábito negro e véu, com uma bacia cheia d'água e um rolo de panos limpos. Elas colocaram os medicamentos, a bacia e os panos aos pés de Isolda, que ensopou um trapo e começou a limpar o sangue seco do lado do corpo de Tristão. Havia uma espécie de consolo nesse ato, na familiaridade de tarefas que ela já havia desempenhado incontáveis vezes.

O grito perdido e desolado ainda ecoava no seu íntimo, e um sentimento gélido e trêmulo se instalou no seu peito. Ela ignorou ambos, porém, e se concentrou intensamente nas tarefas imediatas de fazer a assepsia do ferimento, lutando com seus pensamentos no caminho familiar das perguntas que ela sempre se fazia em ocasiões como esta: cauterizar o ferimento ou suturá-lo rigorosamente? Tentar fazer com que ele bebesse vinho ou um caldo, ou esperar até ela terminar de cuidar dos ferimentos?

Entrementes, ela avaliava as circunstâncias de maneira tão apaixonada quanto um avarento contando suas moedas de ouro, avaliando os prós e os contras das possibilidades de sobrevivência de Tristão. A seu favor havia a saúde dele, sua forte compleição, sua juventude. Ela conhecia homens que se haviam recuperado de ferimentos como os dele, mas também vira homens morrer quando os ferimentos se transformavam em veneno e ocorria febre. Contra as possibilidades do rapaz, ela precisava acrescentar a apavorante debilidade da sua respiração, o sangue que ele havia perdido e a gélida palidez da pele.

De certa maneira, estava satisfeita porque, fosse qual fosse o artifício da Premonição, ela continuava bloqueada quanto a interpretar Tristão; teria sido difícil agir se tomasse sempre conhecimento da dor dele. Ao mesmo tempo, isso era terrivelmente frustrante. Ela havia crescido habituada à Premonição como um guia ao tratar de ferimentos ou enfermidades. Sem isso, ela se sentia como se estivesse cega ao realizar suas tarefas.

Isolda deu-se conta de repente de que Eurig estava falando, contando-lhe sobre o encontro inesperado com os guardas de Octa. Ela não reparou na maior parte da explicação, e só entendeu o último trecho. Era algo sobre o fato de Tristão haver lutado com cinco sentinelas sozinho para que Eurig pudesse cuidar da segurança de Hereric, que obviamente não tinha condições de lutar.

— Ele nem hesitou. Foi direto desafiar *eles* antes que conseguissem avistar Hereric e eu. Eu não queria deixar *ele*, mas ele encostou a faca na minha garganta e me fez jurar que eu não ia sair do lado de Hereric. Mesmo assim, com ou sem juramento, eu ia lutar com ele até a morte, se fosse preciso, mas ele chamou a atenção dos guardas e depois correu como um doido, afastando eles de nós. Hereric e eu seguimos ele, quebrando os galhos da mata atrás deles como dois porcos selvagens. Quando a gente alcançou os guardas, Tristão tinha feito eles seguirem ele até o alto de uma elevação rochosa. Tem um morro de um lado e uma espécie de penhasco do outro. Eu e Hereric estávamos nas árvores na base do morro e vimos tudo. — Os olhos de Eurig se escureceram à lembrança. – Os homens de Octa tinham encurralado Tristão até a beira das rochas. Ele estava machucado, mesmo a distância dava para ver o sangue ensopando um lado da camisa dele; ainda assim ele conseguiu afastar os sujeitos. Aí, de repente ele atirou a espada no chão e disse: – Minha vida é de vocês, mas me deem um momento para rezar antes de morrer, ou coisa assim. Os soldados de Octa ficaram parados um instante, um olhando para o outro, como se sem saber o que fazer, mas, antes que eles pudessem fazer alguma coisa, Tristão se virou e saltou do penhasco de repente, do mesmo jeito que ele se livrou da espada. Dá pra acreditar?

Isolda subitamente se viu de volta no confinamento sufocante e cheio de fumaça da cabana de Fidach, respondendo às perguntas dele sobre a infância que ela e Tristão haviam partilhado. *Ele sempre foi ensandecido quando se tratava de arriscar a vida num combate?* – Fidach lhe perguntara. E Isolda lhe havia respondido, com um esboço de sorriso que rapidamente desapareceu nos cantos da boca: *Sim, ele sempre foi assim.*

Quer dizer que ele havia se atirado de cabeça de um penhasco! Isso explicava o grande número de arranhões e contusões. Isolda roçou suavemente uma ponta de dedo em uma marca avermelhada no peito dele. "Era outro milagre" – ela pensou – "que ele não tivesse quebrado todos os ossos do corpo, nem tivesse furado os pulmões com as costelas quebradas".

Ela olhou de novo para Eurig e perguntou:

– O que aconteceu depois? Os guardas de Octa não desceram o morro para ver onde Tristão havia caído?

Eurig inclinou a cabeça e disse:

– Pois é, eles podiam mesmo, e vai ver teriam até tentado, mas tinha um trecho de arbustos[38] cheios de espinhos tão altos quanto uma cabeça de homem crescendo na base do penhasco.

---

38 Ou plantas baixas que têm espinhos no caule. (N.T.)

Eles tentaram cortar as plantas com as espadas, e o tempo todo cuspiram e praguejaram com os piores palavrões possíveis, mas acabaram desistindo. Ouvi um deles dizer que, se Tristão ainda não estava morto, isso ia acontecer logo, e que não valia a pena se cortarem todos para terminar o serviço, e aí foram embora. E eu e Hereric – Eurig apontou a cabeça na direção de Hereric – passamos pelos espinhos e libertamos o Tristão.

– Vocês... – Isolda observou pela primeira vez os arranhões que atravessavam o rosto e os braços de Hereric e Eurig. – Se vocês quiserem, posso passar um unguento nisso aí.

Eurig sacudiu a cabeça:

– Obrigado mesmo, *Lady*, mas a gente acha que pode aguentar por enquanto. A senhora se preocupe só com o Tristão.

Madre Berthildis estava de pé ao lado de Tristão, com a cabeça inclinada, mas virou-se para Isolda e perguntou:

– Você precisa de mais alguma coisa?

Isolda, ainda ajoelhada ao lado de Tristão, olhou em redor do recinto para o fogo na lareira, a bacia de rosto, sua coleção de unguentos e pomadas, e sacudiu a cabeça:

– Não, obrigada, madre. Mas estes aposentos são seus, a senhora não gostaria de...

A abadessa interrompeu-a, contudo, com um firme balanço de cabeça:

– Não. Dizem que humildade faz bem à alma. Fiquem onde estão, os aposentos são seus. Vou procurar um leito para passar a noite em uma das celas das noviças. – Ela fez uma pausa, e os olhos pequenos e negros se abrandaram ao olhar para o rosto de Isolda. Ela tocou as maçãs do rosto da moça, a mão seca e fria como pergaminho. – E vou rezar por vocês dois.

Isolda esfregou os braços com as mãos, que formigavam e estavam dormentes. Sentada no chão ao lado do banco onde Tristão estava, ela havia feito por ele tudo o que podia: lavou e passou pomada nos cortes e contusões. Havia limpado e cauterizado o corte da espada no lado do corpo do rapaz, porque isso representava a melhor possibilidade de impedir que o ferimento ficasse envenenado.

Nesse momento ela se sentiu muito grata, ao colocar a faca ardente no ferimento, porque a Premonição não lhe permitiu sentir o sofrimento de Tristão. Ao mesmo tempo, ela havia sentido o nó árido e apertado no peito acentuar-se mais uma vez. Porque Tristão deveria estar gritando quando o metal quente lhe tocou a pele. Em vez disso, ele havia apenas gemido, feito um movimento leve e débil com a cabeça, e em seguida esmorecido inconsciente uma vez mais.

Isolda havia dito aos outros homens para se esforçarem ao máximo para descansar, pois não podiam fazer nada por Tristão ao permanecer acordados. Eles, porém, recusaram-se, e resolveram dividir a noite em vigílias para que um deles ficasse acordado fazendo companhia a ela o tempo todo. Eurig ficou responsável pela primeira vigília e nesse momento estava sentada num banco baixo de madeira perto da pequena lareira do recinto, e ocasionalmente caminhava lentamente pelo aposento, observando a porta e a janela, verificando, segundo supôs Isolda, se tudo estava seguro.

Hereric, Daka e Piye se haviam retirado para a câmara interna dos aposentos de Madre Berthildis: um espaço pequeno quadrado com um tapete, uma cadeira e uma única e estreita bancada para dormir. Isolda esperou que eles estivessem adormecidos. Todos os três pareciam exaustos, e o rosto de Hereric estava com ar cansado e um tom cinzento, o que lembrou a Isolda que mal uma semana se havia passado desde que ele oscilara entre a vida e a morte.

Hereric virou-se, antes de seguir Daka e Piye para a câmara interna, e olhou intensamente para o rosto de Isolda. Sob o reluzir da luz da lamparina, as marcas de lágrimas nas suas amplas maçãs do rosto eram evidentes. *Tristão machucado... Isolda ajuda?*, ele havia insinuado.

Claro que sim, Isolda respondera. Nesse instante, contudo, ela não podia mais ajudar. Havia tentado, em intervalos, fazer com que Tristão bebesse água ou vinho, mas ele não engolira absolutamente nada. Ainda assim, Isolda não conseguia sair de onde estava sentada ao lado dele no chão. A moça simplesmente permanecia sentada abraçando os joelhos, contando todas as respirações assustadoramente débeis de Tristão.

Eurig mal havia falado com ela desde que os outros três homens saíram dali. Isolda ficou agradecida por isso. Tinha pavor de ouvir um dos homens lhe perguntar: *Ele vai viver?* E depois ouvir a própria voz responder com as palavras que mesmo agora lhe comprimiam a garganta: *Acho que não.*

Talvez de manhã ela conseguisse encontrar um fio tênue de esperança e agarrar-se a ele. A esta altura, entretanto, nas altas horas da noite, ela achava ter esgotado todas as últimas sobras de suas reservas de coragem e determinação. Restavam-lhe uma exaustão vazia, sombria e esmagadora, e uma certeza profunda de que Tristão ia morrer. E ela seria totalmente culpada, do começo ao fim, em todas as etapas.

A voz de Eurig lhe interrompeu os pensamentos, fazendo-a assustar-se e levantar os olhos:

— Você não é irmã dele de verdade, é?

Isolda verificou estar cansada demais até para tentar mentir, por isso apenas perguntou:

— Como é que você soube?

Eurig deu de ombros e chegou a sorrir levemente, embora os olhos castanhos estivessem suaves, com uma combinação de solidariedade e preocupação:

— Bem, um detalhe é que eu já tive uma irmã. Nós nos gostávamos, quando não estávamos brigando como gato e cachorro, mas eu nunca vi ela me olhar do jeito que você estava olhando para Tristão agorinha.

Isolda nada disse, e depois de um momento Eurig continuou, esfregando o nariz:

— E talvez eu tivesse também ameaçado arrancar o fígado de qualquer homem que olhasse para ela de um jeito que eu não gostasse; a mesma coisa que Tristão fez com você. Mas, para ser franco, não tenho certeza se eu seria capaz de entrar direto no meu inferno particular pelo bem dela. — Ele lhe dirigiu mais um breve sorriso: — O sentimento de família é bom, mas só leva um homem até uma certa distância.

Isolda tocou de maneira cansada suas maçãs do rosto e perguntou:
— Que é que você quer dizer?
— Bem, acho que não faz mal lhe contar agora. Já quebrei tantos juramentos feitos a Fidach nos últimos dias que eu já devia estar dissolvido numa pilha de pó, mas aqui estou. Foi esse o preço da tarefa cobrado por Fidach para que a gente deixasse você fazer parte do grupo: Tristão ia ter de voltar às minas, ao acampamento de mineração de escravos onde ele e eu fomos prisioneiros, e roubar o suprimento de ouro pago por eles pelo último carregamento de estanho. Tristão...

Eurig prosseguiu, dizendo alguma coisa sobre Tristão, sobre o fato de ele conhecer o aspecto do imundo fosso de um campo de mineração melhor do que qualquer um, de conhecer os movimentos das patrulhas de sentinelas, como entrar e sair sem ser visto. Sobre o que teria acontecido a Tristão se ele tivesse sido um segundo mais lento, se o ambiente ou a guarda tivesse mudado no período em que ele esteve fora.

Mas Isolda já não o ouvia: estava com o olhar concentrado no rosto magro e bronzeado de Tristão, imóvel e quase tranquilo, como se adormecido. A melancolia abruptamente desapareceu, deixando a mente da moça leve e estranhamente esvaziada, exceto pelo último e prolongado eco de uma conversa que ela teve com Kian no seu laboratório em Dinas Emrys, o que parecia ter acontecido há anos.

"Desde aquela época" — ela pensou — "toda esta viagem tem sido uma fuga de alguma coisa". Fugindo da proposta de

Madoc. Dos homens que atacaram o barco. De Fidach e, de certa forma, fugindo até de Tristão. Ela agora havia chegado ao fundo do poço, ao fim, ao ponto onde as terras proeminentes desmoronavam no mar. Não haveria mais fuga, pois não havia lugar para onde fugir.

Lentamente, Isolda pôs-se de pé e virou-se para Eurig, interrompendo-o no que ele estava dizendo:

— Você pode ficar aqui com Tristão um pouco? Ele não vai precisar de coisa alguma; não há nada que nenhum de nós possa fazer por ele por enquanto, mas preciso falar de novo com o Rei Cerdic.

Capítulo 16

Isolda voltou à cela simples que lhe havia sido designada. A vela, a bacia de lavar e o jarro d'água continuavam lá, onde ela os deixara fazia horas. A moça acendeu a vela, esvaziou a bacia, encheu-a de água fresca e a pousou na cama de tarimba. Depois se ajoelhou ao lado da cama e contemplou a superfície de luz vacilante.

Ela já sabia o que planejava fazer, o que *tinha de* fazer, mas, se Mark estivesse lá, num dos acampamentos de Octa de Kent, tudo seria inútil.

Por isso sentou-se imóvel, observando as centelhas fragmentadas da luz refletida na superfície da água, permitindo que sua mente se esvaziasse e sua respiração ficasse mais lenta. E nada aconteceu. Nada. Nenhuma visão familiar de cabanas incendiadas. Nenhuma imagem do rosto de Mark. Absolutamente nada.

Então, num lampejo-relâmpago, apareceu uma imagem: dois homens empenhados num combate feroz e mortal, com as lâminas se chocando enquanto eles trocavam acutiladas e golpes com as espadas.

Os rostos estavam taciturnos e determinados, e os golpes eram mortais enquanto eles se mexiam numa espécie de dança circular; evidentemente, era uma luta de morte. Os peitos dos dois homens arfavam, e o mais moço dos dois estampava um corte sangrento que não era desconhecido por ela numa das maças do rosto. Com um grito colérico, o homem mais velho levantou a espada com as duas mãos acima da cabeça e arremeteu. Então, com a mesma rapidez, a visão desapareceu.

Isolda se recostou na cadeira; o coração latejava como louco, e um suor frio lhe secava a pele. A visão desapareceu, mas Isolda ainda conseguia ver os rostos dos dois homens tão nitidamente como se ainda estivessem à sua frente. Dois homens: um mais velho, de longo cabelo negro e olhos escuros num rosto grosseiro e toscamente bonito. O outro era mais jovem, tinha olhos inacreditavelmente azuis debaixo de sobrancelhas castanhas oblíquas. Dois homens, ela pensou. Pai e filho. Ela os vira – e reconhecera – sem a menor dúvida: eram Mark e Tristão.

Da mesma forma nítida, o que ela havia visto não estava acontecendo naquele instante, porque Tristão estava deitado a pequena distância dela, oscilando entre a vida e a morte, de modo que a luta com Mark poderia ter sido um lampejo do passado ou do futuro que ainda viria a ocorrer.

Isolda pensou: "Pode também ter sido simplesmente mais uma das gracinhas sem graça da parte de quem controlava a Premonição".

Isolda inalou um suspiro e se debruçou para a frente, para olhar de novo na bacia d'água.

Contudo, nada mais apareceu.

Isolda concentrou a vista até lhe doerem os olhos, até as têmporas latejarem, e sua visão começar a se turvar. A moça procurou dentro de si o espaço onde os cordões vibrantes da Premonição estavam presos, mas nem um lampejo de imagem rompeu a superfície reluzente da água. Nem mesmo mais um clarão da luta de espada entre Tristão e Mark.

Ela pensou: "Essa é, sem dúvida, mais uma das piadas mal-intencionadas dos deuses". Estranhamente, porém, ela não ficou zangada, nem mesmo surpresa. Talvez estivesse apenas muito cansada para sentir ressentimento ou choque. "Ou talvez ainda" – ela pensou taciturnamente – "o mínimo a esperar é que, toda vez que preciso enfrentar um verdadeiro perigo, a Premonição não me deixa absolutamente nada em que confiar".

Devagar, e ainda com a mesma sensação estranha de indiferença, ela ficou de pé, apagou a vela e virou-se para a porta. Ainda precisava falar com o Rei Cerdic. Isso significava apenas que ela já não tinha ideia se teria sucesso ou seria condenada por ele.

⁓

A primeira luz do amanhecer se estava insinuando nos aposentos de Cerdic, inundando o recinto de cor, transformando o manto forrado de pele de Cerdic, esculpindo o rosto do idoso em cinzento pálido e ressaltando notavelmente o branco da barba e dos cabelos. Isolda achou que o rei saxão se assemelhava, mais do que nunca, a Tristão, com a aparência que Tristão estampava no momento: da forma em que ela o deixara, com a assustadora imobilidade de um homem mortalmente ferido, estendendo-se pela garganta e pelo maxilar.

Cerdic a estava avaliando, o olhar azul intenso fixo no rosto da moça. Finalmente, ele pigarreou e disse:

— A senhora está pedindo muito, *Lady* Isolda.

Isolda sacudiu a cabeça. Afastou todas as lembranças do corpo alquebrado de Tristão, do seu rosto imóvel e respirações entrecortadas, e trancafiou fortemente as emoções indesejáveis numa pequena caixa impenetrável no seu peito. "Depois" — ela pensou — "posso voltar a sentir pânico pela vida de Tristão". Nesse instante, porém, pensar nele era um obstáculo a que ela não se podia dar o luxo.

— Não, estou apenas pedindo que o senhor me dê sua palavra de que não vai ameaçar as vidas dos quatro homens que chegaram aqui esta noite, homens que, como lhe afirmei, não representam nenhuma ameaça para o senhor. Isso em troca de uma forma de evitar que se faça um juramento de fidelidade com Octa de Kent e que se impeça uma derrota imposta por ele.

Ela ouvia que, do lado de fora, a abadia começava a dar início às tarefas do dia. Havia pés se arrastando nos corredores, e um cântico alto e terno vindo da capela, quando as irmãs do convento começavam suas orações diárias. Cerdic levantou as sobrancelhas, e sua voz levemente gutural, quando ele falou, tornou-se ríspida:

— E a senhora não me vai contar esse plano miraculoso?

Isolda voltou a sacudir a cabeça:

— Não — disse firmemente —, só quando eu tiver sua palavra de que os homens a que me referi não serão ameaçados nem pelo senhor, nem por nenhum dos seus homens.

Cerdic permaneceu em silêncio por um longo tempo, e então perguntou, numa única palavra em tom de censura, com a rapidez de uma flecha atirada:

— Por quê?

— Porque, se eu morrer amanhã, quero que seja do seu conhecimento que fiz todo o possível para que esses quatro homens permanecessem ilesos.

As sobrancelhas do rei saxão se elevaram mais uma vez:

— A senhora espera que eu acredite que fará com que eu consiga derrotar Octa e Mark, quando não consegue sequer preservar sua própria vida?

Isolda sorriu ligeiramente:

— Eu disse que lhe garantiria — praticamente — um meio de obrigar Octa de Kent a recuar, talvez de até esmagar os exércitos dele. Que eu própria sobreviveria à tentativa nunca fez parte da barganha.

Cerdic a observou, olhando ao longo do nariz, fazendo com que Isolda pensasse mais do que nunca num gavião dourado contemplando um pássaro menor no chão. Depois, finalmente, sacudiu a cabeça, fazendo com que girassem as tranças rematadas de ouro do seu cabelo.

— Não. — Ele fez uma pausa, e a boca também se curvou num leve e tênue sorriso. — Pode ser que eu esteja cada vez menos sentimental e afetuoso, mas gosto da senhora, *Lady* Isolda. E tinha grande estima por seu pai. Eu jamais teria a vida da filha dele acrescida ao ônus que já carrego de todas as outras vidas que eliminei na minha época, nem pela oportunidade de derrotar Octa de Kent.

Isolda tensionou os músculos e fechou os olhos, recusando a sensação de derrota que ameaçava esmagá-la. Ela pensou de novo: "Agora não, agora não." Porque, se ela desistisse, e Cerdic realmente jurasse fidelidade a Octa e Mark, então o fato de Tristão estar ferido – nem em pensamento ela se permitia dizer "a morte de Tristão", como se achasse que só imaginar essa possibilidade poderia torná-la verdadeira – seria nada menos do que um desperdício inútil.

Por isso ela respirou fundo, olhou para Cerdic e jogou sua última cartada na mesa:

– Nem em nome do bem-estar de seu neto?

As sobrancelhas de Cerdic se uniram:

– Explique o que quer dizer.

Não havia como voltar atrás; a escolha dela estava feita:

– Refiro-me ao homem que foi trazido ferido esta noite. Ele é o filho de sua filha.

Se essas palavras representaram um abalo, Cerdic não expressou nenhum indício. A pele apergaminhada em redor dos olhos e da boca contraiu-se um pouco, mas isso foi tudo. Ele ficou sentado em silêncio por um longo momento, e depois disse, sem alterar a expressão:

– O filho de Mark?

– O filho de sua filha Aefre.

Cerdic permaneceu sentado sem falar, sem nem sequer se mexer de novo, até que finalmente disse:

– Eu me lembro do menino. Minha filha me visitou apenas uma vez depois que se casou, e levou o filho para eu conhecer. Era um garoto educado e bonito, de olhos castanhos.

A evidência da armadilha de Cerdic era estranhamente reconfortante. Isolda cruzou as mãos no colo, desta vez não sentindo sequer uma sombra esmaecida de arrependimento por se estar lembrando dos anos que antecederam a batalha de Camlann:

— Conheci sua filha, Lorde Cerdic, embora eu tivesse apenas treze anos quando ela morreu. E conheço o filho dela desde que nasci. Tristão tem olhos azuis, como os da mãe. Como os seus.

A expressão de Cerdic continuou inalterada, mas ele soltou um suspiro lento, o ar sibilando entre os dentes.

— A senhora compreende que eu precisava ter certeza, não? Existem muitas pessoas que reivindicam ser parentes de um rei, tenham ou não uma gota do meu sangue nas suas veias.

— É claro que compreendo.

Cerdic fez um gesto rápido e irritado com uma das mãos; os anéis de ouro de guerreiro reluziram à luz precoce do amanhecer.

— E o que a senhora espera? Que eu imediatamente abrace esse filho que minha filha teve com um traidor? Que eu talvez ignore meu próprio filho e faça desse rapaz meu herdeiro?

A raiva controlada na sua voz e na linha da sua boca era igualzinha à de Tristão.

— Não — respondeu Isolda. — Esse tipo de conclusão é próprio das narrativas de harpistas ao pé das lareiras. E Tristão...

Talvez não viva até amanhã. Ela cerrou o queixo com força, porém, para não formular esse pensamento em voz alta. Tomou fôlego e continuou:

— Tudo o que peço, senhor meu rei, é que, pelo bem do seu neto, o senhor me prometa que ele e seus companheiros ficarão sob sua proteção, e que escute o que tenho a propor. Porque o filho da sua filha é... — A voz dela fraquejou levemente, mas Isolda se obrigou a seguir — um homem corajoso. E porque certa vez ele executou quase exatamente a artimanha que eu proporia a esta altura.

Isolda teve tempo de contar cinco batimentos do coração antes que finalmente Cerdic inclinasse a cabeça e dissesse:

– Está certo. A senhora tem a minha palavra. Prossiga.

Cerdic ouviu em silêncio Isolda falar. Em certo ponto, pegou duas taças com relevo de prata, encheu-as de vinho e silenciosamente entregou uma delas a Isolda, mas, a não ser isso, permaneceu tão imóvel como se tivesse sido entalhado no mesmo bloco de madeira que sua cadeira. Mesmo depois que Isolda parou de falar, ele continuou sentado sem se mexer, os astutos olhos azuis fixos no rosto dela.

– Quer dizer que a senhora propõe ir – sozinha e sem ajuda – ao acampamento de Octa, fingindo ser uma prisioneira em fuga, uma escrava. A senhora não sabe dizer com certeza se o aliado recente de Octa, Mark da Cornualha, estará entre os presentes, mas acredita que ele não estará e está disposta a arriscar seu estratagema para provar que tem razão. Se a senhora estiver enganada, Mark a reconhecerá imediatamente e a senhora morrerá. Entretanto, se a senhora tiver êxito em convencer Octa de que é uma escrava fugitiva, vai dar a ele informações falsas sobre minha posição aqui e usará uma tática para que Octa arme um ataque que resultará na derrota dele.

A garganta de Isolda estava seca de tanto falar. Ela ergueu a taça de prata que Cerdic lhe entregara e tomou um gole de vinho:

– Sim, é isso mesmo que eu proponho.

Cerdic distraidamente passou um dedo na borda da sua taça e franziu o cenho ao ver a película de vinho que lhe ficou na pele.

– O que a senhora propõe, *Lady* Isolda, é simplesmente uma loucura.

A mão de Isolda se cerrou numa dobra do vestido e ela perguntou:

– Isso quer dizer que o senhor rejeita a ideia?

Cerdic ficou em silêncio um instante, olhando para o líquido castanho-avermelhado na sua taça. Então ergueu a vista e, inesperadamente, seu rosto duro, semelhante ao de um falcão, abriu-se num sorriso:

– Pelo contrário, *Lady* Isolda, eu concordo.

Isolda exalou um fôlego arfante, e, por um momento, o aposento inteiro pareceu inclinar-se ao seu redor. Como se vinda de uma grande distância, ela ouviu a própria voz indagar:

— O que foi que o senhor disse?

— Eu disse que concordo. — Cerdic ergueu uma das mãos, detendo Isolda antes que ela falasse; as sobrancelhas dele se uniram mais uma vez. — Eu sei. Existe um grande número de maneiras pelas quais esse esquema pode fracassar: Mark pode estar lá e reconhecê-la, como a senhora mesma disse; pode ser que Octa não morda a isca; as tropas dele podem, afinal de contas, comprovar sua superioridade... Mas, como eu já lhe disse, *Lady* Isolda, nós saxões gostamos de guerra. E descobri, mesmo na minha idade avançada, que, afinal de contas, ainda não estou pronto para desistir de combater. Se a senhora conseguir fazer pender as probabilidades de vitória ligeiramente em nosso favor, eu preferiria de longe enterrar minha espada na barriga de Octa ou rachar-lhe o crânio com meu machado de guerra a fazer dele meu aliado. Depois que a senhora foi se deitar ontem à noite, tive tempo para pensar no que cada um de nós havia dito, e percebi que eu havia começado a falar como um idiota cristão. Como uma dessas freiras piedosas daqui da abadia, que tagarelam sem parar e choramingam sobre devermos perdoar nossos inimigos e dar a outra face para que eles possam nos bater de novo. Pelos testículos de Odin, isso é suficiente para me fazer desejar ter destruído este lugar inteirinho quando minha esposa morreu, ao invés de ter de suportar a bruxa medrosa dessa abadessa resmungar suas orações para mim e me olhar como um cachorro suplicando um osso todas as vezes em que passa por mim, sem dúvida esperando transformar-me num crente e me salvar das profundezas do inferno.

O lábio de Cerdic se dobrou, e ele fez uma pausa, analisando Isolda, com algo severo e implacável expresso no intenso olhar azul.

— Além disso, se uma jovem que dá a impressão, falando francamente, de que eu poderia quebrá-la em dois com uma só mão tem mesmo assim a ousadia de propor esse plano, eu não poderia mostrar menos coragem se deixasse de aprová-lo.

O tom de sua voz estava mais agudo, e Isolda se perguntou se o rei saxão se havia insultado com o plano proposto por ela. Em ser obrigado, de certa forma, a se esconder atrás da saia de uma mulher, ou de, pelo menos, depender de uma mulher para vencer a luta que era dele. De qualquer forma, fosse como fosse, ela não se importava nem um pouco. A onda de alívio que a percorreu temporariamente apagou todo o resto. Cerdic havia concordado, não interessava por quê.

Cerdic levou a taça de vinho à boca mais uma vez, depois a pousou na mesa e perguntou:

— A senhora quer que uma patrulha a acompanhe? Alguns dos meus homens?

Isolda sacudiu a cabeça:

— Não, terei mais possibilidade de acreditarem em mim se eu for sozinha. — Ela fez uma pausa, contorceu a boca e acrescentou: — E, como o senhor, eu também não quero acrescentar mais mortes à minha consciência.

Cerdic continuou a observá-la com as pálpebras levemente abaixadas, a cabeça de lado como se tentasse enxergar alguma parte dela não visível externamente:

— A senhora se dá conta — ele disse de repente — de que pode estar indo ao encontro da própria morte?

Uma repentina imagem de Tristão, deitado imóvel e lívido no banco dos aposentos de Madre Berthildis, apareceu num lampejo perante Isolda. Ela fechou os olhos com força para eliminar essa imagem — ou tentar fazer isso — e então esboçou um sorriso: — O senhor não me disse ontem à noite que o destino é inexorável, senhor rei? E que todos nós caminhamos em direção às nossas próprias mortes? A cada dia nos aproximamos mais. Acontece apenas que algumas pessoas se deparam com a morte antes de outras.

Cerdic abriu a boca parecendo que ia responder, mas fechou-a e disse apenas:

— A senhora vai partir esta noite?

— Se o senhor estiver de acordo, acho que é o melhor.

Isolda fez uma pausa. Com o lampejo do rosto de Tristão, o espaço no seu peito onde ela havia trancado todas as emoções indesejáveis se estava rompendo: o medo — não por ela, mas por ele — mais uma vez se liberou e ela disse:

— Há uma última promessa que lhe quero pedir antes de partir.

As sobrancelhas oblíquas de Cerdic — idênticas às do neto — ergueram-se:

— Pode falar.

Isolda engoliu em seco:

— Como já mencionei, não posso ter certeza se Mark faz parte ou não do grupo de Octa, mas, se eu não voltar, se o plano der errado e eu morrer, e se as forças de Octa usurparem sua posição aqui, Lorde Cerdic, quero que o senhor me prometa que não permitirá que Tristão caia nas mãos de Mark, e que o matará antes disso.

Eurig estava sentado à cabeceira de Tristão, como Isolda o deixara, quando ela voltou aos aposentos da abadessa. Ele levantou os olhos quando Isolda entrou, e ela viu que os olhos dele estavam avermelhados, e o rosto enrugado de cansaço. Piye e Daka também estavam acordados, encostados na extremidade mais distante com os braços cruzados, os rostos negros apenas ligeiramente menos fatigados do que os de Eurig.

— Hereric! — chamou Isolda, quando se aproximou do lado de Tristão. Ele também estava exatamente da mesma forma que ela o deixara, com a pele pálida sob o bronzeado, de passar tanto tempo ao ar livre, e o rosto totalmente imóvel. Ela disse a si mesma que estava apenas imaginando uma pausa levemente maior entre cada uma das respirações superficiais que ele dava.

Eurig mudou de posição no banco duro de madeira.

— Continua dormindo — ele disse. — A gente achou melhor deixar ele em paz. Se ele é o único de nós que pode descansar um pouco, é melhor que consiga descansar quanto puder.

Isolda aquiesceu com a cabeça. Pôs uma das mãos na testa de Tristão: a pele estava fresca. Pelo menos não havia sinal de febre. Ela dobrou os dedos com força para se impedir de tocá-lo mais, de pôr uma das mãos no rosto dele, ou de tirar o cabelo que lhe caía na testa. Se começasse a agir assim, perderia o que ainda lhe restava de determinação. Obrigou-se então a se afastar da cama do rapaz e olhou para os outros três homens.

— Por favor, prestem atenção. Quero lhes contar sobre minha reunião com Cerdic e o que ele e eu planejamos.

Ela lhes contou tudo. Quando chegou ao ponto de lhes dizer quem realmente era, Eurig a interrompeu e falou:

— Eu sabia que você era uma *lady*, não importa tudo o que disse antes.

Porém, exceto por isso, ele, Piye e Daka a ouviram em silêncio até ela concluir.

Quando terminou de falar, houve uma pausa na qual os únicos sons eram a respiração de Tristão e o crepitar e estalar das toras na fogueira. Os três homens trocaram um olhar no qual parecia que haviam tomado uma decisão, então Eurig disse:

— Piye e Daka vão com você. Não durante sua reunião com Octa; você tem razão quando acha que vai ter mais oportunidade de sucesso se for sozinha, mas eles vão com você até o acampamento de Octa.

Isolda abriu a boca para falar, mas Eurig a deteve. Sua timidez habitual havia sido deixada de lado, e ele disse, com súbita firmeza:

— Não adianta discutir. Se te apanharem antes de você falar com Octa, você pode dizer que eles são seus escravos, seus guarda-costas ou dois demônios negros que você trouxe do inferno para obedecer às suas ordens. Você escolhe na hora, mas eles vão com você. Não vai fazer nenhum bem à Bretanha nem a ninguém mais se sua garganta for cortada por sentinelas ou bandidos antes de você conseguir chegar até o Octa.

Isolda sentiu um nó lhe surgir na garganta, e engoliu em seco. Virou-se para Daka e Piye e disse, trêmula: – Obrigada. – Depois se virou novamente para Eurig, e fechou os olhos um instante, à procura das palavras a dizer.

Contudo, mais uma vez Eurig a deteve, prevendo o que ela iria dizer:

– Sim, pode deixar. Eu tomo conta dele. – Ele apontou com a cabeça para o corpo inanimado de Tristão: – Se alguém conseguir passar por mim para fazer mal a ele, é porque eu já vou estar morto.

Houve um momento de silêncio e então Eurig acrescentou, com voz diferente:

– Não sei se ocorreu a você, porque é uma *lady*, essa coisa toda, mas no bando de Octa só deve ter sujeitos boçais. Você pensou...

Um lampejo ruborizado tomou conta do pescoço de Eurig, e ele lançou um olhar de ajuda para os outros dois:

– Ele quer dizer – disse Daka – *num* tem muita mulher nos *acampamento* de guerra. Não que chegue pra todo mundo. E se os homens de Octa *ver* senhora, e *acha* melhor a senhora *esquentar* cama deles em vez falar com rei deles?

Isolda forçou-se a não olhar para Tristão mais uma vez.

– Eu já havia pensado nisso, sim – ela disse –, e tenho um plano. Esse plano vai impedir Octa e o resto dos seus homens de se aproximarem muito de mim, e talvez até de evitar que Octa coloque alguns de seus soldados para me vigiar. Vamos ver se dá certo.

Capítulo 17

Isolda enterrou o rosto nas mãos, escondendo os olhos, embora tivesse arriscado um olhar de relance para o homem que a observava; o rosto amplo e estúpido era uma máscara de indecisão sob a chama trêmula da luz da tocha. Atrás dele, o acampamento do exército se estendia na planície escura da noite, fileiras de barracas vergadas de couro de bode agrupadas, aqui e ali uma fogueira de acampamento lançando uma poça lúgubre de laranja adejante. Tudo era cercado por uma trincheira funda escavada no solo, depois uma estocada de terra e madeira. Havia apenas duas aberturas na estocada, vigiadas por sentinelas. Era uma defesa bem concebida e bem elaborada, considerando que a suposta missão de Octa na região era de paz.

Pelos intervalos entre os dedos, Isolda observava a sentinela, no portão ao norte do acampamento, olhando carrancuda. O homem tinha cabelo louro comprido e oleoso, e nos ombros usava uma pele de lobo indevidamente curada, se é que havia sido curada. O fedor se entranhava no fundo da garganta toda vez que ela exalava.

Isolda esforçou-se para controlar a enorme impaciência que a invadiu, e se impediu de perguntar: *Será que você pode se decidir sem demorar? Ande logo com isso!*

Em vez disso, ela fez os ombros se sacudirem como se estivesse soluçando. Teria sido facílimo denunciar-se e realmente chorar, porque todos os seus pensamentos se encaminhavam irremediavelmente para Tristão. Quando seus próprios batimentos cardíacos ecoavam a pausa aterrorizante antes de cada subir e descer da respiração de Tristão.

Ela havia deixado Tristão sob os cuidados de Madre Berthildis, tão indiferente quanto antes, oscilando na lâmina de uma faca entre a vida e a morte. Não havia mais nada que ela pudesse fazer por ele, mesmo se continuasse lá, ao lado do rapaz. Ainda assim ele não conseguia engolir nem mesmo colherinhas minúsculas de água ou caldo. E Madre Berthildis e as outras irmãs cristãs poderiam sentar-se com ele tão bem quanto ela, poderiam ficar tentando, em intervalos, que ele ingerisse água ou caldo, e manter a fogueira acesa para que ele permanecesse aquecido.

Mesmo assim, todos os nervos do corpo de Isolda bradavam que ela devia estar ao lado dele, mesmo nesse ponto, mesmo em meio aos temores de Isolda quanto ao que ela estava na iminência de enfrentar. Mas ceder às lágrimas de fato seria arriscar eliminar as marcas que Madre Berthildis lhe havia ajudado a pintar no rosto, braços e mãos antes de deixar a abadia com Daka e Piye. Havia demorado quase uma hora para elas pincelarem a pele de Isolda com uma combinação de espesso mingau de aveia e vinho tinto escuro.

— Que é que a senhora acha? — Isolda havia perguntado, quando terminaram.

A abadessa dera um risinho desdenhoso e dissera:

— Acho que parece que você tem vinho e mingau de aveia pincelados em locais da sua pele e um travesseiro costurado debaixo da barriga do seu vestido. — Ela fez uma pausa, a cabeça inclinada para um lado ao franzir o cenho para Isolda sob as sobrancelhas arqueadas. — Mas tudo bem. À noite, com apenas a luz da lareira, e o capuz do seu manto puxado, você vai se assemelhar mesmo a uma mulher que pegou varíola e está em período avançado de gestação. Especialmente para muitos homens. Suponho que os soldados de Octa não tenham experiência de tratamento em enfermaria para saber como se parece uma vítima verdadeira da varíola. Ou se eles já se preocuparam alguma vez em reparar qual é a aparência da barriga de uma grávida. Acho que você vai enganá-los bem.

Nesse instante, de pé no ar gelado da noite e fingindo chorar para a sentinela de Octa, Isolda esperava ardentemente que a opinião de Madre Berthildis estivesse correta, e se perguntou, enquanto repetia seu apelo nos fragmentos precários que conhecia da língua saxônica, se aquele era o momento em que a sorte da noite mudaria. Porque até aquele instante tudo havia corrido com uma facilidade quase assustadora.

Ela havia saído da abadia com Daka e Piye uma hora antes do pôr do sol. Os dois irmãos estavam cautelosos, as facas sacadas, os ombros tensos de observar e prestar atenção a algum sinal ou som de alarme, mas não haviam encontrado ninguém no exterior enquanto percorriam o caminho pelos pastos e um breve trecho de floresta até o acampamento de Octa. Passaram por dois pequenos assentamentos agrupados, mas ambos estavam desertos, sem nem mesmo gado. Sem dúvida as famílias que viviam nas cabanas haviam empacotado os pertences que poderiam ser carregados, levaram presos por corda suas reses e bodes, e fugiram para os montes vizinhos, por mais preparados para enfrentar a confusão quanto parecia estar o acampamento de Octa.

Piye tinha sido atacado por um dos seus acessos. Pouco antes de chegarem ao campo de visão do acampamento, Isolda o viu tocar o anel de ferro que ela lhe deu dias antes. Ele viu que ela estava observando, e lhe deu um sorriso breve oblíquo que fez Isolda pensar que talvez tivesse esperado sofrer um acesso.

Ela se havia perguntado se os nervos de Piye e seu irmão se sentiam tão tensos quanto os dela, situação agravada pelo estranho silêncio e quietude da zona rural, que parecia o silêncio que antecede o estampido se um trovão. Ela se tinha despedido de ambos no refúgio de árvores que cercavam o acampamento de Octa. Já estava escuro na ocasião, de modo que os rostos deles eram apenas uma escuridão mais profunda entre as sombras. Piye dissera alguma coisa, traduzida num sussurro por Daka:

— Ele disse pra senhora tomar cuidado, *lady*. Eu digo mesmo.

Eles se haviam oferecido para ficar dentro do campo de visão do acampamento de Octa, mas Isolda sacudira a cabeça, sabendo que o perigo para todos eles seria muito maior se fossem encontrados por uma das patrulhas de Octa. Nesse instante, porém, ela desejou, de modo insidioso e covarde, que não tivesse recusado a oferta deles de permanecer. Porque onde ela estava, tremendo enquanto esperava que o homem à sua frente decidisse conduzi-la ao rei, ela teria se sentido um pouco menos sozinha se perdesse imaginar que os olhos de Piye e Daka a observavam de algum local na escuridão em redor.

Ela pensou que, àquela altura, eles deviam estar na metade do caminho de volta à abadia, se não se deparassem com problemas no caminho. Na metade do caminho onde Tristão...

Isolda repeliu bruscamente seus pensamentos pela centésima vez, e voltou a olhar para o guarda alto e louro, tentando soar como se estivesse reprimindo soluços, esforçando-se para afastar ao máximo todas as lembranças de Tristão, pelo menos por enquanto.

Se as expectativas de fracasso significavam que você merecia a própria derrota, permitir perturbar-se nessa noite seria a mesma coisa que cortejar a própria morte. Em vez disso, ela procurou na memória as palavras que transmitiriam o que queria, desejando que soubesse mais da língua saxônica:

— Por favor, Octa ficar contente me ver. Dar recompensa você. Ou... — Ela baixou a voz de maneira duvidosa. — Octa não confia você? Não deixa você perto para falar? Por favor...

Ela agarrou a manga do guarda. Como esperava, o nojo e a má vontade combinados do homem em reconhecer que ele não tinha prestígio suficiente com o rei para poder falar-lhe fez a sentinela decidir agir.

Ele sacudiu rispidamente a mão de Isolda do seu braço:

— Afaste-se de mim, sua prostituta com varíola! — Isolda entendeu pelo menos isso. O homem virou-se e gritou algo por

cima do ombro; a moça presumiu que fosse uma ordem para que alguém o substituísse como sentinela, porque em seguida um segundo soldado surgiu das sombras atrás do primeiro. Esse segundo homem era mais jovem, e tinha um nariz quebrado que não fora reparado. Lançou um olhar curioso de esguelha para Isolda, depois assumiu sua posição no portão, com lança e escuro preparados para atacar. O primeiro homem disse alguma coisa, e ele, muito baixinho e rápido demais para que Isolda pudesse compreender, virou-se para ela e disse:
— Você me acompanhe.

Ele estava no inferno.
Só podia ser o inferno, porque estava gelado.
Mas suas costelas continuavam a doer como um demônio de cauda enrolada. Sensação muito desagradável, mas era um castigo improvável pelos seus pecados. E havia vozes em algum lugar. Cânticos. Que soavam como orações, o que também era incompatível com o inferno.
Não era nem um pouco provável que ele estivesse no céu.
Seus pensamentos eram escorregadios, escorregadios demais para fazer sentido, mas ele tinha certeza disso.
Havia um peso esmagador no seu peito, e uma dor que parecia que ele estava sendo apunhalado em doze lugares por facas ardentes. Deus, não havia como escapar disso: ele não conseguia sequer se mexer, nem abrir os olhos.
Mas havia alguma coisa. Uma coisa que ele não havia feito. Uma coisa de que ele precisava lembrar. Uma razão por que ele tinha de sair dali. Onde quer que *ali* fosse.

O guarda louro conduziu Isolda pelo acampamento escurecido, driblando as várias trilhas enlameadas que separavam os agrupamentos de barracas. O fedor do lugar era quase insuportável: de fumaça e lama e dejetos humanos e o cheiro de um número excessivo de corpos sem banho reunidos num espaço pequeno demais. Finalmente, o guarda parou em frente a uma residência pequena e toscamente construída feita de troncos e destinada, segundo deduziu Isolda, a abrigar os prisioneiros, porque tinha uma porta de tábuas de madeira e uma viga transversal que, quando acionada, trancava a porta do lado de fora.

– Aqui. Espere.

Ele girou a porta para abri-la, empurrou rispidamente Isolda, lançando a moça pelo portal, e depois fechou a porta. Vindo do negrume interno, Isolda ouviu a viga sendo solta na porta externa e combateu uma onda primal de pânico bloqueada e sem saída. A escuridão era tão completa que ela não conseguiu ver sua mão à frente do seu rosto, muito menos distinguir os detalhes do aposento.

Ou sequer dizer se havia alguém mais com ela naquele lugar.

Esse pensamento provocou mais um solavanco de pânico que lhe agitou as veias, e ela se obrigou a respirar longa e firmemente. Estava com a faca de Piye enfiada no alto da bota, mas não ousou sacá-la naquela hora: o guarda poderia voltar a qualquer momento, e sua vida e o sucesso daquele empreendimento arriscado dependiam de ela parecer não representar nenhuma ameaça.

Em vez disso, ela precisou estender uma das mãos, tatear a parede para se orientar e percorrer um circuito lento de sua prisão. O espaço não tinha janela, era quadrado e, com apenas uma porta, cheirava a madeira verde e palha do teto de sapê. O recinto estava completamente vazio, exceto por ela. Não havia sequer um punhado de palha no chão de terra.

Quando ela acabou o percurso e chegou uma vez mais à porta trancada, Isolda exalou um suspiro de alívio, rangeu os dentes e se preparou para esperar na escuridão que lhe pressionava os olhos com força compacta.

Isolda tocou as marcas no rosto e nas mãos, feitas para simular as lesões cutâneas gotejantes da varíola, e comprimiu as mãos na sacola de penugem de ganso costurada, que lhe fazia inchar a barriga no vestido. Por enquanto ela não podia fazer nada a não ser esperar que o guarda louro voltasse. E esperar para ver se Octa acreditaria na sua história ou não... Ou se...

Ela, porém, não estava pensando em Mark. Quando virou de costas para Piye e Daka e contemplou o acampamento de Octa, havia posto de lado toda a possibilidade – e até medo – de que Mark pudesse estar lá e reconhecê-la. E a essa altura ela precisava concentrar-se em tirá-lo da cabeça, tanto quanto...

Ela se controlou antes que sua mente flutuasse de novo até a abadia. Tanto quanto qualquer outra coisa, isso poderia fazê-la perder a coragem.

Ainda assim, cada momento em que ela permanecia na escuridão se estendia infinitamente. O chão de terra era lamacento, e não havia outro lugar onde ela se sentasse, de modo que ficou no centro do cômodo, prestando atenção aos sons do acampamento lá fora. Dois cachorros latiam e rosnavam um para o outro; seus latidos eram entremeados por gritos de bêbados. Ela supôs que se tratasse de uma briga de cachorros, com os espectadores apostando no resultado. Ocasionalmente, também, Isolda ouvia uma voz de mulher em tom mais agudo, que se elevava numa discussão ou queixa ou, às vezes, num guincho raivoso. Ela supôs que fosse emitido por uma das inevitáveis meretrizes que seguiam as unidades militares para oferecer seus serviços. Ou por uma escrava.

Isolda estremeceu. Qualquer outro rei que não Octa de Kent – ela pensou – simplesmente mandaria amarrar mãos e pés dos prisioneiros em estacas numa barraca. A total escuridão e a sensação avultante das quatro paredes sólidas da cabana visavam obviamente a aterrorizar.

E ela estava sozinha ali, inteiramente sozinha. Nesse momento, muito consciente de que, se ela tivesse êxito nessa noite, homens iriam lutar e morrer, sem dúvida menos do que morreriam se Octa, Cerdic e Mark se unissem para arrasar a Bretanha. Talvez até menos do que se Octa rompesse qualquer tratado que pudesse ter com Cerdic e acabasse atacando Wessex. Ainda assim, a verdade nua e crua era que vidas seriam inevitavelmente perdidas, em consequência do que ela faria.

Quando afinal ela ouviu o som da viga roçando a porta, todos os seus músculos saltaram e se tensionaram. Era o mesmo homem, a sentinela loura que a havia encerrado ali. Seu rosto largo de traços vulgares foi soturnamente iluminado pela chama do ferro quente de marcar que ele levava numa das mãos. Era tão alto que precisou inclinar-se para tentar ver sob o acabamento da parte superior da porta, e piscou, espreitando sem ver a escuridão, antes que os olhos desbotados enxergassem Isolda.

— Venha comigo — ele disse. — Octa ordena que você seja levada até ele.

Mais uma vez a sentinela loura foi à frente no acampamento, desta vez parando diante de uma barraca montada na posição central e que era maior do que as demais, embora construída do mesmo couro áspero de bode. Resmungando para que Isolda o seguisse, ele se esquivou sob a abertura da barraca; uma poça de luz se derramava por esse espaço até o chão enlameado. O coração de Isolda batia enquanto ela seguia o guarda para dentro; seu estômago se apertava na expectativa do que encontraria. Contudo, a não ser por si mesma e pelo guarda, a barraca estava tão vazia quanto a cabana da prisão onde ela havia estado.

Uma só vela de junco queimava numa mesa central toscamente construída, lançando um brilho mortiço e enfumaçado no local. E a vela devia — pensou Isolda — ter sido montada com gordura, porque a exalação da fumaça era ainda pior do que o fedor do manto de pele não curada das sentinelas, ou do cheiro do acampamento lá fora. Uma cadeira coberta por outro couro prateado se localizava numa extremidade da mesa, junto com um banquinho tosco de três pernas. Afora isso, o espaço estava vazio. Alguns juncos imundos haviam sido estendidos no chão de terra, e um monte de peles que talvez servissem de cama estava empilhado num canto. Não era um local mais esquálido e sujo do que o resto do acampamento, tampouco era menos.

A luz que a vela projetava, porém, era certamente parca, e Isolda sentiu agitar-se um débil lampejo de esperança. Olhou de relance para as mãos, agarradas numa dobra do seu manto. As marcas que ela e Madre Berthildis haviam aplicado pareciam realmente pústulas ainda se esvaindo, de uma vítima de varíola em recuperação. O suficiente para que ela mesma pudesse ter sido enganada, pelo menos de uma curta distância. E o ar no local era frio o bastante para justificar o fato de ela continuar vestindo o manto sem causar desconfiança. O resto...

Isolda interrompeu seus pensamentos abruptamente ao ouvir um som vindo de fora. Uma voz baixa e áspera soou do lado exterior da porta, rosnando uma ordem – achou Isolda – para alguém não visível. Então as abas da barraca se abriram, e ela se viu cara a cara com Octa de Kent.

É claro que ela o reconheceu imediatamente, dos lampejos que havia tido dele na hidromancia. E, por um terrível momento, ela o reviu, rindo enquanto passava com o cavalo por cima de uma idosa que gritava. Viu Emyr, o homem que chorava e tremia e a quem Cerdic havia torturado até a loucura há anos, e a cujo sofrimento sua avó tinha dado fim, com uma poção de beladona. Ouviu a voz fina e rascante de Cerdic perguntando: *Você iria sozinha à procura de Octa, o Carniceiro? Octa, da faca ensanguentada?*

Isolda concentrou-se em exalar uma respiração lenta e firme, dizendo-se que Octa – fosse qual fosse a fama que conquistara, fosse qual fosse a reputação que esculpira – era um homem como outro qualquer. Ela também se disse que havia passado sete anos fingindo ser uma feiticeira para sobreviver como Rainha Suprema de Con, e fizera isso aprendendo a interpretar rostos e olhos. A avaliar rapidamente um homem, quase de relance. Podia fazer o mesmo com Octa agora.

"Você vai ter de fazer isso" – ela pensou. – "Sua própria vida e a sobrevivência da Inglaterra dependem disso."

Octa estava rosnando outra ordem, desta vez para o guarda louro que havia levado Isolda para lá. Isolda supôs que ele tivesse dito *"Permaneça aqui"*, porque a sentinela posicionou-se à entrada da barraca, com os pés separados e os braços cruzados no peito largo. Ao observar o fato, Isolda reparou que o guarda louro e grandalhão demonstrou medo instintivamente quando Octa lhe falou, e que o homem olhou para os juncos lamacentos no chão e evitou o olhar intenso do seu rei.

Octa permaneceu olhando fixo para o guarda por um instante, depois se sentou na cadeira e concentrou os olhos em Isolda:

– E então? – Ele falou, com um sotaque acentuado, na língua bretã. – Você veio aqui para falar comigo. Por quê?

Isolda lembrou-se de palavras de Madoc: *Alguns dizem que ele é louco. Eu não sei.* Ela chamaria o homem à sua frente de qualquer coisa, menos de mentalmente saudável; mesmo assim, enquanto ele a observava, alguma coisa se mexia por trás dos olhos dele, alguma coisa que fez Isolda pensar num animal selvagem enjaulado.

A cicatriz torta no maxilar desse homem sobressaía como uma serpente lívida e sinuosa; as extremidades das longas tranças louro-argentinas estavam empastadas com o que parecia ser resina de pinheiro, e debaixo de um pesado manto forrado de pele ele usava no pescoço uma argola do que Isolda percebeu, sobressaltada, serem as juntas de ossos de dedos humanos.

Essa visão, entretanto, lhe deu uma estranha firmeza. Porque nesse momento, Isolda compreendeu o que teria de fazer.

Octa da Faca Ensanguentada era um homem acostumado a ser temido. Um homem do qual cada movimento, cada palavra, cada peça de vestuário visava a inspirar terror naqueles a quem se dirigia. Como Fidach, Isolda pensou, com seu manto de várias peles e aposento de crânios sorridentes. Mas, ao contrário de Fidach, ela não achava que Octa respeitaria qualquer pessoa que o enfrentasse e se recusasse a ter medo.

Se ela tivesse uma oportunidade que fosse – não apenas de persuadir Octa a acreditar na sua história, mas de assegurar que ele fizesse a escolha que ela queria –, essa oportunidade estava não apenas em rejeitar o medo, mas em parecer completamente inconsciente de que Octa esperava que ela sentisse medo.

Isolda suspirou fundo, brutalmente afastando tudo que sabia sobre o homem à sua frente, todas as histórias asquerosas que tinha ouvido sobre ele. Tentou fixar na mente uma lembrança de Garwen, do rosto redondo e ligeiramente tolo e voz estridente. Então, com uma pausa ligeiramente perceptível depois da pergunta de Octa, ela abriu a boca:

– Milorde, o senhor já sentiu enjoo no estômago? Quero dizer, enjoo de verdade, um enjoo tão grande que o senhor põe pra fora todo pedaço de comida que tenta comer, e apenas o cheiro de uma coisa como carne assada ou cerveja azeda é bastante para o senhor ter vontade de vomitar e não querer mais saber de comer por vários dias?

As sobrancelhas louras prateadas de Octa se uniram e ele perguntou:

– O quê, em nome de todos os...

Isolda interrompeu antes que ele pudesse terminar, falando mais alto do que ele, batendo as mãos em cima do travesseiro que lhe aumentava a barriga, as palavras saindo em torrente da boca, na sua melhor imitação da tagarelice ofegante de Garwen. Do lado de fora, um dos cães de briga deu um latido agudo que se transformou em latido de dor. Um urro – de aprovação, supôs Isolda – explodiu dos homens que deviam estar assistindo à briga.

— Porque é isso que esta criança tem sido para mim. Enjoo tanto que tenho vontade de morrer o tempo todo. E meus tornozelos sempre inchados, e as dores nas minhas costas... — Isolda esfregou a base da espinha dorsal e pensou em todos os velhos guerreiros amargos e rabugentos de que já cuidara, e havia existido muitos deles. Os anciãos cujos únicos prazeres que restavam eram descrever suas dores para todos aqueles que estivessem próximos. — É a mesma coisa que ser esfaqueada por uma espada escaldante, para não falar do...

As sobrancelhas de Octa continuavam unidas no olhar carrancudo e ele a interrompeu, a voz perigosamente calma:

— Suponho, mulher, que exista uma razão para tudo isso. Será que você pode dizer logo a que veio, antes que eu perca a paciência?

Isolda ignorou a aceleração do seu pulso e o frio que lhe percorreu a pele. A questão — ela voltou a repetir ferozmente para si mesma — era parecer desconhecer completamente que ele esperava que ela estivesse tremendo de medo. E ela achava que já havia conseguido desequilibrá-lo, mesmo um pouquinho. Debaixo da óbvia impaciência no rosto do rei saxão, Isolda percebeu também uma espécie de perplexidade, como se não soubesse bem o que ela representava.

Antes de qualquer outra coisa, ela pensou, você precisa ser a primeira pessoa a pedir uma coisa a ele e o fez escutar uma listagem das dificuldades da gravidez.

— Como o senhor quiser, Lorde. — Isolda forçou-se a esboçar um sorriso amplo e tolerantemente indulgente, que dirigiu ao rei saxão. — Não espero mesmo que um homem entenda, mas, se o senhor acha que é fácil sorrir e abaixar a cabeça ao ouvir as histórias resmungadas de Cerdic sobre a juventude dele, quando tudo que se está querendo é deitar em algum lugar calmo até que suas entranhas parem de dar nós, então eu estou aqui pra lhe dizer que o senhor está errado. E... — Ela acrescentou um tom ressentido à sua voz. – Para começo de conversa, é tudo culpa do milorde Cerdic. Foi ele que me deixou neste estado.

Octa a olhava; uma das mãos passava o dedo na faca no cinto. O cabo era de ouro trabalhado e tão espesso quanto o pulso de Isolda. Às últimas palavras de Isolda, contudo, suas sobrancelhas se levantaram, numa expressão de ceticismo:

– Você está dizendo que esse bebê é filho do Rei Cerdic?

Isolda baixou a cabeça com paciência exagerada e olhou para ele como se olhasse para uma criança pequena e retardada:

– Sim, claro. Não acabei de dizer isso?

Octa a observou com olhos estreitos e depois, abruptamente, atirou a cabeça para trás e deu uma gargalhada que soou como um esfregar de facas e percorreu a espinha de Isolda como gelo. Então, quando parou de rir, olhou fixo para Isolda, severa e friamente:

– Você está mentindo.

Mais uma vez Isolda ignorou o baque do seu coração contra as costelas, embora se perguntasse subitamente o que Tristão havia sentido, tantos anos atrás, ao entrar no acampamento do inimigo com o rosto e os braços lesionados pelas próprias mãos. Esse pensamento a fez imaginar que estaria acontecendo na abadia. Pensou se Tristão continuava deitado nos aposentos de Madre Berthildis, respirando lenta e debilmente. *Ou se...*

Isolda cerrou as mãos, enterrou as unhas nas palmas e se obrigou a olhar inexpressivamente para Octa:

– Estou mentindo? Por que eu ia querer mentir sobre este assunto? Eu não escolhi estar carregando o filho do Rei Cerdic, aquele velho desgraçado. – Ela comprimiu os lábios e depois cuspiu no chão, aos pés de ambos. – Passo quase nove luas carregando a pestinha daquele canalha e então ele se livra de mim. Só porque peguei varíola. – Apontou para as marcas no rosto. – O que, tenho certeza de que o senhor vai concordar, milorde, não foi culpa minha. Mas não, ele me atirou fora como lixo. Então, se o senhor pensa que estou feliz por estar carregando o filho dele...

Octa a olhou estreitamente, a mão no cabo da faca, e em seguida deu um sorriso arredio e desagradável, os dedos pressionando a lâmina da arma como se estivesse na iminência de sacá-la da bainha.

— Então talvez você queira que eu acabe com essa criança para você. Já fiz isso muitas vezes para mulheres como você.

Isolda engoliu a bile que lhe subiu à garganta e devolveu o sorriso para Octa, um sorriso largo o bastante para rachar as marcas de varíola pintadas nas maçãs do seu rosto. *Não, não! Você não vai vomitar. Se você sentir medo, ponderar sobre o que ele está dizendo, será apenas mais uma mulher estremecendo de terror aos pés de Octa.*

Ela disse animada, mantendo a melhor imitação da voz de Garwen:

— Ora, que bom! Eu sabia que o senhor era um homem generoso no momento em que o vi. Tenho uma intuição para rostos, sabe? E, logo que vi o seu, disse a mim mesma: "Esse homem tem bom coração". — Ela inclinou a cabeça para um lado e continuou: — Vou ser sincera: eu estava em dúvida sobre vir aqui porque, se o senhor me perdoa dizer, milorde, contam muitas histórias horríveis sobre o senhor. E a maneira como Cerdic fala do senhor... bem, só falta *ele* chamar o senhor de anjo... Mas aí eu pensei assim: nenhum homem pode ser tão mau quanto dizem. E eu não acredito em uma palavra de Cerdic, nem se ele me disser que o céu é azul. Por isso eu... ai!

Isolda se interrompeu com um grito estridente e dobrou o corpo, agarrando-se à metade dele. Respirou pesadamente um momento, depois se endireitou e voltou a olhar para Octa:

— Foi só uma contração, senhor. Elas vêm e vão quando a gravidez está no final. Duvido que a criança vá nascer esta noite.

A mistura de incredulidade, raiva e algo semelhante a aversão horrorizada no rosto de Octa seria engraçada em qualquer outra ocasião, mas qualquer divertimento que Isolda pudesse sentir era eliminado pela gravidade gelada de saber que, se a história que ela contou fosse mentira, havia infinita quantidade de mulheres na região que poderia contá-la e falar apenas a verdade. Ela também tinha a lúgubre certeza de que poderia tornar-se uma dessas mulheres, se fracassasse.

Por assim dizer, ela observou a mão de Octa lentamente segurar com menos força a faca e sentiu apenas uma sensação nauseante de alívio e uma vontade de limpar o filete de suor frio que lhe escorria pela nuca.

Do lado de fora, alguém começou uma canção de bêbados; Isolda ouviu uma dúzia ou mais de vozes elevadas, os homens golpeando os escudos com as extremidades mais grossas de lanças ou espadas segundo a cadência das palavras. Octa respirou fundo, e Isolda viu que ele estava a ponto de reconvocar a presença da sentinela ainda posicionada à entrada da barraca; observou-o controlar-se, esforçando-se para recuperar o domínio da situação, e manter firmemente sua dignidade.

Ele olhou cautelosamente para ela, como se esperasse que um bebê aos gritos caísse de onde a moça estava.

– Está certo – ele disse afinal. Seus dedos tocaram o colar de ossos de dedos, e eles lhe chacoalharam no peito. – Você veio aqui por quê?

Isolda presumiu que ele concluíra que a gravidez – ou a varíola – a haviam perturbado mentalmente. E ela também presumiu que só tinha esse momento – e nada mais – para convencê-lo de que valia a pena escutar o que ela ainda tinha a dizer. Por isso, respirou fundo e disse:

– Porque quero que o senhor mate Cerdic por mim. É isso que lhe ofereço, senhor. Cerdic e todo o resto do exército dele, todos amarrados como gansos no inverno e prontos para serem decapitados.

Octa mudou de posição, chutou distraidamente os juncos do chão, sem deixar de olhar com os olhos apertados para Isolda. Estava cotejando o que ela acabara de dizer com sua insanidade patente. Finalmente, perguntou:
– Como?

Isolda permaneceu nas trevas da cela de madeira construída para os prisioneiros, tentando parar de tremer. Havia transmitido a Octa a história tramada com Cerdic: que Cerdic estava planejando um ataque de surpresa ao acampamento de Octa, e que suas tropas estavam todas reunidas na concavidade do vale próximo, à exceção de uma. E que a enfermidade, a constante destruição dos exércitos em movimento, havia atacado as tropas de Cerdic, que estavam a essa altura obrigadas a permanecer no acampamento, tornadas praticamente indefesas pela mesma varíola sofrida por Isolda.

Octa ouvia, impaciente. Várias vezes interrompeu a história de Isolda com uma pergunta astuciosa ou a acusação de que ela estava mentindo, que ela não poderia nunca saber tanto quanto afirmava. Foi necessário todo o esforço determinado de Isolda para ficar olhando para ele perplexa ou sorrindo como uma mulher perturbada.

Então, no final, quando ela acabou de falar e sentiu gotas de suor frio secando lhe formigarem a pele, Octa não disse absolutamente nada. Apenas continuou sentado, olhando-a fixo, a cicatriz enviesada no maxilar lívida à luz turva, os olhos concentrados nela movendo-se rapidamente dos pés à cabeça. Isolda se perguntou se seria preciso fingir mais uma contração de parto para fazer com que ele a liberasse, mas nesse instante ele se virou para o guarda de cabelo oleoso e disse:
– Leve essa mulher de volta à cela, e depois volte aqui.

Isolda estava de volta à escuridão que cheirava a resina, sem ter ideia se Octa acreditara nela ou não, muito menos se ele iria morder a isca que ela agitara em frente ao rosto dele. E tinha ainda menos ideia se iria conseguir sair viva daquele lugar, daquela cabana de prisão e do acampamento saxão.

Pelo menos ela não vira nem ouvira nada que sugerisse que Mark fazia parte do acampamento ou dele estivesse próximo. Mas talvez isso fosse o máximo de sorte que ela teria naquela noite.

O ar era denso e abafado. Isolda já havia tirado o manto, e queria também tirar o travesseiro colocado debaixo do vestido. Ela e Madre Berthildis o haviam costurado no lugar para que não escorregasse nem a denunciasse, e isso havia acontecido, mas a moça sentia calor e desconforto, embora certamente muito menos incômodo do que o peso real de uma criança estaria causando.

Apesar de tudo, Isolda acabou sorrindo suavemente ao lembrar da expressão no rosto de Octa quando ele pensou haver a possibilidade de nascer um bebê aos urros na sua barraca particular de guerra. Ela apoiou as mãos levemente na barriga. Talvez ele tivesse razão, se supusesse que procriar alterava a mente de uma mulher. Porque a lista de sintomas desconfortáveis que havia descrito para Octa era verdadeira. Ela se lembrava deles vividamente – de todos eles.

Mesmo assim – ela pensou –, nunca, jamais uma mulher desejaria que qualquer deles não ocorresse, se significasse desistir da alegria de ter um filho dentro de si durante toda a gestação.

Isolda sorriu ligeiramente no escuro de novo, e então raciocinou com um susto, quando se deu conta do que havia pensado. Só naquela hora, e pela primeira vez, desde que dera à luz sua menininha natimorta, ela havia meditado sobre os meses em que a havia carregado, sem nenhuma sombra de dor subjacente.

Isolda achou que isso devia significar alguma coisa, mas, antes de poder entender o fragmento de compreensão e deduzir o que era essa coisa, um som do lado de fora da cabana a fez congelar. Ela já estava acostumada aos gritos e às gargalhadas estridentes do acampamento à sua volta, de modo que não estava prestando muita atenção, mas nesse momento subitamente se deu conta de que as gargalhadas e os estouros das canções haviam parado e que os gritos vinham de apenas duas ou três vozes, não mais que isso. Ela também ouviu o barulho firme de pisadas de botas, e o choque de armamento sendo reunido e sacado.

Isolda sentiu-se fraca e, indiferente ao chão enlameado em que estava atolada, apoiou a testa nos joelhos levantados. Afinal de contas, Octa havia mordido a isca. O exército acampado ao seu redor se preparava para marchar.

Se ele já não estava no inferno, então devia estar morrendo. Uma das lembranças soltas e escorregadias que continuavam a deslizar fora do seu alcance era a de saber que ele provavelmente não sobreviveria àquela noite.

O rapaz sentiu um lampejo de irritação, mesmo em meio à dor excruciante. Para piorar as coisas, a morte estava doendo – Ah! O Diabo e seu traseiro preto e peludo – infernalmente! Tanto que ele não conseguiu escolher os últimos pensamentos que gostaria de ter. Algo...

Então, como um relâmpago, como mais um golpe de uma espada incandescente, a recordação o dilacerou, e ele pensou: *Isolda...*

Mas era tarde demais. O frio o envolveu, amorteceu-o, tornando até o som monótono dos cânticos parecer impossivelmente distante e remoto. O peso lhe comprimia o peito cada vez mais. Apenas por um breve momento abençoado, ele teve uma visão nítida do rosto de Isolda: inacreditavelmente linda, com seus traços delicados, olhos cinzentos de cílios escuros e cabelo encaracolado negro como a noite.

Então uma onda de negrume surgiu e o devorou.

E tudo desapareceu.

Isolda acordou arfante ao som dos gritos dos homens, do choque de metal contra metal, e na escuridão. Escuridão total, de modo que, por um momento, ela piscou, desorientada, incapaz de recordar onde estava ou, pelo batimento surdo do seu coração, pensar que estava cega.

Então as lembranças a inundaram, céleres. A viagem desde a abadia. Sua audiência com Octa. A ordem dele para que ela fosse levada de volta àquele lugar, a cabana da prisão.

Ouviu o exército de Octa marchar para fora dali, em direção à armadilha engendrada por ela e Cerdic. Rumo ao vale onde as tropas de Cerdic não estavam presas por doença alguma, e sim preparadas e esperando o ataque de Octa.

Quase imediatamente ela se deu conta de que não havia como fugir daquele lugar. As paredes eram feitas de tábuas inteiras, e a porta era uma tábua maciça de sólido carvalho. Ela estava encurralada ali dentro, em meio a um acampamento vazio. Lembrou-se do medo que a percorrera ao perceber isso. E, sem nada a fazer a não ser sentar-se e esperar o que viria, ela deve ter adormecido.

Acordara nesse instante e descobrira que o acampamento ao seu redor já não estava vazio.

O medo a percorreu mais uma vez. Porque os berros e gritos e o choque da batalha lá fora só podiam significar uma coisa: que o combate entre os exércitos de Cerdic e Octa tinha sido travado ali. O que – ela pensou – poderia ser uma esperança de ser resgatada. Exceto que as tropas de Cerdic não tinham como saber onde ela estava. Nem – a não ser que o próprio Cerdic estivesse ali – podia ela imaginar que algum dos seus soldados se importasse se ela sobreviveria àquela noite. E...

Outro fator a atingiu como uma flecha. O cheio acre de fumaça estava começando a infiltrar-se pelo lado de fora, atingindo o fundo da garganta de Isolda. Os homens de Cerdic deviam estar incendiando o acampamento.

Isolda reagiu instantaneamente. Tateando na escuridão, encontrou seu manto e o enfiou na rachadura entre o chão e a base da porta. Então, sacando a faca de Piye de onde a havia escondido na bota, cortou em pedaços o travesseiro que estava dentro do vestido e também os calcou debaixo da porta.

Não que isso fosse salvá-la, mas com esse ato ela podia manter a fumaça do lado de fora um pouco mais. Entretanto, bloquear a porta de nada adiantaria se as tábuas ou o sapê da cabana se incendiassem. Apesar do manto e do travesseiro, a fumaça estava ficando mais espessa. Isolda tossiu e esfregou os olhos, que formigavam, imaginando as chamas crepitantes espalhando-se entre as barracas do lado de fora, e línguas de fogo lentamente se aproximando das paredes externas da cabana.

Tentou chutar a porta, mas estava solidamente bloqueada, e o teto ficava bem fora do seu alcance. Por isso ela permaneceu no centro do recinto, com os braços ao redor do corpo, tremendo e esforçando-se para ouvir os sons exteriores, demonstrando medo involuntariamente a qualquer toque e choque de machado ou espada. E amaldiçoando a escuridão bloqueadora, que a deixava cega.

Então sua garganta se fechou e ela se engasgou, tossiu e esfregou os olhos lacrimejantes de novo. Porque a escuridão estava mais clara. Um reluzir amarelo-alaranjado se inseriu furtivamente na cabana. Então, com um sibilar e um forte estalo, um canto do telhado de sapê ardeu e pegou fogo.

Isolda saltou para trás e se encostou na parede oposta bem no momento de evitar ser atingida pelo sapê em chamas que caiu. A palha seca pegou fogo quase imediatamente. O fogo começou a se espalhar. Em mais alguns instantes todo o telhado estaria em chamas.

Isolda sentiu o calor do fogo no rosto. A fumaça já estava tornando quase impossível respirar. Sua visão escureceu e a cabeça girou quando ela tossiu, os pulmões procurando ar.

Do lado de fora da cabana, ela ouviu um cão de guerra latir louca e freneticamente, num som que era percebido mesmo na confusão barulhenta da batalha e no sibilar e nos estalos das labaredas.

Ela ia morrer. Por um instante Isolda pensou em todos aqueles que – talvez – esperavam por ela além do véu do Outro Mundo: sua avó. Seus pais. Seu bebê natimorto. Con. Tinha havido ocasiões – muitas – em que ela nada teria sentido a não ser um alívio suave ao pensar em deixar este mundo e reunir-se àquelas pessoas no Além. Mas agora, de súbito, ela entendeu que absolutamente não queria morrer.

Isolda chutou novamente a porta o mais forte que conseguiu. No mínimo se recusava a simplesmente ficar ali e esperar que as chamas e a fumaça acabassem com ela. Continuaria lutando até o fim.

Deu outro chute na porta, sentiu que ela cedeu, embora apenas ligeiramente. Então parou, congelada no lugar quando ouviu um estalo que fez a almofada da porta sacudir e estremecer. Mais um estalo. Alguém lá fora estava dando uma série de golpes de machado destruidores na tranca da porta.

Isolda nem teve tempo de ter medo nem de se perguntar quem estava na iminência de derrubar a porta da sua prisão. Com mais uns dois golpes, a porta foi destruída. Lá fora havia um mar de fogo e fumaça, mas através da névoa um corpo magro e poderosamente musculoso se chocou com Isolda e quase a derrubou no chão.

Isolda piscou, certa por um momento de que continuava ofuscada e imaginando visões onde não havia nenhuma. Então Cabal enfiou o focinho no pescoço dela, e ela sabia que ele era real. Real, vivo e no meio do acampamento chamejante do exército de Octa.

Isolda segurou o grande animal, mas, antes que se pudesse mexer, mãos a tiraram de dentro da escuridão enfumaçada, arrastando-a para fora da cabana em chamas. Cabal continuava a latir freneticamente, empurrando-a com a cabeça, ladrando quando pedaços de palha chamejante se derramavam sobre eles. Em seguida eles saíram, no ar comparativamente mais claro, e, quando o teto da cabana da prisão desmoronou completamente num estrondo ardente, Isolda viu o homem que a havia retirado das labaredas: magro, de traços acentuados, olhos castanhos da cor de folhas e desenhos azuis espiralados tatuados nas maçãs do rosto.

Fidach.

Isolda sabia, remotamente, que deveria estar surpresa, mas parecia que havia ultrapassado o ponto onde era capaz de se surpreender. Se tivesse sido Cabal quem estivesse brandindo o machado, ela o teria olhado com a mesma expressão perplexa que dirigiu a Fidach nesse momento.

Fidach não usava mais o casaco forrado; vestia calções até os joelhos e uma camisa aberta na garganta e emplastrada de suor na pele, de modo que toda a linha do peito emaciado era lisa. Ele tossia, lutando para respirar, porém afastou ainda mais Isolda dos destroços da cabana antes de se virar para ela.

Ao redor deles, o acampamento estava pegando fogo, trechos de capim seco sob os pés eram queimados pelas chamas, barracas desmoronavam em explosões de centelhas reluzentes; Fidach teve de gritar para ser ouvido acima do estrondo.

— Você está ferida? Consegue andar?

Isolda sacudiu a cabeça:

— Não, isto é, não estou ferida, posso andar.

— Ótimo! — Fidach tirou o suor dos olhos com o dorso do pulso. — Então fique atrás de mim e não se afaste. Vamos sair daqui.

O trajeto aos tropeções pelo acampamento foi um pesadelo de nuvens turvas de fumaça e calor e chamas saltitantes. Isolda mantinha uma dobra do manto sobre a boca e o nariz, e à frente dela Fidach rasgou uma tira de tecido da bainha da camisa e a amarrou no rosto. Ainda assim Isolda estava tonta, os olhos lacrimejavam e os pulmões pinicavam e ardiam; muitas vezes uma centelha extraviada caía no pelo de Cabal, obrigando-a a parar para tirá-la. O forte animal se mantinha próximo, pressionado contra o lado da moça, os músculos unidos sob a pelagem, os dentes arreganhados num rosnado.

O acampamento não parecia vazio. Duas ou três vezes Isolda avistou homens empenhados num combate violento, os corpos iluminados por detrás pelo fogo e obscurecidos pela fumaça de forma que pareciam deuses guerreiros no fim do mundo. Ninguém lhes impediu o caminho. Embora Isolda não tivesse ideia se as forças de Cerdic tinham sido derrotadas e se tivessem espalhado, ou se o exército atacante de Cerdic fora derrotado e afastado.

Apenas uma vez quando chegaram à beira do acampamento, finalmente livres do calor escaldante e da fumaça do incêndio, Isolda parou e ia perguntar a Fidach:

— O Rei Cerdic...

— Vai ficar muito bem sem a sua ajuda nem a minha. Vamos.

Fidach havia amarrado um cavalo – um tordilho grande e esquelético – no abrigo de árvores em redor do acampamento de Octa. Isolda olhou uma vez por cima do ombro para as labaredas de vermelho flamejante atrás deles, ressaltadas contra o céu noturno. Depois deixou Fidach ajudá-la a se sentar atrás dele na garupa do cavalo e simplesmente se manteve ali sem pensar em nada quando Fidach desviou a cabeça grisalha do acampamento em chamas e a incitou a ir à frente para penetrar nas matas.

Debaixo da cobertura de árvores, ainda estava escuro o suficiente para Fidach manter o trote, observando as raízes das árvores e as pedras que poderiam fazer o animal tropeçar ou cair. Cabal os seguia quase grudado neles, e não tinha dificuldade em manter o ritmo. Eles não falavam nada enquanto abriam caminho na floresta. Isolda estava exausta por demais para querer falar, embora pudesse agora respirar sem sufocar com a fumaça e as cinzas; começou a se perguntar de maneira vaga e distinta: onde e como Fidach havia conseguido o animal? E, por falar nisso, por que ele se dera ao trabalho de salvá-la?

Finalmente, Fidach puxou as rédeas da égua e parou à beira de um regato pequeno e borbulhante. O céu havia começado a se acinzentar com a proximidade do raiar do dia, de modo que havia claridade suficiente para ver o rosto dele. Seus traços estavam com riscas negras de fuligem e cinzas, o cabelo emaranhado de cinzas e suor. Isolda julgou que ela devia estar com a mesma aparência; a pele exposta coçava e parecia estar cheia de areia.

Ainda sem falar, os dois caminharam no regato com água até os tornozelos e se lavaram, pondo água nas mãos em concha. Cabal ficou à beira, bebendo água. Fidach tirou a camisa, e Isolda desejou livrar-se do vestido imundo, amarrotado, suado e ensopado de água. Contentou-se em arregaçar as mangas, esfregando as mãos, os braços, o pescoço e o rosto. A água incrivelmente fria deixou sua pele formigando, mas, graças aos deuses, suavizou-lhe a garganta ressecada quando ela levou as mãos cheias d'água até a boca e bebeu.

Quando terminou de se lavar e beber vários goles, Isolda começou a sentir que seu pensamento coerente voltava. Torceu a água da bainha do vestido, virou-se para Fidach e reparou pela primeira vez que um dos seus braços estava ferido, com um corte longo e sangrento. Perguntou-se por um momento se ele recebera o corte ao lutar para abrir caminho no acampamento de Octa, e conseguiu visualizá-lo combatendo um inimigo desconhecido, desfechando golpes dilacerantes de espada com a mesma velocidade de raio que demonstrara ao lutar contra Tristão. No entanto, ele deve ter sido lento pelo menos uma vez, o que explicava a marca da luta.

Ela pigarreou e, rompendo o silêncio que durava desde que saíram do acampamento, ela perguntou:

— Você quer que eu ponha uma atadura nisso?

Fidach olhou de relance para o corte como se também ele o estivesse vendo pela primeira vez. Então sacudiu a cabeça, vestiu novamente a camisa e respondeu:

— Não se incomode. Não é um corte profundo.

Houve mais um silêncio no qual o ruído borbulhante do riacho e o trinado do início da manhã do canto dos pássaros empoleirados nas árvores circundantes soou muito alto. Isolda perguntou então:

— Como foi que você me encontrou?

Fidach virou-se para ela. O tirano de baixo escalão que vivia pelo poder, cuja palavra e cuja expressão eram planejadas com efeito premeditado, parecia haver desaparecido, embora o que permanecesse no lugar desse homem Isolda não sabia precisar. A expressão dele estava abatida, a pele retesada nas maçãs do rosto, e ele parecia tão exaurido quanto Isolda. Esfregou o rosto com a manga molhada, depois inclinou a cabeça na direção de Cabal:

— Você pode agradecer a seu cão de guerra por isso. Ele me levou direto à cabana, e fez tamanho alvoroço que eu sabia que você devia estar lá dentro.

Até a voz dele soou diferente, agradável e em tom mais profundo. Havia um número quase incalculável de perguntas que Isolda poderia fazer: como Fidach encontrara Cabal ou, para começo de conversa, por que estava procurando por ela. A fadiga, porém, a envolveu como uma nuvem cinzenta sufocante, e ela verificou que não tinha condições de perguntar qualquer coisa.

Fidach fez menção de subir na égua e perguntou:

— Você está pronta para seguir viagem?

Por isso, em vez de fazer qualquer das outras perguntas, Isolda tirou do rosto um cacho desgarrado do cabelo úmido e indagou:

— Aonde vamos?

Fidach pareceu ligeiramente surpreso:
— De volta à abadia. Não é para lá que você queria ir?
Uma torrente de recordações percorreu Isolda como uma gélida maré: Tristão. De volta à abadia, ela comprovaria se ele havia sobrevivido à noite ou se... já havia desaparecido. Como norma, Isolda ignorava a prática de usar eufemismos para denominar o final da vida: *Faleceu. Passou para o lado de lá. Deixou o mundo*. Mas nem em pensamento ela conseguiu usar a palavra *morreu* nesse caso.

Ela inclinou a cabeça sem dizer nada, e Fidach estendeu uma das mãos para ajudá-la a subir na sela:
— Então, vamos indo.

Fidach susteve as rédeas pouco antes de eles chegarem aos portões da abadia, saltou da égua e ajudou Isolda a fazer o mesmo. Isolda estava numa espécie estranha de transe sombrio descuidado, meio exaurida, meio temerosa; do lado de fora das paredes da abadia, todos os seus músculos se tensionaram com a vontade quase esmagadora de ir direto ver Tristão, saber de uma vez por todas se ele ainda estava vivo ou se...

Ela se obrigou a virar-se para Fidach, contudo, e a perguntar:
— Você quer entrar? Eu posso suturar esse corte para você.

Ela apontou para a poça de sangue que escorria pela manga de Fidach.

Fidach olhou de relance para as paredes da abadia e sorriu meio melancólico para Isolda:
— Acho que é provável que as paredes de qualquer convento desmoronariam em cima de mim se eu entrasse. Pode deixar que estou bem.

Cabal se comprimiu ao lado dela, e Isolda esfregou-lhe a cabeça distraidamente, franzindo o cenho:

— Então se certifique de manter limpo o corte.

Fidach tossiu, inclinou a cabeça e o sorriso ampliou-se quase no risinho zombeteiro que ela recordava de antes:

— Está com medo que eu morra antes da hora?

À luz acre do amanhecer, ele parecia um cadáver ambulante, a cabeça igual a um dos crânios sorridentes pendurados nas paredes de sua cabana. Isolda sacudiu a cabeça:

— Se você tivesse morrido antes de ontem à noite, eu também estaria morta.

Fidach deve ter compreendido a pergunta não feita, porque desviou o olhar para as paredes da abadia mais uma vez, respirou fundo e depois exalou. Quando voltou a olhar para Isolda, o rosto estava sério, sem nenhum traço de arrogância. A moça pensou que era como se ele tivesse abandonado o rosto que usava para se dirigir a seus soldados, da mesma forma que ele poderia ter jogado fora o manto com muitas peles. Seus olhos estavam empapuçados de cansaço, e Isolda enxergou uma nódoa negra de cinzas no seu pescoço e em lugares onde o cabelo havia sido chamuscado.

— Eu comando um bando de homens desorientados — ele disse. — Homens cuja única lei é a da sua própria fome, da própria ambição e cobiça. Esses homens só acatam um tipo de líder: alguém que governe através do medo. E um homem sem honra, sem consciência, é mais temido. Essa é a pura verdade.

Ele fez uma pausa, parecendo esperar algum tipo de reação, por isso Isolda concordou:

— Suponho que seja mesmo verdade.

Fidach moveu a cabeça de repente, concordando, e tossiu mais uma vez, uma das mãos lhe cobrindo a boca.

— Mas só porque cultivo a reputação de ser um homem sem honra não quer dizer que eu não tenha nenhuma. — Mais um meio sorriso tristonho lhe surgiu nos cantos da boca. — Um homem cuja morte paira tão claramente nestes ombros começa a ser cauteloso com os riscos que sua alma assume. E, seja lá qual for a alma de um homem – quanto a isso, quem pode dizer? –, está contida na palavra dele. Como água num jarro. Se o jarro se despedaçar – romper um juramento de fidelidade –, o ego inteiro de um homem se escoa inutilmente para o chão lamacento.

Outro acesso de tosse o interrompeu, fazendo-o arquear os ombros e dobrar-se para a frente até o ataque passar. Quando ele se endireitou e tirou a mão da boca, Isolda viu mais uma vez a mancha de sangue na sua palma.

Isolda imaginou de repente um Fidach mais jovem, com as tatuagens de guerreiro nas maçãs do rosto acentuadas e novas, o corpo vigoroso, saudável e intacto. Talvez tivesse jurado fidelidade a um dos chefes da região Pritani, as terras inóspitas situadas além da grande muralha romana ao norte. Aprendendo as artes marciais – habilidade com a espada, lutar a cavalo – e em seguida sofrendo uma desgraça, talvez sobrevivido a seu chefe na batalha. Ou talvez simplesmente descobrindo que amava homens. De qualquer forma, foi alguma coisa que imediatamente o tornou um fora da lei, um intocável. Por isso ele criara essa identidade, esse ego público que usava como um manto: um homem que sabia tudo, que se alimentava dos temores de outros homens, e era por isso temido. Um homem a quem apelos da consciência eram inúteis, porque ele não os tinha. Entretanto, o tempo inteiro o jovem guerreiro vivia subjacente aos olhos do outro homem.

Isolda achou que a história talvez fosse essa, embora presumisse que nunca saberia ao certo. A força de vontade que mantinha Fidach de pé e ereto era certamente sólida o suficiente para proteger quaisquer segredos do seu passado.

Como se mais uma vez lhe estivesse lendo os pensamentos, Fidach sacudiu a cabeça:

– Duvido que a fumaça me tenha feito bem, mas eu não lhe disse que um moribundo pode temer tudo ou absolutamente nada? – Ele se calou, o sorriso esmaecido desaparecendo, os olhos nos de Isolda. – Eu me propus a manter você a salvo. Dei minha palavra a Tristão de que não deixaria que nada de mau lhe acontecesse. Um homem na minha posição reúne todas as informações que pode. Saber é poder, eu também lhe disse isso. E há muita gente nesta região – Cerdic de Wessex é apenas um deles – que paga muito bem pelas informações secretas que posso oferecer. Por isso eu poderia – e até me disporia – a negociar com o Rei Octa de Kent, fingiria que tinha algo, ou alguém, de valor que ele procurasse. Fingiria que estava disposto a trocar esse alguém por uma recompensa em ouro, mas no final Octa ficaria sem seu prêmio. E Cerdic de Wessex – ou qualquer dos outros inimigos de Octa que oferecesse a maior recompensa pelas informações – ficaria mais rico com as informações que eu soubesse a respeito dos movimentos e dos planos de Octa.

Fidach fez uma pausa e contraiu a garganta ao lutar contra mais um acesso de tosse.

– Portanto, como você deve estar compreendendo, depois que você e Tristão saíram do acampamento, encarreguei meus homens de vasculhar a zona rural para encontrar vestígios seus. E acabei dando de cara com Piye e Daka ontem à noite. Depois de muita persuasão de minha parte e de eu jurar que não lhe queria fazer mal, eles me contaram aonde você tinha ido e por quê. Eles estavam tentando reunir o maior número de homens que pudessem. Nosso plano era chegar de surpresa ao campo e pegar você de volta à força, mas aí vi os homens de Cerdic incendiarem sua cabana, percebi que eu mesmo ia ter de resgatar você, sem esperar que nenhum dos outros homens chegasse.

Isolda olhou para ele, ainda sentindo-se atordoada pelo cansaço e com o esforço de tentar enquadrar o homem à sua frente no perfil de Fidach como líder mercenário. Tentou recorrer a um tipo de resposta ao que ele acabara de dizer. *Obrigada* lhe pareceu absurdamente inadequado, mas a moça só conseguiu pensar nessa palavra.

— Obrigada.

Fidach rejeitou o agradecimento com um gesto, e lançou um último olhar para as paredes do convento.

— Eu soube que Tristão foi ferido.

Ela estava visualizando Tristão imóvel, lívido com a falta de sangue desde o momento em que o deixara na noite da véspera. Ainda assim, as palavras de Fidach soaram nos ouvidos de Isolda como rachaduras em gelo quebrado. Ela concordou com a cabeça. sem confiar em que tivesse voz o suficiente para falar, e os olhos castanho-esverdeados de Fidach se fixaram nos dela, com um olhar longo e grave:

— Então eu desejo sorte a ele.

Ele se afastou de volta à égua e segurou as rédeas. Isolda viu a boca do homem se contrair com o esforço de se arrastar para subir na sela, mas em seguida ele estava escarranchado no tordilho, virando a cabeça do animal de costas para a abadia e de volta à trilha na floresta que haviam acabado de percorrer. Ele olhou de volta para ela, fez uma estranha meia reverência para Isolda e disse:

— Eu lhe desejo sorte também, *Lady* Isolda de Cammelerd.

Ele pronunciou o nome dela de uma forma que fez Isolda se indagar se o tempo todo ele tinha sabido quem era ela. Fidach incitou o animal para a frente e partiu, desaparecendo nas sombras do começo do amanhecer das árvores em redor.

Capítulo 18

Isolda sentou-se depois de se debruçar na cabeceira de Tristão, e exalou um sibilar de frustração entre dentes. Ele havia sido transferido dos aposentos de Madre Berthildis para um quarto no alojamento de hóspedes durante a noite, e Isolda foi até lá tão logo passou pelos portões da abadia. Ela sentiu como se estivesse escapando novamente da cabana enfumaçada no acampamento de Octa quando viu que o peito dele continuava a subir e descer a cada respirar, e sentiu os batimentos leves mas perceptíveis do pulso dele.

Piye e Daka ainda não haviam voltado, mas a moça encontrou Eurig e Madre Berthildis com Tristão: Eurig dormia no duro banco de madeira ao lado da lareira, e Madre Berthildis, ajoelhada à cabeceira de Tristão, entoava uma prece numa voz alquebrada pela idade, mas surpreendentemente suave. Madre Berthildis lhe havia contado tudo que sabia sobre a batalha da noite da véspera. Que as tropas de Octa haviam sido emboscadas e vencidas pelos homens de Cerdic, e que o próprio Cerdic, a cavalo, perseguira os soldados de Octa, em frangalhos, que haviam tentado fugir.

Isolda sentiu uma espécie remota de alívio ao saber que seu plano não havia conduzido Cerdic a uma derrota, mas não conseguiu sentir outra coisa.

Ela se banhou, com maior detalhe do que no regato da floresta, limpou o fedor de fumaça que permanecia na pele e no cabelo e trocou as roupas imundas e com restos de cinzas. Também dormiu algumas horas, porque estava tão cansada que centelhas reluzentes lhe atravessavam o campo de visão, e ela sabia que não seria útil a Tristão nem a qualquer outra pessoa daquela maneira. Em seguida voltou para onde estava Tristão e verificou que Daka e Piye finalmente haviam retornado. De Fidach, porém, não se tinha notícia.

Ela ficou total e completamente agradecida ao ver que os dois irmãos estavam sãos e salvos, e sentiu um lampejo de preocupação por Fidach, sozinho e com o corte não suturado no braço. Mas, agora que os quatro homens – Piye, Daka, Eurig e Hereric – deixaram o aposento para procurar sobras de comida, ela não conseguiu pensar nem prestar atenção em nada que não fosse o corpo alquebrado à sua frente. Tentou, repetidas vezes, fazer contato com Tristão como havia feito com Hereric e Piye, porque não havia absolutamente outra coisa que pudesse fazer por ele.

Isolda examinou o ferimento ao lado do corpo do rapaz e constatou que estava inflamado e enegrecido por ter sido cauterizado, mas sem traço do veneno que ela havia temido. Tentou inúmeras vezes fazer com que bebesse água de uma colher, mas ele não engoliu nem uma gota: o líquido escorria inutilmente para o travesseiro, por isso ela pegou a mão do rapaz e tentou usar a Premonição para falar com ele.

Infelizmente, o esforço foi igualmente vão. Repetidas vezes ela não teve êxito; era a mesma coisa que dar de cara com uma sólida muralha de pedra.

Ela também sabia que, apesar de não ter conseguido ver Mark na hidromancia antes, a Premonição continuava lá, ainda uma pulsação viva dentro dela, uma pequena muda que lhe crescia no peito. Madre Berthildis havia permanecido no local, e estava sentada no canto, ainda entoando uma oração suave e meiga que contrastava estranhamente com seu corpo arqueado e o rosto descorado pela idade. Se Isolda se concentrasse, podia sentir as pontadas fortes do reumatismo nos joelhos da abadessa, e a dor indistinta nas articulações de suas mãos.

Se se concentrasse – os dedos de Isolda se contorceram com a vontade de estraçalhar alguma coisa –, provavelmente poderia sentir todas as dores dispersas em todos os homens, mulheres e crianças na sagrada abadia inteira.

Mas nada de Tristão.

– O que está tentando fazer?

A voz de Madre Berthildis interrompeu os pensamentos de Isolda, fazendo com que erguesse o olhar do rosto de Tristão:

– O que a senhora quer dizer?

A abadessa acenou impacientemente uma de suas mãos semelhante a uma garra:

– Você está sentada aí sem se mexer há pelo menos quatro horas. E não por apenas temer pela vida desse rapaz, medo de que ele escape e morra se você se mexer. Já vi isso vezes suficientes para reconhecer o que parece ser. Obviamente você tem um objetivo para estar aqui. Basta a expressão nos seus olhos para chamuscar até couro. Então, o que espera poder fazer por ele?

Isolda não ia contar à anciã. Não conseguia pensar em uma só coisa a ganhar ao dar uma resposta verdadeira à pergunta da abadessa. E, se contasse a verdade, Madre Berthildis provavelmente acharia que tinha parte com o diabo. Ou que fosse louca.

Mas Isolda não conseguiu reunir energia para se importar. Contra todas as probabilidades, contra até mesmo suas próprias expectativas, ela havia de alguma forma sobrevivido à volta do acampamento de Octa. E estava agora exatamente onde estivera antes: olhando fixo para o corpo inconsciente de Tristão, com a morte certa dele olhando-a fixo no rosto.

Ela esfregou as têmporas:

– Estou tentando falar com ele. Trazê-lo de volta de onde ele está.

Madre Berthildis inclinou a cabeça para o lado e franziu a boca ampla e insípida, pensativamente.

– Você é capaz de fazer isso?

Isolda curvou a cabeça e respondeu:

— Sou. — Embora uma voz no fundo da cabeça escarnecesse que ela talvez fosse mesmo louca. Talvez nada da Premonição fosse real, talvez fosse apenas sua imaginação e fantasia.

Madre Berthildis analisou-a por um momento com os astutos olhos negros, e assentiu com a cabeça, ponderando.

— É, já me deparei com habilidades dessa espécie antes. Parece-me ser um dom maravilhoso.

— Um dom? — Os olhos de Isolda vagaram novamente até o rosto de Tristão. — Suponho que poderia ser, não fosse pelo fato de desaparecer toda vez que mais preciso dele.

Ainda olhando para Isolda, Madre Berthildis tamborilou levemente no lábio superior.

— Desaparecer? O que você quer dizer?

Isolda voltou a passar a mão nas têmporas. Seus esforços com Tristão, combinados com os efeitos prolongados de haver respirado tanta fumaça na noite da véspera, deixaram-na com uma terrível enxaqueca. Mesmo assim ela tentou pensar claramente, para olhar sem tendências nem preconceito para a pequena anciã à sua frente, encurvada na cadeira, o véu branco de freira lhe emoldurando o rosto enrugado. Tentou também pensar em uma forma gentil de formular sua próxima pergunta, mas acabou não conseguindo reunir a energia para isso tampouco, e as palavras saíram mais ríspidas do que ela intencionara:

— Por que lhe interessa saber isso?

Mas aparentemente Madre Berthildis não se ofendeu. Um sorriso tão surpreendentemente meigo quanto seu cântico lhe surgiu nos lábios e nos cantos dos minúsculos olhos escuros.

— Por nenhuma razão especial. Exceto que me parece que você é uma jovem que carrega seus problemas sozinha, sem dividi-los, sem recorrer a ninguém para ajudá-la. Sem dúvida isso é admirável, mas mesmo os melhores de nós esgotam sua força às vezes. E o simples fato de falar sobre um problema pode fazer bem à alma.

Isolda fechou os olhos um instante e então, quase sem perceber que decidira falar, ouviu suas palavras começarem a fluir como numa inundação. Sentada à cabeceira de Tristão, ela contou tudo a Madre Berthildis. Mesmo com Tristão, na noite em que ele a acordara do seu pesadelo, ela não se permitira falar tão livremente. A moça manteve os olhos fechados e simplesmente contou tudo a Madre Berthildis: tudo sobre si mesma, sobre o retorno da Premonição, sobre Mark e o pesadelo e sobre conseguir invocá-lo na hidromancia para penetrar na sua mente.

A abadessa escutou em um silêncio que não era nada exigente, e mesmo assim tão audível quanto palavras poderiam ter sido. Quando Isolda finalmente terminou, Madre Berthildis permaneceu sentada mais um instante sem falar, os olhos fixos na moça e a cabeça inclinada para o lado. Isolda esperou em silêncio.

Afinal, a abadessa pigarreou.

– E você tem certeza, não é, de que a razão pela qual lhe concederam esses lampejos, essas visões, é porque você devia saber por meio deles quais eram os movimentos de Lorde Mark? Saber onde e como ele planejava atacar para que você pudesse advertir o Conselho do seu rei contra os planos do Lorde?

Isolda apertou as mãos no colo e, em vez de responder, perguntou:

– A senhora chamou a Premonição de dom. Um dom de Deus, foi isso que a senhora quis dizer?

Madre Berthildis inclinou a cabeça:

– Isso mesmo.

– Bem, então – disse Isolda. – Não sei bem se concordo. Nem sei se acredito em Deus – no seu Deus – ou não. Prefiro acreditar que a Premonição me foi concedida por um objetivo. E que os sonhos e as visões de Mark me foram enviados por uma razão, uma forma de fazer com que o bem resultasse do mal. Uma espécie – sua voz falhou ligeiramente – de truque cruel, uma forma de me fazer reviver aquela noite várias vezes.

— Ora, não tenho dúvida de que eles lhe foram mandados por um propósito. Nenhuma dúvida. — A abadessa rejeitou essa frase com um gesto. — Só tenho dúvida sobre qual seria o propósito.

Isolda sacudiu a cabeça:

— Não entendi bem o que a senhora quis dizer.

Madre Berthildis voltou a fixar o olhar negro vivo e reluzente do rosto de Isolda e ficou calada mais um momento antes de falar:

— Eu diria que você finalmente se perdoou por haver desposado Lorde Mark, mas e quanto ao próprio Mark?

Isolda pensou na noite em que contou tudo isso a Tristão. Lembrou-se de que depois ela se sentiu mais leve, de alguma forma. Como se um ferimento sangrento dentro dela houvesse sido cauterizado, liberado do veneno e pudesse ser curado. Agora ela já não sabia o que sentia. Embora desta vez tivesse doído menos contar a história. Ela não precisara se esforçar tanto para não se sufocar ao dizer o nome de Mark.

Isso lhe facilitou perguntar:

— O que a senhora quer dizer com "E quanto ao próprio Mark?".

O olhar fixo negro e penetrante de Mark se concentrou nela:

— O que sente em relação ao Lorde Mark?

— O que eu... — Isolda se deteve. A abadessa a olhou intensamente de maneira tão abrasadora que lhe lembrou as chamas da noite da véspera. Um olhar que ela diria que, outrora, seria capaz de vencer a resistência de homens fortes e confessar seus crimes. — Eu... — Isolda parou novamente. Pensou no homem que havia visto de relance na hidromancia, no homem que acordou chorando por tudo que havia perdido, que se enchia de raiva para afastar um medo constante, gélido e mortal. Inalou um respirar trêmulo, depois disse, praticamente num sussurro: — Eu... eu já não o odeio.

Pronunciar essas palavras trouxe uma sensação quase de perda ou desgosto. Porque ela queria odiá-lo. Ela o detestava desde que ele matou sua avó. Desde que ele as prendeu para morrer na guarnição militar assolada pela praga. Desde que ele assassinou Con e a obrigou a se casar com ele e a posicionou perante os membros do Conselho do rei para ser julgada como feiticeira e ser queimada. Ele havia matado Merlin e...

A lista prosseguia, mas, embora Isolda tenha rememorado mentalmente a relação dos crimes de Mark, pensando em cada um deles da forma como Octa havia tocado o colar de ossos de dedos humanos, ela não se deparou mais com o antigo ódio, e sim com um espaço estranho e vazio antes ocupado por raiva e ódio.

Madre Berthildis a observava, sempre com a expressão que fazia Isolda julgar que conhecia todas as frações de seus pensamentos.

— Os cristãos — a abadessa disse finalmente — acreditam em perdoar nossos inimigos. Até setenta vezes sete[39].

Isolda voltou a sentir a perda vazia florescer dentro dela. Levantou a mão e a passou nas maçãs do rosto e disse, baixinho:

— Isso é muito difícil.

Madre Berthildis riu com desdém:

— Difícil? Evidente que é difícil. Que virtude existe em amar apenas os que nos falam docemente e não nos causam mal? — A abadessa fez uma pausa e acrescentou, em tom gentil, mas com a mesma intensidade feroz nos olhos: — E, se o que Deus lhe concedeu já não responde aos seus chamados, é porque talvez você já não precise dos poderes que Ele julgou adequado lhe atribuir.

Abruptamente, Isolda se deu conta de que Madre Berthildis lhe lembrava sua avó. As duas mulheres dificilmente poderiam ser menos parecidas. Morgana era esbelta, morena e graciosa,

---

[39] Mateus, 18:22, citando palavras de Jesus. (N.T.)

e mesmo idosa conservava os traços de sua grande beleza, enquanto o rosto semelhante a um sapo de Madre Berthildis nunca devia ter sido nada mais que feio, mesmo quando jovem, mas alguma coisa na expressão da velha freira fazia Isolda pensar na avó que a criara e depois morrera vitimada pela praga havia sete anos. Havia uma espécie de destemor na abadessa, uma disposição de enfrentar a verdade sem hesitar, de agir com decisão sem se importar com as consequências ou com a dor futura. Isso, pensou Isolda, Morgana e Madre Berthildis poderiam ter compartilhado.

E de repente ela foi absorvida por uma onda tão forte de saudade do passado como nunca havia sentido. Porque o que realmente importava se ela odiava ou não Mark? Ainda assim, não conseguia fazer contato com Tristão. Sem água ele viveria mais um, no máximo dois dias. Nesse instante, Isolda desejou com todas as fibras do seu ser que sua avó pudesse estar ali com ela. Que Morgana pudesse lhe dizer o que fazer por Tristão e tirar essa esmagadora responsabilidade das suas mãos.

Mas Morgana estava morta e não havia outra pessoa, só Isolda. Ela inalou um respirar e virou-se para Madre Berthildis, notando com uma pontada de remorso que a idosa parecia exausta. Era provável que tivesse passado a noite inteira sem dormir.

– Obrigada – disse Isolda. – Agora, por favor, a senhora deve descansar. Tenho certeza de que tem muitas tarefas a cumprir, muitas outras na abadia, que necessitam da sua atenção.

Madre Berthildis assentiu com a cabeça e se pôs de pé.

– Um lugar deste tipo não se dirige por si só, isso é certo. – Mas, em vez de se dirigir à porta, ela foi até a cabeceira de Tristão, e seus dedos esboçaram uma cruz no ar acima da cabeça dele. – Vou rezar por ele. E por você também.

– Madre – Isolda hesitou e então perguntou: – A senhora realmente acredita que rezar por um homem pode salvar-lhe a vida?

Uma expressão de distanciamento, quase de tristeza, perpassou pelo rosto da abadessa e ela sacudiu a cabeça:

— Não. Se for vontade de Deus que esse rapaz morra, nada que você ou eu ou qualquer outra pessoa possa fazer vai mudar isso, mas, se não podemos pedir a Deus que mude Sua vontade, podemos rezar para que Ele nos ajude a mudar o que podemos fazer.

Isolda a olhou e disse:

— Quer dizer que essa é a sua solução? Que eu reze para que o seu Deus me ajude a me alegrar porque Tristão está prestes a morrer?

Madre Berthildis não se ofendeu com a amargura do tom de Isolda. Em vez disso, estendeu o braço e segurou levemente o rosto de Isolda entre as mãos secas como um pergaminho:

— Não, mas você pode rezar, como eu vou rezar, para que Deus esteja com vocês dois. E que você nunca se esqueça do amor Dele por você. E que, se Ele escolher falar com você, vai também conceder-lhe ouvidos para escutar.

Quando Madre Berthildis se foi, Isolda sentou-se imóvel durante longo tempo, olhando fixo para Tristão até achar que sabia de cor todas as linhas dos traços magros. Até ainda conseguir ver todos os fios do cabelo castanho-dourado escapar da tira de couro, todo arranhão ou traço indistinto de uma contusão que lhe escurecia a pele, mesmo quando fechava os olhos.

Ela sentiu uma contorção de nojo de si mesma. Teria ela realmente pensado que Madre Berthildis e seu Deus lhe teriam alguma coisa a oferecer-lhe nessa situação? O Deus que ordenava a seus adeptos perdoar os inimigos, o que podia ser virtuoso, mas também era inegavelmente pouco inteligente? A não ser que se quisesse que os inimigos nos continuassem ferindo até nos matar.

Esse também era o Deus que mandava as mulheres se manter caladas e se submeter a homens como Mark da Cornualha.

Ou encerrá-las em abadias muradas como essa, vestidas em longos hábitos negros e apertados, véus desconfortáveis, entoando orações com voz monótona.

Ela achava estranho acreditar em um Deus, não obstante acreditar que fugir do mundo que Ele criou, trancando-se atrás de sólidas paredes de pedra, fosse a melhor vida que se podia viver.

Isolda pensou, com mais uma pontada rápida e dolorosa, na sua avó, levantando as sobrancelhas para um dos padres de hábito negro que havia vindo para salvar sua alma do fogo do inferno. Morgana havia olhado friamente para o homem e depois dito que, se ele era tolo o bastante para seguir um deus que não tinha mais poder senão o de ser pregado numa cruz de madeira, ela, Morgana, era mais racional. Não obstante...

Isolda lembrou-se de sua resposta a Madoc, semanas atrás, depois que voltaram de Ynys Mon. Ela havia dito que às vezes se sentia como se tudo parasse, como se o mundo inteiro parasse entre respirações inaladas... "Então isso talvez seja um deus, ou alguém mais além do véu do Outro Mundo, pensando em mim?"

Isolda fechou os olhos. *Se o Senhor permitir que Tristão morra eu nunca vou acreditar no Senhor enquanto eu viver*, provavelmente não era o que Madre Berthildis havia querido dizer com "pedir ajuda a Deus". Além disso, se alguém ou alguma coisa que a estivesse ouvindo agora precisasse que ela acreditasse para ser um deus, então não valeria a pena rezar para ele.

Sentou-se em silêncio durante um instante; a imagem do rosto de Tristão continuou gravada no negrume de suas pálpebras. Ela então sussurrou no aposento silencioso:

— Posso tolerar tudo que tiver de tolerar. Não peço nada para mim, mas por favor, por favor, mostre-me como ajudar Tristão.

Entretanto, antes que ela pudesse resolver se ouviu ou sentiu alguma coisa além do silêncio do recinto e do negrume de suas pálpebras fechadas, um som à porta a assustou, e os olhos se abriram. Os homens estavam de volta: Eurig, Piye, Daka e Hereric, com Cabal grudado em seus tornozelos. Entraram silenciosos no aposento, lançando olhares rápidos e plenos de tensão para o vulto imóvel coberto por um cobertor na cama. Eurig foi o primeiro a falar:

— Ele está...

— Ainda vivo — respondeu Isolda. — Não houve mudança.

Eurig assentiu com a cabeça, e ele e os outros fizeram fila para ocupar os lugares de antes: Hereric no banco ao lado da lareira, Eurig na cadeira, Piye e Daka encostados na parede da extremidade. Isolda se deu conta de que a noite estava chegando: o aposento estava escurecendo. Sentada, observando o rosto de Tristão, ela não havia notado a luz tênue e as sombras prolongadas, mas agora mal conseguia ver os outros quatro homens.

Ela se pôs de pé e acendeu a única lamparina a óleo do recinto, piscando sob o súbito brilho de luz que lhe incomodou os olhos. Então voltou a se sentar ao lado de Tristão. Seu estômago se contraiu quando viu que o rosto dele estava pálido e sem vida. Como uma efígie esculpida em pedra. A voz de Eurig a fez levantar os olhos:

— Ele consegue nos escutar? — Apontou com a cabeça para Tristão. Sabe que estamos aqui?

Isolda sacudiu a cabeça, sentindo uma contração de frustração nas pontas dos dedos uma vez mais:

— Não tenho ideia, talvez saiba. Por que você pergunta?

— É que eu queria — Eurig parou e pigarreou. As pontas das orelhas se ruborizaram, mas ele continuou. — ... eu queria falar com ele.

— Pode tentar. — Isolda se mexeu para dar espaço a Eurig na cabeceira de Tristão. Ela esfregou os olhos, exausta. — Talvez você possa fazer mais bem a ele do que eu neste instante.

Eurig ficou ao lado da cama, os pés separados e as mãos cerradas atrás nas costas. Pigarreou novamente, depois começou, os olhos brilhando no rosto redondo feio, ao olhar para Tristão:

— Eu só queria dizer... agradecer a você — ele começou. — Isso não é suficiente para compreender o que significa salvar a vida de um homem, mas eu só queria lhe dizer que não esqueci o que você fez quando me salvou das minas.

Piye interrompeu com um repente de fala acelerada na sua própria língua, e Eurig assentiu acentuadamente com a cabeça.

— Daka e Piye dizem o mesmo. Nenhum de nós teria sobrevivido àquela batalha entre Goram e Cynlas de Rhos se não fosse você, por isso a gente te agradece. Todos nós.

Eurig engoliu convulsivamente, depois deu um passo para trás. A visão de Isolda ficou toldada e ela piscou, achando, triste, que não havia feito quase nada nessa viagem a não ser chorar ou tentar se conter para não chorar. Então parou e se sentou ereta, à medida que o sentido das palavras de Eurig lentamente ficava mais nítido, através da neblina sufocante de seus pensamentos.

— O que quer dizer? — Ela se virou para Eurig. — Que luta aconteceu entre Goram e Cynlas de Rhos?

Eurig piscou para ela, surpreso com a pergunta, mas disse, após hesitar um momento:

— Isso foi há três anos, ou quase isso, mas não importa. O Rei Cynlas e seu filho invadiram de surpresa as terras de Goram na Irlanda. Queriam levar a luta para as terras de Goram, em vez de levar às deles. E estavam dispostos a pagar a qualquer um que quisesse juntar-se às suas tropas.

— Você pode... — Isolda engoliu em seco, e seus olhos se desviaram para o rosto de Tristão. — Você pode me contar o que aconteceu?

Nesse instante não interessava especialmente se Tristão havia traído Cynlas e o filho há três anos, mas foi surpreendente verificar que ela podia saber a verdade sobre o caso naquela hora, entre todos os lugares e ocasiões.

Mas a moça olhou para Eurig, para seus ombros curvados e olhos avermelhados, e acrescentou rapidamente:

— Desculpe, deixe pra lá. Você não deve ter dormido nada ontem à noite, e sua aparência é a de quem precisa descansar mais do que qualquer outra coisa.

Eurig sorriu ao ouvir isso, e seu rosto se iluminou por um instante quando ele sacudiu a cabeça:

— Aposto que nem metade do que você precisa. Eu vou ficar bem; enquanto você quiser que a gente fique aqui, nós vamos ficar. — Os outros três homens concordaram com as palavras dele por meio de acenos com a cabeça e murmúrios, e Eurig continuou: — No que diz respeito ao que aconteceu, eu não me importo de contar, isto é... — Lançou um olhar duvidoso para Isolda. — Se você está certa de que quer saber. É uma história muito cruel, e não vai parecer menos terrível ao ser recontada.

Isolda sacudiu a cabeça:

— Por favor, eu gostaria de ouvi-la mesmo assim.

Eurig desmoronou na cadeira mais uma vez. Embora tivesse dito que não se importaria de contar a história, Isolda percebeu que o homem se controlou antes de falar, como se esperasse sofrer, e uma contração lhe passou pelo rosto.

— Eu já lhe falei uma vez — ele disse afinal — que há três anos eu era um homem diferente, vivendo uma vida diferente da que vivo agora. Eu era um homem com um futuro. Tinha uma casa, mulher e filho. — Olhou firme para a frente, e Isolda sabia que, fosse lá o que estivesse vendo, não era a parede de gesso sem adornos na extremidade do recinto. — Fiz um juramento de fidelidade a Gethin, filho do Rei Cynlas de Rhos. Gethin comandava seu próprio exército, e eu era um de seus combatentes. — O rosto de Eurig se contraiu mais uma vez, como se estivesse sentindo um gosto amargo. — Não que Gethin merecesse os juramentos que eu e seus outros homens fizemos. Ele era ambicioso. Tinha ganância por poder e riqueza. Não se contentava em ser apenas o filho de um rei.

Eurig fez uma pausa e olhou para as mãos grosseiras.

– Isso foi há cinco, não, faz quase seis anos, não muito depois da batalha de Camlann. As coisas estavam em paz, praticamente. E então Gethin ordenou que a maioria de suas tropas vigiasse a fronteira ocidental de suas terras. Os outros soldados ele mandou que patrulhassem o litoral a leste, as costas. A gente era um grupo reduzido de mais ou menos cinquenta homens, e não esperava nenhuma confusão.

Eurig parou e se calou um momento; os olhos castanhos recordando o que acontecera naquela ocasião. – Aí nós fomos atacados com violência, num ataque de surpresa pelas forças irlandesas de Goram. Eles nos despedaçaram como lobos pegando um rebanho de carneiros. Você pode até achar que isso é ruim, mas não foi por acaso que os homens de Goram nos atacaram. Nem foi por acaso que éramos apenas alguns a enfrentar ele quando ele e seus homens chegaram. Gethin tinha planejado tudo, e pagado a Goram uma recompensa em ouro para nos atacar. A ideia era derrotar Cynlas para que ele tivesse de retaliar contra Goram, mas a derrota não foi tão grande assim. – A boca de Eurig se contraiu de novo. – Afinal de contas, éramos mais ou menos cinquenta, mas foi o suficiente para Cynlas absorver o insulto. Com sorte – sorte para Gethin, isto é – o pai dele seria morto. Especialmente se ele, Gethin, pudesse dissimuladamente esperar no acampamento do seu pai.

Eurig parou de falar, e continuou a olhar para as mãos fortemente apoiadas nos joelhos. Depois de um momento de interrupção, Isolda disse:

– Você parece muito seguro disso.

Eurig levantou o olhar:

– Seguro? Ah, sim. Estou seguro disso. Goram achou que era uma piada engraçadíssima. Eu ainda escuto ele rindo enquanto observava seus homens prender nossas pernas a ferros – pelo menos aqueles de nós que sobreviveram ao combate – e nos arrastar como gado para sermos vendidos como escravos. Ele também marcou como escravos cada um de nós. – Eurig, contorcendo a boca, arregaçou a manga da túnica para mostrar a marca na parte inferior do braço. – Por causa dos homens dele que nós matamos, ao defender nossas vidas.

As juntas das mãos de Eurig embranqueceram sob a pele, mas ele respirou fundo e prosseguiu, após uma pausa de poucos momentos:

– Acabei trabalhando como operário escravo nas minas de estanho, mas eu já lhe falei sobre isso, e sobre como fiquei livre. – Os olhos dele se dirigiram a Tristão; levantou a mão automaticamente e tocou a cicatriz no pescoço, o espelho da cicatriz de Tristão. – Foi aí que a gente encontrou Hereric.

Ele sacudiu abruptamente a cabeça na direção de Hereric, e Hereric, que estava acompanhando a história com o cenho ligeiramente franzido, assentiu rapidamente, confirmando.

Eurig prosseguiu:

– Não tenho ideia do que aconteceu entre Gethin, Cynlas e Goram. Eu estava muito ocupado rastejando num túnel imundo, sufocando-me com um ar que se podia cortar com faca, de tão quente e cheio de poeira. Cynlas sobreviveu, por isso os planos ambiciosos de Gethin não podiam ter dado certo.

– Mas por que... – Isolda se controlou antes de terminar.

Os olhos de Eurig se levantaram mais uma vez, e ela viu no olhar dele a mesma sombra de dor de quando ela havia contado a história do pescador e sua mulher-foca na ilhota artificial.

– Por que não voltei para minha mulher e meu filho, você ia perguntar? – Eurig exalou um suspiro. – Eu pretendia fazer isso, e cheguei a voltar ao vale próximo de onde ficava nosso assentamento. A noite caía quando cheguei lá, por isso parei e implorei abrigo a um casal de idosos que tinha uma casinha nas montanhas, só uma vaca, uma cabra e uma pequena extensão de solo rochoso. Eles não tinham a menor ideia de quem eu era, mas eram gente boa, disposta a oferecer uma cama e uma refeição quente a um desconhecido. E, enquanto eu estava sentado à mesa deles comendo seu pão e ensopado, eles comentaram sobre as novidades naquela região. E deixaram escapar que minha mulher tinha se casado de novo com um fazendeiro de um assentamento não muito longe do casebre desse velho casal cujo pão eu estava dividindo à noite. É claro que ela pensava que eu estava morto.

As mãos de Eurig apertaram os joelhos de novo, ele levantou o olhar e disse, como se respondendo a uma pergunta:

— Ah, sim, eu podia ter voltado e reclamar ela de volta. Afinal de contas, ela se casou primeiro comigo, e eu teria feito isso mesmo, se achasse que ela estava preocupada comigo, ou se esse segundo marido estivesse maltratando ela, mas ele não estava. E ela não estava preocupada comigo. Na manhã seguinte, fui até a casa do casal e espreitei um pouco: fiquei atrás das árvores para não ser visto. Vi Carys, minha mulher, sentada do lado de fora, na varanda, preparando manteiga com as mangas arregaçadas. Ela estava feliz, todos os seus modos expressavam isso. Ela sempre tinha sido uma mulher bonita. — Eurig deu um pequeno e triste esgar de sorriso. — Bonita demais para um sujeito como eu, mas agora ela parecia... uma rosa. Florescendo. Vi seu novo marido voltar da lavoura, ela correr para falar com ele, passar os braços pelo pescoço dele, e vi que ele a rodopiou no ar e lhe deu um beijo na boca. Vi meu filho — ele era apenas um bebê quando parti — vir correndo também e seu novo pai levantar ele e botar ele nos ombros e ir até a casa deles.

Eurig parou e arqueou os ombros:

— O que eu tinha a oferecer em troca se aparecesse de volta da sepultura? Fazer minha mulher trocar um marido com terras e propriedade por um que nada tinha? E não foi apenas isso. Eu já não era o homem que tinha ido embora. Eu ia dar a meu filho um tipo de pai que era um homem fracassado que assustaria ele de noite, e o acordaria gritando com pesadelos do tempo passado como escravo nas minas?

Eurig voltou a sacudir a cabeça; as manoplas cerradas de modo que os músculos dos antebraços se avolumaram debaixo da pele.

– Não; eles mereciam coisa melhor. Melhor do que aquilo em que me transformei. – Ele se deteve. Fechou os olhos um minuto, depois os abriu e pigarreou: – Eu os amava o bastante para só pensar em voltar para eles quando conseguisse me livrar das minas, mas os amava demais para fazer com que vivessem comigo do jeito que eu me encontrava.

Ele parou de falar e curvou a cabeça. A garganta de Isolda se contraiu, e ela tocou o braço dele:

– Desculpe – disse baixinho.

– Tudo bem. – Eurig levantou o olhar e lhe deu um sorriso doído e torto. – Pelo menos ainda posso pensar neles e saber que estão felizes. – Ele silenciou e em seguida recomeçou. – Naquele dia passei um tempo observando minha mulher, seu novo marido e meu filho. E depois dei a volta e comecei a andar. Aí me encontrei com Tristão de novo; ele tinha me dito onde estaria. Encontrei com ele e Hereric.

Eurig lançou mais um olhar de relance para o vigoroso saxão ainda sentado no banco ao lado da lareira, e Hereric voltou a assentir com a cabeça. Eurig deu de ombros:

– A gente se reuniu com o bando de Fidach depois de um tempo. De modo geral, não era uma vida ruim; mesmo assim, quando o próprio Gethin abordou Fidach para pedir ajuda para mais um ataque de surpresa contra Goram, pareceu que um deus em algum lugar tinha finalmente ouvido todas as minhas orações no acampamento das minas. – Eurig sacudiu a cabeça. – Passei aqueles anos rezando para ter uma oportunidade de me vingar de Gethin por ter nos traído. Por matar os próprios homens que lhe haviam jurado fidelidade com a mesma facilidade de alguém que torce o pescoço de uma ninhada de gatinhos desgarrados.

E tudo à toa. Porque Cynlas continuava vivo e ainda era rei de Rhos. O problema era que Gethin, quando encasquetava com uma coisa... foi por isso que ele recorreu a Fidach.

Isolda levantou o olhar, surpresa, e Eurig fez um sinal afirmativo com a cabeça:

— É, a gente sabia disso desde o começo. A ideia era que Cynlas fosse encurralado e morto pelas tropas de Goram, mas isso devia parecer que havia sido culpa dos mercenários que ele havia contratado e o traíram para obter mais ouro. Afinal de contas, o que se pode esperar de um bando de sujeitos fora da lei, de homens fracassados? Cynlas morreria, e Gethin ficaria com as mãos imaculadas. Bem... — O olhar atento de Eurig desviou-se até a cama novamente. — Tristão sabia tudo o que Gethin tinha feito há anos, porque eu lhe contei. Por isso, quando Gethin procurou Fidach, oferecendo ouro em troca da tarefa que ele tinha em mente, Tristão levantou-se, da maneira mais fria possível, e se ofereceu para ser o líder enviado por Fidach. Piye e Daka também foram. — Ele apontou para os irmãos. — Eu também fiz parte do bando. Tomei cuidado para manter a barba comprida e o rosto sujo, para Gethin não me reconhecer, mas a verdade era que eu não precisava ter me preocupado. — O rosto de Eurig demonstrava que ele havia sentido o sabor de algo amargo. — Ele provavelmente esqueceu minha aparência e a do resto dos homens que traiu logo que eu saí da sua vista, há anos, se é que soube alguma vez.

Eurig se deteve, olhou mais uma vez para Tristão e esfregou a mão nos olhos avermelhados de cansaço. — Bem, não sei tudo o que aconteceu, mas Tristão foi falar com Goram; sozinho, eu sei, porque todos nós pensávamos que ele estava mais morto do que vivo e tinha dado um jeito de convencer Goram a acreditar que Gethin estava tramando para traí-lo. — Os traços de Eurig se enrijeceram. — Continuou a ser uma luta. Goram não ia mesmo reunir suas tropas e ir para casa sem assentar um golpe contra as tropas de Cynlas. Mas, no final de tudo, Gethin estava morto, e Cynlas estava vivo. E Tristão tinha livrado nós três – ele inclinou a cabeça para Daka e Piye de novo – e ele próprio da briga e nos pusemos a caminho fora do alcance de Cynlas e também de Goram.

Eurig parou de falar. Enquanto ele falava, a noite chegara, e o aposento estava completamente escuro, exceto pela luz do lampião. Vindo de fora, Isolda ouviu o agora conhecido arrastar de pisadas que significava que as irmãs da abadia se dirigiam à capela para rezar. Ela hesitou e perguntou, embora já soubesse qual seria a resposta:

– E Cynlas nunca descobriu a verdade sobre o filho dele?

Eurig sacudiu a cabeça:

– Se descobriu, não foi por nós. Perguntei a Tristão no começo se a gente não deveria apenas dizer a Cynlas o que Gethin planejou, mas ele respondeu que não. Se Cynlas havia conseguido passar mais de vinte anos da vida de Gethin sem conhecer o caráter do filho, não iria aceitar a palavra de homens como nós a respeito do assunto. Além disso, bem... – Eurig se interrompeu de novo. – Cynlas pode ser um homem rude e ter um temperamento do cão, mas é um bom líder. Existem reis muito piores do que ele em longas extensões daqui. Tristão disse que ele merecia *não* saber que o próprio filho tinha tramado a sua morte. Especialmente porque tomar conhecimento disso não lhe faria nenhum bem.

Isolda concordou com a cabeça. Ela continuava sentada ao lado da cama de Tristão, e olhou para ele mais uma vez. Viu as lesões acentuadas e arroxeadas aparentes acima dos cobertores com que cobrira o peito dele. A sugestão de barba nas maçãs do rosto dele, os pelos dourados à luz do lampião. Ela se deu conta de que não ficou nem sequer surpresa com o que Eurig lhe acabara de contar. Em alguma altura dessa viagem, que nem mesmo ela sabia, quaisquer dúvidas que ela poderia ter tido a respeito de Tristão haviam simples e silenciosamente desaparecido.

Nesse instante, ao ouvir a verdade sobre a morte de Gethin pelas mãos do Rei Goram, ela não ficou surpresa; teve apenas a sensação de que sempre soubera disso. Contemplou o rosto de Tristão e identificou nas suas linhas não só o menino com quem havia crescido, mas também o homem que ele era agora. E percebeu que, de alguma forma, nesse período, ela viera a conhecer os dois igualmente bem.

Mesmo assim, a onda de remorso que a invadiu por ter duvidado dele – e por tudo que havia acontecido ao rapaz nessa viagem por causa dela – era quase insuportável. Isolda fechou os olhos com força, reprimindo o queixume soluçante que começou de novo no fundo da sua mente. Um grito contra a injustiça, que ela havia partido o próprio coração ao tentar manter Tristão a salvo, mas que havia feito com que se reencontrassem para que ele morresse.

A mão de alguém tocou-lhe o ombro, e fez com que ela levantasse os olhos. Ela achou que fosse Eurig, mas foi Hereric que apareceu ao seu lado. Hereric, com a barba dourada como trigo e olhos azuis descorados, que a tocou no ombro e a olhou no rosto, e com sua única mão fez uma série de sinais.

Isolda conta história. Como fez com Hereric. Os olhos de Hereric estavam ainda nublados pela doença, mas o olhar era nítido, temerário e absolutamente seguro. *Isolda conta história. Como fez com Hereric. E Tristão vai viver.*

Isolda engasgou-se com algo entre uma risada e um soluço. Porque ela conseguiu visualizar-se contando a história a seus filhinhos sobre dois gigantes burros e sua luta estúpida com respeito a um martelo, e fazer com que Tristão levantasse do seu leito de doente com seus ferimentos miraculosamente curados. Ela, porém, tinha de dizer alguma coisa. Hereric a olhou direto e imóvel, com uma expressão de completa confiança nos olhos. E talvez um conto não fosse, afinal, má ideia. No mínimo, uma história poderia impedi-los – todos eles – de falar mais. De evitar que alguém perguntasse quanto tempo mais Tristão duraria, e de ela ter de responder: *A não ser que ele beba alguma coisa, talvez apenas mais um dia.*

Contar uma história poderia impedir todos eles de pensar na fragilidade da vida de um homem, e como era fácil que ela se escoasse. O que era – Isolda recordou – a razão pela qual ela percorrera os baluartes de Dinas Emrys e desejasse com toda a sua força jamais precisar amar alguém novamente.

Então ela se deteve, e seu corpo se imobilizou. Pensou em Taliesin[40] cantando para ela seus poemas, como pagamento por invadir sua paz. E pensou nela, enquanto escutava, ter um desses momentos em que o tempo parecia parar. Sentindo-se depois como se o som da voz do tocador de harpa a houvesse de alguma forma lhe elevado o moral e depois a enviado a um lugar diferente de onde ela havia estado.

A lembrança surgiu-lhe na cabeça, contudo, estranhamente, pareceu vir de fora dela mesma. Ela voltou a fechar os olhos. Seria essa uma resposta ao que ela havia perguntado sobre o silêncio que a rodeara antes de os homens terem entrado no recinto? Isolda não sabia, mas, pela primeira vez em todo o tempo que passara à cabeceira de Tristão, sentiu um minúsculo e tênue lampejo não exatamente de esperança, mas de uma sensação de que pelo menos estava onde deveria estar, fazendo o que deveria fazer. Inalou um suspirar trêmulo, levantou o olhar intenso até Hereric e disse:

– Está certo. Vou contar uma história. Para Tristão.

Os homens ficaram em silêncio quando Isolda respirou fundo para começar a história que ouvira nos baluartes de Dinas

---

40 Mais antigo poeta da língua galesa, autor do *Livro de Taliesin*, livro de poesias escrito na Idade Média. (N. T.)

Emrys há semanas. Na noite em que Tristão chegara ela ainda conseguia ouvir, vindo da capela externa, o lento cântico ritmado das orações. Ouviu os suaves sons dos movimentos quando seus companheiros se sentaram mais confortavelmente, e também os roncos tênues de Cabal, vindos do canto onde ele dormia.

Um por um, Isolda os bloqueou, mantendo os olhos fixos no rosto de Tristão quando começou a falar:

— "Numa época do passado que desapareceu para sempre, mas logo acontecerá novamente, o amante de uma jovem lhe foi subtraído pelos Seres Mágicos da Floresta para pagar o tributo de sete anos aos deuses da terra".

Sempre observando Tristão, contando todos os fôlegos lentos que ele inspirava, Isolda narrou a história da procura da donzela por seu amor, em meio à neve gélida do inverno. É claro que ela o encontrou de novo, pálido e magro e terrivelmente diferente do homem que ela havia amado. E de como ele lhe contou que, para libertar-se dos Seres Mágicos da Floresta, ela devia arrancá-lo do seu monte das fadas na noite do sacrifício e abraçá-lo com força, independentemente da forma que ele assumisse nos braços dela.

"E assim ela segurou a cobra com força. E mais uma vez sentiu a forma nos seus braços começar a se transformar, até que ela estava segurando um imenso urso que resmungava. A besta a golpeou com suas garras e rosnou de raiva, e ela sentiu o cheiro de sangue da morte na boca e no pelo do animal, mas não o largou, e o corpo do urso começou a mudar.

E então a donzela segurou nos braços uma vara reluzente de ferro incandescente que lhe queimou os braços e mãos até ela gritar de dor. Ela, porém, mantinha no coração a lembrança do rosto do seu amor, do menino com quem havia crescido..."

Os homens ouviam em silêncio Isolda falar, mas, ao escutar a última frase, Eurig se agitou no seu lugar ao lado da moça:

— Os dois tinham crescido juntos? Você não havia mencionado essa parte.

— Sim, tinham. — Isolda aquiesceu com a cabeça, e não se permitiu levantar os olhos do rosto de Tristão. — Ela o conhecia a vida inteira, desde que brincavam de cuspir sementes de maçã um no outro por cima do muro do jardim. Desde que ela chorou ao vê-lo ser levado para treinar com os outros meninos que deviam aprender a virar combatentes. Desde que ele lhe ensinara a atirar uma faca e a pescar trutas no rio, embora ela não conseguisse ficar quieta e assustasse os peixes o tempo todo. — A voz dela hesitou ligeiramente e Isolda engoliu em seco. — Desde que ela tratava dos machucados dele, porque quando ele se metia a lutar nem se importava em se cuidar...

Ela se interrompeu, arfou acentuadamente, perguntando-se se havia apenas imaginado o que acabara de sentir porque desejava isso tão desesperadamente. Não... não era só imaginação. Ela sentiu uma percepção tênue, muito tênue... gelada. Uma sensação gelada que doía como um dente latejando.

Isolda arfou de novo e virou-se para Eurig:

— Vocês acham que... poderiam me deixar sozinha com Tristão algum tempo?

Eurig ficou um pouco surpreso, mas concordou com a cabeça:

— Se é isso que você quer, claro que podemos, mas... — seus olhos se desviaram e se concentraram no corpo inanimado no banco, com o cenho cerrado entre as sobrancelhas.

Todos os nervos de Isolda estremeciam com a vontade de se concentrar, de virar-se para Tristão e continuar com o que estava prestes a fazer, mas esforçou-se a eliminar seus pensamentos e se fixar nos homens o suficiente para dizer:

— Não, nada está errado, e prometo que mando buscar vocês se... se alguma coisa mudar. É que acho que tenho uma oportunidade de fazer contato com ele se nós dois ficarmos sozinhos.

De forma periférica, ela estava a par de Hereric, sinalizando alguma coisa para os outros três homens. Também tomou conhecimento de Eurig, Piye e Daka ficando de pé, desejando-lhe boa-noite e boa sorte. De ela mesma agradecendo-lhes e pedindo-lhes para levar Cabal com eles também. Entretanto, sua atenção estava concentrada em Tristão. E no temor que lhe contraía o estômago de que o que ela havia sentido fosse apenas uma casualidade, um acidente qualquer, e que não conseguiria encontrar de novo aquele minúsculo fio de percepção mais uma vez.

Contudo, quando a porta se fechou atrás dos homens, ela fechou os olhos e mentalmente fixou-se em Tristão. Quando Kian lhe havia pedido para ir ver Tristão em Dinas Emrys, ela tivera um breve e indistinto lampejo dele. Ela precisava – tinha de – ser capaz de fazer contato com ele novamente nesta ocasião.

A princípio ela se deparou com a conhecida escuridão, e seu coração deu uma guinada súbita e dolorosa contra suas costelas, mas então ela voltou a sentir a percepção tênue e leve como uma pluma transformar-se em... *gelo*. Ela estava fria até os ossos, e travada em algum lugar no...

O fio da percepção se rompeu.

Isolda respirou fundo e recomeçou. Lentamente, cuidadosamente, contatando, estendendo a mão para...

Incapaz de raciocinar. Incapaz sequer de se mexer. Fazia frio; encurralada em um lugar onde só havia escuridão e o...

Mas, antes de poder tentar falar com Tristão, fosse qual fosse o lugar onde ele estivesse agora, antes que tentasse alcançá-lo no meio da prisão gélida que o prendia, a conexão rompeu-se de novo, deixando-a fatigada e completamente sozinha.

Isolda fechou os olhos, e desta vez nem sequer teve tempo de invocar da escuridão a imagem de Morgana. O rosto de sua avó simplesmente surgiu, nítido contra a escuridão das pálpebras fechadas.

Por favor! Isolda nem tinha certeza se realmente acreditava que isso adiantaria alguma coisa, só que estava desesperada o suficiente para tentar. *Se você já me ajudou antes, ajude-me agora.*

Mostre-me aquilo em que não estou pensando. Por favor, mostre-me o que ainda não tentei.

Ela, porém, nem precisava pedir. Mesmo à medida que as palavras se formavam na sua mente, a resposta estava óbvia: um eco indistinto e distante de um dia quase esquecido que a atravessou como água elevando-se da terra encharcada se espalhando das raízes até as folhas de uma árvore.

Ele quase nunca sorri, ela havia dito.

Então a voz de sua avó, estranhamente suave, fez-se ouvir: *Isso porque ele não tem ninguém na vida para amá-lo.*

E a própria resposta do seu ego infantil: *Eu o amo. Eu vou amá-lo.*

Se isso foi a resposta de Morgana ou da oração, ou ambas, Isolda não sabia. Nem, nessa ocasião, importava-se muito. Ela não se permitiu hesitar nem mesmo se deter para raciocinar. Suas mãos tremiam, tornando seus dedos desajeitados, mas Isolda tirou as botas, meias, desamarrou os laços do vestido e o puxou pela cabeça. Finalmente, estava usando apenas um camisolão de linho fino, o que a fez estremecer; o ar frio da noite lhe provocou arrepios nos braços nus. Ela tirou os cobertores de Tristão e em seguida, movimentando-se lenta e muito cuidadosamente para não encostar nas costelas quebradas do rapaz, deitou-se suavemente ao lado dele.

Ele se agitou um pouquinho quando ela o tocou, e a própria Isolda se manteve imóvel. Depois, muito lentamente, ela se aproximou o mínimo possível no estreito catre de madeira, encaixando-se perto dele para poder enroscar-se no lado do rapaz; seus braços o rodearam e a cabeça apoiou-se no ombro dele. A pele de Tristão estava assustadoramente gelada contra a dela, e a moça reprimiu mais um estremecimento ao puxar os cobertores para cima, cobrindo ambos.

Ela fechou os olhos, e a princípio só deparou com a sólida escuridão, mas depois sentiu um vislumbre muito tênue de conexão na cabeça. Uma sensação gelada que pareceu se apegar aos seus ossos.

Isolda susteve o fôlego, temerosa de que esse frágil fio de percepção se rompesse e a deixasse tão impotente quanto antes. Ela sentia os batimentos cardíacos de Tristão sob as maçãs do rosto, o débil subir e descer do respirar do rapaz. Fechou os olhos, tentando reduzir o ritmo de seus próprios batimentos, para combinar sua respiração com a dele, o tempo todo se agarrando à minúscula alfinetada de percepção que se havia aberto entre eles. O peito do rapaz estava liso e frio como pedra envernizada contra as maçãs do rosto e a palma da mão de Isolda.

A jovem se ajustou o mais perto dele possível, sempre tomando cuidado com as costelas quebradas e o ferimento com atadura no lado do corpo do rapaz. Ela imaginou o calor fluindo do seu corpo para o dele, como uma centena de minúsculas mãozinhas, retirando-o do lugar onde estava encerrado no frio e no escuro. Retirando-o de volta para ela, de volta para a vida.

Então ela começou a falar, a voz num sussurro no aposento escuro e silencioso:

— Numa época que já existiu, desapareceu para sempre, e acontecerá de novo logo, havia uma garota que tinha perdido tudo que amava. Ela sofrera tantas vezes que se obrigou a esquecer todo o seu passado, porque doía muito recordar todos que haviam morrido, mas mesmo isso não adiantou, porque ela realmente não conseguia deixar de pensar no passado. Quando cresceu, não quis mais amar, nunca mais, porque sofria muito ao pensar em perder mais alguém. Então, como um milagre, um dos que ela julgava perdidos para sempre, voltou para ela. Um menino que ela havia conhecido em criança, e que agora era um homem. E os dois empreenderam uma viagem por terras onde ela nunca havia estado.

— Durante a maior parte da viagem ela sentiu medo, e fome, e frio e cansaço, porque os dois se defrontaram com perigos que ela nem sequer imaginara, mas ao mesmo tempo ela estava... de certa forma, mais feliz do que nunca fora. E isso porque estava com ele. Porque ele a fazia rir e tomava conta dela quando ela se feria e a abraçava quando ela chorava e porque ele a conhecia melhor do que qualquer outra pessoa na vida. E...

O sussurro de Isolda se interrompeu, e ela apertou os olhos mais fortemente antes de continuar:

— E ele a manteve a salvo, mesmo se isso significasse que ele mesmo se ferisse. E, quando ela estava com ele, começou a olhar para a frente em vez de para o passado. Ela deixou de sentir falta da maneira como era há anos, e começou a ficar feliz por se encontrar onde se encontrava, mas o tempo todo ela se dizia: *Não, não, você não pode amá-lo de novo. Você vai ficar de coração partido.*

— Então ela o abandonou, porque não queria que ele se magoasse ainda mais do que já havia sido, e porque... porque ela também tinha medo. Apesar de se esforçar muito para impedir, Isolda sentiu lágrimas quentes escorrendo-lhe das pálpebras fechadas e no peito de Tristão, mas continuou a falar: quase não se conseguia ouvir-lhe a voz no recinto escuro. — Mas então ele foi ferido novamente, e quase morreu. E ela se deu conta de que tentar afastá-lo da sua vida seria o mesmo que rasgar as linhas de urdidura ao serem tecidas num tear. E que parte dela morreria se ela nunca tivesse oportunidade de dizer a ele o que sentia.

Isolda parou, tentando mais uma vez imaginar o calor fluindo do seu corpo para o de Tristão, tentando, com todos os fragmentos da sua vontade e todas as fibras do corpo, falar com ele por meio do minúsculo canal que se havia aberto entre eles antes, até onde ela pudesse ainda senti-lo, aprisionado no frio e no escuro. Então murmurou:

— Eu amo você, Tris. Por favor, por caridade, não morra.

Capítulo 19

Isolda vagou de um sonho maravilhoso para a superfície do despertar. Então as recordações a invadiram e seus olhos se abriram. Não era um sonho. Ela adormecera na noite da véspera e continuava deitada ao lado de Tristão, o corpo encaixado direitinho no dele. Por um instante ela ficou apavorada ao perceber que já não sentia os batimentos do coração dele sob as maçãs do seu rosto. Contudo, percebeu que isso era porque ele havia mudado de posição, afastando-se ligeiramente – provavelmente isso a havia acordado –, e que os olhos dele estavam abertos, olhando fixamente para ela como se nunca a houvesse visto.

Isolda retribuiu o olhar fixo com a mesma perplexidade embotada, por um instante incapaz de confiar nos próprios olhos, incapaz de que isso fosse parte de alguma coisa que não o seu sonho. Então uma lembrança de outro tipo a dilacerou ao se dar conta de que estava deitada na cama de Tristão com os braços ao redor dele, usando apenas um camisolão fino de linho.

Ela deslizou de sob os cobertores, deu um salto, pegou o vestido rapidamente e o vestiu com um impulso pela cabeça, puxando-o com tanta pressa que sentiu que uma das costuras cedeu.

Quando voltou a olhar para Tristão, sua respiração gradualmente ficou mais lenta, ela viu que os olhos dele vagaram. Por um momento Isolda se perguntou se teria imaginado que ele teria acordado. Então, suas pálpebras estremeceram e se abriram de novo e o cenho se franziu por causa da luz esmaecida do amanhecer que se filtrava pela janela e lhe incomodava os olhos.

– Isa?

Isolda precisou engolir em seco duas vezes antes de ter força para falar. Sem sequer se dar conta de que se mexera, estava ajoelhada ao lado da cama. Não conseguiu evitar estender a mão para se certificar de que ele estava lá realmente, vivo e falando com ela. Isolda tocou o dorso da mão dele ligeiramente, e lhe alisou a fronte desalinhada.

– Sim, estou aqui.

Tristão piscou de novo e virou um pouco a cabeça no travesseiro para olhar para ela. Sua voz estava rouca:

– Eu não estou morto, estou?

Isolda sacudiu a cabeça: – Não.

Tristão fechou os olhos por causa da luz mais uma vez, então disse, com a voz ainda áspera e débil:

– Ótimo. Mesmo no inferno a morte não deve ser tão dolorosa assim.

Isolda sufocou uma gargalhada e, antes de se poder conter, tirou o cabelo da frente dele.

– Da próxima vez tente morrer de beber. Posso quase garantir que deve doer menos.

Um lado da boca de Tristão se ergueu num meio sorriso:

– Vou me lembrar disso. – Ele respirou com esforço, estremeceu um pouco e disse: – Isolda?

– Sim?

Ele voltou a franzir o cenho entre as sobrancelhas:

– Que aconteceu? Onde...

– Psiu... – Isolda o impediu de continuar falando, apertando-lhe levemente a mão, e conseguiu falar, apesar do nó na garganta: – Vou lhe contar, mas só depois; agora você precisa beber alguma coisa. – Ela apanhou o copo na mesa ao lado da cama: – Acha que consegue beber um pouco d'água?

Isolda abriu a porta para o aposento de Tristão no alojamento de hóspedes. Ela havia ajudado Tristão a beber um ou dois copos d'água, havia sentado com ele mesmo depois que ele adormeceu de novo porque ela verificou que não conseguia deixar de observar o subir e descer constante da respiração do rapaz, a cor saudável lentamente lhe voltando ao rosto, mas, quando ele despertou mais uma vez quase à tarde, bebeu uma tigela de caldo enviada pela cozinha da abadia e depois voltou a dormir, Isolda finalmente saiu com esforço dali e foi à cozinha reunir-se a Eurig, Piye, Daka e Hereric para a refeição vespertina.

Naquela manhã ela mandara chamá-los imediatamente, para informar-lhes que Tristão estava consciente. Ela, porém, estava famélica, e, mais do que isso, quis partilhar sua gratidão transbordante com outra pessoa, ver o conhecimento certo de que Tristão viveria refletido nela aos olhos dos outros quatro homens. O convento estava tranquilo e deserto, exceto pelas irmãs e pelos viajantes que vinham pedir ajuda. Não havia sinal do exército de Cerdic, o que devia significar que as forças de Wessex continuavam a cavalgar em triunfo pelo que restava das tropas de Octa.

Ao voltar da cozinha, Isolda esperava encontrar Tristão ainda dormindo, mas, quando entrou no aposento, verificou que ele estava acordado, acordado e encostado nos travesseiros no catre de madeira, apoiando o peso nos cotovelos.

– Você não devia estar sentado – disse Isolda.

Tristão fez uma careta e disse:

– E eu não sei? – Ele ainda estava despido até a cintura, e os edemas no peito e costelas ressaltavam-se como flores roxas de cor viva. Mudou um pouco de posição, os músculos dos ombros largos retesados, praguejou baixinho e fez mais uma careta. – Acordei ainda há pouco e você não estava. Eu estava tentando decidir se estava enlouquecendo ou se você esteve mesmo aqui quando você entrou.

Ele sorriu um pouco, e Isolda virou-se para acender a lamparina, sentindo o sangue lhe subir nas maçãs do rosto. Não tinha ideia do que Tristão se lembrava, se é que se lembrava de alguma coisa. Ainda assim, agora que o esmagador peso da ansiedade se desfizera, ela se sentia inesperadamente tímida.

Foram necessárias três tentativas para obter uma chama, porém finalmente a lamparina acendeu, lançando seu pálido brilho amarelo nas sombras profundas do aposento. Isolda levantou os olhos e viu que Tristão a observava, o rosto indecifrável sob a parca luz, os olhos incrivelmente azuis.

— Isa, o que aconteceu?

— Você foi ferido. Eurig e os outros trouxeram você para cá. — Isolda colocou mais água no copo na mesinha de cabeceira e o entregou a Tristão, depois se acomodou no banquinho baixo ao lado. — Esta é uma casa de mulheres cristãs, a abadia de São José.

Tristão pegou o copo de cerâmica distraidamente, mas não bebeu. Em vez disso, ele ergueu a cabeça de maneira rápida e perguntou:

— E Eurig e Hereric? Eles estão bem?

Isolda assentiu com a cabeça:

— Estão a salvo, todos eles. E Piye e Daka também.

Ela parou, perguntando-se como sequer poderia começar a contar o resto a ele. Entretanto, antes de ela começar, ele exalou um suspiro:

— Que bom! Mas não foi isso que eu quis dizer. O que eu quis dizer — Ele parou, respirou fundo e continuou, a voz tensa de controle. — O que, em nome de Deus, você estava pensando ao se aventurar sozinha daquela maneira à noite, com Fidach e seus homens em sua perseguição? E as patrulhas de Octa e Cerdic perambulando pela área também? Por Cristo, Isa, você poderia ter sido...

— Eu sei. — Isolda o deteve antes de ele terminar. — Eu sei.

Ela apertou os olhos brevemente fechados. Estava esperando essa reprimenda, preparando-se para enfrentar isso, desde que Tristão acordara de manhã. E havia jurado a si mesma que nem ia vacilar para contar tudo a Tristão, mas, antes que pudesse começar, ele disse, ainda no seu tom perigosamente calmo:

— Me conte apenas uma coisa: você me drogou de propósito para poder escapar? Você me convenceu a tomar uma infusão de papoula para poder ficar livre?

— Se eu... — Isolda sacudiu a cabeça de repente e olhou para ele, horrorizada. — Claro que não. Sei que isso talvez não faça muita diferença, porque eu fui embora mesmo, mas eu jamais faria isso aí. Nunca. Eu só... — Ela respirou para se firmar e se esforçou a encarar o olhar atento de Tristão. — Desculpe, Tris. Você tinha caído no sono. E eu estava certa... quase certa... de que conseguiria chegar a este lugar e a Cerdic sozinha. Mas sabia que você ia argumentar se eu lhe dissesse o que queria. Eu sabia que você manteria sua palavra de evitar que algum mal me acontecesse até o fim, mas essa viagem já lhe custara o suficiente, mais do que suficiente. Eu queria que você ficasse livre para poder voltar a Hereric e ir para algum lugar... vocês dois... onde pudessem estar a salvo.

Tristão não falou nem se mexeu enquanto ela falava. Ficou lá sentado, olhando para a moça, ainda segurando o copo de água não bebida. Isolda engoliu em seco e prosseguiu, desta vez determinada a contar a ele toda a verdade, sem dourar a pílula, sem levar em consideração se ele voltaria a querer falar com ela ou não. Sem considerar se ela o estava incitando a partir seu coração de novo.

— E, para ser completamente sincera, eu queria... eu queria partir antes de você. Porque mais cedo ou mais tarde você iria partir; não me refiro àquela noite, mas depois que você verificasse que eu havia voltado a salvo de falar com Cerdic. E eu... — O peito de Isolda começou a doer e seus olhos a arder, mas a jovem se forçou a continuar. — Você era o melhor, o único amigo verdadeiro que já tive na vida, Tris. Eu não queria vê-lo ir embora e sair da minha vida para sempre.

Pronto! Isolda exalou um suspiro. Havia terminado de dizer tudo a ele. Tristão continuou a observá-la, seu rosto praticamente apático. Em seguida perguntou, no mesmo tom de voz:

— Foi isso que você pensou que eu faria? Ir embora e nunca mais voltar?

Apesar de seu tom tranquilo, havia algo na voz dele que Isolda não compreendeu. Ela sacudiu a cabeça e o encarou:

— Você fez isso uma vez antes, lembra?

— Com os diabos e as cobras do inferno!

Com um movimento repentino e violento, Tristão atirou o copo que estava segurando na parede em frente, onde o recipiente se espatifou em fragmentos, e a água que ele continha formou uma poça no chão. Isolda, chocada, olhou-o fixamente; uma parte distante do seu cérebro lembrou-se de vê-lo se descontrolar dessa maneira talvez apenas duas vezes antes em todos os anos em que o conhecia.

— O que você queria que eu fizesse? Que lhe contasse a verdade? Que lhe dissesse que amo você desde sempre? Que você era a única coisa boa que já me aconteceu na vida? Que talvez eu começasse a compor poesias horrorosas sobre amor e os anjos no céu? Que eu lhe contasse o que tive de sofrer para encontrar você e em seguida precisar abandoná-la de novo? Por tudo que é mais sagrado, Isa, você tinha acabado de ver seu marido assassinado e seu trono usurpado pelo homem que o matou. Você acha que, além disso tudo, eu iria aumentar as suas provações ao lhe contar meus sentimentos a seu respeito?

Tristão inalou um fôlego e depois continuou, de maneira apenas levemente menos violenta do que antes:

— Eu preferiria ter rastejado despido por um monte de espadas do que deixar você, mas eu sabia que Mark ia querer acertar as contas entre nós, e que eu seria um perigo para você se permanecesse. E sabia também que, se eu me permitisse ficar mais um dia, minha nossa, mais uma hora perto de você, eu me atiraria aos seus pés, pedindo... implorando... que me deixasse ficar. Mesmo que isso significasse arriscar sua vida.

Ele se deteve e passou a mão no rosto. Isolda se manteve sentada, paralisada, sem conseguir falar ou se mexer. Ela sentia como se um gigante lhe houvesse envolvido o peito e lhe extraído o ar dos pulmões. Tristão olhou para ela, e sua voz se suavizou um pouco ao ver a expressão no rosto da moça.

— Olhe, sei bem que a simples ideia de nós dois ficarmos juntos é... impossível. Inimaginável. Uma mulher na sua posição junto a alguém como eu. E, mesmo afora isso, meu Deus, eu sou uma maldição ambulante. Olhe para Kian. Olhe para Hereric. Mesmo se as coisas fossem diferentes, se eu não tivesse...

Ele parou.

— Mesmo se eu não fosse um mercenário e fora da lei e um espião saxão, eu não lhe pediria para se aproximar de mim, mas de qualquer maneira... — Tristão sacudiu a cabeça, os olhos azuis fixos nos dela. — Pelas chagas de Cristo, Isa, se alguma coisa tivesse lhe acontecido naquela noite em que você me deixou para trás na floresta, se você tivesse sido morta, eu teria...

Ele ficou em silêncio por tanto tempo que Isolda indagou, numa voz que foi quase um sussurro:

— Você teria o quê?

— Sei lá. — Um lado da boca de Tristão se comprimiu num sorriso sem graça, e ele respirou fundo e sacudiu de novo cabeça. — Não sei. Eu ia dizer *Eu teria atravessado o peito com uma faca ou teria caminhando até o mar e me atirado nele.* — Ele passou a mão pelo cabelo e emitiu um som que combinava nojo e raiva. — Suponho que eu não poderia ter deixado Hereric do jeito que ele estava, mesmo assim... — Ele ergueu a mão como se fosse tocar o rosto de Isolda, mas se controlou, os dedos se contraíram e ele deixou o braço cair ao lado do corpo. Mudou de posição e estremeceu ao movimento. — Mas essa teria sido minha vontade, pelos poderes do inferno, essa teria sido minha vontade.

Isolda continuou sentada, perplexa, sem se mexer. Tentou fazer a cabeça funcionar, pensar em alguma coisa para dizer, mas esse esforço era o mesmo que tentar pegar neblina com as mãos. Antes de se dar conta do que fazia, ficou de pé e saiu do recinto, então começou a andar depressa e às cegas na passagem.

Ela não tinha ideia de aonde estava indo, não conseguia coordenar pensamentos coerentes. Sentia-se como se tivesse sido retirada abruptamente da escuridão e penetrado numa luz dolorosamente deslumbrante. Ou talvez da lua para a escuridão. Passou por mais uma porta e se encontrou do lado de fora, no pátio da abadia, onde permaneceu, todo o seu corpo tremendo enquanto ela inalava fragmentos do ar primaveril fresco e cheirando a grama. Então, quando deixou de se sentir como se estivesse tentando respirar debaixo d'água, fechou os olhos e rememorou mentalmente todas as ocasiões da viagem desde Dinas Emrys. Todos os momentos, todos os dias.

Pensou em si própria, assustada o tempo todo por se permitir gostar de Tristão. Com medo de amá-lo, medo de partir o próprio coração. Ainda assim, sem nunca se haver perguntado o que ele sentiria por ela. Nem mesmo uma vez. Então pensou em Madoc, cuja proposta ela prometera responder se/e quando voltasse. E em Cammelerd, as terras suas por nascença, as terras que ela devia, por obrigação, proteger. Pensou no Rei Goram da Irlanda.

Pensou em Con, jazendo morto na sepultura na Cornualha. E pensou no seu minúsculo bebê – uma garotinha – natimorto. E em quando acordou de manhã na cama de Tristão, com a cabeça no ombro dele e os braços ao seu redor e no corpo dele, quente e sólido, contra o dela. Pensou também no sonho que tivera na noite da véspera, sentindo-se absolutamente a salvo, como se finalmente tivesse encontrado o seu porto seguro.

Sei bem que a simples ideia de nós dois ficarmos juntos é... impossível.

Obviamente, Tristão não se lembrava do que havia acontecido na noite da véspera, nem de nada que ela lhe havia dito. Isso tornava tudo mais fácil e, ao mesmo tempo, ainda mais difícil.

Ela ficou no pátio escuro e silencioso, escutando as irmãs da abadia cantando as orações noturnas na capela por muito, muito tempo. Perguntou-se por um momento se todas aquelas orações eram alguma vez atendidas. Se ela teria uma resposta, se fechasse os olhos naquele instante e pedisse mais um sinal de quem quer que lhe tivesse inspirado a história que havia contado a Tristão na noite da véspera.

Entretanto, ela não pediu nada. Talvez parte dela soubesse que sua escolha já havia sido feita, que o caminho à sua frente já estava traçado e era tão irreversível quanto o final da poesia de Taliesin. Talvez essa já fosse uma resposta.

Em lugar disso, ela se viu fechando os olhos e sussurrando algo no escuro que a cercava, tão fervorosamente quanto jamais pedira alguma coisa na vida:

— Por favor, dê-me a coragem necessária para fazer isso.

Então respirou fundo, abriu os olhos e se virou para voltar ao alojamento de hóspedes.

Tristão estava deitado de costas, olhando fixamente para o teto, tentando não pensar, o que era mais ou menos um esforço risivelmente inútil. Ele sentia as palavras de Isolda lhe massacrando os ouvidos como estacas das barracas de madeira. *Você era o melhor, o único amigo verdadeiro que já tive na vida.*

Certo, ela também havia salvado a vida dele. Por mais nebulosas que fossem suas lembranças dos últimos dias — e ele nem sabia direito há quanto tempo estava nesse lugar —, sabia que não estaria vivo se não fosse por Isolda. Como recompensa, ele havia despejado tudo sobre ela.

Tristão exalou um suspiro enojado, reviveu a expressão estupefata nos olhos dela, a maneira como o sangue escoara do rosto pálido da moça, deixando-a de lábios lívidos.

Bom trabalho. Fazê-la chorar tinha sido um "refinamento" especialmente valoroso.

Tampouco ajudava que toda vez que ele fechava os olhos visse Isolda da maneira como estava de manhã, profundamente adormecida ao lado dele, o cabelo preto caindo-lhe no rosto, seu corpo quente e macio contra o dele. Ou que, cada vez que isso acontecia, toda ferroada de desejo que ele vinha suprimindo nas últimas semanas – ou anos – surgisse e o atacasse coletivamente com a força de mais duas costelas quebradas.

Para piorar, a maldita cama ainda cheirava a ela: suave e revigorante, uma combinação do que ela usava para lavar a cabeça, um perfume que era exclusivo dela.

Rangendo os dentes, ele se enroscou para a frente e se sentou, praguejando quando todos os músculos do corpo pareciam gritar em protesto. Apesar disso tudo, a situação não era tão desfavorável quanto da última vez. Os edemas enrijecidos estavam mais flexíveis. Quando ele conseguiu ficar ereto, respirou com dificuldade, mas só isso. Mais um ou dois dias e ele conseguiria andar.

Tristão fechou os olhos. Sopro divino! Se lhe restasse um fragmento de decência, ele se arrastaria para fora da cama, nesse exato momento, e iria embora antes que Isolda voltasse. Independentemente do que ela dissera antes, era quase certo que não iria querê-lo nem perto. Tristão mudou de posição de novo e ficou paralisado quando a porta se abriu mais uma vez.

Isolda ficou imóvel à porta e em seguida entrou.

Capítulo 20

Isolda ficou parada na porta, olhando para Tristão. Enquanto ele estivera inconsciente, ela o havia observado, memorizado todas as linhas do rosto magro e cinzelado, até estar certa de que o conhecia tão bem quanto ao seu próprio. Nessa hora, porém, com Tristão também olhando para ela, Isolda sentiu como se o estivesse vendo pela primeira vez. Ela havia planejado o que dizer; havia treinado várias vezes a caminho dali, mas, quando seus olhos se encontraram com os de Tristão, as palavras a abandonaram completamente, deixando-a em silêncio, tão paralisada quanto antes.

Finalmente, Tristão pigarreou e disse:
— Lamento.

Isolda esperava que ele dissesse alguma coisa, mas não isso, e a surpresa rompeu seu momento de imobilidade:

— Você lamenta? — ela repetiu. — Tris, eu estava aqui me perguntando como é possível que você não me odeie depois de tudo que lhe aconteceu por minha causa. E você ainda diz que *lamenta*?

— Bem... — Tristão deu um sorriso tênue e oblíquo. — É preciso muita coisa para me fazer mudar de ideia. — Ele então parou, assumiu um ar sério e disse: — Venha até aqui.

Isolda sentiu o coração dar um salto e acelerar:
— Por quê?

Tristão exalou um suspiro, parte exasperada, parte uma pequena risada:

— Porque, se alguém pusesse uma faca na minha garganta agorinha, eu poderia... talvez... conseguir me arrastar para fora da cama e atravessar o recinto até onde você está, mas duvido que tivesse ar suficiente para respirar quando chegasse aí. E prefiro ter você mais perto do que a essa distância, para dizer uma coisa.

Lentamente, Isolda atravessou o aposento e sentou-se no banquinho de madeira à cabeceira. Tristão estava sentado ereto o bastante para que ela precisasse inclinar a cabeça ligeiramente para olhar para ele. Antes de falar, ele ficou calado um longo momento, só olhando para ela, e então sacudiu a cabeça e disse, mansamente:

– Meu Deus, Isa! – Ela passou a mão pelo cabelo. – Achei que já tinha parado de pensar em você o tempo todo, sabe? Que havia trancafiado você com a parte do meu passado que já não existia, mas então, quando vi você de novo, há seis meses, à porta daquela imunda cela de prisão, foi como se... – Ele parou, sacudiu mais vez a cabeça e soltou um suspiro. – É tarde demais para mim. Não me consigo imaginar sem amar você. Nada que você diga neste instante vai mudar isso, portanto diga apenas o que precisa de mim. Se você quiser que eu fique com você eu fico, e juro pela minha vida nunca mais mencionar esta noite, nunca nem sequer lhe dizer a palavra *amor* de novo. Se você quiser que eu vá embora, eu vou. Seja lá o que acontecer em seguida, a escolha é sua.

Isolda olhou nos olhos de Tristão, nos olhos impressionantemente azuis do menino com quem crescera. Os olhos de um mercenário, um fora da lei, um ex-escravo. De um espião saxão e neto de um rei saxão. Ela respirou fundo e disse apenas:

– Case-se comigo.

Por um segundo, o rosto de Tristão ficou absolutamente inexpressivo. Então ele passou a mão na nuca e olhou fixamente para ela:

– *Que* foi que você disse?

Isolda suspirou tremulamente mais uma vez:

— Eu disse "case-se comigo". — Ela deu um pequeno sorriso unilateral, olhou para as próprias mãos e depois encarou Tristão de novo: — Embora eu devesse provavelmente ter acrescentado "por favor...".

O sorriso dela se esmaeceu, e ela continuou, pelo menos em parte, a prédica ensaiada durante o trajeto de ida do pátio externo:

— Você disse que nós dois juntos seria uma ideia impossível: uma mulher da minha posição e alguém como você, mas isso não é verdade. Ou, se for, é o contrário do que você disse. Você nunca me contou o que aconteceu depois de Camlann, mas não preciso saber. Nem preciso saber o que mais você fez nos últimos sete anos. Eu o conheço, e sei que você é... — A voz dela vacilou, mas Isolda se obrigou a prosseguir; as palavras lhe saíram rapidamente, aos borbotões: — Você é o melhor homem que conheço, e acho que não mereço que me ame dessa maneira, da maneira como disse me amar. Mas, se você me ama, a recíproca é verdadeira. Sempre o amei, devo ser apaixonada por você desde os seis anos de idade. Parte de mim não queria, porque... porque todos a quem amei morreram. — Ela engoliu em seco. — E a ideia de amar você ainda me aterroriza, porque eu o conheço. E sei que nunca vai se conformar em ficar longe do perigo e em se manter em segurança. Mas, ao mesmo tempo... — ela se deteve ao sentir lágrimas lhe arderem nos olhos. Ela sacudiu a cabeça. — Eu o conheço bem, Tris. E sei que você é o único homem com quem eu me casaria. Se você ainda me quiser.

— Se eu ainda... — Tristão sacudiu a cabeça, desamparado. — Por Deus, Isa! — ele exclamou. — Mas você não... você não pode...

Isolda estendeu a mão para impedi-lo de continuar, e seus dedos lhe tocaram a boca. Seu coração batia acelerado, mas a moça se sentia como se houvesse atravessado a correnteza de um rio e chegado em segurança à margem do outro lado. Todas as suas dúvidas ficaram para trás. — Eu posso. E vou.

— Eu... — Tristão pegou a mão dela e envolveu seus dedos nos dela. Olhou para baixo por um longo momento, para as mãos entrelaçadas dos dois, apoiadas nos cobertores entre eles, riu tremulamente e disse: — Fico pensando que vou acordar e descobrir que isto tudo é um sonho. — Ergueu os olhos para ela: — Você realmente me perguntou se eu me casaria com você?

Isolda sorriu, e o movimento fez com que uma única lágrima lhe escorresse dos olhos. Ela a secou com o dorso da mão e aquiesceu com a cabeça.

Tristão a olhou durante longo tempo e então, muito levemente, levantou a mão livre e, de maneira muito suave, passou-a na face dela. Seus olhos estavam da cor de um céu matinal sem nuvens. Ele disse, muito calmamente:

— Eu adoraria me casar com você.

Há três fontes
Na montanha das rosas
Eu dedico todas elas a você.
Uma é de amor, para bebermos profundamente juntos,
A segunda, de desejo, para deixar o rastro de nossas mãos
no seu fluxo aquecido.
A terceira, de fidelidade, que sacia nossa sede
quando todas as demais águas deixam de fazê-lo.

Nós somos jovens, nós somos velhos.
No céu, na terra, no final,
Nos percalços, na vastidão, na imagem...
De corpo, de sangue, de alma
Nos vales e montanhas, sob as estrelas.

— Por todo o sempre, meu marido.
— Por todo o sempre, minha mulher.

Mulher. Tristão se ouviu pronunciar a palavra. Olhou para as mãos dos dois, atadas com o fio da fita que Isolda tirou do próprio espartilho. Ele sentiu a suave picada da marca da faca na sua palma, encaixada no corte da mão de Isolda. *De corpo, de sangue, de alma.* Ele se manteve completamente imóvel, com medo de se mexer. Sabendo que deveria. Sabendo que não devia estar ignorando a voz no fundo da cabeça que dizia que ele não podia – não devia – estar ali. Sabendo que não havia maneira possível de ser capaz de conservar isso.

Eu disse "case-se comigo". Embora provavelmente devesse ter acrescentado por favor. Ela havia dito isso com um sorriso e uma expressão nos olhos que a tornaram tão linda que chegou a doer. E ele quis dizer sim a ela – Jesus, meu Deus, ele queria muito – com tanta intensidade que seu peito ainda doía. A onda de saudade quase o sufocara. Talvez fazendo Isolda feliz agora compensaria o que acontecesse depois daquela noite.

Ela parecia mesmo feliz. Havia lágrimas brilhando nas pestanas dos grandes olhos cinzentos, mas Isolda levantou os olhos para ele e sorriu. A pura alegria reluzente do sorriso dela o fez sentir como se tivesse levado um pontapé no peito.

E isso o apavorou completamente.

Tristão pigarreou e disse:

– Você não pode estar tão feliz assim só por estar se casando comigo.

Isolda sacudiu a cabeça e sorriu de novo, ainda com lágrimas nos olhos.

– Tris, eu estaria feliz assim só de saber que você ainda está aqui comigo, ainda *vivo*. Casar com você é...

Ela se interrompeu e sacudiu a cabeça mais uma vez. Depois se debruçou para a frente, ainda de mãos dadas com ele, e pressionou os lábios contra os dele; eram lábios quentes e macios e impossivelmente deliciosos, mas ele se forçou a recuar, antes que o resto duradouro de seu autocontrole se despedaçasse. Seu coração estava disparado, e ele teve de ficar imóvel por um momento enquanto tentava se lembrar de como respirar:

— Não tenho certeza se estou na minha melhor forma para uma noite de núpcias.

Isolda deu as costas para pôr as mãos em redor da chama da única lamparina, mas, antes de apagá-la, ela se virou e sorriu de novo para ele sobre o ombro. Era o tipo de sorriso que ela lhe dera em todas as fantasias impossíveis que ele havia tido, acordado ou adormecido, exceto que desta vez era real, graças à misericórdia divina.

Quando ela apagou o lampião, a escuridão se abateu sobre o recinto como um golpe de espada, e ele a ouviu sussurrar, a voz ainda sorridente:

— Tenho certeza de que vamos dar um jeito.

⌇

Ele a beijou quando ela subiu na cama ao lado dele. Beijou-a como se ela fosse a única luz num caminho escuro, e a única forma de calor numa noite fria; suas mãos deslizaram levemente pela garganta de Isolda para emaranhar-se no cabelo dela. Foi o mais delicado e suave dos beijos. A pressão da boca do rapaz era estonteantemente gentil e terna, mas, antes que Isolda pudesse se mexer até ele, o rapaz recuou de novo, mantendo-a a distância. Ela o ouviu arfar de modo instável.

— Isa, eu não posso... — talvez fosse a escuridão total que tornasse a voz dele tão diferente, baixa e trêmula. — Você sabe que eu te amo, e te desejo tanto que nem consigo respirar direito, mas se eu começar a beijar você de novo não vou conseguir parar e tenho medo — ele parou — tenho medo de machucar você, fazer alguma coisa que te lembre o...

— Não, você não vai fazer isso.

Isolda encontrou a mão do rapaz no escuro e entrelaçou seus dedos com os dele. Ela não sabia se tinha – ou se seria capaz um dia – de perdoar Mark, como dissera Madre Berthildis. E por apenas um instante, ao pensar no nome dele, ela sentiu a presença daquele homem no aposento, ensombreada e indistinta, como se refletida em água ondulante. Entretanto, o ódio – dele e de si mesma – desaparecera, o ferimento sangrento dentro dela estava cicatrizado e finalmente não a magoava mais. A abadessa estava certa quanto a isso.

Com a mão de Tristão ainda quente na sua pele nua, os dedos da outra mão dele ainda entrelaçados com a sua, ela afastou todo pensamento, toda lembrança de Mark, desta vez facilmente, e sem qualquer esforço. Afastou isso tudo para o lugar onde poderia tolerar esses fatores, prendeu-os lá e trancou a porta.

– Não, você não vai fazer isso – ela repetiu.

Isolda acordou com o brilho rosado do amanhecer escoando pela única e estreita janela do recinto. Sua cabeça estava no ombro de Tristão, e a mão enroscada no peito dele. Por um instante ela ficou absolutamente imóvel, sem querer que o momento se esvaísse, sem querer que nada desalojasse a lembrança da noite da véspera. A lembrança de outro daqueles momentos quando o tempo parecia parar, o mundo inteiro se equilibrando em um fôlego introverso antes de se despedaçar em uma centena de fragmentos, girar e então lentamente perambular completo de volta, deixando-a inteira, a mesma pessoa e, não obstante, para sempre – e miraculosamente – transformada.

A respiração de Tristão estava uniforme e lenta, mas logo que ela se mexeu os braços dele a envolveram.

– Acordada?

Isolda assentiu com a cabeça, depois recuou um pouquinho e apoiou-se num cotovelo para poder olhar para ele. Achou que os olhos dele pareciam cansados e um pouco ensombreados à pálida luz cinzenta e pôs-lhe a mão na testa, uma pontada de preocupação penetrando no brilho rosado de sua felicidade.

— Você não dormiu?

Ele deu de ombros e sorriu para os olhos dela:

— Um pouco, mas não fiz outra coisa que não dormir nos últimos... Deus, nem sei quantos dias.

— Três dias.

— Para você ver. — Ele ergueu uma das mãos para tirar um nó de cabelo do rosto dela e sorriu de novo, um sorriso lento e lateral que fez o coração dela parar. — Mas eu não me importo de ver você dormir.

Isolda estendeu o braço e, muito suavemente, como fizera antes, traçou uma linha com os dedos que ia do cenho do rapaz até o queixo. Tristão suspirou, pegou a mão dela e disse, os olhos ainda fixos nos da moça:

— Em que você está pensando?

— Eu estava pensando... — Isolda se deteve. Quando continuou, sua voz era um murmúrio. — Eu estava pensando que às vezes desejei poder voltar à época antes de Camlann, e ser eu mesma, com o eu que eu era então, mas agora eu não voltaria por coisa alguma do mundo. Porque este momento, este instante, é a coisa mais perfeita que já me aconteceu.

Por um demorado momento Tristão ficou em silêncio, apenas olhando para ela. Da maneira como a tinha olhado na véspera, quando lhe disse que a amava desde sempre, como se o coração inteiro dele estivesse ali, nos seus olhos intensamente azuis. Ele começou a falar, interrompeu-se e depois, sem dizer nada, puxou-a para si, para os braços dele, e, quando finalmente falou, sua voz estava baixa e abafada pelo cabelo dela:

— Você me avise quando for dizer uma coisa assim, está bem?

Capítulo 21

Isolda levantou a vista do ferimento que estava suturando – um profundo corte de espada no braço do homem forte louro à sua frente – e viu que Tristão a observava. Ele estava sentado a pequena distância, num assento provisório feito de um tronco caído, com Cabal deitado a seus pés entre um grupo de combatentes de Cerdic que estavam assistindo a um jogo de dados, trocando notícias e desafios amistosos e insultos.

O dia estava quente, o ar cheirava a terra frescamente revirada e às flores tenras do prado árido que floresciam na montanha. Isolda já havia tirado o manto, mas ainda assim o sol do meio-dia lhe queimava a pele, fazendo-a quase desejar ter escolhido trabalhar dentro de uma das barracas em vez de ao ar livre, no pátio de treinamento do acampamento.

Mais de uma semana se havia passado desde a batalha entre Cerdic e Octa, e alguns dos homens feridos no combate haviam começado a voltar pouco a pouco para o acampamento de Cerdic nas montanhas que cercavam a abadia. O próprio Cerdic ainda não havia voltado, mas um dos seus comandantes havia enviado um recado para Isolda, por meio de Madre Berthildis, solicitando os serviços dela como curandeira para ajudar os feridos e os enfermos.

Isolda havia concordado prontamente, grata pela oportunidade de ter notícia da luta que continuava, cada vez mais distante à medida que Octa e seu exército fugiam de volta para Kent. E a notícia que ela recebeu foi boa: Octa havia perdido quase um terço dos seus combatentes na armadilha que Cerdic lhe preparara na semana anterior, e o que restara de suas tropas continuava a se espalhar em razão do avanço de Cerdic.

Isolda sabia que ainda não podia ter certeza de que sua própria tarefa tivesse sido plenamente vitoriosa. Cerdic não lhe prometera aliar-se à Bretanha, mas, no mínimo, a ameaça que Octa representava para a Bretanha havia sido consideravelmente reduzida. De certa forma, ela estava agradecida por não poder fazer nada, não poder ir a lugar algum, até que o próprio Cerdic voltasse e dissesse que concordava em se reunir com Madoc e os conselheiros do rei visando a discutir a paz.

Os olhos dela encontraram os de Tristão mais uma vez, encostado no seu lugar entre os outros homens, os pés calçando botas estendidos à sua frente, os braços cruzados no peito, ostensivamente participando da conversa ao seu redor. Isolda sabia, contudo, que ele estava prestando atenção apenas parcial à conversa dos homens.

Como se estivesse sentindo que ela o olhava fixamente, Tristão levantou os olhos e sorriu-lhe de uma forma que fez o coração de Isolda se contrair e levou-a de volta à noite da véspera. De volta ao fato de Tristão atrair a boca da moça para a dele e beijá-la tão ternamente, lenta e quase reverentemente, de uma forma que nunca, jamais deixava de fazer com que o pulso dela acelerasse e seus próprios ossos parecessem derreter. Como se ela tivesse dado a ele um presente indescritivelmente precioso e delicado.

Nesse instante, ao encontrar os olhos de Tristão, Isolda sentiu um rubor lhe tomar as maçãs do rosto, mas lhe retribuiu o sorriso, mais uma vez agradecida porque agora, pelo menos, eles não precisavam sequer falar quando, em algum momento futuro, tivessem de sair daquele lugar.

– Obrigado, *Lady*.

A voz do homem cujo ferimento ela estava suturando fez com que voltasse de novo subitamente sua atenção para ele e o corte do seu braço.

– De nada.

Isolda não esperava que Cerdic comentasse o trato que tinham, nem do papel que ela desempenhara na batalha. Uma coisa era confiar numa mulher, vencer as tropas de Octa de Kent; outra coisa era admitir esse fato para seus homens. Mas obviamente um boato sobre a participação de Isolda se havia disseminado até mesmo junto aos soldados da infantaria de Cerdic. Havia mais de duas dúzias de feridos ali, e todos estavam reunidos ao redor dela, ansiosos para que Isolda examinasse seus ferimentos. Mesmo aqueles cujas lesões já estavam cicatrizando queriam que ela lhes tocasse as ataduras para dar sorte.

Felizmente, de certa maneira, ela havia ultrapassado o ponto em que poderia se surpreender por alguma coisa, não importa o que viesse a acontecer agora. Se ela tivesse visto nas imagens da água que teria terminado essa viagem cercada por um grupo de soldados saxões de infantaria implorando, com admiração, que lhes passasse pomada nas feridas e tocasse suas pernas e braços cobertos de ataduras, ela teria achado que se tratava de mais uma piada completamente fantasiosa da parte de quem controlava a Premonição.

O sol estava baixando no horizonte quando ela afinal terminou os curativos e deu as costas ao último homem. Ela e Tristão saíram do acampamento, caminhando de volta para a abadia em meio ao crepúsculo que se aprofundava. Cabal correu à frente pelo capim alto, voltou até eles, depois deu um giro e correu à frente de novo. Tristão ainda hesitava um pouco quando um movimento lhe incomodava as costelas sob o processo de cura ou estirava o ferimento no lado do seu corpo. Mas suas passadas compridas acompanhavam as dela facilmente; ele subiu as colinas sem qualquer mudança na respiração, um braço apoiado nos ombros de Isolda.

Nas sombras violeta das montanhas, com os raios do pôr do sol lançando um brilho derradeiro e duradouro no vale, as muralhas solidamente erigidas da abadia se transformavam em uma coisa quase do Outro Mundo. Como uma das residências das fadas que apareciam na hora da mudança do dia apenas uma vez há cem anos. Ou como um relicário dos antigos deuses das rochas e dos regatos e das montanhas, em vez do novo Deus do Cristo.

Quando chegaram quase à metade do marco entre a abadia e o acampamento de Cerdic, Tristão rompeu o silêncio entre eles e perguntou:

– Que foi que aquele homem quis dizer, o da perna quebrada, quando disse que eles não teriam jamais conseguido romper a muralha dos escudos de Octa e o posto para correr se não fosse por você?

Isolda soube imediatamente a que homem Tristão se referia, embora essa pergunta a fizesse perceber abruptamente que, se os exércitos de Cerdic conheciam a verdade do que ela havia feito, Tristão ainda não sabia de absolutamente nada. Ela não lhe havia contado antes não porque desejasse esconder alguma coisa dele, mas porque não tinha querido reviver aquela noite infindável que havia passado no acampamento de Octa, nem mesmo em pensamento. Toda aquela situação era um pesadelo, tão separada do resto dos últimos dias que mal parecia real.

Agora, ao se virar para encarar Tristão, Isolda hesitou por um longo momento. Os olhos de Tristão se fixaram no rosto dela, interpretando sua expressão; ele levantou uma sobrancelha:

– Eu vou gostar tanto assim dessa história, é?

Isolda gargalhou tremulamente, embora contra a vontade:

– Mais ou menos isso, mas acho melhor eu lhe contar tudo.

Assim, junto dele na escuridão, com o perfume das flores, além da abadia, Isolda contou tudo a Tristão. Tudo sobre haver dado sonífero às sentinelas de Cerdic para conseguir chegar aos aposentos dele. Tudo sobre o trato que fez com ele, sobre o percurso à noite pelo interior do país até chegar ao acampamento de Octa, sobre persuadir o guarda a deixá-la entrar para falar com Octa. Sua voz vacilou um pouco, mas a moça prosseguiu, e lhe contou sobre a reunião com Octa. E também sobre o incêndio e a fumaça e o fato de ter ficado encurralada na cabana de prisioneiros, e sobre o surgimento inacreditável de Fidach na hora certa para salvar sua vida.

Contou tudo a ele. Quando terminou, Tristão ficou em silêncio, olhando para ela por um longo tempo. Então, finalmente, ele sacudiu a cabeça:

— Você... Santa mãe de Deus, Isa! E você ainda me diz que eu assumo riscos insanos quanto à minha vida!

Isolda deu um sorrisinho:

— E isso é verdade, não é?

— Você de fato entrou na barraca de guerra de Octa de Kent e... — Mesmo à luz que se esvaía rapidamente, Isolda viu um sorriso involuntário começar a surgir nos cantos da boca de Tristão — e o convenceu de que era uma escrava expulsa por Cerdic, prestes a dar à luz um filho de Cerdic?

Isolda assentiu sem dizer palavra. Tristão sacudiu a cabeça, sem poder se conter, e começou a rir. Em seguida parou, segurou o rosto dela e disse, com a voz subitamente rouca e baixa:

— Deus, como eu amo você!

Então, de súbito, Isolda se viu agarrada a ele, escondendo o rosto no peito de sua túnica de linho:

— Eu estava muito assustada, Tris. Mais aterrorizada do que nunca estive. — Engoliu em seco. — Pensei que você estivesse praticamente morto, e que mesmo que eu vivesse até o dia seguinte, quando voltasse para o convento você já teria morrido.

Ela sentiu os braços dele ao redor do seu corpo; eram afetuosos, sólidos e fortes, e ele a abraçou com força enquanto todo o corpo da moça tremia ao se lembrar. Então, quando o tremor passou, ele disse, o braço ainda em redor dos ombros dela:

— Eu... ouvi você. Sei que isso parece loucura, mas eu tinha... eu estava nesse lugar onde tudo tinha simplesmente... parado e então ouvi sua voz. Eu não conseguia entender o que você dizia, mas entendi que precisava voltar, só isso. – Tristão sacudiu a cabeça. – A próxima coisa de que me lembro foi de acordar e encontrar você lá na cama comigo, dormindo profundamente. – De um lugar próximo ouviu-se o canto suave de um pássaro noturno, e Tristão sorriu: – Achei que estava morto.

Isolda inclinou a cabeça a fim de olhar para ele através do pôr do sol que se aproximava.

– Você não se lembra do que eu disse?

Tristão sacudiu a cabeça.

Isolda então lhe contou isso também, abraçando-o como fizera naquela noite, sentindo novamente os batimentos do seu coração sobre as maçãs do rosto. Embora os batimentos estivessem fortes e estáveis naquele momento, e os braços dele a rodeassem. Quando ela finalmente concluiu, ele ficou em silêncio por longo tempo, então afastou-a um pouco e olhou para ela. Já estava muito escuro para ver o rosto dele claramente, mas o rapaz ergueu a mão, tocando levemente a testa, a têmpora e o cabelo dela, como se ainda estivesse inseguro quanto a estar acordado ou sonhando, e com receio de que ela desapareceria ao seu toque. Finalmente, ele disse:

– Eu não mereço você.

Isolda pegou a mão esquerda de Tristão; sentiu seus dedos desfigurados, as beiradas ásperas das cicatrizes. Virou-lhe a mão, levantou-a e comprimiu os lábios suavemente contra a palma, depois sorriu para ele e disse:

– Pois eu acho que merece.

Então um estranho choque de medo a atingiu ela não sabia de onde; atingiu-a com uma força que era quase uma dor física, e ela teve um repentino lampejo da visão que havia tido antes de partir para o acampamento de Octa: eram Tristão e Mark, travando uma batalha desesperada com espadas.

Ela piscou para eliminar a lembrança dos seus olhos. Não podia saber se a Premonição que lhe apareceu mostrava o que *iria acontecer* ou apenas o que *poderia acontecer*. Ela, pelo menos, serenou quando viu os resultados da Premonição.

Isolda puxou a cabeça de Tristão para baixo, beijou-o quase ferozmente e disse:

– Lembre-se disso e se mantenha a salvo, só isso.

⁓

Devia ser quase meia-noite. Tristão ouviu o trinado de um rouxinol no pomar do lado de fora do alojamento de hóspedes. Ele estava deitado de costas, com Isolda aconchegada ao lado; o corpo esbelto da moça tinha um calor já conhecido. Mesmo que ele ousasse se permitir adormecer com mais frequência, não tinha certeza se queria. Não queria perder um momento, um único instante dessas noites.

Nessa noite, porém, ele percebeu pelo respirar de Isolda que ela tampouco estava dormindo.

– Isa?

Ela se mexeu, virou a cabeça e a nuvem suave do seu cabelo sussurrou junto ao ombro dele:

– Que é?

– Você... – ele parou, hesitante, sabendo que ela merecia que ele lhe fizesse esta pergunta, mas incapaz de encontrar as palavras adequadas: – Você tem certeza de que isto – nós dois, assim – é mesmo o que quer? Tem certeza de que está tudo bem?

Ela nem sequer hesitou. *Que Deus o ajude*. Ela apenas levantou a cabeça e comprimiu ligeiramente sua boca na dele, e uma das mãos lhe tocou o rosto. A doçura afetuosa dos lábios dela era quase suficiente para fazê-lo esquecer onde ele estava, o toque frio das pontas dos dedos dela na pele dele... Meu Deus, quase bastava para fazê-lo esquecer o próprio nome. Ela então se afastou apenas o suficiente para murmurar:

– Claro que tenho certeza.

Contudo, ela se manteve afastada quando ele começou a atraí-la para ele de novo:

— *Você* tem certeza de que está realmente bem, Tris? Não quero machucar você, e... não ria, sou uma curandeira e não faz muito tempo que você quebrou duas costelas e...

Ela se interrompeu quando Tristão a puxou e lhe comprimiu os lábios com a boca. Ele a sentiu derreter como uma doce chama viva nos seus braços, mas obrigou-se a recuar e disse:

— Eu não estava rindo de você. Estava rindo porque você pode ser uma curandeira, mas neste instante é uma curandeira despida, partilhando minha cama. E você espera que eu tenha bom senso suficiente para conseguir juntar duas palavras coerentes e responder a perguntas sobre costelas quebradas?

Os dois riram e ele a beijou de novo, mas então parou e recuou; uma das mãos percorreu suavemente desde as maçãs do rosto dela até seu pescoço, seus ombros nus, e foi descendo, acompanhando as curvas perfeitas e delicadas do corpo da moça. A pele de Isolda era incrivelmente suave e macia. Por todos os deuses, ele não queria que isso jamais terminasse. Ou, se isso era um sonho, não queria acordar jamais.

— Qual é mesmo aquele trecho nas histórias antigas sobre a Terra da Juventude[41]?

— *"Um paraíso terrestre é a terra, mais encantadora do que qualquer sonho. A mais linda que seus olhos já viram."*

A voz dela era baixa e doce, e soou meio ofegante no escuro.

Tristão aproximou a boca da moça da sua mais uma vez, e então disse, com a própria voz insegura num sussurro rouco:

— Se isto não é o paraíso, acho que é o mais próximo do céu a que jamais chegarei.

Isolda acordou sobressaltada e estendeu a mão para tocar Tristão. Nos dias seguintes ao pior do combate entre

---

41 Mitologia irlandesa.

Octa e Cerdic, o alojamento de hóspedes da abadia ficou lotado com os que procuravam refúgio sob as paredes do convento. Isolda ofereceu o próprio quarto para que pudesse ser usado por alguns dos que buscavam abrigo, e Madre Berthildis aceitou, embora tivesse fixado seu olhar sombrio e astuto no rosto de Isolda:

— Eu lhe agradeço o oferecimento – disse a abadia –, porque é fato que precisamos do espaço extra. Toda vez que visito a cozinha da abadia, fico na expectativa de ver uma família inteira habitando a sopeira. Mas, se pretende partilhar uma cama com aquele jovem que trouxe de volta à vida, você aliviaria consideravelmente minha consciência se me dissesse que posso acrescentar orações pelo seu casamento à minha lista de súplicas desta noite.

Isolda pensou na noite em que ficou no pátio externo da capela, escutando as freiras entoar suas orações noturnas, e pediu coragem para enfrentar a escolha que já fizera no seu coração. Em seguida sorriu para Madre Berthildis e respondeu:

— Já lhe disse antes que o seu Deus pode não significar para mim o que significa para a senhora, mas a senhora me prometeu suas orações durante todo o tempo em que eu estivesse abrigada aqui. E consegui escapar do perigo e da morte muito mais vezes do que seria possível na vida de qualquer pessoa. E também comprovei a cura de Tristão. Por isso tudo eu lhe agradeço de verdade, e aceitaria de bom grado a bênção do seu Deus cristão ou a sua.

A abadessa assentiu com a cabeça e depois sorriu; as rugas se acentuaram no rosto amarelado.

— Bem, fico satisfeita por saber que você está devidamente casada, embora, para ser sincera, eu não a censurasse muito rigorosamente de qualquer maneira. Seu jovem marido é muito bonito. – Ela sacudiu a cabeça. – Bem, eu soube muito tempo antes de ter sua idade que seria melhor dedicar minha vida a

Cristo, porque certamente nenhum homem vivo quereria acordar e me encontrar na sua cama.

Sua voz estava secamente divertida, mas Isolda julgou perceber uma expressão levemente melancólica nos pequenos olhos pretos da anciã. Entretanto, como se recuperasse o raciocínio, Madre Berthildis endireitou os ombros redondos e disse, com a habitual energia:

– É claro que ser casada com Cristo não faz o chão limpo da sua casa ficar enlameado de pegadas de botas, nem com mais um bebê na barriga ano após ano até você ficar extenuada antes dos trinta anos. Estou bem satisfeita com meu destino. – Ela firmou a boca, e em seguida suavizou-a ligeiramente ao olhar para Isolda: – Mas vou conservar vocês dois nas minhas orações.

Nas quase três semanas em que estava dormindo ao lado de Tristão, Isolda se habituara a acordar quando ele se mexia. Sempre sabia quando ele estava dormindo, porque ele resmungava ou se virava no sono. Ela mal conseguia distinguir as palavras que o rapaz dizia: eram muito baixas e indistintas, e de modo geral na língua saxã. Ele quase nunca acordava, mas se acalmava quando ela o tocava. Isolda o abraçava e se enroscava nele até o respirar entrecortado do rapaz se estabilizar e ela deixar de sentir contra o peito os batimentos frenéticos do coração dele. Não sabia se ele se recordava dos sonhos na manhã seguinte. Se isso acontecia, ele não lhe contava.

Nesse instante, porém, os dedos dela só encontraram espaço vazio no lado de Tristão na cama, e ela se sentou rapidamente, tirando o cabelo dos olhos. Isso havia ocorrido uma vez antes. Ela havia acordado altas horas da noite e se deparara com Tristão absolutamente imóvel, recostado na parede em frente, todos os músculos rígidos como pedra, e respirando rápida e fortemente. Ela não sabia se ele continuava sonhando ou se estava meio acordado, mas ele deixara que ela o levasse de volta à cama, e, tão logo se deitou ao seu lado, Tristão mergulhara num sono profundo e sem sonhos.

Nessa hora, ao se virar para procurar no quarto escurecido, Isolda o viu nas sombras, debaixo da única e estreita janela do aposento. Ele estava de pé, completamente imóvel, mas todo o seu corpo parecia compactado, os vigorosos músculos das costas e ombros tensionados sob os fragmentos esmaecidos e pálidos dos raios de lua, que eram a única luz.

Isolda girou as pernas para fora da cama, tremendo um pouco quando os pés descalços pisaram no frio chão de laje. Ela foi até ele e lhe tocou levemente num braço, como havia feito antes, e disse baixinho:

– Tris?

Antes, tudo que ela precisava fazer era tocá-lo e pronunciar seu nome para que ele relaxasse o suficiente e ela o conduzisse de volta à cama. Dessa vez, porém, ele fez um movimento brusco e violento para se soltar tão logo os dedos dela lhe roçaram a pele, rodopiou e agarrou o braço dela com grande violência, arrastou-a para a frente e depois girou, prendendo-a entre ele e a parede. O movimento pegou Isolda desprevenida e a fez arfar quando suas costas atingiram a parede com força contundente. Não que teria feito qualquer diferença se ela estivesse preparada. A qualquer minuto Tristão poderia dominá-la tranquilamente, se quisesse.

O aposento estava muito escuro para ela poder enxergar o rosto dele, mas podia ouvir-lhe a respiração áspera e entrecortada, e sentir o leve cheiro de sal que lhe indicava que estava coberto de suor frio. Os dedos dele se enterraram dolorosamente nos ombros dela e, por um instante, a jovem pensou que ele iria atirá-la contra a parede mais uma vez. Por um momento ela se lembrou do que havia pensado em contar a ele de manhã, e seu coração começou a bater com força porque ela sabia que não havia absolutamente nada que pudesse fazer para impedi-lo de lhe quebrar o crânio contra a parede se não acordasse a tempo.

Em lugar disso, contudo, ele a atirou até a metade do quarto, de modo que a armação da dura cama de madeira a atingiu nas costelas e fez com que arquejasse alto. Entretanto, ela estava fora do alcance dele, e tinha uma opção: podia ficar sentada, não se aproximar dele de novo e esperar que acordasse por si só. Ou podia sair do quarto e procurar uma cama em uma das celas das noviças ou em outro aposento dos hóspedes. Vários deles estavam vazios, porque o combate se distanciava e os refugiados começavam a reunir seus pertences e voltar para casa.

Isolda poderia sair do quarto, e parte dela admitia que isso era provavelmente a coisa mais sensata a fazer, mas a moça não hesitou, mesmo do outro lado do quarto, quando ela captou uma ou duas palavras – desta vez inteligíveis – do que Tristão estava sussurrando em voz constante e cheia de raiva. Isolda respirou fundo, firmou-se na cama e dirigiu-se a Tristão, mantendo um murmúrio suave e tranquilizador, uma sucessão de palavras consoladoras bobas enquanto se mexia para tocar ligeiramente o pulso dele de novo.

– Está tudo bem. Eu estou aqui. Você está a salvo. Completamente a salvo.

Ela sentiu os músculos dele se agruparem e retesarem sob a mão dela como antes, e se preparou, esperando que ele a agarrasse ou a arremessasse de novo, mas então ouviu a respiração dele se firmar e ele relaxar, embora levemente. Com cautela, e sempre murmurando uma sucessão de palavras apaziguadoras, Isolda pôs a mão no braço dele e aproximou-se com calma até conseguir passar os braços ao redor dele. Tristão estava úmido de suor, e a pele quase tão fria como quando Eurig e os demais o haviam carregado para a abadia. Isolda sentiu que um tremor convulsivo o fez estremecer, embora ele ainda não tivesse acordado.

Ainda se mexendo cuidadosamente e muito devagar, Isolda começou a conduzi-lo para a cama:

— Você deve estar com frio. Agora venha comigo. Venha, e ficará aquecido.

Ela conseguiu levar Tristão de volta à cama e conseguiu induzi-lo a deitar sob os cobertores, tudo isso ainda dormindo. Quando ela se deitou ao lado dele, Tristão se virou para ela e a puxou para se aconchegar no peito dele. Entretanto, Isolda não voltou a dormir, e ficou deitada com os olhos arregalados, olhando fixamente sem ver o quarto escurecido e se perguntando como poderia ter sido tão estúpida e completamente cega.

Ela conseguiu ver Kian, enlameado e com rugas de cansaço ao redor da boca, sentado ao lado dela na floresta, depois da emboscada na viagem a partir de Ynys Mon. O eco da voz de Kian foi superado por uma lembrança de Tristão, bebendo sem parar a bordo do barco, noite após noite. *Se puder, você bebe até cair antes de uma batalha* – dissera Kian. – *E, se você consegue ficar bêbado o bastante quando a batalha acabar, tem uma possibilidade de afastar os pesadelos.*

O dia estava raiando quando Isolda sentiu Tristão despertar com um solavanco, mas ele continuou imóvel, sem falar, sem nem sequer se mexer. Então se virou para ela, erguendo-se para poder observá-la. Os olhos dele estavam sombrios e ligeiramente magoados, e seu rosto com os pelos eriçados pela barba não feita há um dia. Sem dizer nada, ele pegou o pulso de Isolda e levantou-lhe o braço até a luz. Ela o ouviu respirar entre dentes, mas então, sem falar, ele se deixou cair na cama e cobriu os olhos com um braço.

Ao olhar para baixo, Isolda percebeu que equimoses escuras haviam aparecido nos seus braços, marcas de quando Tristão a agarrou na noite da véspera. Silenciosamente ela se repreendeu por não haver pensado nisso e deixado de pôr alguma coisa que as tivesse coberto. Era provável que também estivesse com edemas nas costas e costelas, mas pelo menos seu camisolão as tornava invisíveis por enquanto.

— Tris — ela começou, mas ele a interrompeu, com um braço ainda cobrindo-lhe o rosto.

— Por favor, diga que não a machuquei mais do que isso.

— Você não...

Tristão se sentou ereto, numa súbita explosão de movimento, sem nem sequer vacilar com a dor que esse movimento deve ter causado às suas costelas ainda em processo de cura.

— Pelos poderes do inferno, Isa, fale a verdade. — Sua voz estava quase zangada, mas ele respirou fundo e disse, mais calmamente: — Por favor, me diga. Que foi que eu fiz a você? Eu me lembro...

Isolda pôs a mão no braço dele:

— Você não me machucou para valer, Tris. Você... — Ela parou, procurando a maneira mais suave de descrever o fato. — Você estava dormindo, eu toquei seu braço, você me segurou e me prendeu contra a parede, só isso.

— *Só isso?* — Tristão passou a mão no cabelo. — Meu Senhor Jesus, Isa, *só isso?* Eu podia ter matado você. Eu podia ter acordado e encontrado você morta aos meus pés! Eu... — Ele parou e escondeu a cabeça entre as mãos. — Eu disse que não te mereria. Eu nunca devia ter...

— Pare com isso! — Isolda puxou o braço dele, tentando fazer com que a encarasse, mas foi o mesmo que tentar mudar uma pedra de lugar. Em lugar disso, ela deslizou para fora da cama e caiu de joelhos à frente dele, de modo que ele foi forçado a encará-la. — Nunca mais, nunca mais repita isso.

— Isa... — Tristão estendeu o braço como se para tocar o rosto dela, mas então fechou a mão com tanta força que ela viu os músculos estremecerem quando ele forçou o braço a voltar para o lado do corpo. Ele fechou os olhos como se não conseguisse tolerar olhar mais para ela. Quando falou, sua voz estava áspera, quase desesperada, embora ainda baixa com o esforço do controle. — Por favor, eu não poderia suportar se machucasse você de novo. – Ele olhou para a mão direita, com a palma para cima, de forma que a marca do corte do casamento pagão – já cicatrizado, e mostrando agora apenas uma tênue linha rosa – ficou evidente. – E não é como se nós pudéssemos...

Antes, porém, que ele pudesse concluir, ouviu-se uma batida urgente à porta. Num instante, Tristão pôs-se de pé com um salto, puxou os calções até os joelhos e, por força de muita experiência, pegou automaticamente a faca de cima da única mesa de madeira do aposento. Contudo, quanto Tristão abriu a porta, encontrou Eurig de pé no portal.

Eurig, Piye e Daka haviam saído da abadia há algumas semanas, mas permaneciam acampados na área, junto com o resto do bando de Fidach. Depois de ouvir a história de Isolda sobre o fato de Fidach tê-la salvado na noite da grande batalha, primeiro Eurig, Piye e Daka e então os demais membros haviam vasculhado a área, procurando sinais do seu chefe. Eles procuraram com um devotamento tão obcecado que fez Isolda compreender que Fidach não podia, afinal de contas, dever a fidelidade de seus homens apenas ao medo. Tristão, já suficientemente recuperado, também ajudara nas buscas, mas todos os seus esforços resultaram inúteis. Depois que Fidach se separou de Isolda nos portões do convento, ele havia realmente desaparecido na floresta em redor, pois dele não se achou nenhum indício.

Nesse instante, apesar do pesadelo, apesar de tudo o que Tristão acabara de lhe dizer, Isolda viu que ele ficou instantaneamente alerta, pronto para qualquer coisa que pudesse ter trazido Eurig ali àquela hora.

Tristão enfiou o facão no cinto e perguntou:

– Aconteceu alguma coisa?

Eurig olhou além de Tristão e fixou a vista em Isolda, empoleirada na beira da cama e vestindo apenas uma camisola e o xale que havia rapidamente posto nos ombros lesionados antes que Tristão abrisse a porta. Os olhos de Eurig se arregalaram e ele teve um sobressalto de surpresa ao vê-la, depois se virou rapidamente de volta para Tristão. Isolda percebeu que as orelhas dele ficaram rubras, e o homem pigarreou duas vezes antes de responder à pergunta de Tristão:

— Tem um negociante lá fora, vindo do leste. Daka o deteve ontem na estrada. Achei que talvez você quisesse ouvir o que ele tem a dizer.

Isolda quase pôde sentir Tristão deliberadamente pondo de lado todos os pensamentos da noite da véspera, invocando a resolução de lançar um olhar breve e interrogativo para ela, que concordou com a cabeça:

— Tudo certo, pode ir, vou ficar bem.

Eurig pigarreou mais uma vez e estendeu um rolo de pergaminho, olhando de soslaio mais uma vez para Isolda e depois desviando o olhar rapidamente.

— Eu também tenho uma mensagem, que foi deixada com a sentinela do portão da abadia hoje de manhã. Eu disse que receberia essa mensagem porque talvez fosse encontrar com você, embora eu não esperasse... — Eurig se interrompeu, e um rubor se espalhou por seu rosto. — Bem, de qualquer modo, você está aqui.

Em qualquer outra ocasião Isolda talvez tivesse sorrido para a maneira como ele enfiou o pergaminho enrolado nas mãos dela sem sequer a olhar de novo. Nesta manhã ela apenas lhe agradeceu e fechou mais o xale ao redor dos ombros.

Ela esperou Eurig e Tristão se afastarem para quebrar o lacre da mensagem e desenrolar o pergaminho. A mensagem era curta e em latim, e a letra era tão bonita que ela sabia que o texto devia ter sido escrito por um escriba profissional.

A Lady Isolda de Cammelerd:
Octa escondeu-se em sua cadeia de fortalezas no litoral e
mandou buscar reforços. As tropas de Mark estão
a caminho. Insista com seu rei Madoc de Gwynedd

para arrebanhar todos os homens que puder, e talvez consigamos esmagar os dois de uma vez para sempre.

A mensagem estava assinada *GEVVISSae CYNING*, isto é, Rei Cerdic de Wessex.

Isolda ficou olhando para a mensagem durante algum tempo, depois se levantou, lavou o rosto e as mãos na água fria da bacia, vestiu seu velho vestido de viagem usado mas limpo graças às lavadeiras do convento. Penteou-se e trançou o cabelo.

Quando saiu para o pátio do convento, viu Tristão e os outros reunidos em volta de um homem que ela não reconheceu: era obeso, tinha sobrancelhas cerradas e uma boca pequena vermelha e franzida como a de um bebê. Tristão estava fazendo perguntas ao desconhecido, e Eurig intercalava com uma palavra de vez em quando, enquanto Piye e Daka assistiam, os rostos morenos impassíveis e sérios. Hereric também estava lá. O gigante saxão tinha quase recuperado a carne de que a febre o despojara e, a não ser pela manga vazia presa no toco do braço, praticamente recuperara a antiga aparência.

Isolda viu Tristão levantar a cabeça quando ela entrou no pátio, viu o olhar de soslaio dele mover-se brevemente na direção dela antes de voltar a falar com o desconhecido, portanto sabia que ele a havia visto. Sabia também que ele teria gesticulado para que ela se juntasse a eles se lhes pudesse ser útil, por isso a moça se sentou num banco duro de madeira encostado da muralha exterior do convento.

Embora muitos refugiados já houvessem partido, a abadia continuava alvoroçada e agitada. Grupos de freiras de hábitos negros movimentavam-se para lá e para cá, carregando água, cestas de roupa lavada e travessas de pão, e num canto do pátio uma mãe vigiava suas duas filhinhas de cabelos pretos, que fiavam linhas de lã em fusos. A mais novinha delas sempre rompia as linhas e era ridicularizada pela irmã, até que a mãe intervinha para acabar com a discussão.

Isolda as observou até que se deu conta, assustada, de que Tristão havia deixado o grupo e estava ao seu lado. A moça inclinou a cabeça para trás e olhou para ele, protegendo os olhos contra o sol nascente às costas dele. Externamente ele parecia calmo, mas seu rosto estava o mais taciturno que Isolda já vira, e os olhos, distantes e duros.

– Qual é o problema? – ela perguntou.

– É Fidach – respondeu Tristão. – Ele foi feito prisioneiro, foi capturado pelos homens de Octa.

Isolda assentiu com a cabeça. Começou a perceber uma sensação fria espalhando-se nela como ondulações num lago, mas não ficou surpresa, de modo que supôs que parte dela já devesse estar esperando por algo do gênero. Ficou sentada, imóvel, e escutou Tristão repetir para ela o que o negociante, o homem que o vira interrogar, havia dito. Que ele viajara pela rede de antigas estradas romanas até Kent e ouvira falar de um bando de homens de Octa que viajavam com um homem acorrentado. Um homem macilento com tatuagens azuis espiraladas nas maçãs do rosto.

Quando Tristão terminou de falar, Isolda fechou os olhos e viu Fidach tossindo com a fumaça da fogueira, o rosto marcado por cinzas e o cabelo chamuscado. *Só porque cultivo a reputação de ser um homem sem honra,* ele havia dito, *não quer dizer que não a tenho.* E ela viu novamente o homem alquebrado digno de piedade que escapara da tortura de Octa há muitos anos, mas acabou morrendo nas mãos de Morgana porque ela achou que isso era mais generoso do que deixá-lo viver.

Mesmo assim, havia pelo menos uma dúzia de coisas que Isolda podia ter dito: *Você não conhece esse negociante; ele pode estar mentindo. De qualquer maneira, Fidach está morrendo. Tris, você mal se recuperou.*

Na verdade, nem por um momento ela considerou a hipótese de dizer qualquer dessas frases, mas uma parte sua horrivelmente covarde desejou que o tivesse feito. Entretanto, ela pensou no que havia tencionado contar a Tristão naquela manhã.

Isolda abriu a mão e olhou para a cicatriz inteiramente fechada do casamento pagão na palma. Fazia três semanas desde que ela e Tristão haviam feito aquela promessa solene, tempo suficiente para ela estar quase inteiramente segura de que o vislumbre de uma suposição de dias atrás se tornara uma certeza. E ela sentiu algo se contorcer no peito, tenso ao ponto de rachar à ideia de mandá-lo combater – talvez para morrer – sem nem sequer tomar conhecimento.

– Acho que estou...

Ela chegou a começar as enunciar as palavras, mas cerrou o maxilar antes de concluir, obrigando-se a não continuar. Se havia podido finalmente dizer *Eu amo você* a Tristão, nesse instante havia outra coisa que ela não podia contar a ele. Ou, pelo menos, não naquele lugar nem naquele dia.

Ela abriu os olhos, olhou para Tristão e viu seu olhar intensamente azul obscurecido, e uma pequena contorção muscular no canto da sua boca. Lembrou-se do sussurro entrecortado nas profundezas do pesadelo da noite da véspera, e teve absoluta certeza de que não poderia sobrecarregá-lo ainda mais, nem dificultar a partida do seu amado.

Portanto, em vez disso, inalou um respirar trêmulo, observou o rosto dele e disse, com firmeza:

– Eu entendo. Entendo que você precise ir.

Ele arrumou rapidamente.o que ia levar na viagem: o cinturão da espada, facão, uma sacola com uma refeição e uma muda de roupas. Só isso. Isolda o havia seguido ao quarto deles e se sentara na beira da cama enquanto ele se preparava para partir. Os edemas nos seus braços estavam cobertos, mas ainda assim

Tristão vacilava toda vez que a olhava, mas simplesmente não conseguia deixar de contemplá-la, tão linda e delicada, como a princesa de uma das histórias que ela contava.

Tristão desviou o olhar e disse a si mesmo pela milésima vez – Senhor, devia ser isso mesmo – que era melhor assim. Melhor. É... Era melhor ter a garganta cortada habilmente do que sangrar gota a gota até morrer. De qualquer maneira, seria melhor para ela.

Só quando ele prendeu a sacola de viagem num ombro Isolda rompeu o silêncio:

– Você conhecia Fidach, isto é, sabia como ele era, quando foi pedir-lhe ajuda?

– Você pergunta se eu sabia que ele era mais ou menos um sujeito decente quando deixou de bancar o idiota metido a besta? – Tristão assentiu com a cabeça. – Achei melhor não nos arriscarmos com meu julgamento a respeito dele quando Piye disse que ele planejava nos vender a Octa. Por isso eu disse que era melhor irmos embora. Que eu não confiava que outro membro do bando não negociasse com Octa nossa captura, mesmo se Fidach recusasse. Mas combati ao lado de Fidach uma temporada inteira, e não se pode lutar junto de um homem sem vir a conhecer seu caráter tão bem quanto o seu próprio caráter. Ou até melhor, às vezes. Eu sabia que podia confiar que Fidach cumpriria um acordo. – Tristão havia jurado a si próprio que não tocaria em Isolda, mas não conseguiu controlar-se e estendeu a mão e tocou o rosto da moça. – Se eu não confiasse nele, nunca teria permitido que você ficasse distante do sujeito no mínimo um dia de viagem.

E então – ele não sabia como aconteceu – ela se levantou da beira da cama e caiu nos braços dele. O rapaz não a beijou porque isso teria destroçado os últimos fragmentos do seu autocontrole. Ele simplesmente a abraçou forte, enterrando o rosto na maciez do cabelo dela, tentando gravar essa sensação em todos os nervos do seu corpo. Em todas as sensações individuais de segurá-la daquela maneira.

Finalmente ele disse:

— A mensagem que Eurig lhe trouxe era de Cerdic?

Ele sentiu Isolda concordar com a cabeça no seu ombro:

— Ele disse que, se Madoc enviar tropas para se unir às dele na luta contra Octa, Cerdic concordará em fazer um tratado com a Bretanha.

— E você ainda não sabe se existe um traidor no Conselho do rei, se um dos conselheiros enviou os homens que nos atacaram no barco?

Isolda sacudiu a cabeça:

— Não.

Tristão silenciosamente avaliou todos os perigos possíveis de uma viagem por terra de volta a Gwynedd. Uma sequência de resultados imaginados lhe passou subitamente pela cabeça, e cada um deles foi como um soco no estômago. Ele fechou os olhos e disse:

— Isa, sei que você vai querer falar com Madoc, mas... — Ele parou, tentando pensar em alguma coisa que pudesse persuadi-la. Dizer a ela que seria perigoso seria a mesma coisa que lhe dizer que ela se molharia se chovesse. Ele estava cansado de saber que não faltava coragem à moça e que ela não vacilava ao enfrentar o perigo. Ele acabou desistindo e disse apenas: — Por favor, não vá. O convento deve ter cavaleiros encarregados de levar mensagens. Mande um deles, mas fique aqui.

Ele se preparara para discutir com ela, caso dissesse que ele não tinha o direito de lhe fazer um pedido daqueles, mas, em lugar disso, ele a sentiu aquiescer de novo com a cabeça e dizer, sem levantar os olhos:

— Está bem, eu não vou tentar ir sozinha, vou ficar aqui.

Fique aqui; eu vou voltar para pegar você. Isolda queria que ele dissesse isso. Queria com tanto fervor que quase acreditou que

Tristão tivesse dito essas palavras em voz alta. Ela percebeu que ele ficou surpreso porque ela concordou tão rapidamente em não viajar até Gwynedd por si própria, mas ele nada disse. Em lugar disso, apenas a abraçou. Os braços dele em redor da moça eram muito calorosos, sólidos e fortes, e ela se perguntou como iria suportar quando inevitavelmente ele a soltasse. Quando ela tivesse de voltar para este aposento pequeno com mobiliário simples e dormir sozinha na dura cama de madeira.

Permaneceram juntos por um longo tempo, e finalmente Tristão falou:

— Toda vez que meu coração bater, toda vez que eu respirar, estarei pensando em você.

Ele então recuou e deixou os braços penderem ao longo do corpo.

Isolda não se permitiu chorar. Caminhou com Tristão em silêncio de volta ao pátio, onde os outros quatro homens estavam esperando, e conseguiu continuar sem chorar ao se despedir de todos eles. Beijou o rosto de Eurig, o que o fez corar mais uma vez. Pegou a mão de Daka e sorriu quando Piye disse alguma coisa na sua língua que o irmão traduziu:

— Ele agradece senhora de novo por anel — Daka disse a ela. — Ele *tinha* outro acesso ontem noite, mas não *tinha* medo. Ele sabe que mágica de senhora num deixa *ele* passar mal.

Ela observou Tristão dizer algumas palavras a Hereric em saxão, reparou que o companheiro respondeu com sinais e depois cruzou os pulsos com Tristão. Depois deram as costas para partir e saíram pelo portão principal da abadia, mas então Hereric se afastou dos outros e voltou para ficar ao lado de Isolda.

Tristão manda Hereric ficar com senhora — ele sinalizou. — *Pra senhora ficar salvo. Pra eu vigiar.*

Isolda assentiu com cabeça, olhou para Hereric e tentou sorrir:

— Obrigada, Hereric. Estou contente por você ficar comigo.

A tentativa de sorrir deve ter sido ainda mais deplorável do que ela pensou, porque o rosto largo de Hereric franziu-se, preocupado; ele tocou o braço de Isolda e fez um sinal que significava *Tristão volta*.

O intenso olhar azul-claro de Hereric expressou a mesma total e inquebrantável confiança de quando ela se despediu deles no acampamento de Fidach. De quando ele pediu que Isolda contasse uma história para que Tristão se curasse. Isolda fechou os olhos e se esforçou para lembrar da frase de Tristão: *"Todas as vezes que eu respirar, estarei pensando em você"*, em lugar da frase inacabada: *"não é como se a gente poderia jamais..."*.

Pensou em Piye, segurando o anel de maldição de Garwen toscamente feito e sorrindo ao se despedir dela. Talvez isso fosse o resumo completo da fé: transformar um anel de ferro e um punhado de bobagens em latim num amuleto contra os poderes das trevas. Um santuário para mulheres idosas muito feias para se casarem com alguém que não o Cristo, como dissera Madre Berthildis. Ainda assim, Isolda abriu os olhos, olhou para os portões do convento, onde ainda conseguia ver Tristão e os outros três homens caminhando pela estrada em direção à floresta em redor, o sol nascente inclinando-se sobre as costas deles. E pensou: *"Por favor, por caridade, nem peço que ele volte para mim; só imploro que ele – eles todos – fiquem em segurança"*.

O toque de Hereric no braço dela a fez levantar os olhos novamente. *Isolda acaba história?* – ele perguntou com sinais. A princípio Isolda não teve ideia do que ele queria dizer, e o olhou inexpressivamente. *História da moça...* Hereric franziu o cenho, tateando para encontrar os sinais certos. *Da moça roubada...*

Isolda exalou um respirar trêmulo, e esfregou uma das mãos nos olhos.

– Você se refere à história que contei a Tristão? Sobre a moça que salvou o seu amor dos Seres Mágicos da Floresta?

Hereric assentiu com a cabeça. *Moça. Homem. Que aconteceu?* – ele perguntou, com gestos. – *Isolda não contou fim história.*

Isolda não respondeu imediatamente. Cabal tinha saído de sua cama no estábulo do convento, e no pátio a moça ouviu as duas menininhas rindo, já tendo esquecido a discussão, quando jogaram um carretel de lã vazio para o cachorro apanhar. Isolda virou lentamente o corpo de onde falava com Hereric para olhar para onde os quatro homens estavam quase desaparecendo entre as árvores: um calvo e feio, dois de pele negra como carvão e um alto, de ombros largos, com uma cicatriz na mão esquerda e cabelo castanho-dourado preso para trás com uma tira de couro.

Sem desviar o olhar, Isolda levantou uma das mãos para apoiar ligeiramente a palma no espartilho do vestido:

– O fim da história revela que a moça deu um filho ao seu amado.

Nota da autora

Da mesma forma que *Crepúsculo de Avalon*, *O lado negro da Lua de Avalon* é uma combinação de verdade histórica e mitos da época do Rei Artur. O Rei Cerdic de Wessex e o Rei Octa de Kent foram selecionados das listas de reis anglo-saxões daquela época. Pouco se sabe a respeito deles a não ser seus nomes. Por isso, tomei a liberdade – alguns talvez diriam despudoradamente – de inventar vidas e personalidades para ambos. O rei bretão Cynlas de Rhos é mencionado na obra *De Excidio et Conquestu Britanniae* (*Sobre a destruição e a conquista da Bretanha*), do historiador Gildas, do século VI. Madoc de Gwynedd se baseia livremente no histórico rei do século VI Maelgwn Gwynedd, que de fato foi um dos principais reis da época e que é identificado por Gildas como "Dragão da Ilha". Entretanto, Dywel de Logres é totalmente fictício. Na realidade, o reino de Logres está confinado à lenda do Rei Artur; Geoffrey de Monmouth usa o nome "Loegria" para descrever o território que contém a maior parte da Inglaterra antes de o país ser dominado pelos saxões. Igualmente, o reino de Isolda – Cammelerd – aparece na lenda de Artur, mas não nos registros históricos.

Curiosamente, a faceta de *O lado negro da Lua de Avalon* que os leitores podem ter mais dificuldade em acreditar – o grau de poder relativamente alto de autonomia e política exercido por Isolda – é, na verdade, um dos aspectos mais fundamentados nos fatos políticos. O século VI a.C. foi um período de mudanças, durante o qual a crescente influência da Igreja cristã começava a limitar e restringir a liberdade feminina. Contudo, as mulheres celtas da Idade das Trevas, especialmente as nobres, tinham muito mais força do que suas equivalentes medievais de épocas posteriores. As primeiras leis galesas e irlandesas concederam às mulheres direitos importantes relativos a propriedade, divórcio, proteção contra estupro e criação de filhos. Além disso, havia muitas deusas celtas poderosas, e uma história de rainhas guerreiras – como a Rainha Boudicca[42], que lutava contra os homens e também ao lado deles. As sacerdotisas druidas serviam como enviadas diplomáticas nas negociações entre reis rivais.

O único verdadeiro anacronismo em *O lado negro da Lua de Avalon* é a abadia cristã na qual Tristão e Isolda se refugiam quase no final do livro. Esse tipo de estabelecimento monástico realmente pertence a uma era duzentos ou trezentos anos depois da focalizada em *O lado negro da Lua de Avalon*, mas os conventos são parte tão importante do mundo do Rei Artur e das lendas a ele relacionadas que permiti que um deles se inserisse na minha história.

Quando procurei uma explicação razoavelmente crível para a razão de um convento cristão ter sido construído em meio a terras de um rei saxão na Idade das Trevas, deparei-me com a história do Rei Ethelbert de Kent, que desposou Bertha, a filha cristã de Charibert, rei dos francos[43]. Bertha era cristã, e sua influência pode ter levado à decisão do Papa Gregório I de enviar Agostinho como missionário de Roma no ano de 597 d.C., fato que se considera o começo da conversão relativamente rápida ao cristianismo do mundo anglo-saxão. Embora minha história aconteça em toda uma geração anterior, eu livremente – ou despudoradamente – enxertei um pouco da história do Rei Ethelbert na personalidade do Rei Cerdic, e

---

42 Rainha britânica dos iceni – tribo bretã que ocupou o sudeste da Inglaterra – que liderou uma insurreição contra os romanos em 61 a.C. (N.T.)
43 Antigo povo germânico que conquistou a Gália, dando origem à França. (N.T.)

dei a Cerdic de Wessex uma esposa frâncica da fé cristã. De fato, nada se sabe sobre a esposa de Cerdic (ou, possivelmente, *esposas*), embora muitos historiadores tenham teorizado que o próprio Cerdic possa ter sido de uma linhagem mista saxã-celta, como o apresentei em *O lado negro da Lua de Avalon*.

Para mais informações sobre os antecedentes históricos do livro e uma bibliografia parcial, por favor acessar meu *website* www.annaelliottbooks.com. Tive a felicidade de encontrar muitos magníficos recursos ao escrever *O lado negro da Lua de Avalon;* quaisquer erros do livro são de minha inteira responsabilidade.

Agradecimentos

Gostaria de agradecer às seguintes pessoas:

Minha filha Isabella, por continuar, como bebê, a dormir tão maravilhosamente bem e por ser, de modo geral, uma criança encantadora; Nathan, meu marido e *webmaster* e inigualável companheiro em tempo integral; minha mãe e meu pai, afetuosos, amigos e que me apoiaram como sempre; meus adoráveis sogros, pelas horas incalculáveis em que me ajudaram como babás; meu espetacular agente, Jacques de Spoelberch, e minha maravilhosa editora, Danielle Friedman.

Meus agradecimentos especiais a Sarah, minha fabulosa parceira de escrita, que ouvia minhas ideias e as avaliava, por sua ajuda inestimável em todo o processo de elaboração deste livro, verificando meus fatos históricos e trazendo à tona inumeráveis novos recursos de pesquisa – quando chegou a hora de escrever a cena do casamento (eu não tinha a menor ideia de como eram os votos solenes de um casamento celta na Idade das Trevas), respondeu rapidamente ao meu apelo de sugestões com as lindas frases que aparecem na versão final deste livro. Você é um presente que me foi dado.

Obrigada a todos vocês!

Guia do grupo de leitura

O lado negro da Lua de Avalon

Para discussão

1. "Ela havia sido chamada de Rainha-Bruxa durante todos os sete anos em que fora a esposa de Con... e, em todo esse tempo, não tivera um vislumbre da verdadeira Premonição, o que sua avó uma vez chamara do espaço interno onde se podia ouvir a voz de todos os seres vivos...".(página* 9). Como você caracterizaria a experiência de Isolda com a Premonição? Por que o dom da Premonição esteve ausente durante seu primeiro casamento? Em que grau as habilidades visionárias de Isolda se diferenciam das de sua avó Morgana? Por que algumas pessoas comparam suas habilidades à feitiçaria?
2. O que o sonho periódico de Isolda com Lorde Mark e a noite de núpcias deles sugere sobre a natureza do vínculo entre ambos? De que maneira o fato de Mark ser pai de Tristão dificulta os sentimentos de Isolda no tocante a seu breve casamento com Mark? Em que aspectos as lembranças de Isolda daquela noite fornecem indícios do estresse pós-traumático de uma vítima de agressão sexual?
3. "Cammelerd era dela, seu próprio reino por direito de nascença, apesar do pouco que sua condição de Rainha Suprema de Con lhe tivesse permitido dedicar-se a governá-lo" (página* 21). Em que aspectos a trama política da região deu forma ao enredo de *O lado negro da Lua de Avalon*? Como você caracterizaria o relacionamento de Isolda com Madoc, o Rei Supremo da Bretanha? Por que ela confia nele, e ele, nela? Que volume da tomada de

decisões de Isolda se baseia no que é melhor para Cammelerd e seus habitantes?
4. Por que a identidade de Tristão como filho de Mark é uma ameaça à sua segurança? O que a disposição de Kian de ocultar o verdadeiro parentesco de Tristão indica sobre sua lealdade? Por que Isolda sente a necessidade de proteger Tristão de Madoc, Cynlas de Rhos e de outros líderes?
5. Qual a importância que a balada de Taliesin, o músico da corte, tem para Isolda (a narrativa de uma jovem cujo amante é mantido prisioneiro pelos Seres Mágicos da Floresta e transformado numa série de animais selvagens)? (página* 109) De que forma a narrativa se relaciona às próprias lutas de Isolda para apaziguar seus verdadeiros sentimentos por Tristão? Que papel as histórias e as lendas desempenham no transcurso do romance?
6. "E você quer que eu a leve, sozinha, sem um guarda, pelas terras saxônicas? Fazer com que entre na corte de Cerdic para que possa propor uma aliança com ele?" (página* 123). Por que Tristão concorda com uma viagem com Isolda por regiões perigosas para ajudá-la a se reunir com Cerdic? Como você descreveria as experiências de ambos como companheiros de viagem? Qual deles é mais alerta contra seus perseguidores anônimos, e por quê?
7. De que maneira a lesão de Hereric dificulta o ritmo das viagens de Tristão e Isolda? Como você caracteriza a fidelidade de Tristão a Hereric? O que há de excepcional sobre o método de comunicação de Hereric? De que maneira Isolda tenta tranquilizar Hereric em seus esforços de cura, e até que ponto ela obtém êxito?
8. "Esse é o problema de crescer com uma pessoa: ela acaba conhecendo você bem demais" (página* 274). O que Tristão e Isolda sabem um do outro que outras pessoas desconhecem, e em que medida você concorda com Tristão

sobre o fato de ele e Isolda "saberem demais" um sobre o outro? De que forma a infância juntos os capacita a ler os pensamentos um do outro? O que justifica o fato de ambos ocultarem seus verdadeiros sentimentos um pelo outro?
9. "Toda essa viagem, ela pensou... tem sido uma espécie de fuga. Fugir da proposta de Madoc. Dos homens que atacaram o barco. De Fidach. E até, de certa maneira, fugir de Tristão" (página* 306). O que explica a necessidade compulsiva que Isolda tem de fugir? Ela pode estar fugindo em direção a quê? Na verdade, do quê Tristão está fugindo?
10. O que você achou da revelação de Isolda a Hereric na última cena do romance? A decisão de Isolda de não retardar a partida de Tristão revela o quê sobre a força do seu caráter? Como se informa sua decisão com base em suas opiniões sobre o destino?

* Nº da página do livro.

Conversa com Anna Elliott

O que a senhora acha que justifica a fascinação contínua da nossa cultura pela lenda do Rei Artur?

Claro que há incontáveis respostas para isso, todas válidas, mas, para mim, o singular encanto das lendas do Rei Artur é a combinação de fantasia e história. O mundo das lendas do Rei Artur é, reconhecidamente, história, e faz parte de nosso próprio passado. Muitos estudiosos já exploraram a possibilidade de um Artur real e histórico. Se ele na verdade existiu, era muito provavelmente um senhor de guerra celta de meados do século VI, um guerreiro que ocupou uma posição triunfante contra as incursões dos saxões nos litorais bretões. Tristão, cuja existência como vulto histórico verdadeiro é indicada por uma pedra em homenagem a ele na Cornualha, era possivelmente um guerreiro quase contemporâneo, talvez filho de um pequeno rei da Cornualha, cujo ciclo de narrativas foi absorvido pelas lendas referentes a Artur e a seu grupo guerreiro.

Não obstante, o mundo das lendas do Rei Artur também está impregnado de magia. É um mundo repleto de vozes proféticas, com espadas encantadas e donzelas do Outro Mundo e a mágica Ilha de Avalon, onde Artur jaz em sono eterno, curando-se de seus ferimentos, esperando voltar a cavalgar mais uma vez na hora de maior necessidade da Bretanha.

Essa combinação de verdade histórica e o maravilhoso potencial de magia foi o que mais me atraiu para as histórias de Artur quando comecei a estudá-las na faculdade. E foi o que me encantou sobre viver minha própria versão do mundo de Artur enquanto escrevi a trilogia *Crepúsculo de Avalon*.

Ao escrever sua versão fictícia da famosa lenda de Tristão e Isolda, que novos elementos a senhora incorporou à sua narrativa?

Meu objetivo era que a trilogia *Crepúsculo de Avalon* fosse uma combinação de lenda e verdade histórica. O século V, época em que os eruditos concordam que fosse possível que um Artur histórico tivesse vivido, foi um período brutal e caótico na Bretanha. A Bretanha romana havia desmoronado; legiões romanas haviam batido em retirada desse vasto posto avançado do império, deixando o país presa fácil para as tribos dos pictos e irlandeses do oeste e do norte, e das invasões saxônicas do leste. Foi também, sob muitos aspectos, um cadinho no qual se forjaram a identidade e o senso de localização britânicos. E é nesse pano de fundo que aparece Artur, um herói de guerra que liderou – ou, pelo menos, pode ter liderado – uma campanha vitoriosa contra os invasores, rechaçando-os talvez pelo espaço de uma vida inteira de um homem e, dessa forma, inspirando as raízes de uma lenda que ainda hoje capta nossa imaginação.

Fiquei fascinada pela possibilidade de um Rei Artur real, e fascinada pelo mundo no qual ele pode ter vivido, por isso decidi estabelecer minha história ali, fazer meu mundo específico de Artur baseado nos fragmentos históricos que temos da Grã-Bretanha da Idade das Trevas. Além disso, eu também queria homenagear as histórias originais e seu mundo mágico e lendário, um mundo que, após séculos de narrativas e da recriação de narrativas, é tão real à sua própria maneira quanto os fatos históricos.

Descobri que isso era um pouco uma atitude de equilíbrio. Minha Isolda é neta de Morgana (às vezes conhecida como Morgana das Fadas nas histórias originais da época de Artur; curandeira e feiticeira de grande renome). Por intermédio de Morgana, Isolda é dotada dos conhecimentos de uma curandeira e da Premonição, o que a capacita a receber visões e ouvir vozes do Outro Mundo. Isso se encaixa com o que eu havia lido sobre as lendas e as narrativas históricas da espiritualidade celta, das crenças celtas pré-cristãs, com sua ênfase nos poderes das plantas medicinais, dos transes e dos sonhos que transcendem os limites físicos e mantêm contato com um Outro Mundo separado do nosso apenas pelos véus mais tênues.

Além disso, havia também os elementos da história original de Tristão e Isolda, que eram mais complexos de se adequar com um grau de verossimilhança histórica. Como a famosa poção do amor, que na lenda original faz com que Tristão e Isolda se apaixonem loucamente. Por isso, nesses casos utilizei uma abordagem mais simbólica, o que sempre achei fosse uma forma – embora, certamente, não a única – de interpretar os elementos fantásticos das narrativas da época do Rei Artur. Os dragões, por exemplo, podem literalmente ser monstros escamosos, mas também podem ser considerados uma metáfora do mal que existe do lado de fora dos limites da sociedade organizada. E uma poção de amor como a que Tristão e Isolda acidentalmente bebem pode ser analisada com uma metáfora de natureza esmagadora e absoluta do amor romântico passional.

Portanto, em *O lado negro da Lua de Avalon,* Tristão e Isolda viajam juntos de barco, como na história original, e é durante o transcurso dessa viagem que eles aprofundam e desenvolvem seu relacionamento, e isso também segue a lenda original. Mas o objetivo da viagem se baseia nos fragmentos dos fatos históricos que podemos coletar sobre a vacilante situação política da Bretanha no século VI. E eles não precisam do extrato literal de uma poção mágica para se apaixonar, só da magia de seu próprio e poderoso vínculo emocional.

Adotei uma série de liberdades poéticas em relação à lenda, liberdades essas que, espero, sejam justificadas. Afinal de contas, depois de tantos séculos de versões da lenda, acrescentar mais uma à história me pareceu sem sentido, a não ser que eu pudesse acrescentar algo novo à narrativa tão antiga.

A senhora pode descrever os desafios que teve de superar ao narrar o livro sob as perspectivas de Tristão e Isolda?

Na verdade adorei – e achei facílimo – escrever de acordo com as perspectivas de Tristão e Isolda, e fazer com que partilhassem a narração da história. Acredito, especialmente quando há romance envolvido, que acrescenta muito à história tomar conhecimento do que ambos os protagonistas estão pensando, para que o leitor veja exatamente o que passa pela cabeça de cada personagem, saber o modo como se consideram, o que revelam um ao outro e o que estão ocultando. Esforcei-me para que as manifestações das narrativas de Tristão e Isolda se diferenciassem muito umas das outras, mas isso sinceramente não foi um desafio. Cada um deles, desde o início, dirigiu-se a mim de maneira muito individual, o que espero se evidencie nas páginas do livro.

Que tipo de pesquisas médicas a senhora utilizou para determinar o papel de Isolda como curandeira?

Restam pouquíssimas informações concretas sobre a medicina da Idade das Trevas, mas utilizei vários períodos herbais (livros sobre curas com ervas medicinais) como recursos para encontrar medicamentos que Isolda poderia ter empregado de maneira crível. Outro de meus recursos favoritos foi um livro maravilhoso chamado *Medicinal Plants in Folk Tradition: an Ethnobotany of Britain and Ireland*[44], de David E. Allen e Gabrielle Hartfield, que cataloga os diversos usos medicinais da maioria das plantas nativas da Bretanha e da Irlanda na cura tradicional herbácea, e detalha as áreas geográficas onde se encontrava mais comumente cada um dos remédios populares.

Li também inúmeros relatos originais de médicos do Exército e enfermeiras que trabalhavam nos campos de batalha, de

---

44 *Plantas medicinais na tradição popular: etnobotânica da Bretanha e da Irlanda*. (N.T.)

homens e mulheres que serviram na Segunda Guerra Mundial, no Vietnã e na guerra do Iraque, para ficar a par da sua experiência, e dos desafios e momentos mais difíceis que enfrentaram. É evidente que a tecnologia e os medicamentos disponíveis para tratar ferimentos de batalha mudaram incomensuravelmente desde a época de Isolda, mas acho que as emoções de tratar de homens feridos continuam as mesmas.

No romance, a senhora preferiu retratar o abominável Mark por meio de *flashbacks* e alusões, em lugar de cenas reais. Por quê?

Um dos principais temas que surgiram quando escrevi este livro foi a jornada interior que Isolda faz para curar-se dos traumas do passado. (O que, é claro, de certa forma reflete a viagem que ela faz de Gwynedd a Wessex com Tristão.) Mark é, sob muitos aspectos, parte e representante dos traumas de que ela precisa se curar para prosseguir rumo ao futuro. Por isso, neste livro, Mark era mais importante como parte da jornada interior de Isolda, de certa maneira uma presença infiltrada em sua própria cabeça, do que uma personagem ativa nos aspectos políticos e/ou militares do enredo.

O cachorro Cabal é tão cativante quanto as personagens humanas do seu romance. A senhora baseou o relacionamento entre Isolda e Cabal em alguma ligação que tenha vivenciado com um animal na vida real?

Lá em casa sempre tivemos gatos e cachorros quando eu estava crescendo, e, como meu único irmão tinha treze anos a mais do que eu, eu costumava brincar com meus bichos de estimação. Na verdade, Cabal é mais uma combinação dos cachorros que tive e do que eu sabia de pesquisas sobre cachorros treinados para uso em lutas e uso militar. Meus cães eram *golden retrievers* fortes e incrivelmente amigáveis, e um *poodle* miniatura, ou seja, totalmente diferentes de cães de guerra!

Por que Isolda é tão evidentemente antagonista em relação ao cristianismo? Em que grau essa atitude pode ser considerada perigosa ou provocativa no ambiente dela?

Bem... Essa interpretação é interessante, porque não pretendi absolutamente que Isolda fosse considerada uma adversária do cristianismo *per se*. O século VI na Bretanha foi uma época de mudanças na qual a antiga religião pagã estava rapidamente sendo substituída pelo cristianismo. Isolda foi criada pela avó Morgana, que seguia os costumes pagãos, e que certamente sentia grande antagonismo pela nova fé cristã. A própria Isolda percebe as diferenças entre a antiga e a nova religião; percebe, especificamente, a diferença nas posições e no poder das mulheres nas duas crenças, mas eu não diria que ela sente a mesma hostilidade de Morgana em relação ao Deus cristão. Isolda simplesmente viu tantas tragédias e perdeu tantas coisas na vida que desconfia de *qualquer* fé, cristã ou não, que prometa todas as respostas às perguntas mais difíceis da vida. Entretanto, ela está à procura de respostas, pois acredita que um poder superior deva dirigir seu próprio dom da Premonição, por mais imprevisível e não confiável que possa parecer às vezes. E ela respeita os cristãos que conhece – como Madre Berthildis – e até chega a desejar que pudesse ter esse tipo de devoção total às vezes.

Por que a figura de Morgana, avó de Isolda, assume proporções tão significativas para tantas personagens do romance?

Posso dizer que, tematicamente, Morgana representa o lendário mundo do Rei Artur, que forma o pano de fundo do mundo da trilogia *Crepúsculo de Avalon*, e isso é verdade sob muitas facetas. Sinceramente, porém, a verdadeira razão pela qual Morgana é uma força tão poderosa nos livros é que, desde o momento em que ouvi sua voz narrando os prólogos que compõem a ação de todos os três livros da série, ela simplesmente se tornou uma das personagens mais vívidas na minha cabeça, e também uma das minhas favoritas. Ela é uma mulher muito forte e muito determinada a assegurar que sua influência seja sentida.

A senhora conclui o romance com uma caixa de surpresas: por que Isolda decide manter Tristão no escuro sobre seu futuro modificado como marido e mulher?

Isso foi muito difícil de escrever! Já engravidei duas vezes, por isso sei exatamente o quanto Isolda gostaria de contar a Tristão e como deve ter sido incrivelmente difícil para ela não contar a novidade a ele, especialmente quando está viajando numa missão perigosa e ela não tem certeza se voltará a vê-lo. Mas Isolda é muito forte, provavelmente muito mais do que eu seria nessa circunstância, e não quer aumentar as preocupações dele em relação a ela e a um bebê enquanto ele estiver cumprindo a tarefa que se impôs. Muito mais do que isso, ela sabe que Tristão ainda carrega as cicatrizes do seu passado e de seu relacionamento com o próprio pai. Ele ainda não tem condições de tomar conhecimento da notícia de que vai ser pai. Isolda acredita ardentemente que Tristão e o filho de ambos mereçam que a gravidez seja uma notícia feliz, e está disposta a esperar para contar a Tristão até que isso seja verdade. É claro que esse é um dos elementos-chave da jornada emocional que eles percorrem juntos no Livro 3, *Nascer do sol de Avalon*.

O que foi que a senhora descobriu enquanto escrevia *O lado negro da lua de Avalon* que a surpreendeu?

Um dos meus fatores favoritos ao escrever *O lado negro da lua de Avalon* foi a personagem de Fidach, porque ele foi uma surpresa completa. Eu o havia imaginado mais ou menos como um vilão incontestável quando estava esboçando o livro, mas então cheguei ao ponto em que Isolda ficou encurralada numa cabana em fogo no acampamento do exército de Octa, e precisava criar uma forma de libertá-la. Estava considerando possibilidades quando Fidach de repente levantou a mão e me informou que: a) ele era homossexual, o que eu não havia nem sequer considerado antes; e b) ele era, de fato, um homem muito honrado, que ia arriscar a vida para salvar a de Isolda. Quem sou eu para discutir? Eu simplesmente amei escrever sobre Fidach depois que ele assumiu essa atitude.

Este livro foi impresso pela Prol Editora Gráfica
para a Editora Prumo Ltda.